葛飾北齋畫

大望

대망12 도쿠가와 이에야스

야마오카 소하치/박재희 옮김

도쿠가와 이에야스
대망12/차례

백성의 눈

고에쓰가 자야의 두 고용인을 데리고 오사카로 갔을 때, 그곳은 이루 말할 수 없는 혼란에 빠져 있었다. 백성들은 이미 전란을 예감하여 성 주위는 거의 빈집이 되었고, 덴노사에서 핫초메 어귀까지 튼튼한 방책이 몇 겹이나 세워져 성안으로 들어가는 일은 엄두도 못 낼 분위기였다.

고에쓰는 단념하지 않고 요도야를 찾아가기도 하고, 아마가사키야(尼崎屋)를 찾아보기도 했다. 어떻게든 성안으로 들어갈 줄을 잡아 히데요리 모자의 마음을 알아보려 생각한 것이었다. 그런데 때는 이미 늦었다는 것이 오사카에 있는 큰 상인들의 일치된 의견이었다.

"……우대신님이 지난 5일 성 밖을 순시하셨습니다. 그 전이라면 혹시 화의할 길도 있었겠지만, 이렇게 된 이상 체면 때문에도 화의하지 않을 겁니다."

요도야의 손자 역시 2만 석쯤 되는 쌀과 잡곡을 성안에 몰수당했다면서 사카이로 피난 갈 준비를 서두는 중이었다. 물론 아무도 도요토미 가문에 승리할 기회가 있을 거라고 생각지 않았다. 그러나 갈 곳이 없어진 떠돌이무사들이 필사적으로 저항할 테니 오사카는 일단 초토화되리라는 게 고에쓰의 전망이었다.

요도야의 지금 주인은 말했다.

"실은 싸움이 끝난 뒤의 일에 대해 은밀히 의논 중입니다."

이렇게 된 이상 오사카의 지방원로들도 '다이코님 백성'으로 안이한 생각만 하고 있을 수 없었다. 성주가 바뀔 것으로 예상하고, 초토화된 뒤의 오사카를 어떤 형태로 부흥시킬지 서로 모여 의논 중이었다. 다이코와 인연 깊었던 상인들은 일단 물러나게 하고, 무역선 허가로 이에야스며 교토 행정장관 이타쿠라 등과 친한 아마가사키야 마타에몬(尼崎屋又右衛門)을 대표로 내세우고 도쿠가와 가문의 물품조달을 맡고 있는 기와장이 데라시마 후지에몬(寺島藤右衛門) 및 도편수 야마무라 고스케(山村興助) 등을 총무로 받들어 이 오사카라는 도시를 긴키에서 사이고쿠(西國)에 걸친 막부의 중요한 경제기반으로 부흥시키려……지금부터 운동을 벌이기로 했다 한다.

"그러니 이번 기회에 노인께서도 여러 가지로 힘이 되어주시기를 부탁드립니다."

고에쓰는 어찌할 바 몰랐다. 끊어져도 다시 살아나려는 상인들의 끈질긴 집념. 이러한 전망이 잘못된 것이라고는 할 수 없지만 너무나 냉혹했다.

상대는 말했다.

"시절이 그런걸요. 다이코님은 일본에서 싸움을 없앤 뒤 상인들의 소원을 들어주셨습니다. 그러나 지금은 그 후예들이 전쟁을 좋아합니다. 전쟁은 상인들의 적입니다."

참으로 명쾌한 논리지만 그래도 인간에게는 인정과 감정이 있는데…… 지금이라도 도요토미 가문을 구할 길이 없을까……? 하는 말을 고에쓰는 꺼내지 않을 수 없었다.

"이미 오고쇼도 쇼군도 서쪽으로 오고 계시다. 그분들이 교토에서 합세하신다면 꼼짝 못 할걸. 그 전에 어떻게 한 번 손써볼 마음은 없나?"

그러자 상대는 곧 고개를 저었다. 웃어넘긴다기보다 이미 완전히 단념해 버리고 다음 구상에 몰두하고 있는 것 같았다.

"노인께서는 성 밖을 순시하셨을 때의 우대신님을 모르십니다."

요도야뿐 아니라 아마가사키야도 고에쓰에게 똑같은 말을 했다.

4월 5일에 성 밖을 순시했을 때 히데요리는 그 선봉에 기무라 시게나리와 고토 마타베에 두 부대를 앞세우고, 쓰가와 지카유키(津川親行)에게 마표를 들게 했으며, 고리 요시쓰라(郡良列)와 모리 가쓰나가(毛利勝永)를 거느리고 있었다.

모리 가쓰나가는 히데요리의 투구를 받쳐들고 줄곧 히데요리를 감시하는 것처럼 보였고, 히데요리의 눈빛도 심상치 않았다. 히데요리의 좌우에는 저마다 완전무장한 아카시 가몬, 나가오카 오키아키(長岡興秋), 모리 모토타카, 기무라 시게무네(木村重宗), 후지카케 사다카타(藤掛定方), 미우라 요시요(三浦義世), 이코마 마사즈미(牛駒正純), 사┠다 다이스게, 구도카와 사다타네(黑川貞胤), 이키 도카쓰 등의 장수들이 따랐고, 뒤에는 조소카베 모리치카와 사나다 유키무라의 부대가 따랐으며, 맨 뒤는 오노 하루후사 부대가 맡았다.

7인조는 사방의 문 경비를 위해 남았고 오노 하루나가는 본성에 들어앉아 있었다. 이 행렬은 말하자면 총병력을 동원하여 백성들에게 시위하는 것처럼 보였다. 그 화려하게 차린 대군은 성 정문을 나와 아베노(安倍野)를 지나 스미요시로 나갔다가, 전에 이에야스가 본진을 두었던 자우스산에 올라가 무르익은 봄바람에 마표를 나부끼게 한 뒤 덴노사를 지나 히라노(平野)로 빠지면서 히데타다가 본진을 두었던 오카야마(岡山)를 거쳐 저녁때 성으로 들어갔다.

"드디어 결심하신 모양이군. 오랜만에 다이코가 살아계신 옛날을 보는 느낌이었어."

늠름한 무장들의 모습은 백성들을 흥분시켰다. 길목마다 모여든 사람들은 환호성을 질렀다.

성안의 모든 군대가 그날 밤 화려한 주연을 베풀었다는 소문을 듣자, 그 이튿날 새벽부터 길거리는 피난민으로 넘쳤다. 자신들의 '생활'이 말발굽에 짓밟히고 전화의 세례를 받지 않을 수 없게 된 것을 백성들은 뼈저리게 깨달은 것이다.

"저 모습을 보니, 결사적으로 싸우실 각오를 하신 것이다."

"세상에 이게 무슨 변인가!"

"세키가하라 때도 싸움터가 되지 않았던 이 오사카를 끝내 떠돌이무사들 손에 불태우게 하다니!"

늠름하게 보인다고 해서 곧 백성들의 공감을 살 수 있는 것은 아니다. 오사카 원로들은 당황하여 피난준비를 시작하면서도, 한편으로는 곧 뒷일을 궁리하기 시작했다. 그들로서는 진정으로 존경하고 싶은 영주지만, 그 영주가 싸움을 피할 방책도, 치안을 유지할 능력도 없다는 것을 알고 취하는 서글픈 자위본능이었다.

"누가 봐도 질 싸움인데……."

그런 싸움을 하는 영주이니 마음 놓고 심복할 수 없었다.

"우리보나 떠돌이무사들이 더 소중하단 말인가?"

무조건 다이코에게 심복하던 마음이 크게 무너지기 시작했다. 그리고 오고쇼는 과연 이곳을 불바다로 만들 것인지 아닌지 진지하게 토론하기 시작했다. 그 결과 싸움이 끝나고 다시 태평한 세상이 되면 이곳은 병참기지가 아닌 경제기지로 활용되어야 할 땅이라는 답이 나왔다.

"오고쇼는 반드시 이곳에서 돈을 벌 생각을 하실 것이다."

이런 결론이 나왔으니 이제 누구도 히데요리 모자를 위해 움직이지 않으리라……는 것이 상인들 의견이었다. 만약 히데요리가 자진하여 고리야마로 옮겨가 오사카의 번영을 지키려 했더라면, 그들도 자신들의 땀 냄새가 밴 돈을 바쳐 새로운 성을 짓는 데 협조했을 게 틀림없다.

"과연 다이코의 아들!"

칭찬하면서 그들도 자랑스러운 만족에 젖었겠지만, 히데요리는 그 반대 모습을 드러내고 말았다. 시위가 되지 못하고 오히려 무시당하는 결과가 된 것이다. 민심의 동향을 깨닫지 못한 역사에 대한 반역이었기 때문이다…….

그래도 고에쓰는 아직 단념하지 않았다. 그는 이에야스의 본심보다 그의 희망을 믿고 있었다. 아니, 이에야스뿐만이 아니다. 이렇듯 불행한 사태에 이른 게 결코 히데요리의 본심이 아닌 것도 잘 알고 있었다.

'사태가 심상찮게 돌아가는군!'

그렇다고 가만히 있으면 인간세상에 행복의 빛은 영원히 비치지 않는다.

"나무묘법연화경."

그는 생각다 못해 지금 자야 부인이 되어 사카이 별장에 있는 오미쓰를 찾아갔다. 히데요리를 직접 만날 방법이 없을지 상의하러 찾아간 것이다. 그러나 오미쓰는 히데요리의 측근과 별다른 연락을 갖고 있지 않았다. 히데요리와 센히메에게서 멀어지자…… 아니, 센히메한테 남겨놓고 온 자신의 딸을 잊어버리려 있는 노력을 다 기울이는 모양이었다.

"그 일이라면 하루나가 님의 중신 요네무라 곤에몬 님을 찾아가시면……."

요네무라 곤에몬은 가끔 사카이로 정보를 수집하러 오므로 알고 있었다. 옛날부터 아는 사이니, 오미쓰 일로 만나고 싶다고 청하면 어쩌면 성안으로 불러들일지도 모른다고 했다.

고에쓰는 오미쓰의 말에 따르기로 했다.

이미 4월 20일—

이에야스가 니조 저택에 들어간 지 이틀 지났지만, 이리저리 뛰어다니느라 고에쓰는 사태의 변화를 모르고 있었다. 사카이의 야마토 다리까지 가니 강어귀는 간토 수군(水軍)에 의해 완전히 막혀 있었다. 무카이 다다카쓰(向井忠勝), 구키 모리타카(九鬼守隆), 오바마 미쓰타카(小濱光隆)의 부하들이 오사카로 들어가는 배를 세우고 엄격하게 짐을 검사했다. 언저리에는 몰수한 쌀, 콩, 무기 등이 쌓였고, 완전히 싸움터 같은 살기가 가득했다.

고에쓰는 오바마 미쓰타카와 면식이 있어 겨우 허락받아 쓰쿠다지마(佃島)의 어선 한구석에 올라탈 수 있었다. 그리하여 거의 황혼 무렵 어마어마한 오사카성 정문 방책 앞에 이르렀다.

"오노 하루나가 님의 가신 요네무라 곤에몬 님을 뵈러 왔소. 나는 교토의 도검사(刀劍師)……."

여기까지 말하자, 고에쓰의 얼굴을 알고 있는 상대가 손을 저어 가로막았다.

"혼아미 노인이군요. 용건은?"

"자야 님 댁에 계시는 분으로부터 전언이 있어 왔노라고 전해 주시오."

"뭐? 자야?"

상대는 눈을 번뜩였다. 그리고는 말없이 고개를 갸웃하면서 방책 안으로 사라졌다.

자야……는 도쿠가와 가문과 너무 가까운 관계를 맺고 있다.

안으로 들어간 자는 좀처럼 나타나지 않았다. 한참 기다린 뒤 고에쓰는 뜻밖의 대답을 들었다. 하루나가의 말을 전해 온 것이다.

"요네무라 곤에몬은 지금 출타 중인데, 혼아미 고에쓰라면 내가 직접 만나겠다."

아무래도 그는 자야라는 이름을 듣고 고에쓰가 온 것을 하루나가에게 직접 보고한 모양이었다.

고에쓰에게 더없는 기회였다. 고에쓰는 옛날 오다와라 전투에서 진중으로 소에키를 방문했던 일을 떠올리면서 어마어마한 방책문 안으로 들어가 하루나가의 저택 현관에 이르렀다.

평복입은 시동이 맞으러 현관에 나와 있었다. 고에쓰는 왠지 마음 놓였다.

"거실로 안내해 드리겠습니다."

이제까지의 살기등등하던 분위기가 거짓말이었던 것처럼 저택 안은 조용했다.

복도를 두 번 구부러지자 하루나가의 모습이 보였다.

고에쓰는 입구에서 고개를 갸웃했다.

"아니……."

하루나가 앞에 젊은 여인 하나가 서슬이 시퍼렇게 앉아 있었다.

"오, 고에쓰 님이오? 이리로……."

"괜찮겠습니까?"

"이 여인은 센히메 님을 모시는 교부쿄 부인입니다. 노인도 아실 겁니다. 센히메 님이 시집오실 때 간토에서 선발되어 따라온 시녀지요!"

"아, 이 여인이 그때의……."

고에쓰는 여기서 또다시 세월이 얼마나 빠른지 깨달았다.

"우리 같은 사람이 백발이 늘어나는 것도 당연한 일이로군……."

하루나가는 이 말에는 대꾸하지 않고 갑자기 묘한 말을 했다.

"실은 지금 이 교부쿄 부인에게 공격당하며 진땀빼던 참이오. 고에쓰 님, 이 하루나가를 위해 한 번 수고해 주지 않겠소?"

"그러면 두 분 사이에 무슨 일이라도?"

"그렇소, 진땀 흘리고 있던 참이라니까."

하루나가는 가만히 사방을 둘러보았다. 열어놓은 문밖 마당에 철쭉꽃이 두세 그루 피어 있을 뿐, 주변에 사람그림자는 없었다. 그러고 보니 하루나가의 얼굴빛이 말이 아니었다.

"노인도 소문 들었을 거요. 폭주(暴走)하고 있지요, 모든 것이……더구나 그 폭주의 장본인이 글쎄 내 아우들이오. 하루후사도 도켄도 나를 들볶는 채찍이 되어버렸소."

"그게……무슨 말씀입니까?"

"나도 이제 물러설 수 없는 처지…… 그것을 알고 오고쇼께서 이 교부쿄 님을 통해 전언을 보내왔소."

"오고쇼께서 전언을……."

"그렇소. 싸움을 도저히 피할 길 없어 함락되는 한이 있더라도 주군과 마님과 센히메 님만은 결코 돌아가시게 해서 안 된다는 것이오."

"그, 그 말씀을 이 부인에게……?"

하루나가는 고개를 크게 끄덕이고 다시 주위를 돌아보았다.

"그런데 그 회답을 오고쇼에게 보낼 수단이 이미 없어졌소. 그래서 시녀의 공격을 받고 있는 중이오."

그 말을 듣고 자세히 보니, 젊은 교부쿄 부인의 손에 비수가 꽉 쥐어져 있었다.

두뇌회전이 빠르기로 남에게 뒤지지 않는 고에쓰였지만, 오노 하루나가가 지금 한 말을 정확하게 이해하는 데 몇 분이 걸렸다.

이에야스가 왜 시녀에게 그런 말을 전한 것일까? 교부쿄 부인은 대답 여하에 따라 상대를 찌르든가 자결할 작정이리라. 얼굴빛도 눈빛도 예사롭지 않고, 온몸에서 맹렬한 살기가 풍기는 것을 잘 알 수 있었다.

아니, 그보다도 하루나가가 그런 살기를 두려워하지 않는 듯한 점이 더 큰 의문이었다.

고에쓰는 이 이상한 두 사람의 대립을 비교해 보는 동안 이윽고 하나의 길을 발견했다.

"그렇습니까. 그러면 그 회답을 내가 니조 저택으로 가져가면 됩니까?"

"맡아주겠소, 고에쓰 님?"

하루나가는 뜻밖일 만큼 온화한 미소를 지어 보였다. 한시름 놓는 것이 틀림없었다. 그는 교부쿄 부인 쪽으로 돌아앉았다.

"교부쿄 부인, 그대도 들었겠지? 혼아미 고에쓰 님이 회답을 전하겠다고 하니 이제 이의 없으렷다?"

그래도 상대는 긴장을 풀려고 하지 않았다. 하루나가는 교부쿄를 무시하고 다시 고에쓰를 향해 앉았다.

"오고쇼는 우리가 하는 일을 못마땅하게 생각하고 계시는 게 틀림없소."

"하루나가 님이 하시는 일이란?"

"내가 천하를 시끄럽게 만들 생각이 없다는 것은 오고쇼께서 잘 아실 터…… 그렇지 않으면 세키가하라 때 나를 맨 먼저 오사카로 보내지 않으셨겠지요."

"음……."

"그런데 하루나가는 그러한 오고쇼의 신임을 배반하지 않으면 안 되게 되었소. 이 모든 것은 내가 미숙한 탓이오."

고에쓰는 저도 모르게 귀를 곤두세웠다. 하루나가한테서 이렇듯 멋진 고백을 들을 줄은 꿈에도 몰랐기 때문이다.

"고에쓰 님, 그 때문에 나도 무척 번민했소. 간토의 체면을 세워주고 도요토미 가문의 안태와 체면도 세우려고…… 실은 방금 교토에 있는 여인들과 아오키 가즈시게에서 최후의 의견이 왔소."

"그러면 교고쿠 가문의……"

"맞소. 곧 주군을 모시고 야마토의 고리야마로 옮기라는 말이오. 그러면 오고쇼가 책임지고 2, 3년 안에 오사카로 돌아올 수 있도록 꾀하리라, 오사카성을 훌륭하게 수리하여 맞으리라……고."

"그 말씀을 하루나가 님께서는 믿으시오?"

"고에쓰 님……나는 믿소. 나는 오고쇼를 잘 안다고 생각하오. 그러나 이미 늦었소!"

"늦었다니?"

"그 고리야마를 벌써 불 질러 싸움터로 만들어버렸소. 바로 내 아우들이 지시하여……."

하루나가의 얼굴에 다시 자조의 빛이 떠올랐다.

"그 대신 오고쇼의 말씀대로 세 분이 이곳에서 돌아가시는 일은 결코 없도록 하겠소. 세 분을 구출하고, 하루나가만은 이곳에서 오고쇼와의 의리를 다할 각오……인 결심이라는 것을 오고쇼께 꼭 전해주기 바라오."

고에쓰는 숨을 죽였다.

하루나가의 말처럼 야마토의 고리야마가 싸움터가 되어버렸다면 모든 게 끝장이다. 비록 히데요리 모자가 오사카성에서 물러가기를 승낙한다고 해도 갈 곳이 없어져 버린 것이다.

'법화경에도 있지……'

그 근본원리에 '참'과 어긋나는 점이 있으면 지엽적인 혼란은 구제될 길 없는 비극 속으로 빨려 들어가는 법이다.

'상인들이 먼저 꿰뚫어 보았구나……'

그렇지만 하루나가의 말 가운데 이해할 수 없는 것이 있었다. 이 지경에 이르러 오고쇼에 대한 의리를 다한다는 것은 대체 무슨 의미일까…….

고에쓰는 여전히 쏘는 듯한 시선을 하루나가에게서 떼지 않고 말했다.

"잘 알겠습니다. 직접 오고쇼를 뵙지 못하면 교토 행정장관님에게라도 세 분을 구하시겠다고 부며 언약하셨노라고 말씀드리지요."

"부탁하겠소. 고에쓰 님."

"그런데 한 가지……세 분을 구하신 뒤, 하루나가 님께서는 오고쇼에 대한 의리를 다하겠다고 하셨지요?"

하루나가는 긴장된 표정으로 고개를 저었다.

"이 하루나가가 죽는……일만으로 어찌 의리를 다하는 게 되겠소?"

"그러면……."

"이 기회에 태평한 세상의 방해물들을 깨끗이 저승으로 데려가는 거지요."

말하고 나서 하루나가는 가만히 주위를 돌아보았다.

"아! 그런 뜻입니까?"

"이해하겠소? 성안에는 예수교 신자들의 질투도 있고 내 아우들의 충의도 있소. 아니, 그보다도 태평한 세상에서는 갈 곳 없는 무사들의 불만이 가장 큰 방해물이겠지요. 이러한 모든 것을 이 오노 하루나가가 짊어지려는 거요."

고에쓰는 다시 한번 나직이 신음하며 황급히 시선을 피했다.

'거짓말이 아니다……'.

말을 마쳤을 때 하루나가의 얼굴빛은 흙빛으로 바뀌어 있었다. 죽을 상(相)……이라기보다도 역시 결사적인 마음을 품은 상……이라고 해야 하리라. 똑바로 쳐다보기 어려운 야릇한 음화(陰火)의 냄새였다.

'반년 전에 이런 각오를 해주었더라면……'.

그러나 그럴 수 없는 것이 인간의 서글픈 면인지도 모른다.

혼아미 고에쓰는 더 이상 물어볼 것이 없어졌다. 싸움에 얼마쯤 변수는 있더라도 하루나가의 말대로 되리라. 그리고 그 뒤에 비로소 태평이 뿌리내리기 시작할 것이다.

"그러면 내가 정들었던 이 성도 끝장이로군요."

"걱정 마시오. 오고쇼며 쇼군님이 다시 성을 세우시겠지요."

"하루나가 님, 어떨까요? 생각해 보니 이 고에쓰가 오랫동안 은혜를 입었는데 마님께 인사드리고 가년 안 될까요?"

"마님에게?"

"예. 물론 이번이 작별……은 아니겠지요. 그러나 이 성에서의 대면은 마지막이 아니겠습니까? 다이코의 성에서 우대신의 어머님을 다시 한번 뵙고 싶습니다."

고에쓰로서는 보기 드문 감상(感傷)이었다.

이에야스는 세 분이 돌아가시게 해서는 안 된다고 했고, 하루나가는 살려내겠다고 맹세했다…… 그런데 고에쓰는 왜 그런지 다시 한번 자기 눈으로 다이코가 그리게 한 호화로운 장지문 그림 앞에서 요도 마님을 만나고 싶었다.

"마님을?"

하루나가도 그 심정을 이해한 듯 고개를 갸웃거리며 교부쿄 부인을 흘끗 바라보았다. 부인은 이제 비수를 놓고 살기도 지운 모습으로 앉아 있었다.

"단념하는 게 좋을 겁니다."

"뵐 수 없단 말씀입니까?"

하루나가는 시녀를 보면서 탄식했다.

"사람이란 순간적인 흥분으로 야차가 될 때가 있소…… 하긴 모든 게 이 하루나가의 죄, 나는 마님을 증오의 악귀로 만들어버렸소."

"증오의 악귀로?"

"그렇소. 미숙했던 시절의 내 눈에 비친 오고쇼는 하는 일마다 가증스러운 분…… 아니, 오고쇼뿐만이 아니지. 자신의 귀한 딸을 시집보내 우리를 안심시켜놓고, 실은 멸망시킬 기회를 노려온 쇼군의 마님도 야차 같은 어머니…… 이렇게 본 나의 나쁜 선입관이, 지금은 그대로 마님의 모습이 되어버렸소. 만나고 싶어하는 그대 심정은 알지만, 만나지 않는 게……좋소."

고에쓰는 황급히 그 자리에 두 손을 짚었다.

"알겠습니다."

"이해해 주겠소?"

"예, 사나이들마저 갈팡질팡하고 있는 이 세상. 그렇게 되셨다고 해서 결코 마님을 경멸하지는 않겠습니다. 그러나 지금은 만나지 않는 게 예의일 것 같습니다."

"고에쓰 님."

"예."

"아니, 이제 아무 말도 하지 않으리다. 노인은 세상 물정을 잘 아는 사람이니 그 눈으로 본 그대로 오고쇼께 아뢰어 주시오."

"잘 알겠습니다."

"참, 그리고 시녀가 작은마님에 대해 무슨 말을 할지 모르니……."

그 말을 듣고 고개를 든 교부쿄 부인은 내쏘듯 말했다.

"교토에 있는 시녀님들을 속히 돌려보내 주세요. 마님께서는 멀리했던 이세 부인을 일부러 불러들여 히데요리 님을 모시게 하고, 센히메 님은 귀여운 조카딸이라면서 늘 곁에 있게 하십니다. 이대로 가면 병나실 거예요. 시녀님들을 속히 돌려보내 주시기 바랍니다."

고에쓰는 놀라 하루나가를 바라보았다. 이번에는 하루나가가 시선을 피했다. 일부러 멀리했던 이세 부인……이란 구니마쓰를 낳은 여인임이 틀림없었다. 고에쓰가 들은 바로는, 그 구니마쓰의 생모는 이세의 토호 무사 나리타 가즈시게의 딸로 오요네라고 했다…… 요도 마님을 모시는 시녀의 몸종이던 그 여인을 일부러 불러들인 것은, 센히메를 가까이하지 못하게 하려는 계략임이 분명했다.

'음……이제 알 만하다…… 요도 마님은 센히메를 자기 곁에 불러놓고 감시하면서 못살게 굴고 있다…….'

고에쓰는 소름이 끼쳤다.

고에쓰는 2시간쯤 있다가 다시 엄중한 방책 문을 지나 성 밖으로 나왔다. 나왔지만 그곳을 곧 떠날 수 없었다. 반년 전까지만 해도 물이 가득했던 해자가 난잡하게 파헤쳐진 채 경사지고 메마른 모습을 드러내고 있었다. 그 너머로 우뚝 솟은 천수각은 의연히 사방을 내려다보고 있지만, 이미 그곳에는 만인이 우러러보기에 부족 없는 장중한 위엄은 없어 보였다. 고에쓰의 생각으로는 다이코의 출발 자체가 잘못된 것이었다. 본(本)을 바르게 하지 않으면 말(末)이 깨끗할 리 없다. 천수각을 돌아보면서 고에쓰는 새삼 몸을 부르르 떨었다.

'불행한 이모가 불행한 조카딸을 자기 곁에 불러놓고 증오의 눈빛을 번뜩인다. 미워하는 분도 불쌍하지만 미움받는 분 역시 가엾지 않은가…….'

하루나가는 이러한 망집의 세계에서 방황하는 자를 악귀라고 했다. 그리고 그런 악귀로 만든 것이 자기라고 하는 바람에 마음이 완전히 풀렸지만, 이제 새삼 성을 우러러보니 그것은 법화경 신자인 자신의 지나치게 달콤한 감상에 지나지 않았다.

증오란 무엇일까? 그 뿌리를 끊지 않으면 증오는 다시 새로운 증오를 불러일으켜 끝없는 대립의 지옥을 만들어갈 뿐이 아닌가.

'하루나가는 정직한 거짓말을 했다……'

고에쓰는 땅에 침을 탁 뱉고 걸어가기 시작했다.

'오고쇼에 대한 의리를 다하기 위해 태평한 세상의 방해물들을 모두 이끌고 저승으로 간다……'

이런 새빨간 거짓말쟁이 같으니! 결국 하루나가는 이에야스가 두려운 것이다. 두려우면서도 미숙한 야심이며 대립의식을 버리지 못해 결국 자신을 옴짝달싹 못 하는 궁지로 몰아넣은 것이다.

'그것을 불쌍히 여길……고에쓰가 아니다!'

고에쓰는 그날 밤 요도야에서 묵고 다음 날 아침 교토로 갈 배를 찾았다. 그러나 이미 배편을 쉽사리 구할 수 없었다. 아니, 배뿐 아니라 행인조차 거의 자취를 감추고 없었다.

'이대로 싸움이 벌어진다면 증오는 점점 더 깊이 뿌리내린다. 싸움을 중지시킬 수단을 강구해야만 한다!'

고에쓰는 저녁나절에야 겨우 말을 구해 육로로 교토를 향했다. 그런데 육로에 서린 전운은 한층 더 짙어져 이곳에서 제지당하고 저곳에서 검문당하면서 도바까지 이틀이나 걸렸다. 그리하여 가까스로 교토에 이르니, 교토와 그 언저리는 이미 발들여놓을 곳조차 없이 군사들로 가득했다.

히데타다는 21일에 후시미에 닿아 22일에 니조 저택으로 들어가 이에야스와 마지막 협의를 했다. 그가 교토로 들어온 날이 바로 그 22일이었으니 무리도 아니었다.

다테 마사무네, 구로다 나가마사, 가토 요시아키, 우에스기 가게카쓰, 이케다 도시타카(池田利隆)의 대군 외에도 교고쿠 다카모토, 교고쿠 다다타카, 아리마 도요우지, 호리 다다마사 등도 잇따라 들어왔다.

이 군사들 틈을 누비면서 고에쓰는 눈을 번뜩이며 니조 저택으로 걸음을 재촉했다.

'반드시 싸움을 중지시킬 방도가 있을 것이다……'

직접 이에야스를 만나 이런 건의를 할 생각이었으므로 고에쓰의 눈빛은 무섭게 빛나고 있었다……

전야(前夜)의 결단

그날 니조 저택은 히데타다를 맞이하여 몹시 어수선했다.

히데타다는 혼다 마사노부와 도이 도시카쓰를 거느리고 이에야스를 대면하자 곧 군사회의를 열겠다고 청했다.

이에야스로서는 이제 반대할 이유가 전혀 없었다. 18일, 이 니조 저택에 들어와 수집한 정보는 모두 싸움이 불가피하다는 비보뿐. 이렇게 된 이상 이에야스도 자신의 자세를 바꾸지 않을 수 없었다. 정치가가 아닌, 일본 으뜸가는 전략과 전술을 가진 장수로서 세 번째로 싸움터에 되돌아가야 했다.

"기다렸다. 우선 첫 번째 군사회의를 열자. 그렇군, 이 자리에 마사즈미도 부르는 게 좋겠다. 마사즈미를 합치면 다섯 사람, 다른 자는 가까이 오지 못하게 하라. 그리고 감시는 야규 무네노리에게 명하도록."

그 명령을 듣고 도시카쓰가 마사즈미를 불러왔고, 마사즈미는 곧 사람들을 멀리 물리쳤다.

고에쓰는 마침 이러한 때 성에 도착하여, 교토 도착을 보고하러 찾아온 영주들과 문안차 찾아온 공경들 접대에 여념없는 교토 행정장관 이타쿠라 가쓰시게를 만났다.

물론 중요한 밀의 중이라 이에야스를 만날 길은 없었고, 겨우 가쓰시게를 만나 오노 하루나가가 싸울 뜻이 없다는 것을 보고하는 데 그쳤다. 고에쓰가 만일 이에야스를 만날 수 있었다 하더라도 이미 사태를 뒤집을 수는 없었으리라.

이에야스는 주위 사람들을 물리치자 마치 사람이 달라진 것처럼 왕성한 기력을 보이면서 쇼군에게 말했다.

"이럴 경우 가장 마음에 두어야 할 것은 대의명분이오. 쇼군은 그 점을 잘 명심하고 있겠지?"

"염려 마십시오. 이번 싸움은 오사카성에 농성한 반역자 무리의 정벌. 세이이타이쇼군으로서 꼭 치러야 할 평정을 위한 싸움입니다."

"음, 도시카쓰도 그렇게 생각하느냐?"

"쇼군의 말씀이 옳습니다. 만일 토벌전을 벌이지 않는다면 소임을 소홀히 하는 게 됩니다. 서둘러 진압하여 백성들을 전화의 고통에서 구해내야 합니다."

주름투성이 눈을 감고 깨어 있는지 자고 있는지 알아보기 힘든 마사노부에게 이에야스는 다시 말을 걸었다.

"마사노부는?"

마사노부는 깜짝 놀란 듯 눈을 떴다.

"예……그런데 한 가지 걱정이 있습니다."

"말해 보라. 무엇이 걱정이냐?"

"예, 진압 도중 만일 황실에서 어떤 어명이 내리실 경우입니다."

"음."

"그럴 경우, 그 어명을 순순히 받들 것인가…… 제 생각으로는 이번 싸움이 갈 곳 없어 궁지에 몰린 쥐들의 반항인지라 제법 완강할 것……이므로 황실에 중재를 요청하는 일을 우리 쪽에서도 바라리라 판단하여 활동하는 공경들이 있을지 모릅니다. 그러니 이 점도 충분히 고려해야 한다고 생각합니다."

이에야스는 문득 입가에 웃음을 지었다. 마음에 드는 의견이라고 생각했기 때문이리라.

"그런 면도 일단 생각해 보는 게 좋겠지. 쇼군은 어떻게 생각하는가…… 이미 그런 면의 조치도 다 되어 있는가?"

그 말이 끝나기가 무섭게 히데타다는 보기 드물게 분발한 목소리로 말했다.

"그 점에 대해 아버님께 드릴 청이 있습니다!"

이에야스는 다시 미소를 띠며 윗몸을 쭉 폈다.

"허, 그 점에 대해 청할 것이 있다고? 어디 들어보자, 말해보라."

"이번 싸움에 대해서는 황실의 간섭을 거절할 생각입니다."

"음."

"그 첫째 이유는, 정치에 관한 모든 일은 간토에 맡기기로 결정된 지금 이번 싸움에서 고전하는 일이 있다 하여 궁중의 힘을 빌려 화의를 꾀하는 것은 책임회피…… 씻지 못할 치욕이라고 생각하기 때문입니다."

"이치는 분명 그렇지만……."

"둘째, 이번에야말로 모반의 뿌리를 뽑아 세상 구석구석까지 철저하게 평화가 미치도록 할 각오입니다. 그 뜻을 이루지 못하고 칼을 거두어들인다면 다시 뒷날의 화근이 남게 됩니다. 저는 이번 싸움을 이 세상의 마지막 싸움으로 만들고 싶습니다."

"그 역시 쇼군으로서는 당연한 각오일 것이다. 아니, 나도 그 의견에 이의 없다. 이제 전국시대는 종말을 고해도 좋을 시기야."

"그러므로 아버님께서 하루 이틀 안으로 공경 귀족들을 초청하시어 비록 도요토미 가문 쪽에서 황실의 중재를 원한다고 하더라도, 위와 같은 형편이라 뜻을 받들지 못하겠다는 취지를 먼저 말씀해 주셨으면……하는 게 저의 청입니다."

이에야스는 고개를 크게 끄덕이며 문득 서글픈 마음이 들었다. 아무래도 마사노부와 히데타다는 이미 이 점에 대해 완전히 합의를 본 모양이었다.

'교묘하게 걸려들었구나……'

히데타다의 강경한 의견은 당연한 것으로 치더라도, 다짐받을 때까지 기꺼이 듣고만 있었던 자신이 이젠 늙었다는 생각이 든 것이다.

이에야스는 침통하게 말했다.

"알았다. 공경들은 자기들이 싸움을 싫어하므로 도요토미 가문에서 부탁하지 않더라도 충의를 내세워 간섭하고 나설지도 모르지. 그런 일이 없도록 내가 분명히 못 박아두겠다. 자, 이제 대의명분은 분명해졌다. 다음은 개전의 순서와 일시……우선 쇼군의 의견부터 듣자."

히데타다는 공손히 절을 올리고 나서 막힘없이 대답했다.

"오는 25일에는 간토에서 동원한 마지막 군사가 모두 도착합니다. 그들이 오 기를 기다려 곧 오사카성을 포위하고, 이달 안으로 승패를 결정지을 각오로 공격할 생각입니다."

이번에는 이에야스도 웃지 않았다. 가볍게 고개를 옆으로 저은 것은 늙었기 때문만은 아닌 듯했다.

마사노부도 주름진 눈으로 그 모습을 흘끗 보더니 입을 열었다.

"황송하오나 마사노부가 드릴 말씀이 있습니다."

"무슨 말인가? 말해 보라."

"싸움에 있어서는 아직 역시 쇼군보다 오고쇼님……싸움을 시작하는 시기만은 오고쇼님 지시를 받드는 게 선결문제라고 생각합니다만 어떻게 보십니까?"

이에야스는 마사노부의 참견을 듣고 다시 쓴웃음을 지었다.

'이런 능구렁이 같으니! 나를 추켜세워 부려먹을 작정이구나.'

"미처 깨닫지 못했군. 마사노부의 말이 옳다!"

쇼군도 곧 마사노부의 말에 맞장구쳤다.

"25일에 간토 부대가 모두 도착한다는 말씀만 드렸으면 좋았을 것을…… 부디 그 일에 대한 지시를 내려주시기 바랍니다."

이에야스는 쓸쓸한 표정을 허물지 않고 말했다.

"마사노부, 그대는 쇼군과 손발이 아주 잘 맞는군."

"황송합니다."

"황송하다니—그래야 나도 안심하고 지휘권을 물려줄 수 있지. 그런데 이달 안으로 결말내겠다는 것은 성급한 생각…… 마사노부도 말했듯 이번 적은 자신의 삶이 그대로 배수진이 되어버린 궁지에 몰린 쥐다. 그러므로 성급히 달려들면 오히려 물릴 우려가 있어. 만반의 준비를 갖추고 얼마 동안 인마를 쉬게 하는 침착성이 필요하다고 생각하는데 어떠냐?"

히데타다는 대답하지 않았다. 대답은 없었지만 그러면 상경한 군사들의 마음이 해이해질 거라고 생각하는 모양이었다. 사실 그것도 일리가 있었다. 오랜 여행 끝에 교토로 온 군사들에게 휴식을 주면, 장수들은 모르지만 졸병이며 인부들이 도시의 유혹에 이끌려 뜻밖의 실수를 저지른 예가 무수히 있다.

도시카쓰가 입을 열었다.

"제가 한 말씀 드리겠습니다. 성을 포위할 때까지는 숨을 돌리게 해선 안 됩니다……그렇게 하지 않으면 오히려 지칠 우려가 있습니다."

이에야스가 대꾸했다.

"바로 그 점인데……적 쪽에도 사나다니 고토니 하는 싸움 잘하는 자들이 있다 우선 성을 포위할 거리……고 보고 그 넉수를 쓸지도 모르지."

"……."

"이것은 소문에 지나지 않지만, 전군이 도착하면 이에야스도 쇼군도 곧바로 니조 저택과 후시미성을 나설 게 틀림없다, 그러므로 출진하는 즉시 니조 저택과 후시미성을 습격하여 불 지른 뒤 궁궐을 포위하여 기세를 올리자, 그러면 두 사람 다 급히 교토로 돌아갈 테니 그때 협공하자……고 하는 자도 있다고 한다. 그렇게 되면 황실을 움직여 무슨 말을 할지 모를 우려가 있어. 그러니 우리는 우선 유유히 시간을 끌어, 상대의 창끝을 빗나가게 만들어버리는 거다."

"허……."

"그러면 적은 초조하여 성 밖으로 나올지도 모르지. 야전이 벌어질 경우, 행군에 익숙한 군사와 성안에서 단련을 게을리한 군사들의 체력에는 뚜렷한 차이가 나타난다. 이 문제도 모두 도착한 뒤에 결정짓는 게 좋다고 생각하는데 어떤가?"

말하면서 이에야스는 아직까지 이 니조 저택에 대기시켜 둔 아오키 가즈시게와 여인들을 생각했다.

'가능하면 그들에게 다시 한번……'

그렇게 해도, 그 때문에 싸울 시기를 잃을 우려는 없다. 사기를 고무시키기 위한 수단이라면 달리 얼마든지 있다……는 생각이 들어 다시 얼마쯤 후회를 느꼈다.

'이것이 늙은이의 어리석음인지도 모르지……'

이에야스의 질문을 받은 마사노부는 이번에는 곧 대답하지 않았다. 고개를 갸웃한 채 한참 동안 생각하다가 엉뚱한 대답을 했다.

"반대하지는 않겠습니다."

이에야스는 황급히 손을 귀에 갖다 댔다.

"뭐, 뭐라고 했나? 나는 여러 사람이 도착한 뒤 결정해도 늦지 않다……고 말했어."

마사노부는 고개를 좌우로 조금 저었다.

"서는 70살이 넘어서야 오고쇼님 마음을 겨우 알게 되었습니다. 오고쇼님께서 생각하시는 것은 다이코에 대한 신의겠지요."

이에야스는 순간 눈을 크게 뜨고 숨을 죽였다. 그렇지 않다고 반박할 말이 없었다. 그야말로 핵심을 찔렸기 때문이다.

마사노부는 히데타다 쪽으로 조금 돌아앉았다.

"오고쇼님께서는 다시 한번 우대신 모자가 생각을 바꿀 것을 촉구하고 싶으신 것이겠지요. 저는 오랫동안 모셔왔으면서도 이제야 겨우 그것을 깨닫게 되었습니다. 오고쇼님의 적은 늘 상대이면서도 한편으로는 상대가 아니라 스스로의 가슴 속에 있는 신(信), 불신(不信)의 반성…… 그런 오고쇼님의 생각은 참으로 훌륭하십니다. 오고쇼님으로서는 실로 뜻밖의 싸움일 터이니 다시 한번 노력하신 뒤, 저희들의 얕은 지혜에 맡기도록 하시면 어떻겠습니까?"

"뭐? 다시 한번 노력한 뒤 그대의 얕은 지혜에 맡기라고……."

히데타다에게는 마사노부의 진의가 잘 이해되지 않았다.

마사노부는 온몸으로 대답했다.

"예. 오고쇼님이 바라시지 않는 싸움인 줄 알면서도 그들을 치지 않으면 천하가 안정되지 않는다고 싸움으로 밀고 나간 것은 모두 이 마사노부의 주제넘은 얕은 꾀였습니다. 어떻게 하면 싸움이 일어나지 않을지, 저는 실은 잘 알고 있었습니다. 알면서도 그 수단을 강구하지 않고 상대가 날뛰는 대로 내버려 두었습니다. 왜냐하면 오고쇼님은 이 세상에 보기 드문 어른…… 어느 세상에나 있을 수 있는 분이 아니십니다. 그러므로 범인(凡人)은 범인답게 한 단계 얕은 곳에서 옳고 그름을 해석하는 것이니, 그렇게 하지 않으면 세상의 범인들에 대한 전례나 교훈이 될 수 없을 거라고 생각하여……."

여기까지 말하자 이에야스가 손을 들어 가로막았다.

"그만해라, 마사노부!"

"예……."

"그런가? 잘 알았다. 그대는 그토록 깊이 생각하며 쇼군을 모셔왔는가?"

"부끄럽습니다."

"괜찮아. 그렇게까지 생각했다면 나도 내 고집만 내세울 수 없지. 정말로 나는 미련이 있었다……이제는 애써 노력할 필요도 없어졌어. 모두들 모이면 이대로 밀고 나가자."

마사노부는 묘한 무게를 가지고 대꾸했다.

"그럴 수는 없습니다. 그러면 쇼군께서 불효의 죄를 지으시게 됩니다. 다시 한번 오고쇼님의 진의를 오사카에 건힌 뒤, 싸움 시작을 결심해야 합니다. 그렇게 하지 않으면 이 싸움은 단순한 모략이 되고 맙니다."

강한 어조로 반박당한 이에야스는 눈을 감고 생각하기 시작했다. 이에야스는 마사노부의 반박을 받으면서 속으로 무어라 말할 수 없이 만족스러웠다.

'마사노부 놈이 나 대신 비난을 뒤집어쓰려고 하는구나.'

후세사람 중에는 이 싸움을 가리켜, 이에야스가 무자비하게 다이코의 유자를 쳤다……고 평하는 자가 나타날지도 모른다. 이에야스는 마음 한구석으로 그 일을 두려워하고 있었는데, 마사노부는 그것을 여지없이 꿰뚫어 보고 자신의 '죄'로 만들려 하고 있다.

'나는 훌륭한 부하를 두었어…….'

군사회의에서 감상은 금물이지만 저도 모르게 눈시울이 뜨거워졌다.

"그래……그럼, 내 생각대로 하란 말이지? 쇼군도 이의 없는가?"

"예, 무슨 이의가 있겠습니까?"

"그래, 그러면 마사즈미, 다음은 배진(配陣) 문제다. 우에노, 지도를 가져오너라."

이에야스는 마사노부와 쇼군에게 낯간지러운 생각이 들어 그 자리에서는 센히메에 대한 말을 꺼낼 수 없었다.

그때까지도 이에야스는 하루후사와 도켄의 군사가 성급하게도 고리야마로 난입하여 마을을 불태우기 시작한 것을 모르고 있었다. 마사즈미가 펼쳐놓은 도면 위에 이마를 가까이 대고 한참 동안 협의를 계속했다.

야전이 벌어질 것으로 여겨 당연히 기슈 어귀와 나라 방면이 싸움터가 됐을 경우의 문제도 협의되고 사카이 거리가 불바다가 되지 않도록 하는 방책도 이것저것 강구되었다. 그중에서도 특히 토론이 집중된 것은 함락 뒤의 오사카를 어떤 형태의 거리로 부흥시키느냐는 것이었다.

사카이 항구를 개방하여 세계를 향한 창구로 만들고, 안으로는 몇십만의 인구가 사는 도성을 지지하며 살아가는 도시. 그것은 결국 다이코의 성 아랫거리라는 생각에서 크게 벗어나 천하의 경제를 처리하는 대시장, 통상(通商)도시로서의 성격을 갖게 해야 한다는 점에서 나중에 도시를 맡게 된 상인 우두머리들의 의견과 일치되었다. 그렇게 되면 부흥을 위한 성주대리로 누가 적임일까?

이에야스는 손자 마쓰다이라 다다아키가 좋을 것이라 하고, 히데타다는 동생 다다테루를 밀었다.

"다다테루는 적임이 아니다."

이에야스가 이렇게 말한 것은 다다테루가 전에 오사카성을 탐낸 일이 있었기 때문이었다. 이때까지는 도시부흥을 위한 성주대리는 생각하면서도 영주(永住)시킬 성주는 생각지도 않았다. 이에야스가 문득 내뱉은 이 '다다테루는 적임이 아니다'라는 한마디가 나중에 커다란 파란을 낳게 되지만⋯⋯.

밀담 형태로 이날 회의는 4시간 넘게 계속되었다.

히데타다가 후시미성으로 돌아가자, 이에야스는 곧 마사즈미에게 오사카의 여인들과 가즈시게를 거실로 불러들이게 했다. 히데타다와 마사노부의 찬성을 얻어 오사카로 파견하게 된 최후의 사자에게 그녀들을 딸려 보내기 위해서였다. 최후의 사자는 두 사람으로 결정되었다. 한 사람은 히데타다의 사자로 다카기 마사쓰구, 또 한 사람은 이에야스의 사자로 오구리 다다마사.

어떻게 될지 몰라 불안했던 여인들은 모두 핏기없는 얼굴로 오랜만에 이에야스 앞으로 불려 나왔다. 교고쿠 가문의 조코인만은 그렇지 않았지만 오사카에서 온 오쿠라 부인과 나이 부인은 이미 죽음을 각오하고 있는 것처럼 창백했다.

그녀들을 보자 이에야스는 눈물이 나올 것 같았다.

'참으로 애처로운 모습이다⋯⋯.'

이에야스는 그 가운데 가장 풀이 죽지 않은 교고쿠 가문의 미망인에게로 시선을 옮겼다.

"조코인, 알다시피 십중팔구 싸움을 피할 수 없게 되었다. 그러나 나는 아직 희망을 버리지 않았어. 다행히 그대들과 가즈시게가 이 성에 남아 있다. 그래서 그대들을 호송해 보낼 생각인데, 어떤가? 다시 한번 우대신과 마님에게 이에야스의 사자로 화의를 권할 생각은 없는가?"

조코인이 대답했다.

"있습니다! 싸움이 벌어지면 제 아들도 오고쇼님 편이 되어 우대신과 싸우지 않으면 안 됩니다."

이때 아오키 가즈시게가 한무릎 다가앉으며 이 말을 가로막았다.

"조코인 님, 말씀을 삼가십시오. 이 가즈시게는 이미 오사카로 돌아갈 수 없습니다."

"그건 어째서?"

"가타기리 가쓰모토 님의 전례를 생각해서입니다. 싸움을 바라는 것은 오고쇼나 쇼군이 아니라 오사카 쪽이다……라는 생각을 하게 된 자를 그냥 용서해 둘리 없습니다. 제가 아무리 의견을 말씀드려도 이제는 헛일이라고 생각되기 때문입니다."

"그럼, 그대는 여기 남아요. 우리 여자들끼리 다시 한번……."

조코인이 조급하게 말하자 이에야스가 손을 들어 막았다.

"가즈시게."

"예."

"그러면 그대는 내 말을 전할 생각이 없단 말이지?"

"예, 저쪽에서 들어줄 리 없습니다. 들어줄 여지가 있으면 우라쿠 부자도 성에서 나오지 않았을 겁니다…… 아니, 그 전에 가타기리 가쓰모토 부자도 그랬다……는 것을 비로소 깨달았습니다."

이에야스는 가볍게 코를 킁킁거렸다. 아무래도 가즈시게는 사자로 가면 살해당할 거라고 여겨 그러한 자신의 두려움을 들킬까 봐 겁내고 있는 것 같았다.

"그런가, 그러면 가즈시게는 남아 있는 것이 좋겠지. 그러나 나는 아직 단념하지 않는다. 그대들은 오사카로 가겠지?"

오쿠라 부인이 먼저 대답했다.

"……네. 요도 마님께 돌아가겠습니다."

"그럼, 조코인의 말처럼 우리의 생각을 다시 한번 히데요리 님 모자에게 전하겠다는 말이렷다?"

"예."

"그래, 그렇다면 모두들 내 말을 명심하여 듣고 가거라. 성안에 있는 무장들이……알겠느냐? 어디까지나 성안의 무장들이지 우대신이나 요도 마님이 아니다. 그 성안의 무장들이 다시금 군사를 끌어모아 서약을 깨뜨렸기 때문에 우리 부자는 할 수 없이 다시 출병했다. 만약 전에 말한 대로 우대신이 고리야마로 옮겨가고 무사들을 모두 추방하면 4, 5년…… 그렇지, 천하가 다시 안정되는 대로…… 길어야 7년 이내에 우리가 오사카성의 해자와 성곽을 수리하여 책임지고 우대신을 오사카로 복귀시킬 것이다…… 내가 죽더라도 쇼군이 끝까지 이행한다. 알겠느냐?"

이에야스는 어린애에게 이르듯 다짐 두었다. 오쿠라 부인의 창백한 얼굴에 핏기가 돌았다.

'이에야스가 우리를 돌려보내 준다……'

이것이 우선 희망의 등불이 된 모양이었다. 조코인은 그 이상으로 들떠서 다가앉았다.

"저……그러니까 성안의 무장들이 다시 군사를 모아 서약을 깨뜨렸기 때문에……"

이에야스는 진지하게 고개를 끄덕였다.

"그렇지. 우리 부자는 할 수 없이 출병했다…… 알겠나? 세이타이쇼군이란 국내외에 난이 일어나면 그것을 진정시키는 게 소임이다. 적군이 천만 명 밀어닥치더라도 반드시 그들을 토벌한다…… 그러므로 이번은 적이 우대신이나 요도 마님이 아니라는 것이다. 요도 마님이나 우대신이 진짜 적이라면 사사로운 정을 베풀 수 없다. 만일 내 아들, 내 아내라 하더라도 단호히 토벌해야 하는 것이 도리…… 알겠느냐? 그런 책임을 생각하기 때문에 74살이나 된 나까지 이렇듯 싸움터에서 죽을 각오를 하고 나온 것이다."

"예……그래서 할 수 없이 출진하셨기 때문에 지금 히데요리 님이 무사들을 내보내고 야마토의 고리야마로 옮겨 근신하신다면……"

"그렇지! 아무리 오래 걸려도 7년이야…… 7년 안에 이 나라에는 확고하게 평화가 뿌리내린다…… 싸움 같은 것이 일어나지 않도록 달리 수단을 강구해 놓았다. 그러므로 그동안의 인내만 각오해 준다면, 내가 죽더라도 반드시 오사카성으로 돌아갈 수 있도록 쇼군에게 단단히 유언해 놓겠다. 쇼군은 착실한 사람이라 아버지인 내가 부탁하는 한 어길 불효자가 아니다."

말하는 동안 이에야스는 자신이 불쌍해져 목이 메고 눈앞이 흐려졌다.

"알겠느냐? 나는 그대들 같은 여인들이 싸움터에서 남편과 아들을 잃지 않는……태평한 세상을 만들겠다……는 일념으로 평생을 살아온 사람이야. 알겠지? 지금도 조모며 어머니, 아니, 아내의 슬픈 얼굴까지 잊으려 해도 잊지 못하고 있는 이상한 사람이지. 평화가 뿌리내리면 해자 같은 것이 무슨 문제랴. 해자를 훌륭히 수리하여 물을 넘실넘실 채워주지. 이런 점을 잘 설명해다오…… 서한은 그대들을 호송하는 사자에게 주어 보낼 테니 이에야스의 참뜻을 잘 전해주기 바란다……"

정신을 차리고 보니 여인들은 약속이라도 한 듯 소매로 눈을 가리고 훌쩍이고 있었다.

'이들과는 의사가 통한다……'

그렇게 생각하자 이에야스도 눈물이 뚝뚝 떨어졌다.

'싸움이라는 커다란 비극을 생각하면 인간의 조그만 인내쯤은 아무것도 아니다……'

그런데도 인간들은 그런 비교를 이내 잊어버리고 고집부리게 된다. 이러한 어리석음에서 벗어나도록 진지하게 노력해 가지 않으면 인생은 영원한 지옥의 다른 이름이 될지도 모른다.

"잘 알겠습니다. 오고쇼님의 심중을 히데요리 님과 마님께 그대로 전하겠습니다."

오쿠라 부인이 흐느끼면서 말하자 나이 부인은 소리 내 울기 시작했다.

오사카로 가는 최후의 사자인 그녀들이 니조 저택을 출발한 것은 24일 아침이었다.

마사즈미한테서 그 보고를 받았을 때 이에야스는 문안하러 온 다카토라와 면담 중이었다. 다카토라는 사자 파견에 대해 무슨 생각이 들었는지 칭찬했다.

"늘 그렇지만 오고쇼님의 깊은 생각에는 그저 감탄할 따름입니다. 오사카 쪽은 병력은 많지만 영토를 가진 영주는 없습니다. 그러므로 싸움을 오래 끌수록 유리할 거라고 생각합니다. 어쨌든 우리의 승리는 확실합니다…… 조급히 공격하여 실패하면 큰일이라고……생각했습니다만, 아직도 그녀들에게 마지막으로 활약하게 할 방법이 있다는 것은 전혀 생각지 못했습니다. 정말 감탄할 따름입니다."

이에야스는 불쾌한 표정으로 다카토라를 나무랐다.

"그대 눈에는 그것도 전략으로 비치는가?"

"예, 여느 사람들은 생각지도 못할 일…… 그럼으로써 저쪽은 다시 비틀거리게 되겠지요. 그리고 수전론자들은 더욱 분격하여 어쩌면 저쪽에서 먼저 공격해 올지도 모릅니다. 그렇게만 된다면 예상대로 우리의 승리는 의심할 여지가 없습니다."

옆에 있던 마사즈미는 생각했다.

'그렇구나!'

그러나 이에야스는 시선을 돌린 채 탄식했다. 이에야스 자신도 여인들의 설득이 효과를 거두리라고는 생각지 않았다. 그래도 마사노부나 다카토라는 자기 마음을 알아주리라고 생각했다. 아니, 마사노부는 자신의 집념을 꿰뚫어 보고 스스로 비난을 받으려고 했다.

'그런데 다카토라는!'

이런 생각이 든 뒤, 실은 마사노부도 다카토라도 오십보백보의 심정이 아닐까……하는 의문에 부딪혔다.

이에야스는 이미 늙었다. 그러므로 최대한 받들어주는 것이 인정……이라는 생각에서 덮어놓고 칭송하는 게 아닐까…….

"그래, 그대는 이 이에야스를 그토록 뛰어난 전략가로 생각한단 말이지?"

"예, 고금에 유례없는 그 깊은 생각은 참으로 비할 데가 없다고 생각합니다."

이에야스는 다시 한숨을 쉬었다.

"나는 하잘것없는 늙은이야. 단지 싸움을 너무 많이 하여 싸움에 대해서는 좀 알고 있다……고 생각하는 하잘것없는 노인."

다카토라는 진지한 표정으로 더욱 감탄하는 얼굴이 되었다.

"황송합니다. 그 말씀 깊이 명심하겠습니다. 실로 한없이 넓고 깊으신 그 인격, 따라서 작전 또한 여느 사람들이 헤아릴 수 없는 면이 있습니다."

이에야스는 불쾌한 듯 입을 다물었다.

'속인 게 아니다. 그것이 내 본심이야. 그대들은 이해해 주었건만…….'

이에야스는 시녀들이 이 니조 저택 다다미에 흘린 눈물이, 실은 이 세상에서 가장 티없이 깨끗하고 아름다운 것 같아 그리워졌다.

'나도 늙으니 아녀자 같은 마음이 된 것일까…….'

시녀들이 오사카로 떠난 것을 안 히데타다는 니조 저택으로 사자를 파견했다. 도시카쓰와 혼다 시게노부 두 사람이었다.

"이제는 부서를 정해주셨으면 하여 쇼군님의 복안을 가지고 왔습니다."

도시카쓰는 이미 시녀들의 설득에 아무 기대도 걸고 있지 않았다. 예정대로 26

일에는 모든 군사들이 모일 것이니, 늦어도 28일에는 부자가 함께 출진했으면 한다는 의향이었나.

이에야스는 마음속으로는 어떻든 이제 그 말에 반대할 이유가 없었다.

"좋겠지, 그런데 쇼군의 복안은?"

"기슈 어귀의 선봉은 아사노 님, 야마토 어귀의 선봉은 다테 님으로 하여 본대를 교토 가도로부터 고야 가도를 따라 진군시키면 어떻겠냐는 복안이십니다."

도시카쓰는 노부시게에게 부서와 인명을 배열한 배치도를 꺼내게 하여 이에야스 앞에 펼쳤다. 이에야스는 천천히 돋보기를 걸치고 그것을 들여다보았다.

이에야스의 생각에도 이미 싸움을 막을 가능성은 전혀 없었다. 여인들은 성안에 들어갈 수 있겠지만, 사자들은 문전 축객을 당할 가능성이 컸다. 그러므로 그녀들이 오사카성에 이르렀을 때를 싸움 시작 시기로 보고, 그 준비를 빈틈없이 해두어야 했다.

"그러면 야마토 어귀에서 나라로 돌아, 고리야마로부터 고개를 넘어서 들어가는 선봉에 다테를 내세우자는 것이렸다?"

"예, 다테 부자에게는 경험이 풍부한 가타쿠라 시게쓰나(片倉重綱)가 따르고 있습니다. 그리고 병력수는 1만이니, 그를 선봉으로 하고 그 뒤를 무라카미 요시아키라(村上義明), 다키구치 노리카쓰(瀧口宣勝)의 에치고 군을 거느린 다다테루 님을 뒤따르게 하면 철벽같은 배치……라고 생각하시는 듯합니다."

그 말을 듣자 이에야스는 곧 고개를 저었다.

"내 의견은 다르다."

"예……."

"그렇듯 중요한 장소는 대대로 내려오는 가신이 아니면 안 된다. 야마토 어귀의 선봉은 미즈노 가쓰나리(水野勝成)가 좋아. 가쓰나리에게 엄선한 야마토 군을 지휘하여 진군하게 한다…… 그것이 오히려 강하고 손실도 덜 입을 것이다."

그리고 이에야스는 안경 너머로 도시카쓰를 매섭게 노려보았다.

"알겠느냐, 만일 우리 쪽이 패하여 나라 거리가 불바다가 된다면 말대에까지 웃음거리가 된다. 나라의 사원을 불태우고 번영한 자는 한 사람도 없다."

도시카쓰는 좀 불만스러운 듯했다. 늙은 이에야스가 끝내 싸움터에서까지 불심을 발휘하려 한다고 생각한 게 틀림없었다.

"황송하오나 그 점은 쇼군님께서도 일단 생각해 보신 듯합니다."

"뭐? 가쓰나리를 선봉으로 삼는 것 말이냐?"

"예, 그런데 가쓰나리가 사양했습니다. 지체 낮은 자기로서는 까다로운 야마토 군을 지휘할 수 없다, 만에 하나라도 명령에 복종하지 않아 싸움이 불리해지면 면목이 없다……고 굳이 사양했습니다."

갑자기 이에야스의 얼굴빛이 달라졌다.

"굳이 사양했다……? 가쓰나리를 불러라. 그런 기개도 없이 어떻게 싸움을 하겠단 말이냐? 어서 이리로 불러와!"

도시카쓰가 흠칫 몸을 사릴 정도로 격렬하고 강한 어조였다. 도시카쓰는 놀라서 곧 미즈노 가쓰나리를 부르러 사람을 보냈다.

그동안 이에야스는 붓을 들고, 앞에 놓인 종이에서 부장(副將)의 이름을 하나하나 찾아내어 써내려갔다.

호리 나오요리(堀直寄), 구와야마 나오하루(桑山直晴).
혼다 도시나가(本多利長), 구와야마 가즈나오(桑山一直).
마쓰쿠라 시게마사(松倉重政), 니와 우지노부(丹羽氏信).
오쿠타 다다쓰구(奧田忠次), 진보 스케시게(神保相茂).
벳쇼 마고지로(別所孫次郎), 아키야마 우콘(秋山右近).
도도 요시모치(藤堂嘉以), 야마오카 가게모치(山岡景以).
다가 쓰네나가(多賀常長), 무라코시 산주로(村越三十郎)
가이쇼 마사후사(甲斐庄正房).

여기까지 쓰고 나서 도시카쓰에게 내밀며 이에야스는 물었다.

"이렇게 되면 총병력이 얼마나 되느냐?"

"예, 대충 5500쯤입니다."

"그럼, 됐다. 이들만 지휘하게 해도 선봉을 충분히 맡을 수 있을 거야."

이때 미즈노 가쓰나리가 잔뜩 긴장한 표정으로 들어왔다.

"그대는 미즈노 가문의 혈통을 잊지 않았겠지?"

"예."

"내 어머니 쪽 혈통이다. 사려 깊고 무용에서도 다른 가문에 뒤지지 않지."

"……예."

"자, 이들 부대에 그대의 부하들을 합치면 6000은 될 것이다. 이들을 지휘하여 그대가 야마토 어귀의 선봉을 맡아라."

"황송하오나……."

가쓰나리는 이미 히데타다에게 사퇴한 뒤여서 진땀을 흘리며 말했다.

"선봉이 무문(武門)의 명예이기는 합니다만, 이 가쓰나리에게는 좀 무거운 짐입니다. 결코 두려워서 말씀드리는 게 아닙니다. 지난해 야마토의 여러 장수들은 도도 님 명령에도 잘 복종하지 않았는데…… 녹봉도 얼마 안 되는 제가 장수들을 제대로 지휘하지 못하면 큰일입니다."

"가쓰나리, 여기 적혀 있는 자들을 잘 보아라. 그대에게 호리와 니와를 붙여놓았다. 그래도 그대는, 내가 생각이 있어 명하는 선봉을 해낼 수 없단 말이냐?"

"아닙니다, 결코 그런 것은……."

"그럼, 맡아라. 맡아서 마음껏 활약하는 거다, 알겠느냐? 선봉은 그대에게 명한다. 제2대는 혼다 다다마사, 제3대는 마쓰다이라 다다아키에게 맡기겠다. 다테 군은 제4대, 제5대는 마쓰다이라 다다테루, 내 명령을 거역하면 용서치 않겠다!"

꾸짖듯 말하고 목소리를 낮추었다.

"가쓰나리."

"……예."

"그대가 우선 거기에 적힌 자들을 불러내 그 가운데 명령에 불복하는 자가 있다고 보이면 내가 허락하니 그 자리에서 서너 명 베어버려라. 이에야스의 엄명이라고. 전쟁이란 이런 결단이 있어야 하는 거다, 알겠는가?"

듣고 있던 도시카쓰는 몸을 떨었다.

이에야스는 분명 자신의 가슴속에서 착잡하게 소용돌이치는 인정에 대한 망설임을 끊어버리려고 한 말이었을 것이다. 그러나 그것은 싸움터라는 광란의 장소에 임하는 자가 넘지 않으면 안 되는 악업의 담장이었다.

'역시 늦지 않으셨다……'

도시카쓰가 안도의 숨을 내쉬었을 때 이에야스가 또 덧붙였다.

"알겠느냐, 농민들은 죽이지 마라. 그리고 나라의 사원들도 불태워서는 안 된다."

"그 점은 깊이 명심하고 있습니다."

가쓰나리는 이제 사양할 수 없다고 생각했다. 그나저나 불복하는 자가 있으면 그 자리에서 서너 명 베어버리라니 이 얼마나 노인답지 않은 격렬함이란 말인가?

'오고쇼가 그런 마음이시라면……'

그렇게 생각하니 그도 힘이 솟아났다. 일단 힘이 솟자 눈빛까지 날카로워졌다. 이에야스는 안도의 숨을 내쉬며 또 덧붙였다.

"제2대 역시 대대로 내려오는 가신을 두겠다. 다다마사에게 지휘시킬 것이니, 그들에게 뒤지는 싸움을 해서는 안 돼."

입으로는 여전히 날카롭게 말하면서도 이에야스의 가슴속에는 복잡한 감정이 소용돌이치고 있었다.

이 제1대, 제2대를 나라에서 고야 가도를 거슬러 오사카로 들어가게 하는 것은, 만일 히데요리 모자가 성을 나와 야마토로 향한다면 영접하게 하려는 미련이 남아 있기 때문이었다.

이 경우 다른 영주가 선봉이면 다짜고짜 격전을 벌여 모자는 싸움터에서 시체가 될지도 모른다. 이에야스는 자신의 내부에 아직 이러한 미련이 남아 있는 것을 감추기 위해서도 대대로 내려오는 가신을 선봉에 두지 않을 수 없었다.

제3대는 마쓰다이라 다다아키…… 이 제3대까지 그런 준비를 하고 있었지만, 도시카쓰도 마사즈미도 이러한 속셈을 물론 알지 못했다.

'어쨌든 오사카를 상대로 싸우려는 내가 그 오사카의 후예와 미망인을 매우 사랑하고 있을 줄이야.'

이에야스는 미즈노 가쓰나리를 물러가게 한 뒤, 이번에는 가와치 어귀로 빠질 부대의 순서를 정해나갔다. 이 방면은 히데타다의 복안과 이에야스의 생각이 거의 같았다.

오른쪽 선봉은 도도 다카토라의 5000.

왼쪽 선봉은 이이 나오타카의 2200.

제1대의 오른쪽은 오가사와라 히데마사, 센고쿠 다다마사, 스와 다다즈미(諏訪忠澄), 호시나 마사미쓰(保科正光), 후지타 시게노부(藤田重信), 니와 나가시게 군을 사카키바라 야스카쓰(榊原康勝)에게 지휘하게 한다. 총병력 6300.

제1대의 왼쪽은 역시 마쓰다이라 다다요시(松平忠良), 마쓰다이라 노부요시(松平信吉), 마키노 다다나리(牧野忠成), 마쓰다이라 나리시게(松平成重) 군을 사카이 이에쓰구(酒井家次)에게 지휘하게 한다. 총병력 3200.

제2대의 오른쪽은 혼다 다다토모에게 지휘를 명하고, 왼쪽은 마쓰다이라 야스나가가 지휘를 맡는다.

제3대의 오른쪽은 에치젠의 마쓰다이라 다다나오의 1만 3400을 배치하고 왼쪽은 역시 마에다 도시쓰네의 1만 5000을 배치하기로 했다.

다테 마사무네가 야마토 어귀의 제4대로 배치됐듯 가와치 어귀도 직속영주가 아닌 마에다 도시쓰네가 가장 후방에 배치되었다. 사람들은 이것을 직속이 아닌 영주들의 배반을 두려워한 배치라고 할지도 모르지만 사실은 그 반대였다. 언젠가 대대로 내려오는 가신 출신 장수들이 막부의 정치를 맡을 때가 온다. 그때를 위해, 싸움터에서 자기들이 진두에 서서 싸웠다는 자신을 갖게 해둘 필요가 있기 때문이었다. 즉 남의 위에 서는 자로서의 노고를 몸에 배게 해두려는 이에야스식 단련법이었다.

그리고 본진은 사카이 다다요, 도이 도시카쓰, 혼다 마사즈미 세 부하에게 지휘하게 하고 히데타다는 2만, 이에야스는 1만 5500의 직속부대를 거느리고 싸움터에 나가기로 했다.

후군은 두말할 것 없이 나루세 마사나리와 다케고시 마사노부의 호위를 받는 도쿠가와 요시나오(고로타마루), 그리고 안도 나오쓰구와 미즈노 시게나카(水野重仲)의 호위를 받는 도쿠가와 요리노부(난카후쿠마루) 두 소년으로, 74살의 이에야스로부터 14살의 요리노부까지 일가가 모두 싸움터로 나가 책임지는 총동원 태세였다.

일촉즉발

싸움을 피할 수 없다는 분위기는 오사카성 안의 세력 비중을 확 뒤바꿔 놓고 말았다. 화평을 목표로 할 때는 오다 우라쿠며 하루나가의 발언력이 강했지만, 하루나가가 우유부단하여 우라쿠가 탈출해 버리자 하루나가의 존재는 희미해져 버렸다. 대신 처음부터 강경하게 주전론을 주장하던 하루나가의 동생 하루후사가 갈수록 표면으로 고개를 쳐들었다.

언제 어떤 경우에도 전쟁은 사려와 분별이 아닌 힘의 주장이기 때문이다. 더구나 이러한 공기가 조성되기 시작하면 상식론자의 주장은 점점 사라지고, 젊고 용감한 옥쇄론(玉碎論)의 세상이 된다. 오사카성의 경우도 그와 똑같은 경로를 밟았다. 젊은 옥쇄론에는 인간의 감정에 호소하는 이상한 '비장미(悲壯美)'가 서려 있어, 그것이 사람들을 도취하게 만드는 모양이다.

"하루나가 님과는 이야기가 안 된다."

"옳은 말이야. 이 지경에 이르러 사자는 무슨 사자. 아오키 가즈시게도 그 늙은 너구리에게 넘어가 돌아오지 않을걸. 그렇지 않아?"

"여인들을 파견한 것도 수상하잖아. 오쿠라 부인은 하루나가 님 형제의 어머니가 아닌가. 그런데 일부러 볼모로 보낸 셈이니 아무래도 이해할 수 없어"

이런 소문이 나기 시작하자, 하루후사와 도켄은 형 하루나가에게 대들었다.

"형님은 또 그 교활한 오고쇼에게 매달리려 하시오? 이제 와서 어쩌려고 어머니를 적의 수중에 넘겨주셨소? 형님은 어머니와 대감을 팔면서까지 자기 일신상의 안일만 꾀할 생각이시오?"

이때 그들은 이미 히데요리 모자를 받들어 성을 베개삼아 전사하는 게 최고의 정의이고 선이며 미라고 단정하고 있었다. 그리고 모든 교섭과 계략은 연장자들의 추한 욕망에서 우러난 몸부림에 불과하다……고 단정해 버렸다.

하루나가는 이 말에 얼굴빛이 달라져 동생을 꾸짖었다.

"주제넘은 소리 마라. 싸우는 것만이 충이며 효가 아니다. 형도 생각이 있어서 하는 일, 오고쇼는 결코 어머님을 볼모로 잡거나 죽일 사람이 아니다. 쓸데없는 소문에 현혹되지 마라."

그때는 그로써 끝나는 것 같았다. 그런데 그 뒤 하루나가는 본성과 아랫성 사이의 복도에서 자객에게 습격당했다. 깊은 밤 요도 마님의 침소에서 돌아오는 길에 희미한 등불 그늘에서 검은 그림자가 튀어나와 다짜고짜 하루나가의 왼쪽 어깨를 내려치고는, 비명 소리를 듣자 새처럼 몸을 날려 마당 쪽으로 사라져버렸다.

4월 9일 깊은 밤, 어머니 오쿠라 부인이 나고야성에서 고로타마루의 혼례를 도우며 이에야스가 도착하기를 기다리고 있던 때였다. 상처는 다행히 급소를 벗어나 대단치 않았지만 곧 성안에 온통 소문이 퍼졌다.

"아무래도 하루후사의 부하가 하수인인 것 같아."

"그리고 보니 형을 치지 않으면 싸울 수 없다고……하던 말이 생각나는군."

"아니, 그렇지 않아. 가벼운 상처를 입혀서 하루나가 님의 결심을 촉구하려고 한 거야……."

이러한 소문 속에서 하루후사의 전의를 더욱 북돋운 것은 고후 무사 오바타 가게노리의 실종이었다…….

오노 하루후사는 오바타 가게노리가 오사카 쪽 무사 모집에 응해 왔을 때, 처음에 누구보다도 그를 경계하던 사람 가운데 하나였다.

"그는 믿을 수 없다. 적의 첩자임이 틀림없어."

그런데 그 가게노리를 여러모로 시험해 보는 동안 지금은 가장 신임하게 되어 있었다. 혹시 사나다 유키무라 외에 한 사람 더 군사(軍師)로 만들 사람이 필요했을까, 아니면 유키무라를 견제할 생각이었을까…….

아무튼 그 가게노리는 하루후사가 드디어 싸우려는 결의를 알리자 곧 구실을 마련하여 사카이의 민가에 묵다가 이윽고 그곳에서 자취를 감추고 만 것이다. 생각하기에 따라서는 가게노리가 이에야스의 내명을 받고 오사카성에 잠입하여 하루후사를 조종하면서 간토 군의 도착을 기다렸다⋯⋯고 생각할 수도 있었다.

'당했구나! 역시 놈은 간토의 첩자였어!'

그러고 보니 그 뒤 가게노리의 모습을 후시미성에서 보았다는 사람까지 나오는 형편이었다.

하루후사는 격분하여 그를 위해 자기 저택 안에 세운 집을 파괴했고, 그때부터 회의석상에서 형을 제쳐놓고 개전을 서두르는 주역이 되었다.

"하루라도 늦으면 그만큼 그 늙은 너구리에게 암약할 틈을 주는 거다! 서두르지 않으면 안 된다."

물론 그는 이 싸움의 승패 따위는 그리 문제삼지 않았다.

'패하면 주군을 모시고 죽으면 그만이다!'

그리고 주변 사람들을 설득할 때는 이렇게 정면으로 육박했다.

"그토록 목숨이 아까운가."

그 때문에 젊은 사람들은 후끈 달아올랐고, 연장자는 입을 다물었다.

형 하루나가가 자객의 습격을 받은 뒤부터는 그런 경향이 더욱 심해져 이윽고 오사카성 안의 옛 신하들은 하루후사, 도켄 형제와 히데요리 측근의 기무라 시게나리들에 의해 휘둘리는 결과가 되었다.

기무라 시게나리는 하루후사 이상으로 선명한 주전론자였다. 하루후사에게는 이번 싸움에 이길지도 모른다는 도박심리가 얼마쯤 있는 것 같았다. 그러나 시게나리의 경우는 그런 빛이 추호도 느껴지지 않는 결백 그 자체로 보였다.

시게나리는 결혼했다. 같은 도요토미 가문의 중신 마노 요리카네의 딸을 맞았는데, 그 결혼은 이미 죽음의 준비 같다는 소문이 나돌았다. 시게나리는 결코 경솔한 인상을 주는 젊은이가 아니었다. 사나다 유키무라와 사귀면서 이 싸움을 피할 수 없는 까닭을 깨닫고, 히데요리의 말 앞에 시체를 바침으로써 다이코에게 할복명령을 받은 아버지 기무라 시게요시의 오명을 씻으려 한다는 소문이었다.

이 소문은 누구의 눈에도 사실처럼 비쳤다. 히데요리의 시녀들과 요도 마님을 모시는 여자들은 모두 그를 '조슈(長州) 님'이라는 존칭으로 불렀다. 그 조슈 님이 사랑에 빠져 아내를 얻었다고 생각하는 자는 없는 것 같았다.

"갸륵하기도 하시지. 혈통을 남기려고 결혼하신 거야. 정말 조슈 님의 씨라면 여자로서 행복이지, 누구라도 기꺼이 받을 거야"

이런 말을 수군거리는 시녀들까지 있는 가운데 시게나리는 의연하게 히데요리에게 싸움을 권하고 있었다…….

시게나리의 마음을 가장 크게 지배한 것은 역시 아버지 시게요시의 죽음이었을 것이다. 아버지 시게요시는 간파쿠 히데쓰구를 섬기다가 히데쓰구에게 모반을 권했다는 혐의로 히데요리로부터 할복명령을 받아 자결했다.

'아버지는 그럴 분이 아니다!'

몰락의 길을 더듬기 시작한 도요토미 가문의 주인 히데요리를 모시는 동안, 소년시절부터 아버지에게 쏠렸던 관심이 이상한 고집으로 자라갔다.

'이 아들을 보아라. 이런 아들의 아버지가 어찌 도요토미 가문에 모반을 꾀했겠느냐.'

히데요시에 대한 항의가 히데요리를 위한 순사(殉死)를 결심하게 하는 것은, 모순이면서도 모순이 아니다. 인간은 이러한 지(知)와 정(情) 사이를 오가면서 전생의 인연을 끊을 수 없는 이상한 생물인 것이다…….

그도 처음에는 가타기리 가쓰모토의 분별을 이해했고 이시카와 사다마사의 생각을 인정했다. 만약 그의 입장을 분류한다면 가타기리보다는 이시카와 일파에 속한다 해도 무방하리라.

그런데 언제부터인가 오노 하루후사와 나란히 주전론에 앞장서게 된 것은 히데요리가 놓인 처지에 대한 동정과 또 하나 자신도 알 수 없는 전생의 인연 때문이었다.

유키무라는 이에야스가 아무리 발버둥 쳐도 이 세상에서 전쟁은 사라지지 않는다는 자신감을 갖고 있었는데, 시게나리는 이러한 유키무라에게 접근하여 아마 젊음과 고집에 의해 그 영향을 받은 모양이었다.

어쩌면 이것은 히데요리에게 새로운 세상을 살아갈 만한 기량이 없다고 본 약자에 대한 헌신이었는지도 모르지만, 어쨌든 그 나름대로 아름다운 일이었다. 가쓰모토가 저버리고 사다마사가 저버리고 쓰네마사가 저버리고 우라쿠도 저버렸나…….

'이러한 히데요리를 기무라 시게요시의 아들만은 저버리지 않았다…….'

저버리지 않았을 뿐 아니라 함께 짧은 생애의 막을 내렸다……이렇게 되면 결코 추하지 않을 뿐더러 불충도 아니다.

"무인의 긍지는 미련을 가지지 않는 점에 있습니다. 간토 군을 상대하여 당당히 싸우다 죽는다면 도요토미 가문의 이름은 끝까지 계속 살아 있을 게 틀림없습니다."

젊음은 젊음에 대해 민감한 반응을 나타낸다지만 그렇다고 이 말만으로 히데요리가 새삼 이에야스를 의심하기 시작한 것도 아니며, 새삼스레 증오를 더한 것도 아니었다. 히데요리는 히데요리대로 자신의 눈을 가지고 있었다. 그는 시게나리와 하루나가의 각오를 접하는 동안 '이제는 도저히 꼼짝 못 하게 되었다'는 것을 깨달았다. 그도 쓰네마사가 배반하고, 우라쿠 부자가 배반한 외로움에 가슴이 아팠다. 아니, 그보다도 더 강한 절망감을 안겨준 것은 무사들의 전의(戰意)였다.

'그들은 나를 결코 이에야스에게 넘겨주지 않을 것이다……'

그렇게 된 이상 이미 자신의 운명은 결정된 것이나 다름없었다. 오사카성은 자신을 위한 성이 아니라 자신을 가두는 감옥이었다.

'이 감옥에서 나가는 길은 죽음뿐이다……'

이렇듯 슬픈 상념의 소용돌이 속에 있을 때, 니조 저택에서 여인들이 사자와 함께 돌아왔다.

시게나리가 침착하게 그녀들을 히데요리 앞으로 안내해 왔을 때, 간토의 사자들은 같이 오지 않았다.

"니조 저택에서 여인들을 모시고 온 자들이 주군을 뵙겠다고 했으나 쫓아 버렸습니다."

시게나리가 보고했을 때, 옆에 있던 오노 하루후사는 분한 듯 갑옷자락을 치면서 혀를 찼다.

"베어버렸으면 좋았을 것을……"

"그건 점잖지 못한 짓, 내심이야 어떻든 볼모를 데리고 온 자들을 벤다면 주군의 명덕(明德)에 흠이 갑니다."

이 몇 마디로 최후의 연락길은 완전히 끊어지고 말았다. 그녀들 가운데 교고쿠 가문의 조코인이 보이지 않았지만 그것조차 이 자리에서는 화제에 오르지 않았다. 격분한 무사들이 조코인을 성안으로 들여보내지 않아, 그녀는 오쿠라 부인과 쇼에이니에게 이에야스의 전언을 간곡히 부탁하고 교고쿠 다다타카에게 돌아가 버렸다.

"아무튼 잘 돌아왔다. 어떻던가, 이에야스는 아직 출격할 눈치가 없더냐?"

무장하고 있는 것은 하루후사 한 사람이고 히데요리는 아직 평복차림이었다. 오후의 성안은 찜통처럼 더워 오쿠라 부인과 쇼에이니는 이내 온몸에 땀이 배어 히데요리가 질문한 의미조차 얼른 알아듣지 못했다.

그러자 나이 부인이 나아가 대답했다.

"예, 그 일이라면 28일에 성을 나가실 거라고……병사들이 쑥덕대고 있었습니다."

"뭐? 28일에?"

대꾸한 것은 하루후사였지만 시녀들은 그것이 어떤 의미를 가진 반문이었는지 알 도리 없었다.

"틀림없이 28일인가?"

"예, 처음에는 26일로 예정되었지만 28일로 연기한다고…… 그렇지요, 오쿠라 부인?"

나이 부인은 오쿠라 부인에게 말을 넘길 작정인 것 같았다. 오쿠라 부인은 황급히 다가앉아 말을 이었다.

"나이 부인 말대로……28일로 연기한 까닭은……."

그리고는 주위를 둘러보며 말했다.

"모두 물러가게 해주시기 바랍니다."

하루후사가 노한 목소리로 외쳤다.

"안 됩니다! 어머님은 또 그 늙은 너구리에게 속아 넘어가신 것 같군요. 이제 와서 비밀은 무슨 비밀입니까? 주군께서는 이미 간토와 결전할 각오를 하셨습니다. 모두들 결사적인 싸움을 시작하려는 지금, 군신 사이를 이간시키는 듯한 말씀을 하셔서야 하겠습니까?"

시게나리는 단정하게 앉은 채 한마디도 참견하지 않았고, 히데요리가 오히려 난처한 표정으로 눈을 깜박거렸다.

"오쿠라, 누구를 꺼리는가? 이곳에는 시게나리와 그대의 아들뿐, 26일 예정이 왜 28일로 연기되었는지 그 까닭을 말해 보라."

이번에는 쇼에이니가 외치듯 말했다.

"말씀드리겠습니다. 26일 출발을 28일로 연기할 테니, 그동안에 주군께서는 야마토의 고리야마로 옮기도록……하시라는 오고쇼님 말씀이셨습니다."

일순 좌중은 터질 듯한 긴장에 휩싸였다.

"그래, 그런 말씀을 하시던가?"

히데요리는 시게나리와 하루후사의 시선이 날카롭게 감시하는 것을 느끼면서 다시 물었다.

"오쿠라, 틀림없으렷다?"

"……예."

오쿠라 부인은 결심한 듯 덧붙였다.

"성안의 무장들이 서약을 어기면서 군사를 모집했기 때문에 우리 부자는 세이이타이쇼군이라는 직책상 하는 수 없이 출병하는 것이다. 그러니 우대신이 고리야마로 옮겨가시면 무사들은 우리가 추방하리라…… 그리고 7년 안에 성을 깨끗이 수리하여 반드시 우대신을 오사카성으로 다시 맞이할 테니 지금은 순순히 고리야마로 물러가시라고……."

여기까지 말하자 하루후사는 배를 잡고 웃었다.

"하하하하, 그 늙은 너구리 같으니! 7년을 더 살 작정이로군. 정말 웃기는 영감이야."

오쿠라 부인은 얼굴빛이 달라지며 하루후사를 나무랐다.

"잠깐, 오고쇼님은 비록 자기가 죽는 한이 있더라도 쇼군님에게 유언하셔서 꼭 약속을 지키시겠다고……."

이번에는 시게나리가 가로막았다.

"부인, 이제 알겠습니다. 과연 오고쇼, 최후의 최후까지 애쓰시는군. 그 집념은 훌륭하지만 이제 와서 그런 어린애 속임수 같은 말을 한다고 하여 주군의 마음이 움직이지는 않습니다. 마님께서도 걱정하고 계실 테니, 아무튼 무사히 돌아오신 인사를 드리는 게 좋겠습니다."

히데요리도 찬성했다.

"그, 그렇군. 출진을 28일로 연기하지 않을 수 없는 사정이 생겨 그대들을 이용해 최후의 함정을 판 것이겠지. 그러나 나는 이제 어린애가 아니다. 이번에야말로 이에야스의 콧대를 꺾어줄 테니 우선 무사히 돌아온 모습을 어머님께 보여드리도록."

"우대신님……."

오쿠라 부인이 다시 무슨 말인가 하려 했지만 하루후사가 혀를 차며 자리에서 벌떡 일어났다.

"출진을 앞두고 중요한 의논 중입니다. 물러가 주십시오."

"하지만……."

"참 답답하시군요. 그 고리야마는 내가 보낸 자들에 의해 지금 불바다가 되어 있을 것입니다. 아무리 늙은 너구리에게 홀렸다 해도 설마 어머님까지 주군을 불탄 야마토 벌판으로 내쫓으시려는 건 아니시겠지요? 고리야마뿐이 아닙니다. 나라도 불타고 있을지 모릅니다! 자, 그만 물러가 주십시오."

"그럼, 그 고리야마는?"

"불탄 벌판으로 내쫓고 멋지게 이 성을 빼앗으려는 속셈이지요. 그러나 그렇듯 마음대로 되지 않을 겁니다. 이번에야말로 정말 본때를 보여주겠소."

하루후사는 어머니의 손을 잡고 강제로 끌어갔다. 이것으로 이 성과 니조 저택을 이어주는 줄은 완전히 끊어져 버렸다.

시녀들이 사라지자 엇갈려 와타나베 구라노스케와 아카시 가몬, 기무라 무네요시(木村宗喜)가 들어왔다. 세 사람 다 엄중하게 무장하고 있다.

"날이 몹시 찌는군요. 이런 더위에 불 지르는 소임을 맡다니……."

기무라 무네요시는 히데요리에게 절하고 씁쓸하게 웃으며 이마 가득 배어있는 땀을 닦았다.

기무라 무네요시는 후루타 오리베의 중신이다. 그런 그를 하루후사가 히데요리 앞으로 일부러 부른 것은 말할 나위도 없이 이 명령을 히데요리 자신이 내린 듯 보이기 위해서였다.

하루후사는 가슴을 펴며 무네요시를 향해 앉았다.

"무네요시, 수고스럽지만 곧 교토로 잠입해 줘야겠소. 이것은 나 개인의 뜻이 아니오. 수군께서 여기 계시니 살 아실 거요. 사태는 이제 설박해셨소."

"잘 알고 있습니다."

무네요시는 다시 한번 히데요리에게 고개 숙이고 하루후사에게 대답했다.

"모든 준비는 저의 주인과 잘 상의했으니 안심하십시오."

"잘 부탁하오. 우리 쪽은 오바타 가게노리와 우라쿠 부자의 배반으로 우지에서 아쓰타로 진군할 기회를 놓쳐 간토 군을 제멋대로 교토에 집결하게 하고 말았소. 이렇게 된 이상 수단은 한 가지뿐. 우선 야마토 고리야마에서 나라까지 불질러 이에야스 부자의 주의를 그쪽으로 끈 뒤, 그 틈을 노려 교토를 불바다로 만들어버리는 거요."

"그 점도 충분히……."

"그러면 간토 군은 분단되고 이에야스는 급히 교토로 돌아올 것이오. 그 혼란을 틈타 기슈의 아사노 군을 격파하는 거요. 말하자면 교토의 방화는 고리야마 공격과 함께 간토 군을 갈라놓아 우리가 승리를 거둘 수 있는 중요한 실마리가 될 거요. 실수 없도록 잘 부탁하오."

"예, 반드시 성공하겠습니다."

무네요시가 자신만만하게 고개를 끄덕이자 하루후사는 다시 히데요리에게로 돌아앉았다.

"주군께서도 한 말씀 해주십시오."

히데요리는 얼굴을 붉게 상기시키고 온몸을 굳힌 채 듣고 있었다. 어쩌면 하루후사가 주동이 되어 책정한 싸움개시 전략을 비로소 자세히 들었기 때문인지도 모른다.

히데요리는 흥분된 소리로 말했다.

"그렇지……이번 싸움은 아버님께서 쌓으신 이 성을 내 무덤으로 삼을 각오로 일으키는 것이다. 필요하다면 후시미성을 불사르는 것도 좋고, 니조 저택도 태워버려라. 나라와 사카이도 개의치 말고. 모두 우리 아버님이 세운 거나 다름없는 성과 도시…… 승리하면 재흥시키고, 패하면 우리와 함께 깨끗이 사라지는 게 좋다. 유감없이 활약해 주기 바란다."

"예."

무네요시가 큰절을 올리자 하루후사는 그를 재촉했다.

"이제 됐소. 늙은 너구리가 일부러 싸움 개시를 이틀 동안 연기해 주었으니 그 이틀을 잘 활용하지 않으면 안 되오. 자, 그대는 급히 교토로 잠입하도록."

"잘 알겠습니다. 그럼, 모두들 안녕히……."

무네요시는 모두에게 인사한 뒤 다시 과장된 몸짓으로 땀을 씻으면서 물러갔다.

"아, 덥다, 더워……."

그 뒷모습을 바라보다가 하루후사도 큰 소리로 웃으면서 일어났다.

"자, 우리도 급히 출진이오. 알고 있겠지? 사카이에 불길이 오르면 그것을 신호로……."

여기는 같은 오사카성 안의 요도 마님 처소. 이곳도 빠르게 다가온 계절 탓으로 몹시 더웠다.

갑자기 닥치는 더위는 인간의 이성을 흐리게 하는 불쾌감을 동반한다. 요도 마님은 가슴께에서 하복부까지 끈적하게 흐르는 땀에 짜증내면서 하루나가의 어깨 상처를 싸맨 흰 천으로 시선을 옮겼다.

"이상한 일도 있지. 그대를 암살하려 한 것이 하루후사였다면서? 그래도 그대는 부끄럽지 않나?"

요도 마님은 이날도 센히메를 가까이 불러 놓아주려 하지 않았다.

"성안 공기가 이렇듯 위험하니 나도 센히메를 내 가까이 두는 거야…… 센히메의 생명을 노리는 불온한 자가 나타나면 큰일이니까."

센히메 쪽을 흘끗 보고 나서 다시 하루나가를 향해 앉았다.

"혈육을 나눈 아우가 형의 목숨을 노리고……주군도 나도 적이라고 미워하는 오고쇼가, 그대가 칼 맞은 것을 알고 일부러 문안하시다니…… 대체 어떻게 돌아가는 일일까?"

하루나가는 열어놓은 문밖의 마당으로 시선을 던진 채 파랗게 질린 얼굴로 아무 대답이 없었다.

"내 사자가 니조 저택의 볼모가 된 것은 어쩔 수 없는 일이라 치고, 그대가 파견한 아오키 가즈시게까지 돌아오지 않는 건 대체 어찌 된 일인가?"

"……"

"그내에 병문안 사자가 올 수 있는 오사카라면 가즈시게가 못 돌아올 리 없겠지. 그대는 대체 무엇 때문에 하루후사에게 습격당했다고 생각하나?"

"……"

"그래, 대답할 필요가 없단 말이지? 그대는 이미 내 가신이 아니다……소문에 의하면 아우 하루후사가 형과 오타마를 두고 사랑을 다툰 것이 원인……이라는 자도 있다더군."

"……"

"주군 가문의 흥망이 걸려 있는 중요한 시기에 이 성을 책임져야 할 자가……아우에게 습격당한다……니 명예로운 일이지. 훌륭한 일이야."

그래도 하루나가는 꿀 먹은 벙어리였다. 이제 요도 마님은 하루나가가 아니면 센히메에게, 센히메가 아니면 하루나가에게 불평도 넋두리도 아닌 이런 잔소리를 하지 않으면 견디지 못하는 여자가 되어버렸다. 그 원인은 하루나가도 잘 알고 있었다. 그 거센 기질에, 믿고 있던 이에야스에게 배반당한 것을 알자 고질병이 도져 비뚤어진 것이다.

오늘뿐만이 아니었다. 이에야스가 나고야의 혼례를 핑계 삼아 교토에 출진한 것을 알았을 때부터 그녀의 인생은 더욱 캄캄해졌다.

"나는 무엇 때문에 태어났을까……"

원해서 아사이 나가마사의 딸로 태어난 것은 아니다. 그런데 혈육인 외숙부와 다이코에 의해 아버지가 살해당했다. 그 친아버지뿐만 아니라 양부인 시바타 가쓰이에도, 친어머니 오이치 부인도 다이코 때문에 목숨을 잃었다.

"그런데 나는 그 큰 원수인 다이코의 사랑을 받고 그의 아이를 낳아서 오늘날 이 같은 고통을 당하고 있으니……"

이것은 모두 부모나 조상의 영혼이 저주하는 탓이라는 망념이 요도 마님을 바짝바짝 죄며 괴롭히는 것 같았다.

'어쩌면 정말 저주……일지도 모른다.'

하루나가도 이런 생각이 들 때가 있었다.

하루나가와 센히메에게 번갈아 넋두리를 늘어놓는 동안 요도 마님은 곧잘 성 안의 진언당(眞言堂)으로 가서 기도를 드리곤 했다. 그리고 호마(護摩) 의식을 올리며 등잔의 불꽃이 한들거리는 속에서 곧잘 환영을 보는 모양이었다.

"앗! 어머님! 용서해 주세요……용서해 주세요……"

눈에 보이지 않는 무엇인가에 검은 머리채라도 잡힌 듯 몸부림치면서 미친 듯 허우적거릴 때도 있었다. 그뿐만이 아니었다. 조부 아사이 히사마사의 유령이 나와 잠잘 수 없으니 곁에 있어 달라고⋯⋯한밤중에 부름을 받은 적도 있었다.

"조부의 유령이 나를 저주하고 있어. 다쓰는 아무 원한도 없는 도쿠가와 가문에 시집갔으니 그 자손과 함께 수호해 주겠다, 그런데 너는 우리 가문 원수의 아이를 낳았다⋯⋯ 저주하리라, 저주하리라⋯⋯고"

싸늘한 새벽녘 텅 빈 침소에서 그런 이야기를 듣고 있노라면, 희뿌연 공간 가득히 인과와 악연의 온갖 요괴들이 가득 차 있는 것 같아 하루나가까지 오싹 소름이 끼쳤다.

그리고 그 뒤에는 한결같이 몸부림치며 울었다.

"나는 왜 이 세상에 태어났을까⋯⋯."

이것만은 하루나가도 대답할 도리가 없었다. 하루나가 자신도 똑같은 미궁에 빠져 있기 때문이었다.

'태어난 목적이 분명하다면 삶의 태도도 쉽게 결정할 수 있겠지만⋯⋯.'

이것이 빛을 잃은 어둠의 세계임은 알고 있지만, 그 어둠을 타파할 지혜는 얻지 못했다.

'결국 나도 요도 마님도 어둠 속에서 태어나 어둠 속에서 죽어가는 가엾은 생물⋯⋯.'

이러한 공감이 오늘도 하루나가로 하여금 요도 마님의 짓궂은 욕질과 야유를 참게 했다. 하루나가뿐만이 아니었다. 센히메도 어쩌면 같은 체념을 하고 있는지 몰랐다.

그러나 오로지 센히메 뒤에 꼼짝하지 않고 앉아 눈만 번뜩이는 시녀는 전혀 다른 세상 사람처럼 보였다. 그녀는 의심할 줄 모르는 이상한 바위 위에 앉아 있었다. 어쩌면 그것은 신앙과도 같은 도쿠가와 가문에 대한 신뢰 때문인지도 모른다.

"하루나가는 내게 대답할 입이 없는 모양이군."

하루나가가 끝내 말이 없자 요도 마님의 시선이 얼어붙은 듯 앉아 있는 센히메에게 쏠렸을 때였다.

숨을 헐떡이며 우쿄 부인이 달려왔다.

"마님께 아룁니다. 오쿠라 부인들이 돌아오셨습니다."

"뭣이, 시녀들이 돌아왔다고?"

"······네, 우선 히데요리 님께 인사드리고 곧 이리로 오실 겁니다."

"하루나가, 이게 어떻게 된 일이지?"

요도 마님은 황급히 하루나가에게 묻고 나서 그 시선을 곧 다시 우쿄 부인에게 돌렸다.

"그런데 조코인도 함께 왔느냐?"

"아닙니다, 조코인 님은 보이지 않았습니다."

"뭐? 안 보인다고?"

요도 마님은 벌떡 일어섰다.

"가자, 내가 히데요리 님 방으로 가겠어. 우쿄, 따라오너라."

그러나 얼굴빛이 달라져 거실을 나가려던 요도 마님은 히데요리의 방까지 갈 필요가 없었다. 오쿠라 부인 일행이 바로 복도 저쪽에 나타났기 때문이다.

"오쿠라와 쇼에이니, 모두 수고 많았다. 어서 이리로······."

요도 마님은 큰 소리로 부른 뒤 돌아와 거친 숨결을 두 손으로 누르고 이부자리를 걷어차듯 하면서 앉았다.

시녀들은 요도 마님의 재촉을 받고 종종걸음으로 들어왔다. 무엇보다 오노 하루나가를 깜짝 놀라게 한 것은 어머니의 창백한 얼굴이었다. 쇼에이니의 표정도 피로에 젖어 있기는 했으나 그래도 아직 생기가 남아 있다. 그러나 오쿠라 부인은 마치 시체의 얼굴을 연상시켰다.

'무슨 일이 있었구나······.'

생각했을 때, 오쿠라 부인은 요도 마님 앞에 두 손을 짚고 경련하듯 큰 소리로 울기 시작했다. 쇼에이니도 니이 부인도 오쿠라 부인을 따라 고개를 들지 못하고 있었다.

"왜 우느냐? 무사히 돌아와 기쁜 눈물이라면 나중에 흘려라. 그리고 조코인은 어떻게 된 거냐? 이에야스는 그대들을 버리려고 했겠지?"

퍼붓는 듯한 요도 마님의 질문에 오쿠라 부인은 한층 더 소리높여 울었다.

요도 마님이 팔걸이를 두드렸다.

"울지 마라, 오쿠라! 그대들은 나의 사자, 아직 보고도 하지 않았다."

오쿠라 부인이 갑자기 소리쳤다.

"용서해 주십시오! 아무 말씀도 드릴 수 없게 되었습니다. 용서해 주십시오."

"무슨 말이냐? 할 말이 없다니!"

"……네, 자식들이……아들 녀석들이……이미 불 질러 태워버렸습니다. 태워버렸으니 이제 어쩔 도리가 없게 되었습니다. 용서해 주십시오."

"뭐? 무슨 말이냐? 무엇을 불 질러 태웠다는 거냐? 정신 차려, 오쿠라!"

안타깝게 꾸짖은 요도 마님은 황급히 쇼에이니를 가리켰다.

"그대에게 묻겠다. 오쿠라가 왜 이러지? 너무 푸대접당해 미쳐버린 건가?"

"아닙니다. 그건……."

니이 부인이 보다 못 해 나섰다.

"제가 말씀드리겠습니다. 오쿠라 님이 불태웠다고 하시는 것은 야마토의 고리야마성이라고 생각합니다."

"쓰쓰이성(筒井城)이 불탔다고 해서 오쿠라가 왜……."

말하다 말고 요도 마님도 문득 입을 다물었다. 짐작된 모양이었다. 이에야스도 히데요리에게 권했고, 우라쿠도 야유조로 가끔 고리야마로의 영지이동을 입에 담고 있었다.

"그래……그 일 때문인가……!"

차츰 잦아드는 쓸쓸한 대꾸였다.

"네, 그것 때문입니다. 조코인 님께서는 히데요리 님과 함께 고리야마로 옮기셔서 때를 기다리시라고 신신당부했습니다. 영지이동을 위해 오고쇼의 부하들이 고리야마에 가 있다고……그 중요한 성을 하루후사 님이 불 질러 버리셨어요. 오쿠라 부인께서는 자결로 사죄하지 않으면 안 된다고……."

하루나가는 시선을 돌린 채 보일 듯 말 듯 고개를 끄덕였다. 그는 사정을 알 수 있었다. 그러나 요도 마님은 이 정도의 설명으로는 이해할 수 없을 거라고 생각했을 때 뜻밖에 조용한 목소리로 말을 막았다.

"이제 알았다. 그래……이제 알았어. 이제 됐으니 오쿠라, 고개를 들어라."

"……네."

"자결은 용서치 않겠다."

민저 단단히 다짐해 두고 말을 이었나.

"고리야마의 성을 불태우게 한 것은 바로 나다."

하루나가는 깜짝 놀랐다.

어머니를 위로하려는 것이겠지만 너무도 큰 거짓말이었다. 하루나가의 제지도 듣지 않고 막냇동생 도켄과 그리고 그 성을 불 지르지 않으면 '배수진'을 칠 수 없다고 무리하게 군사를 파견한 것은 하루후사였다. 아마 히데요리도 그 뒤에 승낙을 강요당했으리라.

'그런데도 자신이 시킨 일이라고……대체 무슨 생각을 하는 것일까……'

요도 마님은 다시 되풀이했다.

"그래……그, 그랬군……? 그러면 조코인은 니조 저택에서 곧장 교고쿠 가문으로 돌아갔겠구먼?"

"그렇습니다."

"그럼, 됐어. 이제 모든 일이 결정되었다."

"모든 일……이라니요?"

상황이 거꾸로 되었다. 가까스로 눈물을 거둔 오쿠라 부인이 질문한 것이다.

하루나가는 묘하게 앞뒤가 뒤바뀐, 따돌림당하는 기분으로 새삼 두 사람을 바라보았다.

"나는……지금도 잊지 않고 있어. 오다니 성이 함락될 때와 기타노쇼에서 노방치던 때를."

요도 마님은 마치 딴사람이 된 것처럼 온화한 목소리로 말하며 먼 곳을 바라보는 눈길이 되었다.

'대체 무슨 일이 일어나려는 것일까?'

하루나가는 불안해졌다. 상대가 감정의 기복이 심한 여성인 만큼 그 뒤의 변화는 더욱 무섭다.

"센히메도 잘 들어다오. 오다니 때도 기타노쇼 때도 우리는 세 자매가 서로 격려했다……그런데 어느새 두 사람에게 뒤처져 다쓰에게도 조코인에게도 수고를 끼치게 됐어……"

요도 마님은 자기 영혼에 이야기하는 투로 중얼거리더니 살그머니 옷소매를 눈에 갖다댔다. 하루나가는 숨을 죽였다.

'이분에게도 이렇듯 여자다운 면이……!'

조금 전까지도 잔소리하는 것만이 사는 보람처럼 보였었는데…….

"어쩌다가 동생들에게 거추장스러운 존재가 되었을까? 이런 생각을 하니 미안해서 죽을 지경이야. 아니, 조코인이나 다쓰에게만이 아니다 오쿠라, 쇼에이니, 아에바, 니이, 우쿄에게도……용서해다오."

"무슨 당치도 않으신 말씀을! 그런 말씀 마십시오. 제 자식들이 미욱하여……."

"그렇지 않아."

요도 마님은 부드럽게 가로막고 다시 그녀답지 않은 말을 했다.

"내가 어쩌다 이렇듯 동생들보다 뒤처지게 되었는지…… 그것을 문득 깨달았어. 나는 너무 내 멋대로였어…… 나는 이 세상에 없는 것만 좇으면서 늘 여러 사람을 울려왔어."

이번에는 센히메까지 깜짝 놀란 얼굴로 요도 마님을 쳐다보았다.

하루나가는 눈을 깜빡이는 것도 잊고 침을 꿀꺽 삼켰다.

'왜 이렇듯 이상한 일이 일어나고 있는 것일까……'

아직까지 이토록 다정하게 시녀들을 위로하는 요도 마님을 본 적이 한 번도 없었다. 그런 만큼 놀라움과 불안도 예사롭지 않았다.

'설마 미치신 것은……?'

생각했을 때 요도 마님이 다시 말을 이었다.

"용서해다오, 그대들에게 무리한 말만 했던 나를…… 나는 신도, 부처도, 도리도, 의리도 모두 나를 위해 있는 거라고 우쭐했던 것 같아…… 그리고 뜻대로 되지 않는다며 분노하고, 원망하고, 꾸짖고, 울고……그러는 동안 조코인과 다쓰는 저마다 자신이 나아갈 길을 찾아 한 걸음 한 걸음 걸어갔어……."

참다못해 하루나가가 불렀다.

"마님! 그럭저럭 시간이 되었습니다. 저녁상을 준비시키는 것이……."

"그렇군, 그래다오. 오랜만에 오쿠라와 쇼에이니, 니이, 그리고 그대도 함께……."

요도 마님은 순순히 고개를 끄덕이며 말을 계속했다.

"깨달았을 때는 동생들이 이 언니의 손을 이끌어주고 있었어. 오다니와 기타노쇼가 함락될 때와는 반대로…… 그런데……그 조코인도 매달리려는 내 손을 뿌리치고 가버렸군…… 용서해다오. 모두 내 잘못이야."

하루나가는 고개를 돌려 옆에 있는 우쿄 부인에게 서녁상을 준비하도록 눈짓했다.

'그래, 그렇던가……!'

비로소 요도 마님의 고독과 수심이 가슴에 깊이 스며들었다.

'요도 마님도 이제는 싸워야 한다는 것을 깨달으셨다.'

아니, 그 이상……여성의 날카로운 직감으로 어쩌면 죽음까지 예감하고 있는지도 모를 일이었다.

하루나가는 서둘러 일어났다.

"아 참, 수비대장 오쿠하라 도요마사에게 전할 말을 잊고 있었군."

그리고 허둥지둥 복도로 나오자, 곧 멈춰서서 불안한 듯 뒤돌아보았다.

'죽음을 예감한 인간은 그 직전에 이상할 만큼 선량해진다지 않는가…….'

하루나가가 고개를 세게 흔들며 입구에서 마당으로 한 발 내려섰을 때, 성문께에서 노을 지기 시작한 후덥지근한 공기를 뒤흔들듯 소라고둥이 울렸다. 하루후사가 마침내 사카이에서 기시와다로 공격할 군대를 직접 이끌고 나가는 모양이었다. 밤이 되기를 기다려 나가는 것을 보니, 아마 밤중에 아직 타다 남은 거리에 불을 지를 작정인 듯하다.

하루나가는 중얼거렸다.

"이젠 어쩔 수 없다."

그것은 동생 하루후사를 억누르기 힘들다는 의미뿐 아니라, 그 이상으로 싸움이냐? 평화냐? 하는 착잡하기 이를 데 없는 문제를 도저히 풀 수 없다는 절망의 뜻이 어린 혼잣말이었다.

마당으로 나가니, 석가산 넘어 후루타 오리베가 헌상한 등롱 곁에 서서 오쿠하라 도요마사도 같은 고둥소리를 듣고 있었다.

하루나가는 빠른 걸음으로 그쪽으로 걸어갔으나 금방 말을 걸지는 않았다.

주위는 차츰 어두워지고 하늘의 별이 하나둘 희미한 청량감을 전하며 빛나기 시작했다…….

또다시 무거운 여운을 남기며 소라고둥이 울렸다.

여름전쟁 시작

오사카의 여름싸움은 오노 하루후사의 군사 2000여 명이 구라가리 고개(暗峠)를 넘어 고리야마에 불 지른 때부터 시작되었다고 한다. 날짜는 4월 26일로 기록되었으며, 그때 고리야마의 동북 마을이 완전히 불타버려, 내버려 두면 나라 일대까지 초토가 될지 모르는 위기를 맞고 있었다.

그리하여 고조 성(五條城) 성주이며 막부의 지방관이기도 한 마쓰쿠라 시게마사는 오쿠타 다다쓰구(奧田忠次)와 함께 이를 맞아 토벌하기 위해 고쿠부 고개(國分峠)로 철수하여 야마토는 이미 싸움터가 되어버렸다.

오노 하루후사를 이렇듯 강경한 주전론자로 만든 이유는 몇 가지 있다. 형 하루나가의 태도가 분명하지 못했던 것도 이유의 하나였고, 직접적인 동기는 그가 차츰 믿게 된 고슈 무사 오바타 가게노리가 실은 교토 행정장관 이타쿠라 가쓰시게와 짜고 숨어든 간토의 첩자였다는 걸 알게 된 데 있었다. 하루후사는 가게노리를 완전히 믿어 작전회의 석상에서도 늘 그의 의견을 지지하며 사나다 유키무라에게 맞섰다. 그리고 가게노리에게 심취하여 자기 저택 안에 일부러 그의 거처까지 새로 지어주었다. 그 오바타 가게노리가 사카이 형편을 살피고 오겠다며 성을 나간 채 사라져버렸으니 그의 입장은 실로 묘하게 되어버렸다.

"어리석은 멍청이……."

그런 욕을 듣지 않기 위해 그는 강경한 주전론자가 되지 않을 수 없었던 것이다…… 그가 가게노리에게 배신당한 마음의 상처는 컸다.

'사람을 믿어서는 안 된다!'

아직 젊은 탓도 있었다. 그의 인간불신은 극단적으로 자신만 믿는 허무주의적인 자력신자(自力信者)로 일변시켰다. 이에야스나 히데타다뿐 아니라 친형인 하루나가와 어머니 오쿠라 부인마저 믿으려 하지 않았다. 물론 히데요리도 믿지 않았다. 다만 히데요리를 내세워 싸우지 않으면 안 되므로 그를 선동하며 받들고 있는데 지나지 않았다.

그러한 그가 형과 어머니의 마음속에 히데요리를 고리야마로 옮기고 싶어 하는 바람이 있다는 걸 안 이상, 우선 그것부터 불태워 그 꿈을 끊어버리는 것은 당연한 일이었다. 이리하여 그가 내보낸 군사들의 고리야마와 나라 방면 교란이 발화점이 되었다.

다음으로 하루후사가 노린 것은 와카야마(和歌山) 군에 대한 협공이었다. 와카야마의 아사노 나가아키라는 젊어서 죽은 요시나가의 동생이었다. 도요토미 가문과 끊으려야 끊을 수 없는 아사노 가문의 주인이, 형 하루나가며 히데요리의 초청은 거들떠보지도 않고 누이동생을 나고야의 고로타마루에게 출가시켜 이에야스에게 아부히는 게 용서할 수 없는 불결함으로 보였기 때문이다.

"어디 두고 봐라. 뼈저리게 후회하도록 해줄 테니."

그는 직접 나가아키라를 설득하는 것을 중지하고 영지 안의 향사들이며 요시노, 구마노(熊野) 등의 지방무사를 선동하여 각지에서 들고 일어나게 하는 수단을 썼다. 그리하여 그들은 이미 무시무시한 횃불을 들기 시작했다.

이에 호응하여 하루후사는 아우 도켄과 함께 사카이를 불태우고 기시와다에 진출하여, 도요토미 가문을 배신하고 이에야스에게 간 고이데 가문의 주인 요시히데(吉英)를 짓밟아 이 일대를 장악하려 했다. 이러한 정세 속에서 이타쿠라 가쓰시게로부터 아사노 군에 급거 출동하도록 재촉이 온 것은 4월 28일로, 그날 사카이 거리는 붉은 화염에 휩싸여 불타고 있었다.

4월 28에는 불타는 사카이에서 간토 편의 수군 무카이 다다카쓰(向井忠勝), 구키 모리타카(九鬼守隆)가 오노 하루나가, 마키시마 겐바(眞木島玄蕃) 등과 맹렬히 싸웠을 뿐 아니라 교토에서도 위기일발의 대사건이 일어나 백성들의 동요가 심상치 않았다.

"오사카 쪽에서 교토를 불태우기 위해 많은 밀정이 숨어들었다."

그런 소문에 떨고 있는 혼란 속에서 이타쿠라 가쓰시게가 이런 포고를 내렸다.

"안심하라. 방화주모자 이하 전원을 행정장관이 직접 체포했다."

28일로 정해졌던 이에야스의 출진은 5월 3일로 연기되었다.

방화주모자들은 바로 백성들 앞에 끌려나가 수많은 사람들 욕설을 들으며 형장으로 향했다. 주모자는 말할 것도 없이 오노 하루후사와 호응하여 교토로 잠입한 요시다 가문 중신 기무라 무네요시의 부하로, 30여 명이 체포되었다.

그 무렵에는 이미 야마토 고리야마에서 성주 쓰쓰이 마사쓰구가 성을 버리고 달아났고 오사카 군은 나라로 쇄도하고 있었으니, 그날의 무운이 도요토미 쪽의 손을 들어주었다면 불탄 것은 사카이뿐 아니라 나라와 교토 등 일본의 옛 도시가 모두 다 재로 바뀌었을 것이다.

실로 손에 땀을 쥐게 하는 국토 수난의 위기를 안고 있었던 날이었다. 물론 이러한 위기를 짐작하고 이타쿠라 가쓰시게가 아사노 군 출진을 재촉했던 것이지만⋯⋯.

미즈노 가쓰나리가 지휘하는 야마토 어귀의 제1진도 역시 나라 방면으로 급히 진군하고 있었으나 그들이 도착하기 전에 나라가 불타버릴 위험이 있었다. 그렇다면 아사노 군을 와카야마에서 사카이로 보내 오노 하루후사의 눈을 이 방면으로 돌린 뒤에 그들 앞을 가로막는 수밖에 없다⋯⋯고 가쓰시게는 생각했다.

"교토와 나라는 어떤 일이 있더라도 불태우면 안 된다."

그것은 이에야스의 엄명이었다.

이 엄명이 없었더라면 '의(義)'를 자처하는 오사카 군은 도요토미 가문과 옛 도시의 비중은 생각할 겨를도 없었던 폭도들로 후대에까지 악명을 남겼을 것이다.

아사노 나가아키라는 그러한 위기일발의 상황 속에서 백성들의 폭동을 염려하며 5000명 군사를 이끌고 출진했다. 오노 하루후사 쪽에서 보면, 나라 방면은 어찌 되었건 이 기슈 길목에서는 보기 좋게 나가아키라가 덫에 걸려든 것이라고 할 수 있었다. 이렇듯 아사노 군을 유인해 놓고 그 틈을 노려 폭도로 변한 백성들로 하여금 와카야마 성을 습격하게 하여 협공하는 게 그들의 작전이었다.

아사노 군의 선두가 사노에 도착한 것은 오후 1시로, 그때 나가아키라의 본대는 그보다 후방인 가시이강(樫井川)에서 떨어진 신다치(信達)에 이르고 있었다. 신다치는 오노 하루나가의 옛 영지이므로 하루나가의 노신 기타무라 기다유(北村

喜太夫)와 오노 야고에몬(大野彌五右衛門)이 오사카 군의 도착을 기다려 봉기하기 직전이었는데, 이를 탐지한 아사노 군이 곧바로 기다유를 체포하고 야고에몬을 베어버리자 드디어 양군의 전투가 시작되었다.

이때 오사카 쪽의 인원수는 일설에 의하면 4만이라고도 하고 어떤 곳에는 2만으로 기록되어 있다. 4만은 좀 과장이고 아사노 군 5000명에 비해 아무튼 4, 5배 이상이었다는 사실은 짐작할 수 있다.

오사카 쪽 총대장은 물론 오노 하루후사였고 그 아래 도켄, 고리 슈메, 오카베 다이가쿠(岡部大學), 반 단에몬(塙団右衛門), 단노와 시게마사(淡輪重政), 미슈쿠 간베에(御宿勘兵衛), 요네다 겐모쓰(米田堅物) 등 뛰어난 무장이 모여 있었다.

반 단에몬은 오사카에 모인 무사 중에서도 고토 마타베에와 더불어 용맹을 떨치던 호걸로, 전에는 가토 요시아키를 섬겼다. 그런데 세키가하라 때 앞질러 나갔다가 꾸중 듣자 분개하여 결연히 물러난 인물이고, 미슈쿠 간베에는 에치젠의 다다나오를 섬기다가 역시 주군과 충돌하여 떠나온 인물이었다. 지금도 그는 싸움에 이기면 에치젠은 자기가 가지겠다고 호언장담하고 있었다. 도켄과 고리 슈메는 본디 도요토미의 가신이었고, 오카베 다이가쿠며 요네다 겐모쓰는 모두 만만치 않은 대장으로 2만 대군 가운데 거의 대부분 싸움이 벌어진다는 소리에 모여든 떠돌이무사들이었다.

그런 만큼 방화와 방화 뒤에 저질러진 그들의 약탈난행은 너무도 잔인하여 사카이 시민들은 증오 속에 몸을 벌벌 떨었다. 사카이의 방화를 지휘한 것은 하루후사의 동생 도켄으로 그 때문에 뒷날 시민들에게 참살당했다.

이렇듯 잔인하기 이를 데 없는 부대가 28일에는 사카이에서 기시와다, 가이즈카(貝塚) 언저리까지 밀고 나갔으니 정면으로 충돌하면 아사노 군으로서는 승산이 없었다.

총대장 오노 하루후사는 반 단에몬과 오카베 다이가쿠를 선봉으로 일제히 기시와다의 고이데 요시히데를 격파하고 기슈 길로 밀고 나갈 작정이었으나, 고이데 요시히데는 원군인 가나모리 요시시게(金森可重)와 함께 동군(東軍)의 명령을 굳게 지켜 농성하면서 공격해 오지 않았다.

그리하여 하루후사는 기시와다 성 공격을 위해 동생 도켄을 남겨두고 곧장 가이즈카에서 사노로 진군했다.

한편 아사노 군의 선봉은 사노에 도착하자 2진과 3진이 가시이, 신다치에 도착하는 것을 확인하여 후진과 연락을 취하기로 했다. 선진의 대장은 아사노 사에몬스케(淺野左衛門佐), 아사노 우콘(淺野右近), 그리고 가메다 오스미(龜田大隅)였다.

이 세 사람이 함께 늦은 점심을 먹기 시작하는데 오자키 마을(尾崎村)의 규에몬(九右衛門)이라는 농부가 뛰어와 오노 하루후사 군의 접근을 알려주었다.

"오노 하루후사 님이 2만이 넘는 대군을 거느리고 이리로 진군해 오고 있습니다. 선두는 벌써 가이즈카에 이르렀을지도 모릅니다."

아사노 군은 그때까지 적의 동태를 파악하지 못하고 있었다.

"큰일 났구나. 곧 척후를 내보내자."

나간 척후는 바로 돌아와서 보고했다.

"적이 가이즈카까지 왔습니다."

"인원수는 얼마나 되느냐?"

"예, 오노 하루후사, 반 단에몬, 오카베 다이가쿠, 마슈쿠 간베에, 요네다 겐모쓰 등의 군세로 2만이라고 합니다."

"뭐, 2만……?"

아사노 사에몬노스케가 얼른 대답했다.

"2만이든 3만이든 오합지졸이오. 곧 쳐부수고 지나갑시다."

그러자 가메다 오스미가 단호하게 반대했다.

전쟁에는 기세라는 것이 따라다니는 법, 아군의 선봉은 2000이 채 안 되는데 여기까지 와서 후퇴한다면 사기에 관계된다. 아사노 사에몬스케는 단번에 쳐부수자고 했으나 가메다 오스미의 생각은 반대였다.

"오합지졸들에게도 밀어붙이기 힘든 기세가 붙을 때가 있소. 그것은 자기편 수가 적을 압도하여 우세할 경우와 승세를 타고 있을 때요. 듣자니 인원수가 2만에 가깝고 더욱이 사카이에서 기시와다까지 모조리 불태우며 진군해 왔소. 그런 기세에 있을 때 가벼이 움직이는 것은 금물이오."

"그러면 무 처럼 사기가 올라 있는 아군에게 퇴각을 명하자는 거요?"

"퇴각이 아니오. 대군에 맞닥뜨렸으니 이를 격파하기에 좋은 지점까지 물러가 거기로 적을 유인하자는 거요."

"난 그렇게 생각하지 않소. 그렇게 되면 역시 적을 두려워하는 게 되오."

"아니, 그렇지 않소. 여기 멈춰서 수비하여 되는 싸움이라면 이대로 버티는 것도 좋겠지. 이 사노는 그리 좋은 지형이 아니오. 그러니 얼른 야스마쓰(安松), 나가타키(長瀧) 언저리까지 후퇴하여 적의 기세가 수그러들었을 때 돌파해 오사카로 접근하는 편이 전략상 유리하오."

모두들 기세등등하여 의견이 좀처럼 일치되지 않았다. 그리하여 아사노 우콘의 중재로 두 사람의 의견을 그대로 본진의 아사노 나가아키라에게 보고하여 결재를 얻기로 했다.

나가아키라는 영내에 봉기한 폭도들의 동태를 염려하고 있던 때이니만큼 신중을 기했다.

"사노에서 적을 맞이하는 것은 지리상 마땅치 못하다. 우콘과 오스미는 야스마쓰, 나가타키까지 물러나고, 사에몬스케는 가시이강까지 후퇴하여 강을 눈앞에 두고 적을 기다리도록."

나가아키라가 그렇게 결정 내리자 따를 수밖에 없었다.

아사노 군은 일단 손안에 넣었던 사노를 버리고 그날 황혼 무렵부터 군사를 빼기 시작했다. 진격해 올 때는 파랗게 개었던 여름하늘에 차츰 구름이 몰려들더니 한밤이 지나면서부터 비가 주룩주룩 내렸다.

"뭐야, 이게. 이럴 줄 알았으면 땀 흘리며 서두를 필요가 없었구면."

"글쎄 말이야, 비 내리는 한밤중에 일부러 후퇴하다니…… 이래서야 처음부터 지는 싸움을 연습한 셈이 아닌가?"

"그러나 오고쇼님 마음에는 들지 모르겠는걸. 진격하는 것만 알고 물러설 줄 모르면 화가 제 몸에 미친다……고 하셨다니까."

"그만둬. 그건 이길 줄만 알고 지는 것을 모르니 하는 소리지……그러나 싸움에 진다는 걸 알게 되면 이건 큰일이야."

이렇듯 비 내리는 밤의 진지이동은 마침내 아침까지 걸렸다. 다행히 새벽녘에 비가 멎으면서 대신 안개가 자욱이 끼어 나가타키에는 아사노 우콘, 야스마쓰에는 가메다 오스미, 후퇴에 가장 불평 많던 아사노 사에몬스케는 훨씬 뒤쪽인 가시이강 앞까지 물러나 누구에게도 발견되지 않게 다시 포진을 끝냈다.

한편 오사카 군은 기세를 돋우며 가시이강까지 오자 공격군의 본성을 드러내어 해 질 무렵부터 일제히 배를 채우기 시작했다.

"배가 고프면 싸우지 못한다. 자, 징발이다 징발."

백성들이 가장 두려워하는 것은 이 오사카성의 '징발'이었다. 그들은 이미 세상에 대한 불평으로 가득한 환영받지 못하는 존재들로 싸움만 찾아 모여든 전국인(戰國人)들이었다. 그런 만큼 싸움터에서는 이 '징발'이 유일한 즐거움이었다. 이에야스는 필요불가결한 것을 징발할 때는 반드시 그 대금을 치르도록 엄명 내리고 있었다. 오사카 편에서도 물론 그런 명령을 내렸겠지만 실천되지 않았다.

"자, 나가서 먹을 걸 모아오너라."

그렇게 되면 이에 편승하여 날뛰는 무뢰한들 또한 거의 반드시 나타나는 법이다.

"식량이라면 제가 모아드리지요."

이때도 가이즈카의 간센사(願泉寺)에 있던 보쿠 한사이(卜半齊)라는 가짜 중이 선두에 나서서 군량 수집을 도왔다. 아무튼 어젯밤 오사카성을 나온 뒤로 꼬박 하루 동안 강행군을 계속한 뒤였다. 사람도 말도 모두 배고픔과 피로가 심했다.

"쌀로는 도저히 모자란다. 보리 섞은 주먹밥으로 나눠주자."

보쿠 한사이는 기세등등하게 농가와 상인에게서 두말 못 하게 쌀이며 보리를 뺏으러 돌아다니다가 얼마 뒤 어디서 손에 넣었는지 엄청난 술을 진중으로 날라왔다.

"눈치 빠른 중놈이군. 술까지 찾아내다니!"

"똑똑한 놈인데! 더 있겠지? 모두 가져와."

이러한 경우에 술이 어떤 작용을 하는지는 새삼 쓸 것도 없으리라. 그러잖아도 막돼먹은 자들이 많은 오합지졸이었다. 개중에는 앞다투어 술을 뺏어 먹느라 일어서지도 못하는 자가 있고, 날이 새는 데도 여전히 술잔을 들고 있는 자들도 많았다.

"어이없는 놈들이로군. 날이 새는데."

오늘의 선봉은 반 단에몬, 오카베 다이가쿠의 순서였는데, 다이가쿠가 일어나 보니 백성들을 몰아내 빈집에 대부분 곯아떨어져 있었다. 다이가쿠는 께이난 자신의 병졸들을 데리고 성큼 먼저 출발해 버렸다.

이 다이가쿠와 단에몬은 사이가 몹시 좋지 않았다. 특별히 이유가 있어서가 아니었다. 겨울싸움 때 선봉을 다투었다는 참으로 전국인다운 고집에서였다.

비 내린 뒤의 아침 안개 속에서 단에몬이 눈을 떠보니 다이가쿠의 부대 일부가 먼저 떠나고 없었다. 그는 말안장을 두들기며 분개했다.

"이놈, 또 선봉의 승낙도 없이 제멋대로 사라졌구나. 바로 뒤쫓아라."

기슈 길목의 안내역으로 데려온 단노와 시게마사를 앞세워 다이가쿠 군을 뒤쫓았다.

그리하여 오카베 군을 뒤쫓아간 곳은 전날 밤 아사노 군이 물러난 사노에서 더 앞쪽인 아리도시(蟻通) 북쪽이었다. 다이가쿠 군은 여기까지 와서 잠시 쉬고 있었던 것이다.

단에몬은 불같이 노하여 다이가쿠를 욕했다.

"이놈, 다이가쿠, 공을 다투는 것도 때에 따라서지. 오늘 싸움의 선봉대장을 맡은 것은 이 단에몬이다. 그것을 앞질러 제멋대로 진격하는 군법을 어디서 배웠느냐. 이게 원인되어 우리 편이 불리해진다면 네놈들의 쓰레기통 같은 배를 한두 개쯤 베어서 체면이 설 줄 아느냐. 이 떠돌이개놈아."

전국인의 욕설은 애교의 하나다. 때에 따라서는 그것이 용맹을 북돋우는 자극제이기도 했다.

단에몬의 입김 사나운 욕설을 듣고 다이가쿠도 지고 있지 않았다.

"흥, 쓰레기통은 네놈의 배를 두고 하는 말이지. 마시지도 못하는 술에 취해 출발시간을 잊어먹는 게 선봉대장의 자세인가? 쓸데없는 짓을 해서 배를 갈라봤자 나오는 건 탁주뿐일걸."

"이 녀석, 가만히 두면 못할 소리가 없겠구나. 안 되겠어, 본때를 보여줘야지."

"오, 바라던 바다. 어느 편이 센지 해보자."

"잘도 지껄였겠다. 그 큰소리 잊지 마라."

단에몬은 실컷 욕을 퍼붓고 나서 곧 기슈길 안내역을 소리높이 불렀다.

"야, 야마구치 헤이나이(山口兵內), 헤이키치(兵吉), 이리 나와."

"옛, 야마구치 형제 여기 있습니다."

"오늘 안으로 우리는 와카야마까지 밀고 간다. 적도 지금쯤 나와 있을 테지. 곧바로 정찰하러 나가라."

"알겠습니다."

이리하여 두 사람을 보내고 단에몬은 선두에 섰다. 물론 오카베 다이가쿠도 그 뒤를 바싹 따라 진군했다. 그러자 아리도시로 접어들 무렵 정찰 나갔던 헤이나이 형제가 되돌아오는 게 보였다.

단에몬은 안장 발판을 딛고 서서 큰소리로 물었다.

"드디어 나왔더냐?"

"옛, 아직 보이지는 않지만 앞쪽에서 총소리가 났습니다."

"미친놈, 그게 적이야. 좋아, 단숨에 깔아뭉개 버려라!"

그대로 달려나가려는데 단노와 시게마사가 황급히 말을 돌렸다.

"이 언저리는 아직 제 안내구역입니다, 서두르시는 건 위험합니다."

"뭐, 뭐라고! 그럼, 여기서 멈추라는 건가?"

"예, 여기서부터 가시이까지 5리쯤은 군데군데 언덕과 둑이 있어 복병을 두기에 아주 좋은 지세입니다. 그러므로 100명밖에 안 되는 기마무사로 진격하는 건 위험천만, 가이즈카에서 후진이 도착하기를 기다리는 게 좋으리라고 생각합니다."

"시끄러!"

단에몬은 또다시 안장을 두들기면서 소리쳤다.

"복병이 두려워서야 선봉노릇을 어찌하겠느냐. 무찌르고 나가는 거다."

"그건 안 됩니다. 최소한 가이즈카에 사자라도 보내 후진의 출발을 서두르게 해놓고."

"에잇, 겁 많기는…… 오카베 놈이 먼저 나가려고 기회를 노리고 있단 말이야."

말은 그렇게 했지만 단노와 시게마사의 말에도 일리가 있었다. 그래서 단에몬은 가이즈카에 있는 오노 하루후사의 본진으로 측근무사 하나를 달려보냈다.

"자, 이만하면 됐지? 이제 오늘은 반 단에몬이 얼마나 무서운 놈인지 보여주마. 모두들 나를 따르라!"

말하자마자 무섭게 말 등에 채찍질했다.

단에몬의 깃발은 자신만만하게 '반 단에몬'이라고 자기 이름만 크게 쓰인 것…… 그것을 안개가 갠 뒤의 남풍에 휘날리며 아리도시로 마구 돌진했다. 단노와 시게마사는 책임을 느끼고 재빨리 단에몬을 앞질러 갔다.

구름이 갈라지면서 푸른 하늘이 빠끔히 내다보이기 시작했다.

단에몬의 척후로 나갔던 야마구치 헤이나이, 헤이키치 형제가 맨 처음 들은 총소리는 아사노 군의 선봉 가메다 오스미가 쏘게 한 것이었다.

가메다 오스미는 나가아키라의 명에 따라 전날 밤 야스마쓰까지 진을 후퇴하여, 거기서부터 거꾸로 아리도시 방면으로 태세를 가다듬고 아침을 맞이했다. 말하자면 일단 진격했던 길을 되돌아와 다시 야스마쓰에서 직접 일대를 이끌고 정찰에 나선 것이었다. 그렇게 되면 세 번이나 실지조사를 하여 지형이 머릿속에 훤해지게 된다.

이쪽은 병력이 적으므로 어디까지나 신중하게 행동했다. 그 가메다 오스미가 자기 눈으로 단에몬이 내보낸 척후인 야마구치 형제의 모습을 본 것이었다.

"좋아, 총소리를 한 방 들려주어라. 쓰러뜨릴 필요는 없다."

야마구치 형제는 오스미가 예상한 대로 총소리를 듣자마자 보고하기 위해 서둘러 돌아갔다.

"드디어 재미있게 되었는걸. 적이 가까이 온다. 슬슬 복병 노릇을 하자. 알겠나, 가까이 올 때까지 쏘아선 안 돼."

오스미는 그 자리에 엎드리고, 이어 1대, 2대의 차례로 총구를 진격로로 향하여 양쪽 둑과 돌담 그늘에 매복시켰다.

그러자 곧 앞쪽에 단에몬의 깃발이 보이기 시작했다. 인원수는 얼마 되지 않았다. 겨우 120에서 130명쯤 되는 한 무리가 떼 지어 정면으로 기세 좋게 진군해 왔다.

그것을 아주 가까이 유인해 놓고 아리도시 어귀의 돌담 위에서 총부리를 겨누게 했다.

총포대는 50명.

"쏴라!"

타타탕 하고 총이 일제히 불을 뿜었다. 불의의 기습을 받고 30명 가까운 인원이 한꺼번에 말에서 떨어졌다.

단에몬은 말을 세우고 사방을 두리번거렸다.

"이때다! 총부대는 곧바로 삼진 위치에 엎드려라."

기다리는 쪽과 그 반대쪽의 차이가 생겼다. 서 있다가는 오히려 위험하다. 단에몬은 다시 질풍처럼 달려갔다. 물론 살아남은 자들도 뒤따랐다. 그러자 제2진의 총성이 울렸다. 이번에는 10여 명이 뒤로 벌렁 자빠지며 말에서 떨어졌다. 그러나 그동안 가메다 군의 제1진은, 제2진의 후방 3, 4정 되는 곳까지 후퇴하여 다음 총탄의 상전을 끝냈다.

두 번이나 사격을 받자 단에몬의 부대는 더욱 사나워졌다.

"이제는 복병이 없겠지. 그 사이에 달려 빠져나가자."

그러자 그때 오카베 부대가 길목 왼쪽에 펼쳐진 강바닥으로 나가는 것이 보였다.

"단에몬에게 뒤처져서는 안 된다. 앞으로! 강바닥에서 앞질러버리자."

이쪽은 그대로 진군하면 나가타키에 진을 친 아사노 우콘의 진지와 부딪친다.

우콘은 총을 쏘지 않았다. 그는 오카베 군의 수가 적은 것을 알고 포위해 칼과 창의 먹이로 삼을 작정인 것 같았다. 가까이 끌어놓고 함성을 올렸을 때 다이가쿠 무리들은 아사노 우콘의 창숲 속에 갇혀 꼼짝 못 하게 포위되고 말았다.

타타탕 하고 가메다 오스미의 세 번째 총격이 단에몬 부대를 향해 발사되었다. 단에몬은 이미 가시이 거리에 들어가 있었다……

단에몬으로서는 거침없이 적중을 돌파한 셈이었으나, 아사노 군으로서는 멋지게 그들을 야스마쓰에서 가시이로 유인한 게 되었다.

"이때다! 달려들어랏."

쏘고는 물러가고 물러갔다가는 또 쏘던 가메다 오스미는 가시이 거리에 들어가자 갑자기 돌변하여 공세를 취했다.

이곳에는 이미 나가아키라의 본진에서 우에다 몬도노쇼(上田主水正) 부대가 도착해 있었다. 거기에 우에다 군과 가메다 군이 양쪽에서 협공해 오자 단에몬의 돌풍진격도 여기서 멈추지 않을 수 없었다.

"얏, 내가 바로 반 단에몬의 가신 가운데 그 이름도 드높은 사카다 쇼지로(坂田正二郎)다! 1대 1로 대결하자."

난전이 되자 옛 버릇이 되살아났다. 소리높여 이름을 대고 단에몬에게 달려들려는 우에다 몬도노쇼의 창끝을 향해 한 무사가 역시 창으로 후려치듯 달려들었다.

"뭐야, 졸개로군. 좋아, 상대하기에는 부족하지만 우에다 몬도노쇼인 줄 알면서 달려든 뜻이 가상하여 맞서주마. 자, 덤벼라."

"뭐, 우에다 몬도노쇼……들어보지도 못한 이름이군, 간다!"

이런 경우에도 아직 욕설을 퍼부어대는 것은 그들이 얼마나 낡은 전국시대 무사인지 알려준다.

이 두 사람이 창을 휘두르는 동안 몬도노쇼의 창이 손잡이 가까운 곳에서 뚝 부러졌다. 그러자 서로 칼질은 귀찮으니 격투를 하기로 하고 말을 가까이 접근시켜 맞붙은 채 털썩 땅바닥에 떨어졌다. 실로 유유해 보이는 모습이지만 실은 그렇지 않았다. 땅 위에서 엎치락뒤치락하는 동안 양쪽의 부하들이 달려들어 자기 주인을 죽이지 않으려고 뚫고 들어오니 순식간에 맹수들의 격투장처럼 되고 말았다.

이렇듯 가시이에서 난전이 벌어지고 있는 동안 강바닥을 진군하고 있던 오카베 군은 대장 오카베 다이가쿠가 부상 입어 벌써 무너져가고 있었다. 그들은 나가타키에 아사노 우콘이 도사리고 있는 줄 눈치채지 못한 모양이었다. 공을 다투는 상대 반 단에몬에게 지나치게 신경쓴 탓이리라.

난데없이 와아 하는 함성과 함께 창숲을 이룬 아사노 우콘 부대가 갑옷장식을 흔들며 목을 빼고 돌진해 오는 것에 마주치자 순간 깜짝 놀라고 말았다. 이렇듯 뜻하지 않은 조우전에서는 한순간의 머뭇거림이 회복할 수 없는 '기세'의 차이를 만든다.

단에몬에게 지지 않으려고 기세를 올리다가 정면에 있는 적의 복병을 눈치채지 못한 것은 오카베 다이가쿠의 불찰이었다. 여기서는 이름을 들먹일 틈도, 뽐낼 틈도 없었다. 양쪽이 고함지르며 한 번 격돌하고 지나쳤을 때 대장 오카베 다이가쿠는 벌써 두 군데나 상처 입고 있었다. 갑자기 습격당한 데다 대장이 상처 입었으니 그때부터는 그저 우왕좌왕할 뿐……

오카베 군이 갔던 길을 황급히 후퇴하기 시작했을 때 가시이 거리의 난투장에서는 두 번의 연이은 승리의 외침이 올랐다.

"가메다 오스미, 단노와 시게마사의 목을 베었다!"

"반 단에몬의 가신 사카다 쇼지로를 요코제키 신자부로(橫關新三郎)가 베었노라!"

요코제키 신자부로는 우에다 몬도노쇼의 시동이었다.

해가 무섭게 내리쬐기 시작했다. 길바닥이 말라 있어 바다에서 불어오는 바람이 격투를 벌이는 사람들을 때때로 연기 같은 먼지로 휩쌌다.

그 앞의 바다는 눈이 시리도록 푸르렀으나 그런 것은 누구의 눈에도 보이지 않았다. 반 단에몬은 이따금 말 위에서 거리를 돌아보았다. 지금 뇌리를 스치는 것은 이미 가메다 오스미에게 당한 단노와 시게마사의 충고였다.

'사자를 보냈는데. 후진의 하루후사는 아직 도착하지 않았나……'

그러나 보이는 것은 여기저기 적에게 포위되어 있는 자기 편의 모습뿐, 후군이 나타나는 기척은 없었다.

'당했구나. 이렇게 되면 일단 후퇴할 수밖에.'

자기편은 대부분 쓰러져 벌써 20명도 안 되게 줄어들었다. 하는 수 없이 이를 갈면서 말을 돌리려는데 윙 하고 바람을 가르며 날아오는 화살 소리가 들려왔다.

"아……!"

순간 단에몬은 고삐를 당겨 말을 세웠다.

싸움에 익숙한 감각으로 그 화살이 자기 옆구리를 노려서 쏜 것임을 직감했기 때문이었다. 말이 큰소리로 한 번 울부짖고 앞발을 번쩍 들었다. 그와 동시에 자신의 왼쪽 허벅다리에 화살이 푹 꽂혔다. 활촉에서 기러기 날개 모양의 깃을 없앤 날카로운 화살이 갑옷자락을 꿰뚫고 허벅지에 깊이 파고들었다. 단에몬은 벌렁 자빠지며 안장에서 떨어졌다. 그것은 아사노 가문에서 궁술로 제일가는 명인으로 알려진 다코 스케자에몬(多胡助左門)이 쏜 강궁(强弓)이었다.

"반 단에몬 덤벼라!"

떨어진 찰나, 창을 휘두르며 달려든 자를 단에몬은 가까스로 피하며 그 창자루를 잡았다. 상대가 황급히 창을 거두자 그 반동으로 단에몬도 일어섰다. 일어서는 동시에 큰 칼을 옆으로 후려쳤다. 으악 하는 반응이 있더니 주춤하는 동안 단에몬은 말고삐를 잡았다.

화살을 허벅지에 맞아 말에서 떨어져 다시 올라탈 때까지…… 과연 인간으로 여겨지지 않을 만큼 날쌘 솜씨였다. 다시 말 위에 올라 해변가 쪽 적의 세력이 약한 것을 보고 곧장 그쪽으로 말머리를 돌렸을 때였다.

"반 단에몬, 가메다 오스미가 여기 있다!"

직징이구나……생각한 순간 단에몬은 거칠게 내답했다.

"싫다! 나는 일단 후퇴한다. 나중에 상대해 주마."

이 또한 어지간히 싸움터에 익숙한 솜씨가 아니면 나올 수 없는 말이었다. 가메다 옆에는 30기쯤. 자기 옆에는 7, 8기. 이런 상황에서 싸워서는 승산이 없다는 순간적인 계산이었다.

그런데 다시 거리 중간쯤으로 물러나 거기서 또다시 불리한 상대와 마주쳤다.

"야앗, 적의 선봉대장 반 단에몬이렷다! 나는 그대를 기다리고 있던 우에다 몬도노쇼다. 자, 1대 1로 승부하자."

바로 조금 전 부하인 사카다 쇼지로와 씨름으로 싸웠던 난폭한 사내인 만큼 섣불리 물러나기 힘든 형편이 되었다. 이 우에다 몬도노쇼는, 세키가하라 때 이시다 미쓰나리의 가신으로 그 이름이 알려졌고, 지금은 아사노 나가아키라를 섬기고 있었다. 말하자면 반 단에몬과 같은 전국시대 호걸 가운데 하나였다.

상대에 따라서는 그대로 물러날 작정이었던 단에몬이었으나 우에다 몬도노쇼에게 퇴로를 차단당해 버렸으니 그것도 쉽지 않았다. 만약 이대로 지나쳐 버린다면 상대방은 반드시 귀로 들을 수 없는 욕설을 퍼부으며 조롱할 게 틀림없었다.

"반 단에몬 놈이 우에다 몬도노쇼가 무서워서 저렇게 달아나고 있다. 꼴좋다."

그것을 알므로 고집으로라도 그 자리에 멈춰서지 않을 수 없었다.

"뭐냐, 세키가하라에서 죽지도 못한 우에다 몬도노쇼인가?"

"그렇다. 그 뒤 한 번 머리를 깎고 소키치(宗吉) 스님으로 개명했지만 단에몬이 적 편에 있다는 말을 듣고 옛날의 몬도노쇼로 다시 돌아왔다. 도망가지 마라, 단에몬."

"잘도 지껄이는구나, 죽지도 못한 놈. 그렇게도 목숨이 하찮다면……그래, 칼을 쓸 것도 없다. 자, 한판 붙자."

"바라던 바다, 덤벼라."

어쨌든 총뿐 아니라 대포가 위력을 발휘하기 시작하던 시대의 감각과는 한참 거리가 먼 것이었다.

두 사람은 성큼 말을 가까이 몰아갔다.

"아무도 가까이 오지 마랏!"

그리고는 두 팔을 벌리고 말 위에서 엉겨 붙었다. 엉겨 붙으면 으레 떨어지기 마련이다. 떨어지자마자 두세 번 구르는 동안 단에몬의 오른팔이 몬도노쇼의 목을 감았다. 아무래도 몬도노쇼는 단에몬이 자랑하는 가신 사카다 쇼사부로와의 씨름으로 상당히 지쳤던 모양이다.

"아, 몬도노쇼가 위태롭다. 그를 구해라……."

아사노 군에서 네댓 명이 달려 나와 단에몬에게 창을 들이댔다.

단에몬은 왼팔로 상대의 목을 안은 채 벌떡 일어났다. 그때는 벌써 오른팔로 큰 칼을 뽑아들고 있었다.

"피라미 같은 놈들, 덤빌 테냐!"

몬도노쇼를 질질 끌면서 다가오는 자를 후려치며 마을 어귀로 다가갔다.

"기다려!"

몬도노쇼의 시동인 요코제키 신자부로가 황급히 단에몬의 뒤에서 목을 끌어 안았다. 그래도 단에몬은 걸음을 멈추지 않았다. 다친 왼쪽다리의 상처 때문에 절룩거리면서 목에는 신자부로, 왼팔에는 몬도노쇼를 매단 채 욕설을 퍼부으면서 걸어갔다.

"가까이 오면 이 죽지 못해 남은 놈의 배꼽을 도려내 버릴 테다. 배꼽 없는 몬도노쇼를 만들지 않으려면 가까이 오지 마라."

단에몬은 그대로 마을 어귀까지 걸어가는 동안 지원군이 도착할 거라고 생각하는 모양이었다.

그러나 그 계산도 예닐곱 걸음 걷는 사이 사라져버렸다. 젊은 요코제키 신자부로가 단에몬의 상처 입은 왼발이 허공에 떴을 때를 기다려 갑자기 뒤로 넘어뜨려 버린 것이다.

"건방진 조무래기 놈이!"

그때부터 2, 3초 동안은 무서운 고함이 뒤섞인 맹견의 격투였다. 그리고 정신을 차렸을 때 신자부로가 주저앉은 단에몬의 콧등에 미친 듯 주먹질하고 있었다. 단에몬의 눈과 입이 순식간에 부어오르며 피를 내뿜었다.

다음 순간 일어선 몬도노쇼의 큰 칼이 번뜩이자 으악 하는 무시무시한 고함을 마지막으로 단에몬의 목은 햇살이 내리쬐는 땅에 떨어졌고, 승리를 고하는 몬도노쇼의 거친 외침이 울려 퍼졌다.

"반 단에몬을 우에다 몬도노쇼가 베었다……."

반 단에몬이 분전하는 동안 오노 하루후사는 끝내 오지 않았다. 아니, 오지 않았다기보다 그때 하루후사는 아직 가이즈카의 겐센 사를 떠나지도 않고 있었다. 보쿠 한사이가 징발해 온 아침술을 내놓아 하루후사는 기분 좋게 계속 술잔을 기울이고 있었던 것이다. 물론 술에 취해 있는 게 아니고 그 나름대로 속셈이 있었다.

"선봉이 벌써 가시이에 도착했을 텐데, 우리도 출발할 시간이 된 것 같습니다."

단에몬에게서 요청이 있어 측근무사가 재촉했지만 하루후사는 웃으며 잔을 거듭했다.

"염려 마라. 내게 다 계산이 있어. 오늘 싸움은 지나칠 정도로 이기는 싸움이 될 거야. 조금 더 있어 봐."

그가 그런 말을 한 것은 기타무라 기다유, 오노 야고에몬 등 가신 두 사람을 와카야마성 안에 잠입시켜 두었기 때문이었다. 이 두 사람은 아사노 나가아키라가 와카야마 성을 출발할 때를 노려 곧바로 폭동분자들을 규합하여 빈 성을 단숨에 빼앗은 뒤 곧 알려주기로 약속되어 있었다. 따라서 선봉인 반 단에몬이 적과 마주쳤다는 것은 다름 아닌 와카야마가 비게 되었다는 뜻이며 그 성이 손쉽게 수중에 들어오는 셈이 되므로 싸움은 이제부터라고 판단했던 것이다……

"이제 곧 좋은 소식이 올 거야. 그때 출발해도 충분해. 너희들도 그 축하를 미리 히는 거라고 생각하며 마셔두어라."

총대장 하루후사가 해장술을 마실 정도이니 절 주변에 집결해 있는 무사들이 얌전하게 근신하고 있을 리 없었고, 그때는 이미 어젯밤의 취기가 되살아나 몽롱한 상태였다.

하루후사가 믿고 있는 기타무라 기다유와 오노 야고에몬은 와카야마 성에 들어가기는커녕 신다치에서 아사노 군에게 잡혀 목이 달아나버렸다. 그러나 하루후사는 그것도 모르고 오카베, 단에몬 두 부대가 전멸했다는 기별을 가지고 전령이 왔을 때 이렇게 말했다.

"그래, 드디어 왔구나. 이리로 들라 해라."

"보고드립니다."

"오, 수고 많구나. 기타무라, 오노 두 사람이 보냈겠지. 와카야마는 손에 넣었느냐?"

"아니, 그런 게 아닙니다. 선봉이 가시이에서 싸우다 대장을 비롯하여 한 사람도 남김없이 전사했습니다."

"뭐, 뭐라고! 단에몬과 다이가쿠가……"

하루후사는 술잔을 내던지고 일어섰다.

"모두들 나를 뒤따라!"

맨 먼저 가시로 말을 달렸으나 그때는 이미 모든 게 끝난 뒤였다. 길가에 첩첩이 버려져 있는 것은 자기 편의 시체뿐……뿐만 아니라 아사노 군은 와카야마 성 안에 폭동의 우려가 있다 하여 군사를 한 명도 남기지 않고 철수하고 없었다.

아니, 그 이상으로 하루후사를 혼란케 한 것은 그 뒤를 따라오는 술 취한 무사들의 추태였다.

"이래서는 적을 추격하지도 못하겠다."

비로소 하루후사도 가슴이 철렁 내려앉았다. 앞으로 나갈 수 없을 뿐 아니라 배후는 모두 불태워 버렸다.

함부로 진을 쳤다가는 굶어야 한다. 하루후사는 이를 갈면서 오사카성으로 철수했다.

도묘사(道明寺) 출진

가시이에서 선두 부대들이 전멸한 것은 하루후사를 적잖이 당황하게 만들었다.

'이럴 리 없는데……'

이에야스의 직속부대라면 몰라도 아사노 군에 패한다는 것은 생각지도 못한 일이었다. 와카야마 성 배후의 폭동선동을 비롯하여 기타무라 기다유, 오노 야고에몬의 선발대에 이르기까지 쓸 수 있는 수는 빠짐없이 썼다. 무엇보다 그가 반 단에몬이 전사한 것도 모르고 술잔을 기울이고 있었던 것이 그 자신감의 증거였다. 그런데 단에몬, 오카베, 다이가쿠도 전멸하고 아사노 군은 거의 상처 하나 입지 않고 와카야마로 철수해 버렸다.

그렇게 되고 보니 이제 함부로 독단적인 행동을 할 용기가 없었다. 그리하여 오사카성으로 철수하는 동시에 곧 형에게 청하여 작전회의를 열었다.

이때 벌써 간토 군 주력은 미즈노 가쓰나리의 제1진, 혼다 다다마사의 제2진, 마쓰다이라 다다아키의 제3진, 다테 마사무네의 제4진, 마쓰다이라 다다테루의 제5진 등이 잇따라 야마토 길목으로 출발했다는 정보가 들어왔다.

오사카성 안에서 그런 정보를 서로 확인하면서 본성 큰 접견실에 모인 장수들의 태도는 뜻밖일 만큼 침착해 보였다. 4월 30일 정오가 지나서였다.

이날 히데요리도 당연히 참석해야 했는데, 오노 하루나가는 무슨 생각을 했는지 참석시키지 않았다.

"작전회의 결과는 제가 나중에 보고드리겠습니다. 저마다 솔직하게 의견을 모아봅시다."

어쩌면 동생 하루후사의 실패를 듣고 우려하는 모습을 보여서는 사기에 관계된다고 생각했는지도 모른다.

그러고 보니 성안에서 기습당했을 때부터 하루나가의 얼굴빛은 맑지 못했다. 맨 먼저 들어온 것은 사나다 유키무라와 고토 마타베에, 이어서 모리 가쓰나가와 후쿠시마 마사모리(正守 ; 마사노리의 동생), 와타나베 구라노스케, 오타니 요시히사(大谷吉久), 스스키다 하야토(薄田準人)의 순서였다.

모두들 하루나가에게는 고개 숙여 보였지만 나란히 앉아 있는 동생 하루후사는 거들떠보지도 않았다. 단에몬과 다이가쿠가 전사하는 것도 모르고 술을 마시고 있었던 하루후사에게 모두들 일종의 연민과 함께 경멸을 느꼈기 때문이리라.

고토 마타베에 옆에 앉아 있던 아카시 모리시게가 어색한 분위기를 풀어보려고 하루후사에게 말을 걸었다.

"단에몬 님은 참으로 애석하게 되었소. 좀 더 일했어야 하는데."

그러자 고토 마타베에가 흐흥하고 웃었다. 어째서 웃었는지 뜻을 알 수 없다. 아마 단에몬쯤 되는 호걸이 남에게 동정받고 좋아하겠느냐는 정도의 뜻이었는지도 모른다.

하루후사가 이 코웃음에 시비를 걸었다.

"고토 님, 뭣이 우습소?"

"뭐, 특별히 우스운 일이 있어서가 아니오. 지금쯤 단에몬의 그 텁석부리 목이 이에야스 앞으로 날려져 쓴웃음 짓고 있을 거라고 생각해 보았을 뿐이오."

"고토 님!"

"뭐요."

"귀하는 설마 단에몬은 목이 잘려 이에야스와 대면하지만, 내 경우는 살아서 대면하리라……는 생각으로 웃은 건 아니겠지요?"

하루나가가 깜짝 놀라 가로막았다.

"무슨 말을 하는 거냐? 여긴 작전회의 자리야."

그러나 그때 벌써 하루후사는 눈꼬리를 치켜들고 마타베에를 향해 고쳐 앉고 있었다.

"작전회의 자리이므로 나도 말하는 거요. 고토 님은 지금 성안에 떠도는 소문을 아시겠지요? 귀하의 진중에 혼다 마사노부와 연고 있는 자가 밀사로 왔다고 하더군요. 사실 여부를 알고 싶소."

누구의 눈에도 흥분했다고밖에 볼 수 없는 하루후사의 발언이었다. 그러나 그 내용은 그냥 흘려버릴 수 없는 것이었다. 모든 사람의 시선이 일제히 고토 마타베에게 집중되었다.

"그 일 말이오?"

마타베에는 또 희미하게 흥하고 웃었다.

이미 다다미는 들어내어 입구에 쌓였고 장지문도 떼어버린 큰 접견실은 무장한 사람들의 마음을 살벌한 싸움터의 살기로 채워 넣고 있었다.

"사실 그렇소. 내 진막에 혼다 마사노부와 연고 있는 요사이도(楊西堂)라는 자가 찾아왔었소."

"무엇 때문에 찾아왔소? 풍문에 의하면 싸움터에서 그대로 이에야스에게 넘어오라고 권유하러 왔다는데, 사실이오?"

마타베에는 튕겨내듯 대답했다.

"그렇소. 마타베에만 한 사람을 죽이는 건 아깝다. 아마 승패는 귀하의 거취에 따라 결정될 것이니 이제라도 뜻을 바꾸어 가담해 준다면 마사노부, 맹세코 오고쇼에게 천거하겠다고 하더이다."

모두들 깜짝 놀라 서로 얼굴을 마주 보았으나 마타베에의 태도는 여전했다.

"그 뜻은 감사하오, 그러나 지금에 와서 약한 것을 저버리고 강한 데로 붙는 것은 마타베에로서 할 수 없는 일이오, 나의 거취에 따라 승패가 결정된다는 말은 실로 명예로운 말이나 사양하겠소, 마사노부 님에게도 오고쇼에게도 말씀 잘 부탁하오……라고 말해 돌려보냈음을 보고하는 바이오."

그리고 마타베에는 고개 숙여 보인 뒤 사나다 유키무라 쪽으로 돌아앉았다.

"그건 그렇고 작전회의에 관한 일인데……."

유키무라는 눈을 감고 졸고 있는 것처럼 움직이지 않았다. 그래서 마타베에는 또 하루후사를 무시한 채 말을 이었다.

"내 생각으로는 이대로 농성한다 해도 해자가 없는 지금 막을 수단이 없소. 그렇다고 평야로 나가 맞아 싸우게 되면 노련한 이에야스의 함정에 빠져버리오……
그래서 적의 주력이 야마토 길목으로 향하는 것을 노려 골짜기로 나아가 이를
기다렸다가 우선 선봉을 격파하는 게 상책일 듯한데 어떻게 생각하시오?"

모리 가쓰나가가 바로 호응했다.

"옳은 말씀. 적은 수로 대군을 쳐부수려면 천험(天險)을 이용하는 수밖에 없습
니다. 우선 선봉을 격파하고 출구를 막아버린다면 적은 나라에서 고리야마로 후
퇴할 게 틀림없소. 다시 나오려면 며칠 걸릴 것이니 그동안 임기응변의 방책도 서
겠지요. 나는 마타베에 님 의견에 찬성이오."

"유키무라 님은 어떻게 생각하시오?"

말을 건넨 것은 스스키다였다. 스스키다 같은 옛신하들은 역시 유키무라를 신
뢰하고 있는 것 같았다.

하루나가는 보기좋게 마타베에에게 무시당하자 무릎 위에서 주먹을 부르르
떨면서 가만히 있었다. 유키무라는 눈을 뜨더니 조용히 펼쳐진 지도 위로 눈길을
떨어뜨렸다.

와타나베 구라노스케가 다시 유키무라에게 재촉했다.

"어떻습니까?"

유키무라는 부채 끝을 '나라'에 갖다댄 채 선뜻 대답하지 않았다.

고토 마타베에는 야마토 길로 들어온 적이 나라에서 가와치로 나오기를 기다
렸다가 격퇴하자고 했다. 그렇게 된다면 전쟁은 당연히 가와치 시키군(志紀郡)의
도묘사(道明寺) 언저리가 될 것이다.

도묘사는 오사카성 동남쪽 50리(3킬로)쯤 되는 곳에 자리하고 그 동쪽에 고쿠
부 마을이 있으며, 도요토미 영지의 동남쪽 끝이었다. 따라서 동쪽으로 야마토에
잇닿아 나라에서 사카이로 가는 길과 기이에서 교토로 통하는 길이 십자로를 이
루고 있다. 야마토와 가와치의 경계는 이코마산에서 가쓰라기산(葛城山) 곤고산
(金剛山)으로 이어지는 일대의 잇닿은 산들로 나뉘어져 교통로는 모두 산을 넘어
갈 수밖에 없다.

산을 넘는 길은 좁은 것까지 합쳐 17개나 되지만 대군을 신군시킬 만한 길은
세 갈래밖에 생각할 수 없었다. 북쪽의 구라가리 고개(暗峠), 남쪽의 가메세 고개
(龜瀨峠)와 세키야 고개 등이다. 그중에서도 남쪽의 가메세 고개와 세키야 고개

는 고쿠부 마을에서 하나가 되므로 도묘사를 이 세 가닥 길의 분기점으로 생각해야 했다.

'역시 이곳밖에 맞이할 곳이 없다.'

유키무라는 그렇게 생각했으나 굳이 입 밖에 내지 않았다. 유키무라는 이 무렵 벌써 이 싸움의 승패에 대해 절망하고 있었다. 오다 우라쿠 부자가 성을 물러난 것도 그렇거니와, 오노 하루나가와 하루후사의 암투가 기세등등한 무사들의 마음을 더욱 지리멸렬하게 만들고 있었다. 그러잖아도 '오합지졸'이라고 조소당할 것 같은 마구 그러모은 군세가 문자 그대로 그 결함을 드러내고 말았다.

'괴상한 싸움이 되어버렸다……'

하루나가, 하루후사 형제가 결속하지 않을 정도이니 히데요리의 사기가 오를 리 없었고 성안에서도 차츰 자포자기하는 기운이 퍼져가고 있었다. 가시이에서 반 단에몬이 전사한 것도 그 하나로 이름 높은 호걸 용사들은 벌써 은근히 죽을 자리를 찾고 있는 것 같기도 했다.

"죽을 자리를 찾는다."

이것은 의리를 존중하고 이름을 아끼는 훌륭한 무사정신에서 우러나오지만 어디까지나 패전사상(敗戰思想)에 지나지 않는다고 유키무라는 생각하고 있었다.

'승리의 자신감이 가득한 군사는 그런 비장감 따위 생각조차 하지 않는 법이다……'

유키무라는 대충 지도 위를 부채로 더듬어본 다음 하루후사에게 시선을 옮겼다.

"물론 싸움터는 이곳만이 아닙니다. 그러나 하루후사 님은 어떻소? 고토 님 의견에 이의가 있다면 듣고 싶은데요."

하루후사는 뜻하지 않은 곳에서 자신의 이름이 불리자 당황한 시선을 형에게 보냈다.

"결정은 혀, 혀, 형님께서 하시겠지요."

유키무라는 천천히 고개를 끄덕였다.

"그럼, 하루나가 님 의견을."

하루나가는 동생보다 더 당황했다. 그는 지그시 허공을 쏘아보며 전혀 엉뚱한 생각에 잠겨 있었던 모양이다.

"그건……사나다 님과 고토 님께서 동의하신다면 저도 이의가 있을 리 없지요."

와타나베 구라노스케가 무릎을 치면서 혀를 찼다.

"유키무라 님은 아직 의견을 말씀하지 않았습니다."

기무라 시게나리가 그제서야 나타났다. 시게나리가 오지 않았다면 구라노스케와 하루나가 사이에 어색한 말씨름이 시작되었을지도 모른다.

"늦어서 죄송합니다. 실은 지금 주군이 계신 곳에 마님께서 오셔서 동석하라고 분부하시는 바람에……."

그렇게 말하자 대뜸 스스키다가 몸을 내밀어 지금까지의 작전회의 경과를 시게나리에게 설명했다.

시게나리는 일일이 고개를 끄덕이며 스스키다의 설명이 끝나자마자 시원스럽게 대답했다.

"저도 도묘사 어귀로의 출진에 동의합니다."

'역시 죽을 작정이로구나…….'

유키무라는 새삼스레 모두들을 둘러보았다. 기무라 시게나리, 와타나베 구라노스케, 오타니 요시히사, 고토 마타베에, 스스키다, 나가오카 오키아키…… 모두 이미 죽음을 각오하고 있는 표정이며 눈빛이었다. 이런 일은 결코 반길 일이 아니며 유키무라의 가슴을 스쳐 가는 한 가닥 찬바람이었다.

'고집에 살고 고집에 죽는다…….'

거기까지 인간을 내몬 것은 대체 무엇일까……?

유키무라는 다시 하루후사에게로 시선을 옮겨 가볍게 말했다.

"그렇다면 나도 이 도묘사에서 적을 기다렸다가 격파하는 데 찬성합니다"

"형님, 그러면 결정을."

하루후사만은 아직 이 싸움에 희망을 걸고 있는 모양이었다.

"알겠소. 내게도 이의 없소. 이 뜻을 곧 주군께 말씀드려 결재를 얻도록 하겠지만 그 전에 진의 배치와 인원 할당을 정해 주시기 바라오."

하루나가에 이어 또 하루후사가 입을 놀렸다.

"유키무라 님도 찬성하셨으니 직접 제1진의 지휘를 부딕하는 것이 좋겠지요."

고토 마타베에가 대뜸 가로막았다.

"그건 안 되오. 제1진은 불초 고토 마타베에가 말을 꺼냈으니."

이미 어떤 반대에도 굴하지 않을 것으로 들리는 목소리였으나 하루후사에게는 통하지 않았다.

"그렇다면 귀하가 제1진이 되어 보기 좋게 동군을 박살 내겠다는 말이오?"

마타베에의 분노가 폭발했다.

"닥치시오……승패는 그때의 운이오! 적이 강하면 죽을 뿐. 술이나 얻어먹고 취해 부하를 죽이고 뻔뻔스럽게 돌아오지는 않을 것이오."

유키무라가 재빨리 말했다.

"인원할당을 합시다. 고토 님이 제1진을 양보하지 않으실 테니 나는 제2진을 맡겠소. 그럼, 고토 님이 원하시는 인원수는?"

유키무라가 나서자 하루후사는 눈꼬리를 치켜들고 입을 다물어버렸다.

"나와 함께 제1진으로 나섰으면 하는 사람은 스스키다 님과 아카시 모리시게 님……그밖에는 적당히 배분해 주십시오."

이미 마타베에는 자기와 함께 죽을 자의 인선까지 마음에 정하고 있었던 모양이다.

유키무라는 다시금 가슴속에 찬바람을 느끼면서 조용히 붓통을 꺼냈다.

"적의 선봉도 아마 고르고 고른 용사들뿐일 거요. 그러니 우리 편도 용사만 골라야 하겠지요."

혼잣말처럼 말하고 하루나가를 쳐다보았다. 지금의 오사카성에서는 말할 것도 없이 오노 하루나가가 최고책임자……따라서 진지배치에 있어서도 그의 의견이 충분히 존중되어야 한다.

그런데도 하루나가는 유키무라의 질문에 황급히 대답할 뿐이었다.

"유키무라 님의 생각을 듣고 싶소."

결코 유키무라를 절대적으로 신뢰하고 있어서가 아니라 그는 이 싸움을 이미 포기하고 있는 것이다.

'아무리 생각해도 승산 없다…….'

그런 절망 앞에서 하루나가는 무엇이 사태를 이렇게 만들었나……하는 미련에 가까운 반성 속에 파묻혀버렸다.

그는 생각했다.

'겨울싸움부터 해서는 안 될 싸움이었다.'

종에 새긴 글자 문제로 발단된 오사카의 불만은 각지의 무사들을 성안으로 불러모은 때를 정점으로, 그 무력을 배경 삼아 정치적인 해법을 사용해야 했던 것이다.

'가타기리 가쓰모토는 그것을 꿰뚫어 보았는데 나는 깨닫지 못했다……'

깨닫지 못했던 그 원인이 무엇이었을까 하는 반성을 하자, 눈앞이 캄캄해졌다.

'나는 역시 요도 마님의 총애에 눈이 멀어 있었다.'

겨울싸움에서 실력 차이를 확실히 알게 되었을 때는, 이미 하루나가의 힘으로 어쩌지 못하는 두 세력이 성안을 점령하고 있었다. 그것은 바로 갈 곳 없는 무사들, 전쟁과 죽음을 앞두고 불타오른 예수교 신앙이었다.

지금도 성안에는 포를로, 토를레스 두 신부와 수많은 신자들이 각 부대를 지탱하고 있었다. 그들 가운데에는 아직도 필리페 3세의 대함대가 구원하러 나타날 것으로 믿는 자들이 많아, 이들이 무사들을 해산시키지 않는 쇠사슬 역할을 하고 있다.

본디 싸움의 승패에 민감한 무사들이다. 눈에 보이지 않는 이 쇠사슬이 없었다면 자손들의 장래를 생각해 3분의 2는 성을 떠났을지도 모른다.

'겨울싸움이 끝났을 때 주군은 이미 오사카성의 주인이 아니었다……'

"그럼, 이 진지배치는 어떨까요?"

정신을 차려보니 유키무라가 붓통을 놓고 종이 한 장을 하루나가 앞에 내밀고 있었다. 하루나가는 얼른 그것을 받아들었다.

제1진

고토 마타베에, 스스키다 하야토, 이노우에 도키토시(井上時利), 야마카와 가타노부(山川賢信), 기타가와 노부카쓰(北川宣勝), 야마모토 기미오(山本公雄), 마키시마 시게토시(蒔島重利), 아카시 모리시게.

제2진

사나다 유키무라, 모리 가쓰나가, 후쿠시마 마사모리, 와타나베 구라노스케, 오쿠라 유키하루(小倉行春), 오타니 요시히사, 나가오키 오기아키, 미야나 도키사다(宮田時定).

"나로서는 이의 없소. 이대로 결정하고 회의를 진행하시오."

옆에서 하루후사가 들여다보려는 것을 하루나가는 눈짓으로 제지하고 이를 베껴 쓰려고 기다리고 있는 마타베에에게 넘겼다.

하루나가에게 이의 없으니 고토 마타베에의 희망을 들어준 유키무라의 제안에 다른 의견이 있을 리 없었다.

"이것으로 제1진 인원수는 약 6500명쯤 될 것 같은데."

마타베에의 말에 유키무라가 대답했다.

"그렇소. 제2진은 그 곱절쯤으로 1만 2000 남짓…… 제2진의 싸움상황에 따라 어느 곳으로든 전개할 수 있도록 할 생각이오."

마타베에는 가슴을 두들기며 껄껄대고 웃었다.

"이만하면 충분하오! 뒤에 유키무라 님이 버티고 계신다면 이 마타베에도 안심하고 죽을 수 있소."

"고토 님."

"예, 유키무라 님."

"그 죽을 수 있다는 말은 곤란합니다. 고토 님만 한 호걸무사에게는 처음부터 생사란 없는 것, 있는 건 오직 승리뿐이겠지요."

"왓하하하……실언했습니다그려. 물론 이제 이길 수 있습니다. 그렇지 않소, 스스키다 님?"

스스키다는 6척 넘는 거구의 어깨를 들썩이며 웃어 보인 뒤 적은 것을 그대로 모리 가쓰나가의 손에 넘겼다. 모리 가쓰나가는 그것을 후쿠시마 마사모리에게 건네고 마사모리는 또다시 오타니 요시쓰구의 아들 요시히사에게 돌렸다.

"이로써 나는 아버지와 형님의 원수가 되었군."

호소카와 다다오키의 아들 나가오카 오키아키가 그 말을 하고 웃었을 때 기무라 시게나리가 입을 열었다.

"그럼, 이 배진표를 곧 대감께 보여드리고 오지요."

유키무라가 제지했다.

"시게나리 님, 잠깐만. 역시 하루나가 님 손으로 주군의 결재를 얻는 게 옳다고 생각하는데 어떨까요?"

"아, 미처 생각지 못했습니다. 그럼, 하루나가 님에게."

이리하여 다시 오노 하루나가에게 돌아간 서류는 하루나가의 손을 통해 히데요리에게 건네졌다.

유키무라가 굳이 하루나가로 하여금 결재를 얻도록 한 것은 이 출격에 대하여 히데요리가 어떤 반응을 보일지 알고 싶어서였다. 일단 성을 나가 싸운다면 돌아오지 못하는 자들도 많이 나올 것이다. 따라서 곧 이별의 잔을 들고나와 사기를 고무시키고 출격을 격려해 주었으면 했던 것이다. 그래야만 히데요리, 하루나가, 유키무라, 모토쓰구의 지휘계통에 규율이 서고, 상하의 마음도 엄격하게 서로 통하게 될 것이었다.

그러나 하루나가는 곧 혼자 돌아왔다.

"주군께서도 이의 없으시오. 군사감독에는 이키 도카쓰를 임명하셨소. 방심함이 없이 곧 출진준비를 해주기 바라오."

고토 마타베에가 맨 먼저 들으라는 듯이 한숨을 내쉬며 유키무라를 흘끗 돌아보았다. 유키무라는 일부러 시선을 피했다.

유키무라는 생각했다.

'마타베에는 이로써 죽을 결심을 했구나.'

'무장의 의리'란 묘한 자랑과 허영으로 이어지고 있다. 이에야스가 이번의 승패는 그대 한 사람의 거취에 달려 있다고 칭찬해 마지않았던 고토 마타베에를 술잔도 내리지 않고 싸움터로 보낸다……면 마타베에는 이에야스의 대접에 보답하여 개전 첫날에 전사하겠다는 심정이 되지 않을까…….

마타베에에 이어 모리 가쓰나가도 일어섰다. 그도 역시 어딘지 쓸쓸해 보였다.

싸움에 능한 자와 서툰 자의 차이는 출진할 때 사기를 고무하는 방법에 달려 있다. 전국인의 인간관계에서는 특히 그것이 중요한 쐐기 역할을 한다. 그 일거일동에 생사가 달려 있는 만큼 이해관계만으로 움직이는 내 몸……이라고 생각할 때는 말할 수 없이 덧없는 인생으로 전락해 버린다. 그래서 일부러 '의리'라는 깃발을 마음속에 세워두고 거기서 구원을 찾으려 하는 것이다.

지금 고토 마타베에를 붙들고 있는 것은 그 한 조각의 '의리'를 관철시키려는 인간의 '고집'이었다. 마타베에뿐만이 아니다. 모리 가쓰나가와 후쿠시마 마사모리, 오타니 요시히사 모두 그러한 의리에 붙들려 가슴을 펴고 있었다. 아니, 사나다 유키무라 역시 충분히 그럴 수 있는 일이었다.

이에야스는 그러한 전국인의 심리를 얄미울 만큼 잘 통찰하고 있었다. 그리하여 그리 믿지도 않는 자에게 시나노 10만 석을 주겠다는 등, 고토 마타베에 한 사람의 거취로 승패가 결판난다는 등 추켜올리기도 한다. 사람이 사람을 유효하게 부려먹으려 할 때는 칭찬이 으뜸이다…… 그러나 그러한 인정의 움직임을 세상모르는 히데요리에게 요구하는 것은 무리였다.

아무튼 이리하여 야마토 길목에서 공격할 부서는 결정되었고, 유키무라와 마타베에는 바로 출진준비에 들어갔다.

물론 오사카도 사방에 첩자와 감시자를 내보내 두었다. 그들의 보고를 검토하니 4월 28일 이후 야마토 길목의 동군 장수들은 모두 나라와 그 언저리에 자리하여 후시미의 히데타다, 니조 저택의 이에야스 출진에 호응할 준비를 하고 있었다.

그리하여 오사카 편은 30일을 막바지로 준비를 끝내고 고토 마타베에의 제1진은 스스키다 하야토와 아카시 모리시게를 좌우군으로 삼아 5월 1일에 성을 출발하여 그날 밤 히라노(平野)에서 야영하며 동군을 기다리기로 했다.

잇따라 제2진인 사나다 유키무라는 모리 가쓰나가를 부장으로 성을 나와 덴노사에 머물며 적이 어느 진로로 오는지 확인하는 위치에 들어갔다.

오사카 편의 전투배치는 이것으로 끝난 셈이었다.

이에 대해 미즈노 가쓰나리가 지휘하는 야마토 길목의 동군 제1진, 혼다 다다마사가 지휘하는 제2진, 마쓰다이라 다다아키가 지휘하는 제3진, 마쓰다이라 다다테루의 제5진이 나라에 집결한 것은 4월 30일.

다테 마사무네의 제4진만은 4월 30에 기즈(木津)에 있다가 5월 3일에 나라로 들어왔다. 다테 군이 어째서 나라에 늦게 도착했는지에 대해서는 여러 가지 까닭이 있었으나 그 일에 대해서는 여기서 쓰지 않기로 한다.

아무튼 다테 군이 뒤늦게 도착했기 때문에 동군이 나라를 출발한 것은 5월 5일이었던 것만 기억하기 바란다.

동군이 이렇듯 5월 5일에 미즈노 가쓰나리의 제1진부터 차례로 나라를 출발하여 가메세 고개와 세키야 고개를 넘어 고쿠부로 향했다는 정보가 덴노사에 있는 유키무라에게 들어온 것은 5월 5일 정오가 가까워서였다.

보고를 듣자 곧 유키무라는 모리 가쓰나가를 불러 조용히 말했다.

"드디어 결전의 때가 왔소. 고토 님과 마지막 의논을 해둡시다."

유키무라가 모리 가쓰나가와 함께 히라노의 진중으로 고토 마타베에를 방문했을 때, 그는 진막 안에서 걸상에 앉아 수염을 손질하고 있었다.

"드디어 나온 모양이군요."

그는 가위를 놓고 도묘사 언저리의 약도를 향해 앉았다.

"저는 오늘 밤 이 히라노를 출발하여 후지이사에서 도묘사까지 적을 상대하겠소. 될 수 있는 한 그대로 고쿠부로 나갈 생각이지만 만일의 경우 가타야마(片山)에서 고야마에 걸쳐 한바탕 싸워볼 생각이오."

그 말투가 너무나 담담하여 유키무라와 가쓰나가는 서로 얼굴을 마주 보았다.

"고토 님."

"예, 사나다 님."

"만일……의 경우에는 곧 연락해 주시겠지요?"

"핫하하……무슨 말씀! 싸움은 적이 나오기에 따라 달라지게 마련. 배후에 귀하가 대기하고 계시니, 이 마타베에는 안심하고 싸울 작정이오."

"적이 고쿠부로 진출하는 경우에는 곧 진격을 중지하고 나에게 알려주었으면 싶소. 나도 처음부터 군사를 합하여 싸우고 싶지만 와카에(若江)며 야오(八尾)에 있던 적들이 가와치 길목으로 다가오고 있으니 그렇게 할 수가 없소."

마타베에는 다시 큰소리로 웃었다.

"핫하……나는 끄떡없소. 가와치 길목의 적 선봉은 도도 다카토라와 이이 나오타카인 것 같으니, 유키무라 님은 그쪽에 충분히 주의를 기울여주십시오. 그런데 선봉을 맡은 아군은?"

"기무라 시게나리가 와카에에 진을 치고, 조소카베와 마시타 모리쓰구가 야오에 진을 칠 예정이오."

"허, 시게나리 님이 와카에로……."

말하는 마타베에의 얼굴이 문득 흐려졌다. 걱정이 되어서라기보다 젊은 시게나리를 아끼는 연장자의 배려였으리라. 뒷날이 되어 생각해 보면 고토 마타베에는 이때 벌써 '유키무라에게서 후원군을 기대할 수 없다'고 마음속으로 정한 모양이었다. 와카에에서 격전한다면 그 상대는 가와치 길목으로 나올 이에야스와 히데타다가 엄선한 근위장수 부대…… 만일 사나다 군을 마타베에 편으로 나누었다가 그쪽의 원군이 없어진다면……하는 배려가 싸움에 익숙한 마타베에에게 없을

리 없었다.

"아무튼 나는 복 많은 놈이오."

마타베에는 호리병박을 끌러 유키무라 앞에 술잔을 내밀었다.

"명나라까지 손을 뻗은 다이코의 아들에게 신뢰를 얻고, 에도의 두 분이 애석해하는 가운데 죽을 수 있으니 이 복은 무사로서 최고 아니겠소? 핫하하……."

유키무라는 뭔가 말하려는 모리 가쓰나가를 눈짓으로 제지하며 가만히 술잔을 받았다.

'이미 마타베에에게는 살아남을 생각이 없는 모양이다.'

실은 유키무라는 그것을 확인하지 않을 수 없었다. 마타베에에게 살아남을 생각이 있다면 그 뒤의 작전이 달라진다. 그러나 그것이 없다고 한다면 다른 각오가 있어야 한다.

유키무라는 잔을 쭉 들이켰다.

"그럼, 내일은 부디 마음껏."

"오, 마음껏!"

마타베에는 밝은 표정으로 되풀이하며 가쓰나가에게 잔을 넘겼다.

"모리 님, 태어난 보람은 있었소. 귀하도 마음껏."

가쓰나가는 또다시 뭔가 말하려다가 생각을 돌이켰는지 말없이 웃었다. 결국 유키무라와 가쓰나가는 고토 마타베에에게 아무 말도 하지 않고 덴노사로 돌아가기로 했다.

"오늘 밤 도묘사에서 우리 셋이 합류하여 날이 새기 전에 고쿠부 산을 넘어 전군과 후군이 힘을 합쳐 길이 가장 좁은 곳에서 동군을 요격합시다."

그런 말을 하고 싶었으나 마타베에는 혼자 도묘사로 돌격할 작정을 하고 있었다. 아니, 그 이상의 각오도 이미 되어 있는 모양이었다.

그렇게 되면 굳이 자신들의 도착을 기다리라고 하는 건 공을 다투는 것처럼 보인다.

"고전이 되면 곧바로 구원하기로 하고, 지금은 조용히 물러갑시다."

가쓰나가에게 그렇게 말하고 히라노를 나와 덴노사로 돌아간 것은 오후 10시가 지나서였다.

한편 이별 잔을 마시고 두 사람을 돌려보낸 마타베에는 그대로 벌렁 드러누워

두이 시간쯤 잠들었다가 사정 바로 직전에 일어났다.

기분은 상쾌. 미련이 남지 않는 오랜만의 기분 좋은 기상이었다.

"모두들 일어나라. 도묘사로 출발한다."

온몸에 넘치는 충실감을 터질 듯 느끼면서 출발고둥을 울렸다.

"구스노키 마사시게(楠木正成 ; 당난공(大楠公))였다면 몰래 출발하겠지만 고토 마타베에는 그렇게 하지 않는다."

준비한 횃불을 일제히 밝히도록 해서 부하 2800명을 이끌고 야마토 길목을 당당히 진군했다. 적의 척후가 보았다면 기겁하고 달아났을 것이다. 그것으로 충분하다고 마타베에는 생각했다.

'살겠다는 생각만 하지 않으면 마음이 편한 거야……'

히데요리에게도 이에야스에게도 신뢰받고 죽는다는 만족감이 타고난 전국인을 야릇한 감동으로 몰아넣었다.

'인생이란 결국 죽을 곳을 찾아다니는 여행이다.'

깨끗이 결론 내린 이상 그곳이 지옥이건 극락이건 알 바 없다. 다만 '죽음'까지 곧바로 나아가면 끝나는 것이다. 그렇게 후지이산에 도착하여 잠시 쉬면서 도묘사로 정찰을 보냈다. 정찰병에게는 적을 만나지 않으면 그대로 앞으로 나가도록 해놓고 날이 샐 무렵 혼다(譽田)를 지나 도묘사에 도착했다.

그리고 드디어 도묘사를 떠나 고쿠부를 향해 진군하려 할 때, 정찰병의 보고를 받았다.

"보고드립니다. 적의 선봉은 이미 고쿠부에 도착했습니다. 병력은 2000 내지 3000. 미즈노 가쓰나리 군으로 보입니다."

마타베에는 새벽의 어둠 속에서 흐르는 안개를 올려다보며 말 위에서 대답했다.

"좋아! 적군도 우리 횃불을 보고 나온 모양이군. 재미있게 되었다."

그리고는 곧 이시강(石川)을 건너 고마쓰산(小松山)을 점령한다며 말을 몰았다.

낮은 이미 한여름이었으나 아침 안개 속에서 번쩍이는 이시강 강물은 차가웠다

"모두 다 안성맞춤이다. 삼도천(三途川)을 건너서 싸울 수 있게 되었으니."

마타베에에게는 이미 두려운 게 아무것도 없었다. 그는 곧장 강을 건너 그대

로 고마쓰산을 점령했다. 여기서부터 가타야마를 동쪽으로 내려가 단숨에 고쿠부 진영으로 돌격하려는 생각이었다.

어느덧 사방이 훤해지기 시작했다. 산에 올라서니 고쿠부로 가는 길을 에워싸듯 간토 군의 기치가 움직이고 있었다. 기치가 움직인다는 사실은 적도 이미 행동을 개시했다는 것으로, 상식대로라면 마타베에는 당연히 이 고마쓰산에서 후속부대를 기다려야 했다. 사나다 유키무라와 모리 가쓰나가도 그 때문에 일부러 그를 찾아왔었던 것이다. 그러나 마타베에는 거기서 머물려 하지 않았다.

싸움에 익숙한 그의 감각에 의하면 유키무라와 가쓰나가는 이미 의지할 수 없는 상황에 이르러 있다. 당장 고쿠부로 나온 적이 움직이고 있다는 것이 그 증거였다. 그의 육감으로는 니조 저택과 교토 방화에 실패한 기무라 무네요시의 처형을 끝낸 이에야스가 여태껏 교토에 머물러 있을 리 없었다. 그렇다면 오늘의 싸움터는 이 야마토 길목만이 아니다. 가와치 길목으로 진격해 오는 히데타다, 이에야스의 선봉들과 여러 곳에서 조우전이 벌어지리라. 그렇게 된다면 사나다와 모리가 아무리 마타베에와 합류하여 싸울 생각이더라도 도리가 없다. 싫든 좋든 오늘의 싸움은 서로 저마다의 재주껏 하늘에 운을 맡기고 부닥치는 대로 분전할 수밖에 없는 것이다.

그러한 분위기를 마타베에는 몸으로 느낄 수 있었다. 그는 후속부대가 산꼭대기에 올라서자마자 거기서 큰 함성을 지르게 했다. 참으로 대담한 필사의 정공법이었는데 그의 예감은 보기 좋게 적중했다.

고마쓰산에서 고토 군이 함성을 올렸을 때 간토 군의 미즈노 가쓰나리 휘하에 있는 오쿠타 다다쓰구(奧田忠次)는 겨우 6, 70명의 부하를 거느리고 그도 역시 우선 고마쓰산을 점령하여 유리한 위치를 차지하려고 서둘러 산을 오르던 참이었다.

"앗, 함성이다!"

"벌써 누가 산을 점령했군."

"적은 아니겠지. 호라나 니와(丹羽) 군일 것이다. 서둘러라!"

선두에 선 오쿠타 다다쓰구가 창을 들고 부하를 꾸짖었을 때 와 하고 산꼭대기에서 나는 소리는 그대로 둑이 무너지듯 그의 머리 위로 떨어져 왔다.

"앗! 적이다! 적이다."

뜻밖에 창을 겨누며 무릎으로 앉은 자세가 된 다다쓰구의 머리 위를 마타베에를 선두로 한 그의 군사가 무서운 물결처럼 휩쓸고 지나갔다. 이것이 이날 최초의 조우전으로 고토 군 1000명 남짓이 기세를 올리며 산에서 달려 내려갔을 때 오쿠타 군 60명은 완전히 사라지고 없었다.

뒤에 남은 시체는 7, 8구. 탄력을 받은 사람의 물결이 적과 아군을 한 덩어리로 만들어 산기슭 밭으로 휩쓸고 간 것이다. 평지에 나오자 오쿠타 군은 황급히 주군의 모습을 찾았다. 그러나 그때 오쿠타 다다쓰구는 이미 이 세상 사람이 아니었다. 그는 피 묻은 창끝을 하늘로 향한 채 배를 깊숙이 찔린 채 죽어 있었다. 그 죽은 시체가 무수한 발길에 짓밟혔다.

오쿠타 군을 격파한 마타베에는 다시 산꼭대기로 돌아갔다. 날은 완전히 밝았고 산마루턱의 길이며 논밭이며 강변에는 살기어린 인마의 왕래…… 그것을 내려다보며 마타베에는 천천히 주먹밥을 맛있게 먹기 시작했다.

동군의 미즈노 가쓰나리도 역시 이에야스가 지명하여 지휘를 맡겼을 정도로 호걸이었다. 그는 일단 오전 2시에 후지이사 방면 길목에서 횃불을 발견하자 곧바로 말했다.

"고토 마타베에로구나."

그 자리에서 바로 호리 나오요리(堀直寄)와 니와 우지노부(丹羽氏信)에게 명하여 정찰을 내보냈다.

"역시 이곳을 싸움터로 골랐군. 쇼군이며 오고쇼도 그럴 작정으로 가와치 어귀로 나오셨지. 오늘 밤 쇼군은 센쓰카(千塚), 오고쇼는 호시다(星田)에 오신다. 내일이면 드디어 승패가 결정되겠군."

간토 군으로서도 적이 나올 곳은 이곳밖에 없다고 생각했다. 그래서 일부러 야마토 군이 고리야마와 나라를 평정하고 이곳으로 나올 때까지 이에야스와 히데타다는 교토에 머물면서 적을 유인할 방법을 생각하고 있었던 것이다. 그런 뜻에서 이 도묘사 언저리에서 야오, 와카에에 걸친 싸움터는 간토 군의 의사로 고른 곳이라 할 수 있었다.

"이셨어. 야전이라면 우리 쪽이거든. 그래. 고마쓰산을 점령해 직이 어떻게 나오는지 감시하는 게 좋겠다. 오쿠타 다다쓰구와 마쓰쿠라 분고에게 선봉을 서라고 해라."

싸움터가 정해지면 그 언저리의 고지 점령은 당연히 쌍방이 노리는 바가 된다. 이리하여 맨 먼저 고마쓰산을 향했던 오쿠타 다다쓰구는, 그 직전에 이곳을 점령하고 있던 고토 마타베에의 말굽에 짓밟혀 전사해 버렸다.

산꼭대기로 돌아오자 고토 군은 또다시 입을 모아 함성을 질렀다.

"아뿔싸! 적이 벌써 산 위에 진을 치고 있구나, 누구의 기치인가?"

야마토 고조의 영주 마쓰쿠라 시게마사도 그것이 고토 마타베에인 것을 알자 북쪽에서 총구를 나란히 겨누고 공격하기 시작했다.

이때 벌써 공격에 참여한 동군은 마쓰쿠라 군만이 아니었다.

"이때다, 뒤처지면 웃음거리가 된다."

도도 다카히사(藤堂高久)에 이어 아마노 요시후루(天野可古)의 군사가 산의 북서쪽을 우회하면서 공격의 원을 죄어들어갔다. 한 번 총성이 울릴 때마다 고토 군 중에서 쓰러지는 자가 늘어났다.

"좋아, 적의 총포대를 먼저 쓰러뜨려라. 고토 군의 총포대는 얼마 되지 않는다."

서군은 맨 앞의 총포대 히라오 규자에몬(平尾久左衛門) 부대에 간토 군의 총구가 향하자 이번에는 맹렬히 창끝을 겨누며 마쓰쿠라 군에 돌격했다. 그 세력은 도저히 당할 수가 없었다…… 가련하게도 마쓰쿠라 군은 전멸……로 여겨졌을 때 호리 나오요리와 미즈노의 본대가 나타나 마쓰쿠라 군과 교대했다.

이 무렵까지는 양쪽의 수가 비슷비슷했다. 그러나 고마쓰산의 총성을 듣고 야마토 어귀의 제2진, 제3진을 앞지른 제4진 다테 마사무네의 선두 가타쿠라 시게쓰나(片倉重綱) 부대가 싸움터에 도착하자 양쪽의 세력균형이 무너지기 시작했다.

"벌써 시작됐다. 뒤지지 마라!"

거기에 또 제3진인 마쓰다이라 다다아키가 산의 동쪽에서 맹렬한 돌격을 명했다.

"다테 군에 뒤지고 말았다. 적의 총은 별것 아니다. 창으로 찔러대며 족쳐라."

이리하여 간토 군에 잇따라 새로운 군사들이 가담했다. 그러나 서군에는 그것이 없었다.

때는 오전 9시. 이 언저리는 벌써 격전장이 되어 있었다.

고토 마타베에는 아수라처럼 싸움터를 뛰어다니며 80명 가까이 창칼로 쓰러뜨리면서도 적의 진퇴를 손바닥처럼 알고 있었다.

'나도 제법 훌륭한 인물이 되었어.'

여태껏 이처럼 냉정하게 적을 대한 적이 없었다…… 그러나 그런 생각을 했을 때는 죽지 않으면 안 되는 숙명의 싸움터였다. 미즈노 군, 다테 군, 그리고 젊은 혈기로 치닫는 마쓰다이라 다다아키 군이 세 방향에서 공격해 오니 고마쓰산에 서는 더 이상 싸울 수가 없었다.

아마 이곳으로 달려오려고 덴노사를 출발했을 모리 가쓰나가와 아카시 모리 시게 등도 저마다 도중에 가와치 어귀에서 나온 다른 적에게 차단되었음이 틀림 없었다. 그렇게 되면 역시 이 산은 버리고 도묘사로 물러가 조금이라도 그들을 위해 동군의 사기를 꺾어야 한다고 생각했다.

"좋다, 이제 산에서 내려간다. 그러나 그 전에 일러둘 말이 있다."

마타베에는 텁수룩한 구레나룻에 감회를 담고 말 위에서 웃었다.

"잘 싸워주었다. 이 마타베에, 마음속 깊이 감사한다. 그러나 사람에게는 저마 다 속셈이 있는 법이다. 지금까지의 활약으로 싸움터에서의 의리는 다했다. 지금 부터 마타베에가 단숨에 서쪽으로 산을 뛰어 내려가겠으니 죽기 싫은 자는 그동 안 대열에서 떠나 달아나라. 알겠나? 사양은 마타베에게 공양이 되지 않아."

그렇게 말하고 그대로 말머리를 돌려 서쪽에서 곧바로 산을 내려가 이시강에 가까운 평지까지 달려갔다. 그리고 적을 맞아 치기 위해 돌아보니 아직 1500명 가 까운 군사가 뒤따르고 있었다. 인간은 용장 밑에 있으면 자연히 마음이 굳세지는 모양이다.

"모두들 마타베에와 함께 죽겠나?"

그 말에 호응하여 모든 사람들의 큰 칼이 한꺼번에 높이 솟아올랐다.

"와! 와!"

마타베에의 얼굴이 흉하게 일그러졌다.

"그렇다면 마타베에도 사양하지 않겠다. 군사를 둘로 나누어 쫓아오는 적을 향해 돌격한다."

"와, 와."

"좋다, 가자!"

그것은 고토 마타베에의 생애에서 말할 수 없는 만족과 감사가 뒤섞인 이상 한 전쟁체험이었다.

'죽음이란 얼마나 멋진 의미를 가진 것이란 말이냐!'

마타베에는 흐뭇한 도취를 온몸에 느끼면서 바짝 뒤쫓아오는 미즈노 군의 한복판으로 마구 말을 몰아갔다. 적은 성큼 길을 비켰고 두세 부대는 눈 깜짝할 사이에 추격하던 발길이 어지러워졌다.

"이때다. 마구 짓밟아라."

이때 고토 마타베에의 활약상이 《아쿠타 문서(芥田文書)》에 수록된 고토 스케에몬의 편지에 기록되어 있었다.

그 공훈은, 겐페이 이래 처음이라고 한다. 실로 일본 역사상 유례없을 것이다.

그즈음의 전국인도 보지 못한 용맹이라고 했으니 아마도 마타베에는 여한 없이 마음껏 싸웠을 것이다. 이처럼 뛰어다니며 적을 괴롭히고 있을 때, 위급함을 알고 달려온 새로운 부대 니와 군이 옆에서 일제히 사격했다. 동군 각 부대 사이의 물 샐 틈 없는 연계는 참으로 훌륭했다……

시간은 벌써 정오에 가까웠다. 머리 위의 태양은 공격하는 자나 당하는 자나 비지땀을 흘리게 했으며, 흙탕물과 피로를 잔뜩 안겨주었다.

니와 군의 일제사격을 받고 메뚜기처럼 대열이 흐트러진 고토 군은 옆에 있는 보리밭에 주저앉았다. 보리밭에서 다시 일어났을 때는 그 수가 5분의 1도 되지 않았다. 그중에는 넋을 잃고 도망간 자들도 있을지 모른다. 그러나 대부분 제2, 제3의 사격에 희생된 것이었다.

사격이 그쳤을 때 마타베에는 다시 말 위에 올라탔다. 그러나 그때 이미 말이 무사한 자는 한 사람도 없어 문자 그대로 단기(單騎)였고, 바로 옆에는 이때까지 군사들을 독려하던 야마다 게키(山田外記)와 후루자와 미쓰오키(古澤滿興)가 흙을 움켜쥐고 죽어 있었다. 니와 군의 총포수가 어지간히 많았는지, 주저앉은 채 죽어간 시체가 셀 수 없이 많았다.

마타베에는 말했다.

"좋다, 강변으로 나가자!"

이 역시 본능에 가까운 육감이었다. 이대로 여기서 거듭 사격을 당하느니 물속에 뛰어들어 건너편으로 물러가는 편이 낫다. 건너편 강기슭에는 아군의 후속부대가 도착하게 되어 있었다. 그렇게 되면 당연히 그들이 응원해 주리라는 계산 아닌 계산이었다. 사실 이 무렵에는 스스키다 하야토, 야마카와 가타노부, 기타가와 노부카쓰, 이노우에 도키토시, 아카시 모리시게, 마키시마 시게토시, 나가오카 오키아키, 고쿠라 유키하루, 야마모토 기미오 등의 여러 부대들이 도묘사 강변으로 잇따라 모여들기 시작하고 있었다.

그러나 고토 마타베에의 무운은 이때 벌써 꺼져가고 있었다. 오직 혼자 진두에 서서 말을 되돌리고 했을 때 동군이 다시 보리밭으로 일제사격을 해왔다.

마타베에는 말 위에서 신음했다.

"윽."

그와 동시에 그의 거구가 벌렁 나동그라지며 밭으로 떨어졌다. 졸개 가네카타 헤이자에몬(金方平左衛門)이 황급히 달려왔다.

"앗, 대장님! 정신 차리십시오."

말에서 떨어진 마타베에는 벌떡 일어나 부릅뜬 눈으로 힘껏 허공을 노려보았다.

"무사해서 다행입니다…… 자, 제 어깨에 기대십시오."

헤이자에몬은 마타베에의 오른팔 밑에 자기 어깨를 넣어 일어서려고 했다. 그러나 몸집 큰 마타베에가 무거워 일으켜 세울 수가 없었다.

"자, 걸어보십시오. 함께 걸어서 어쨌든 그늘까지만이라도."

"하하하……."

마타베에는 입에서 흰 거품을 내뿜으며 미안한 듯이 웃었다.

"무리한 말 하지 마라, 헤이자. 허리뼈가 박살 났다."

그러면서 오른쪽 손바닥을 허리에서 떼어 펼쳐 보이자 피가 흥건히 묻어 있었다.

"일어설 수 없어. 알겠느냐? 알았으면 목을 쳐라. 네가 치지 않으면 내가 아직 이렇게 싸워야 하지 않느냐."

이번에는 창을 들어 머리 위에서 빙빙 돌려 보였다.

"알겠습니다!"

가네카타 헤이자에몬은 눈물을 뿌리며 칼을 뽑았다. 마타베에의 목을 쳐서 가까운 논에 묻고 나서야 그는 겨우 강을 건너 도묘사 강변으로 도망쳤다.

와카에(若江)의 시게나리(重成)

　고토 마타베에가 고마쓰산에서 싸우고 있을 무렵부터 그 북쪽으로 20리 떨어진 야오, 와카에 방면에서도 맹렬한 조우전이 벌어지고 있었다.

　간토 군도 전날 밤(5일) 호시다에서 임시숙박한 이에야스의 본진에서 마지막 작전회의를 열어 자세한 전략을 세워두었다. 이 가와치 어귀의 선봉은 도도 군 5000과 이이 군 3200. 도도 다카토라는 이때 벌써 오사카의 척후 한 사람을 잡아두어 내일 드디어 결전임을 충분히 짐작하고 있었고, 이에야스도 그것을 정확하게 예상해 지시했다. 따라서 도도 다카토라는 회의를 끝내고 센쓰카에 진군시켜 둔 자기 진지로 돌아오자 바로 출동준비를 끝내고 날이 새기를 기다렸다.

　한편 오사카 쪽 지휘자는 조소카베 모리치카와 기무라 시게나리였다. 기무라 시게나리는 5월 2일에 히데요리의 명을 받고 이에야스 부자의 진로가 어느 곳이 될지 살피기 시작했다. 그러나 그때는 아직 이에야스가 니조 저택에서 움직이지 않았기 때문에 알 수가 없었다. 그가 그 진로를 호시다에서 스나(砂)와 센쓰카를 거쳐 도묘사로 향하는 고야 가도라고 확인할 수 있었던 것은 사실 5일이 되고 나서였다.

　그때도 정보는 두 갈래로 나뉘어져 있었다. 그러자 히데요리는 시게나리를 불러 특명을 내렸다.

　"이마후쿠(今福)에서 공격을 시작할 모양이다. 이마후쿠로 나가라."

　히데요리의 명령을 어길 수 있는 시게나리가 아니었다. 시게나리는 일단 이마후쿠로 나가 새로이 지형을 살폈다. 그러나 이 방면은 적의 대군이 밀려올 것 같은 지형이 아니었다.

'야전이 장기인 이에야스가 이렇듯 달리기 불편한 곳으로 대군을 몰고 들어올까?'

역시 고야 가도로 해서 도묘사로 빠질 작정임이 틀림없었다. 그렇게 단정했으나 혼자 생각으로 진로를 바꾸는 것은 꺼림칙했다.

'주군은 왜 이마후쿠로 나가라고 하셨을까?'

그것을 미심쩍게 여기면서 주저하고 있을 때 오노 하루나가로부터 극비의 사자가 왔다.

"주군은 겁먹고 있소. 자신이 직접 전선에 나가 군사를 지휘 격려하시려고 하지 않소. 그렇게 되면 사기에 관련되니, 바쁘시겠지만 귀하가 주군을 성 밖으로 나오게 해주었으면 하오."

아니, 그뿐이라면 시게나리는 아직 제 생각으로 행동할 각오를 할 수 없었을지도 모른다. 그런데 그다음 사자의 고백에 시게나리는 소스라쳐 놀라지 않을 수 없었다.

"주군은 자신이 성에서 나가면 아군 무사들에게 살해될지도 모른다……고 염려하시는 모양입니다. 이 자리에서만의 말씀입니다만 하루후사까지 여차하면 주군의 목을 베어 적 편으로 달아날지 모른다는 의심을 품고 계시니 내가 권하면 오히려 우습다, 꼭 시게나리 님께서……애써 달라는 말씀입니다."

시게나리에게 이토록 무서운 말은 없었다.

'만일 그것이 사실이라면 어쩌면……이 시게나리도 마음속으로 의심하고 계실지 모른다!'

시게나리는 이미 사나다 유키무라며 고토 마타베에가 무슨 생각을 하고 있는지 눈치채고 있다.

'모두 살아남을 뜻이 없는 모양이다.'

시게나리에게 그것은 일종의 감동이 따르는, 그러나 통탄스러운 체념에 지나지 않았다.

'어째서 승리를 향해 혼신의 노력을 기울이려고 하지 않는가……'

그러한 심경이 아무리 깨끗하다 해도 체념은 역시 패배로 이어진다……는 생각을 하고 있던 참이었으므로 하루나가의 사자가 한 말은 그에게 타격이 되었다.

'그렇다면 사나다와 고토는 그런 주군의 마음을 꿰뚫어 보고 있었던 게 아닐까?'

만일 그렇다면 히데요리를 위해 목숨 바치는 형태를 빌려 그들은 그들 자신의 절개를 위해 목숨을 바칠 모양이었다······.

사자에게 알았다고 대답했으나 시게나리는 히데요리를 만나지 않았다. 만일 권했다가 거절당할 경우를 생각하니 눈앞이 캄캄해졌기 때문이다.

시게나리는 히데요리 앞으로 나아가는 대신 성안의 자기 집으로 가서 결혼한 지 얼마 안 되는 아내를 만났다. 그리고 아내의 손으로 투구 끈을 자르게 한 다음 베개 위에 올려놓고 향을 피우게 했다.

"출진 때는 이렇게 하는 거요."

아내는 마노 요리가네의 딸로, 향침(香枕)은 요도 마님을 모시고 있을 때 얻은 것이었다. 아내는 파리한 표정으로 조심스레 작은 목소리로 말했다.

"아기가 생겼는지도 모르겠어요."

"그래? 반가운 소식이군."

시게나리는 이미 죽음을 각오하고 있었다. 히데요시에게 반역을 도모했다는 의심을 받고 한없는 원한과 고집을 남기고 자결한 아버지, 그 아버지의 아들이 얼마나 깨끗한 충신인지 보여주고 죽겠다는 일념의 시게나리. 그러나 시게나리도 역시 지금 아버지와 똑같은 마음의 동요를 자기 마음속에서 발견하고 있었다······.

투구 끈을 잘라놓고 향을 피워 출진하는 것은, 아내에게 보여주는 각오라기보다 흔들릴 것 같은 자기 마음에 가하는 매질이었다.

'장렬하게 죽겠다!'

내가 살아남을 줄 아느냐? 살아서는 무사의 고집을 관철할 수 없다······ 유키무라와 마타베에도 모두 그것을 알고 있었다.

"오늘은 단오절, 창포를 꽂아라."

그것을 이별의 말로 남기고 시게나리는 집을 나와 고야 가도에서 도묘사로 곧장 군사를 보내려 각오했다. 그러나 덴노사에 있는 유키무라에게 연락해보니 도묘사 방면에는 유키무라와 마타베에가 나가게 되었다고 했다. 이제 와서 죽음을 결심하고 있는 사람들 뒤를 쫓는 것은 겁내는 것 같아 불쾌했다.

"좋다. 오고쇼와 쇼군도 고야 가도를 나와 도묘사로 향할 게 틀림없다. 나는 그 측면을 찔러주자. 시게나리의 죽음의 길동무로 오고쇼나 쇼군, 한 사람은 꼭 죽이고 말 테다!"

그의 지휘 아래 있는 야마구치 히로사다(山口弘定), 나이토 나가아키(內藤長秋) 두 사람에게 의연한 모습으로 각오를 털어놓고 6일 오전 0시 야마토 다리 옆에 집결하도록 일렀다. 그러나 그 시간에 병력이 미처 모여들지 않아 고토 마타베에와 반대로 횃불은 전혀 없이 다만 선두에 등불만 한 개 켜 들게 하여 출발한 것이 오전 2시였다.

기무라 시게나리는 한 번 마음을 굳히면 매우 인내심이 강했다. 그러나 성격은 상당히 급해서 분류 같은 격렬함을 지니고 있었다. 이날 밤의 행동에는 그 격렬한 면이 뚜렷이 드러났다. 무엇보다 주군과 가신 사이의 신뢰에는 어떤 한계가 있는 모양……이라는 생각이 무의식중에 그의 감정을 곤두서게 했다. 사나다 유키무라가 그보다 앞서 도묘사로 출진하기로 결정한 일이며 고토 마타베에가 이미 선봉으로 나선 것도 젊은 그를 초조하게 했다.

'모두에게 져서는 안 되지…….'

야마토 다리를 출발하여 서둘러 말을 몰아 2시간 가까이 나아갔을 때였다.

시게나리는 말을 세우며 소리쳤다.

"잠깐! 지금 가는 방향에서 총소리가 들리지 않았나?"

옆의 어둠 속에서 누군가 대답하는 소리가 났다.

"분명 총소리…… 어디선가 싸움이 시작된 모양입니다."

노신 히라쓰카 지헤에(平塚治兵衛)였다.

"어디선가라니 무슨 소리인가? 가는 방향에서 지금 이 시간에 총을 쏠 자…… 라면, 도묘사로 먼저 달려간 고토 군이 틀림없다."

"그렇다면 적이 매복하여 기다리고 있었다는 이야기가 되는데요……."

"그래. 아, 저 멀리 남쪽에 불빛이 보인다. 아니, 횃불인지도 몰라. 아무튼 보고 오라고 해라."

"알겠습니다."

대답하고 나서 지헤에는 다시 되돌아보며 다짐했다.

"이제 곧 날이 샐 겁니다. 날이 밝기 전에 진구렁 논을 너무 멀리 나가면 진퇴가 막힙니다. 제가 와카에로 나가 보고 와서 자세히 보고드리겠으니 그때까지 여기 머물러 계십시오."

"염려 마라. 여기서 기다릴 테니, 빨리."

얼른 대답했으나 지혜에의 모습이 사라지고 겨우 10분이 될까 말까 할 때 다시 전열을 남쪽으로 돌렸다.

"남쪽의 총소리와 불빛이 맘에 걸리는군. 좋아, 진군하기로 하자."

노신의 보고를 여기서 기다렸더라면 아마 이날의 무운은 그에게 더 좋은 결과를 보여주었을 게 틀림없다. 그러나 성급한 성격을 노골적으로 드러낸 시게나리는 날이 샐 무렵 야쓰오 앞까지 전진해 있었다.

한편 히라쓰카 지혜에는 곧장 말을 달려 와카에로 나갔다. 와카에 마을 백성들은 이때 피할 길 없는 전화의 파급을 예감하고 어디론지 자취를 감추고 없었다.

'이에야스나 히데타다의 선봉이 벌써 출몰한 모양이군……'

히라쓰카 지혜에는 말을 돌려 돌아갔다. 간토 군의 출동을 보고 백성들이 자취를 감출 정도면 측면에서의 기습 시기는 이미 지나갔다. 자칫 잘못하다가는 이쪽보다 몇 배나 되는 대적과 정면으로 조우전을 벌일 각오를 하지 않으면 안 된다…… 그렇게 되면 승산 없는 것은 뻔한 일, 일단 큰일에 대비해 성으로 철수하자고 진언하자……는 생각으로 되돌아오니 시게나리는 이미 그곳에 없었다.

"아뿔싸!"

히라쓰카 지혜에는 얼굴빛이 달라져 시게나리의 뒤를 쫓았다. 시게나리가 갔으리라고 여겨지는 야쓰오 쪽으로 달리기 시작했을 때 벌써 사방이 환해지고 가는 방향의 총소리가 더욱 격심해졌다. 뿐만 아니라 이번에는 확실히 방화인 듯한 민가에서 오르는 흰 연기까지 아침 안개와 섞여 금방이라도 함성이 들려올 것 같은 절박한 공기였다.

논 가운데로 꼬불꼬불 뻗은 길은 그리 넓지 않았다. 더구나 그 논은 계절로 보아 물을 가득 대놓은 모내기 전후의 논이었다.

'이 속으로 밟고 들어가면 싸울 수 없을 텐데……'

지혜에는 점점 다급해졌다. 시게나리가 이끌고 간 군세는 결코 적은 수가 아니었다. 직접 거느린 부하가 약 4700명, 거기에 야마구치 히로사다, 나이토 나가아키, 기무라 무네아키(木村宗明) 군을 합치면 6000명에 가깝다. 그들이 만일 이 길을 돌진하여 적의 복병 앞으로 나가게 된다면 되돌아 물러서지도 못하고 그 옛날 야마자키 싸움 때의 아케치 군 같은 꼴을 당하게 되리라.

"역시 젊어서 성급해. 야단났군."

수많은 말발굽 자국을 뒤쫓아 말을 몰고 있을 때 맞은편에서 큰 짚 뭉치를 매고 오는 농부를 만났다. 피난민이 틀림없었다.

"여보게, 농부."

농부는 짐을 내던지고 납작 주저앉았다.

"제발……저……모……목숨만은."

"목숨을 뺏겠다는 게 아니다. 길을 물어보려는 거다."

그러나 상대는 부들부들 떨 뿐 말도 잘 안 나오는 모양이다.

"안심해라, 나는 그대를 괴롭힐 생각은 조금도 없다. 알겠나? 마음을 가라앉히고…… 이 길을 곧장 가면 어디로 나가지?"

"야……야……야오로."

"틀림없으렷다."

"하지만 말을 타고는 못갑니다. 이 길은 도중에 끊어져 있기 때문에…… 그, 그렇지, 이대로 곧장 가면 늪을 메운 깊은 수렁에 빠지게 됩니다."

"뭐, 수렁에!"

농부는 몸을 떨면서 고개를 끄덕였다.

"그렇다면 이 앞에서 기치를 든 대군을 못 보았는가?"

"보았습니다."

"그러면 그 대군이 길 없는 수렁을 향해갔다……는 건가?"

농부는 다시 고개를 끄덕였다. 지혜에는 혀를 찼다.

"그렇다면 왜 길이 틀리다는 말을 해주지 않았나?"

"하지만……저는 풀더미 속에 숨어 있었고 저쪽에서 묻지도 않았으니까요."

듣고 보니 그럴듯싶었다.

"농부……."

"……예."

"그 대군을 앞지를 수 있는 지름길을 모르나?"

"사……살려 주십쇼…… 저는 벌써……."

"그대에게 안내하라는 게 아니다. 알고 있다면 내게 가르쳐달란 말이야."

농부는 겨우 마음 놓고 지혜에에게 오른쪽으로 좁은 길을 벗어나 거기서부터 시내의 둑을 따라가면 야오 바로 앞에서 길이 끊어진 진흙밭 언저리에 이른다고 가르쳐주었다. 지혜에는 채찍을 날리며 그 길로 돌진했다.

인생의 운은 행불행에만 연결되지만 싸움터의 운은 그대로 생사로 이어진다.

'초조한 나머지 길도 없는 곳을 나아가다니 무슨 짓인가……!'

평소의 기무라 시게나리는 젊은이로서는 보기 드문 신중함과 침착함을 지니고 있었다. 최근에도 지난달 그믐부터 이달 초하루 이틀에 걸쳐 그는 이 언저리의 싸움터를 직접 세밀하게 시찰했었다.

가와치의 와카에와 야오 사이는 약 10리. 그 중간에 와카에로 잇닿은 니시고리 마을(西郡村)이 있고, 니시고리 남쪽에 가야후리 마을(萱振村)이 있다. 와카에 북쪽은 이와타 마을(若田村). 야오 북쪽은 아노우 마을(穴太村). 그리고 야오 서북쪽에는 강을 사이에 두고 규호지 마을(久寶寺村). 그 규호지 마을에서 히라노를 거쳐 오사카로 길이 통하고 있다.

시게나리는 그 길을 오사카, 히라노, 규호지로 거슬러 나아가 싸울 작정이었다. 그런데 히라노에서 오는 길에 고토, 사나다, 모리 군들이 나와 있다는 것을 알고 그 뒤를 쫓는 것은 명예롭지 않다고 하여 길을 바꾸었다. 이 길을 바꾼 데에 그의 젊음이 있었다. 아니, 그 젊음보다 앞서 오사카 여러 장수들의 통일되지 않은 저마다의 궁리가 있었다고 하는 편이 나을지도 모른다. 싸움터에서는 어디까지나 총대장으로부터 한낱 병사에 이르기까지 엄연한 '목적'의 일치가 있어야 했다…….

길이 끊어진 늪을 향해 시게나리가 진군했다는 것을 알자 히라쓰카 지혜에는 미친 듯이 지름길을 찾아 아침 안개 속을 달렸다.

그리하여 야오 조금 못가서 가까스로 앞질러 붙들었다.

"멈추십시오."

맨 선두로 진군해 오던 시게나리는 지혜에가 적인 줄 알고 창을 겨누며 물었다.

"누구냣?"

"저입니다, 히라쓰카 지혜에입니다."

"오, 분명 지혜에로군."

"이리로 가서는 안 됩니다. 이 앞은 나가세강(長瀨川)을 따라 늪지대로 빠져드는 수렁입니다. 적이 공격해 오지 못하는 대신 아군도 나아가지 못합니다. 이쪽으로 진군해서는 안 됩니다."

어지간한 시게나리도 깜짝 놀란 모양이었다.

"뭐, 늪지대가 나온다고……! 아뿔싸! 도묘사에서 고쿠부에 걸쳐서는 이미 난전…… 아군을 구원하려고 급히 말을 몰아왔는데."

"여기서 우물쭈물해서는 안 됩니다. 곧 되돌아가 와카에에서 적을 저지하는 것도 도묘사의 아군을 돕는 것…… 여기서는 곧 철수를."

"그래, 나갈 길이 없는 길을 와버렸구나."

시게나리는 입술을 깨물며 말머리를 돌렸다. 다시 북쪽의 와카에를 향해 되돌아갈 것을 명령하면서 몇 번이나 혀를 찼다.

길은 좁고 개었던 안개의 흐름이 다시 사방을 어둡게 덮어오고 있었다. 진두에 나서려고 아군을 헤치며 그 좁은 길을 1정쯤 나아가는데 와! 하고 오른쪽 앞에서 함성이 올랐다.

시게나리는 바짝 긴장하며 멈춰 섰다. 정신없이 진군하는 동안 적에게 추격당하고 있었던 것은 아닐까? 이때 비로소 시게나리는 온몸에 소름이 오싹 돋는 것을 의식했다.

'아뿔싸!'

기무라 군의 뒤를 쫓는 자가 있다면 그것은 당연히 도쿠가와 편인 가와치 어귀의 선봉부대, 도도 다카토라 군이 아니면 이이 나오타카의 붉은 갑옷차림 군사들일 게 틀림없었다. 모두 이름난 명장들.

'이런 곳에서 끌려다니며 진흙바닥의 밥이 되어버리는 걸까……?'

시게나리는 황급히 근위무사들 속에서 지혜에의 모습을 찾아 소리쳤다.

"지혜에! 적의 기치는? 기치를 확인하라."

그때 또다시 왼쪽 규호지 마을에 가까운 나가세 강변 언저리에서 다른 함성이 올랐다.

"와—!"

시게나리는 외쳤다.

"지혜에! 지혜에는 어디 있는가!"

"여기 있습니다!"

"지금의 함성은? 적에게 앞뒤로 포위되었나?"

"안심하십시오, 주군! 처음의 함성은 도도 군, 거기에 호응하여 왼쪽에서 오른 함성은 아군인 조소카베 군입니다."

"뭐, 조소카베?"

"그러니 도도 군은 오사카 가도를 진군해 온 조소카베에게 맡기고 우리는 와 카에로 철수를……."

"분하닷. 적을 앞에 두고 철수해야 한단 말이냐?"

"무슨 말씀을! 적은 도도 군만이 아닙니다. 붉은 무장을 한 이이 군도 있고 사 카이, 사카키바라의 강한 군사들도 있습니다. 상대는 얼마든지 있습니다. 아무튼 지금은 이 진흙밭에서 한시라도 빨리!"

히라쓰카 지혜에는 말을 돌려 선두가 거꾸로 된 자기편 군사를 도도 군 옆으 로 빼냈다. 사실 여기서 응전할 경우 기무라 군은 끈끈이에 걸린 나비 떼 신세가 되어버릴 것이다. 그런 뜻에서 조소카베 군의 출현은 기무라 군에게 실로 구원의 신이었다.

물론 조소카베 군은 기무라 군을 구하려는 생각으로 나온 게 아니었다. 그들 은 자신들의 기세에 내맡겨진 채 야오 마을을 뚫고 다마구시강(玉串川) 둑 가까 이 맹진군하여 여기서 도도 군과 격돌하게 된 것이었다.

도도 다카토라는 이른 새벽부터 진군준비를 하고 있다가 도묘사 방면에서 나 는 총성을 들었다.

"누굴까? 벌써 고쿠부를 향해온 적이 있었구나."

고쿠부로부터 야마토 어귀를 누르려는 자가 있을 정도면, 당연히 그 북쪽인 오사카 가도에서 다테이시(立石) 가도로 진군하는 자도, 주소(十三) 가도에서 고 야 가도로 나와 도쿠가와 본진을 가로막으려는 자도 있을 터였다. 그는 호시다와 스나에 있는 이에야스와 히데타다 본진에 위급함을 보고하고 그 지시를 받으려 생각했으나 그럴 틈이 없었다.

아침 안개 사이로 보이는 사방은 벌써 가득한 기치의 물결이었다. 기무라 군, 조소카베 군, 마사타 군, 나이토 군 등 여러 부대가 야오, 아노우, 가야후리, 니시

고리 마을에 가득 움직이고 있었다.

도도 군의 우익선봉 무사대장 도도 요시카쓰는 기무라 군이 방향을 바꿔 나아가는 걸 모르고 말했다.

"기무라 군이 우리 군세를 쳐다보지도 않고 와카에로 향하고 있습니다. 호시다와 스나의 본진을 기습하려는 게 분명합니다. 이를 측면에서 공격했으면 합니다."

다카토라는 깜짝 놀라 허락했다. 이에야스나 히데타다의 본진이 습격당하면 선봉의 체면이 말이 아니다. 이리하여 기무라 군의 측면을 찌르기 위해 움직이기 시작한 도도 군을 때마침 나타난 조소카베 군이 공격한 것이 이 언저리 싸움의 시작이었다.

도도 군 4700 남짓을 조소카베 군에 맡기고 기무라 시게나리가 와카에로 마을로 철수해 간 것은 벌써 오전 7시가 가까웠을 때였다.

날은 완전히 밝았고 시야를 가로막는 아침 안개도 사라지고 없었다. 아마도 조소카베 모리치카와 도도 다카토라는 서로 전국(戰國) 무사의 명예를 걸고 야오 마을 일대에서 사투를 벌이고 있을 것이었다. 함성을 누비고 들려오는 총포 소리가 끊임없이 귓전을 때렸다.

'대체 나는 무엇 때문에 오늘날까지 병법을 닦아왔던가.'

기무라 시게나리는 자신이 와카에로 후퇴한 것을 알고 고야 가도에서 주소 가도를 달려 이곳으로 진군해 오는 적군의 모습을 보자 눈물이 나올 것 같은 분함을 느꼈다. 지금쯤은 이에야스와 히데타다의 본진을 측면에서 공격하여 어느 쪽이든 목을 베어 기무라 시게나리의 존재를 천하에 보여주고 그것을 이번 생의 기념으로 삼을 작정이었다.

'그런데 군사를 밤새 걷게 하고 지금 다시 와카에로 돌아와 있으니······.'

털끝만큼의 실패도 용납하지 않는 싸움터의 엄격한 전략에서 천군만마 사이를 누벼온 여러 장수들에게 결코 지지 않을 작정이었는데······.

'만회하지 않으면 안 된다! 침착하자.'

시게나리는 후미의 군사들이 도착하자 곧 세 부대로 나누었다. 하나는 우익인 도도 군, 다른 200여 명은 기무라 무네아키에게 지휘를 맡겨 북쪽 이와타 마을, 그리고 본대는 와카에 마을 남쪽에 두고 진군해 오는 적을 기다렸다.

사실 이 적은 붉은 갑옷이라는 이름으로 용명을 떨친 이이 나오타카 군 3200

명이었지만, 명령내릴 무렵에는 아직 확실하지 않았다.

'어떤 적이든 반드시 무찔러야 한다.'

시게나리는 차츰 자신감을 되찾아 우선 적의 진로를 향해 야마구치 히로사다, 나이토 나가아키에게 맞서도록 해놓고 자신은 우익의 도도 군에 대비하여 지휘하기로 했다. 도도 군에게 가야후리 마을에서부터 추격당할 것 같은 위험을 느꼈기 때문이다.

이 판단은 틀리지 않았다. 도도 군의 도도 요시카쓰와 요시시게(良重)는 철수해 가는 기무라 군을 후퇴하는 것으로 생각하지 않고, 이에야스며 히데타다의 본대 측면을 노린 진격으로 여겼던 것이다.

"이대로 본대를 습격하게 한다면 도도 군의 이름이 웃음거리가 된다."

이리하여 그들은 도도 대 조소카베의 주력끼리의 결전장에서 빠져나와 기무라 군에 도전했다. 기무라 군의 우익으로 맨 먼저 돌격해온 것은 도도 요시시게였다. 뒤이은 자들이 미처 뒤쫓기도 전에 무언가 고함지르며 단기로 실에 끌리듯 기무라 군 속으로 뛰어들었다.

"좋은 적수다. 놓치지 마라."

요시시게의 저돌적 행동에 의해 시게나리의 젊음이 폭발했다. 일단 폭발하면 무서운 힘을 발휘한다. 고함과 함께 밭 한가운데서 요시시게를 둘러쌌고, 그 포위가 풀렸을 때 그의 모습은 이미 말 위에 없었다. 중상인 것 같았다. 낙마한 요시시게 주위에 달려온 졸병들이 부축해 일으키는 것이 보였다.

"한 장수를 거꾸러뜨렸다. 첫 개시가 좋았어! 이 틈에 격파해 버려라!"

기무라 시게나리는 이제 진두에 서려고 하지 않았다. 가까스로 침착을 되찾은 지휘자로서 적군에게 눈을 돌리는 냉정을 되찾아 말 위에서 버둥거리는 말을 단단히 누르고 있었다. 일단 싸움이 벌어지자 잡념은 이미 시게나리의 마음에 스며들 틈이 없었다.

적은 요시시게의 부상으로 분명 광란의 양상을 드러냈다. 첫 전투의 상식은 송두리째 날아가 버리고 이때부터 사람은 이빨을 드러내고 발톱에 의지하는 맹수로 돌변한다. 이 맹수 심리의 지속시간이 긴 자가 싸움터의 육탄전에서 승리자가 된다. 따라서 지휘자는 냉정하게 부하들의 이 광란 모습이 지속 되는 시간을 계산해 두어야 한다.

아군의 서쪽에서 적의 총소리가 타타탕 울렸다.

'도도 요시카쓰가 서쪽으로 돌아갔다.'

기무라 시게나리는 그렇게 짐작하고 선두에 서서 서쪽을 향해 창을 겨누며 말을 몰았다.

"쳐들어가라!"

눈으로 보아 알 수 있도록 지휘자의 의사를 보인 것이다.

"와!"

아군도 서쪽을 향해 화약 냄새와 연기 속을 뚫고 습격해 오는 도도 군 속으로 돌진했다. 도도 요시카쓰도 역시 발포와 함께 쳐들어가게 할 셈이었지만 여기서도 시게나리의 날카로운 육감은 요시카쓰보다 뛰어났다. 이런 경우는 누가 적을 향해 한 걸음이라도 더 내딛는지가 세력의 흐름을 결정한다. 밀리기 시작하면 멈출 수 없는 패세로 몰리는 것이다.

양군은 새싹이 돋고 있는 배추밭에서 격돌했다.

"물러서지 마라! 도도 군의 실력을 보여줘라!"

요시카쓰는 초조해하다 못해 자신이 진두로 나와버렸다.

'이겼다!'

시게나리가 안장을 두들겼을 때, 한 무사가 요시카쓰에게 창을 겨누며 달려들었다.

요시카쓰가 창을 내던지고 큰 칼을 뽑자 그 주위로 졸개들이 후닥닥 달려왔다. 졸개가 달려올 때는 주인의 불운으로 보아도 좋다. 베였는가? 아니면 찔렸는가? 사람들 울타리 속에서 요시카쓰가 탄 말이 대지를 박차듯 달아나버렸다. 물론 말 위에 요시카쓰의 모습은 없었다.

와 하는 아군의 승리의 함성이 오르고 적의 방향이 반대로 바뀌었다. 대장 두 사람을 잃고 무너지기 시작한 것이다. 그렇게 되자 광기 들리듯 이쪽은 기세가 올라 뒤쫓으려고 한다.

"기다려! 쫓지 마라!"

시게나리의 지휘봉에 따라 곧 군사를 거두라는 소라고둥이 울렸다.

"이겼다. 추격할 필요 없어. 그보다도 부상한 자들을 치료해 주고 곧 와카에의 본대와 합류하라."

명령내린 시게나리는 벌써 말머리를 돌려 철수의 선두에 서 있었다.

'우리의 적은 도도 군이 아니다. 언젠가 격돌해야 할 이이 나오타카 휘하의 정예일 뿐이다.'

이이 나오타카도 이때 시게나리와 그리 다를 바 없는 젊은 무사였다. 더구나 형 나오카쓰의 병약함을 이유로 본가의 상속을 명령받고, 아버지 나오마사가 떨친 용명을 더럽히지 않으려고 불타오르는 패기를 가지고 출진한 터였다.

'이이라면 상대로 부족함이 없다.'

시게나리는 이렇듯 도도 군의 우익을 격파하고, 일단 와카에 남쪽 끝 다마구시강둑 가까이로 철수하여 가져온 군량자루를 풀어 천천히 배를 채우기 시작했다.

이날 기무라 시게나리와 함께 운명적인 격돌이 약속되어 있던 이이 나오타카는 몸집과 말솜씨가 시게무라와는 매우 대조적인, 무뚝뚝하고 과묵한 청년이었다. 눈빛은 꿰뚫을 듯 날카롭게 빛나고, 호랑이 장수라고 불렸던 기요마사식 구레나룻을 길렀으며, 사람을 보아도 웃는 일이 거의 없었다. 시게나리가 젊은 여인들의 가슴을 설레게 하는 단려한 용모를 지녔던 데 비해 나오타카는 말을 걸려고 다가갔다가 입도 못뗄 만한 인상이었으나, 두 사람의 투혼과 조심성에는 공통점이 있었다.

이이 나오타카는 이날 오전 1시에 일어나자 명했다.

"모두 식사하게 하도록."

우선 모두들 먹고 나서 점심을 허리에 차게 한 뒤 날이 새기를 기다렸다.

그러자 노신 이하라 도모마사(庵原朝昌)가 나타나 말했다.

"오늘의 주된 싸움터는 도묘사인 줄 압니다. 그곳으로 곧 출진하시기를."

이이 나오타카는 눈알을 크게 굴리며 고개를 저었다.

"안 돼. 오늘 싸움은 야오, 와카에 방면이야. 이것을 피했다가는 후회하게 될 거야."

무엇이 후회의 불씨가 되는지는 말하지 않고 묵직한 말투로 주저 없이 명령했다.

"그대는 우익 선두로 총부대를 이끌고 와카에 앞 둑으로 나가 날이 새기를 기다리도록."

일단 말한 뒤에는 그것을 뒤엎는 나오타카가 아니었다. 이하라 두 무마사는 명령대로 주소 가도를 서쪽으로 진군하여 다마구시강둑으로 나가 우익을 갖추었다.

좌익 선봉은 가와데 요시토시(川手良利)가 명을 받아 둑을 왼쪽으로 내려갔고, 나오타카의 본대는 와카에에서 고야 가도로 뻗은 주소 가도를 굳게 봉쇄하고 적을 기다렸다.

그 행동으로 미루어 생각해 보면 이이 나오타카는 오사카 군의 무장 가운데 이에야스나 히데타다의 본대를 측면에서 기습하려는 자가 반드시 이 길로 나올 것을 노리고 대비했음이 틀림없다.

이리하여 날이 밝자 양쪽이 다마구시강을 끼고 대치하고 있었으니 나오타카의 예상이 그대로 적중한 셈이다.

'이곳은 통과시켜서는 안 되지!'

입 밖으로 내지는 않았으나 투구 밑에서 번뜩이는 나오타카의 눈빛은 분명 그렇게 말하고 있었다.

"적은 기무라 시게나리의 정예입니다. 공격을 개시하려면 지금!"

가와데 요시토시로부터 재촉이 있었지만 나오타카는 말했다.

"서두르지 마라. 서두르면 빨리 지친다."

그뿐, 오전 7시 무렵까지 움직이지 않았다.

한편—

강을 끼고 대치한 기무라 시게나리는 적의 배치를 확인하면서 식사를 끝내자 야마구치 히로사다에게 명했다.

"총포대 360명은 둑 그늘에 매복하도록."

이대로 시간을 보내면 밤새 걸어온 아군이 불리하다. 시게나리는 서쪽 기슭의 둑 위에서 일제사격을 하여 진격을 위장함으로써 반대로 적에게 강을 건너게 하여 수렁의 좁은 길로 이이 군을 유인해 싸울 작정이었다.

명령받고 총부대가 출동했다.

그러지 번갈이 활부대 대징 이지마 기에몬(飯島喜右衛門)이 나타나 시게나리 앞에 한쪽 무릎을 꿇었다.

"적의 좌익이 움직이기 시작했습니다. 저쪽의 대장은 가와데 요시토시, 싸울 때가 무르익은 것 같습니다."

시게나리는 고개를 끄덕이며 일어섰다.

과연 이이 군의 좌익 선봉 가와데 요시토시 부대가 다마구시강을 건너오고 있었다.

시게나리는 생각했다.

'초조해졌군.'

그들이 강기슭에 올라온 때를 노려 일제사격을 한다. 그렇게 되면 적은 주춤할 것인가, 아니면 반대로 흥분해 돌진해 올 것인가? 어떻든 이것을 보고 이이 나오타카의 본대가 진격을 개시해 올 게 틀림없다. 아군은 그 기세에 밀린 것처럼 좁은 논길을 따라 후퇴한다. 그리하여 이이 군이 좁은 수렁 길로 완전히 들어섰을 때를 기다려 반격을 개시한다. 그렇게 되면 젊은 나오타카는 반드시 선두에 서 있다가 후퇴하지 못하고 거기서 목숨을 잃게 될 것이다. 대장을 빼앗기면 그것으로 끝이다. 상대는 혼란에 빠져 후퇴하게 분명하다.

싸움은 그때부터라고 시게나리는 생각했다. 무너져가는 이이 군을 뒤쫓아 주소 가도를 달려 곧장 고야 가도로 나가면 된다. 그때 과연 고야 가도에 있는 것은 이에야스의 본대일까? 아니면 쇼군 히데타다의 본대일까? 어느 쪽이라도 좋다. 이미 이곳을 죽을 자리로 정하고 있는 시게나리다. 이에야스든 히데타다든 누군가 하나의 목을 베고 함께 죽는다…… 그 작전과 작전을 구성하는 사고방식도 실로 명쾌하게 결론 내리고 있는 시게나리였다.

"쏴라!"

그러한 시게나리의 작전을 알 리 없는 이이의 좌익 선봉 가와데 요시토시는 선두에 서서 다마구시강 왼쪽 기슭에 도착했다. 물결이 일듯 총소리가 타타타탕 울려 퍼졌다.

시게나리가 낮은 소리로 외쳤다.

"앗!"

분명 최초의 총소리는 아군이었다…… 이어서 그 총소리가 채 사라지기도 전에 건너편 기슭 오른쪽에서 다른 총소리가 울린 것이다. 그 발포의 주인공은 시게나리가 노리는 이이 나오타카의 본대가 아니고 우익선봉인 이하라 도모마사의 부대인 모양이었다. 그렇다면 도모마사는 가와데 요시토시가 건너편 기슭에 이를 무렵이 위태롭다고 판단하여 두 저편에서 행동을 개시해 사이를 두지 않고 엄호 사격을 한 것으로 보아야 했다.

양쪽의 총소리로 왼쪽 기슭에 몇십여 구의 시체가 처참하게 나동그라졌다. 그와 함께 시게나리가 명령해둔 대로 기무라 군은 일제히 논둑길을 후퇴하기 시작했고, 아직 무사한 가와데 요시토시가 작은 둑 위로 달려 올라가 미친 듯 뭔가 소리 지르는 것이 보였다.

"가와데 요시토시는 물러가지 않을 것이다. 미친 듯이 쫓아오겠지."

거기까지는 예상한 대로……라고 생각했을 때 물러가기 시작하면서 적에게 등을 보인 아군 뒤쪽에서 적의 함성이 일었다.

시게나리는 찢어질 듯 크게 부릅뜬 눈으로 새로이 강을 건너기 시작한 적을 노려보았다. 이이 나오타카의 본대는 아니었다. 가와데 군을 엄호하고 있던 우익 선봉 이하라 군이 그대로 강바닥을 가로질러오고 있었다.

시게나리의 입술 사이로 혀 차는 소리가 크게 새 나왔다. 이하라 군이라면 수렁 속으로 유인해 봤자 의미 없다. 그가 노리는 것은 이이 나오타카의 본대였다.

"되돌아오라! 물러가지 마라. 돌아와 가와데 군을 짓밟아라!"

기무라 시게나리의 목소리가 소리높이 사방에 울려 퍼졌다.

시게나리의 명령으로 기무라 군은 방향을 바꾸었다. 그리하여 창숲을 이루어 뒤쫓아오는 가와데 군을 가로 막아섰다. 이것은 추격해 온 가와데 군도, 좀 더 깊이 논 사이로 끌어들일 작정이었던 기무라 군도 생각지 못한 일이었다. 예상과 반대되는 미미한 변화가 싸움터에서는 결정적인 힘을 가지고 혼란으로 이끈다. 체력의 차이로 쫓는 자와 쫓기는 자가 뒤섞여 눈 깜짝할 사이에 양쪽의 대열이 무너지기 시작했다.

"물러서지 마라. 지금이 중요한 순간이다."

가와데 요시토시는 그때 벌써 깊은 상처를 입고 있었다. 최초의 창숲을 돌파할 때 종아리를 크게 찔린 것이다. 그러나 그는 뒤돌아보지 않았다.

그의 병력이 움직이기 시작한 순간 기무라 시게나리가 본 게 옳았던 것이다.

"초조해졌군."

무리도 아니었다. 그리 멀지 않은 야오로부터 도묘사에 걸친 싸움의 총소리와 함성이 파도처럼 들려오고 있었다.

우익선봉으로 선발된 이이 가문의 노장 이하라 도모마사는 몇 번이나 사자를 보내 요시토시를 만류했다. 공격해 나갈 때는 우익선봉과 좌익선봉이 동시에 나가는 게 좋다고. 그런데 젊은 요시토시는 그렇게 생각하지 않았다. 어느 편이든 한쪽이 공격하면 그쪽으로 적의 주의가 쏠리므로 다른 한쪽이 나아가기 쉽다고 계산해 자청하여 앞질러 공격을 개시한 것이었다.

지금은 그 이하라의 엄호를 받고 더욱이 배후에서 지원받고 있었다. 지금 가와데 군이 무너진다면 그야말로 이하라 군까지 그 기세에 휘말려 돌이킬 수 없는 혼란에 빠질 게 틀림없었다.

"물러서지 마랏. 물러서면 뒤에서 오는 이하라 군에 방해된다. 진격하고 죽는 거다. 진격……."

그러나 그 노호도 오래 계속되지 않았다.

"왓!"

물결과도 같은 이하라 군의 함성이 가와데 군을 뒤쫓았을 때 이미 가와데 요시토시의 모습은 선두에 없었다. 난전 속에서 장렬하게 전사한 것이다.

이리하여 이하라 군과 가와데 군이 교체되었다. 그러자 기무라 군의 후퇴방법 또한 처음에 예상했던 작전대로 되어가지 않았다.

기무라 시게나리가 후회한 것은 이때였다.

"아뿔싸!"

가와데 군과 이하라 군에게 공격시키고 이이 나오타카의 본대는 이상하게 무거운 듯 서서히 움직이기 시작했다.

나오타카와 결전을 벌이려면 우선 이하라 군을 격파해야 하는데 아군이 무너지기 시작했다…… 시게나리는 당황한 아군에게 멈추라고 소리치는 대신 갑자기 말을 몰아 달려오는 적의 흐름 속으로 헤치고 들어갔다. 그것은 한동안 격류를 막고 선 하나의 바위처럼 보였다. 아마도 여남은 명은 베었을 것이다.

얼마 뒤, 그 흐름을 보내놓고 이번에는 강기슭의 작은 둑을 뛰어넘어 푸른 억새가 덤불진 강변으로 나가 몸을 떨며 말에서 내렸다. 목이 타는 듯 말랐다. 여기서 말도 자신도 마지막 물을 마신 뒤 이이 나오타카의 본대로 정면에서 돌격해 들어갈 작정이었다.

여기에도 피아간에 울리는 함성이 밀물처럼 들려왔다. 시게나리는 물가에 엎드려 허겁지겁 두 손으로 물을 떠 마셨다. 그리고 문득 손을 놓은 순간 물에 비친 자신의 모습에 질겁하며 놀랐다. 모습이 달라져 있었다. 단정하고 점잖았던 자신 대신 눈에 핏발이 서고 온통 땀에 젖어 일그러진 한 사내의 얼굴이 시게나리를 노려보고 있었다.

'이것이 기무라 시게나리인가?'

그런 생각을 한 찰나 아무 연관도 없는데 비명 지르며 펄쩍 뛰어 물러서는 아내 오키쿠의 공포에 찬 얼굴이 보였다.

'놀라지 마라, 이것이 또 하나의 시게나리의 얼굴이다.'

그 증거로 팽이모양 투구 앞머리 장식, 비늘처럼 엮은 갑옷, 붉은 바탕의 갑옷 자락과 무장은 틀림없는 자신의 것이었다. 그 무장에 군데군데 피가 튀고 자신의 몸에도 몇 군데 상처를 입고 있었다. 그런데도 목을 축인 육체에서는 아직 늠름한 힘이 차고 넘치는 것을 느낄 수 있었다.

시게나리는 소리 질렀다.

"오!"

물가에서 기세 좋게 일어서려는 찰나 투구의 앞머리 장식에 앉은 잠자리 한 마리가 문득 그린 듯이 물에 비쳤다.

"너도 역시 바쁘게 살고 있구나……."

바로 머리를 흔들지 못하고 저도 모르게 미소를 머금으니 그제야 눈에 익은 자신의 얼굴이 되었다.

"좋다, 잠시 날개를 쉬고 가거라……."

바로 그 순간이었다.

"오, 적군 대장이시군. 나는 그 이름도 유명한 이이 군 선봉장 이하라 도모마사!"

그 소리가 뜻밖에도 가까운 곳에서 들려온 것은 황급히 시게나리를 쫓아온 충성스러운 하인 다헤에(太兵衛)가 강에서 말을 끌어 올리고 있을 때였다.

"주군, 위험합니다!"

하인이 외치는 동시에 시게나리는 벌떡 일어나 큰 칼을 뽑았다.

"뭐, 이하라 도모마사라고?"

"덤벼라."

이때 도모마사는 70살. 한 간 반 길이의 창을 훑으며 창끝을 시게나리의 목에 바짝 갖다 댔다. 시게나리는 온몸이 화끈 뜨거워졌다. 싸움에 익숙한 노장 도모마사의 몸짓에는 추호도 빈틈이 없어 창끝을 후려칠 여유가 없었다.

그도 역시 바로 조금 전까지는 2칸 1자 반인 북국식(北國式)의 곧은 창으로 싸워왔다.

'그 창을 버리지 않았으면 뱃속까지 찌를 수 있었는데…….'

그대로 큰 칼을 수직으로 세워 대뜸 온몸으로 달려들었다. 무기의 차이로 말미암아 초조해졌던 것이다.

"윽!"

도모마사가 몸을 뒤로 뺐다. 칼끝에 얼굴이 살짝 베이면서……그리고 움츠렸던 허리를 꼿꼿이 폈을 때 눈에 보이지 않는 속도로 창을 내질렀다.

"음……."

찔린 곳은 허벅지에서 왼쪽 배 언저리.

"나무아미타불."

도모마사는 재빨리 창을 거두어 세 번째는 찌르지 않고 창자루를 쿵 세우며 쓰러진 시게나리를 내려다보았다.

"아직 젊군. 나무아미타불. 나무아미타불."

시게나리는 큰 칼을 거꾸로 땅에 박고 비틀거리며 일어나려고 애썼다. 이 노인이 단 한 번 찌른 창…… 거기에 기무라 시게나리쯤 되는 사내가 죽어서 될 말인가. 정신을 차리니 노인은 목에 큰 염주를 걸치고 시게나리가 다시는 일어나지 못할 것으로 여겨 한 손으로 빌고 있었다…… 동정받고 있다는 감정은 젊은 사람이 견디어낼 일이 못 된다.

"음……덤벼라!"

설 수 없다는 것을 알고 단념하자 시게나리는 칼끝을 상대에게 겨누었다.

그러나 상대는 염불을 멈추지 않았다.

"싸움이란 비참한 것이다, 강한 척하지 마라."

그렇게 말하면서 다시 물었다.

"이름이 무엇이냐? 유족에게 전할 말이 있다면 들어주마."

"시끄럿! 왜 목을 치지 않나?"

이히라 도모마사는 쓴웃음 지었다.

"그 일 말인가? 나는 70살이 된 이이 가문의 한 대장이다. 그대 같은 젊은 녀석의 목을 치고 자랑할 만큼 무공이 적은 자가 아니야. 일어서지 못할 걸 알았으면 그대도 염불을 외는 게 어떻겠느냐?"

"에잇! 잔소리 말고 어서 목을 쳐라."

"거참, 답답한 녀석이로군. 갑옷받침 밑으로 피가 흐르는 것을 전혀 모르는 모양이로군. 누군가가 치지 않더라도 곧 정토로 가게 되겠지. 나무아미타불……나무……."

그냥 가려고 하자 시게나리는 눈앞이 아찔했다. 지금까지 이렇듯 큰 모욕을 느낀 적은 한 번도 없었다.

"기다렷! 네 이놈……기……기……기다렷!"

바로 그때 그 자리로 뛰어와 푸른 갈대 그늘에서 이하라 도모마사에게 말을 건 자가 있었다.

"노인장!"

"아니, 안도 조자부로(安藤長三郎) 아닌가?"

"노인장……저는 오늘 싸움에서 아직 적의 목을 하나도 베지 못했습니다."

"목에 구애받지 말라고 주군께서 말씀하시지 않았느냐?"

"그렇지만 하나도 베지 못하면 동료들에게 체면이 서지 않습니다. 보아하니 신분이 있을 성싶은 투구머리, 그 머리를 제게 주십시오. 아직 칼을 쳐들고 있으니 목을 주운 것은 아니겠지요?"

그러자 노인은 흘끗 시게나리를 뒤돌아보며 말했다.

"그편이 공양이 될지도 모르겠군. 마음대로 해라."

그리고는 그냥 성큼성큼 가버렸다.

"감사합니다!"

안도 조자부로는 한마디 하고 시게나리에게 다가갔다.

시게나리는 큰 칼을 쳐들고 있었으나 벌써 시력을 잃어가고 있었다. 도모마사가 말한 대로 갑옷받침 밑에서 미끈미끈하게 흘러나온 피가 무릎을 적시고 있었다.

"누군지 모르지만 목을 가져가겠다. 실례!"

그것은 참으로 기이한……기무라 시게나리만 한 사람이 그 짧은 생애에서 상상도 하지 못한 운명의 마지막이었다.

"됐다, 됐어, 이것으로 체면은 서게 됐어."

안도 조자부로는 시게나리의 목을 치자 시체 허리에 꽂혀 있던 흰 곰이 그려진 기를 뽑아 거기에 목을 싸서 아무렇게나 허리에 매달고 뛰어갔다.

바로 조금 전까지 가까이 있었던 하인도 말도 언저리에 보이지 않고 목이 사라진 몸에 파리가 벌써 떼 지어 달려들었다.

싸움은 기무라 군의 완벽한 패배였다.

아니, 기무라 군만이 아니었다.

이 무렵에는 바로 옆의 야오에서 싸우고 있던 조소카베 군도 패색을 감추지 못한 채 5월 6일 오후의 싸움터는 엷은 햇살이 점점 퍼짐에 따라 고요를 되찾아 가고 있었다…….

사나다(眞田) 군기(軍記)

　사나다 유키무라는 군사 3000명을 거느리고 덴노사에서 도묘사 쪽으로 진군하고 있었다.

　이 방면의 제1진은 고토 마타베에. 이를 지원하기 위한 제2진의 모리 가쓰나가도 3000명 군사를 이끌고 날이 새기 전에 덴노사를 출발했다. 따라서 선봉인 고토 군으로부터 연락이 있으면 당연히 사나다 군은 좀 더 진군을 서둘러도 무방했다. 그러나 유키무라는 앞서 나가려는 부하들을 억누르며 굳이 서두르지 않았다. 물론 와카에로 나간 기무라 시게나리를 염려하는 마음도 없지 않았으나 그뿐만이 아니었다.

　'고토 마타베에는 이미 죽을 작정을 하고 있다…….'

　무리도 아니라고 유키무라는 생각했다.

　"무사는 자기를 알아주는 자를 위해 죽는다."

　전국인의 그러한 기질을 사는 보람으로 알고, 뜻에 맞지 않는 데가 있어 주인에게 사의를 표하고 구로다 가문을 깨끗이 물러 나온 비할 데 없는 고집을 가진 마타베에였다. 그런 그가 히데요리보다 더 자신의 실력을 높이 알아주는 것은 사실 이에야스와 히데타다였음을 느끼고 있었다. 그렇게 되면 그 둘에게 의리를 세워 그 제1진에서 진사하기를 바랄 것이다.

　그 기분을 알므로 유키무라는 일부러 서두르지 않았다…… 서둘러 고토 군과 합류했다가는 사나다 군도 그 기세에 휩쓸려 함께 전사해야 할 판국이 된다.

'아직은 죽을 수 없다!'

그것은 결코 생사에 대한 망설임이 아니라 이 역시 한 발자국도 양보할 수 없는 사나다 유키무라의 인생고집이었다.

'이 세상에서 전쟁이 사라질 리 없다……'

그렇게 믿고 감행한 이번의 오사카 입성이었다. 상대인 이에야스가 그 반대로 태평한 세상을 만들 수 있다고 믿고 있는 이상, 아무 의미 없이 전사했다가는 이 호적수에 대해서도 불성실한 게 된다.

"태평한 세상을 만들 수 있다……"

이것은 인간의 오만에 지나지 않는다. 비록 그것이 가능한 일이라 해도 그 방심을 경계하기 위해서라도 오히려 한바탕 혼내주는 것이 무사의 정의(情誼)이리라.

'나는 아직 죽을 수 없다! 이에야스에게도 히데타다에게도 아직 선물을 주지 않았어.'

그것은 이 싸움터로 내몰린 어느 누구도 쉽게 이해할 수 없는 묘한 고집이었다. 그러나 날이 새기를 기다려 덴노사를 출발했을 때는 그 고집마저 사라져버리고, 지금은 어떻게 싸워야 하느냐 하는 한 가지뿐…… 그는 이에야스가 진을 쳤을 것으로 생각되는 호시다에 가까운 산언저리 하늘로 차가운 시선을 던지고 말을 몰았다.

이코마에서 이어지는 그 언저리 산맥에는 안개라고만 할 수 없는 비구름이 머물고 있었다.

'호시다에는 오늘 아침 가랑비가 내리고 있을지도 모르겠군……'

만일 가랑비가 내린다면 이에야스는 나이를 생각해 진지에서 나오지 않을 것이다. 이에야스가 없는 싸움터에서 전사하는 건 의미가 없다…….

이리하여 고토 마타베에며 모리 가쓰나가로부터 구원요청이 있을 때 급히 달려갈 수 있도록 마음 쓰면서 유키무라는 유유히 전진해 나갔다. 물론 와카에로부터 야오 방면에도 신경을 늦추지 않고 있었다.

후지이사 마을에 도착한 것은 오전 11시쯤이었다. 후지이사에는 벌써 모리 가쓰나가가 거느린 3000명이 먼저 도착해 있었다. 유키무라는 곧장 가쓰나가의 진막을 방문하여 도묘사 방면의 고토와 스스키다 군의 전황을 물었다.

"이미 승패가 결정된 모양이오."

민가 한 채에 걸상을 놓고 앉아 있던 모리 가쓰나가는 유키무라의 뱃속을 어렴풋이 짐작하는 모양이다.

"패전한 두 부대의 패잔병들이 잇따라 이리로 오고 있습니다. 모두 처량하게 싸움에 지친 졸개들입니다."

유키무라는 시치미떼며 대답했다.

"그거 유감스럽군. 우리의 도착이 조금만 더 빨랐더라면 귀하와 함께 후진 노릇을 할 수 있었을 텐데…… 애석하게 됐군요."

그런 때의 유키무라는 얄미울 만큼 냉정한 거짓말쟁이였다. 그는 자신이 도착하지 않으면 모리 가쓰나가도 전진할 수 없음을 잘 알고 있었다. 그가 일부러 빨리 오지 않았던 것은 고토 마타베에의 최후를 장식하는 싸움에 모리 가쓰나가까지 말려들게 해서는 안 된다는 생각도 있어서였다…….

그때 후쿠시마 마사모리, 와타나베 구라노스케, 오타니 요시히사, 이키 도카쓰 등이 잇따라 나타났다. 사나다 군보다 출발이 늦었기 때문에 한결같이 혈안이 되어 달려온 것이다. 이로써 후지이사에 집결한 서군은 1만2000명이 넘게 되었다.

여러 장수들을 앞에 두고 유키무라는 차분하게 말했다.

"조급해서는 안 되오! 고토 군을 격파하고 승리감에 취해 강습해 오는 적은 미즈노 가쓰나리뿐이 아닐 거요. 다테 군 1만 명도 있고, 마쓰다이라 다다테루의 9000명도 있소. 이들 대군을 오후 싸움에서 어떻게 다루고 어떻게 격파하는가, 그것이 오사카의 내일 운명을 결정하게 될 것이오. 적이 노도 같은 기세로 밀고 올 때 우리는 창을 빈틈없이 빼곡하게 세우고 한쪽 무릎을 꿇어 낮은 자세를 취하도록…… 그들은 반드시 말 위에서 발포할 것이므로 주저앉아 있으면 탄환이 머리를 스칠 것이오. 그때부터 분발하여 가까이 오는 적을 인마와 함께 찔러 쓰러뜨리는 거요."

그것은 유키무라가 구도야마에 있을 무렵부터 시험해 온 작전이었다. 말을 탄 총포대가 노릴 때는 뻣뻣하게 서 있으면 안 된다. 일단 엎드려 총알을 피하면 화승총이므로 금방 다시 쏘지 못할 것이며, 기세를 타고 그대로 달려오는 적이 자짓하면 이쪽의 창에 실리게 되는 것은 성한 이지였다.

그러나 그것만으로 전세가 좌우되는 싸움은 아니었다.

"물론 아군의 총포대는 적이 발포할 때를 노려 발사합니다. 그러나 기세에 떠밀려 너무 앞서 나가지 않도록……."

유키무라는 말하고 나서 문득 합장하며 무언가에 대해 비는 시늉을 했다.

"뜻하지 않게 늦게 도착하여 고토, 스스키다 두 장수를 비롯하여 많은 군사들을 잃은 것은 이 유키무라의 죄…… 오늘 싸울 기회는 이미 사라졌소. 그러므로 와카에에서 야오에 걸쳐 아군이 패했다는 걸 알게 되면 곧 군사를 거두어 철수해 주기 바라오. 물론 그때는 이 유키무라가 후미를 맡겠소. 결전은 내일의 덴노사와 자우스산! 그때까지는 아무쪼록 군사를 아끼고 목숨을 소중히 하시도록."

이것은 유키무라의 진실과 거짓이 뒤섞인 작전임이 틀림없다. 고토와 스스키다 두 장수를 죽게 내버려 둔 데 대한 사죄의 말은 결코 거짓이 아니었을 것이다. 그렇게 하지 않았더라면 서군은 모두 벌써 우왕좌왕하고 있을지도 모를 일이었다…….

모두들 미치광이로 바뀌는 싸움터 한가운데에서 물처럼 냉정함을 유지한다는 것은 기적에 가까운 일이다. 사나다 유키무라는 그 지극히 어려운 이성을 활용하여 간토 군에 통렬한 일격을 가하고, 그대로 오늘 싸움터를 떠나야 할 것으로 생각하고 있었다.

아직 이에야스의 본대가 나타났다는 보고는 들어오지 않았다.

정오 무렵이 되어 엷은 햇살이 비칠 듯했으나, 호시다에는 오늘 아침 가랑비가 내려 이에야스는 진흙에 말이 빠질 것을 경계해 진지를 떠나지 않는 것으로 보였다. 그 조심성 많은 이에야스 앞에서 유키무라가 짐짓 후퇴해 보인다……면 이에야스는 이길 기회를 놓치지 않으려고 오늘 밤사이 진지를 옮겨 진군해 올 것이다.

여기서 후퇴하게 되면 싸움터로 택할 곳은 겨울싸움 때에도 격전장이 되었던 덴노사로부터 오카야마 언저리일 수밖에 없었다.

'그렇게 된다면 이에야스는 사정을 잘 아는 자우스산에 다시 포진하려 할 것이다…….'

사람에게는 그러한 습관이 있다.

그런 다음에 유키무라도 그 자우스산 가까이에 그물을 쳐서 이에야스를 잡는다.

승패는 이미 안중에 없었다. 있는 것은 전쟁은 영원히 사라지지 않는다는 고집뿐이었다. 그에게 시나노 10만 석을 주겠다던 이에야스…… 그 두터운 정에 진 고토 마타베에는 자청해 선사했지만 사나디 유기무리 는 그리 단순한 인정주의자가 아니다. 진정으로 은혜를 갚으려면 이에야스 그 자신의 목숨을 빼앗아 안이한 태평 따위는 존재하지 않는다는 사실을 세상사람들에게 알려 주어야 한다.

'그래야만 10만 석에 대한 보답……'

후지이사 마을의 민가에서 의논을 끝내니 벌써 정오. 와카에에서 기무라 시게나리가 천천히 배를 채우고 있을 무렵이었다.

유키무라는 모리 군과 헤어져 와타나베 구라노스케 군과 합류한 뒤 우익이 되어 도묘사 강변 오른쪽에 있는 혼다 마을로 진군했다. 움직여 보니 곳곳에 고토 군의 패잔병들이 부상 입고 숨어 있었다. 마타베에가 전사한 모습을 본 사람은 아무도 없었으나 완전히 패했다는 것을 알 수 있었다.

유키무라는 되도록 도묘사 어귀 정면을 서쪽으로 피하려 했다. 그곳에는 반드시 다테 군이 오게 될 것이다. 다테 군 중에는 그의 사위 가타쿠라 고주로(片倉小十郎)가 지휘하는 부대가 있을 터였다.

'그들과 맞부딪치면 재미없다……'

그러한 기분도 있었지만 그 이상으로 그에게는 한 가지 흥미와 의문점이 있었다. 다테 마사무네와 오사카성 안 예수교 신부들 사이에 무언가 연결이 있을 것만 같았다.

'다테 군은 대체 어떻게 싸우려는 것일까?'

그것을 확인해 두는 일은 내일의 결전에 중대한 의미를 가진다. 더구나 그것을 확인하기 위해서는 자신의 적으로 삼지 않는 게 편리할 거라는 생각이었다.

강변으로 나서려는데 왼쪽 앞에서 흩어진 채 후퇴해 오는 한 무리의 졸병들이 있었다.

"누구냐, 누구의 부하인가?"

말 위에서 유키무라가 묻자 상대는 아군 기타가와 노부카쓰의 군사들이라고 대답했다. 아군이라면 모른 척할 수 없다. 유키무라는 혀를 차며 말머리를 돌렸다.

'유키무라가 생사를 걸어야 할 싸움터는 여기가 아니다!'

그런 생각을 했으나 오늘의 사기가 그대로 내일의 사기로 꼬리를 잇게 된다.

유키무라는 기타가와 노부카쓰 군의 고전을 알고 급히 동행한 아들 다이스케에게 명하여 그 자리에 진을 치도록 하고, 자신은 혼자 기타가와 노부카쓰에게 달려갔다. 그때 아직 유키무라는 기타가와 군을 압박해 오는 적이 누구인지 모르고 있었다.

"기타가와 님, 2, 3정쯤 물러나시오. 그리고 우리 부하들과 교대하시오. 뒤는 내가 맡을 테니."

일단 쫓겨서 적에게 등을 보인 군사들을 다시 정비하려면 이렇게 할 수밖에 없다. 결국······사나다 군 뒤쪽으로 기타가와 군을 일제히 후퇴시키고, 사나다 군은 추격해 오는 기마 총포대를 창으로 숲을 만들어 낮은 자세로 기다린다. 말할 것도 없이 양자가 격돌하기 직전에 일제사격을 하고 그것을 계기로 육탄전을 펼치는 것이다.

그러면 일단 사나다 군과 교체했던 기타가와 군도 배후로부터의 추격이 차단되니 안심하고 적을 다시 맞이할 수 있게 된다. 전열을 수습하면 이미 우왕좌왕하는 패잔병이 아니다. 자신들을 곤경에서 구해준 사나다 군과 기개를 겨루는 제2진으로 되살아난다. 유키무라의 지휘채에는 언제나 이러한 역학과 인정의 미묘한 배합이 있었으며 이때도 보기 좋게 성공을 거두었다.

침착을 잃었던 기타가와 군은 유키무라의 지휘로 일제히 후퇴하기 시작했다. 그러자 적이 맹렬하게 추격해 왔다. 말 탄 유키무라의 모습이 다이스케와 와타나베 구라노스케가 펼치고 있는 아군 전선에 뛰어듦과 동시에 대기해 있던 사나다 총포대가 적의 선두를 향해 일제히 사격했다.

그 일제사격이 사방의 산하에 울려 퍼졌을 때 싸움터 분위기는 완전히 뒤바뀌었다. 기타가와 군의 불안정한 발걸음은 멈추었고, 그들의 패색이 그대로 훌륭한 유인의 미끼가 된 결과를 나타냈다.

사나다 군이 자신만만하게 창을 꼬나들고 돌격하자 적도 만만찮은 자라 10여 분의 격투 뒤 성큼 군사를 철수시켜 버렸다. 둘 사이의 거리는 5, 6정쯤 되었을까?

유키무라는 재정비하여 방향을 바꾼 기타가와 군을 점검하면서 물었다.

"꽤 훌륭한 용병술인데! 적장을 확인해라, 누구의 군사인가?"

"예, 적은 유명한 다테 군의 가타쿠라 고주로 군입니다."

기타가와 노부카쓰가 대답하자 유키무라도 이때만은 얼어붙은 듯한 얼굴이 되었다.

"뭐, 가타쿠라……? 그래, 가타쿠라 군이었구나……!"

전국의 싸움터에는 언제나 예기치 못한 무정한 복병이 있게 마련이다.

'유키무라 자신이 그토록 피하고 싶었던 다테의 사위 군세…….'

바로 그가 갑자기 앞을 가로막을 줄이야…… 더구나 이 첫 싸움은 아군의 사기를 고무시키기 위해 자청해 나온 일전, 물러나는 일은 생각조차 할 수 없었다.

이 같은 놀라움이 그때 가타쿠라 군 안에도 당연히 있었다…… 아마 다테 군 쪽에서도 사나다 군과의 결전은 피하고 싶었으리라.

도묘사 입구에 해당하는 가장 북쪽에 미즈노 가쓰나리와 야마토 군 장수들을 배치하고, 그다음에는 혼다 다다마사의 이세 군과 마쓰다이라 다다아키의 미노 군을 배치했으며, 가장 남쪽인 혼다 마을을 향해 진군해 온 것이 다테 군이었다.

그런데 사나다 유키무라 역시 도묘사 정면 입구를 피해 혼다 마을로 나와 버렸다. 그리하여 그 둘은 어차피 여기서 격돌하지 않으면 안 될 판국에 놓인 것이다.

그렇지만 가타쿠라 고주로는 자신의 단독적인 행동을 피하여 부하장수들과 의논하는 형식을 취했다.

"자, 적은 우리의 선택에 따라 앞쪽에 얼마든지 늘어서 있다. 어느 군사와 싸울까?"

기타가와 노부카쓰 군은 이미 사나다 군과 연합했으며 그 우익에 야마카와 요시노부, 그 좌익에 후쿠시마 마사모리, 오타니 요시히사, 이키 도카쓰 등의 군사들이 3정쯤 간격을 두고 기치를 나란히 하고 있었다.

조금만 방향을 바꾸면 어느 편을 돌파구로 삼든 자유로운 위치에 있었다. 그러나 가타쿠라 역시 이 같은 생각에서 사기를 배려하지 않을 수 없었다.

'결전은 내일이 될 것이다.'

자칫 한 번 기세가 꺾이면 싸움에서 진 개와 같아 다음 싸움을 할 수 없게 된다. 그래서 일부러 의논하는 형식을 취한 것인데 모두들의 대답은 가타쿠라 고수로에게 비정하기 짝이 없었다.

"말할 것도 없지요. 붉은 갑옷부대입니다. 붉은 갑옷부대야말로 호적수, 치기로 합시다."

붉은 갑옷부대……란 말할 것도 없이 기치에서 투구에 이르기까지 모두 붉은 색을 쓴 사나다 군이다.

"좋아! 그럼, 결정되었다. 그렇다면 우리는 기마부대를 둘로 나누자. 그리고 총포 대는 그 두 부대의 좌우에 매복하여 적장을 노려 쏘는 거다. 이름난 붉은 갑옷부 대에는 한 가지 약점이 있다. 대장을 잃으면 일시에 무너진다는 것이다. 대장을 노 려야 한다."

인정과 전략은 양립하지 않는다. 그런 인정에 구애받지 않는 것을 싸움터에서 으뜸가는 마음가짐으로 삼는 게 무인이다.

사나다 유키무라는 가타쿠라 군 앞에 진을 친 붉은 갑옷부대 중앙에 서서 상 대의 동향을 조용히 지켜보고 있었다. 이쪽도 역시 여기서 패하리라고는 생각도 하지 않고 있다. 상대가 피한다면 몰라도 공격해 온다면 반드시 격파해야 한다.

가타쿠라 군이 패하고 물러나더라도 다테 군으로서는 일익에 지나지 않고 간 토 군이라는 대군단을 이끄는 이에야스에게는 모기에 물린 정도이겠지만, 만일 사나다 군이 패하게 된다면 그것은 그대로 오사카의 사기가 궤멸하는 것을 뜻 한다…….

'인생이란 이렇듯 묘한 복병을 숨기고 있는 것이란 말인가……!'

"아버님! 드디어 적이 나옵니다."

다이스케가 숨을 몰아쉬면서 말을 타고 다가왔으나 유키무라는 아직 지휘채 를 들지 않았다.

"덤빌 것 없다. 기다리는 거야. 대비해 놓고 기다리는 건 초조하면서 공격하 는 것보다 몇 배나 낫다. 그렇지, 다이스케? 적장의 목은 네 손으로 베어야 한다."

다이스케는 튀어 오르는 듯한 목소리로 대답했다.

"알겠습니다."

고둥소리는 먼저 가타쿠라 군 쪽에서 울려 퍼졌다. 순간 기마대가 함성을 지르 면서 사나다 군 한가운데로 달려들었다.

사나다 군은 매복하고 있다가 창을 나란히 하여 찌르고 나갔다. 그러자 이미 사나다 군의 전법을 예상하고 있던 기마대는 밭에서 강바닥 쪽으로 돌풍을 일 으키며 다른 부대와 교대했다. 교대하면서 저격하는 총포의 정확성이 소름 끼칠 정도였다.

"위태롭다! 사나다 님 부자가 위태롭다."

옆에서 와타나베 구라노스케 군이 뛰어들었을 때는 적과 아군이 모두 누가 대장이고 지휘자인지 구별조차 못 할 만큼 대혼전을 이루고 있었다.

"가타쿠라 고주로는 어디 있는가?"

붉은 갑옷차림에 붉은 기치를 단 사나다 다이스케가 번갈아 쳐들어오는 기마 무사의 흐름 속을 다섯 번 여섯 번 뚫고 들어갔다. 그러나 아무도 그 앞에 발길을 멈추고 자기 이름을 밝히려 하는 자는 없었다. 누구든 서기만 하면 총알의 밥이 된다……는 것을 알고 있는 회오리바람 속의 돌격이었다.

정신을 차리고 보니 다이스케는 벌써 오른쪽 허벅지에 부상 입고 있었다. 물론 그만 당한 것이 아니다. 이쪽에서도 서너 사람에게 한 번씩 창으로 찔러 주었다……고 생각하며 다시 쳐다보니 회오리바람을 일으키고 있는 다테 군 대부분이 피를 흘리고 있었다.

'조금만 더 참으면 된다!'

다이스케는 눈에 핏발을 세우고 고주로의 모습을 찾았다. 땅 위에 쓰러져 있는 것은 적인가 아군인가? 차츰 낙오되는 자들이 늘고 이제 두어 바퀴 도는 동안 이 싸움터의 최후가 오리라……고 생각했을 때, 적의 최선봉이 붉은 갑옷부대인 아군 두 사람을 좌우로 베고 소리높이 외치면서 뛰어 달아났다.

"비켜라!"

실은 그것이 다이스케가 노리는 가타쿠라 고주로의 철수명령이었으나, 다이스케는 눈치채지 못했다.

"쫓아라. 지금이다! 적이 겁먹었다."

적이 물러가는 쪽으로 혼다 마을을 보았을 때 다이스케는 이겼다고 생각했다.

"아버님! 아버님……."

"오, 다이스케 님. 아버님은 저기 계시오."

달려와 뒤쪽 둑을 가리키는 와타나베 구라노스케도 왼쪽 뺨에 피가 흐르고 있었다.

"구라노스케 님, 지금이오! 쫓읍시다."

"알았소!"

그러나 그때 유키무라의 지휘채가 내려졌다.

철수를 알리는 소라고둥이 이번에는 사나다 군 쪽에서 울렸다.

"여기서 물러서다니 어찌 된 일입니까?"

그러나 아버지의 눈은 정확했다. 가타쿠라 군은 뜻 없이 물러간 게 아니었다. 가타쿠라 군이 위험하다고 여겨 다테 군에서 오쿠야마 데와의 정예가 자랑하는 기마부대를 몰고 나온 것을 확인하고 철수했다. 다이스케가 만일 기세를 타고 적을 뒤쫓았더라면 그 오쿠야마 군에게 퇴로를 차단당해 젊은 생애를 여기서 마쳤으리라.

오쿠야마 부대가 도착하기 직전, 사나다 군은 요다 마을 서쪽을 향해 질서정연하게 물러가기 시작했다. 와카에에서 기무라 시게나리가 전사할 무렵이었다……

뒤에 알게 된 일이지만 이날 가타쿠라 군에는 부상 당하지 않은 자가 거의 없었다……니 이때의 격돌이 얼마나 치열했는지 상상할 수 있으리라.

사나다군 쪽에서도 다이스케를 비롯하여 와타나베 구라노스케, 후쿠시마 마사모리, 오타니 요시히사 모두 얼마쯤 상처를 입었다. 냉정한 유키무라의 지휘가 없었다면 서군은 여기서 괴멸되었을지도 모른다.

요다 마을 서쪽으로 군사를 거두어들이자 유키무라는 곧 서군 전체의 전황을 수집하기 시작했다. 그가 겨울싸움 때부터 지금까지 마지막까지 신용할 수 있는 전력으로 기대하고 있었던 것은 실제로 모리 가쓰나가 군과 조소카베 모리치카 군 정도였다. 그밖에는 지나치게 용감한 척하거나 감정으로 줄달음치거나 자부심이 강한 골목대장이었다.

'진짜 싸움은 어려운 것이다……'

그래서 유키무라도 그 싸움에 몰입한 것인지 모른다. 그러나 싸움에 몰입하는 사나이인 만큼 그의 계산에는 틀림이 없었다.

오후 3시 가까이 되자 적도 아군도 몹시 지쳐 체력의 한계를 넘어섰다. 무리도 아니었다. 거의 대부분 오전 2시부터 행동을 개시했으니까…… 따라서 지금부터는 누가 어떻게 얼마만큼 내일을 위해 싸울 힘을 남길 수 있느냐가 문제였다.

"자, 싸움은 지금부터다. 우선 쉬도록 하라."

잠시 휴식을 명하고 여러 방면의 정보를 수집해 보니 야오의 조소카베 군은 도도 군에게 상당한 타격을 준 뒤 규호지에서 남은 군사를 정비하고 있음을 알았으나, 와카에 길목으로 출동한 기무라 시게나리 군은 소재를 알 수 없었다. 본진이 괴멸해 버렸으니 그럴 수밖에 없는 일이었다.

그때 살아남은 기무라 무네아키 군으로부터 보고가 있었다며 오노 하루나가의 사자가 달려왔다.

"기무라 시게나리는 전사. 와카에 길목, 야오 길목 아울러 패했으니 서둘러 후퇴하기 바람. 이것은 히데요리 님의 명령입니다."

유키무라는 정중히 사자를 돌려보냈다. 명령을 내리기는 쉽지만 무사히 철수하는 데는 공격 이상의 작전이 필요하다. 그러나 그런 불만을 입에 담을 때는 이미 지났다.

반 단에몬, 고토 마타베에, 스스키다 하야토, 기무라 시게나리 등은 이미 이 세상에 없었다.

'뒤에 남은 자들로 내일 어떻게 싸울 것인가?'

사자를 돌려보낸 유키무라는 장수들을 불러 퇴로를 의논하기 시작했다.

"실은 이 싸움터에 아직 얼굴을 내밀지 않는 대적이 하나 있소. 다름 아닌 마쓰다이라 다다테루의 대군…… 이들은 오늘 아침부터 한 번도 싸우지 않았으니 만일 이들에게 추격당한다면 큰일, 그러므로 해 질 무렵까지 이곳에 머무르면서 적이 어떻게 나오는지 보았으면 하는데 어떤지?"

물론 장수들에게 반대의견이 있을 리 없었다. 후퇴하려면 빠를수록 좋다. 마쓰다이라 다다테루 군은 적어도 1만이 넘는다. 그 새로운 군사들이 추격전을 펼치면 견딜 수 없다.

유키무라는 여전히 조용한 목소리로 말했다.

"그럼, 오후 5시부터 철수를 시작한다. 그때까지 조금이라도 군사를 쉬게 하도록."

유키무라가 혼다의 숲에서 철수할 때를 기다리는 동안 간토 군의 새로운 군사들이 공격했다면 아마 오사카 군은 그날 안으로 전멸했을 게 분명했다.

그러나 간토 군은 공격하지 않았다. 결코 공격할 새로운 군사늘이 없어서가 아니었다. 앞에 기록한 대로 다테 마사무네의 사위인 에치고 다카다성주 마쓰다이라 다다테루 군은 아직 상처 하나 없이 남아 있었다. 더구나 그 인원수는 다다테루가 직접 지휘하는 부하 9000, 무라카미 요시아키라(村上義明) 군 1800, 거기에 미조구치 노부카쓰 군 1000명…… 모두 1만 1800이라는 우에스기 겐신 이래의 건각(健脚)으로 이름난 에치고 군이 도묘사 입구의 다테 군 뒤에 진을 친 채 움직이지 않고 있었다.

어째서였을까……? 여기에 이날의 싸움터…… 아니, 이 오사카 여름싸움 전체의 큰 수수께끼를 푸는 열쇠가 숨어 있다.

이에야스의 여섯째아들 마쓰다이라 다다테루는 겨울싸움 때 에도를 지키는 임무를 맡고 젊은 혈기를 주체하지 못하여 초조해하고 있었다. 그러다가 이번에 1만 2000에 가까운 군사를 맡게 되자 공명심에 불탔다.

물론 아직 싸움에 익숙하다고 볼 수 없어 그의 보좌역으로 장인 다테 마사무네를 임명해 두었으나, 그 다다테루가 싸움터에 가까운 도묘사 어귀의 고쿠부 앞까지 와 있으면서도 다른 모든 부대가 눈앞에서 사투를 되풀이하는데도 어째서 움직이지 않았을까?

이 일에 대해 그즈음 전기(戰記)에 그날의 상황이 다음과 같이 기록되어 있다.

동군 제5진인 마쓰다이라 다다테루는 아침 일찍 나라를 출발, 도중에 싸움 시작 보고를 듣고 서둘렀으나 고쿠부를 거쳐 가타야마에 도착했을 때는 오후여서 끝내 전기를 놓쳐버렸다.

그것을 유감으로 생각한 하나이 요시나리(다다테루의 의붓누이 남편)는 당장 서군을 공격하고자 했으나 다마무시 쓰시마(玉蟲對島)와 하야시 히라노조(林平之丞)가 반대했다. 다다테루는 마사무네에게 요시나리를 사자로 보내, 마사무네와 교대하여 자신이 싸우겠다고 청했으나 마사무네는 다다테루가 진군하는 것을 허락하지 않았다. 미나가와 히로테루(皆川廣照; 다다테루의 의사부)도 다다테루를 만나 오전 중에 싸워 적은 지금 지쳐 있다, 이제부터 적을 공격하면 두어 시간쯤으로 패주시킬 수 있을 것이다, 그 패주하는 적을 덴노사까지 쫓아서 오사카로 들어간다면 당연히 우리의 무공이 1등이니, 자신에게 그 선봉을 허락해 달라고 청했다. 그러나 마사무네의 제지를 받은 다다테루는 이를 허락하지 않았다…….

다다테루가 진출을 허락하지 않았던 이유는 이것으로 분명해진다. 그가 하나

이 요시나리를 마사무네에게 사사로 보냈음에도 불구하고 마사무네가 이를 엄금했기 때문이었다.

그렇다면 마사무네는 어째서 일부러 다다테루를 이곳에 머물게 하여 중요한 싸움터에서 이길 기회를 놓치게 하였을까……? 이즈음 마사무네가 겉으로 열렬한 예수교 신자인 척 꾸미고 있었다는 사실은 이미 쓴 바 있다. 그리고 오사카성 안에 수많은 신부와 신자들이 들어가 있다는 사실도 썼다. 또 그 이상으로 한 가지 중요한 일은 다다테루가 오사카성을 자기에게 달라고 아버지에게 떼쓴 적이 있었다는 사실이다…… 마사무네는 그것을 경계했던 것일까……?

아무튼 다다테루는 젊고 거칠어, 오쿠보 나가야스며 오쿠보 다다치카의 말을 빌린다면 노부나가에게 몰려 자결한 장남 노부야스와 꼭 닮은 맹장의 면모를 지니고 있었다. 그 다다테루가 일거에 적을 추격하여 오사카로 들어간다면 덴노사에서 머물지 않고 그대로 자기가 원하는 성으로 돌격해 들어갈지도 모른다.

"제가 점령한 성이니 제게 주십시오……"

그런 뒤 이런 말을 꺼내기라도 하게 되면, 그러잖아도 히데타다의 측근으로부터 경계받고 있는 다다테루는 생각지도 않은 적을 만들게 될 것……이라고 여겨 마사무네가 말렸다고도 한다.

그러나 정말 그러했는지 어떤지? 아무튼 이때 가타야마의 엔메이 마을(圓明村)에 머물며 서군 추격을 게을리했다……는 것이 원인되어 다다테루의 생애는 매장되었으니 그만큼 문제의 수수께끼는 크다고 하겠다.

다다테루가 하나이 요시나리를 보냈을 때, 마사무네는 이렇게 말했다고 전해 온다.

"대장이란 맨 선두에 서는 게 아니라고 이르시오. 다다테루 님은 아직 싸움터에 익숙지 않아 모르시지만, 싸움터의 적은 바로 눈앞에만 있는 게 아니오. 때로는 배후에서 아군에게 당하는 수도 있소. 쇼군의 측근들이 다다테루 님을 수상하게 여기고, 거기다 오쿠보 다다치카며 나가야스 사건 뒤로 다다테루 님은 쇼군을 대신하여 막부의 정권을 쥐려는 야심을 가졌다……는 실없는 소문이 나 있는 분이오. 그것을 참말로 믿고 있는 자들이 만일 해 질 무렵부터 밤사이에 설친 싸움터에서 혼란을 틈타 죽이는 게 쇼군을 위한 일이라고 생각한다면 어떻게 되겠소?"

그 말을 듣고 돌아온 하나이 요시나리도 싸움터에는 그리 익숙지 못한 광대 출신의 중신이었다. 게다가 전부터 다마무시 쓰시마, 하야시 히라노조 등이 반대하고 있었기 때문에 다다테루는 조급해지는 마음을 누르고 미나가와 히로테루의 추격을 허락하지 않았던 모양이다.

물론 이것만으로는 아직 해결되지 않는 의문이 수없이 남는다. 그도 그럴 것이 가타쿠라 군과 오쿠야마 군을 그토록 분전시키면서도 다테 마사무네는 마침내 사나다 군이 혼다 숲으로 철수하자 미즈노 가쓰나리로부터 이런 청을 받고 엄격하게 거절했다.

"지금이야말로 추격할 좋은 기회로 생각되니 함께 진격해 주십시오."

"우리 군은 격전 끝에 장병들이 모두 지쳐 있으니 더 이상 싸우는 것은 무리요."

미즈노 가쓰나리는 그래도 도묘사 어귀의 제1진 총대장이다. 격렬하게 싸운 점에서는 결코 제4진 다테 군에 지지 않았다. 그런데도 마사무네는 추격전을 엄격히 거절하는 동시에 새로운 군세인 제5진 마쓰다이라 다다테루를 꼼짝 못하게 했던 것이다.

대체 이 노영웅의 뱃속에 있는 작전은 무엇이었을까……? 바꾸어 말하면 이날 서군의 철수를 도와준 것은 분명 다테 마사무네였다 해도 무방했다.

사나다 유키무라는 한동안 혼다 숲에 머물며 마쓰다이라 다다테루의 에치고 군이 움직이지 않는다……고 내다보자 모리 가쓰나가의 총포대를 뒤에 남겨놓고 인근 민가에 일제히 불을 질렀다. 이 불을 역습인 듯 꾸며놓고 그동안 빠져나가려 한 것이다…….

드디어 철수할 때 사나다 유키무라는 다테 군의 선봉을 향해 크게 소리쳤다고 전해온다.

"야, 백만이나 되는 간토 군에 끝내 한 놈의 사나이도 없단 말이냐."

물론 아군의 사기를 돋우기 위해서였으리라. 그러나 그 이면에서 유키무라만은 이날 마사무네의 속셈을 꿰뚫어 보고 기세를 올린 야유였다고도 할 수 있다.

'다테 군은 이미 우리를 추격할 뜻이 없다.'

그런 확신이 없었다면 유키무라만 한 사람이 이렇듯 우쭐댈 수는 없었을 것이다.

어쩌면 마사무네 쪽에서도 역시 뒷날 이에야스에게 핑계 대기 위해 가타쿠라

고주로에게 가장 상한 사나나 군을 공격히게 헤놓고 하루 더 오사카의 운명을 떠볼 속셈이었는지도 모른다.

이리하여 5월 6일의 싸움은 끝났다.

이날 히데타다는 전날 밤 도도 군이 점령해 둔 센쓰카로 진군하고, 이에야스는 호시다에서 히라오카로 나가 묵었다.

그 센쓰카와 히라오카로 사자를 보내 도도 다카토라는 다음과 같이 신고했다.

"오늘 싸움으로 사상자가 많아, 황송하옵게도 내일 선봉은 맡기 어려울 것으로 생각되어 사양하려고 합니다."

선봉은 그즈음 무장으로서 최상의 명예였음에도 이를 사양하지 않으면 안 되었던 도도 군의 타격이 얼마나 컸는지 상상할 수 있다.

이에야스는 도도 다카토라와 이이 나오타카에게 히데타다 휘하의 선봉을 명하고 다음 날 오카야마 어귀의 선봉을 마에다 도시쓰네로 바꾸었다. 마에다 도시쓰네는 이날 오사카 가도의 규호지 마을에 이르러 머물고 있었다.

자우스산까지 무사히 철수한 사나다 유키무라는 지친 몸을 채찍질하면서 곧 작전회의를 열어야 했다.

이미 깊은 밤—

그러나 아직 철수를 끝낸 부장들의 손실이 어느 정도인지 알 수 없었다.

'누가 얼마나 손실을 입었는지……'

자기 뒤를 쫓아 철수한 군세 가운데 오타니 요시히사, 와타나베 구라노스케, 이키 도카쓰, 후쿠시마 마사모리 등이 차례차례 진막 안으로 얼굴을 비쳤으나 모두들 한결같이 몹시 지쳐 있어 무엇보다 우선 잠부터 재워야 할 듯했다.

"모두 모이면 깨워드릴 테니. 그때까지 우선 눈을 좀 붙이는 게 좋겠소."

얼마 안 되는 모닥불을 둘러싸고 코 고는 소리가 요란하게 일었다. 모리 가쓰나가와 그 아들 가쓰히데(勝榮)가 나타났다. 요시다 요시유키(吉田好是), 기무라 무네아키, 시노하라 다다테루(篠原忠照), 이시카와 사다노리(石川貞矩), 아사이 나가후사(淺井永房), 다케다 에이오(竹田永翁) 등도 뒤따라 코를 골았다.

야마카와 요시노부의 마중을 받아 하루후사가 네고로 승병 30여 명에게 앞뒤로 호위받으며 나타나자, 유키무라는 비로소 잠든 사람들을 깨워 작전회의를 열었다.

회의……라고는 하나 하루 종일 싸운 사람들에게는 거의 의견다운 의견이 없었다. 그들은 벌써 오늘의 싸움으로 져버렸다는 생각을 하고 있었다. 적 쪽에는 아직 무수한 새로운 군사들이 남아 있지만 아군에는 없다.

　'이래서는 싸움이 되지 않겠구나…….'

　그런 생각을 하자 유키무라는 격한 목소리로 아직 잠들어 있는 아들 다이스케를 소리쳐 불렀다.

　"다이스케, 이리 오너라!"

　여느 때와 다른 유키무라의 격한 목소리를 듣고 다이스케보다 나란히 자리한 장수들이 먼저 자세를 바로잡았다.

　"이거 너무 잤군요. 용서하십시오."

　황급히 일어나 다가오는, 앞머리를 내린 다이스케에게 유키무라는 또 한 번 격한 소리로 꾸짖었다.

　"앉거라!"

　좌석은 순간 물을 끼얹은 듯 조용해지고 밤공기도 무겁게 긴장되었다.

　"잘 들어라. 아버지가 하는 말, 뼈에 새겨 어김없도록 해라."

　"예……."

　다이스케는 깜짝 놀란 듯 눈을 비비고 황급히 아버지 앞에 엎드렸다.

　"너는 날이 새자마자 이곳을 물러나 성안으로 들어간다…… 이 말만으로는 모르겠지. 잘 들어라, 이 아비가 전사하는 날은 내일로 결정되었다. 그러므로 너는 성안으로 철수해 주군 곁으로 가야 한다."

　말이 채 끝나기도 전에 다이스케는 몸을 떨면서 소리쳤다.

　"그건 안 됩니다."

　"뭐, 아비의 명령에 불복하겠다는 거냐?"

　"다른 일이라면 몰라도 아버님이 전사하실 각오라면 다이스케, 결코 곁을 떠날 수 없습니다."

　"허, 왜 그렇게 생각하느냐?"

　"말할 필요도 없는 일입니다! 내일 결전에는 시나노에서 출진한 제 사촌들인 사나다 노부요시 형제가 우리에게 도전해 올 게 분명합니다. 그때 아버님 곁에 이 다이스케의 시체가 없다면 무슨 말을 듣겠습니까? 다이스케는 겁이 나서 아버지를 버리고 성안으로 도주했다…… 아버지를 버린 겁쟁이 …라고 비웃음 사게 됩니다. 다른 일이라면 몰라도, 그것만은……그것만은……다른 사람에게 분부하시기를, 이렇게……이렇게 부탁드립니다."

말끝이 우는 소리가 되는 것은, 냉정히 내려다보고 있는 유키무라의 표정에 아무 감정도 나타나지 않았기 때문이다.

"이유는 그것뿐인가?"

"그 이상의 이유가 어디 있겠습니까? 다이스케는……구도야마에 있을 때부터 아버님과 함께 죽기로 결심했습니다. 이 결심은 결코 바꿀 수 없습니다."

"못난 것 같으니!"

어쩐지 유키무라는 다이스케에게 일갈하고 있는 게 아니라 늘어앉은 장수들의 가슴에 파고드는 패배감을 날려버리려는 모양이었다.

"이 싸움, 승패를 생각해서 싸우는 게 아니다. 생사를 초월한 사나이의 고집을 관철하는 싸움이라고 그토록 일렀거늘."

"그건 그렇지만……."

"그 옛날 마사시게 공이 미나토강(湊川)으로 싸우러 나갈 때 자기 자식 마사쓰라(正行)를 데리고 갔더냐? 데려가지 않았을 거다. 너는 마사쓰라보다 더 나이 먹고도 그런 이치를 모른단 말이냐. 너를 주군 곁으로 돌려보내는 것은 살아남으라는 게 아니다. 아버지와 아들은 일심동체. 나는 싸움터에서, 너는 주군 곁에서, 두 사람 몫을 다하여 아비와 함께 의리를 관철하라는 것이다. 주군께서 최후를 맞이하실 때 깨끗이 순사해라. 아비의 엄명이다! 어길 수 없다."

다이스케는 얼굴을 일그러뜨리며 울기 시작했으나, 그 자리에 앉아 있는 장수들의 눈은 이 말에 번쩍 생기를 되찾았다.

하늘에 별은 없었으나 비도 내리지 않았다. 유키무라는 천천히 장수들을 향해 고쳐 앉았다.

"그럼, 내일의 싸움터 문제인데……."

유키무라가 무릎 위에 군선을 세우고 말을 시작했을 때는 모든 시선이 아직 다이스케와 유키무라에게 반반씩 흩어져 있었다. 다이스케의 풀숙은 모습에서 자신의 위치를 확실히 발견하지 않으면 안 되었기 때문이다…….

'그래, 이번 싸움도 드디어 내일로 막을 내리는가……!'

죽을 곳을 찾지 않으면 안 되는 것은 다이스케 부자만이 아니라, 실은 이 자리에 함께 있는 모든 사람들에게 주어진 운명이었다.

"새삼 말씀드릴 나위도 없이 자웅이 결정되는 것은 이 덴노사 언저리가 될 거요. 겨울싸움 때는 농성이라는 수단도 있었으나 이번에는 모든 해자를 메워버렸으니 그것도 없소……."

유키무라는 거기서 희미하게 웃었다. 죽음에 대한 담담한 마음의 여유를 모든 사람에게 되살려주려는 웃음이었다.

모리 가쓰나가가 그 웃음에 답했다.

"말씀대로 이번에는 깨끗하게 사라졌지요. 그렇게 되면 성안의 장수들도 나와 싸워주어야겠군요, 사나다 님."

유키무라는 고개를 끄덕였다.

"성안의 장수들도 모두 이 자우스산에서 덴노사 언저리로 나오게 하여 동군을 이곳으로 유인할 거요. 상대가 없으면 결전도 할 수 없으니까."

"핫하하……정말 그렇습니다."

"그리고 따로 선창에 군사를 배치하여 정면으로 상대하는 전군의 전투가 한창일 때 몰래 시모데라 거리(下寺町)를 거쳐 이 자우스산 남쪽으로 우회시키는 거요."

"과연, 좋은 생각이오!"

모리 가쓰나가는 능란하게 맞장구쳤다. 그 역시 이미 유키무라의 가슴속을 너무나 잘 알고 있었던 것이다.

"그러면 우회해 온 한 부대는 여기서 적의 배후로 쳐들어가는군요. 이 언저리가 이에야스의 본진이 되리라 짐작하시는 거겠지요."

"그렇소. 여기가 승패를 결정하는 곳이 될 것 같소. 그도 그럴 것이 오늘 철수하는 도중에 얼핏 보니 이 언저리의 늪지대, 수렁, 못, 해자 가까이에 저마다 표식종이를 단 장대가 세워져 있었소. 이에야스의 지시로 누군가 은밀히 지형을 조사하고 다닌 것으로 보입니다. 조심성많은 적이니 한 번 유감없이 싸우고 싶소."

"허, 그런 표식까지 세워두었던가요."

"과연 이에야스는 방심할 수 없는 싸움의 명수요."

"하하……그 말을 들으니 기운이 솟는군요. 그 이에야스의 목이 내일 누구 손에 떨어질지."

문득 보니 눈물을 거둔 나이스케는 이때 실머시 일어나 말석에 가서 앉아 있었다.

"다음은 인원할당입니다."

유키무라가 도면 옆에 명부를 놓자 다이스케가 입을 열었다.

"아버님! 저는 성안으로 가겠습니다."

"오, 알았느냐, 네 임무를?"

"예, 다이스케는 결코 죽음을 서두르지 않겠습니다."

"오……."

"주군이 살아계시는 동안은 다이스케, 반드시 곁에서 모시며 아버님과 두 사람 몫의 충성을 바치겠습니다."

"아비도 그걸 부탁하고 싶었다……."

비로소 유키무라의 눈에 반짝이는 것이 비쳤다. 그러나 유키무라는 목소리가 흐트러지지 않고 눈물도 흘리지 않았다.

"주군께서는 어쩌면 성을 나오셔서 진두에 서려고 하실지도 모른다."

조용한 목소리로 말하고 흘끗 하루나가 쪽을 쳐다보았다.

"그러나 될 수 있는 한 그것을 말려야 할 것이다. 어째서 그런지는 알고 있겠지?"

"……예. 난전 속에 시신을 버려두면 안 되므로……."

"그렇다. 그러므로 너는 곁을 떠나면 안 돼. 그래도 주군께서 나가 싸우시겠다고 끝내 우기시거든…… 그렇지, 경호역인 오쿠하라 도요마사와 의논하는 게 좋을 거다."

"도요마사 님과?"

"그분은 나이가 지긋하시니 아마 그런 경우의 판단이 틀림이 없을 것이다. 그리고 도요마사의 의견을 주군께서 따르시는 경우에는 너도 무조건 복종하여 생사 어느 쪽이든 삼가 따라야 한다."

"알겠습니다."

"달리 더 말할 것은 없다. 부디 내 아들임을 잊지 말도록……그럼, 이제 가는 게 좋겠다."

좌중에는 어느덧 훌쩍이는 자가 늘어나고, 일어서 나가는 다이스케에게 말을 건네는 자는 아무도 없었다.

다이스케가 나가자 유키무라는 호탕하게 웃어젖혔다.

"자, 이것으로 미숙한 놈의 처치는 끝났군요. 그럼, 인원을 할당합시다."

붓통에서 붓을 뽑아들어 '자우스산'이라고 먼저 쓰고 나서 모든 사람을 둘러보았다.

"이 자우스산에는 내가 진을 쳤으면 하는데, 이의는?"

모리 가쓰나가가 대뜸 호응했다.

"그래야 하겠지요. 부탁합니다. 사나다 님에게 자우스산을, 나는 이 덴노사의 남문에 대비하고 싶습니다만, 어떻습니까?"

물론 여기에도 이론이 있을 리 없었고, 유키무라는 벌써 자우스산에서 자기와 함께 싸울 자의 이름을 써넣고 있다.

자우스산—

사나다 유키무라, 오타니 요시히사, 와타나베 구라노스케, 이키 도카쓰, 후쿠시마 마사모리, 후쿠시마 마사시게.

그렇게 쓴 뒤 그대로 붓과 함께 모리 가쓰나가의 손에 넘겼다. 가쓰나가는 그것을 자기 아들 가쓰히데에게 얼른 보여준 뒤 자기도 적어 넣었다.

"덴노사 남문, 모리 가쓰나가."

그 앞쪽에 아들 가쓰이에(滕家)의 이름과 아사이 나가후사, 다케다 에이오와 두 중신의 이름을 적고 다시 양옆에 요시다 요시유키, 시노하라 다다테루, 이시카와 사다노리, 기무라 무네아키 등 일일이 눈짓으로 승낙을 구하면서 써넣었다.

겉으로는 담담하게 호탕함을 가장하고 있었지만 이런 감개가 모두의 가슴을 말할 수 없는 무게로 짓누르고 있었다.

'이게 마지막 싸움인가……'

자기 이름의 위치를 확인한 뒤 대부분 크게 탄식을 뱉어냈다.

나가오카 오키아키, 마키시마 시게토시, 에하라 다카쓰구(江原高次) 등의 장수는 덴노사와 잇신사(一心寺) 사이에 있는 이시하나(石華) 밖 남쪽에 진을 치게 되고, 모리 군의 동쪽 앞에는 오노 하루나가의 총포대를 매복시켰으며, 후방의 비샤몬 못(毘沙門池) 남쪽에는 하루나가의 본대와 고토, 스스키다, 이노우에, 기무라, 야마모토 등의 나머지 병력이 배치되었다.

동생 오노 하루후사는 말할 나위도 없이 왼쪽 오카야마 방면의 총대장이었다.

이에야스의 기치

오사카 쪽 장수들이 자우스산에서 마지막 작전회의를 거듭하고 있는 동안, 이에야스는 호시다에서 히라오카로 진군하는 진중에서 뜻밖의 방문객을 맞아 한동안 밀담을 나누고 있었다.

이날 이에야스는 그리 기분 좋지 않았다. 싸움이 벌어지면 그의 온 신경은 야릇하게 약동하기 시작한다. 전국시대를 살아온 사나이의 피가 뜨겁게 되살아나 온몸이 촉각이라고 할 만큼 완전히 딴사람이 되는 것이다.

그 촉각에 와닿는 6일의 싸움은 참으로 안타깝게 여겨졌다. 물론 패할 리 없는 싸움이었고 그만한 중후감을 갖게 한 진지배치였다. 그런데 그 '지지 않는 싸움'이라는 자신감만 믿어서인지 모든 일이 못마땅한 결과로 나타났다. 어차피 이기는 싸움이라고 안심한 탓일까, 대부분 온 힘을 다 기울이지 않았다.

"누구나 우리 부자에 대해 의리만 다하면 된다는 태도다."

싸움은 그렇듯 호락호락한 것이 아니다. 하나라도 잘못되면 돌이킬 수 없는 패배로 이어질 수 있다. 6일의 싸움에서 잘 싸웠다고 칭찬할 만한 자는 미즈노 가쓰나리와 이이 나오타카 정도이며, 도도 다카토라며 다테 마사무네 모두 한심스럽기 짝이 없었다.

'오늘 안으로 오사카성까지 주격할 수 있는 싸움을 미석지근한 공석으로 내일로 미뤄버렸다.'

오늘과 내일 하루의 차이는 병력 몇천의 생명과 관계되는 중요한 일임을 어찌 모르는 것일까?

오늘 성안으로 육박해 들어가면 내일 아침에는 단숨에 종전으로 끌고 갈 수 있다.

"싸움은 끝났다. 항복하라."

해자도 없는 성에서 농성할 수 없다는 것은 말단 졸개에 이르기까지 다 알기 때문이다.

그런데도 치지 않고 돌려보내 버렸다. 그렇게 되면 그들은 당연히 덴노사에서 오카야마에 이르는 곳에 진지를 구축해 놓고 기다리게 된다. 이쪽은 이긴다고 정해놓고 하는 의리의 싸움, 적은 이번 생의 마지막 추억으로 기세를 올리는 결사적인 저항. 자연히 희생자도 헤아릴 수 없이 많아질 것이다.

다테 군의 진격거부에 이어 도도 다카토라로부터도 내일의 선봉은 사양하겠다는 청이 들어왔다. 오늘 부상자가 많아 제1진에 서지 못하겠다는 것이다. 그래서 이에야스는 내일의 선봉을 마에다 도시쓰네에게 명했는데…….

"이래서는 싸움이 안 되겠어."

히라오카로 데리고 와서 함께 묵고 있는 고로타마루와 나가후쿠마루에게까지 험악한 표정으로 노기를 드러내 보였다.

그런데 생각지도 않은 승복차림의 방문객으로 차츰 표정이 풀렸고 이따금 웃음소리도 새어나왔다. 손님은 덴노사 바로 옆에 자리한 잇신사(一心寺) 주지 혼요 존무(本譽存牟)로 그는 내일의 결전을 피해 고야산으로 내려가는 중이라고 했다. 그러고 보니 존무는 뜨내기 승려로 보이는 검은 장삼을 걸친 남의 눈에 띄지 않는 차림새였다.

"미안하게 되었군. 자칫하면 그대의 절도 불태워야 할지 모르겠어."

이에야스가 걸상에 앉아 말하자 존무는 염주를 이마에 한 번 갖다 댄 뒤 사방을 경계하는 얼굴로 말했다.

"그 일에 대해 실은 드릴 말씀이 있습니다."

잇신사의 존무 대사와 이에야스는 막역한 친분이 있는 사이였다. 겨울싸움 때 이에야스가 본진을 둔 자우스산과 이 사카마쓰산(坂松山)의 잇신사가 이웃에 있는 관계로 존무는 때때로 진중으로 이에야스를 방문하여 부처를 이야기하고 다도를 논했다. 아니, 그 전에 이에야스가 오사카 서성에 있던 게이초 5년(1600) 2월에 갓난아기 때 죽은 사내아이를 이 절에 묻은 일도 있었다. 그 갓난아기의 이름은 센치요(仙千代). 고악원화창임양대동자(高岳院華窓林陽大童子)…… 그 장례식을 주관해 준 정토종의 존무였다.

"저는 이 언저리가 다시 싸움터가 될 줄 알고 언덕 이곳저곳에 표식을 단 장대를 세워두었습니다. 그것에 주의하시도록 출진하는 분들에게 일러주시기 바랍니다."

"그것참, 고맙군."

"종이쪽지에 ○표가 있는 것은 수렁입니다. 그리고 △표는 작은 못, 아무것도 없는 것은 길이 막힌 곳으로 아시도록."

"정말 고맙네. 나오쓰구, 기록해 두었다가 알려주어라."

이에야스는 옆에 있는 안도 나오쓰구에게 지시했다.

"오늘 밤사이에 그들도 그 언저리를 단단히 방비해 두겠지?"

"그것에 대해 꼭 드릴 말씀이……."

"무슨 중요한 이야기라도 들었나?"

"예, 자우스산에는 사나다 유키무라가 포진합니다."

"그럴 테지."

"사나다의 부하들이 말하기를, 이곳에 진을 치면 오고쇼님이든 쇼군님이든 반드시 하나는 칠 수 있을 것이다. 그것을 저승으로 가져가는 선물로 삼자…… 이거, 불길한 말씀을 드려 죄송합니다."

"하하……뭣이 불길한가. 싸움은 머리 뺏기 시합이지. 저쪽에서 뺏지 않으면 이쪽에서 뺏는다."

"거기에 또 하나, 내일은 8명의 사나다 유키무라가 싸움터에 나타납니다."

"뭣이, 8명……?"

"예, 붉은 바탕에 붉은 수를 놓은 갑옷 8벌에 사슴뿔을 단 투구 8개. 거기에 붉은 마구를 찬 백마 8필이 준비되었다……고 하더랍니다."

"그래?"

"8명의 사나다 유키무라가 신출귀몰하면서 어느 부대에나 나타나 싸움을 독려할 것이니 적의 혼란이 눈에 선하다고."

"고맙네. 뭐, 그 정도는 할 거라고 나도 늘 생각했지. 그러면 진짜 유키무라는 자우스산인가?"

"예, 모두들 전사할 각오인 모양으로 절을 지키는 승려들에게도 몹시 친절했다고 합니다."

"그런가? 승려에게 부드러운 군사는 무섭지. 알려주어서 고맙네. 그리고 내 쪽에서 대사에게 부탁해 둘 일이 있어."

"무엇입니까?"

"내일 싸움으로 아마 절 언저리는 적과 아군의 시체로 산을 이룰 거네. 원친평등(怨親平等) 구회일처(俱會一處), 그대에게 싸움터 뒤처리와 공양을 부탁하고 싶군."

"그건 굳이 말씀하시지 않아도 제 소임이니까."

"나오쓰구, 돈을 내오너라, 공양료 말이야. 그리고 누구를 시켜 고야 어귀까지 대사를 배웅해 드리도록 해."

이에야스는 그때부터 차츰 기분이 좋아졌다.

잇신사의 존무는 또다시 절터가 싸움터가 되는 걸 알고 절의 보물을 안전한 곳으로 옮기고, 자신은 고야산으로 피난가는 도중이었다. 난을 피한다……고 하지 않으면 통행이 불가능했을지도 모른다.

존무가 나가자 이에야스는 중얼거렸다.

"그래, 사나다 유키무라가 8명 움직인다고! 적 쪽에서는 혼자서 8명 몫을 하려는 자가 있는데 우리는 한 사람이 제 한몫도 하지 못하는 자가 많아."

그렇게 말하고 안도 나오쓰구를 향해 물었다.

"어때, 마에다는 한 사람 몫을 할 것 같나?"

나오쓰구는 바로 대답할 수가 없었다.

"느낀 대로 말해 봐."

"그러나……."

"그러나 뭐?"

"그런 말씀은 하시지 않는 게 좋을 거라고 생각합니다만."

"호, 어째서 그런가?"

"사나다 유키무라가 8명 나타난다……는 것은 반드시 우리 편 진지를 혼란에 빠뜨리려는 거겠지요……."

"그럴 테지."

"그렇다면 이 8명은 간토 군에서 배신자가 나왔다……고 반드시 소문을 퍼뜨릴 게 아닙니까."

"그럴지도 모르지."

"그렇게 소문내 동요시킬 수 있는 이름이라면 누구일까요? 우선 다테 그리고 마에다, 아사노의 이름이 아닐까 합니다. 그러므로 마에다 도시쓰네도 투지만만……이라고 생각하시는 것이 좋을 거라고 생각합니다."

이에야스는 가볍게 웃더니 다음 말을 했다.

"나오쓰구, 다다테루와 다다나오를 불러오너라!"

그러나 바로 다시 고쳐 말했다.

"그렇지, 다다테루는 괜찮다. 다다테루에게는 자네 말대로, 믿지 않으면 안 될 마사무네가 붙어 있다. 다다나오만 불러와."

"다다나오 님을……? 알겠습니다."

"영주들이나 근위장수만 싸우게 하고 혈육은 봐주었다……고 생각하게 해서는 이 싸움의 흠이 되겠지. 손자 다다나오에게 무거운 짐을 지워주어야겠다."

나오쓰구는 정중한 태도로 곧 연락관인 오구리 마타이치(小栗又一)를 다다나오의 진으로 보냈다.

다다나오가 나타난 것은 그로부터 30분쯤 지나서였다. 이에야스는 그를 보자 무섭게 호통쳤다.

"다다나오, 너는 오늘 싸움에서 낮잠만 자고 있었느냐!"

"예……?"

"너의 아비는 싸움터에서 낮잠 자는 사나이가 아니었다. 못난 것 같으니!"

젊은 다다나오는 처음에 멍하니 있다가 곧 그 뜻을 깨닫고 얼굴이 새빨개졌다.

"그럼……그럼, 내일 싸움에서 이 다다나오에게 선봉을 명해 주시겠습니까."

"안 돼!"

"안 된다고요……?"

"그렇다. 선봉이 낮잠이나 자면 이길 싸움도 진다."

"그럼, 선봉은?"

"마에다 도시쓰네로 결정했다. 너를 부른 건 오늘의 태만을 꾸짖기 위해서야.

물러가!"

"예!"

민망할 지경이었다. 빨개졌던 히데야스의 아들 다다나오는 이번에는 새파랗게 되어 입술을 바르르 떨면서 나갔다.

한마디도 대꾸할 수 없는 권력자인 할아버지에게 낮잠 잤다고 꾸중 듣고 물러난 것이다. 에치젠의 마쓰다이라 다다나오가 그대로 있을 리 없다……는 건 이에야스가 더 잘 알고 있었다.

"오고쇼님, 너무 심하게 대하신 것 아닙니까?"

"무엇이……?"

이에야스는 시치미뗐다.

"다다나오 님은 아직 젊습니다. 반드시 중신들이 밀어닥칠 것입니다. 선봉을 바꾸어 달라고."

이에야스는 그 말에는 대답하지 않고 지시했다.

"나오쓰구, 도시카쓰를 불러다오. 도시카쓰를……."

"알겠습니다. 그러나 부르러 가지 않아도 벌써 저쪽에서 올 때가 되었는데요."

"그래, 그대는 그렇게 보나?"

"예, 아직 쇼군께서 오카야마와 자우스산 가운데 어느 곳으로 가실지 확실하지 않으니까 반드시 의논하러 오실 겁니다."

"흥, 그대도 제법 사태를 내다볼 줄 알게 되었군."

"황송합니다."

"좋아, 그러면 갈탕을 한 잔 가져오라고 해라."

"예……?"

"손자만 꾸짖을 수는 없지. 나도 내일 목숨을 버릴 작정으로 싸우려면 힘을 길러둬야 한다."

나오쓰구는 웃었다.

"하하……설마 오고쇼님이 그 연세에."

"닥쳐!"

"예!"

"나는 이제 옛날의 내가 아니야. 쇼군은 따로 있어…… 전사해도 좋은 은퇴자지.

아니, 나에게 그런 각오가 있기 때문에 진군의 니대헌 기풍을 날려버릴 수가 없어. 싸움이란 무서운 것이다. 거울 이상으로 대장의 각오를 비춰준단 말이야."

그때 나오쓰구는 이에야스의 말뜻을 잘 알 수 없었다.

'오늘 아무도 추격하지 않아 기분이 몹시 언짢으시다……'

그렇게 생각했을 뿐이었는데, 곧 그의 예상대로 다다나오의 진지에서 에치젠의 중신 혼다 도미마사(本多富正)가 나타나자 이에야스가 무슨 생각을 하고 있는지 어렴풋이 알게 되었다.

혼다 도미마사 역시 얼굴빛이 달라져 있었다. 아버지 못지않게 급한 성격인 다다나오가 낮잠 잤다는 꾸중을 듣고 그 화풀이를 중신들에게 퍼부은 게 틀림없었다.

"실은 오늘 주군의 전진을 제지한 것은 저입니다. 그것을 오고쇼님께서는 낮잠이라고 꾸짖으신 모양이신데."

"꾸짖은 게 잘못이란 말인가?"

"아닙니다, 그것을 몹시 통탄해하셔서 내일의 선봉을 저희들에게 꼭 분부해 주시도록 청을 드리러 왔습니다. 내일이 아니면 이 수치를 씻을 날이 없다, 만일 선봉을 명해 주시지 않을 때는 고야산으로 은퇴하시겠답니다."

"그래? 그럼, 은퇴시켜라. 선봉은 마에다로 결정되었으니까."

"그건 너무나……"

"시끄럽다!"

이에야스는 일갈해 놓고 걸상에서 일어섰다.

"그대들이 붙어 있으면서도 이 이에야스의 각오를 모른다는 것이냐? 이에야스는 손자만 꾸짖는 게으름뱅이가 아니다. 내일 전투에서 할아버지가 전사하면 다다나오는 고야산에 머물며 공양이나 하라……고 말해."

그때 창부대 대장인 오쿠보 히코자에몬이 히데타다의 진지에서 온 도이 도시카쓰와 함께 들어오는 것을 보고 혼다 도미마사는 입을 다물었다. 어쨌든 도미마사도 이에야스의 한마디에 찔끔한 모양이었다.

"그럼, 저는 말씀하신 대로 주군께 전하겠습니다."

그렇게 말한 뒤, 안도 나오쓰구에게 눈짓으로 흘끗 신호를 보냈다. 나오쓰구는 알아차리고 진막 밖으로 나갔다.

오늘 밤도 하늘은 깜깜했다. 안팎이 무덥고 사방은 개구리 울음소리로 가득
했다.

"나오쓰구 님, 저렇듯 호통이시니 옆에서 견디기 힘드시겠소."

"피차 마찬가지요. 어쨌든 좀 지나치신 것 같소!"

"아니, 이것으로 각오는 정해졌소. 우리는 명령을 어기더라도 먼저 달려나가겠
소. 물론 주군 한 분만 죽일 수는 없으니 나도 함께 나갈 것이오. 뒤에는 아우님
도 계시니 잘 말씀드려 주오."

나오쓰구는 이 정도면 되었다……고 혼자 생각했다. 역시 다다나오의 중신 자
격이 있다고 느꼈다.

"하지만 혼다 님, 선봉으로 달려나가도 상대에 따라 평가가 달라지겠지요."

"말할 것도 없는 일, 에치젠 다다나오 님의 상대는 사나다 유키무라밖에 없소."

"좋소."

"그럼, 아무쪼록 뒷일을. 그러면 이만."

나오쓰구는 도미마사의 말굽 소리가 사라질 때까지 어둠 속에 서 있었다.

'이제야 진짜 싸움같이 되어가는군……'

그것은 팽팽하게 긴장된 실감 이상의 실감이었다.

'분명 싸움은 심심풀이처럼 할 수 있는 게 아니다……'

그리고 다시 임시진막 안으로 돌아오니 이번에는 도이 도시카쓰가 큰소리로
꾸중 듣고 있었다.

"그래가지고 쇼군 곁에서 보좌역을 할 수 있다고 생각하나?"

걸상을 삐거덕거리면서 이에야스가 말하자 도이 도시카쓰도 그냥 지고 있지
않았다.

"다른 일과는 다릅니다. 나이 70살이 넘으신 아버님을 사나다 유키무라 앞에
서게 해놓고 자신은 오카야마로 간다…… 그러다가 오고쇼님 신상에 무슨 일이
라도 생긴다면 자식 된 도리가 서지 않습니다. 오고쇼님께서 뭐라고 말씀하셨습
니까? 앞으로의 세상은 인륜이 첫째, 쇼군은 성인이 되시라고……."

"멍청한 놈! 그건 평상시의 경우다. 여기는 싸움터야."

"그러나 뭐라고 하셔도 그 일만은 다시 생각해 주셔야 하겠습니다. 적이 누군지
모른다면 몰라도 자우스산에는 사나다, 오카야마에는 오노 하루후사……라고

일고 있습니다. 대체 사니디 군괴 오노 군 기운데 어느 쪽이 강쩍이라고 생가하십니까? 연로하신 아버님을 강적 앞에 내놓으면 앞으로 쇼군의 위신이 서지 않습니다. 그러니 오고쇼님께서는 굽히시고 오카야마로 가시기를…… 도시카쓰, 이렇게 부탁드립니다."

"안 돼."

"이토록 부탁드려도 안 됩니까?"

"안 돼."

이에야스는 냉담하게 말을 이었다.

"도시카쓰는 좀 나을 줄 알았더니 난처한 놈이야, 나오쓰구."

말꼬리와 시선을 그대로 나오쓰구에게로 옮겼다.

안도 나오쓰구는 이미 사태를 이해하고 있었다. 아마 도이 도시카쓰는 내일 싸움에 쇼군 히데타다가 자우스산으로 나갈 테니 이에야스는 오카야마로 가 달라……고 한 모양이다. 쇼군으로서는 당연한 청일 것이다. 오카야마에는 오노 하루후사가 있고 덴노사에서 자우스산에 걸쳐서는 사나다 유키무라와 모리 가쓰나가가 포진해 있다.

본디 자우스산과 오카야마는 너비 20정쯤 되는 같은 언덕에 있는 고지로, 공격하는 길이 히라노에서 좌우로 갈라져 있다. 가장 오른쪽이 히라노강을 따라 오카야마로 통하고, 또 하나가 나라 가도에서 덴노사로 통한다. 그리고 더 왼쪽에는 기슈 가도가 있어 그곳을 진군해 오는 것이 다테 마사무네와 마쓰다이라 다다테루, 미조구치, 무라카미 등의 에치고 군이었다. 물론 와카야마의 아사노 나가아키라도 이 길로 나올 것이다. 따라서 자우스산에서 덴노사로 통하는 나라 가도는 세 갈래 길의 중앙에 해당하며, 적의 주력과 바로 정면으로 격돌하는 위치였다.

"나오쓰구, 도시카쓰에게 설명해 줘라. 내가 왜 자우스산으로 가지 않으면 안 되는지."

이에야스는 내던지듯 말하고 다시 갈탕을 마시기 시작했다.

나오쓰구는 할 수 없이 몸을 돌리고 고개를 저어 보였다. 한번 말을 꺼내면 듣는 상대가 아니다……라는 눈짓을 우선 해놓고 수수께끼 같은 말을 했다.

"도시카쓰 님, 오고쇼님께서는 아직도 원기왕성하시오. 쇼군님이 염려하실 만큼 연로하시지 않았소."

"그건 잘 알고 있소. 그러나 자식 된 도리가 아니라는 거요."

"도시카쓰 님, 세상에서 가장 소중한 것은 효도……효도가 최상의 것일까요?"

"무슨 소리요? 효는 백 가지 행실의 기초, 귀하는 그것을 가벼이 해도 좋다는 거요?"

"그런 게 아니라……."

나오쓰구는 머리를 흔들며 오쿠보 히코자에몬을 흘끗 쳐다보았다.

"웃지 마시오, 히코자에몬."

일단 꾸짖어놓고 아주 근엄한 얼굴이 되었다.

"효는 중요하지만 그게 최상의 것은 아니오. 그 증거로 대의를 위해 부모를 버린다……는 말도 있소."

"뭐, 뭐라고?"

"오고쇼님은 은퇴하신 몸, 쇼군은 그 뒤를 이어 지금부터 훌륭하게 세상을 다스려 나가야 할 현직 쇼군이시오. 그렇다면 큰 안목으로 보아 천하를 위해 어느 쪽을 소중히 하는 게 중요한 일인지……."

"시끄럽소……."

"글쎄, 들어보시오. 오고쇼님께서 예사로운 분 같으면 쇼군의 그 말씀을 눈물을 흘리며 기뻐하시겠지요. 그런데 노여워하시는 것은 역시 한 단계 두 단계 높으신 심경…… 늙은 몸은 버려도 좋지만 쇼군은 천하 만민을 위해 바꿀 수 없는 분…… 그런 생각을 하셔서 하신 말씀으로 생각하는데 어떻소?"

그러자 옆에 있던 히코자에몬이 입을 누르며 웃음을 터뜨렸다.

"거 이상하군! 헛헛허, 그렇지 않소, 도시카쓰 님? 오고쇼님은 싸움터의 공에 대해서는 아직 쇼군에게 지기 싫으신 거요. 고집이야. 그 고집에는 져주는 것이 효도지. 그렇게 말하지 않으면 쇼군이 가만히 있지 않을걸, 흐흐흐."

이에야스는 씁쓸한 얼굴로 고개를 돌려버렸다.

히코자에몬의 노골적인 말을 듣자 도이 도시카쓰는 비로소 신음을 냈다. 동시에 안도 나오쓰구의 말도 순순히 마음에 와닿으니 묘한 일이 아닐 수 없었다.

'그래, 오고쇼는 쇼군에게 만일의 일이 있어선 안 된다는 생각이셨던가.'

명치 언저리가 뜨겁게 짜릿해졌을 때 히코자에몬이 다시 말했다.

"오고쇼님은 사나다 유기무리의 지혜와 실력을 겨루어보고 싶으신 거요. 이 히코자에몬이 들은 바에 의하면 유키무라가 내일은 가게무샤 10명을 준비해 팔면육비(八面六臂)의 대활약을 할 거라고 하오. 오고쇼님도 그에 지지 않고 4~6명의 이에야스 공을 내놓고 분전하실 각오이신데, 그런 재미를 쇼군에게 뺏길 수가 있겠소? 쇼군께서 양보하시도록 말씀드리는 게 좋겠소."

"음!"

"그렇지 않으면 또 나오쓰구가 아까처럼 억지 이론을 펴지. 만사는 너무 길게 고집부리지 말고 깨끗하게 승복하는 게 좋은 거요."

참다못해 이에야스가 입을 열었다.

"히코자에몬! 도시카쓰는 벌써 알아들었다. 이제 그만해라."

"예."

"알겠나, 이제 정해진 거야. 도시카쓰, 히라노까지는 쇼군이 선두로 나가는 것은 말할 나위도 없다. 히라노에서 쇼군은 오카야마로 진군하도록. 나는 자우스산을 향해 가겠다. 경계해야 하는 것은 포진이 분명한 적이 아니고 어느 방향으로 움직일지 모르는 유격대의 존재다."

도이 도시카쓰는 더 이상 항변하지 않았다.

"알겠습니다. 그럼, 말씀대로."

"잘 생각했다. 그리고 내일부터 모든 명령은 쇼군에게서 나와야 한다. 이것을 틀림없이 전하도록."

"명령은 모두 쇼군님에게서……?"

"그렇다. 이에야스는 없는 것으로 생각해. 그대가 말한 것처럼 어쨌든 늙었으니, 말 위에서 한마디 신음하고 그대로 죽을지도 모른다. 그런 사람에게 지휘채를 맡겼다가는 만일의 경우 수습할 수 없는 혼란이 일어나게 된다. 그리고 또 한 가지."

"예……."

"아군 부대에 보내는 전령들에게 이렇게 일러라. 오늘……즉 내일이지. 오늘은 고로타마루와 나가후쿠마루에게 싸움이 뭔지 가르치려는 싸움이니 함부로 시작해서는 안 된다. 기마대는 1, 2정 뒤로 물리고 서서히 창으로 대적하는 것이 좋을 거라고 해."

"기마대는 후방에 두고 도보로 창을 겨눕니까?"

"그편이 물샐 틈 없는 싸움이 된다. 초조해서 말을 타고 짓밟으면 오히려 손실이 커진다. 알겠나."

"초조해서 짓밟게 되면 어느 진에 난입할지 모르게 되겠군요."

"사생결단을 한 미친 사자가 덤비는 싸움이야. 언제나 냉정하게 상대로부터 눈을 떼지 마라. 그리고 마지막으로."

"마지막이……또 있습니까."

"조심에 더 조심을. 쇼군의 이름으로 마지막으로 사자를 성안으로 보내라. 말할 것도 없이 항복을 권하는 사자다."

"지금에 와서……?"

"그게 싸움의 예의라고 생각해. 아무튼 이에야스는 없는 사람으로……되었으니 그만 돌아가!"

도이 도시카쓰가 돌아가자 이에야스는 혼다 마사시게를 불러 다시 한번 적 쪽의 숙영상태를 살피고 오도록 명하고 그제야 고로타마루와 나가후쿠마루에게 잠자리에 들 것을 허락했다.

이때 고로타마루는 16살, 나가후쿠마루는 아직 14살이었다. 두 사람 다 내일은 드디어 싸움을 가르쳐주겠다는 말을 듣고 극도로 긴장해 히라오카에 있는 민가의 한 방으로 물러갔다.

얼마 뒤 혼다 마사시게가 돌아와 보고했다.

"우리 편 진지에서 단 한 사람 자지 않고 움직이는 자가 있습니다."

벌써 오후 11시 가까운 시간이었다.

이에야스는 말했다.

"에치젠의 다다나오겠지. 내버려둬. 다다나오도 고로타마루도 나가후쿠마루도 내일은 모두 힘껏 싸우게 해보자. 누가 전사해도 슬퍼할 것 없다."

이때도 오쿠보 히코자에몬은 히죽 웃었다.

'슬퍼하지 말라니, 그건 이쪽에서 할 말이지.'

입 밖에 내어 말하지는 않았으나 이에야스의 속을 훤히 알고 있다.

"히코자에몬!"

"예."

"꺼림칙한 자로군. 뭐라고 말하기만 하면 히죽거리니, 자네도 그만 가서 자게."

"그럴 수는 없습니다. 오고쇼님보다 먼저 잠자리에 들었다……고 하면 내일의 공에 금이 갑니다. 잠을 잤으니 당연하다는 소리나 듣게 됩니다."

"여전히 입찬 사내로군. 그럼, 밤새 일어나 있어."

"오고쇼님, 아직 한 가지 중요한 일을 잊고 계신 것 아닙니까? 안 그런가, 나오쓰구……"

히코자에몬은 또 야유하는 투였다. 이 사나이는 일족인 오쿠보 다다치카가 처벌당한 뒤부터 눈에 보이게 야유조 웃음을 짓는 버릇이 생겼다. 마음속에 가득한 불만을 굳이 감추려 하지 않는 것이다.

"잊고 있는 일……?"

"그렇지, 가장 중요한 일."

"뭔가, 히코자에몬?"

"오고쇼님의 각오를 알았으니 당연히 여쭤보아야 할 일. 귀하도 잊어버리고 있군그래."

"호……그게 뭘까?"

그러자 히코자에몬은 소리죽여 흐흐흐 웃었다.

"오고쇼님께서 전사하실 경우, 머리는 어디로 유해는 어디로……하고 여쭤두어야지."

이에야스의 눈이 찢어질 듯 크게 벌어지면서 히코자에몬에게 집중되었다. 이번에야말로 안도 나오쓰구도 숨을 삼켰다.

"아니, 진짜 오고쇼님뿐만이 아니야. 슨푸에서 데리고 온 농부 다케에몬(竹右衛門) 같은 오고쇼님이 전사하거나 부상 입었을 때 어디로 운반하고 어떤 치료를 할 것인지, 싸움터 뒤처리까지 마음 쓰시는 주군께 그런 실수가 있어서는 웃음거리. 안 그렇습니까, 오고쇼님?"

이에야스는 대뜸 대답이 나오지 않는 모양이었다. 입술가의 살이 부들부들 떨리고 혀가 굳은 듯 보이더니 곧 말했다.

"그렇군. 이에야스들이 전사했을 경우에는 누구를 막론하고 타다 만 사카이질로 실어보내라."

그렇게 내뱉고 그대로 침소로 들어가 버렸다.

5월 7일

드디어 5월 7일 아침이 되었다.

아니, 아침이라기보다 아직 밤이었으나 에치젠의 마쓰다이라 다다나오 군은 거의 밤을 새우다시피 하여 미즈노 가쓰나리, 혼다 다다마사 등의 숙영지를 가로질러 호리 나오요리의 진지 앞까지 나가 덴노사와 잇신사의 적진이 보이는 곳에서 멈추었다.

쇼군 히데타다 역시 진영에서 날이 새기를 기다릴 사람이 아니었다. 오전 2시에 센쓰카를 출발하여 밤이 훤하게 밝아올 무렵에는 어제의 싸움터 와카에, 야오를 자세히 순찰하면서 각 부대에 전령을 보내 배치를 알려주었다.

이에야스는 그때까지 푹 자고 히라오카의 진막을 나섰다. 가타야마, 도묘사의 싸움터를 한 바퀴 돌고 오전 10시까지 히라노에 갈 예정이었다.

이날 히라노 앞쪽의 진지는 녹봉 1만 석마다 정면 한 칸을 할당했으며 아군끼리의 싸움을 피하기 위한 암호는 다음과 같았다.

"지휘채냐, 산이냐?"

"지휘채."

오카야마 어귀의 선봉을 명받은 마에다 부대 병력은 약 1만 5000. 중신 야마자키 헤이사이(山崎閉齋), 오쿠무라 가와치(奧村河內), 혼다 마사시게 등이 앞장서 규호지의 진을 출발, 오카야마 앞쪽까지 진군하자 바로 진을 치고 후속부대가 도착하기를 기다렸다.

그 마에다 군 우익에는 혼다 야스토시(本田康利)와 야스노리(康紀), 엔도 야스타카(遠藤康隆) 부대가 나란히 자리 잡고, 왼쪽에는 가타기리 가쓰모토, 가타기리 사다타카, 미야키 도요모리 군이 자리했다.

이번에 또 제1선에 나와 있는 가타기리 가쓰모토는 마음이 처량했다. 만일 히데요리가 나온다면 이를 남에게 넘기기 싫어서였을 것이다.

우익의 선봉과 나란히 좌익 맨 앞에 나와 있는 것은 바로 사나다 노부요시 부대였다. 그들은 에치젠의 마쓰다이라 다다나오 군보다 비스듬히 앞쪽 우익으로 맨 앞에 나서버렸다. 말할 것도 없이 이 역시 의리와 고집의 진격임이 틀림없었다. 사나다 노부요시는 유키무라의 형의 아들이며 그 어머니는 혼다 다다카쓰의 딸이었다. 겨울싸움 때 15살이었으니 지금은 오와리의 고로타마루와 동갑인 16살. 그런 그가 나가후쿠마루와 같은 나이인 14살짜리 동생 나이키(內記)를 데리고 나와 있었다. 이번에도 역시 숙부 유키무라를 자신들 손으로 치겠다는 비장한 각오임이 분명했다.

그 사나다 노부요시 왼쪽에 다다카쓰의 차남 혼다 다다토모(本多忠朝), 아사노 나가시게(淺野長重), 아키타 사네스에(秋田實季)의 순서로 포진하고 그보다 조금 물러나 마쓰다이라 다다나오와 나란히 있는 것이 왼쪽으로부터 스와 다다즈미(諏訪忠澄), 사카키바라 야스카쓰(榊原康勝), 호시나 마사미쓰(保科正光), 오가사와라 히데마사(小笠原秀政) 군이었다.

그리고 그 뒤를 잇고 있는 것이 혼다 다다마사의 2000명이다. 야마토 길목을 지휘하게 된 미즈노 가쓰나리 군은 겨우 600명이었으며, 지금까지의 싸움에서 상당한 부상을 입어 이때는 혼다 다다마사 군의 전위형태로 합류해 있었다.

그리고 다시 왼쪽에 있는 또 하나인 기슈 가도…… 여기는 다테 군이 가타쿠라 고주로의 선발대와 마사무네의 본대가 두 패로 나뉘어 있고, 그 후방에 미조구치 노부카쓰, 무라카미 요시아키라의 에치고 군을 두고 마지막으로 마쓰다이라 다다테루의 9000명이 잇닿아 있었다.

마쓰다이라 다다테루가 어찌하여 이렇듯 후방에 배치되었는가? 그것은 물론 다테 마사무네의 생각에 의한 일이었지만, 거기에 대해서는 언젠가 전전히 이야기하기로 하고 이렇듯 간토 군의 태세가 갖추어졌을 때가 오전 10시.

이에야스도 히데타다도 히라노에 도착하여 드디어 싸움의 불길이 오르게 되었다.

이날 싸움에서 이에야스가 가장 경계한 것은 유언비어였다.

병력은 간토 군이 압도적으로 많았다. 그러나 적은 여기를 죽을 곳으로 정한 사람들로 사기가 높았다.

이 사람들이 싸우면서 소문을 퍼뜨리면 동요를 피할 수 없게 된다.

"누구 누구 배반."

도요토미 가문에 아직 마음두고 있는 영주도 있을 것……이라고 마음속으로는 서로 생각하고 있기 때문이었다.

히라노에 도착하자 이에야스는 다시금 아들 고로타마루와 나가후쿠마루를 불러서 싸울 때의 마음가짐을 일러주었다. 동생 나가후쿠마루는 이때 도토우미 중장으로 기질이 형 고로타마루 이상으로 격렬하여 자칫하면 진두로 달려나가 싸울 것 같은 위험성이 있었다.

"중장은 결코 너무 앞서지 말 것. 너무 앞지르면 적의 유격군에게 측면을 찔려 우리 편이 절단될 우려가 있어. 언제나 행렬 중앙에 자리하여 팔방에 마음 쓰면서 진군할 것"

그리고 고로타마루에게는 전혀 다른 소리를 했다.

"고로타마루는 이번 싸움에서 부하의 활동을 눈여겨 봐둘 것. 어떤 때 사람이 어떤 모습이 되는지 분명히 확인해 두는 게 좋아."

이에야스의 이 교훈을 고로타마루가 어떻게 실천했는지는 《비슈 기록(尾州記 錄)》 중에 다음과 같이 쓰인 것으로 잘 알 수 있다.

……이번 아군 붕괴 때 고로타마루 님이 보신 바로는 그 자리에서 버티고 견딘 자는 모두 눈동자가 위로 붙어 있었다고 한다. 또한 불리해졌을 때 오자키 구라노스케(尾崎內藤介), 소우다 요헤이(左右田與兵衛)를 꾸짖어 질서를 바로잡았다. 이때 요헤에의 눈은 넷이나 있는 것처럼 보였다고 뒷날 말씀하셨다. 이처럼 소란했을 때도 마음이 전혀 요동치 않으시고 사람의 눈빛까지 보신 일에 모두들 감탄했다…….

이에야스는 이렇듯 두 아들에게 저마다 주의를 주고 점심을 먹은 뒤 덴노사 어귀외 자우스산으로 진군했다.

고로타마루에게는 나루세 마사나리가 따르고, 나가후쿠마루에게는 안도 나오쓰구가 따른 것은 물론이었다.

이날 이에야스는 감색 홑옷에 대나무로 만든 간단한 가마를 타고 말을 끌게 했으나 타지는 않았다. 가마 옆에는 연락관 오구리 다다마사, 군기대장 호사카 긴에몬(保坂金右衛門), 창부대 대장 오쿠보 히코자에몬, 그리고 나가이 나오카쓰, 이타쿠라 시게마사, 혼다 마사노부, 우에무라 이에마사 등 참모들이 탄 말이 뒤따랐다.

이리하여 거의 정오……가 되었을 무렵 앞쪽에서 총소리가 일어났다. 앞질러 나가 있던 에치젠의 다다나오 군이 자우스산에 휘날리는 사나다의 붉은 기치를 향해 맨 먼저 공격을 시작한 것이다. 에치젠의 선제공격은 말할 나위도 없이 명령을 기다리지 않는 '앞지르기'였다. 젊은 다다나오는 이에야스에게 낮잠 자고 있었느냐는 말을 듣고 분해하고 있었다.

"지면 고야산에 들어간다."

단호하게 결심하고 군사들에게 식사를 끝내게 해두었다.

"알겠나, 우리는 지금 식사를 끝냈다. 배는 충분히 채워졌으니 죽었다 한들 굶어 죽은 귀신은 되지 않을 것이다. 자, 안심하고 곧장 염라대왕 앞으로 가자."

그때 에치젠 군과 적의 거리는 약 10정, 총소리에 놀란 우익 앞쪽의 혼다 다다마사 군도 곧 전진하기 시작했다.

"에치젠 군에 뒤지면 선봉대의 수치가 된다. 뒤지지 마라!"

이에야스가 다다나오를 꾸짖은 것은 말할 나위도 없이 격려의 뜻이었다. 그러나 어쨌든 이 약은 기막히게 효과 있었던 모양이다. 이때 에치젠 군의 진군 모습이 얼마나 맹렬했던지 그즈음의 민요를 통해 상상할 수 있다.

싸워라 싸워라 하는 에치젠 군
덤벼라 덤벼라 하는 에치젠 군
목숨을 내던진 검은 깃발…….

젊은 다다나오가 맨 선두에 서서 목이 터져라, 외쳐대는 모습이 눈에 보이는 듯하다.

그도 그럴 것이 에치젠 군과 사나다 군의 거리는 약 10정쯤이었는데 그 사이에는 작은 못과 움푹 팬 곳도 있고, 언덕과 언덕 사이에 실은 모리 가쓰나가의 4000명 병력이 매복해 있었다.

이 모리의 복병과 맨 먼저 부딪힌 것은 에치젠 군에 뒤지지 않으려고 움직이기 시작한 혼다 다다토모의 총부대로, 이 둘의 격돌에 에치젠 군이 휩쓸리게 되었다.

사나다 유키무라는 이 뜻하지 않은 싸움 시작에 얼굴빛이 달라져 막으려 했다.

"아직 이르다! 우리가 노리는 것은 에치젠 군이 아니고 뒤에 진군해 올 이에야스의 본대다."

그런 뜻에서 젊고 무모한 다다나오의 분노가 노련한 사나다 유키무라의 작전을 뿌리부터 흔들어대는 결과가 되었다.

'이렇게 무모한 싸움이 있을 수 있나……!'

그러나 어쩔 수 없는 일이었다. 배가 부르니 굶어 죽은 귀신은 되지 않을 것, 자, 곧장 염라대왕 앞으로 달려가자고 했으니 어쩔 도리가 없다.

"싸워라! 쳐부숴라!"

다다나오의 노호 아래 혼다 다다토모 군이 픽픽 쓰러졌다. 아니, 그 혼다 군과 에치젠 군이 하나가 되어 차례로 모리 군의 총 앞에 막아서서 시체를 넘고 돌격을 계속했다. 그렇게 되자 복병은 4000명이지만, 에치젠 군과 혼다 군을 합하면 2만이 넘는 셈이었다.

물론 다다토모의 지휘 아래 사나다 노부요시 형제도 움직이기 시작했고 아사노 나가시게, 아키타 사네스에, 마쓰시타 시게쓰나, 우에무라 야스카쓰(植村泰勝) 군도 앞다투어 움직이기 시작했다.

이때 모리 가쓰나가가 지휘한 총부대의 활동상은 고금에 없이 훌륭했으나 수에서 오는 열세는 어찌할 수 없다.

"돌격! 돌격하라!"

목숨을 내던진 검은 기치도 물러서는 기색도 추호도 없었다. 전멸시키지 않는 한 적의 발길을 막을 수 없었다.

그렇게 되자 아무리 싸우기 싫은 적이라도 상대하지 않을 수 없는 형편이 되었다. 사나다 유키무라는 마침내 지휘채를 들어 이에 맞섰다 유키무라로서는 말할 수 없이 분통스러웠을 것이다. 유키무라가 걸상에서 일어나자 똑같은 차림을 한 8명의 유키무라가 사방으로 달려나갔다.

모리 군은 이때 벌써 복병전에서 역습전으로 전환하고 있었다. 그들은 혼다 군을 중앙에 끌어넣고 양옆에서 협공하기 시작했다.

사나다 형제가 후퇴하기 시작했다.

이때 이상한 유언비어가 나돌기 시작했다.

"아사노 나가아키라 군이 배반했다!"

이 유언비어는 말할 나위도 없이 유키무라의 가게무샤가 퍼뜨린 것이었다……이날 격전의 소용돌이 속에서 간토 군을 혼란시키는 데 가장 효과적인 유언비어는 아사노 군과 마에다 군의 배반이었다. 설마 도쿠가와 군의 친위대나 대대로 내려오는 가신 출신 영주들이 반란을 일으킬 리는 없었다. 아사노 가문과 마에다 가문은 도요토미 가문과 특별한 관계에 있었으므로 이에야스와 히데타다의 근위무장들 중에 속으로 남몰래 이들을 경계하는 분위기가 있었는지도 모른다.

더구나 이날 이 시점에서 그 소문이 퍼진 것은 참으로 최상의 효과를 거두었다.

"아사노 나가아키라의 배신!"

아사노 군은 간토 군의 가장 좌익이 되는 기슈 가도를 다테 마사무네와 마쓰다이라 다다테루 군보다 조금 늦게 진군했다. 그런데 앞쪽에서 총소리가 울렸다. 아사노 나가아키라는 당연히 위구심을 가졌다.

'만약 결전에 늦어진다면……?'

그들은 다테와 마쓰다이라 군을 단숨에 앞질러 곧장 이마미야 마을(今宮村)에서 이쿠타마(生玉), 마쓰야 어귀로 나가려고 했다. 그 순간을 노려 유언비어를 퍼뜨린 것이다.

"봐라! 아사노 군이 배반하고 오사카성을 향해 진군하기 시작했다."

"그게 사실인가, 틀림없나?"

"틀림없고말고. 봐라, 저 세력을."

이 유언비어가 미친 영향은 컸다. 모두들 온 신경을 우익의 적에게 향하고 있을 때, 좌익 배후에서 아사노 군의 습격을 받으면 한꺼번에 패주해야 한다. 맨 먼저 에치젠 군이 동요하고 이어서 오가사와라, 스와, 사카키바라, 아키타, 아사노(_{시게나}(加重長)), 미즈노 등의 대형이 무너지기 시작했다.

더구나 때를 같이 하여 나루터에 진치고 간토 군 측면에서 쳐들어가기로 했던 아카시 모리시게 군이 횃불을 들고 진격하기 시작했다. 이 앞뒤의 작전은 사나다 유키무라가 미리 궁리해 두었던 기습작전임이 틀림없었다.

그렇게 되자 무너지기 시작한 간토 군은 유격대인 아카시 군의 진격과 아사노 군의 반란을 구별할 수 없게 되었다.

"방심하지 마라. 아사노 군이 배신했다."

"퇴로를 생각해 두어라."

다만 그 가운데에서 에치젠의 대장 다다나오만은 목이 쉬도록 고함지르고 있었다.

"공격이다! 물러서지 마라. 이 겁쟁이 놈들아, 달려들엇!"

이러한 혼란을 싸움에 익숙한 오사카 쪽의 모리 가쓰나가가 놓칠 리 없다.

"이때다! 단숨에 히데타다의 본진을 찔러라!"

고전중인 혼다 다다토모 군의 중앙을 돌파하여 곧장 쇼군 히데타다의 선봉, 마에다 도시쓰네 군 한가운데로 나와버렸다. 마에다 군의 앞쪽에는 혼다 야스노리와 가타기리 가쓰모토가 대기하고 있었는데 이것이 보기 좋게 갑자기 얻어맞은 꼴이 되었다.

그러자 그 오카야마 앞쪽에 있던 오노 하루나가, 하루후사 군이 역시 7인조 무리들을 거느리고 일제사격을 하면서 맹진격하기 시작했다.

정오까지는 아직 여유만만하던 싸움터가 한순간에 눈도 뜰 수 없는 포연과 아비규환의 도가니로 바뀌었다.

"물러서지 마라…… 물러서면 안 된다. 쇼군과 오고쇼가 바로 앞에 계시다!"

벌써 쌍방의 직속부대들도 이 유언비어의 소용돌이에 휘말려 그 가운데를 뛰어다니는 붉은 사나다 군과 흰 모리 군이 손도 댈 수 없는 나찰처럼 보이기 시작했다.

이에야스는 정오까지 아직 덴노사에 도착하지 않고 있었다. 만일 그가 너무 일찍 나아갔더라면 맨 먼저 그의 본진이 난전의 중심이 되어버렸을 것이다.

아마 혼다 다다토모와 오가사와라 히데마사가 이에야스의 본진이 공격당하지 않도록 사수할 결심을 했으리라. 오사카의 오노 하루나가와 하루후사가 행동을 시작했을 때 혼다 다다토모는 벌써 온몸에 20여 군데나 부상 입고 있었다. 그러나 한 걸음도 물러서지 않고 모리 군의 창숲 앞에 버티고 서서 분전하다가 작은 도랑에 빠져 미끄러진 순간 모리 군 창부대의 한 사람에게 찔려 전사했다.

오가사와라 히데마사 부자도 마찬가지였다. 호시나 마사사다와 함께 모리 군의 다케다 에이오 부대를 격파하고 덴노사를 왼쪽으로 바라보며 진군하기 시작했을 때 오노 군 선봉과 마주쳤다. 필사적으로 대항하고 있는데 승리감에 넘쳐 또 밀어닥친 다른 모리 군과 마주쳐, 먼저 아버지 오가사와라 히데마사가 부상 입고 아들 다다즈미는 전사했다. 다다즈미는 이때 아버지를 대신해 마쓰모토 성을 수비하라는 명을 받고 있었는데, 명령을 어기고 싸움터에 달려온 것이 알려져 군령위반으로 곧 처벌받을 줄 알고 전사했다고 한다. 아버지는 그날 밤 숨을 거두었다.

아무튼 서전(緖戰)에서는 보기 좋게 오사카 군이 전승을 거두었다.

이에야스는 직속부대가 차츰 전선으로 출동하고 신변의 방위가 약해지는 것을 느끼면서도 전진을 멈추지 않았다. 어느새 고로타마루, 나가후쿠마루의 두 군세와도 멀어지고 양옆에 오구리 다다마사와 나가이 나오카쓰만 남게 되었다. 그리고 공교롭게도 그와 바싹 등을 댄 앞쪽 부대는 손자 다다나오가 앞으로 앞으로 호령을 계속 외치고 있는 에치젠 군의 후미였다. 아마 이에야스가 전진을 멈추지 않았던 것은 히데타다의 명령이 없었기 때문이리라.

"오늘 전투의 모든 명령은 쇼군이 내리도록."

그렇게 명해 두고 그 명령을 지키려 하는 노장의 가슴속에는 무한한 감회가 있었을 것이다. 날아온 유탄이 가마를 꿰뚫고, 따라오던 말의 모습도 보이지 않게 되었다. 때때로 포연 사이로 사나다 군으로 보이는 붉은 기마가 눈앞을 스쳤고, 죽음이 바로 코앞에서 명멸하고 있었다.

만일 이때 그가 자랑하던 커다란 금부채 기치가 가까이 있었더라면 이에야스는 어떻게 했을까?

이렇게 명했을지도 모른다.

"마표를 감춰라."

그러나 그 자랑인 부채는 오늘 히데타다에게 양보했다. 그리고 어디까지나 간토에서 은퇴한 자로서 싸움에 임하고 있었다.

벌써 전사자 수는 늘어만 갈 뿐…… 이에야스는 조금 떨어진 곳에 있는 젖꼭지나무 그루터기에 자기 도시락이 떨어져 누군가의 발길에 납작해진 것을 보자 씁쓸하게 웃으며 오구리 다다마사를 불렀다.

"보기 흉하다. 주워서 말안장에 매어둬라."

그 무렵 큰 금부채 마표를 받고 오카야마 어귀로 나간 히데타다는 어떻게 싸우고 있었을까……?

히데타다가 덴노사 어귀의 총소리를 듣고 공격명령을 내린 것은 정오였다.

히데타다는 그때까지 너무 서두르지 말라고 한 이에야스의 주의를 지키며 한동안 전황을 지켜볼 작정이었다…… 만일 이긴 여세를 몰고 온 모리 군이 앞쪽에 모습을 보이지 않았다면 히데타다는 싸움 시작을 조금 더 연기했을지도 모른다. 그도 그럴 것이 마침 점심때여서 싸움에 익숙지 못한 어린 동생들이 아버지 뒤에서 도시락을 펴들고 있을 무렵……이라고 짐작했기 때문이었다.

그러나 모리 군의 신속한 행동이 두말없이 싸움 시작의 명을 내리게 하는 계기를 만들어버렸다. 그렇다 해도 얼마쯤 허를 찔린 느낌이 없지 않았다.

마에다 군의 선봉 혼다 마사시게 부대는 서둘러 동쪽에서 진격하고, 호위대장인 맹장 아오야마 다다토시(靑山忠俊), 경비대장 아베 마사쓰구, 경비대 다카키 마사쓰구의 순서로 진격하여 모리 군에 응전했으나 이때 또다시 오카야마 어귀로부터 오노 하루후사, 도켄 형제의 군세가 정면으로 히데타다의 본진을 향해 곧장 진격해 와서 싸움터는 눈 깜짝할 새 적과 아군을 분별할 수 없을 만큼 대혼전을 이루었다.

아베 마사쓰구는 종횡으로 말을 달려 자기편을 질타하고 다녔다.

"아군끼리 싸우지 마라. 아군은 먼 길을 왔으므로 얼굴빛이 검다. 얼굴이 타서 검은 게 아군이야!"

뛰어다니면서 히데타다의 본진 쪽을 바라보니 어찌 된 노릇인지 본진 바로 왼쪽 앞에 있던 도도 다카토라 군과 이이 나오타카 군이 덴노사 쪽의 아군이 패한 것으로 보고 그쪽으로 진격하고 있지 않은가……!

'이렇게 되면 쇼군의 본진이 완전히 드러난다…….'

"물러서지 마라. 앞으로! 이 정도의 적은 아무것도 아니다……."

창을 휘두르며 주위의 적을 찾아 찌르고 또 찌르는 사이에 적의 물결은 자꾸만 히데타다의 기치 가까이 쇄도해 왔다.

'도이 군과 사카이 다다요 군은 대체 뭘 하고 있는가?'

그러나 사카이 군도 도이 군도 너무 앞으로 나가 적에게 배후가 포위된 모양이었다. 싸움터에서 배후를 찔린 군사만큼 약한 것은 없다.

도이 도시카쓰 군은 꽤 당황했던 모양으로 에치젠 군이 '싸워라, 싸워라, 에치젠 군'이라며 그 용맹함을 칭찬받은 데 비해 도망하는 꼴을 놀림당하게 되었다.

모든 것이 겨우 몇십 초의 차이였으나 그사이에 오노 하루후사와 도켄 형제, 그리고 기무라 무네아키, 나이토 나가무네 등의 군세까지 쳐들어오게 만든 실수가 되고 말았다.

이때 무너져 달아나는 사카이와 도이 양군 앞에 창을 꼬나들고 달려온 검은 갑옷차림의 두 기마무사가 있었다. 구로다 나가마사와 가토 요시아키였다.

이미 몇십 걸음 앞에 히데타다가 있는 것을 알고 두 장수는 창을 휘두르며 후퇴해 오는 아군을 쫓기 시작했다.

"쇼군님 앞이다! 수치를 알라. 되돌아가!"

무모하다기보다 당황한 아군을 막는 방법은 이것밖에 없음을 알고 있는 두 늙은 장수의 비상수단이었다. 앞에도 창, 뒤에도 창……이 되고 보면 아군에게 찔리기보다 적에게 대항할 마음이 생긴다.

이렇게 되자 히데타다도 가만히 있을 수 없었다.

"좋다, 나를 따르라!"

갑자기 말에 채찍질하자 안도 히코시로(安藤彦四郎)가 황급히 말을 붙들었다.

"안 됩니다, 안 됩니다!"

동시에 양옆의 시동들이 일제히 칼을 뽑아들고 적중으로 뛰어들었다. 히데타다의 방비에 이 같은 빈틈이 생기리라고는 아무도 생각하지 못했다.

가장 유력한 이이 나오타카와 도도 다카토라 두 부대는 혼다 다다토모와 오가사와라 군이 붕괴하는 것을 보자 좌우로 진로를 바꾸어버렸다.

"그야말로 오고쇼가 큰일!"

이렇게 되면 히데타다의 위급을 구할 자는 호위무사밖에 없다. 아니, 싸움에 익숙한 구로다 나가마사와 가토 요시아키 두 장수가 가까이 없었다면 그 호위무사들도 순식간에 혼란의 도가니 속에 빠져들었을 것이다.

안도 히코시로가 히데타다의 말 재갈에 달려들었을 때는 실로 위기일발이었다.

"덤벼라!"

양쪽을 지키고 있던 시동들은 맨살에 갑옷을 입은 사나운 모습으로 다가오는 적군 속으로 파고들었다. 그것은 말할 나위도 없이 한순간의 흐름이었고, 정신 차려보니 이미 히데타다의 말 앞에는 무사가 한 사람뿐이었다. 안도 히코시로마 저 적중으로 뛰어든 것이다.

고삐를 죄며 히데타다가 물었다.

"누구냐?"

"안심하십시오, 야규 무네노리입니다."

그 말이 채 끝나기도 전에 적군 하나가 창을 겨누고 고꾸라지듯 찌르고 들어 왔다.

무네노리의 칼이 번쩍 빛났다. 상대는 2칸짜리 자루가 달린 창과 투구가 두 동 강 난 채 말 아래 쓰러졌다.

그러자 이어서 또 하나가 몸을 숙이고 화살처럼 쳐들어왔다. 무네노리의 입에 서 배를 찢는 듯한 기합 소리가 나자 흐릿한 햇살 속에 피 무지개가 활짝 떴다.

"쇼군! 말을."

"오!"

또 두 사람이 거의 동시에 비스듬히 찔러 들어왔다. 그러나 그 창끝은 히데타 다의 말 옆구리까지 미치지 못했다. 창 하나가 허공으로 솟구쳤다 싶었을 때 하나 는 어깨, 하나는 다리가 잘려 있었다. 야규 무네노리가 난생처음으로 휘두른 살인 검. 그것은 처절하다기보다 얼음처럼 차가운 정확하기 이를 데 없는 묘기였다.

네 사람이 모두 쓰러지자 적도 성급한 발길을 멈추었다. 무네노리는 적을 유인 하지도 공격하지도 않는다. 두 다리를 힘껏 벌리고 버티어 서서 칼은 언제나 오른 쪽으로 비스듬히 칼끝을 내리고 있었다.

히데타다는 비로소 마음 놓였다. 마음 놓는 동시에 아군이 눈에 들어오기 시 작했다.

"게 누구 없느냐? 마에다의 본대가 아직 움직이지 않고 있다. 빨리 나와서 싸 우라고 해라."

"예."

대답한 것은 역시 쇄도하는 적을 베어 넘기고 숨을 돌리려 돌아온 안도 히코시로였다. 히코시로는 나오쓰구의 장남이다. 이때 29살. 늠름한 맨살에 땀을 번들거리는 모습이 나한상(羅漢像)을 보는 듯 용맹스러웠다.

무네노리가 거들었다.

"살펴보고 오시오. 여기는 내가 맡겠소."

그 말이 끝나기도 전에 히코시로의 말이 한 번 울부짖고는 앞쪽의 적 속으로 뛰어들었다.

말 주위에는 아직 사람이 없었다. 지글지글 내리쬐는 뙤약볕 아래 우뚝 서 있는 주종 두 사람…… 난투 속에서 한순간 고요가 찾아왔다.

"무네노리, 마음을 급하게 먹어서는 안 되는 거였어."

히데타다가 입을 열었을 때는 적의 포위망과 상당한 거리가 있었다.

"예, 조수는 이미 물러가기 시작했습니다."

"그런가? 조수라……! 조수의 때를 잘못 봐서는 안 되지, 무슨 일에나."

이때 야규 무네노리는 히데타다의 말 앞에서 7명을 베었다고 전해진다. 그러나 그것은 어디까지나 히데타다가 본 숫자이지 무네노리의 술회는 아니다. 무네노리는 자신이 사람을 죽인 것을 무사도의 명예에 부끄럽게 여겨 입 밖에 낸 일이 없었다. 이러한 싸움터에서 하급무사들에게 공격당하는 것은 아주 큰 불명예. 있을 수 없는 일이라고 생각하므로 입 밖에 낼 리가 없었다.

그러고 보니 이때 마에다의 본진으로 달려간 안도 히코시로는 그 길로 돌아오지 않았다.

그가 달려갔을 때 전위대를 내보낸 마에다 군은 아직 이 절박한 사태를 모르고 한창 점심식사 중이었다. 그들은 급히 서둘러대는 히코시로를 조롱하듯 말했다.

"모처럼 오셨지만 점심 먹는 중이니 잠시 기다리시오."

남의 일처럼 하는 인사말이었다.

히코시로는 격분했다. 그리고 자기 뒤를 따라온 용맹한 시농늘을 이끌고 그대로 오노 군의 측면으로 돌격했다. 물론 전사했다.

시체만 가까스로 가지고 돌아온 시동들이 아버지 나오쓰구에게 달려가서 물었다.

"도련님 시신을 어떻게 할까요?"

"개에게 주어라!"

나오쓰구는 그렇게만 대답한 채 쳐다보지도 않고 나가후쿠마루 군을 지휘했다고 한다.

그러나 그것은 나중의 일—

조수가 물러가기 시작했다고 야규 무네노리가 중얼거렸을 때, 히데타다의 마표를 들고 있던 기치대장 미무라 마사요시가 무슨 생각을 했는지 막다른 길에 있는 작은 못을 향해 뛰어갔다.

히데타다는 놀라서 저도 모르게 무네노리를 돌아보았다.

"마사요시 놈, 사람도 없는 저런 데서 뭘할 셈이지?"

그러나 그때 무네노리는 이미 대답할 필요가 없었다. 마표를 못 기슭에 세워놓고 미무라 마사요시가 큰소리로 고함지르기 시작했다.

"보기 흉하군. 쇼군님은 여기 계신다. 이 마표 밑으로 돌아오라!"

이상한 싸움터의 지혜였다. 앞쪽에 못이 있으므로 적이 올 수 없다. 적이 올 수 없는 곳으로 모이라고 하니 당황해 적에게 등을 돌리고 있던 사람들이 마음 놓고 그 밑으로 모이기 시작했다.

"쇼군께서도 어서."

사이를 두지 않고 야규 무네노리는 말 재갈을 잡았다. 그리하여 마표가 있는 곳에 도착했을 때 도이 도시카쓰가 새파랗게 질려 눈꼬리를 치켜세우고 돌아왔다.

"마사요시가 멋진 지혜를 발휘했군."

그때 히데타다의 주변은 피땀으로 얼룩진 아군들로 다시 삼엄하게 지켜졌다.

그러나 그들 가운데 다시 모습을 보이지 않은 것은 안도 히코시로만이 아니었다. 나루세 마사타케(成瀬正武), 시노다 다메시치(篠田爲七) 등의 시동들은 모두 벌거숭이인 채 적 가운데에서 전사하여 이 뜻하지 않은 위기탈출의 희생물이 되었다……

5월 7일의 결전은 실로 이에야스의 생애를 장식하는 마지막 싸움치고는 결과가 좋지 않았다.

오카야마 어귀를 향했던 히데타다두 구사일생을 얻은 느낌이 있었으나, 이에야스의 휘하 장수들도 세 번이나 공격받고 무너져 위기에 몰렸다.

이 혼란의 원인은 역시 동서의 각오 차이에서 온 것이라 할 수 있었다. 한쪽은 모두 오늘이 마지막이라는 각오였는데, 다른 한쪽은 저마다 태평시대의 영주로서 복잡한 계산이 마음속에 있었기 때문이리라. 게다가 모리 가쓰나가의 뛰어난 작전과 사나다 유키무라의 신경전이 보기 좋게 효과를 거둔 탓도 있었다.

그렇기로서니 이에야스의 기치 아래까지 무인지경이 될 줄이야……

그날의 격전 상황이 《호소카와 가문기(細川家門記)》에 다음과 같이 기록되어 있다.

……이편에서 줄곧 무리하게 싸움을 걸자(에치젠 군의 공격에 이어) 한판 싸움이 전개되었는데 싸우는 몇 시간 동안 반은 아군, 반은 오사카 군이 이겼으나 이편의 인원수가 많았던 덕분에 승리를 거두게 되었다…….

그것은 분명 압도적인 인원수의 승리이지 싸움을 잘해서 이긴 거라고 하기 어려웠다.

이날 이에야스의 본진 측면을 찌르기 위해 선창에 있었던 아카시 군의 유격전이 성공했다면 아마 이에야스나 히데타다 가운데 한 사람은 틀림없이 전사했을 것이다. 아카시 군은 에치젠 군의 일부를 격파했으나 미즈노 가쓰나리의 방해로 끝내 목적을 이룰 수 없었다.

그날 사나다 군은 이에야스의 기치를 세 번이나 무인지경으로 만들었고, 이에 대하여 또한 이에야스를 칠 기회를 주지 않았던 것은 전원 전사할 각오로 호령을 계속했던 에치젠 다다나오의 젊은이다운 투지였다고 할 수 있다.

"싸워라! 싸워라!"

이에야스는 맨 처음 자기 주위에 사람그림자가 적어졌을 때 나이토 슈메를 불러 명령했다.

"오와리 가분은 적군의 자우스산으로 가라. 그리고 나가후쿠마루도 뒤따르라고 전하라."

가까이 있던 혼다 마사노부가 깜짝 놀라 물었다.

"아직 싸움도 익숙지 못한 두 분을 난전 속으로……."

말이 끝나기도 전에 이에야스는 무서운 눈빛으로 꾸짖었다.

"무슨 소리인가! 빨리 가지 않으면 싸움이 끝난다. 싸움이 끝나버리면 가르쳐줄 수가 없지."

그것은 74살 노인의 얼굴이 아니라 나이를 잊은 맹장의 자신감 넘치는 장담이었다.

'추호도 진다고는 생각지 않고 계신다.'

그로부터 잠시 뒤 이에야스는 다시 기타미 조고로(北見長五郎)를 불러 오와리 군의 진격을 독촉하며 험악한 얼굴로 소리쳤다.

"어떻게 됐느냐, 나루세 마사나리 놈은? 그 겁쟁이 녀석이 뭘 꾸물대고 있는 거야? 겁먹었느냐 하더라고 일러라!"

때가 때인 만큼 기타미 조고로는 오와리 군의 본진으로 달려가 이에야스가 말한 대로 전했다.

그러자 나루세 마사나리는 악쓰며 고함질렀다.

"뭐, 겁쟁이라고! 흥, 이 마사나리를 겁쟁이라고 하시는 오고쇼님도 가이의 신겐과 마주쳤을 때는 겁먹었을 텐데."

그때 마사나리는 고로타마루에게 점심식사를 시키고 있던 참이었다. 16살 난 고로타마루는 깜짝 놀라 젓가락을 놓고 바로 진격을 명했다. 물론 감독은 나루세 마사나리가 했으나, 점심을 먹다 말고 난전에 참여한 고로타마루가 자기편이 무너질 때 소우다 요헤이의 눈이 네 개로 보이더라고 했으니 그 침착한 성격을 알 수 있다.

고로타마루의 동생 나가후쿠마루는 이와 반대였다. 이쪽에는 안도 나오쓰구가 딸려 있었으나 너무도 기세등등하게 난전 속으로 뛰어들려 하므로 말을 붙들려고 했다.

"서두르면 안 됩니다. 주군은 아직 젊습니다. 공은 언제든 세울 수 있습니다."

"미친놈! 14살이 두 번 온다고 생각하나?"

이렇게 꾸짖으며 적을 향해 돌진했다. 기질이 형보다 훨씬 괄괄했다.

싸움을 가르쳐줄 셈이었던 고로타마루며 나가후쿠마루까지 이처럼 위기에 맞닥뜨리게 했으니 그 격전의 모습을 상상할 수 있을 것이다.

아마도 이에야스는 두 아들의 도착을 기다려 유유히 힘으로 공격해 보일 계획이었던 모양이다. 그래서 너비 20정의 대지에 가로로 가득 진을 치게 하여, 오사카성까지 엄숙하게 밀고 가려고 진군한 점에 얼마쯤 무리가 느껴진다.

사람에게는 저마다 기질이 있고, 투지와 공명심과 처지의 차이도 있다. 그리고 손자인 에치젠의 다다나오를 격려하려고 꾸짖은 것이 지나친 효과를 나타내고 말았다. 그러고 보니 간토 군 가운데 이날 저돌적인 돌격을 하여 오히려 전열을 혼란케 한 결과가 된 것은, 에치젠의 다다나오를 비롯하여 오가사와라 부자와 혼다 다다토모 등 모두 전날의 싸움에서 공을 세울 기회가 없었던 사람들이었다.

일시적이지만 이에야스의 본진이 무너진 일에 대하여 《삿판큐키(薩藩舊記)》에 수록된 편지에 다음과 같이 쓰여 있다.

……5월 7일, 오고쇼님 진중에 사나다 유키무라가 공격해 와 진중의 사람들을 격퇴하기도 하고 베기도 했습니다. 진중의 사람들은 30리나 달아나 겨우 살아남았습니다. 세 번째 공격에서는 유키무라도 전사했습니다. 유키무라는 일본 으뜸가는 무사, 옛날부터의 이야기에도 이런 무사는 없었다고 합니다. 오늘은 여기까지만 말씀드리겠습니다.

이런 혼란상태에 있을 때 일단 소용돌이에 휩쓸렸던 오쿠보 히코자에몬이 돌아와 보니 이에야스 옆에는 단 한 사람, 오구리 다다마사가 말을 타고 남아 있을 뿐이었다. 이리하여 히코자에몬이 황급히 이에야스의 기치를 세웠다고 기록에 남았으니, 74살인 이에야스가 이때 다시 죽음에 맞닥뜨렸던 것은 말할 나위도 없다.

이에야스가 데려온 가게무샤는 이 소란 가운데 사라져버렸고, 그 유족에게 전쟁이 끝난 뒤 저마다 수당을 내렸다. 어디서 전사했는지, 누가 베었는지, 사나다 군이 거의 전원……이라고 해도 좋을 만큼 전사해 버렸으니 알 길이 없었다. 어쩌면 전사한 사나다의 부하 가운데에는 이에야스를 죽였다고 생각하고 죽은 자가 있을지도 모를 일이다.

이 아슬아슬한 위기는, 놀라서 히데타다의 좌익 앞쪽에서 달려온 이이와 도도 양군에 의하여 벗어나 드디어 5월 7일, 운명의 오후 3시를 맞이하게 되었다…….

오사카 쪽의 사나다 유키무라로서도 이날의 싸움 시작이 만족스러운 것은 아니었다는 사실은 이미 기록했다.

그는 이에야스를 자우스산 가까이 좀 더 유인해 놓고 공격개시 지휘채를 쳐들 작정이었다. 그렇게 되면 선창에서 대기하던 아카시 군과 봉화로 신호하여 유키무라는 앞에서 공격하고, 아카시 모리시게는 이에야스의 배후를 찔러 그 본진을 협공할 수 있다. 협공하게 되면 7할의 승산이 있다는 계산이었다. 아마 이 작전이 성공했다면 이날의 전황은 크게 바뀌었을 게 틀림없다.

아무리 모든 지휘를 히데타다에게 맡기고 출진했다 해도 이에야스가 전사하면 간토 군이 받는 타격은 결코 적지 않다. 유키무라의 계산으로는 그것만이 오늘 싸움에서의 보람이며 승패와 자기 운명의 기로였다.

그는 인간세상에 싸움과 분쟁이 끊이지 않는다는 견해를 조금도 바꾸지 않았다. 그 견해에 의하면 이에야스가 전사한 순간 간토 군 내부에는 인간의 원초적 본능에 따라 격심한 분열과 결합의 반복이 시작될 거라는 계산이 있었다. 그렇게 된다면 맨 먼저 전열을 떠나는 것은 다테 마사무네이리라. 이어서 마에다 도시쓰네, 아사노 나가아키라 등, 이에야스의 평화라는 숨 막히는 굴복의 새로운 질서에 만족하지 않는…… 이를테면 유키무라와 같은 자유를 희구하는 인간의 분열과 호신책이 움직이기 시작한다. 히데타다를 위기에서 구한 구로다 나가마사, 가토 요시아키, 가타기리 가쓰모토 할 것 없이 모두 날뛰는 말로 돌변할 게 분명했다. 그 분열의 계기를 만들어주는 것이 오늘 싸움에 건 그의 모든 작전이었다.

그것은 싸움이 시작되자마자 허물어질 기미를 보였다. 에치젠의 마쓰다이라 군이 이성을 잃고 공격태세로 돌입하자 뒤지지 않겠다고 혼다 다다토모 군도 움직이기 시작했고, 오가사와라 군이 발포하기 시작하여 어쩔 수 없이 모리군의 진군을 재촉해 버렸던 것이다.

'이래서는 안 된다!'

유키무라는 곧 모리 가쓰나가에게 연락관을 보냈다.

"아직 이르다! 곧 총격을 중지하도록."

그렇게 하면 적도 공격을 삼갈 것이고, 그동안에 이에야스도 그가 노리고 있는 최적의 협공지점으로 나올 것이다. 그때 봉화로 아카시 군에 신호보내 일거에 본진을 박멸할 작전이었다.

물론 그도 사기를 고무하기 위해 이렇게 말했다.

"오늘이야말로 죽는 날이다!"

그러나 그 죽음을 건 싸움의 실상을 잊고 있을 리 없었다. 싸움에는 승패를 바꾸는 헤아릴 수 없는 변화가 감춰져 있다. 그것이 없다면 처음부터 손 떼는 게 현명할 것이다.

그러나 모리 가쓰나가는 유키무라의 마음속을 거기까지는 읽지 못하고 있었다. 그곳에 두 사람의 차이가 있었다. 그는 진심으로 의협심과 고집을 위해 옥쇄할 각오로 있었다.

'어차피 죽을 바에는 한 번 본때를 보여주자!'

그 두 사람의 차이가 끝내 모리 군을 제지하지 못하여 일제히 응전하고, 그대로 진격하게 하는 결과가 되어버렸다.

'서전(緖戰)의 승리는 승리가 아니다!'

이렇게 되면 무의미한 전사로 끝나므로……유키무라로서는 눈앞이 캄캄해질 만큼 큰 충격이었으리라. 그러나 일단 움직이기 시작한 모리 군은 이미 아무리 말려도 듣지 않는, 글자 그대로 맹호의 기세로 나아가는 싸움터의 악귀가 되어버렸다. 그렇게 되자 유키무라 쪽에서 이 변화에 대응하는 수밖에 없었다.

그때 모리 군 이상으로 무모한 마쓰다이라 다다나오의 첨병(尖兵)이 달려들었다.

이때 에치젠과 자우스산 사나다 군의 거리가 10정쯤 떨어져 있었다는 것은 이미 기록했다. 그 10정 사이에서 서로 격돌할 때까지 유키무라는 자신의 목적이며 집착을 깨끗이 버려야만 했으니 참으로 괴로웠을 것이다. 글자로 쓰면 '임기응변'이라는 네 글자에 지나지 않는다. 그러나 그 속에는 몇천몇만의 처절한 생명과 운명이 걸려 있다.

사나다 유키무라는 곧 아사노 군이 배반했다는 유언비어를 퍼뜨려놓고 요격에서 진격으로 작전을 전환했다. 아무리 목적에 차질이 생긴 개전이라 할지라도 차선책의 좋은 기회를 정확하게 포착해야 한다.

점심은 이미 먹여두었고 자신을 제외한 7명의 기마무사에게 저마다 어느 방면으로 출몰하라는 명령도 전달했다. 아들 다이스케의 사촌 형뻘인 오타니 요시히사, 구도야마로 자주 자신을 회유하러 왔던 쇼에이니의 아들 와타나베 구라노스케, 그리고 겨울싸움 때 사나다 성채의 군사감독으로 와 있던 이키 도카쓰. 이 참모들은 말할 것도 없고, 구도야마 이래의 부하들 및 지금 유키무라 밑에 있는 자들도 모두 싸우기 위해 태어났나 싶을 정도로 우수한 군사들뿐이었다.

이에야스의 진은 어떻게 하고 있나 바라보니 '싸워라! 무찔러라!' 하고 절규하는 에치젠 다다나오의 본진을 뒤따르고 있다.

"쇼에이, 쇼에이는 어디 있느냐?"

유키무라가 부르자 역시 붉은 갑옷과 투구를 쓴 무사가 나타났다. 이전에 승복차림으로 슨푸의 형편을 살피러 갔던 닌자의 한 사람이 오늘은 어엿한 대장차림으로 나온 것이다.

"저것 봐라. 저게 이에야스의 본진이다."

"예, 보았습니다."

"바로 그 앞쪽을 지키고 있는 것은 혼다 마사즈미."

"그 오른쪽은 마쓰다이라 사다쓰나인 것 같군요!"

"그렇다. 마사즈미와 사다쓰나, 저 방해꾼들을 없애버려라."

"알겠습니다."

쇼에이라고 불린 무사는 부르르 몸을 떨더니 말을 향해 달려갔다.

"간닷!"

굵은 목소리로 소리 지르고 창을 쳐들었다. 그러자 그의 부하인 듯한 16, 7명의 기마무사가 창을 나란히 하고 그를 우르르 에워쌌다. 그리고 혼다 마사즈미와 마쓰다이라 사다쓰나 두 부대의 좁은 틈바구니를 향해 화살처럼 돌진하기 시작했다. 엄호하는 총소리가 비로소 자우스산에 울렸고, 그것이 사나다 군의 첫 움직임이었다.

진격이 시작된 것을 알고 먼저 혼다 군이 함성을 올렸고, 잇따라 마쓰다이라 군도 돌격태세로 들어갔다. 그 한복판으로 사나다의 첨병이 곁눈질도 하지 않고 진격해 갔다……

사나다 군 첨병의 진격은 어디까지나 정공법인 것 같았다. 혼다 마사즈미 군과 마쓰다이라 사다쓰나 군을 제거하면 이에야스를 공격하기 위한 두 장의 비늘이 벗겨지는 것이니 그만큼 이에야스 본진을 향해 칼날을 세우기 쉬워진다. 따라서 이 첨병이야말로 결사대……라고 적과 아군 양쪽 모두 생각했다.

그런데 이 결사대는 양군 사이를 별다른 저항도 받지 않고 뚫고 나가자, 그대로 말머리를 에치젠의 옆구리 쪽으로 틀었다. 그렇게 되면 유키무라가 방해되는 돌 둘을 치워버리라고 한 것은 무슨 뜻이었을까……? 에치젠 군의 공격을 견제하는 게 목적이었다면 달리 공격할 수도 있었을 텐데……?

문득 그렇게 생각했을 때 첨병들의 움직임은 더욱 의표를 찔렀다. 돌아서서 응전하는 에치젠 군과 겨우 4, 5번 창을 겨루었다 싶은 순간 다시 휙 돌아서서 왔던 길을 되돌아가기 시작했다. 에치젠 군을 벅차다고 여겨 역시 혼다 마사즈미 군을 공격할 작정이었을까?

그때 혼다 군과 마쓰다이라 사다쓰나 군은 양쪽에서 접근하며 그들이 돌아가는 길을 가로막았다. 그 속으로 다시 뛰어든 것이니 이번에는 아까처럼 쉽게 통과할 수 없었다. 양군의 창과 말이 심한 소용돌이에 휩쓸려 사나운 고함이 단숨에 투지를 불태울 것처럼 보였다. 그러자 사나다의 첨병들은 다시 말머리를 돌려 이번에는 에치젠 군의 허술한 장소를 뚫고 바람처럼 기슈 가도 쪽으로 사라지고 말았다…….

모두 합하여 겨우 4, 5분 동안의 참으로 해괴한 움직임이었으나, 실제로 더욱 해괴한 움직임은 첨병이 사라진 뒤에 일어났다. 바로 그 20기도 채 안 되는 사나다의 첨병을 치려고 양쪽에서 접근했던 혼다 마사즈미 군과 마쓰다이라 군 사이에 저희끼리 맹렬한 싸움이 벌어져 버린 것이었다.

저마다 수비지역이 정해져 있는 꽤 복잡한 싸움터이기는 했으나, 대낮에 아군끼리 싸울 만큼 혼전은 아니었다. 대체 무엇 때문에 이러한 차질이 빚어졌을까?

그 일에 대해서는 뒷날에 이르기까지 아무도 분명히 말하기를 피했으나 풍문으로는 이때 그 둘 사이에 사나다 군이 버리고 간 궤짝이 하나 있었는데 양군이 그것을 서로 빼앗았다고 한다.

그런데 사나다의 첨병은 모두 기마병으로 궤짝 따위를 가져올 수 있는 사람이 아무도 없었다. 사실은 그들이 떨어뜨리고 간 문갑을 쟁탈하는 싸움이었다는 게 진상인 모양이다. 물론 그 속에 마치 서로 내통하고 있는 것처럼 착각하게 만드는 가짜문서가 들어 있었을 거라고 생각되지만 상상일 뿐이다.

아무튼 양군은 타군의 수비지역을 침범하지 말라고 외쳐대며 아군끼리 서로 싸우기 시작했다…….

그때 자우스산에서 유키무라의 지휘채가 올라갔다. 이미 좌익에서 에치젠 군으로의 접근이 시작되긴 했으나, 유키무라가 거느린 직속부대가 서로 싸우고 있는 혼다와 마쓰다이라 군 옆을 질풍처럼 질러나가 이에야스의 본진을 습격한 것은 바로 이때였다……

이에야스의 휘하부대는 허를 찔려 무너졌다. 모든 혼란은 이때 일어났는데, 무너지는 것은 곧 이에야스를 전사시키는 게 된다.

그러자 저마다 임기응변의 재치로 사방으로 달려나갔다.

"진중의 무리는 30리나 달아나 겨우 살아남았습니다."

《삿판큐키》에 실린 편지에 이렇게 적혀 있는 것은 이때의 혼란상태를 말한 일로 모두들 다 달아났던 게 아님은 말할 나위도 없다. 모두 달아났다면 사나다 유키무라는 손쉽게 이에야스의 목을 칠 수 있었을 것이다.

이에야스의 도시락까지 내던져지고 가까이에 연락관 오구리 다다마사 단 한 사람뿐인 위기에 처했지만, 유키무라쯤 되는 사람도 이에야스에게는 달려들 여유가 없었다. 달아난 자들도 있었으나 대개 미친 듯 사나다 군에 대항했던 것이다.

그 대혼란 가운데 뛰어든 것이 히데타다의 좌익이었던 이이 군과 도도 군이었다.

"오고쇼께서 위험하다!"

사나다 군의 습격을 알고 그들은 히데타다의 존재는 잊어버렸다. 아니, 히데타다 앞쪽에는 마에다 군이 있고 혼다 야스노리, 가타기리 가쓰모토 등도 있었으니, 이쪽에 오노 하루후사의 맹공격이 있을 거라고는 생각지도 않고 곧장 사나다 군 가운데로 돌진해 간 것이다.

이 양군의 도착이 15분만 늦었어도 승패는 어떻든 이에야스는 싸움터에서 목숨을 잃었을 게 틀림없다.

"오사카 패거리들의 무공이 대단했습니다. 이번 승리는 오고쇼님의 운이 강해서 이긴 것입니다."

《삿판큐키》 한 구절에 있는 이 '운이 강해서'라는 한마디는 정말 맞는 말이라 해도 과언이 아니다. 그리고 이 이에야스의 '운이 강해서'라는 말을 뒤집어놓으면 그대로 유키무라의 불운과 직결된다. 유키무라는 바로 이에야스의 목젖에 칼끝을 갖다 대려던 순간 이이 군과 도도 군에게 격퇴당해야 했다.

그는 일단 군사를 자우스산으로 이끌고 갔다. 그리고 그때 아들 다이스케에게 히데요리의 출동을 요청하게 했다는 이설이 있으나, 이때 다이스케는 이미 오사카성 안으로 간 뒤여서 옆에 없었다.

아마도 유키무라는 이이, 도도 등 새로운 병력의 공격을 예상했을 것이다. 그리하여 이에야스의 넋을 뺄 기습을 감행하기는 했으나 이이, 도도 양군의 기습을 받는 결과가 되었다…… 아니, 에치젠의 저돌적인 진격부터 이미 정상을 벗어난 기습이었으나 이 싸움터는 가장 정연한 역공(力攻)을 시도하면서도 그것과 전혀 다른 광란노도의 싸움터가 되었다고 할 수 있다.

"싸워라! 싸워라!"

줄곧 고함질러대는 에치젠 군에 적지 않게 신경 쓰면서, 일단 철수한 유키무라는 다시 이에야스의 본진으로 쳐들어갔다.

"사나다 군의 명예를 걸고 한 사람도 살아남지 마라!"

그 태도는 용맹함으로 이름 떨치는 사쓰마 인의 눈에도 '옛날부터 내려오는 이야기에도 없을 정도로 보였으니 과감하기 이를 데 없다.

일단 새로운 군사들의 출현으로 절호의 기회를 놓치자 이미 사나다 군은 이에야스에게 가까이 접근할 수 없었다. 도망치던 사람들이 깜짝 놀라 되돌아왔고, 직속무사들도 필사적으로 공격을 되풀이했다. 유키무라가 무엇보다 감탄한 것은, 진용을 가다듬자마자 이에야스의 본진은 큰 강물이 흐르듯 이상할 정도로 장중한 모습으로 서서히 전진하고 있었던 사실이다.

머물러 있어만 준다면 기사회생의 대항책을 강구할 수 있었다. 그러나 흐르는 강물은 막아낼 수 없다. 더구나 이 큰 강 옆에서 에치젠 군이 물리치고 또 물리쳐도 고장 난 분수처럼 집요하게 물방울을 뿌리며 공격해 왔다. 이쪽의 수압은 대단치는 않았다. 그러나 이 역시 개미구멍만 한 빈틈만 보여도 순식간에 분류(奔流)로 바뀔지 몰랐다.

유키무라는 다시 군사들을 철수시켰다.

이 무렵에는 일단 허물어졌던 히데타다의 본진도 완전히 회복되어 거대한 강의 너비가 20정 넓이의 고지를 무섭게 채우며 도도히 흐르기 시작했다.

'이것을 막을 힘은 누구에게도 없다……'

이에야스는 일단 기습을 받았으나 그 위기를 보기 좋게 물리치고 그의 생각대로 진용을 다시 가다듬을 수 있었다.

유키무라의 자우스산과 큰 강물 사이의 간격이 점점 좁아져 갔다. 이미 유키무라의 지략을 펼쳐볼 벌판은 거의 없어져 버렸다. 세 번 쳐들어갔다는 기록이 남아 있으나 유키무라가 적중으로 말을 몰고 들어간 것은 세 번 다섯 번의 일이 아니었다.

무엇보다 말의 피로가 컸다. 세 번째로 말을 바꿔타고 물러나려고 뒤돌아보니 자신의 진지 한 모퉁이에 에치젠의 깃발이 펄럭이고 있었다. 다다나오가 마침내 자우스산에 도착한 것이다.

그때 유키무라가 무슨 생각을 했을지는 알 길이 없다…… 다다나오의 만용을 크게 칭찬했을까? 자신의 전쟁관과 이에야스의 평화관 중 어느 것을 택했을지…….

아무튼 그는 투지를 버렸다. 그와 이에야스의 마지막 결전은 끝났다……고 확실히 깨닫고 고지 한끝에 있는 야스이 덴진(安居天神)의 좁은 신사 경내에서 말을 버렸다.

너무나 지친 나머지 온몸의 감각이 사라졌다. 땅 위에 서 있으면서도 서 있다는 의식이 희미해져갔다. 휘청거리며 등롱의 좌대에 걸터앉았을 때 바로 오른쪽 뒤에서 소리가 났다.

"에치젠 무사 니시오 니자에몬(西尾仁左衛門), 상대하겠소!"

유키무라는 일어서려고 했다. 일어나 상대에게 유키무라라고 이름을 대고 말해줄 생각이었다.

"공을 세워라."

그러나 미처 일어서기도 전에 옆구리에 뜨거운 쇠를 갖다 댄 것 같은 통증을 느꼈다.

'이게 죽음인가……!'

아마도 살아 있다는 것에 비해 실로 조잡하고 어처구니없으며 또한 너무 쉬운 일인 데 놀랐으리라.

니시오 니자에몬이라고 이름 댄 무사는 창으로 한 번 찌르자 달려들어 발로 찬 뒤, 상대에게 저항할 힘이 없는 것을 확인하고 목을 베었다.

패장(敗將)의 투구

히데요리가 이날의 패전을 뚜렷이 시인한 것은 오후 3시가 지나서였다.

그때까지도 적은 성 동북쪽으로 무섭게 접근하고 있었다. 그러나 그것은 히데요리로서는 '적'이라고만 단정할 수 없는 사람들이었다. 이시카와 다다후사(石川忠總), 교고쿠 다다타카, 교고쿠 다카토모. 히라카타(枚方)에서 모리구치(守口)를 지나 비젠 섬(備前島)으로 진군해 왔으나, 그들은 여차하면 성안에 들어와 히데요리를 수호해 줄 사람으로 여겨졌었다. 수로로 오고 있는 이케다 도시타카 군이 덴마(天滿)에서부터 나카노시마를 수비하고 있었다. 물론 7일의 결전 경과를 지켜보고 있었는데, 그들도 히데요리에게는 어쩐지 '적'이라고 여겨지지 않았다.

'이에야스는 정말로 도요토미 가문을 멸망시킬 작정일까?'

만약 그렇다면 어째서 이시카와, 교고쿠 등의 도요토미 가문과 인연 깊은 사람들에게 성 후문을 공격하도록 맡긴단 말인가?

만일 오카야마나 덴노사 방면에서 결전을 벌이는 중에 후문 쪽으로 공격당하게 된다면 히데요리는 꼼짝없이 진두지휘를 하지 않으면 안 된다. 그런데도 어머니 요도 마님과 이에야스 사이를 오가며 마지막까지 화평을 위해 필사적으로 노력했던 이모 조코인의 자식들에게 그곳을 맡기고 있었…… 이 사실은 이에야스에게 히데요리를 죽이려는 의사가 없음을 분명히 보여주는 것으로 여겨졌다.

정오가 지나서 모리 가쓰나가의 부하로부터 출진청원이 있었으나 히데요리는 응할 마음이 나지 않았다.

'이것이 정녕 이 성의 운명을 결정짓는 싸움일까……?'

그러한 의문이 어디선가 끊임없이 그에게 야릇한 질문을 던졌다.

기무라 시게나리는 죽었다. 회의석상에서 늘 명랑한 웃음을 웃던 고토 마타베에도 죽었다…… 그러나 히데요리에게 그것은 꿈속에서 일어난 일로밖에 받아들여지지 않았다.

따라서 출진을 재촉받고 응하지 않았던 히데요리를 《야마모토 도요히사 기(山本豊久記)》는 다음과 같이 적고 있다.

사나다 유키무라 님은 자우스산에 붉은 깃발과 장비로 덴노사 밖 오카야마 동쪽까지 진을 치고 있었다. 이때 히데요리 공이 경솔한 대장이 아니었다면 새벽에 선봉대로 나아가 아군의 사기를 북돋아주는 말이라도 하여 군사들을 용기백배하게 만들었을 것이고, 승부는 운에 달렸지만 비록 패하더라도 덴노사 정문 앞에 걸상을 놓고 결사적인 각오를 보이셨다면 아무리 약한 군사들이라도 어찌 버리고 도망가겠는가? 그렇게만 했으면 고금에 보기 드문 결전이 되었을 것을, 출진이 늦어 시동을 시켜 마표만 가까스로 핫초메로 보내고 자신은 겨우 아랫성까지 나갔으니 시간이 흐름에 따라 멸망을 재촉한 것으로 보였다…….

그러나 이런 한탄은 너무도 상식적인 감상으로 히데요리의 심리와는 거리가 멀었다. 히데요리도 이 지경에 이르러 목숨을 아낄 사람은 아니었다. 물론 출진할 정도의 용기는 가졌다. 그러나 그 이상으로 차츰 그의 투지를 앗아간 것은, 아무래도 간토 군을 상대할 적의가 일지 않았기 때문이었다…….

'이게 과연 나를 멸망시키려는 싸움일까……?'

자우스산에 에치젠 군의 깃발이 나부끼고 사나다 유키무라가 전사하자 오카야마 어귀의 오사카 군도 앞다투어 물러가기 시작했다.

전황은 오후 4시에 이르러 마침내 결정되었다. 본성 사쿠라문(櫻門)에 있던 히데요리에게 보고가 들어왔다.

"이케다 도시타카 군이 강을 건너 성문으로 진격해 오고 있습니다."

그때 오노 하루나가가 중상을 입고 성안으로 실려 왔다.

그래도 아직 히데요리는 패배감이 일지 않았다. 겨울싸움 때에도 그랬지만 그로서는 실제 싸움을 해본 경험도 없고 패배한 경험은 더욱 없으니 무리도 아니었다.

그러나 그 히데요리도 가까이 있던 사나다 다이스케가 아버지의 죽음을 알고 이를 악물며 우는 모습을 보고는 말하기 시작했다.

"좋다, 나도 나서서 전사하겠다."

그러나 그것도 실행되지 않았다. 히데요리가 말에 올라타는 순간, 덴노사에서 후퇴해 온 하야미 가이가 달려들어 말렸기 때문이다.

"안 됩니다!"

가이는 피에 엉켜 있는 흩어진 머리카락을 날리며 말을 떼어 보냈다.

"이미 싸움터는 대혼란…… 대장은 시체를 난전 속에 내던지는 게 아닙니다. 오히려 물러가서 본성을 지키다 힘이 다한 뒤에 자결하시는 것이 좋을 겁니다."

벌써 그 무렵에는 승리에 들뜬 간토 군이 별성으로 육박해 오고 있었다. 육박했다……기보다 벌써 난입해 들어오고 있었다. 히데요리의 마음은 그때야 크게 흔들리기 시작했다.

이어서 더욱 그를 동요하게 한 것은 본성 주방에 불이 난 일이었다. 주방 책임자 오스미 요에몬(大偶與右門)이 물밀 듯 육박해 오는 간토 군의 접근을 보고 불을 놓아 내통했다는 소문이 불티와 함께 어지럽게 나돌았다.

'정말 내통했을까?'

그러나 그 확실한 답이 나오기도 전에 다시 제3의 비보가 날아들었다. 별성으로 난입한 에치젠 군이 오노 하루나가의 저택에 불을 질러 거기서도 맹렬한 기세로 불길이 치솟기 시작한 것이다.

"벌써 아랫성도 위태롭습니다. 어서 본성으로 철수하십시오!"

사라졌던 하야미 가이가 다시 달려와 히데요리의 기치와 마표를 다이코가 자랑하던 다다미 1000장이 깔린 방으로 운반하도록 명했을 때는 불길에 쫓긴 졸개들이 여기저기 떼 지어 갈팡질팡하고 있었다.

'졌구나!'

히데요리는 직접 확인하고 싶었다. 아니, 패전이라는 사실이 어떤 결과를 초래하는지 아직 확실히 모르고 있었다. 정신없이 쫓기는 심정으로 기치와 마표보다 조금 뒤떨어져 큰 방으로 들어서자 비로소 가슴이 덜컥 내려앉으며 그 자리에 우뚝 서고 말았다. 부상당한 사람은 본 적 있으나 시체는 아직 본 일이 없었다. 그 히데요리의 눈에 차례차례로 배에 칼을 찔러대는 무리들이 보였던 것이다. 고리 슈메가 있었다. 쓰가와 사콘이 있다. 와타나베 구라노스케가 있었다. 나카호리 즈쇼(中堀圖書)……노노무라 이요(野野村伊豫)가 있었다…… 그 모든 사람들이 히데요리의 존재는 잊은 듯 걷어놓은 다다미에 걸터앉아 눈에 핏기가 가득해 죽음을 서두르고 있지 않은가……!

'이게 패전의 결과일까……?'

어느 얼굴이나 크게 일그러져 마치 신들린 사람 같았다. 눈은 무엇을 보는 것도 아니고 모든 감각이 활동을 중지한 것처럼 보였다. 하지만 그것도 배에 칼을 찌를 때까지의 마지막 순간일 뿐, 찌르자마자 그 표정도 곧 허물어졌다.

나카지마 시키부가 뛰어 들어와 이미 잔잔한 표정으로 돌아와 있는 와타나베 구라노스케에게 뭔가 말했다. 그 순간이었다.

"구라노스케, 장하다!"

검은 괴물처럼 누군가 구라노스케 곁으로 달려가더니 앗, 하는 순간 단검을 자기 가슴에 찔러넣었다. 히데요리의 눈이 찢어질 듯이 벌어진 것은 그 검은 그림자가 실은 몸의 반 이상이 말라붙은 듯 보이는 구라노스케의 어머니 쇼에이나는 걸 알았을 때였다.

'저 늙은 여승에게 저런 힘이……?'

그런 의문을 품을 틈도 없을 만큼 처절한 죽음에의 도전이었다.

"오랫동안 수고했다. 자, 모자가 함께 몸과 마음을 깨끗이 해서 부처님에게 가자."

그것은 사람의 목소리가 아니라 역시 미치광이가 된 괴물의 소리 같았다. 등골이 오싹해지면서 그 괴물이 그대로 히데요리의 가슴으로 기어들 것 같았다.

"주군!"

갑자기 뒤에서 히데요리를 힘껏 떠다민 자가 있었다. 알고 보니 히데요리 역시 그 자리에 주저앉으려 한 모양이었다.

"불이 붙었습니다. 여긴 위험합니다."

"오, 오쿠하라 도요마사……."

"어서 야마토 성채로 피난을. 하루나가 님도 가이 님도 기다리고 있습니다."

벌써 동쪽에서 연기가 쏟아져 들어와 죽은 자, 죽어가는 자들을 휩싸기 시작했다. 그 연기 속에 고리 요시쓰라(郡良列)가 세운 자신의 기치가 금빛을 내며 홀로 우뚝 남아 있는 것이 시야에 들어왔으나 아무 감회도 일어나지 않았다.

다시 세차게 등을 떠밀려 히데요리는 휘청거리며 걷기 시작했다. 그 손을 누군가가 꼭 잡고 있었다.

'오, 다이스케로군……'

히데요리는 비로소 왈칵 눈물이 치솟았다. 다이스케가 이를 악물며 울고 있는 모습이 견딜 수 없는 슬픔을 불러일으킨 것이었다.

"마님과 작은마님께서도 야마토 성채로 피난 가셨습니다. 냉정을 찾으십시오."

"그래……"

"모두들 저렇게 주군을 위해 순사하고 있습니다. 한 말씀 남기시고……"

"오……"

대답은 했으나 이런 경우 뭐라고 해야 좋을지 히데요리는 누구에게서도 가르침 받은 적이 없었다.

"모두……미안하구나."

"됐습니다. 그럼, 어서."

자신의 의사가 아닌 것은 물론이었고 그 뒤 어디를 어떻게 걸었는지 반은 꿈속 같았다.

그리하여 다시 정신을 차렸을 때 그의 눈앞에는 완전히 다른 정경이 벌어지고 있었다. 어머니가 있었다. 아내가 있었다. 오노 하루나가와 하야미 가이가 있었다…… 그 가운데 유난히 어머니 모습만이 공간의 대부분을 차지하고 있는 듯 보였다. 그다음 순간 격렬한 소리가 들렸다.

"주군! 드디어 마지막 순간이 왔소."

히데요리가 다이스케에게 끌려 넋 나간 듯 걸상에 앉았을 때 입술까지 새하얗게 질린 오노 하루나가가 가로막았다.

"그건 안 됩니다! 주군과 마님을 자결시킬 것 같으면 무엇 때문에 이런 괴로움을…… 자결이라니……안 됩니다!"

히데요리는 그것이 무엇을 뜻하는지 아직 정확하게 알 수 없었다.

요도 마님의 목소리가 귀를 찢을 듯 울렸다.

"닥쳐라! 이제 와서 무슨 미련을!"

"어찌 미련이 있어서 그런 말을 하겠습니까? 냉정하게 적의 진용을 바라보십시오. 남쪽 오카야마로부터는 가타기리 가쓰모토, 북쪽으로부터는 교고쿠 형제…… 그것은 바로 주군의 무운이 다하지 않았다는 증거입니다. 방법이 있다면 마지막까지…… 그것이 저희들 임무입니다."

"정말 재미있는 소리를 하는구나! 모두 들었나? 하루나가는 아직도 싸움에 지지 않았다는군. 성은 불타고 아랫성, 별성에까지 적이 난입했는데 아직도 우리에게 창피를 줄 길이 남아 있단다."

"마님!"

"그래, 어디 들어보자! 어떤 수단이 남아 있는지 어서 말해 보오!"

"오고쇼는 결코 마님과 주군을……."

"죽이려 하지 않는단 말이지? 호호호……도요토미 가문은 멸망시키지만 우리는 미워하지 않는단 말인가?"

"우선 마음을 진정하십시오. 남아 있는 수단이란 작은마님입니다."

"호호……센히메는 안 돼. 센히메는 내 딸이니 결코 놓아주지 않겠어. 함께 황천길로 데려가야지."

"그건 안 됩니다. 지금은 일단 작은마님을 오카야마의 쇼군 진막까지 피신하게 하십시오. 그리하여 작은마님 입으로 주군과 마님의 구명을 청하게 하는 것입니다."

히데요리는 깜짝 놀란 듯 센히메 쪽을 바라보았다. 센히메는 요도 마님과 교부쿄 부인 사이에 비좁게 끼어 앉은 채 이때도 역시 기묘하게 무표정한 얼굴로 허공을 바라보고 있었다.

그러고 보니 그 뒤에 도사리고 앉은 오쿠하라 도요마사도 어쩐지 이곳의 긴박감과는 거리가 먼 여유를 느끼게 하는 자세였다.

'저 두 사람은 침착하구나……'

그렇게 느낀 무렵부터 히데요리는 자신이 놓인 위치를 처절하도록 확실하게 깨달았다.

'졌다······!'

그리고 지금 도요토미 가문도 어머니도 아내도 자기도 모두 죽음의 순간 앞에 세워져 마지막 궁리를 강요당하고 있다는 것도. 눈물이 다시 시야를 가리며 온몸이 부들부들 떨리기 시작했다.

"아직도 우기는 건가!"

어머니의 목소리가 이번에는 히데요리의 가슴에 꽂히는 칼날이 되었다.

"그대가 그렇듯 우긴다면······ 좋아! 주군이 결정하시도록 하자. 주군! 들으신 바와 같이 하루나가는 센히메를 시켜 구명운동을 하랍니다. 주군은 더 이상의 창피를 당하면서 저 이에야스와 히데타다에게 목숨을 구걸할 작정입니까, 아니면 다이코님이 세우신 이 오사카성과 함께 자결하시렵니까?"

이제는 남의 일이 아니다. 히데요리는 조용히 눈을 감았다.

'그렇다, 결정해야 할 사람은 이 히데요리다······.'

그렇게 생각했을 때 또다시 하루나가가 맹렬히 반박했다.

"주군! 주군께서는 고리 요시쓰라며 와타나베 구라노스케의 마지막 심정을 아시겠지요. 모두 성 밖에서 죽었어야 할 그들이 일부러 살아 돌아온 것은 주군께서 살아남아 주실 거라고 믿어서였습니다······ 살아남으실 주군이시기 때문에 기치와 마표를 적의 손에 넘겨주거나 짓밟히게 해서는 안 된다······는 생각으로 돌아와 큰 방에 이걸 세워놓고, 패전에 대한 사죄로 자결한 것입니다."

"뭐, 그들이 이 히데요리를 살리려고······?"

"예, 그들의 충성을 주군께서는 무시하시겠습니까?"

그러나 그 질문에 대답할 틈이 없었다. 피투성이가 된 젊은 무사가 히데요리의 발치에 쓰러지면서 소리높이 고함질렀기 때문이었다.

"보고드립니다! 적이 드디어 아랫성에 난입하여 홋타 마사타카(掘田正高) 님, 마노 요리카네 님, 나리타 헤이조(成田兵藏) 님께서 불길 때문에 본성에 들어오지 못하고 아랫성과 본성 사이의 돌담 위에서 할복하셨습니다."

"뭐! 그렇다면······이제 천수각에 올라갈 수 없단 말이냐?"

칼로 내려치듯 다그쳐 물은 것은 하야미 가이였다.

"그렇습니다. 모두 한결같이 대감의 무운장구를 빌면서······."

"뭐가 무운장구란 말이냐!"

요도 마님이 자리를 박차고 일어섰다. 아마도 그녀는 연기 속을 뚫고 올라가 천수각에서 죽을 작정인 모양이었다. 그 요도 마님의 발치를 향해 잿가루를 뒤집 어쓴 젊은 무사가 쓰러지듯 들어왔다.

"보고드립니다! 센고쿠 무네나리 님이, 패전으로 판단하고 어디론가 달아났습 니다."

"뭐, 달아났다고?"

히데요리가 묻는 순간 하루나가가 반격하듯 가로막았다.

"아닙니다! 센고쿠는 주군께서 살아남으실 것을 알고 뒷날을 대비하러 간 것입 니다."

"보고드립니다!"

아무래도 더 이상 생각할 틈도 없을 것 같았다. 불길이 무섭게 소용돌이치는 소리 속에서 잇따라 절망을 알리는 보고가 들어왔다.

"오노 하루후사 님과 도켄 님이 어디론가 도망가셨습니다."

하루나가가 또 소리쳤다.

"도망이 아니라니까! 모두 전사해버리면 살아남으신 주군을 누가 섬긴다는 말 이냐. 그만 물러가라!"

"보고드립니다!"

그러나 그때는 벌써 하야미 가이가 히데요리의 손을 잡고 억지로 그곳에서 끌 어내고 있었다.

"불길에 쫓겨 의논도 할 수 없습니다. 아시다(芦田) 성채의 벼창고로 피하십시 오."

뒤이어 하루나가의 어머니 오쿠라 부인이 요도 마님의 손을 잡고 일어났고, 마 님은 황급히 센히메의 옷소매를 붙잡았다.

오쿠하라 도요마사는 냉정하게 그 광경을 확인하고 일어섰다.

히데요리를 재촉하면서 하야미 가이는 몇 번이나 되풀이 말했다.

"승패는 병가지상사입니다."

당황하는 히데요리에게보다 오히려 자신에게 타이르고 있는 건지도 모른다.

"사는 것은 죽기보다 어렵습니다! 지금은 우선 하루나가 님 말씀을 따르시도 록."

오쿠하라는 선뜻 하루나가에게 다가가 어깨를 내밀었다. 동생 하루후사에게 부상 입은 상처가 채 낫기도 전인 이번 싸움에서 하루나가는 잘 싸웠다. 손목에도 얼굴에도 오른발에도 생생하게 피가 묻었고 오직 정신력만으로 버티고 있는 듯했다.

　"오, 도요마사……고맙다."

　"저……아시다 성채의 창고입니까?"

　"그래, 부탁한다! 거기라면 아무도 눈치채지 못할 테고 본성의 불도 번지지 않을 것이다. 그러나 작은마님은 모셔가면 안 돼."

　오쿠하라 도요마사는 그 말에는 대답하지 않고 말했다.

　"본성은 벌써 불바다입니다."

　"도요마사! 부탁하네."

　"……."

　하루나가는 사람들이 듣지 못하게 빠른 목소리로 말했다.

　"주군 모자를……아니, 작은마님을 성 밖으로……그리고 주군 모자의 구명을 호소하도록 해주게……."

　발은 이미 움직여지지 않았다. 오쿠하라 도요마사는 하루나가를 재빠르게 들쳐업고 사람들 뒤를 따랐다.

　'이 사람도 성과 함께 최후의 순간을 맞이하고 있다…….'

　아마 오늘은 저녁노을이 아름다울 것이다.

　그런데 하늘 가득 연기가 뒤덮여 아직 해도 지지 않았는데 천수각조차 보이지 않았다. 바람이 미치는 곳은 아마도 초열지옥. 그리고 그곳에서는 총소리와 함성이 불타는 소리에 섞여 아직도 멎지 않고 있었다. 이따금 호소할 데 없는 분노가 가슴속에서 폭발하는 것 같았다. 그때마다 들쳐업은 하루나가를 내던져버리고 싶은 충동에 사로잡혔다.

　'이 우유부단한 사람이 끝내 이 같은 큰 비극을 빚어내고 말았다…….'

　그러나 도요마사는 그러한 하루나가를 미워할 수 없었다. 그는 지금 자신의 생사를 잊고 히데요리와 이상한 애정으로 맺어진 요도 마님의 생사를 염려하고 있었다. 그리고 그 마지막 소원은 신기하게도 오쿠하라 도요마사가 사나이의 고집을 건 목적과 같은 것이었다.

눈앞에 아시다 성채 모퉁이가 보였다. 이 언저리는 바람맞이인 데다 돌담으로 가로막혀 있어 시커먼 연기 사이로 가까스로 하늘을 볼 수 있었다.

누군가가 심하게 기침했다. 공기가 맑은 곳에 오자 오히려 들이마신 연기와 재를 뱉어내게 되는 것인지도 몰랐다.

"조용히 해라."

하야미 가이의 목소리였다.

"이 안에 들어가는 거야. 아무도 소리 내선 안 된다. 곧 배가 마중 올 것이다."

하야미 가이가 한 말의 의미도 도요마사는 잘 알고 있었다. 그는 여기서부터 히데요리를 배로 옮겨 사쓰마로 피신시킬 작정인 것이다……

하야미와 아카시는 열렬한 예수교 신자였기 때문에 하루나가와 달리 히데요리를 사쓰마로 피신시켜 필리페 3세의 원군을 기다릴 셈인 모양이다.

아시다 성채의 은신처는 헛간으로 만든 벼창고로, 넓이 5칸에 길이는 겨우 3칸이 될까…… 차츰 어두워지는 저녁 빛으로 안은 벌써 어두컴컴했다.

하야미 가이는 그 안으로 히데요리의 손목을 잡아끌더니, 두말 못 하게 그의 뒤에서 투구를 벗겨 볏섬 위에 얹었다. 이제는 마표도 없고 한 폭의 깃발도 없다. 겨우 투구 하나만이 패장의 장식물로 남았다.

그때 별안간 요도 마님의 높은 울음소리가 터져 나왔다.

오쿠하라 도요마사는 하루나가를 짊어진 채 새삼 그 인원수에 놀랐다. 다다미 1000장이 깔린 대 접견실 상단의 반도 안 되는 좁은 장소에 몸둘 곳도 없을 만큼 많은 남녀가 들어찼다. 물론 히데요리와 요도 마님을 뒤따라온 사람들인데, 그렇다 해도 어떻게 이 많은 사람들이 들어올 수 있었는지…… 60명……아니, 더 될지도 모른다.

'만약 여기에 대포 한 발을 쏜다면……'

몸을 떨며 눈길을 모으다가 도요마사는 소리 질렀다.

"앗!"

'작은마님이 보이지 않는다! 센히메 님이……'

그의 생각으로는 요도 마님이 센히메의 손을 놓을 리 없었다. 그녀의 분노는 이미 광란의 야차와도 같았다. 자기와 이에야스 사이 마음의 통로에 어떤 장애물이 있었는지 냉정하게 생각할 수 있는 사람이 아니었다. 따라서 자결할 때 반드시 센히메도 길동무로 데려갈 것……이라고 도요마사는 믿고 있었다.

'아뿔싸!'

그는 하루나가를 아들 하루노리에게 맡겼다.

"우선 상처부터 치료하십시오."

그리고 곧바로 사람들을 헤치면서 요도 마님한테 다가갔다.

알고 보니 모습을 감춘 것은 센히메만이 아니었다. 요도 마님과 둘이서 경쟁하듯 센히메에게 바싹 붙어 있던 교부쿄 부인도 역시 보이지 않았다.

'도망갔구나!'

그것은 무모하다기보다 도요마사에 대한 큰 도전이었다.

'히데요리와 센히메, 요도 마님도 죽게 하지 않겠다.'

그것이 오쿠하라 도요마사가 야규 무네노리에게 걸고 있는 마음속 고집이었다.

"마님, 작은마님을 놓치셨군요?"

말할 것도 없는 일이었으나 도요마사는 확인하지 않을 수 없었다. 그만큼 그는 당황하고 있었다.

또다시 이상한 소리로 울며 요도 마님은 쓰러졌다.

"도요마사, 뒤쫓아가서는 안 돼!"

"예? 그건……왜 그렇습니까?"

"내가 명령했어요! 내가 센히메에게 부탁했소."

너무나 뜻밖의 말에 도요마사는 자신의 귀를 의심했다.

"뭐, 뭐라고 하셨습니까, 마님?"

"내가 센히메에게 부탁했어요. 주군의 목숨을 구할 수 있는 것은 센히메 말고는 없소. 용서해다오, 모두들……."

그 비명에 가까운 울음소리를 듣고 도요마사보다 히데요리가 몸을 내밀었다.

"뭐, 센히메가 내 목숨을 구하려고……?"

히데요리의 표정에 다시 핏기가 되살아났다. 아마 요도 마님은 혼자 생각으로 센히메를 도망가게 한 모양이다.

히데요리는 치를 떨면서 어머니를 나무랐다.

"이제 와서 무슨 쓸데없는 짓을! 부끄럽다고 생각하지 않습니까? 아니, 센히메가 무사하게 성을 빠져나갈 수 있을 거라고 생각하십니까?"

"용서해다오. 나는 주군을 그냥 죽게……."

심한 울음소리 때문에 더 이상 들리지도 않았다.

오쿠하라 도요마사는 꼼짝하지 않고 요도 마님을 내려다보고 있었다.

'그래, 역시 이것이 어머니의 모습인가…….'

그것은 감동이라기보다 어쩔 수 없는 운명을 느끼게 했다. 어머니가 자식을 사랑한다……는 건 어떤 적이나 어떤 이성의 울타리로도 막을 수 없는 폭포수처럼 무서운 것이었다…….

히데요리의 날카로운 목소리가 들렸다.

"도요마사! 뭘 하고 있나? 빨리 작은마님을 찾아 이곳으로 데리고 와! 흥분에 사로잡힌 무사들 손에 들어가면 어떻게 될지 모르지 않느냐!"

오쿠하라 도요마사는 그 말에는 그리 놀라지 않았다.

'이분도 역시 작은마님을 사랑하고 계신다.'

"염려 마십시오."

그렇게 말해주고 싶었지만 삼갔다. 차츰 침착을 되찾은 도요마사는 센히메가 무사하리라는 확신이 있었다. 만일의 경우에는 남몰래 구출하게끔 그가 미리 손써둔 사람이 둘 있었다. 한 사람은 오노 하루나가의 가신 요네무라 곤에몬(米村權右衛門)이고, 또 한 사람은 호리우치 우지히사(掘內氏久)였다. 거기에 소녀 때부터 곁에서 시중들어온 교부쿄 부인이 붙어 있다면 일단 염려할 필요 없으리라. 곤에몬이나 우지히사가 공격군 앞으로 데려가고, 교부쿄 부인이 센히메라는 사실을 알리면 아무리 미쳐 날뛰는 자라도 해를 끼칠 리 없다.

그보다도 문제는 센히메와 떨어지게 된 히데요리와 요도 마님을 어떻게 구해내는가 하는 것이었다.

'자칫하다간 무네노리가 말한 대로 될 것 같군.'

야규 무네노리는 우선 센히메를 시켜 구명을 청하게 하고 그때부터 두 사람을 구출한다는 생각이었다. 그렇게 되면 쌍방이 체면도 서고 센히메의 부도(婦道)도 서는 여러 사람에게 두루 좋은 계획이었다.

'그렇듯 호락호락하게 될 리 있나.'

도요마사는 마음속으로 그것을 조롱하고 있었다. 그보다는 누군가 적의 공겨군 대장이 세 사람 앞에 나타났을 무렵 비루 ㅅ 센히메에게 말을 시킬 작정이었다.

"세 분을 오고쇼 앞으로 모시고 가라. 내가 직접 말씀드릴 일이 있다."

그리하여 그들을 호위해 가면 일이 단번에 해결될 것을…… 그런데 요도 마님의 가련한 모성애 때문에 빗나가버렸다.

센히메가 없어진 뒤에도 공격군 대장이 과연 그의 청을 받아들일지 어떨지? 도쿠가와 가문 대대로 내려오는 가신들이 히데요리와 요도 마님에게 품는 증오는 상상을 초월한다. 살려주기는커녕 '죽은 자에게는 입이 없다'고 오히려 없애버리려 할 것이다.

히데요리가 다시 조바심내며 소리 질렀다.

"도요마사! 센히메를 찾으라는데 뭐 하고 있나?"

"알겠습니다."

도요마사는 하는 수 없이 밖으로 나갔다.

밖은 벌써 어두웠고 불빛이 기분 나쁘게 하늘을 뒤덮고 있었다. 총소리는 이미 사라지고 칼싸움 소리도 들리지 않았다. 공격군은 아마 바깥성, 아랫성에 수비군만 남기고 물러간 모양이었다.

지금쯤 자우스산의 이에야스 본진과 오카야마의 히데타다 본진에는 떠들썩하게 전승축하가 밀려들고 있을 것이다. 도요마사는 새삼스럽게 벼창고를 돌아보며 탄식했다.

"처음부터 이렇게 될 것이 뻔했는데……."

문을 닫은 성채의 담 사이로 한 줄기 가냘픈 불빛이 새어 나올 뿐 물을 끼얹은 듯 고요했고, 불길이 반사되는 성채 안에는 사람 하나 고양이 한 마리 보이지 않았다.

'죽을 사람은 죽고 도망갈 사람은 도망갔다…….'

방약무인하게 자기 존재를 뽐내고 있는 것은 불꽃 그림자뿐…….

도요마사는 별안간 서둘러 걷기 시작했다. 그의 활약은 지금부터 시작인 것이다. 이에야스와 부네노리는 자기를 오사카성 안에 삽입시킨 아군으로 알고 있을 테지. 그러나 그는 남의 지시로 움직이는 고용인이 될 사나이가 아니었다.

'어찌 남이 시키는 대로 살아가랴…….'

도요마사는 걸어가면서 몇 번이나 침을 뱉었다.

"나는 내 고집대로 살아간다……!"

그런 고집을 관철할 수단이 요도 마님 때문에 크게 틀어져 버렸다. 오늘 밤에는 아마 이곳까지 올 자가 없을 것이다. 히데요리의 은신처가 여기인 줄 아는 자는 모두 벼창고에 들어가 있기 때문이었다.

문제는 내일이었다. 날이 밝으면 이에야스와 히데타다의 직속무사들이 혈안이 되어 히데요리 모자를 찾을 것이다.

만일 센히메가 오늘 밤 안으로 아버지와 할아버지에게 구명요청을 해서 살려주기로 했다고 하자…….

거기까지 생각한 도요마사는 흐흥 하고 웃었다. 그 자신이 만일 도쿠가와 가문의 근위장수라면 그토록 갖은 방법을 다해 화의를 권했는데도 거들떠보지 않던 상대를 용서해 줄 리 없었다.

"반드시 벤다!"

그러나 베어버리게 만들어서는 오쿠하라의 고집이 서지 않는다.

'차라리 아카시나 하야미가 생각하고 있는 것처럼 남몰래 수문으로 배를 내어 사쓰마로 피신시키는 편이 나을지도 모르겠다…….'

그것을 알면 무네노리는 머리끝까지 화가 치밀 것이다. 그러나 지금으로서는 그를 화나게 할 만큼 무섭도록 자신을 지키는 사나이가 되지 않으면 안 된다…….

깨닫고 보니 화재의 불빛에 자신의 모습이 땅 위에 그림자를 드리우고 있다. 도요마사는 급히 버드나무 그늘로 걸음을 옮긴 뒤 이번에는 거기 있는 배를 매는 돌에 걸터앉아 다시 생각에 잠겼다.

붉은 것은 하늘뿐이 아니고 물이 꽉 찬 강의 수면도 뜨거울 정도로 선명하게 불타고 있었다. 그 강 건너편에서 타오르는 포위군의 화톳불이 기슭에 불길의 줄을 짓고 있었다.

'이 모든 게 불타버린다면 속이 후련하겠는데.'

문득 목덜미의 땀을 손바닥으로 훔쳐내는데 수문 어귀의 흙담 끝에서 시커먼 그림자가 떠올랐다.

"나리, 오쿠하라……나리님이십니까……?"

수리죽인 젊은 사내의 목소리였다.

오쿠하라 도요마사는 그쪽으로 다가가는 대신 재빨리 사방을 둘러보았다.

"누구냐? 나오너라."

"예, 소자부로(宗三郞)입니다. 작은마님께서는 무사히 자우스산 진지로 가셨습니다."

야마토의 오쿠하라에서 데려온 일족인 이 젊은이는, 아마도 센히메를 도망가게 한 것이 도요마사의 지시인 줄 알고 있는 모양이다.

"그래, 무사히?"

"예, 도중에 간담이 서늘한 일이 두세 번 있었습니다만 모든 일이 계획한 대로 됐습니다."

"계획한 대로?"

"불길이 어찌나 빠른지 천수각 밑의 돌축대에서 빈 해자 안으로 교부쿄 님을 밀었을 때는 어떻게 되실까 싶어 조마조마했습니다."

"빈 해자에 떠밀어버렸나⋯⋯?"

"예, 호리우치 님과 요네무라 님의 계획이었지요. 작은마님은 혼자 성 밖에 나가는 것은 싫다고 하셨습니다. 주군과 함께 자결하시겠다고⋯⋯ 나는 할아버지의 손녀도 아니고 아버지의 딸도 아니다, 이 성에서 자란 히데요리 님의 아내⋯⋯ 라고 말씀하시며 떼를 쓰셔서⋯⋯."

도요마사는 가로막았다.

"알았다! 그래서 빈 해자에서부터는 어떻게 되었느냐?"

"기절하신 그대로 세 사람이 들쳐업었습니다. 저희들도 물론 보이지 않게 숨어서 호위했는데, 빈 해자를 다 건넜을 무렵 건너편은 온통 불바다⋯⋯ 이제 나갈 곳이 없구나 하고 망설이고 있는데 적의 공격⋯⋯."

젊은 무사는 지금도 눈앞에 붉은 불길을 보고 있는 듯 두 손으로 허공을 헤쳐 보였다.

"이제 절망이다 싶었을 때, 호리우치 님이 소리높이, 여기 계신 분은 센히메 님이시다! 히데요리 님 부인이다⋯⋯하고 결국 신분을 밝혔습니다."

젊은이는 한숨을 내쉬었다.

오쿠하라 도요마사는 이미 그를 보고 있지 않았다. 히데요리의 은신처에 지그시 시선을 던지며 듣고 있다.

"작은마님인 줄 알자 저편에서도 깜짝 놀라며……아, 분명 사카자키(坂崎)라고 했습니다…… 사카자키 데와노카미(出羽守) 님……이리하여 사람들 수가 늘어 불길 사이를 누비고 나간 곳은 긴장이 풀릴 만큼 시원한 네코마강(猫間川)가……거기서 탈것을 발견하여 그대로 자우스산으로 가셨습니다."

"……"

"아마 곧 진막에 도착하실 겁니다. 그 뒤 저는 다시 지시하신 대로 강줄기를 따라 이 버드나무를 목표로 작은 배를 타고 왔습니다. 그런데 나리."

"……"

"사람 마음은 알 수 없는 것이어서…… 돌아와 보니 오쿠하라에서 함께 온 자들의 수가 반으로 줄어 있었습니다. 전사한 게 아닙니다. 불길에 쫓겨 모두 흩어졌다……고 생각하시면 좋겠습니다만. 오쿠하라에서 함께 온 자들 가운데 나리를 배반할 겁쟁이는 한 사람도 없습니다…… 예, 한 사람도 없을 겁니다."

도요마사는 일어섰다.

"수고했다! 그 작은 배……를 소중히 아무 눈에도 띄지 않게 갈대밭에 숨겨두어라."

"……예."

"지금부터가 중요하다, 발각되지 않도록."

젊은 무사가 사라지자 사방은 더욱 무시무시한 불길…… 그 아래를 도요마사는 다시 한 걸음 한 걸음 헤아리듯 한참 동안 걸어가고 있었다.

센히메의 탈출은 여차할 때 세 사람을 구해낼 한 가지 수단으로서 그가 생각한 대로 실현되었다. 요네무라 곤에몬은 이에야스와도 안면 있는 오노 하루나가의 중신이었고, 도중에 만났다는 자가 자신의 종형제 야규 무네노리와 친교 있는 사카자키 데와노카미였다면 센히메의 신변은 더 이상 염려할 것 없다.

세상에서는 사카자키 데와노카미를 우키타 히데이에의 혈연으로 알고 있으나 실은 조선사람……이라고 도요마사는 무네노리한테서 들었다. 분로쿠 싸움(일진왜란) 때 조선땅에서 우키타 히데이에가 데와노카미 덕으로 목숨을 건졌을 만큼 은혜 입은 모양이었다. 그리하여 혈연이라고 하며 우키타 성을 주어 우키타 나오모리(宇喜多直盛)라고 부르며 일본에 데리고 왔는데 세키가하라 전투 때 이 나오모리는 이에야스에게 가담했다. 이에야스에게 명분이 있는 싸움……이라고 이국태생인 그는 확실히 결론 내리고, 태평세상의 도래를 위해 견마지로의 충성을 다했던 것이다.

"이국인이지만 기골과 담력이 뛰어난 무사!"

무네노리가 칭찬할 정도의 인물로, 이에야스도 그를 인정하여 세키슈 하마다(濱田)에 2만 석 영지를 내렸다. 그 나오모리가 우키타 가문 멸망 뒤에 성을 사카자키로 바꾸고 이름도 나리마사(成正)로 고쳐 사카자키 데와노카미 나리마사라고 들었다.

그 사카자키가 함께 수행했다면 센히메의 신변은 무사할 것이다. 그러나 센히메가 무사하다는 사실이 지금 오쿠하라 도요마사의 무사로서의 고집과 충돌했다.

센히메만 구출되고 히데요리와 요도 마님은 자결하게 된다면 대체 어떻게 될 것인가? 이에야스는 손녀만 살려내고 다이코의 외로운 유자는 냉정하게 죽게 내버려 둔 이기주의자라는 평을 들을 것이고, 그렇게 되면 오쿠하라 도요마사는 야규 무네노리의 우려조차 이해하지 못한 어리석은 촌놈으로 전락하고 만다. 아니, 그런 세평 따위는 지금 개의치 않기로 하자.

'오쿠하라 도요마사는 대체 무엇 때문에 집과 고향을 버리고 오사카성에 들어왔던가……?'

그도 천하대란을 틈타 날뛴 무리로서 일족도당들과 함께 출세를 목표로 오사카에 몸을 팔아먹은 떠돌이무사의 하나……라는 오해받는다면, 무도검(無刀劍)의 검법을 천지의 뜻으로 삼는 야규 세키슈사이의 제자라는 긍지는 대체 어떻게 되는가……? 작게 보면 자기를 믿고 따라온 부하들에게 미안하고, 종형제인 무네노리도 볼 낯이 없다.

불빛 아래로 걸어가면서 도요마사는 다시 중얼거렸다.

"문제는……무슨 일이 있어도 구출해야 한다."

그러나 그것은 그의 고집스러운 술회일 뿐 사태해결로 통하는 길은 아니었다. 사실은 '어떤 방법을 쓰면 구출할 수 있을까?'에 달려 있었다.

정신 차리고 보니 도요마사는 다시 버드나무 밑에 앉아 히데요리 모자가 숨어 있는 장소를 삼킬 듯한 시선으로 쏘아보고 있었다.

고독한 충절의 칼날

　그날 가타기리 가쓰모토는 자우스산과 오카야마 진영으로 가서 전승축하인 사를 하고 구로몬 어귀의 자기 진막으로 돌아오자, 걸상을 막사 밖으로 들고나 오게 하여 밤하늘을 불태우는 본성의 불길을 언제까지나 바라보고 있었다.

　얼굴도 목덜미도 저며낸 듯 홀쭉하게 여위어 있다. 결코 계속된 싸움 때문이 아니라 '도요토미 가문 존속'에 대한 그 이상한 집념 때문이었다.

　성안 사람들이 그를 배신자라고 부르며 내통했다고 생명까지 노리는 판국이니 '이제 더 이상은!' 하며 미워할 수 있을 것 같았으나 감정은 전혀 반대였다.

　'우라쿠 님이 부럽구나.'

　오다 우라쿠는 슨푸에서 다시 교토로 돌아가 다도삼매(茶道三昧)를 구실삼아 이 싸움에서 방관자가 되어 있었다. 그러나 가타기리 가쓰모토는 아무래도 그렇 듯 냉정해질 수가 없었다.

　'움직이면 움직일수록 거듭 오해받을 결과가 되는데……'

　그것을 알면서도 더욱 이에야스의 곁을 떠나지 않고 칼과 창을 들고나와 마음 에도 없는 싸움을 하고 있다.

　'업보다……! 단념하지 못하는 이 미련함이 나의 업보야!'

　경우에 따라서는 이에야스에게 아부해서라도 자기만 살아남으려 허우적거리 는 보기 흉한 속물로 보일 것이다. 그런 의미에서는 우라쿠가 훨씬 슬기롭고 고상 한지도 모른다. 그 우라쿠조차 용서하고 보호해 주는 이에야스였다. 결코 히데요리를 멸망시키겠다든가 없애버리겠다는 생각을 할 리 없다……는 데 그의 집념이 되는 불씨가 있었다.

무인의 우두머리로서 쇼군이 모든 정치를 위임받은 지금의 일본…… 그렇다면 비록 누구의 핏줄이든 그 명령에 승복하는 게 도리이다. 다이코 치하에서 255만 7000석의 방대한 영지와 무력을 지녔으면서도 이에야스가 충실하게 원로의 한 사람으로서 섬겨왔듯, 한낱 영주로서 히데요리는 장인인 쇼군의 통치권 밖에서 살 수 없는 것이다…….

그러나 그것은 어디까지나 머리로 이해하는 도리일 뿐, 감정이 아니었다. 도리상으로 말하면 겨울싸움, 여름싸움, 이렇듯 두 차례에 걸쳐 반기를 든 히데요리다. 도요토미 가문의 존속은커녕 목숨을 구해달라고 사정할 여지도 없었다.

그러나 감정은 그렇듯 간단히 처리되는 것이 아니었다.

지금도 머리 위에 붉게 펼쳐진 밤하늘에서 히데요시의 목소리가 천지를 감싸고 있는 것 같았다.

"가쓰모토, 히데요리를 부탁한다."

'모두 내 기량이 모자란 탓…….'

시대의 추이를 가신들에게 철저히 이해시킬 설득력이 있었더라면 이렇듯 비참한 지경에 이르지 않았을 것이다…….

세키가하라 때도 무사할 수 있었던 오사카성이다. 그것이 지금 흔적도 없이 사라지고 있다……이 성은 다이코를 정상에 모신 가쓰모토 이하의 거친 무사들이 저마다 목숨을 초석에 새기면서 세운 위업의 탑이었는데…….

'탑은 사라졌다……그러나 히데요리는 아직 살아 있다!'

가쓰모토는 밤하늘을 바라보는 동안 하염없는 추억의 눈물 속에 빠져들고 말았다…….

다이코의 모든 위업이 재로 돌아간다는 것은, 가타기리 가쓰모토라는 인간이 무엇 때문에 이 세상에 태어났는가 하는 그 존재 자체를 지워버리는 일 같았다.

'순사했어야 했다……전하가 돌아가셨을 때…….'

자신의 생애는 도요토미 가문…… 아니, 실은 히데요시의 하시바 시절에 이미 끝났는지도 모른다. 그 무렵에는 단순한 충족감이 있었다.

그러나……다이코가 죽은 뒤에는 그렇지 못했다. 신분은 출세한 듯 보였으나 실은 짐이 무거워 어깨에서 늘 소리가 나는 나날이었다. 그리고 마침내 그 무거운 짐을 내던지지 않으면 안 될 판국으로 몰려버렸다…….

'아니, 내던진 것이 아니다. 히데요리 님은 아직 살아계신다.'

그래서 오늘도 서둘러 자우스산을 방문하고 오카야마의 눈치도 살피고 돌아온 것이 아닌가…….

"아버지, 뭘 보고 계십니까?"

어느새 왔는지 아들 다카토시가 말을 건네자 가쓰모토는 깜짝 놀라 눈물을 닦았다.

"너는 언제 오카야마 진에서?"

시간은 벌써 밤 11시가 가까웠다.

"아버지!"

날카롭게 불러놓고 다카토시는 주위를 꺼리는 목소리로 말했다.

"주군 일이 어렵게 될 것 같습니다."

"주군이라니……쇼군 말인가?"

가쓰모토는 우선 시치미떼고 물었다. 물론 히데요리라는 걸 알면서도 슬픈 아비의 조심성이었다.

"아니, 히데요리 님 일입니다."

"내게는 어떻건 히데요리 님은 너에게 주군이라고 불릴 사람이 아니다."

그런 일에 구애되는 아버지에게 다카토시는 혀를 찼다.

"쇼군은 센히메 님의 탄원을 들어주실 기색이 없습니다. 혼다 마사노부 님이 중재하신 구명탄원을 큰소리로 꾸짖었습니다. 저는 옆에서 이 눈으로 보았습니다."

"그래, 뭐라고 하시던가?"

"아내는 남편을 따라 순사하는 게 도리이거늘 센히메는 어찌하여 히데요리와 함께 자결하려 하지 않느냐, 혼자 성을 탈출하는 것은 천만부당한 일…… 센히메에게 자결하도록 일러라."

"그래……그러나 그건 말의 이치이다. 말의 이치가 반드시 사람의 본심이라고는 할 수 없지."

"제게는 그렇게 보이지 않았습니다."

"혼다 마사노부 님이 중재하셨겠지?"

"예."

"염려하지 마라. 마사노부 님은 오고쇼의 속마음을 잘 알고 있어. 오고쇼는 작은마님의 정절을 보고 히데요리 님과 요도 마님까지 살려주실 생각임이 틀림없어. 조금 더 조용히 기다려보자."

다카토시는 자신 있게 잘라 말했다.

"그런데 그렇게는 안 될 겁니다! 쇼군은 내일 아침 타고 남은 성채를 모조리 이 잡듯 수색하라고, 이제 와서 항복하는 자는 한 사람도 용서하지 않는다고 벌써 명을 내리셨습니다."

가쓰모토의 얼굴빛이 달라졌다.

"뭐, 이 잡듯……타고 남은 성채를…… 분명히 그렇게 말씀하셨나, 쇼군께서?"

"예, 분명히!"

다카토시는 잘라 말하고 나서 갑자기 고개를 조금 갸웃했다.

"아참, 그리고 보니 그 전에 제게 한 가지 질문을 하셨습니다."

"네게……뭘 물으셨느냐?"

"아직 불타고 있어 무엇이 남을지 모르겠으나 그대는 성안에 자주 출입했으니 어떤 건물이 어디에 있는지 잘 알겠지. 다다미 1000장짜리 큰 방에 있던 시체 가운데 히데요리의 것은 없었다. 히데요리가 대체 어디 숨어 있을 거라고 생각하느냐……고 물었습니다."

가쓰모토의 얼굴이 실룩실룩 경련을 일으켰다. 그러나 목소리만은 뜻밖에도 잔잔했다.

"그래서 뭐라고 대답했느냐?"

다카토시는 고개를 저었다.

"끝내 패전이라고 판단하면 천수각이나 다다미 1000장 방에서 할복…… 그 밖의 장소에 숨어계실 거라고는 생각되지 않는다고."

"음, 그러니까 쇼군은?"

"강줄기도 엄격히 감시하고 있으니 성안에 숨어 있는 게 분명한데, 모르겠단 말인가……하신 뒤, 이어서 나오타카 님을 불러 타고 남은 성채를 모두 부수라고 명하셨습니다."

"그럼, 그때 그 자리에 있던 분들은?"

"경비대장 아베 마사쓰구, 안도 시게노부(^{아오쓰구}_{의 동생}) 님입니다."

"아베 님과 안도 님이라……"

"왜 그런 것을 물으십니까? 어쩌면 아버님은……?"

거기까지 말하고 다카토시는 목소리를 낮추었다.

"주군이 숨으신 곳을 아시는 게?"

가쓰모토는 강하게 고개를 흔들고 아들을 꾸짖었다.

"뭐……뭘, 내가 알아! 허튼소리 하지 마라."

"잘못했습니다. 아버님이나 저나 성 밖에서 함께 싸웠으니…… 그러나 수색해도 발견 못 하면 아버님에게 수색명령을 내릴지도 모르겠군요."

가쓰모토는 눈을 감은 채 대답하지 않았다. 어느 성에나 위급한 경우에 대비한 밀실이나 비밀통로는 있는 법이다.

'오사카성의 그곳을 알고 있는 것은 가타기리 부자……'

누구나 그렇게 생각할 것은 당연했고, 최근까지 금고에 있던 황금의 양까지 자세히 알고 있던 가쓰모토였다.

"혼다 마사노부 님도 그 은신처를 알려고 작은마님의 시녀에게 이것저것 물어본 모양입니다. 그러나 작은마님도 교부쿄 부인도 천수각에서 본성으로 나올 때까지는 함께 있었으나 그 뒤부터는 모르는 모양…… 아버님 같으면 대체 어디로 모시고 가시겠습니까? 이것은 아들인 저도 묻고 싶은 질문입니다."

"얘야."

"예."

"나는 쇼군님에게 다녀오마. 쇼군께서는 아직 주무시지 않겠지?"

그 말을 하고 갑자기 일어난 아버지의 표정이 흙빛으로……여겨지는데, 가쓰모토가 심한 기침을 했다.

기침 소리가 심상치 않다……고 생각한 다카토시는 얼른 아버지 등 뒤로 돌아갔다. 뭔가 가슴속에서부터 콧구멍까지 꽉 막아버린 것 같은 절박한 기침이었다.

"아버님! 정신 차리십시오."

힘껏 등을 두들기고 있는 동안 욱, 하고 뭔가를 토해냈다. 뜨뜻한 액체가 입에 갖다 댄 손가락 사이로 흘러내려 다카토시의 손까지 미끈미끈하게 적셨다.

"체하신 것 아닙니까? 어쨌든 어서 안으로 들어가십시오."

오물이 묻은 손으로 이마를 짚어보니 깜짝 놀랄 정두 로 열이 높았다. 감기인가? 아니면 열병인가?

진막 안으로 부축해 들어가 불을 켜자, 다카토시는 깜짝 놀라고 말았다. 토해 낸 것은 시꺼먼 핏덩이였다. 그 피 묻은 손으로 이마며 목덜미며 어깨 등을 다카토시가 만졌으니 보기에도 흉측한 꼴이 되어 있었다.

"게 누구 없느냐, 어서 물을 가져오너라."

이 무렵 가쓰모토는 폐병에 걸린 몸으로 무리한 탓에 이미 생명의 불길이 꺼져가고 있었던 모양이다. 심한 각혈이 호흡을 막아 그대로 질식할 뻔했던 것이다.

진막 안으로 옮겨져 피를 닦는 동안 가쓰모토는 몸이 축 늘어져 눈을 감고 있었다. 그 자신은 이미 각혈이라는 것을 알고 있었다.

잠시 뒤 가쓰모토는 열에 들뜬 눈을 뜨고 아들을 불렀다.

"얘야······."

"왜 그러십니까? 좀 더 가만히 계십시오."

"내가······오늘 밤에는 오카야마의 진지에 못 가겠구나······."

"그럼, 제가 가볼까요?"

가쓰모토는 천천히 고개를 저었다.

"내일 아침에 가도 된다. 내일 아침 내가 가지."

"그럼, 조용히 쉬십시오."

"그럴 수는 없지. 남겨둘 말이 있다."

"남겨두실······?"

"그래, 이제 나도 얼마 남지 않았다. 알고 있어. 이만하면 됐어."

"무슨 그런 약한 말씀을."

"주군 말이야."

"······예, 히데요리 님 말씀이지요?"

"난 알고 있어. 주군이 어디 숨어 계신지."

"역시······그럴 거라고 생각하고 있었습니다만."

"핏덩이가 목구멍에서 막힐 때면 나는 언제나 놀아가신 다이코 전하께서 커다란 손바닥으로 내 코와 입을 송두리째 틀어막는 것 같아. 이 못난 놈 같으니, 죽어버려라······하시면서."

"무슨 터무니없는 말씀을……."

"아니, 그것도 괜찮다…… 그런 때는 나도 반항하지. 이 가타기리 가쓰모토가 히데요리 님을 그냥 죽게 내버려 두는 자인지 어떤지 두고 보십시오, 하고……지금 그 싸움에서 내가 이겼다…… 나는 그 손을 제거했어…… 나는 내일 아침 일찍 오카야마에 가서 쇼군님께 주군을 치지 않도록 부탁하고 오겠다."

그리고 잠시 사이를 두었다가 힘없이 기침을 했다.

"그러나 내게 만일의 일이 생긴다면 네가 대신 가줘야 한다."

"만일의 일……이 어찌 일어나겠습니까? 마음을 든든히 가지십시오."

말은 그렇게 하면서도 다카토시 역시 많은 피를 토한 아버지의 병이 이미 가볍지 않다는 것을 여러모로 느끼고 있었다.

다카토시는 눈짓으로 측근무사를 물리치고 다시 한번 찬물로 얼굴로부터 목까지 정성스럽게 닦아주었다.

가쓰모토는 아들이 하는 대로 몸을 맡기고 천천히 말을 이었다.

"주군은 아시다 성채의 벼창고에 숨어계실 게 틀림없어. 내가 옛날에 말한 적이 있지. 만일 이 성에 적군이 쳐들어오는 날이면 도망갈 곳이 두 군데 있다고……."

"두 군데……입니까?"

"그러나 그 가운데 한 곳은 전에 해자를 매립할 때 밖에서 입구를 막아버렸기 때문에 지금 사용할 수 없다. 그러니 남은 곳은 아시다 성채의 그 창고뿐이야."

"그렇겠군요……."

"그 창고는 그런 경우에 주군을 둘러싸기 위해 금병풍이 두 벌 들어 있다. 무사는 준비성이 있어야 한다고 여겨서. 그러니 그 금병풍이……오늘 밤 요긴하게 쓰이고 있을 거야."

"아시다 성채…… 그 은신처에서 대체 어디로 달아날 수 있습니까?"

"강줄기야. 배를 이용하는 거지. 벼처럼 보이게 해도 되고 잡곡, 야채 따위로 보이게 해도 돼. 아무튼 뭔가 싣고 위에 가마니를 덮으면 설마 그 밑에 사람이 숨어 있을 줄 알겠느냐? 이렇게 해서 강줄기로 내려가면 시마즈의 배가 기다리고 있지…… 그것이 만일 경우의 내 계획이었다."

"그렇다면 지금도 그와 똑같은 생각으로 숨어계시리라……는 겁니까?"

"달리 좋은 방법이 있을 리 없으니까…… 그리고 성안의 예수교 신자들은 아직도 스페인에서 구원선이 오리라는 꿈을 꾸고 있다. 그러므로 우선 주군을 사쓰마로 피신시켜놓고 원군의 도착을 기다릴 생각일 거야."

"옳거니! 그런데 과연 그것이 성공할까요?"

"바로 그 말이야. 지금에 와서는 그런 게 모두 꿈이지, 꿈에 지나지 않아. 그래서 네게 말해두는데 만일 나에게 무슨 일이 생긴다면 네가 오고쇼에게 가서 호소하도록 해라, 알겠지? 오고쇼에게 말이다."

다카토시는 의아한 듯 고개를 갸우뚱했다.

"아버님은 아까 오카야마 진지로 쇼군을 방문하시겠다……고 하셨지요?"

"그래, 아버지는 쇼군에게 간다. 그러나 너는 오고쇼에게 가야 한다, 알겠지. 쇼군은 주군의 구명에 반대시다. 그러므로 아비가 가서 탄원할 생각이지만 너는 쇼군을 움직일 수 없다. 그래서 너는 오고쇼 앞으로 달려가 주군이 어디어디 계시니 꼭 살려주십사고, 아버지가 그런 말을 하고 숨을 거두었다……고 말씀드려라. 알겠느냐? 그런 경우 네가 뛰어갈 곳은 오고쇼 진지다."

다카토시가 고개를 끄덕이자 가쓰모토는 비로소 스르르 잠에 빠져들었다.

'아직 돌아가시지는 않겠지!'

그러나 바로 조금 전까지 무거운 갑옷차림으로 싸웠던 사람으로는 도저히 믿어지지 않는 안타깝고 가냘픈 숨소리였다.

다음 날 8일 아침.

다카토시는 거의 잠자지 않고 아버지를 간호했으나 날이 샐 무렵 깜빡 졸고 말았다.

깜짝 놀라 눈을 뜨니 아버지는 벌써 일어나 있었다. 얼굴빛은 여전히 창백했으나 지난 밤에 '죽음'을 이야기하던 사람 같지는 않았다.

벌써 누구에게선가 이야기를 들은 모양인지 가져온 향로에 향을 피우면서 천천히 말했다.

"역시 오고쇼는 주군을 구명하실 생각이 틀림없어. 난 지금부터 쇼군 진지에 문안드리러 가겠다. 오고쇼는 직속무장 가가즈메 다다즈미(加賀爪忠澄)와 도시마 교부(豊島刑部)를 성안으로 파견해 살아남은 자들의 성명을 섞어 올리게 하라고 명하셨다."

"명하셨다고……누구에게……? 모두 주군과 함께 숨어 있지 않습니까?"

"물론 하루나가지. 숨어 있더라도 누군가 아는 자가 있을 것이라 보시고 사자를 보내셨겠지."

가쓰모토는 쓸쓸하게 미소지었다.

"오고쇼의 지혜는 여느 사람과 다르다. 생각하신 대로 살아남은 사람들 이름을 죽 적은 회답을 가지고 니이 부인이 성을 나온 듯하다."

"니이 부인이……?"

"그래, 하루나가도 부인을 시켜 주군과 요도 마님의 구명을 부탁할 생각인 게지…… 그러나 그 지혜는 오고쇼와 비교할 수가 없다…… 부인은 여자가 아니냐? 진지에 붙들어두고 누군가 고문이라도 하면 두말 않고 은신처를 자백할 거야. 그렇게 되면 내 고생도 모두 수포로 돌아가고 말지."

다카토시로서는 알 것도 같고 모를 것도 같은 아버지의 말이었다.

그러나 가쓰모토는 두 손을 합장하고 뭔가 기도하면서 그대로 일어섰다.

"오늘은 이렇다 할 싸움도 없을 테니 충분히 경계하면서 군사들을 쉬게 하여라."

아직 성안 이곳저곳에서 연기가 일고 있으나 이제 하늘을 가득히 뒤덮는 불길은 아니었다. 천수각 언저리의 하늘이 텅 비어 허전했고, 곳곳에 타다 남은 망루가 장난감처럼 작게 보였다.

'그래, 그런 뜻이었구나……!'

가쓰모토가 탈것을 준비시켜 오카야마로 떠난 뒤에야 다카토시는 비로소 아버지의 말뜻을 깨달았다. 아버지는 니이 부인의 입에서 히데요리 모자가 있는 장소가 누설되기 전에 자진해 히데타다에게 고발할 모양이었다.

"히데요리 님이 숨어 있는 곳은 아시다 성채."

그리하여 철저하게 도쿠가와 가문에 충성하는 것으로 보인 뒤, 히데요리의 구명을 탄원할 작정임을 깨달은 것이다.

'그렇지만……위험한 연극이다.'

어차피 부인 입에서 누설될 것을 가쓰모토가 고발한다면…… 단지 그 사실만 전해진다면 아버지는 '주군을 팔아먹은 발칙한 자'라는 오명을 쓰게 된다. 그러나 말릴 심정은 다카토시에게도 없었다.

'나는 알고 있다! 아들로서 아버님의 비애를 너무나 잘 알고 있다…….'

한편 오카야마 진지에 당도한 가쓰모토는 곧 히데타다 앞으로 안내되었다.

히데타다는 드디어 불탄 자리에 마지막 일격을 가할 부대를 동원하려고 도이, 이이, 안도 등과 도면을 에워싸고 불타버린 구역을 붉은 붓으로 지우고 있었다.

"오, 가쓰모토인가? 잘 왔네."

히데타다는 선뜻 회의를 중지하고 가쓰모토를 향해 앉았다. 가쓰모토가 무슨 일로 왔는지 이미 짐작하고 있는 건지도 모른다.

"나는 이제부터 자우스산으로 오고쇼님에게 전승축하를 드리러 갈까 하던 중이네."

그러고 나서 시동에게 작은 소리로 물었다.

"지금 몇 시인가?"

"예, 7시쯤 되었을 것입니다."

"그래? 9시까지 가면 되니 아직 시간이 있군. 실은 오노 하루나가가 보낸 나이 부인이 오고쇼 진지에 왔다는 소식을 들었어. 그대도 오늘까지 여러 가지로 수고 많았네."

히데타다는 오늘 아침 드물게 말이 많았다.

"실은 그 일에 대해······."

가쓰모토가 말을 꺼내려는데 다시 환한 표정으로 말을 이었다.

"나도 어젯밤 오고쇼님에게서 칭찬 말씀을 들었어. 전에는 없었던 일······이지. 마음에 드시지 않는 일도 있었을 터인데, 대체로 사기도 왕성하고 지휘도 좋았으니······ 이제부터는 통치에 더욱 힘쓰라, 앞으로 3년 동안은 영주들에게 에도성 수리를 명하지 말라······ 모든 사람들의 노고를 위로하시듯 말씀하시더군."

"그렇습니까? 언제나 변함없이 인자하신 말씀이군요."

"참 그렇군, 그때 그대 이야기도 나왔지. 가쓰모토에게는 몹시 심하게 굴었다······ 그러나 이제 싸움의 뿌리는 근절되었다, 앞으로 야마시로, 야마토, 가와치, 이즈미 가운데서 4만 석을 주라는 말씀이었어."

"참으로······고마우신 말씀을."

말하는 동안 가쓰모토는 눈물이 주루룩 흘러내렸다. 그러나 자기 때문에 운 것은 아니다. 아마 히데타다도 모든 것을 잘 알고 선수를 친 게 분명했다.

"이 네 영지 안에는 성도 3, 4개 있을 거야. 어느 곳이든 거처를 정해 노후를 유유히 지내는 게 좋겠지."

"황송합니다만, 드릴 말씀이."

"드릴 말씀……? 그래, 무슨 일인가?"

"히데요리 님이 계시는 장소가 성안의 어느 곳인지 니이 부인이 말씀드렸습니까?"

"아니, 아직 듣지 못했는데."

"그렇다면 제게 짚이는 게 있습니다."

"호, 그거 다행이로군."

히데타다는 이이 나오타카에게 흘끗 눈짓을 보냈다.

"하기는……가쓰모토라면 성안에 대해 개미통로까지 다 알고 있을 테니까."

"예, 아마 틀림없을 겁니다. 아시다 성채의 벼창고 안에……."

이번에는 이마에서 목덜미까지 구슬 같은 비지땀이 송알송알 맺혔다.

'용서해 주십시오. 다이코님……불초 가쓰모토가 하는 일생일대의 괴로운 연극입니다.'

히데타다는 아주 가볍게 대꾸했다.

"그래, 벼창고란 말이지?"

"예, 거의 틀림없을 겁니다. 그러니 그곳의 공격을 저에게 맡겨주셨으면 합니다. 이렇게 부탁드립니다."

히데타다는 또 한 번 이이 나오타카에게 가벼운 시선을 보낸 뒤 천천히 고개를 저었다.

"그건 늦었는데, 이미 결정되었어."

"결정되었다……니요?"

기를 쓰며 되묻는 가쓰모토에게 이이 나오타카가 무뚝뚝한 목소리로 대답했다.

"그 언저리 청소는 내가 모두 하기로 했소. 이미 선봉대가 출발했을 거요."

"아니, 벌써 출발을……?"

힘없는 목소리로 중얼거리다가 가쓰모토는 미친 듯 히데타다를 향해 외쳤다.

"부탁입니다! 그 임무를 제게 분부해 주십시오…… 그렇지 않으면 가타기리 가쓰모토 부……부……불충한 자가 되고 맙니다!"

이번에는 옆에서 도이 도시카쓰가 동정하듯 끼어들었다.

"그건 염려할 것 없소. 가쓰모토 님의 충성은 쇼군이며 오고쇼께서 잘 알고 계시오. 오늘 아침에도 이렇듯 히데요리 모자가 숨은 곳을 일부러 알리러 오시고…… 여느 사람은 할 수 없는 충성이오. 물론 그렇기 때문에 오고쇼님께서도 노후를 위해 녹봉을 더 주시도록 염려하시고 계신 거지만……."

"도시카쓰 님!"

"예."

"너무나 야속한 조롱이오! 무사의 인정을 모르시오? ……그렇게 되면 이 가쓰모토는……."

말을 계속하려는데 도시카쓰가 큰소리로 꾸짖었다.

"그만하시오 가쓰모토! 쇼군님이 계신 자리요."

"예……."

"그대가 그렇게 말한다면 분명히 말하겠소만, 그대의 청은 안 될 말이오."

"무슨 까닭으로……?"

"그대가 일부러 알려주지 않아도 은신처 정도는 대강 알고 있소. 오고쇼님의 인정을 믿고 가타기리 가문의 장래를 잊어서는 안 되지요."

"그러나……."

"그래도 할 말이 남았소? 귀하도 어지간히 결단성 없는 사람이군. 잘 들으시오, 가쓰모토, 귀하가 결단 내려야 할 때 단호하게 결단했더라면 겨울과 여름의 두 싸움은 하지 않아도 되었을 것이오. 그대가 그걸 못하는 바람에 마침내 오사카 성이 오늘 이 모양이 된 것을 깨닫지 못하는 거요?"

"그렇기 때문에 청을 드리는……."

"안 되오!"

도시카쓰는 또 한 번 크게 소리 지르고 히데타다에게 고개 숙이며 자우스산으로의 출발을 재촉했다.

"이제 출발하실 시간입니다."

그리고 목소리를 낮춰 가쓰모토를 위로했다.

"실수는 한 번으로 충분하잖소, 가쓰모토? 쇼군과 오고쇼가 가타기리 가문이 뒷날 명분을 세울 수 있도록 특별히 배려해 주시는데 그대가 미련을 버리지 못해 일부러 또 짓밟을 것 뭐 있소? 그대는 지금 심신이 지쳐 있소. 이제 그만 편히 쉬시오. 알겠소?"

그 한마디는 가쓰모토의 가슴에 말할 수 없이 날카롭고 슬픈 칼침이 되어 꽂혔다.

그리고 그 말을 끝으로 모두들 자리에서 일어났다.

"윽……!"

일어서다 말고 앞으로 엎어지면서 가쓰모토는 두 손으로 입을 틀어막았다. 또다시 심한 기침이 나오려 했다. 여기서 피를 토하게 되면 그 길로 그의 생애도 끝날 것이다.

"자……자……잠깐만……."

가쓰모토는 입을 누른 채 속으로 되풀이 소리치면서 엎드린 채 온몸을 떨며 통곡하기 시작했다.

두견낙월(杜鵑落月)

아시다 성채 버창고 안의 밤은 찜통처럼 더웠다. 갠 것도 아니고 비가 오는 것도 아닌 장마철, 비좁은 곳에 수많은 사람들이 가득 들어차 있으니 무리도 아니었다.

여기서 밤을 보내게 되자 뒤섞여 있을 수도 없어 미리 넣어두었던 금병풍을 세워 셋으로 칸을 나누었다. 그 한쪽에 요도 마님을 비롯한 여성들, 안쪽은 히데요리와 시동들, 중간에는 살아남은 오노 하루나가, 모리 가쓰나가, 하야미 가이 이하의 무사들이 들어앉았다.

여성들의 머릿기름 냄새도 나지만 남자들은 대부분 부상 입거나 피가 묻어 있다. 그것이 장마철 더위에 땀으로 범벅되어 형언할 수 없는 악취가 코를 찔렀다.

오쿠하라 도요마사는 그런 창고 속을 들여다보고 밖으로 나가 한동안 밤공기를 쐬다가 또 안으로 들어가 사람들을 감시하곤 했다. 벌써 모든 사람의 얼굴에서 생기가 사라지고 이제는 발악할 기력조차 잃어버린 인간군상으로 보였다.

'조금만 더 참으시오.'

밤사이 몇 번 가랑비가 내렸으나 그 속에서도 도요마사는 무슨 일이 있어도 그의 목적만은 달성할 수 있도록……어떤 준비를 빈틈없이 해두었다. 어떤 준비…… 아니, 놀려서 말할 필요도 없는 일이다. 그것은 어떤 경우든 밀실에 갇혀 있는 인간을 괴롭히는 생리적인 욕구에 착안한 준비였다.

사람들은 한밤중까지는 모두 생리적인 욕구 따위는 잊어버린 듯 보였으나 한 소녀가 괴로운 표정으로 그것을 호소했을 때 도요마사는 찰싹 무릎을 치고 일어섰다.

벼창고 바로 옆에 측간을 만들 수는 없었다. 그래서 강변 가까이 버드나무 아래쪽의 갈대숲 옆에 흙을 파고 창고에 있던 가마니로 그 주위를 둘러쳐 볼일을 보게 했다.

"급하신 분들은 그곳으로."

모든 사람들에게 그렇게 말해주면서 그 임시측간 앞에 작은 배를 감춰두도록 부하에게 명했다. 만일의 경우에는 히데요리와 요도 마님을 생리적 용건으로 꾸며 유인하여 두말 못 하게 배로 실어낼 작정이었다. 그 준비가 되자 도요마사는 비로소 침착해질 수 있었다.

'과연 센히메의 구명탄원이 성공할까……?'

이에야스나 히데타다의 부하들이 당당히 맞으러 온다면 몰라도, 그렇게 안 된다면 두 사람의 몸만은 아무도 손대지 못하게 하리라 눈을 번뜩이고 있었다.

도요마사가 가장 두려워하는 것은, 더위에 지친 나머지 갑자기 발광하는 사람이 나오지 않을까 하는 것이었다. 발광한 끝에 자기 몸을 스스로 해치는 것은 고사하고 만일 칼을 휘둘러 히데요리나 요도 마님을 찌르게 된다면 큰일…… 그런 뜻으로 지그시 감시를 계속하다 보니 요도 마님은 도요마사가 놀랄 정도로 훌륭한 태도를 보였다.

'가장 미쳐 날뛸 사람…….'

그렇게 생각하고 있었는데 한밤이 지나서도 무릎조차 허물어뜨리지 않고 조용히 염주를 굴리며 염불을 외고 있었다. 그 시간이 실은 센히메의 구명에만 의지하고 있는 어머니의 모습……이라는 걸 알게 된 것은, 날이 새어 니이 부인을 이에야스에게 보낼 무렵이었다.

니이 부인을 이에야스에게 보낸 것은 이에야스에게서 가가즈메 다다즈미와 도시마 교부가 군사(軍使) 형식으로 와서 성안에 남아 있는 사람들 명단을 써내라는 지시를 전했기 때문이었다.

이 두 사람은 벌써 이 언저리 창고 안에 모든 사람들이 숨어 있는 사실을 어렴풋이 눈치챈 것 같았으나, 도요마사 부하들의 통지로 도요마사 자신과 모리 가쓰나가의 동생 가게유(勘解由)가 그들을 만났다.

가게유는 아직 살아남아 견전은 더 벌여보겠다며 버티고 있었다…… 그렇다 해서 아시다 성채로 그들을 쳐들어오게 하려는 것은 결코 아니었다. 그래서 저쪽에서는 아직 상당한 군세가 있다고 본 모양이었다. 니이 부인을 시켜 남아 있는 사람들 명단을 제출하기까지 점잖게 기다리고 있었다.

드디어 부인이 나갈 때 하루나가는 기어가듯 다가가 그녀의 귓가에 거듭거듭 속삭였다.

"여기 적힌 사람들은 모두 책임지고 자결하겠으니 히데요리 님과 마님만은 부디 구명해 달라고…… 알겠나? 히데요리 님은 시동 2, 3명, 신변을 돌봐줄 만한 사람으로 충분하고……마님도 시녀 한 사람으로 충분하니 부디 목숨만은 살려 달라고…… 알겠지, 그밖에는 한 사람도 살기를 원하는 자가 없다, 모두 깨끗이 죽겠으니 그 뜻을 오고쇼에게 잘 말씀드리도록……."

그때 요도 마님은 염주를 굴리던 손을 멈추고 똑똑한 목소리로 말했다.

"보기 흉하오, 하루나가. 나는 니이 부인의 구명으로 살 생각은 없소."

"아니, 그런 말씀은……."

"그렇지 않아. 내가 만일 살아남을 수 있다면 그건 센히메의 효심으로 구원받고 싶어. 무엇보다 센히메가 무사히 진막에 도착했는지 그걸 물어봐 주오."

그 말을 들었을 때 오쿠하라 도요마사는 자기 숙모의 목소리를 듣는 것 같았다. 야규 세키슈사이의 아내였던 숙모는 무슨 일에나 어머니는 자식을 위해 있는 것이라고 분명히 말했으며, 자기는 자식들이 효도를 할 수 있게 하기 위해 산다고 자주 말했다.

지금의 요도 마님도 그렇듯 맑은 심경인 모양이었다. 히데요리를 위해 센히메를 내보내고, 효도할 수 있도록 구원받고 싶다고…….

부인이 나가자 마님은 곧바로 다시 조용히 눈을 감고 입속으로 염불을 계속했다. 아마 오늘날까지 온갖 번뇌의 벌레가 꿈틀거릴 때마다 닥치는 대로 공격했던 과거의 죄업을 조용히 뉘우치고 있는 것이리라.

그러나 히데요리는 어머니처럼 고요하게 맑아진 느낌이 없었다. 그는 밤새 투덜대며 모기를 때렸고, 니이 부인이 나갈 무렵에는 견디다 못해 가마니에 기댄 채 추한 모습으로 잠들어 있었다. 불평하다 지쳐서 이젠 될 대로 되라고 모든 것을 포기해 버린 느낌이었다.

그 앞에서 꼿꼿이 자세를 허물어뜨리지 않고 앉아 있는 것은 사나다 다이스케⋯⋯그는 아직 아버지의 죽음과 그 마지막 말을 지그시 되씹고 있는 듯했다.

그 단정한 다이스케와 나란히 앉아 있는 15살의 다카하시 한사부로(高橋半三郎)와 13살 난 동생 주사부로(十三郎)가 앞머리를 내린 아름답기까지 한 모습으로 꾸벅꾸벅 무심하게 졸고 있었다.

니이 부인이 나가자 이 구역을 곧 이이 군이 둘러쌌다⋯⋯ 그들은 포위했으나 바로 공격해 오지는 않았다.

오쿠하라 도요마사는 안도의 한숨을 내쉬었다.

'이곳에 히데요리 모자가 숨어 있다는 사실을 니이 부인이 이에야스에게 말한 모양이다.'

그래서 이에야스는 모자를 보호하기 위해 이이 군을 파견했다⋯⋯고 해석한 것이었다. 그렇게 되면 오쿠하라 도요마사의 이상한 고집도 얼마 안 있어 관철되게 된다. 과연 누가 모자를 맞이하러 올 것인가? 아무튼 그 손에 두 사람을 인계한 순간 그의 사명은 끝나는 것이다.

그러자 이어서 이이 군 외에 안도 시게노부, 아베 마사쓰구 등의 기치도 보이기 시작했다.

"혼다 마사즈미 님도 공격군 속에 있습니다."

부하 한 사람이 그렇게 보고하자 오쿠하라 도요마사는 마음을 죄고 있던 긴장의 끈을 더욱 놓았다.

"왔구나, 마사즈미 님이⋯⋯!"

안도 시게노부와 아베 마사쓰구는 쇼군 히데타다의 측근이었지만 혼다 마사즈미는 이에야스의 대리역할까지 해내는 심복이다⋯⋯.

'아마 이분이 히데요리 모자를 맞이해 갈 것이다⋯⋯.'

그런 생각을 하자 도요마사는 벼창고로 돌아가 축 늘어져 있는 오노 하루나가에게 귀띔했다.

하루나가는 거의 반죽음 상태라고 할 수 있을 만큼 지쳐 있었으나 무서운 투지로 벌떡 일어나 시동들에게 명했다.

"주군께 세숫물을!"

물론 세숫대야나 물이 준비되어 있을 리 없다.

"예."

대답과 함께 히데요리의 머리를 매만지기 시작한 것은 17살 난 도히 쇼고로(土肥庄五郎)였다. 여자가 아닐까 착각할 만큼 앞머리를 내린 아름다운 모습의 그는 품속에 조그마한 손거울을 간직하고 있었다.

머리를 다 빗자 쇼고로는 그 손거울을 히데요리 손에 건네주며 말했다.

"밤새 잘 주무셨습니까?"

늘 하는 아침인사였으나 오늘은 소름끼칠 만큼 차디차게 가슴을 찌르는 말이었다.

"한사부로와 주사부로는 여느 때처럼 어깨를."

"예."

도히 쇼고로를 한창인 처녀로 본다면 다카하시 한사부로와 주사부로 형제는 아직 철없는 어린 소녀처럼 보인다.

두 사람이 좌우에서 살찐 히데요리의 어깨에 손을 댔을 때 히데요리는 비로소 쇼고로가 준 거울에 눈길을 떨구었다. 사실 그때까지도 히데요리는 아직 잠이 덜 깬 것처럼 보였다. 눈과 입이 몹시 취한 뒤처럼 흐늘흐늘했고, 마음의 초점도 잡히지 않은 느낌으로 멍해 있었다.

그러다가 거울 속의 자신과 대면한 순간부터 차츰 생기를 되찾았다.

"한사부로, 주사부로, 이제 그만."

두 사람의 손을 뿌리치듯 하며 황급히 수고를 위로했다.

"수고했다."

그런 다음 높은 창문으로 비쳐드는 광선 쪽으로 돌아앉아 다시 한번 자기 얼굴을 매만졌다.

오쿠하라 도요마사가 황급히 밖으로 뛰어나간 것은 그때였다. 표현할 길 없는 흥분된 감정이 일시에 통곡이 되어 나올 것 같아 그 자리에 앉아 있을 수 없었던 것이다.

오노 하루나가는 이미 움직일 수 없게 되어 있었다. 만약 일어날 수 있었다면 틀림없이 공격군 대장을 직접 만나러 갔을 것이다.

눈물을 참으면서 도요마사는 하늘을 올려다보았다.

'이상한 일이군……'

오늘도 햇볕이 나는 둥 둥 마는 둥 하는 장마 날씨라 해의 위치로 헤아리건대 그럭저럭 10시 가까이 된 것 같았다. 무더위는 얼마쯤 가라앉았고, 강 위에서 불어오는 바람이 보일락말락 버드나무 가지를 흔들고 있다.

'하루나가도 이제 겨우 오사카 성주대리 노릇을 할 만큼 되었는데……'

지금까지는 아무래도 기량이 부족했다. 그런데 가타기리 가쓰모토가 물러가면서부터 겨울싸움을 거치면서 사람이 달라진 것처럼 바뀌었다……고 생각되었을 때, 이미 오사카성도 그의 운명도 끝장나게 될 줄이야…….

'나 같으면 기어서라도 이이를 찾아가겠는데……'

진심으로 그의 마음을 나오타카에게 털어놓으면 상대도 가만히 있을 수 없는 반응을 보일 것이고, 그 역시 한층 높은 경지에서 죽어갈 수 있을 터였다.

'아니, 그만한 용기를 보여준다면 오고쇼의 아량으로 어쩌면 하루나가도 용서해 주라고 할지 모른다……'

그러나 도요마사가 밖으로 나간 뒤에도 하루나가는 여전히 피로에 지쳐 있었다.

"내가 직접 교섭하고 싶지만 이 꼴이니 하야미 님께 잘 부탁하오."

"알겠습니다."

"모든 것이 이 하루나가의 잘못된 생각이었소…… 주군은 아무것도 모르시고……."

하야미 가이는 혀를 차며 분발하는 모습으로 도요마사 앞으로 나왔다.

"그럼, 갑시다. 이만 실례!"

"호위하겠소."

도요마사가 가까이 가자 내뱉듯 말했다.

"필요 없소!"

그리고 등의 작은 기치를 다시 세운 뒤 성큼성큼 이이의 마표를 향해 걸어갔다.

'이 역시 제법 인물이 되어가고 있군……'

도요마사는 하야미 가이가 자기를 향해 칼을 들이댈 경우를 상상하며 쓸쓸하게 웃었다.

'너무 딱딱해……'

유연자재(柔軟自在)한 칼이 아니라 자기 고집에 사로잡혀 꼼짝 못 하는 딱딱함을 드러내고 있었다. 그러나 상대가 살려줄 작정을 하고 있는 곳으로 나가는 구명의 사자이니, 그만하면 사명은 다 하리라……

오쿠하라 도요마사는 다급히 너덧 걸음 뒤쫓다가 마음을 바꾸고 걸음을 멈추었다.

벌써 이러한 사람들의 출입으로 이곳이 히데요리 모자의 피신처라는 것은 다 알려져 버렸다. 알려진 이상 이곳에 마표를 세웠어야 하지만 이미 본성에서 고리 요시쓰라와 와타나베 구라노스케가 자결할 때 불타버리고 없었다.

'패배한 싸움에 구명운동을 하는데……그리 구애받을 것도 없겠지.'

도요마사는 생각을 바꿔 다시 창고 안으로 되돌아갔다.

그가 상상한 대로 이이 나오타카의 마표가 세워진 임시진막 안으로 하야미 가이는 필요 이상 앙연히 가슴을 젖히고 들어갔다.

"군사님, 수고 많으시오."

그곳에 이미 혼다 마사즈미의 모습은 없고 가이를 맞은 것은 이이 나오타카, 안도 시게노부, 아베 마사쓰구 세 사람이었다.

사람은 자신의 목숨을 완전히 내던졌을 때 이상한 용기를 갖게 되는 법이다. 그렇다 해서 그 용기와 평소의 자신이 아무 관련 없다고 생각하는 것은 잘못이다. 평소의 단련이 없으면 그 용기도 역시 거칠어지기 마련이며, 평소의 연마가 철저하면 그 용기의 질도 역시 철저한 것이 된다. 하야미 가이는 그런 의미에서는 얼마쯤 철저하지 못했다.

'죽기로 결정했다. 무엇이 두려우랴.'

사실 주군 히데요리 모자의 구명운동을 하고 있지만 자신은 살고 싶은 마음이 추호도 없었다. 그러므로 그는 거만했다. 이것은 곧 입장을 바꾸어 생각하면 반대가 된다. 죽음은 각오했지만 아직 적을 두려워하므로 허세를 버리지 못한다……는 대답이 될 수 있기 때문이다.

그러나 전국시대 사람들은 모두 죽음을 두려워하지 않으려 하면서도 사실은 허세에 살고 죽었으니, 이런 혼란은 도리어 당연했다. 아무튼 하야미 가이는 패전 장수로서 우선 상대의 말을 정중한 자세로 들어야 이롭다는 것을 잊고 있었다.

그는 이이, 안도, 아베 세 사람의 영접을 받으며 임시진막으로 들어가자 우선 이렇게 말했다.

"전 우대신 도요토미 히데요리 님의 군사로 온 하야미 가이오. 걸상을 주시오."

비참하게 땅바닥에 앉아서는 할 말도 못 하게 되리라는 경계심에서였는데, 만약 이에야스 앞이었다면 효과적인 한마디였을지도 모른다.

이러한 일을 좋아하는 이에야스는 잔뜩 추켜세우고 흉금을 털어놓았을 것이다.

"나를 두려워하지 않는군. 훌륭한 놈이야!"

그러나 상대는 아직 혈기왕성한 사람들이었다.

'아니꼬운 소리를 지껄이고 있어!'

처음부터 발끈하여 대꾸했다.

"훌륭하신 식견이오. 성은 다 타버렸지만 우대신은 우대신이니 말이오."

실은 처음에 주고받은 이 말이 이날의 비극을 결정적인 것으로 만들고 말았다…… 물론 그것은 하야미 가이도 몰랐고, 이이 나오타카와 아베 마사쓰구도 깨닫지 못했다.

"주군의 말씀은 오노 하루나가가 모두 말씀드렸으니 오고쇼며 쇼군께서 충분히 알고 계실 줄 아오."

안도 시게노부가 비웃듯 말했다.

"일부러 성을 불사르지 않아도 될 것을 실로 유감스러운 일이었소. 그러니 번거로운 인사는 그만두고 바로 본론으로 들어갑시다. 히데요리 님은 언제쯤 항복하실 생각이오? 그것을 듣고 쇼군의 지시를 받도록 합시다."

아마도 담판 솜씨는 안도 시게노부가 능숙한 모양이다.

"정오에 사쿠라 문으로 나가시게 해주시오."

"정오……라면 앞으로 두 시간밖에?"

"그렇소. 몇 차례에 걸쳐 말씀드린 바와 같이 모자의 목숨을 살릴 수만 있다면 우리는 모두 어떠한 처벌을 받아도 이의 없소. 주군만은 각별히 정중하게 다뤄주기 바라오."

그러자 이이 나오타카가 무슨 말인지 못 알아듣겠다는 듯이 웃었다.

"각별히 정중하게라니 구름에라도 태워가란 말이오? 히데요리 님은 두 번에 걸친 반란에 패한 대죄인, 대우는 포로요."

하야미 가이의 얼굴이 굳어졌다.

"포로……! 전 우대신으로 다루지 않는다는 뜻이오?"

다시 안도 시게노부가 끼어들었다.

"그렇다……고 하면 어쩔 셈이오?"

시게노부는 형 나오쓰구보다 성급하고 비꼬기를 좋아하는 버릇이 있었다. 가이는 그 비꼬는 말에 끌려들어 언성이 거칠어졌다.

"그렇게 되면 오고쇼나 쇼군의 뜻에 어긋나는 일일 거요. 오고쇼도 쇼군도 히데요리 님이 다이코님의 후계자라는 사실을 잊고 계시지는 않을 거요."

시게노부는 더욱 조용하게 말했다.

"그야 그렇지요. 그렇다면 다이코의 후계자는 어떻게 다루는 게 예의인지?"

"가마를 준비해 주시오!"

"가마를……? 이이 님, 이 싸움터 어느 곳에 고귀하신 분이 타실 만한 가마가 있던가?"

나오타카는 코끝으로 조소했다.

"흥! 74살인 오고쇼님도 대나무 가마를 타시고 출진하셨소. 교토에 가서 찾는다면 몰라도 이 불탄 자리에야 있을 리 없지."

안도 시게노부는 하야미 가이를 향해 고쳐 앉았다.

"들으신 바와 같소. 없는 것은 없소…… 그도 그럴 것이 여기는 싸움터이니 말이오. 그리고 유감이지만 다이코의 유자는 두 번이나 반역을 기도하고 항복하는 포로니…… 가마를 청하는 데는 응하려야 응할 수 없소. 비록 가마가 있다 하더라도 오랏줄로 묶을까 말까 하는 형편이니까."

"뭐, 오랏줄? 무……무례한!"

"그렇다면 오랏줄로 묶지 말라……는 말이오?"

"말할 나위도 없지! 그대들은 대체 오고쇼의 뜻을 어떻게 생각하는 거요?"

"글쎄……여기에 오고쇼의 측근은 없소. 우리는 그러한 거목의 뜻은 도저히 알 재주가 없다……고 솔직하게 인정할 수밖에 없소."

"아니, 그대들은 그런 생각으로 있었소? 그럼, 대체 히데요리 님을 어떻게 진중으로 모셔갈 작정이오?"

"걷는 건 싫다……고 하신다면 할 수 없지. 말을 대령하려고 했는데."

"요도 마님도 말을 타시란 말이오?"

"걸을 수 없다……면 할 수 없지요. 설마 손수레로 운반할 수야 없지 않겠소."

하야미 가이는 핏대를 세우면서 소리쳤다.

"안 돼! 적어도 다이코의 후계자, 전 우대신의 얼굴을 만인 앞에 구경거리로 만들어 여러 영주들의 진중을 통과시키는 것은 결코 용납할 수 없소!"

"허……!"

이이 나오타카가 다시 어이없는 듯 한숨을 내쉬었다.

"그러면 가마가 없으니 우대신은 할복하겠단 말씀이오? 분명히 그렇단 말이오?"

이 질문은 야유 이상의 것이었다.

하야미 가이는 그만 말이 막혀버렸다.

'내가 지나쳤구나…….'

그러나 그렇게 느꼈을 때는 이미 가마냐 말이냐 하는 문답에 결론을 짓지 않으면 안 될 아슬아슬한 시점에 이르러 있었다…… 아무리 생각해도 히데요리 모자의 얼굴을 영주들의 군졸들과 인부, 하인들 따위에게 구경시킬 수는 없다…….

'그 정도의 일은 당연히 공격군도 배려해 줄 것으로 알았는데.'

하야미 가이는 이를 깨물며 선후책을 궁리했다. 조그만 말실수로 가마가 없으니 자결하겠느냐는 되물음을 받고 보니 그런 탈것에 대해 히데요리 모자며 오노 하루나가와 아무 의논을 하지 않았다는 사실을 깨달았다.

'격분하여 오히려 상대에게 큰 덫을 만들어준 셈이 되었구나…….'

이번에는 아베 마사쓰구가 중재하듯 입을 열었다.

"어떻게 하겠소? 성안이 모조리 불타버려 가마 같은 것은 보이지 않소. 탈것을 찾는다고 해도 겨우 부상자를 실어나르는 대나무 가마나 조잡한 상인들의 가마 밖에 없을 거요. 그런 탈것을 찾는 게 좋겠소, 아니면 무장이기도 하시니 말이라도 타시겠소?"

하야미 가이는 몸을 부들부들 떨기 시작했다. 아베 마사쓰구의 말은 인정과 사리를 다한 느낌이었으나 가이에게 강요하는 대답의 고통은 마찬가지였다.

"그럼, 가마가 도무지 없다……는 말이오?"

"부시는 바와 같이 이렇듯 불탄 뒤이니."

"그럼, 잠시 기다려주시오."

"기다리라……면 정오를 넘길 작정이시오?"

"아니요. 그 전에 가마로 가실지 말로 가실지 우대신께 여쭤보고 오겠소."

"이제 와서……."

이이 나오타카가 다시 말하려는 것을 아베 마사쓰구가 점잖게 제지했다.

"하야미 님 혼자 결정할 수 없다면 조금 기다립시다. 되도록 빨리 결정해 주시기 바라오."

"알겠소."

그 자리에 더 있을 수 없을 것 같아 하야미 가이는 일어섰다. 실은 이것이 마지막 사자인 그의 두 번째 실수였다. 그가 필요 이상으로 가슴을 젖히고 나가자 세 사람은 얼굴을 마주 바라보며 혀를 찼다.

"잘못했다고 뉘우치는 흔적이 전혀 없군."

마사쓰구가 말했다.

"찢어 죽이고 싶은 심정이었어."

이이 나오타카는 화나는지 여느 때의 과묵한 태도와 달리 흥분상태였다.

"어때, 이대로 내버려 둘까?"

안도 시게노부는 수수께끼 같은 말을 하고 히죽 웃었다.

"오고쇼님은 몇백 년, 몇천 년에 한 번 나타날까 말까 한 보기 드문 분이야. 그런 분의 눈으로 보면 히데요리의 반역 같은 건 문제가 아니지. 그러나 오고쇼가 돌아가신 뒤에 이런 반역이 종종 일어나게 된다면 여느 사람으로서는 다스릴 수 없어."

"그럼, 어떡하자는 거요?"

"어떻게 하라……고 내가 말할 자격은 없소. 그러나 이건 좀 더 생각해 볼 문제가 아닐까?"

세 사람은 서로의 마음을 살피듯 다시 얼굴을 마주 보며 입을 다물었다.

하야미 가이가 벼창고로 되돌아왔을 때 여자들은 요도 마님의 목소리에 맞춰 함께 염불하고 있었다. 여기에 남아 있는 자들의 이름은 모조리 적었고, 그들은 모두 자결하려고 자청하고 있다. 히데요리와 요도 마님은 구원받더라도 나머지 사람들은 죽어야 한다……는 무상감이 저절로 염불을 하게 했을 것이다.

예수교도인 하야미 가이는 돌아오자마자 증오를 드러내며 말했다.

"보게들, 그런 처량한 염불은 그만둬!"

그 자리에 오쿠하라 도요마사는 없었고 거의 다 죽어가는 하루나가가 가이의 목소리를 듣고 눈을 떴다.

"오, 하야미 님. 결과는?"

몸을 내던지듯 하야미 가이는 하루나가 앞에 앉았다.

"그게……이이 나오타카 놈, 무례하기 짝이 없더군요."

"그렇다면……결과가 좋지 않았군."

"그놈은, 주군 모자를 말에 태워 영주와 군사들 사이로 끌고 다닐 작정인 모양입니다."

"뭐, 주군의 얼굴을?"

"구경거리로 삼을 생각…… 그 증거로 탈것 하나도 준비가 안 되어 있소. 이 일을 어떻게 할까요?"

질문해도 하루나가로서는 대답할 준비가 되어 있을 리 없었다.

염불 소리가 멎고 벼창고 내부에 야릇한 정적이 감돌았다. 아마 모두들 온 신경을 귀에 모으고 있으리라.

또다시 가이가 혀를 찼다.

"하루나가 님, 우리는 보기 좋게 속았소. 지금 한 담판으로 미루어보면 틀림없소!"

"틀림없다니……?"

"그 늙은 너구리 오고쇼는 처음부터 주군을 살릴 마음이 없었소."

"뭐, 오고쇼가……?"

"그렇소. 하루나가 님은 어리석었소. 살려줄 작정이라면 이이든, 안도든, 아베든 그토록 무례한 태도로 나올 수 없소. 그렇지, 그건 안도 놈이었소. 주군을 오랏줄로 묶어 대나무 가마에 태울까 하는 따위 수작을 하더군."

내뱉듯 말했을 때 병풍 안에서 요도 마님이 날카로운 목소리로 불렀다.

"가이, 이리로 오오."

"예, 들으시게 해서 죄송합니다."

"하루니가 님도 오시오. 지금 그 힌미디 그냥 듣고만 있을 수 없소. 주군께서도 들으셨겠지? 담판을 벌인 내용을 다시 한번 자세히 내 앞에서 말해 보오."

하야미 가이는 자신이 화나 있지 않았다면 당황해서 먼저 한 말을 번복했을 것이다. 그러나 그는 반대로 요도 마님의 의혹에 부채질했다.

"예, 말씀드리고말고요. 제가 가서 대감의 군사로 왔다고 말했는데도 불구하고 그들은 저를 우롱하며……."

"그대는 맨 먼저 뭐라고 말했소?"

"예, 주군께서 정오에 나오실 테니 사쿠라문에서부터 안내해 달라고 말하자 구름이라도 타고 가겠는가, 하고 이이가 무례한 조소로 대꾸하기에 제가 가마로 갈 테니 준비하라고 했습니다."

요도 마님은 냉정해지려고 눈길을 지그시 허공에 보내며 소리죽여 물었다.

"그러자 저쪽에서 뭐라고 하던가?"

"가마 따위는 없다!는 냉정한 대답이었습니다. 여기는 싸움터라고 비웃으면서……."

가이는 자신의 분노가 필요 이상으로 말을 심하게 왜곡하고 있다는 것을 깨닫지 못했다.

"굳이 탈것이 필요하다면, 전사자를 나르던 대나무 가마나 상인들의 조잡한 가마라도 찾아와 히데요리 님을 오랏줄로 결박 지어 태워줄까 하고……."

요도 마님은 몸을 떨면서 말을 막았다.

"주군도 듣고 계시오. 그만해! 그래……이이는 오고쇼의 명을 받고 주군을 맞이하러 온 게 아니었군."

"황송하오나 주군과 마님을 놓치지 말라고……."

"하루나가!"

"……예."

"센히메는 주군과 나를 위해서……."

"아니, 그럴 리 없습니다. 작은마님은 직접 모르시더라도 구명탄원에 관해서는 곁을 떠나지 않는 교부쿄 부인이 잘 알고 있습니다."

"그……그렇다면 이이의 무례한 태도는?"

"황송하오나 이이 나오타카는 쇼군의 지휘로 나왔다고 생각합니다."

"히데타다 님은 주군과 나를 살려두지 말라고 했다는 뜻이군."

"……예, 아니 속뜻은 알 수 없으나 오고쇼님만큼 염려하시는 것은 아니라고……."

"그래, 역시 그렇군……."

손에 든 염주를 이마에 갖다 대고 방심한 듯 중얼거렸을 때 하야미 가이가 다시 말했다.

"그렇지 않습니다! 이건 모두 음흉한 오고쇼의 계산에서 나온 절차일 뿐입니다."

"가이 님, 말을 삼가시오."

"아니, 그럴 수 없습니다. 저는 다시 돌아가 상대에게 주군의 뜻을 전해야 합니다. 가마냐 말이냐에 대해서 말입니다! 주군께서 말을 타고 여기저기 진중으로 끌려다니는 연행을 견디실 수 있겠습니까, 없겠습니까? 그걸 알고 싶습니다."

다시 요도 마님이 가로막았다.

"잠깐, 가이. 이건 보통 문제가 아니야…… 다이코님의 후계자가 포로가 되어 적진 사이를 끌려다니게 되다니…… 그렇게 끌려다녀도 좋은지……바로 대답하실 수 없을 테니, 주군의 생각이 정해질 때까지 모두들 조용히 기다리자."

그 말을 듣자 가이는 흠칫 놀라 제정신으로 돌아왔다.

'그렇다! 이건 역시 말이냐, 자결이냐는 문제였어…….'

"가이……."

"예."

"누군가의 대나무통에 물이 남아 있을 테니 이별의 잔을 준비하도록."

"이별의 잔을……?"

"그래. 주군만은 살리고 싶다. 그러나 나는 이곳에 남기로 하지. 아니, 남든지 가든지 이것으로 이승의 이별로 삼겠어……."

여자들이 일제히 울기 시작했다.

아직 히데요리는 대답이 없다. 아마 그는 차츰 가까이 육박해 오는 생사를 마주하고 생각에 잠겨 있는 것이리라.

하야미 가이가 시동들의 대나무통에 조금씩 남은 물을 모으러 돌아다녔다. 모아온 물을 허리에 찬 호리병박에 부으면서 하야미 가이는 차츰 냉정을 되찾았다.

'말 타고 가는 것을 승낙하느냐, 아니면 여기서 자결해 버리느냐?'

사소한 체면에 구애받거나 말꼬리를 잡고 있을 때가 아니었다. 사느냐 죽느냐는, 이미 움직일 수 없는 양자택일의 순간이 다가오고 있었다. 그것뿐이 아니었다. 물잔을 준비하라고 명한 요도 마님은 이미 여기서 죽겠다고 하지 않았는가……

그렇다면 히데요리의 대답도 벌써 7할 이상은 듣지 않아도 알 수 있다.

'어머니를 잃고, 모두를 죽게 내버려 두고 나 혼자 어찌 비겁하게 살아남으랴!'

가이는 소스라치게 놀라 호리병박 뒤에서 히데요리의 모습을 가만히 훔쳐보았다.

히데요리는 무릎 위에 부채를 세우고 눈을 감은 채 윗몸을 꼿꼿이 세우고 앉아 있었다. 지나치게 살이 쪄서 단정하다고는 할 수 없었으나 적어도 기가 죽거나 자신을 잃은 모습은 아니었다.

'이분으로서는 보기 드물게 단정하신 자세로군……'

요도 마님이 등 뒤에서 불렀다.

"가이, 준비됐소? 준비가 다 되었으면 앞서가는 이 어미부터 먼저 잔을 들겠소."

"……예."

"사이에 세워둔 병풍을 거두고 주군은 눈을 뜨세요. 이 어미를 잘 봐두시기를……"

다카하시 한사부로가 일어나 병풍을 걷어내자 히데요리는 눈을 떴다. 눈언저리가 불그스름한 것은 그도 역시 마지막 시기가 다가온 것을 알고 이모저모 생각하고 있던 증거이리라.

"주군, 나는 주군과 함께 있어서는 안 될 죄많은 여자였던 모양이오."

히데요리는 대답하지 않았다. 지그시 어머니를 바라본 채 숨을 몰아쉬고 있었다.

"나는 이번으로 세 번이나 내가 살던 성이 불타는 것을 보았어."

"……"

"맨저음에는 아버지 아사이 나가마사가 자결한 오다니성, 다음은 어머니를 불태운 에치젠의 기타노쇼성…… 그리고 이번에는……이번에는……단 하나뿐인 내 아들이 사는 이 오사카성이오."

“……”

“처음에는 아버지를 잃고, 다음에는 어머니를 태우고, 그리고 이번에는 아들을 죽이게 되었으니……이보다 더 저주받은 무서운 팔자가 달리 또 있을까…… 내가 가는 곳마다 반드시 불행이 뒤따르니……”

거기까지 말하고 요도 마님은 격렬하게 고개를 흔들었다.

“그래, 바로 그렇기 때문에 주군은 이 불운한 어미와 헤어져야 하는 거요. 자기 자식의 운명마저 파괴하는 이 어미와 여기서 헤어지지 않으면, 주군의 생애에 햇빛은 비치지 않을 거요…… 자, 주사부로, 그 잔을 저주받은 어미로부터 주군께 돌려서 인연을 끊자. 잔을 채워라.”

하야미 가이는 말없이 호리병박을 귀여운 주사부로의 손에 넘겨주었다. 주사부로는 시키는 대로 그릇상자에서 작고 붉은 잔을 꺼내 요도 마님 앞으로 나아갔다.

요도 마님은 희미하게 웃으며 그것을 받았다. 정말로 그것으로 불행과는 인연이 끊어진다……고 생각하고 있는지도 몰랐다.

히데요리는 여전히 쏘는 듯한 눈길로 어머니를 지켜보고 있었다.

하야미 가이는 요도 마님이 마신 물잔을 다카하시 주사부로가 히데요리 앞으로 받쳐들고 갈 때까지 말을 걸 틈이 없었다. 그만큼 요도 마님의 여유롭고 태연한 모습이 오히려 그의 마음을 바짝 죄어버렸던 것이다. 그 말의 내용은 어떻든 저주받은 어머니와 헤어져 살아라……는 생각에 어머니가 아니고는 줄 수 없는 무한한 자비와 사랑이 감춰져 있었다.

‘과연 이로써 주군이 살아갈 마음이 되어줄지 어떨지……?’

“자, 이것으로 나쁜 인연은 끝났어요. 어미가 자식에게 주는 이별의 잔이오……”

거기까지 말하고 요도 마님은 엄숙한 표정으로 가이를 돌아보았다.

“잔을 드시고 나면, 바로 대감을 수행하도록 하오. 대감은 무장이니 말을 타고 간다 해도 치욕은 되지 않을 거야.”

“……예!”

“그렇군. 수행은 한사부로와 주사부로, 그밖에 두어 명의 시동이면 돼.”

히데요리는 말없이 주사부로의 손에서 잔을 받았다.

“어머님, 들겠습니다.”

"오, 내 말을 알아들으셨군."

고개를 들고 꿀꺽꿀꺽 다 마실 때까지 요도 마님뿐 아니라 하야미 가이, 오노 하루나가도 히데요리가 어머니의 말을 들을 결심을 한 것으로 생각했을 만큼 자연스러운 동작이었다.

다 마시자 히데요리는 희미하게 웃으면서 태연히 잔을 내밀었다.

"오기노 도키(荻野道喜), 이리로 나오너라. 그대에게 부탁할 말이 있다."

"옛."

도키는 까까머리에 두른 머리띠를 풀며 앞으로 나왔다. 잔은 여전히 주사부로가 들고 있었다.

"도키, 수고스럽지만 그대는 어머니와 여인들의 목을 쳐다오."

순간 모두들 흠칫 놀랐다.

"가슴을 찌른 다음 오래 고통스럽게 하는 것은 가련하니 솜씨좋게 부탁한다."

"……예!"

"그리고 모리 가쓰나가!"

히데요리는 동생 가게유와 오른쪽 구석에 말없이 앉아 있는 가쓰나가를 손짓해 불렀다.

"그대에게는 내 목을 부탁한다. 잘 싸워주었다…… 잊지 않겠다."

가쓰나가는 망연히 잔을 든 채 하루나가를 바라보고 요도 마님의 눈치를 살폈다.

그 순간이었다. 지붕 언저리에서 타닥타닥 불 튀는 소리가 나더니 이어서 총소리가 타타탕 하고 사방을 진동시켰다. 감시하고 있던 이이 군의 총부대가 하야미 가이가 너무 늦어지므로 약속시간의 임박을 경고하는 위협 발포를 한 것이었다.

"그건 안 됩니다!"

요도 마님이 안간힘을 다해 히데요리를 꾸짖는 것과 이 재촉의 총소리가 공교롭게도 동시에 일어났다.

가이는 그 자리에 우뚝 서버렸다.

"아! 역시 우리를 함정에 빠뜨릴 직징이있어."

오노 하루나가는 멍하니 입을 벌린 채 말이 없었다.

'역시 교섭이 잘 안 된 모양이군……'

그런 마음으로 들으니 이 총소리는 이이 군이 다시 공격하기 시작한 총소리로밖에 받아들여지지 않았다.

인생의 곳곳에 숨어 있는 우연의 함정은 더욱 얄궂은 소용돌이를 일으켰다. 여자들은 비명 지르며 서로 부둥켜안았고, 남자들은 얼굴빛이 달라져 벌떡 일어섰다……

동심속심(童心俗心)

이날 아침 이에야스는 눈에 띄게 기분 좋아 보였다. 싸움의 희생은 결코 적지 않다. 그러나 본성이 불탈 때 불길 속에서 죽었으리라고 생각했던 히데요리와 센히메가 살아 있었다…… 살아 있기만 한 것이 아니라 센히메는 벌써 사카자키에 의해 혼다 마사노부의 진지에 실려 왔고, 이에야스가 전부터 생각했던 대로 남편 히데요리와 요도 마님의 구명을 청원하고 있었다.

"나는 이의가 없다. 잘했다고 칭찬해 주고 싶다…… 그러나 나는 모든 지휘를 쇼군에게 맡기고 은퇴한 몸, 그대들이 쇼군에게 잘 주선해다오."

이에야스는 혼다 마사노부와 오노 하루나가의 중신 요네무라 곤에몬에게 그렇게 말하고 마음 놓았다.

'이것으로 이 일은 끝났다…….'

그때 나이 부인이 생존자 명부를 가지고 왔다. 그 의미는 싸움의 관습으로 보아 말할 것도 없이 '항복'이었다. 생존자 가운데 누구누구를 살려주고 누구누구에게 책임을 묻는가, 그것만 결정하면 모든 일이 끝난다. 이에야스는 한숨 돌리고 책임질 사람의 지명을 히데타다에게 맡기기로 했다.

"마사노부, 내가 지나치게 간섭해서는 안 되겠지. 그러나 아군도 많이 죽었다. 오노 하루나기의 히야미 가이는 용서할 수 없겠시. 아니, 모리 가쓰나가도……."

말하려다 말고 이에야스는 애석한 듯 혀를 찼다.

"참으로 무의미한 싸움을 했지. 사나다며 모리도 모두 훌륭했어."

혼다 마사노부는 그 뜻을 히데타다에게 정중히 전하겠다고 약속하고 물러났다.

그 얼마 뒤 히데타다가 도이 도시카쓰를 거느리고 자우스산으로 문안인사차 찾아왔다.

그때 이에야스는 센히메가 보고 싶어 줄곧 그 생각만 하고 있었다. 격식대로 인사가 끝나자 또다시 마사노부를 불러 센히메와 함께 탈출한 오초보를 불러오라고 일렀다.

교부쿄가 나타나자 이에야스는 눈을 크게 뜨며 한숨을 내쉬었다.

"오, 그대가 교부쿄 부인인가? 흠, 참으로 훌륭한 부인이 되었군. 이러니 내가 나이를 먹을 수밖에. 아무튼 수고 많았다! 작은마님이 바라는 대로 히데요리 님과 요도 마님을 구원하겠으니 안심해라."

자꾸 눈앞이 흐려지려는 것을 느끼며 이에야스는 손수 교부쿄에게 단검 한 자루를 내렸다.

"그래, 센히메도 기뻐하고 있겠지?"

"네……아닙니다……."

"네……아니……라면 어느 쪽인가? 아직도 싸움에 놀란 마음이 가시지 않은 게냐?"

"저, 작은마님은 히데요리 님이 자결하실 거라고……."

"뭐, 히데요리 님이 자결하신다……? 그런 걱정을 하고 있단 말이냐?"

"……네."

"하하……염려 마라. 히데요리는 지금 아시다 성채의 벼창고에 계시단다. 그래서 그 벼창고를 이이 나오타카가 호위하고 있다. 나도 마사즈미를 시켜 보러 가게 했지만 안도 시게노부, 아베 마사쓰구 같은 젊은 자들이 가서 협력하고 있으니 염려할 것 없다고 했어. 어쨌든, 센히메가 그처럼 남편을 염려하고 있단 말이지?"

또 한동안 노인다운 감개에 젖어 눈을 반짝이며 말했다.

"그래, 내가 맞이하러 가야겠다!"

오초보인 교부쿄 부인은 이처럼 어린애 같은 이에야스의 모습을 본 적이 없었다. 교부쿄의 기억 속에 있는 이에야스는 언제나 사방에 무겁게 위압감을 주어 누구든 입을 다물 수밖에 없는 존재였다. 그런데 지금은 바람 속에 가볍게 떠다니는 민들레 홀씨처럼 홀가분하게 바뀌어 있다.

그래서 부인은 자신의 불안을 필요 이상 되풀이하며 털어놓을 수 있었다.

"오고쇼님의 뜻은 잘 알고 있습니다. 그러나 쇼군님은 작은마님을 몹시 꾸짖으셨습니다."

"허, 뭐라고 꾸짖으시던가?"

"아내는 남편을 따라 죽어야 하는 법이거늘, 센히메는 어찌하여 히데요리 곁에서 자결하지 않았느냐고…… 작은마님은 만일 이 일이 히데요리 님에게 전해진다면 그분은 살아 있지 않을 거야, 나는. 역시 히데요리 님 곁을 떠나지 말았어야 했어…… 교쿠보, 네가 원망스럽다고……."

"그래, 센히메가……그렇듯 갸륵한 말을 다 했느냐?"

그때 이에야스는 정말 눈물을 줄줄 흘렸다. 그리고 자신도 쑥스러웠던지 변명했다.

"나는 슬퍼서 눈물을 흘리는 것이 아니다. 나이 탓에, 눈이 짓물러서 그렇다. 하하하……."

그리고 마사즈미를 불렀다.

"지금이 몇 시인가?"

"예, 오전 11시입니다."

"그래. 히데요리가 사쿠라문을 나오는 것은 정오라는 약속이었지?"

"그렇습니다."

"좋다, 거기까지 마중 나가자. 나는 말을 타고 가겠다. 그러나 따로 가마 하나를 준비시켜라."

"알겠습니다."

마사즈미는 굳이 가마에 대해 묻지 않았다. 물을 것도 없이 요도 마님을 태울 가마라는 것을 알고 있었기 때문이다.

"그럼, 너는 돌아가 센히메를 위로해 주어라. 센히메 대신 이에야스가 마중 갔으니, 곧 세 사람이 손을 맞잡고 무사함을 기뻐하게 될 거라고 말해다오."

그렇게 되자 교부쿄 부인은 한 가지 더 응석삼아 물아야 할 일이 있었다.

"그럼, 오고쇼님, 히데요리 님과 작은마님을 위해…… 저 야마토의 영지변경은 그대로……?"

이에야스는 잠시 씁쓸한 표정이 되더니 대답했다.

"야마토……라고는 할 수 없지. 아무튼 히데요리는 너무 고집부렸으니까. 에도 가까이, 시모우사 언저리가 될까…… 어쨌든 그런 일까지 센히메가 염려할 건 없다고 일러라."

"……예."

"그럼, 가자."

이리하여 이에야스는 혼다 마사즈미 이하 직속무사 50여 기를 거느리고 사쿠라문으로 향했다.

사쿠라문은 오사카성 대문으로, 본성의 다다미 1000장 깔린 방의 큰 현관으로 통하는 정문이다. 히데요리는 반드시 이 문으로 나오고 싶어할 거라고 짐작하여 그리로 나오도록 주선한 것도 이에야스였다.

내부는 질펀하게 불탄 들판같이 되어 있었으나 문만은 으리으리하게 남아 있었다.

이에야스는 문 앞에서 말을 내려 걸상에 걸터앉았다.

"지금 몇 시인가?"

바로 그때였다. 문제의 아시다 쪽에서 뜻하지 않은 총소리가 난 것은…….

"지금 저건 무슨 소리인가?"

이에야스는 가볍게 고개를 갸웃거리다가 사태가 중대한 것을 깨달은 모양이다. 무릎을 치며 눈썹을 곤두세웠다.

"지금 저 소리는 뭔가, 마사즈미?"

"글쎄요? 분명 총소리인 것 같습니다만."

"총소리인 줄은 나도 알고 있다. 벼창고에 숨은 자들이 총까지 갖고 있었단 말인가?"

마사즈미는 반쯤 시치미떼며 말했다.

"글쎄요……? 설마 그런 일은……."

"그렇다면 총을 쏜 건 이이 군 놈들인가?"

"뭔가 불온한 빛을 보였겠지요, 히데요리 님이."

참다못해 이에야스는 호통쳤다.

"당장 가서 보고 와! 나오타카 이 덜렁이 녀석이! 내가, 내가 마중 나와 있는

데……."

"그럼, 빨리 가서……."

"잠깐!"

"예……."

"마사즈미! 설마 그대들은 쇼군의 특별한 밀명을 받고……내게 뭔가 감추고 있는 건 아니겠지?"

"아닙니다, 그런 일은……딴사람은 몰라도 저는."

"그래, 그러면 어서 가라. 가서 엄중히……."

거기까지 말하자 또다시 타타탕 하고 일제사격을 퍼붓는 2, 30정의 총소리가 한꺼번에 들렸다.

혼다 마사즈미도 놀란 얼굴을 쳐들었다.

"실례!"

그 길로 일어나 뛰기 시작했고 가신들이 4, 5명 우르르 뒤따랐다.

이에야스는 걸상에서 일어난 채 온 신경을 눈에 모아 사방을 두리번거렸다.

탕탕, 세 번째 총소리는 단발이었다.

'총소리가 이렇듯 거듭나다니 대체 무슨 일일까?'

벼 창고 안에서 사람들이 허둥대며 치고 나온 것인지, 아니면 히데요리의 종자 가운데 이이 군을 향해 소란피운 자들이 있었던 것인지…….

약속된 정오가 되어도 구름은 개지 않았으나 머리 위의 태양은 온몸을 푹푹 찌는 것 같았다. 이에야스는 몇 번이고 토시로 땀을 닦으면서 허공을 노려보았다.

'혹시 히데타다가 내 뜻이 어떻든 히데요리를 살려둘 수 없다고……?'

그런 결의로 이이 나오타카나 아베 마사쓰구에게 명령했다면 어떻게 될 것인가……? 히데요리가 창고에서 나온다. 나오타카가 쏜다. 사람들이 소란을 벌인다……그래서 다시 한번 마구 쏘아댄다…… 아무튼 이건 오사카성 안 한 모퉁이에서 보고 있는 자는 이이 군 외에 없다는 조건 아래 일어난 일이다.

"히데요리가 마지막으로 공격하며 반항했기 때문에."

할 수 없이 쏘았다고 하면 그만 아니겠는가…….

이에야스는 손톱을 깨물었다. 74살의 싸움터에서 설마 이런 뜻밖의 종막이 기다리고 있을 줄 상상조차 못 했다. 현기증이 일 것 같은 분노와 안타까움이 가슴

가득 소용돌이쳤다.

"이놈들, 이 얼빠진 놈들이……!"

이에야스는 우리 속에 갇힌 맹수처럼 걸상 둘레를 빙빙 돌기 시작했다.

혼다 마사즈미가 이이 나오타카의 지휘소에 도착했을 때 여기저기서 높은 웃음소리가 들려오고 있었다.

어디에도 적의 모습은 보이지 않고, 앞쪽 7, 80걸음쯤 되는 벼창고 사이에는 데쳐놓은 듯한 잔디밭이 정적에 싸여 있었다.

'이렇게 서툰 짓을…….'

마사즈미는 혀를 차면서 막사로 뛰어 들어갔다.

'이로써 히데요리 모자는 정말 구출되겠구나…….'

혼다 마사즈미로서는 매우 화나는 진행이었다. 이에야스가 사쿠라 문까지 마중 왔다…… 그렇게 되면 쇼군 히데타다의 뜻이야 어떻든 이미 어느 누구도 손댈 수가 없다.

"어떻게 된 거야, 방금 그 총소리는?"

막사 안에서도 긴장과는 한참 거리가 먼 표정으로 이이 나오타카, 안도 시게노부, 아베 마사쓰구가 웃으면서 찬물로 땀을 훔치고 있었다.

"오고쇼께서 기다리시다 못해 일부러 나오셨소. 일을 어떻게……."

마사즈미는 말하다 말고 혀를 찼다. 왜 미리 처리하지 못했느냐는 암시적인 힐문이었다.

"뭐, 오고쇼께서……?"

안도 시게노부가 놀란 듯 말하며 히죽 웃었다.

"결국 나오셨군."

"히데요리 님은 자결하실 것……이라고 센히메 님이 염려하신다는 소리를 교부쿄 부인에게서 듣고 가만히 계시지 못하겠던 모양이오. 그런데 아까 그 총소리는 뭐요?"

"약속시간이 되어 재촉한 것뿐이오."

이이 나오타카의 무뚝뚝한 대답 뒤를 이어 안도 시게노부가 웃었다.

"전 우대신님은 가마가 아니면 벼창고에서 나오지 못하겠다고 하오. 여러 사람들 앞에 옥안(玉顔)을 드러내는 것은 생각조차 못할 일이라고. 그래서 요도 마님과 함께 탈 것을 준비하랍니다…… 천자나 된 것처럼."

"달 것이라면……?"

혼다 마사즈미도 마침내 놀란 얼굴에서 긴장을 풀고 말했다.

"아……우차(牛車)라도 준비하라고 하시던가?"

"아무튼 말이라면 있다, 모친은 하다못해 대나무 가마…… 그래도 좋은지 물어보고 오라고 담판 차 왔던 하야미에게 일렀지."

이이 나오타카가 설명하는 뒤를 이어 아베 마사쓰구가 비로소 진지하게 입을 열었다.

"하야미 가이도 되돌아간 채 좀처럼 회답을 가져오지 않고 있소. 약속은 정오까지. 그 시간이 되었기에 재촉하는 발포를 해보자……고 이 마사쓰구가 제안했소."

"음."

마사즈미는 또 애매하게 웃음을 죽이며 고개를 끄덕였다.

"약속시간을 어겼다……면 그냥 둘 수 없지. 아베 님 생각은 싸움터의 이치에 맞소…… 좋아……아직도 나올 기적이 없다면, 이번에는 이 마사즈미가 제안하지. 이이 님, 한 번 더 재촉을……."

마사즈미는 시원하게 말하고 그 역시 빙긋이 의미심장한 웃음을 지었다. 이미 네 사람 사이에는 분명히 서로 통하는 '의사'가 있었다. 가마냐 말이냐는 문제로 일단 교섭을 중단하고 간 것은 상대이다. 그런 상대가 약속시간에 대답도 하지 않은 것은 충분히 공격의 구실이 될 수 있는 실수였다.

마사즈미가 말했다.

"더 이상 기다릴 필요 없소. 오고쇼께서 일부러 사쿠라 문까지 마중 나오셨는데 여기서 멍하니 기다리고 있을 수만은 없지. 한 번 더 총소리로 재촉하는 게 좋겠소, 이이 님."

"알았소."

이이 나오타카는 진막 밖으로 나가며 일부러 한마디 내뱉었다.

"무례한 놈들! 약속을 뭐로 알고 있는 거야?"

가장 신중한 아베 마사쓰구가 한숨을 내쉬며 말했다.

"하는 수 없는 일이군요."

안도 시게노부도 줄곧 고개를 끄덕였다.

"이제는 어쩔 수 없소…… 상대가 비록 누구든 이러한 무례를 그냥 넘어간다면 나라의 법이 서지 않지요. 더구나 여기는 싸움터, 싸움터에는 싸움터의……"

거기까지 말했을 때 네 번째 총소리가 그 소리를 지워버렸다. 세 사람은 깜짝 놀라 서로 얼굴을 마주 보고 의논한 듯 밖으로 나갔다.

벼창고에서는 여전히 아무 응답도 없다고 생각한 순간, 창고 오른쪽에 비스듬히 서 있는 버드나무 그늘에서 그림자 하나가 꼬리를 끌면서 창고 그늘로 사라졌다.

"어떤 놈일까? 밖에서 안으로 들어갔는데."

"글쎄, 도망간다면 또 모르지만 들어간다는 건……?"

아베 마사쓰구가 고개를 갸우뚱하다가 작은 소리로 외쳤다.

"아뿔싸!"

그 순간 혼다 마사즈미도 손을 들어 이이 나오타카를 불렀다.

"이이 님, 창고에서 수문까지 비밀통로가 뚫려 있는지도 모르오. 더 이상 체면을 봐줄 것 없소."

"알았소."

실은 이때의 사람그림자는 오쿠하라 도요마사였는데, 공격군은 도요마사가 무엇 때문에 성안에 들어가 일하고 있는지 알 리 없었다.

이이의 손이 다시 올라갔다. 탕탕, 다시 총소리가 산발적으로 울리며 와아 하고 공격군이 머리를 숙이고 땅 위를 기기 시작했다. 거의 벌거숭이인 몸에 검은 총포갑옷을 입은 괴이한 차림으로 고함만큼 사나워 보이지는 않았으나 움직이기 시작하자 대열은 멈추지 않았다.

벼창고에서는 여전히 아무 반응이 없었다. 서서히 땅을 기어가는 총부대 뒤에서 창부대가 창끝을 나란히 하고 움직이기 시작했다. 이쪽은 단단히 자세를 갖춘 붉은 갑옷의 용사들이었지만 누구도 어제까지의 싸움처럼 저돌적으로 움직이지는 않았다.

'창고 속에 히데요리 모자가 있다……'

그러한 배려……라기보다 이미 저항 없는 싸움이라는 것을 본능적으로 알고 있기 때문이리라.

창부대는 창고에서 30걸음쯤 되는 위치에서 총부대와 교대하여 다시금 함성을 질렀다. 그리고 그대로 투구를 내려쓰고 아무 반응 없는 벼창고로 돌격해 들어갔다.

선두가 돌격해 들어가는 모습을 네 사람은 지휘소 앞에서 지그시 쏘아보고 있었다. 이이 나오타카는 물론 혼다 마사즈미와 아베 마사쓰구, 안도 시게노부도 숨죽인 채 한동안 꼼짝도 하지 않았다.

'마지막으로 이 싸움의 과녁이 된 저 작은 건물 안에서 지금 무슨 일이 일어나려고 하는가……?'

그것은 돌격해 들어간 장병 이상으로 숨 막히는 상상과 기대의 과녁이었다. 새삼 말할 것도 없이 네 사람 모두 결코 히데요리의 생존 따위는 원하고 있지 않았다. 여기 올 때까지 저마다 많은 희생을 강요당하면서 격심한 증오와 적개심을 쌓아 올려 왔던 것이다. 아니, 그 이상으로 그들을 강경하게 만든 것은, 쇼군 히데타다의 의사가 어디에 있는지 잘 알고 있다……는 자신감이었다. 그런 의미에서 그들은 이에야스보다 히데타다와 훨씬 가까운 시대와 감정을 가지고 살아가고 있는 것이다.

'눈에 거슬리는 오사카의 횡포!'

이것을 용서해 두고 어찌 천하에 모범을 보이겠는가. 구실은 어떻게든 붙일 수 있다. 틈만 있으면 쳐 없애버려야 한다……는 뜻만은 말하지 않아도 그들 가슴에 서로 통하고 있었다.

그러나 선두의 일대를 집어삼킨 벼창고는 뜻밖일 정도로 조용했다.

이이 나오타카가 견디다 못해 성급히 창고를 향해 걸음을 옮겼다. 하늘은 아까보다 더욱 어둡게 구름이 내려앉아, 땅에는 다시 가랑비가 내릴 것 같은 느낌이었다.

"흥, 내리는군."

다음에 걷기 시작한 것은 혼다 마사즈미였다. 살아남아 있을 오노 하루나가며 하야미 가이며 모리 가쓰나가 형제들이 다시금 공격군과 교섭을 벌이고 있다……고 마사즈미는 생각한 모양이다.

"이제 와서 또 뭘 꾸물꾸물……."

그의 앞을 가는 이이 나오타카는 어느덧 창고까지 여남은 걸음……이라는 찰나, 다시 뜻밖의 함성이 올랐다.

벼창고에서가 아니다. 교바시(京橋) 어귀였다. 마사즈미는 걸음을 멈추어 뒤돌아보고 그 함성을 유심히 들었다. 함성을 올린 것은 말할 나위도 없이 아군이겠으나 그 소리에 무수한 비명이 섞여 있다. 남자들뿐 아니라 아녀자의 비명이……

마사즈미는 생각했다.

"교바시를 돌파했구나."

그곳에는 성안에서 죽지 못하고 미처 도망도 못 간 갈 곳 없는 졸개며 인부들, 또 늙고 젊은 부녀자 한 무리가 죽음을 눈앞에 두고 벌벌 떨며 옹기종기 모여 있었는데, 히데요리의 출성(出城)이 지연되자 어쩌면 저기서도 공격군이 화나 쳐들어갔는지도 모른다.

'싸움이 끝나면 해방시켜 주라고 했건만…… 만약 그렇다면 차마 눈 뜨고 볼 수 없을 학살이 시작되겠지. 야단났구나.'

다시 시선을 벼창고로 던지다 마사즈미는 소리를 삼켰다.

"앗!"

지금까지 쥐죽은 듯 고요하던 벼창고 입구에서 하얀 연기의 소용돌이가 뭉클뭉클 솟아오른 것이다.

'아니!'

마사즈미는 저도 모르게 솟아오르는 연기 밑으로 달려들어 갔다.

인간의 상상력…… 그것은 때로 우스꽝스러울 정도로 빗나가는 빈약함을 드러내 보이곤 한다. 혼다 마사즈미쯤 되는 사람이 연기 소용돌이 속으로 뛰어들 때까지 벼창고 속의 사태를 상상할 수 없었다는 것은 얼마나 멍청한 노릇이었던가.

이이 나오타카가 맨 먼저 발포했을 때 벼창고 안에서는 당연히 생각해야 할 최후의 사태……를 맞고 있었던 것이다. 아마 두 번째 총탄이 창고지붕이며 벽에 꽂혔을 때는 이미 안에서 반 이상 죽어 있었던 게 아닐까…… 그것을 모르고 네 사람은 오랫동안 끙끙 앓고 있었던 게 된다.

한 번 뛰어들었던 마사즈미가 잔뜩 연기를 마시고 기침을 하며 뛰어나왔을 때 이이 나오타카가 다급하게 밖에서 고함질렀다.

"불을 꺼라! 불을 끄지 못해!"

아니, 그 불도 이미 속에서는 붉은 화염이 되어가고 있는 것을 알자 몹시 당황하여 명령했다.

"불을 끄기보다 시체부터 끌어내라. 시체를 태우지 마라."

그로부터 한동안은 피투성이 속의 불 난리 같은 소동이었다. 사태가 제법 정확하게 파악되었을 때에는 안에서 탈 만한 것은 다 타고 겉모양만 남은 창고 앞 가랑비 속에 34구의 시체가 아무렇게나 늘어 놓여진 뒤였다.

망연자실하여 시체를 보고 있는 마사즈미의 귀에 이이 나오타카의 노성만이 크게 울려왔다.

"대체 어떻게 된 거냐? 맨 처음 뛰어들어 갔을 때는 불이 나지 않았었잖은가."

"예, 처음에는 불기가 없었는데 시체 수를 세고 있는 동안에……."

"누군가 우리 편에서 방화한 놈이라도 있었느냐?"

"아니요, 없습니다. 자결한 자 가운데 아직 숨이 남은 자가 있었는데 그가 불지른 모양입니다."

"그때 센 시체 수는?"

"분명 서른 다섯인가…… 그런데 지금 세어보니 서른 넷, 잘못 세었는지도 모릅니다."

"얼간이 같은 놈들! 아무튼 오고쇼님의 검시가 있을 것이다. 서둘러 시체를 깨끗이 해두어라."

그런 소리를 등 뒤로 들으면서 마사즈미는 솔직히 이로써 모든 일이 끝난 것 같지 않았다. 그도 얼굴을 알고 있던 오기노 도키라는 까까머리 시체 손에 쥐어진 종이쪽지를 집어들고 니이 부인이 적어낸 인원수와 대조해 보았지만, 시체와 그 인간의 죽음이 이상하게 뒤죽박죽되어 연관지어지지 않았다.

도키가 적어 남긴 쪽지에는 이렇게 씌어 있었다.

"히데요리 님, 23살, 모리 가쓰나가 님이 목을 잘라드렸다. 요도 마님, 49살, 오기노 도키가 찔렀다……."

그리고 히데요리의 시체 옆에 그대로 목이 놓이고, 가슴을 찔린 요도 마님은 실눈을 뜬 채 비를 맞고 있었다.

그러나 그 목과 몸통이 떨어진 시체도, 가슴을 찔려 실눈을 뜨고 있는 요도 마님도, 생전에 그토록 말썽을 일으켰던 사람으로 생각되지 않고 그저 하나의 물체로밖에 보이지 않았다…….

"그대가 정녕 요도 마님이란 말인가……."

마사즈미는 조그맣게 소리 내 중얼거려 보았다.

물론 시체는 대답이 없다. 그러나 거기에 희미하게 눈을 뜨고 허공을 바라보는 포동포동 살찐 하나의 시체가, 간토의 지혜주머니들을 십몇 년 동안 격분시키고 이에야스와 히데타다를 농락해 마지않았던 요부…… 그렇다, 마사즈미는 요도 마님을 히데요시도, 미쓰나리도, 이에야스도, 하루나가도 마음대로 주무르며 갈팡질팡하게 만들었던 희대의 요부로 여겼다……라는 것이 어처구니없을 정도였다.

아무리 깊은 업보를 가진 요부도 죽고 나면 역시 한 마리의 죽은 물고기나 다를 바 없는 모양이다. 후덥지근한 가랑비를 맞고 있는 주검 주위를 감도는 것은 끝없는 무상감뿐이었다.

석류처럼 상처가 벌어진 가슴은 이미 가려져 있었으나 살며시 벌어진 입술 사이로 까맣게 물들인 앞니가 반짝이고 그 밑에 동그란 혀가 보였다.

피를 토한 자취이리라. 묘하게 붉은 혀끝에서 빗물이 엷은 피가 되어 목덜미로 흘러내리고 있었다.

"근처에 겉옷이 있겠지, 덮어주는 게 좋겠군."

마사즈미는 시동에게 지시하고 나서, 다음은 히데요리 앞에 서서 거칠게 땅바닥을 찼다.

'이 사내가 정말 저 다이코의 자식인가?…….'

그는 결코 존경할 수 있는 사나이가 못되었다. 6척이 넘는 거구는 탄력 없는 비곗살, 몸뚱이와 떨어져 있는 목의 얼굴은 지금까지 본 적이 없을 정도로 마마 자국이 심했다.

"제 어머니 하나 안심시킬 수 없었던 못난 아들놈."

그러고 보니 그 날카로웠던 다이코의 모습은 어디에도 없고, 죽은 얼굴은 그대로 찌푸린 모습의 서툰 씨름꾼처럼 빈약한 상이었다.

그리고 그 빈약한 상의 히데요리를 에워싸듯 오른쪽에 사나다 다이스케와 가토 야헤이타, 왼쪽에 다카하시 한사부로와 주사부로 형제의 유해가 가지런히 누워 있었다.

이들 모두 바로 쳐다보기 민망할 만큼 준수하고 아름다운 소년들이었다. 아니, 죽은 얼굴이 아름다운 것은 소년들뿐만이 아니었다…… 오노 하루나가의 아들 하루노리도, 모리 가쓰나가 형제도, 하야미 가이와 그의 아들 데키마로(出來麿)도…… 과연 굳은 각오를 한 무인으로서 지그시 가슴을 찌르는 비장미를 품고 있었다.

"허, 이게 기무라 시게나리의 어머니인가?"

30여 구의 시체를 세어나가면서 맨 끝에 놓인 8구의 유해 앞에 이르자, 마사즈미도 결국 넋을 잃고 두 손을 모으지 않을 수 없었다.

하루나가의 생모 오쿠라 부인을 비롯하여 시게나리의 생모 우쿄 부인, 요도 마님의 최고 시녀 구나이 부인, 아에바 부인, 오타마 부인과 그밖에 마사즈미가 모르는 여인의 시체가 셋 있었다.

모두들 누구에겐가 찔러 달라고 했으리라. 턱 밑에 두 손을 모은 채 한 번에 찔려 죽은 자도 있었고, 두 번 세 번 찔린 자들도 있었다. 그러나 죽은 얼굴은 한 결같이 잔잔했고 이미 괴로운 이승을 떠나버린 표정이었다.

등 뒤에서 시동의 목소리가 들려왔다.

"보고드립니다. 오고쇼님께서 기분이 좋지 않으셔서 진중으로 돌아가시지 않고 그대로 니조 저택으로 귀환하신답니다."

마사즈미는 자제력을 잃고 고함질렀다.

"뭐, 뭐라고? 누……누가 이 일을 오고쇼님께 말씀드렸나?"

뒤따라오면서 역시 조용히 시체를 살펴보던 아베 마사쓰구가 옆머리의 빗방울을 털어내면서 대답했다.

"저입니다. 저에게는 사건의 전말을 쇼군께 보고할 임무가 있습니다. 또 일부러 마중 나오신 오고쇼님께 말씀드리지 않는다면 이것도 실수……."

"이 마사즈미를 젖혀 놓고 말인가?"

"사정을 양해해 주십시오. 저항을 포기하고 모두 자결, 자세한 것은 마사즈미님께서 보고하실 거라고만."

"에잇, 주제넘게!"

그는 평소의 마사즈미라고 생각할 수 없을 만큼 격분한 모습으로 미친 듯이 소리쳤다.

"내 검시가 끝나기도 전에……오고쇼와 쇼군님 사이에 만일 의가 상하는 일이라도 있다면 어떻게 할 셈인가?"

아베 마사쓰구는 낮게, 그러나 분명한 어조로 반박했다.

"그런 일은……모든 지휘를 쇼군께 맡기신 터이니…… 쇼군님을 무시하고 이의를 내놓으실 오고쇼님이 아니지요."

자신에 넘친 대답을 듣자 마사즈미도 입을 다물지 않을 수 없다.

시동이 다시 말했다.

"보고드립니다. 마사즈미는 서둘러 니조 저택으로 올 필요 없다, 뒤처리를 정중히 하고 돌아오도록, 또한 공양 문제는 오구리 다다마사 님을 보내 우선 잇신사의 대사님에게 부탁해 두었다고 전하라는 말씀입니다."

"잠깐."

바로 돌아서려는 시동을 마사즈미는 황급히 불러세웠다.

"물론 나도 뒤쫓아갈 것이다…… 그런데 오고쇼께서는 벌써 사쿠라문을 출발하셨느냐?"

"예, 기분이 좋지 않으셔서……."

"병이신 것 같던가?"

"예……아닙니다."

"어느 편인지 분명히 말해라."

시동은 깜짝 놀라 말했다.

"모두들……나를 속였다……고 하시며 몹시 화내셨습니다."

"들었나, 아베? 모두들 오고쇼님을 속였다고."

아베 마사쓰구는 얼굴빛도 달라지지 않았다.

"속인 게 아니지요. 마사즈미 님도 아시다시피 속여서 시간을 끌다가 감쪽같이 자결한 것은 히데요리 쪽입니다."

"됐다, 이제 그만! 그런데 오고쇼님 옆에는 누가 있나?"

"예, 이타쿠라 님 부자가 호위하고 계시니 니조 저택까지는 염려 없을 거라고 생각합니다."

"그래, 좋아. 곧 뒤따라가겠다. 부디 조심하라……고 이타쿠라 님께 일러다오."

"알겠습니다."

시동이 달려가자 혼다 마사즈미는 시체를 다 둘러본 뒤 이윽고 걸음을 멈추고 멍하니 비 오는 하늘을 바라보았다. 보는 게 현실이 아닌 듯한, 아무것도 손에 잡히지 않는 방심상태였다.

그 무렵 이에야스는 타고 온 말을 하인에게 끌게 하고 준비해 온 가마에 올라앉아 넋 잃은 모습으로 모리구치(守口)로 향하고 있었다. 갑자기 니조 저택으로 돌아간다……고 했으니 배를 준비할 겨를이 없어 모리구치까지 육로로 가는 수밖에 없었다.

아직 자우스산의 진지철수도 끝나지 않았다. 뿐만 아니라, 일단 그곳으로 히데요리와 요도 마님을 함께 데려갈 생각으로 맞이할 준비를 명해 두었는데…… 센히메와 교부쿄 부인도 아마 잇신사의 타다 남은 건물에 와서 그들의 도착을 기다리고 있으리라.

문제의 벼창고에서 불길이 치솟자 이에야스는 얼굴빛이 달라져 소리쳤었다.

"이타쿠라를 불러라! 가쓰시게를!"

가쓰시게가 달려오자 이에야스는 무섭게 분노를 터뜨렸다.

"네놈도 같은 무리냐? 나는 히데요리 모자를 구출하라고 했다. 그런데 총을 쏘고……그래서 상대가 불 질러 자결했다고 꾸며대려고……너희들이 하는 짓을 내가 모르는 줄 아느냐?"

가쓰시게는 대답할 말이 없었다. 그 역시 마음 한구석에는 이렇게 되지 않을까……하는 우려를 품고 있었기 때문이다.

'진심으로 구출할 생각을 하시는 분은 오고쇼님 한 분뿐…….'

아니, 히데타다에게도 자기 딸이며 사위다. 마음속으로는 살려주고 싶지 않을 리 없었으나, 천하를 맡은 쇼군으로서 사사로운 감정을 추호도 보이지 않으려는 괴로운 입장에 서 있었다.

그러나 다른 측근들은 그렇지 않았다. 그들은 고마키 싸움 이래 도요토미 가문에 의해 얼마나 서러움을 겪었는지 조상들에게 누누이 들으면서 자란 사람들이다…… 바꾸어 말한다면 먼 옛날부터 시작된 두 가문의 원한이 아직 사라지지 않고 꼬리를 끌다가, 그 원혼들이 달려들어 이에야스의 뜻을 짓밟아버린 것이다…….

"가만히 있는 걸 보니 네놈도 한통속이로구나. 이 이에야스를 잘도 속여 먹었군. 때려주고 싶다."

대뜸 채찍을 쳐들었으나 이에야스는 그것을 가쓰시게에게 내려치지는 않았다. 심한 분노로 몸의 균형을 잃은 것 같기도 하고 다시 생각한 것 같기도 했다.

비틀비틀 쓰러지듯 걸상에 앉더니 어깨로 숨을 쉬며 팔을 축 늘어뜨렸다.

"물……물을 가져와."

시동이 얼른 물을 갖다 바쳐도 한 모금 마시고는 넘나간 듯 몸을 움직이지 않았다.

"가쓰시게, 불길이 아직도 타고 있느냐?"

얼마쯤 있다가 이렇게 말했을 때는 이미 노여움이 가라앉아 있었다.

"예, 연기는 차츰 엷어지고 있습니다만."

"그래. 나는 이대로 니조 저택으로 돌아가겠다."

"하지만 그러시면 쇼군께서……."

"멍청한 놈! 지금 만났다가는 눈도 제대로 못 뜰 거야…… 모두들 보는 앞에서 내가 만일 쇼군의 머리라도 붙잡고 흔들어대면 어떻게 되겠나?"

그리고 다시 한동안 눈도 깜박이지 않고 골똘히 생각에 잠겨버렸다.

이에야스의 생애에서 이처럼 비참하게 뼈에 사무치는 고독을 맛본 적은 한 번도 없었다.

'이 나이가 되어……이런 고독을.'

지금까지 어떠한 경우에도 결코 외롭지는 않았다. 소년시절에는 수많은 옛 신하들과 함께 있었고, 그 뒤에는 가문의 무게며 패기만만한 투지와 희망에 힘입어 언제나 무거운 짐으로 느껴질 만큼 많은 사람들 운명의 중심을 이루어왔다. 그리고 늘그막에는 더욱 그들의 자손을 훈육하는 데 뜻을 다했고, 그런대로 신뢰받고 효과도 올렸다……고 믿었다.

그런데 모든 게 자만이었던 모양이다. 그는 스스로 이렇게 말했었다.

"나는 이미 죽은 사람으로 알라."

그러면서도 실은 지나칠 정도로 강한 자아 속에서 살아왔다. 모든 면에서 죽은 뒤의 일까지 내다보고 지시할 작정이었으나, 히데타다와 그 측근무장들에게 그리 존중받지 못한 모양이다. 아니, 존중받지 못한 정도가 아니었다. 히데요리 모자의 경우에는 완전히 무시당해 버렸던 것이다.

'내가 그토록 간곡히 타일렀건만…….'

인간이기 때문에 사람은 인정을 완전히 무시하고는 살지 못한다. 난세를 태평한 세상으로 바꾸기 위해 새로운 질서가 필요한 것은 물론이고 그 지표를 보여주는 '법도'도 엄격히 지키게 해야 했으나, 그렇다고 법도가 있기 때문에 인간이 존재하는 것은 아니다. 법도도 역시 어떻게 하면 사람을 보다 잘 살게 하는가 하는 궁리에 지나지 않으며, 그 위에 또 하나 더욱 중요한 천지자연의 '법'이 있는 것이다.

"내가 히데요리 모자를 구출하려는 것은 그 천지자연의 법 때문이다. 나는 히데요리와 센히메가 사랑스럽다. 그리고 다이코는 어떻든 내게 많은 것을 가르쳐준 선배이며 스승이었다…… 그러므로 이런 경우 사사로운 인정을 짓밟으면서까지 법질서의 유지를 생각한다면 그건 범위를 벗어난 억지가 된다. 억지는 인심을 겁에 질리게 만들거나 위축시킬 뿐, 결코 오래가지 못한다. 알겠느냐? 법도 또한 인간에게 지키도록 하는 것인 이상, 인정을 아주 떠나서는 안 되는 거야."

기회 있을 때마다 히데타다에게 말했고, 히데타다도 충분히 이해하고 있다……고 여겼다.

"나는 죽은 것으로 알라."

이렇게 선언하고 지휘를 이양했다. 그런데 그것은 이에야스의 착각이었으며 히데타다와 그 측근들은 도리와 법도, 법도와 인정의 관계도 도무지 이해하지 못하고 있었다. 아마 그들은 오고쇼가 망령 났다는 기분으로 조소하고 있었는지도 모른다.

'그래, 나는……혼자가 된 거야.'

히데요시가 병상에서 괴상한 넋두리를 되풀이하고 있을 때는 이미 완전한 고독 속에 빠져 있었는데, 그런 늘그막이 이에야스에게도 다가오고 있는 것일까……?

"가쓰시게, 가자."

그렇게 내뱉고 가마에 오른 이에야스의 눈은 억누를 수 없는 눈물로 가득했다.

그래도 이에야스는 사쿠라문에서 바로 물러가지는 않았다.

"성안으로 들어가자. 그리고 교바시 어귀로 나가도록."

그것은 오가는 사람들에게 혼자 돌아오는 자신의 모습을 보여주지 않겠다는 허세 외에 성안을 일단 조사하고 니조 저택으로 철수한다는, 마음속의 울화며 히데타다와의 불화를 눈치채지 못하게 하려는 조심성에서였다.

이타쿠라 가쓰시게는 알아차리고 성안을 통과하여 교바시 다리를 건너자 노다(野田), 사카구치(坂口)로 해서 히가시노에(東野江)로 길을 잡았다. 그리하여 동쪽 관문에 이르렀을 무렵에는 싸움이 끝났다며 벌써 하나둘 성으로 돌아오는 상인들을 만났다.

이에야스는 넋 나간 듯 여전히 말이 없었다.

하인에게 말을 끌게 하고 자신은 가마 옆에서 걸어가던 이타쿠라 가쓰시게는 마주친 상인들에게 말을 걸고, 이에야스에게 말을 건넸다.

"전쟁은 끝났으니 빨리 집으로 돌아가 열심히 장사하라. 모두들 안심하는 얼굴로 제집으로 돌아가고 있습니다."

그러나 이에야스는 대답이 없었다.

"오고쇼님, 아직 노여움이 풀리지 않으셨습니까?"

"……."

"이건 아무리 생각해도 쇼군님 지시가 아닙니다. 뭔가 순서가 잘못되어 버린 겁니다."

이에야스는 힘없이 혀를 찼다.

"바보 같은 놈. 순서가 잘못됐든 어찌 됐든 죽은 히데요리는 돌아오지 않는다."

가쓰시게는 눈짓으로 가마꾼의 걸음을 늦추게 했다.

"쇼군은……오고쇼의 뜻을 거역할 분이 아닙니다. 게다가 측근에는 혼다 마사노부 노인도 계시니 이건 뭔가 착오가 일어난 게 틀림없을 겁니다."

"잠자코 가기나 해."

"예……."

"이로써 이에야스의 인생은 마지막에 흙투성이가 되어버렸다…… 내 외로움을 그대들이 알 리 있나."

시키는 대로 가쓰시게는 가마 곁을 떠났다. 그리고 과연 자기가 이에야스의 외로움을 이해하지 못하고 있는 것인지 스스로에게 물어보았다.

"이해하지 못하는 건 아니야……."

다이코의 유자로서 이미 아무 힘 없는 히데요리를 기어이 잔인하게 죽어버렸다……는 게 되면 센히메의 탈출마저 인정을 모르는 자의 교활한 책모가 된다…… 아니, 그보다 이에야스는 피눈물도 통하지 않는 냉혹한 질서의 악마였다고 해석할 게 아닌가…… 세상의 인정은 언제나 약자 편을 들기 쉬운 것이니…….

이번에는 이에야스 쪽에서 불렀다.

"가쓰시게, 히라카타에 도착하거든 쇼군에게 사자를 보내라."

"예."

"나는 피곤해서 아이들과 놀고 싶다. 도토우미의 고로타마루나 오와리의 나가후쿠마루를 곧 니조 저택으로 보내주도록……."

그리고 다시 한마디 덧붙였다.

"그렇군. 에치고의 다다테루도 보내라고 해. 모두 마음 놓이지 않아서 안 되겠다."

가쓰시게는 안심했다. 아마 이에야스의 평상심이 어린 아들들의 교육으로 방향을 돌린 모양이었다.

"알겠습니다. 곧 사자를 보내겠습니다."

가쓰시게는 히라카타에 도착하기 전에 오카야마의 히데타다 진으로 사자를 보내고, 그 길로 자우스산에서 이에야스가 돌아오기를 기다리고 있을 아들 시게마사에게도 되도록 빨리 니조 저택으로 오도록 말을 전했다.

그때의 일행은 가쓰시게 휘하 병사들까지 합해 300명쯤……모두들 탈 수 있는 배가 없어 이에야스와 가쓰시게가 서로 손이 맞닿는 자리에 비좁게 마주 앉아야 했다.

이에야스는 가쓰시게와 마주 앉아서도 한동안 그 얼굴을 쳐다보지 않았다. 물처럼 맑은 시선을 가랑비 내리는 하늘에 던진 채 허탈한 마음을 계속 드러내 보이고 있었다.

가쓰시게는 비로소 뼈가 얼어붙는 것 같은 고독감에 사로잡혔다.

'싸움은 훌륭하게 이겼는데…….'

이에야스의 가슴에 씻을 수 없는 상처를 남겨버린 모양이었다.

"가쓰시게."

다시 이에야스가 부른 것은, 밧줄이 팽팽해지면서 배가 상당한 속도로 강을 거슬러 올라가 힘찬 구령과 함께 교토 관할 강줄기로 접어들 무렵이었다.

"예……뭐 필요하신 게 있으십니까?"

"뒤처리야……오사카 일을 쇼군에게 모두 맡겨두어도 불안하지 않을 거라고 그대는 생각하는가?"

"예, 이제……무슨 불안이 있겠습니까?"

"그래? 그렇다면 내가 지나치게 간섭하는 게 되겠군."

"그건……그러나 부자간의 정으로서…… 아니, 만일의 일이 염려되신다면 곧 사자를 보내겠습니다만."

"됐어. 생각해 보니 하지 않아도 될 말까지 한 것인지도 모르지. 성안의 금은은 아베 마사쓰구, 아오야마 다다토시, 안도 시게노부에게 감시시키라든가, 성은 마쓰다이라 다다아키에게 지키게 하라든가…… 이건 역시 늙은이의 잔소리였어."

"황송합니다. 잔소리가 아니지요. 당연하신 배려……라며 쇼군께서 분부내리시더군요."

"그대는 쇼군을 어떻게 보나? 훌륭하게 천하를 다스릴 기량을 지녔다고 보는가?"

가쓰시게는 비로소 가슴에 무겁게 가라앉아 있던 기분을 뱉어냈다.

'이제 노여움이 가라앉았구나!'

"예, 모든 일에서 오고쇼님이 세우신 업적을 더럽히지 않으려 필사적으로 노력하시는 효심이 이는 분, 더없는 후계자라고 생각합니다."

"그래……그렇다면 나는 다시 한번 죽어야 한단 말이군."

"다시 돌아가신다……면?"

"살아 있는 동안 숨을 거둔다……어려운 일이지. 살아 있으면서 죽는다는 건."

가쓰시게는 비로소 고개를 크게 끄덕였다. 이에야스만한 인물, 이에야스만 한 나이도 역시 '아집'을 다 버렸다는 자신감만은 늘 흔들리는 모양이다.

"좋은 말씀을 들었습니다. 가쓰시게도 유의해서 수양에 힘쓰겠습니다."

"가쓰시게."

"예."

"나는 쇼군을 나무라지 않기로 했다. 그 대신 니조 저택에 도착하면 도도 다카토라를 불러다오."

"예, 대신 도도 다카토라라도 꾸짖으시겠습니까? 좋은 생각인지도 모르겠습니다."

이에야스의 얼굴에 그제야 겨우 평소의 침착한 기색이 되돌아왔다.

이타쿠라 가쓰시게의 고심은 니조 저택에 도착하자 더욱 효과를 나타내기 시작했다. 이에야스가 니조 저택으로 성큼 철수한 것을 알고, 쇼군 히데타다가 때를 놓치지 않고 전령을 보내 여러 가지 진행보고서를 제출해 두었기 때문이었다.

물론 그중에는 히데요리가 자결한 상황도 기록되어 있었으나 그와 함께 도망자에 대비하여 구키 모리타카와 오바마 미쓰타카에게 명해 해안선 경비를 엄중히 하게 하고, 성의 금은에 대한 감시는 이에야스의 의견대로 아베와 아오야마와 안도(安藤) 세 사람에게 명했으며, 성안의 화재터는 시코쿠와 주고쿠의 여러 군사들에게 앞으로 100일 기간을 주어 정리하도록 지시했다는 것이 상세히 기록되어 있었다.

그리고 그날도 세키가하라 때처럼 승리의 함성은 올리지 못하게 하고 다만 군신(軍神)에 대한 제사와 피아간의 사망자에 대한 공양을 끝낸 뒤 고로타마루, 나가후쿠마루 어린 두 동생과 이에야스가 만나고 싶어 하는 도도 다카토라 등을 데리고 자신도 후시미성으로 철수하겠다고 했다.

"이건 누구의 지혜일까? 혼다 마사노부일까, 도도 다카토라일까?"

이에야스는 히데타다가 서둘러 뒤처리하고 아버지에게 뒤지지 않게 후시미성으로 철수하겠다고 결정한 데 대해 매우 흡족한 모양이었다.

몹시 노하여 사쿠라 문에서 갑자기 돌아가겠다고 한 이에야스였다. 그것은 생각할 나위도 없이 의아하고 성급한 행동이었다. 히데타다는 그것을 대뜸 알아차리고 시원시원하게 뒤처리했을 뿐 아니라 자기도 성큼 후시미성으로 철수하기로 했으니…… 남들은 이에야스와 히데타다가 미리 의논해 두었던 일로 알 터이니 아무도 감정의 충돌 따위 눈치채지 못할 것이었다.

"그래, 내 실책을 덮어줄 만한 기량을 갖추게 되었단 말인가……."

그러한 감회를 말로 표현한다면 이런 말이 된다.

"누구의 지혜일까?"

가쓰시게는 비로소 웃었다.

"부모에게 자식은 언제까지나 어리게만 여겨지는 모양입니다."

"그럴지도 모르지. 부모가 없어도 자식은 크는가?"

"신불의 힘은 참으로 오묘하고 위대한 것입니다."

"가쓰시게, 하지만 그 보고 가운데 센히메에 대해서는 한마디도 없다. 이것을 어떻게 해석하면 좋을까?"

가쓰시게는 차분하게 말했다.

"사양마시고 할아버님이 소신껏 감싸주셔도 좋을 거라고 생각합니다. 손주를 귀여워하는 것은 조부에게 허락된 특권이 아닐까요."

"그런가? 아버지로서는 단 하나 살아남은 딸을 감싸줄 수 없고?"

"잘 헤아려주시기 바랍니다."

"그럼, 그건 됐네. 그렇군, 또 하나 만날 사람이 있다. 거 왜 있지 않나, 그대도 잘 아는 혼아미 거리의 노인 말이야."

"아, 고에쓰 님 말씀이시지요?"

"그래. 그 노인을 불러 손주 딸의 처리방법을 물어보자. 세상에 그처럼 꼬장꼬 장한 고집쟁이도 없어. 그리고 이번 경과를 고다이인에게는……그를 시켜 알리는 게 좋겠어."

"그럼, 곧 고에쓰를 부르지요."

"가쓰시게, 때때로 나는 우는 버릇이 있네. 하지만 이 일에 대해서는 후세까지 비밀이야. 난 말이지, 센히메와 히데요리를 여기 나란히 앉혀놓고 차분하게 훈계 하고 싶었다…… 그게 나의 즐거운 꿈이었는데……."

가쓰시게의 눈으로 보아도 이에야스는 역시 눈물 많은 노인이 되어버린 느낌 이 있었다. 푸념하는 것은 아니다. 판단력은 여전히 무서울 만큼 정확했고, 결단 력도 둔해졌다는 느낌이 없었다. 그러나 옛날의 이에야스에 비해 몹시도 성급해 진 느낌이 드는 것은, 역시 죽음이 임박한 데서 오는 초조함 때문일까?

"그럼, 곧 고에쓰 님을 모시러 사람을 보내지요."

가쓰시게는 말하고 일단 복도로 나와 다시 생각했다. 혼아미 고에쓰는 이에야 스가 말한 대로 지나치게 꼿꼿하고 강직한 데가 있다. 그런 사람을 불러 센히메 의 처신에 대해 물으면 히데타다보다 더 엄격한 판단을 내릴 것 같았다.

"요도 마님과 히데요리 님이 돌아가셨다……면 당연히 부인의 자결도 허락하심 이……."

그런 대답을 듣게 된다면 겨우 안정되어 가던 이에야스의 마음이 또 흔들리게 된다.

'그렇나. 아식은 그 고시식한 노인을 오고쇼 잎으로 부를 때가 아니다.'

대기실로 들어간 가쓰시게는 전혀 다른 뜻의 편지를 써서 고에쓰에게 전하라고 보냈다.

"히데요리 모자가 자결하여 오고쇼께서 무척 낙심하고 계시며, 귀하도 새삼 인간세상의 무상함을 느끼셨을 것입니다. 이 사람이 살피건대 낙담하신 오고쇼의 간토 귀환이 의외로 빨라질 것 같습니다. 귀환하시게 되면 연세가 연세이니만큼 만나 뵙기 힘들 겁니다. 따라서 귀하께서 고다이인 님을 문안하시고 돌아오시기 전에 한 번 오고쇼를 위문하시는 게 어떻겠습니까……?"

이런 내용의 편지였다.

간토와 오사카가 두 번이나 단교……했다고 들었을 때, 고에쓰는 이제 세상이 싫어졌다며 한탄했다.

"사람이란 얼마나 미련하고 구제하기 힘든 존재인가."

혼아미 거리의 고에쓰에게 편지를 보내고 돌아오자 이에야스는 팔걸이 위에 두 손을 놓고 멍한 표정으로 허공을 쳐다보고 있었다.

"어때, 혼아미 노인이 곧 올 수 있을까?"

"그게……지금 출타 중이어서."

"그래, 긴 여행이라도 나갔던가?"

"여행……이라고 할 만한 것은 아닙니다. 하루 이틀 안으로 돌아온다고 했으니……편지를 보는 대로 곧 달려올 겁니다."

이에야스는 가쓰시게의 얼굴을 빤히 쳐다보았다.

"그래……? 가쓰시게, 나는 센히메에 대해 그 노인에게는 물어보지 않기로 했다."

"그러시면?"

"그대가 일부러 없다고 둘러대는데 구태여 물을 것도 없지."

"그, 그건……."

"괜찮다. 때로는 거짓말도 큰 위로가 되는 법이야. 정직이 훨씬 무정할 때가 있지. 됐어, 혼아미 노인이 오면 오랜 친분이 있었으니 뭔가 상이라도 주어 보내겠다. 염려 마라."

가쓰시게는 마침내 어깨를 들먹이며 울기 시작했다.

야마토(大和)의 애수

야규 무네노리는 그날 내내 쇼군 히데타다 옆을 지키면서 '히데요리 모자 구출' 소식을 기다리고 있었다. 그는 오카야마 진지에 대기하고 있어서 하야미 가이와 이이 나오타카 사이의 가마냐 말이냐 하는 문답도 몰랐고, 회답 독촉의 발포에 대해서는 더욱 몰랐다.

'아무 염려할 것 없어. 측근에 오쿠하라 도요마사가 있으니.'

그가 이 사촌 형을 믿는 마음은 야규 일족의 긍지를 걸 만큼 자신만만했다.

'식견이 뛰어나고 칼솜씨며 분별심도 누구보다 훌륭하다.'

그 도요마사는 여차하면 간토 군에 대해 쇼군 히데타다며 오고쇼의 이름을 밝힐 수 있는 입장에 있었다. 따라서 그 점에 대해 털끝만큼도 걱정하지 않고 오직 약속된 '정오'만 기다리고 있었다.

그런데 막상 정오가 되자 사실은 이 싸움의 가장 큰 오점이라고 할 수 있는 교바시 어귀의 학살이 시작되었다. 공격군으로서는 무리도 아니었다. 이때 이미 이에야스는 사쿠라문까지 들어왔고 약속시각이 코앞에 다가와 있었다. 그런데도 교바시 앞쪽의 성안 빈터에 전력을 알 수 없는 상당한 인원수의 병력이 집결해 있었다.

사실 이들은 성안에 남은 늙은이와 아이들과 부녀자가 대부분인 도망갈 기회를 잃은 부상자며 잡병 무리였으나 공격군은 그 사실을 알지 못했었다. 만일 이들이 힘 있는 부대여서 단숨에 사쿠라문으로 밀고 나와 출구를 가로막으면 큰일이라고 은근히 염려하고 있었다.

물론 히데요리 모자가 정오까지 이에야스가 있는 사쿠라문으로 나온다면 문제 되지 않는다.

"싸움은 끝났다! 자, 무기를 버리고 나가거라."

그로써 간단히 끝날 터인데, 시간이 늦어졌으므로 반대가 되었다.

'만일 무슨 음모를 꾸미고 있다면?'

그 의심이 그대로 경계심이 되고 공포로 발전했다. 그래서 이제 더 기다릴 수 없다고 여겨 닫힌 문을 폭파시키고 성안 빈터로 돌입하고 말았다.

이 폭파소리를 무네노리는 히데타다 앞에서 들었다. 히데타다는 얼굴빛이 달라져 걸상에서 벌떡 일어났다.

"무슨 소리냐, 저게? 알아보고 오너라, 무네노리."

"알겠습니다."

말을 달려 현장에 이르니 차마 눈 뜨고 볼 수 없을 만큼 처참하게 시체가 흩어져 있었다…… 젊은 여인이 복부가 갈라져 죽어 있었다, 갓난아기도 있고 노인과 노파도 있었다. 스님도 있고 상인도 있었으며, 머리채를 잡혀 넘어진 아기 어머니의 시체도 나뒹굴었다.

그 앞쪽에서는 아직도 반 벌거숭이 무사들이 미친 듯 학살을 계속하는 중이었다.

"멈춰라! 당장 멈추지 않으면 아군이라도 쏘아버릴 테다."

무네노리는 고함치면서 자기와 마찬가지로 또 한 사람, 칼을 뽑아들고 이 야만적인 행위를 제지하려는 자가 있는 걸 깨달았다.

"아, 도요마사 님……!"

무네노리는 저도 모르게 눈을 비비고 다시 보았을 정도였다.

'어째서 도요마사가 이런 곳에……?'

도요마사는 당연히 히데요리와 요도 마님 옆에 있을 거라고 생각했고, 또 그래야만 하는 인물이었다. 무네노리는 큰소리로 외쳐 미쳐 날뛰는 반 벌거숭이 무사들을 꾸짖으며 두 요마사인 듯싶은 인물에게 다가갔다.

"거기 있는 건 도요마사 님 아니시오?"

"아……."

상대는 작은 소리로 응답했다.

"어쩐 일이오. 벌써 인도가 끝났소, 도요마사 님?"

그러나 그 물음에는 대답하지 않고, 도요마사는 몸을 홱 돌려 해자 속으로 뛰어내렸다. 이번에는 무네노리가 소리 질렀다.

"앗……."

당연히 심한 물보라가 일어나야 할 수면을 작은 쪽배 한 척이 황급히 저어 나갔기 때문이었다.

'배도 와 있었구나! 그런데 무엇 때문에……?'

그러나 무네노리는 눈앞의 소동을 진압하느라 그 의문에 대해서는 더 이상 생각해 볼 겨를이 없었다.

물론 그 밑바닥에 도요마사에 대한 깊은 신뢰감이 있어서였다. 그동안 아시다 성채의 벼창고 일에 대해서는 상상도 하지 않았다.

도요마사 쪽에서도 마찬가지였다. 부하 한 사람으로부터 교바시 어귀의 위급을 통지받자 순간적으로 생각했다.

'이거 큰일인걸.'

물론 벼창고 안에도 눈을 뗄 수 없는 불안의 씨앗이 몇 개 있지만, 교바시 어귀에서 소동이 일어나 해자로 나가는 출구가 봉쇄되어 버린다면, 최악의 경우 탈출구가 막히게 된다.

"힘껏 노를 저어라. 어서!"

정신없이 가는 도중 문짝을 폭파하는 소리가 들렸다. 그리고 도착했을 때는 이미 눈 뜨고 볼 수 없는 학살이 시작되고 있었다…….

그건 전쟁도 아니고 싸움도 아니었다. 앞뒤가 막힌 빈터 안으로 쫓겨 들어간, 싸울 뜻도 투지도 잃어버린 양 떼 속으로 그보다 더 많은 수의 늑대들이 으르렁거리며 뛰어든 폭거였다. 사방에서 비명이 오르고, 그 비명과 피보라는 늑대들을 더욱 사납게 만들었다.

도요마사는 글자 그대로 망연자실했다.

"중지하라! 전쟁은 끝났다. 중지하라지 않느냐!"

거의 순간적인 일이었으나, 자기가 무엇 때문에 왔는지조차 잊어버리고 정신이 들었을 때는 쪽배를 버리고 그들 속으로 뛰어들고 있었다. 아마도 폭파된 문으로 부디 무네노리가 들어오지 않았다면, 그는 숱한 늑대들이 냉정을 되찾을 때까지 뒤로 물러설 수 없는 광란의 도가니 속에 휩쓸려 들어갔을 게 틀림없었다.

무네노리의 목소리를 듣자 그는 깜짝 놀라 제정신이 들었다.

'그렇지! 나는 수로의 안전을 살피러 왔었지……'

제정신이 들자 그의 귀에 들려오는 것은 교바시 어귀의 비명이 아니라, 아시다 성채의 벼창고를 향해 쏘아대는 이이 군의 총소리였다…….

'아뿔싸!'

도요마사는 쪽배 위에서 피가 나도록 입술을 깨물었다.

자기가 없는 동안 무슨 일이 생겼을까? 물론 상상 못 했던 것은 아니었다. 어제 싸움에서 막대한 희생자를 낸 이이 군이 주력이었으니 날뛰고 있는 심정도 강한 반감도 알 만했다.

도요마사는 부하를 독촉했다.

"서둘러 노를 저어라! 수로는 아직 뚫려 있다. 여차할 때는 미리 준비한 대로……"

그것은 스스로 자신에게 일러주는 질타였다.

"알겠느냐? 침착해라, 침착하게 서둘러."

그러나 도요마사가 전날 밤부터 고심해 가마니를 둘러 측간으로 꾸며놓은 버드나무 아래에 쪽배를 대었을 때는 벌써 이이 군이 벼창고 주위로 몰려들고 있었다. 창고 안은 괴괴할 뿐 아무 움직임도 느껴지지 않았다.

온몸에 오싹 소름이 끼치는 게 느껴졌다.

"다 왔습니다."

잔뜩 긴장한 부하의 목소리를 들으면서도 도요마사는 한동안 얼어붙은 듯 움직이지 않았다.

'모든 것이 끝나고 말았다……'

겨우 얼마 안 되는 사이, 마치 그 틈을 노리고 있었던 듯 도요마사의 모든 고심이 산산조각으로 부서지고 말았던 것이다.

누구에게 참살된 것일까?……

아니면 자결이라도 한 것일까?

그러고 보니 도요마사가 이곳을 떠나 있었던 시간은 한순간인 것 같기도 하고 한없이 오랜 시간인 것 같기도 했다.

'어쨌든 살아 있는 기척이 느껴지지 않는다……'

도요마사가 곧장 창고 안으로 뛰어들어 자신의 눈으로 그 광경을 똑똑히 본 것은 그로부터 몇 초 뒤였을까……? 도요마사의 눈에 들어온 죽음의 창고는 30여 명의 피로 아로새겨진, 말할 수 없이 조용하고 엄숙한 대향연의 끝처럼 보였다.

'그래! 이들을 흙발에 짓밟히게 해선 안 된다……'

그것은 이성이었을까, 아니면 '아름다움'을 지키려는 '꽃지기'의 감상이었을까……? 도요마사는 무아지경에서 깜박거리고 있는 등잔기름을 가마니와 멍석에 쏟아붓고 불을 지르며 다녔다.

이이 군의 선봉이 흰 연기를 보고 광 속으로 우르르 뛰어든 것은 이때였다. 당연히 여유가 없었던 도요마사는, 히데요리와 요도 마님 사이에 쓰러져 죽은 시체로 가장했다.

무아지경 속의 그 행동은 평소의 도요마사답게 침착하게 계산된 것이 결코 아니었다. 모든 게 열에 들뜬 동물처럼 지극히 본능적이고 충동적인 행동이었다. 그리하여 이이 나오타카와 혼다 마사즈미가 나타났을 때, 그는 벌써 이이 군의 잡병에 섞여 부지런히 시체를 날라내고 시체에 묻은 피를 닦아주기도 하고 있었다. 그러한 재빠른 변신을 눈에 띄지 않게 해준 것은 말할 것도 없이 연기와 불길이었다.

'용서해 주시오, 용서를……'

요도 마님의 가슴에 꽂힌 단검을 뽑고 새하얗게 갈라져 불룩하게 솟아오른 상처를 옷깃으로 가려준 것도 그였다.

그 무렵부터 도요마사는 겨우 제정신이 든 듯했다…… 정신이 돌아오자 심한 자책감의 포로가 되었다.

'도요토미 가문을 내가 멸망시키고 말았구나……'

누가 뭐라고 책동하더라도 히데요리 부부와 요도 마님만은 반드시 살려내겠다……는 게 야마토의 오쿠하라를 등지고 오사카성에 들어왔을 때부터 무슨 일이 있어도 굽힐 수 없는 도요마사의 고집이었다. 그런데 그가 잠시 눈을 뗀 사이 그 고집이 산산이 부서지고 만 것이다.

히데요리의 시체에는 목이 없었고, 요도 마님은 마치 어제까지의 마음의 고통에서 해방된 듯 안도하는 얼굴로 숨이 끊어져 있었다.

'살아남은 것은 센히메 한 사람뿐……'

그것이 오히려 그의 양심을 이상하게 자극하여 씻겨진 히데요리의 목이 이이 나오타카의 손으로 실려 나갈 때까지, 온몸의 힘이 쑥 빠져버리는 안타까운 허무 감에 시달렸다.

몸은 쉴 사이 없이 움직이고 있었다. 움직이지 않으면 공격군 군사에게 의심받고, 더 이상의 피를 흘리게 된다……는 것을 알고 있었기 때문이다.

'나는 이제 어떻게 하면 좋단 말인가……?'

수렁 위에 떠오르는 거품처럼 중얼중얼 입속으로 되풀이할 뿐이었다.

'나는 이제부터 어떻게 해야 하나……?'

나란히 죽어 있는 30구의 시체는 신분을 확인한 다음 일단 아시다 성채 안에 묻기로 했다.

그 지시는 나오타카보다도 주로 마사즈미와 아베 마사쓰구가 내렸고, 오카야 마 본진에서 도이 도시카쓰가 달려왔을 때는 벼창고 주위에서 이미 싸움터의 흥 분은 사라지고 있었다.

너나할 것 없이 가랑비에 젖어 인간 본디의 침통하다고도 무심하다고도 할 수 없는 얼굴로 다른 창고에서 가져온 가마니에 시체를 싸서 운반할 때마다 합장하 거나 염불을 외기 시작했다.

이렇게 만들어진 새로운 무덤이 형용하기 어려운 정적 속에 빗물을 빨아들이 고 있다……고 생각했을 때 도요마사의 주위에는 벌써 몇 사람 남아 있지 않았 다. 나오타카는 물론 히데타다에게서 달려온 도시카쓰도, 마사즈미도, 마사쓰구 도, 안도 시게노부도, 아오야마 다다토시 등도 이미 없었다. 그들에게는 승리를 마무리할 일이 산처럼 쌓여 있을 것이다.

'그러나 나는 대체 무엇을……?'

도요마사는 이 자리에 남아 있는 자신의 모습을 모두들 그리 수상하게 여기 지도 않고 가버린 것이 견딜 수 없이 씁쓸했다.

"저, 나리……"

깨닫고 보니 부하 신시치가 그의 머리를 삿갓으로 가려주며 불안한 표정으로 들여다보고 있었다.

"모두들 저쪽에서 기다리고 있습니다. 빨리 배를 타시는 것이……."

그 소리를 기다리고나 있었던 것처럼 도요마사는 울기 시작했다. 신시치는 잠자코 삿갓을 가려주며 서 있다. 울음이 그치기를 조용히 기다려야 한다고 생각한 모양이었다. 그러나 도요마사의 통곡은 좀처럼 그칠 줄 몰랐다.

갑자기 세차게 쏟아지기 시작한 비가 소리 내며 삿갓을 두드렸다. 도요마사는 10분 남짓 몸부림치며 울더니 울음소리를 뚝 그치고 신시치를 돌아보았다. 그때는 이미 핏발선 눈 속에 평소의 도요마사가 희미하게 얼굴을 내밀고 있었다.

신시치는 한시름 돌리는 기분으로 말했다.

"그럼, 배로."

도요마사는 빙긋이 웃었다. 뱃속에 스며드는 듯한 한없이 쓸쓸한 미소였다. 잠자코 신시치가 가려준 삿갓 밑에서 걸어 나왔다.

"저, 나리!"

그러나 신시치는 도요마사가 어디를 향해 걷기 시작했는지 알자 뒤쫓는 것을 그만두었다. 도요마사는 쪽배를 매어둔 위치와 반대인, 총탄을 맞아 반쯤 무너진 창고 옆의 해당화를 향해 걷고 있었다. 아마도 규슈나 시코쿠 언저리 뱃사람들이 가져와 심은 것이리라. 거기에는 10자 남짓한 해당화와 아직 묘목이라고 해야 할 어린 보리수가 심어져 있었다.

'꽃을 사랑하는 나라……'

도요마사는 곧장 그 해당화에 다가가더니 느닷없이 그 꽃잎을 잡아 훑기 시작했다. 아니, 꽃뿐만이 아니었다. 이번에는 옆의 보리수 잎까지 훑어서 두 손 가득 움켜쥐었다……

신시치는 숨을 삼켰다. 어떠한 경우에도, 어떠한 풀과 꽃이라도, 꽃봉오리 하나 꽃잎 하나도 살아 있는 생명으로 소중히 다루던 도요마사였다.

"식물도 생물인데 개나 고양이처럼 고통도 배고픔도 호소하지 못하니 더욱 애처롭지."

그렇게 말하던 도요마사가 어째서 이토록 난폭하게 꽃잎을 무참히 훑어버리는 것일까? 신시치가 고개를 갸우뚱하며 그쪽으로 걷기 시작했을 때 두 손 가득 으깨지고 멍든 꽃을 움켜쥔 도요마사가 몸을 확 돌렸다.

"아……!"

신시지는 목을 움츠렸다. 도요마사의 시신 끝에 무엇이 있는지 보았기 때문이었다.

도요마사는 빗속의 무덤을 향해 곧장 걸어가고 있었다. 그렇긴 하나 무덤에 바칠 꽃이라면 어째서 그토록 난폭하게 훑어서 가져가는 것일까? 해당화 꽃잎은 새하얀 빛깔에서 노랗게 물들어가고 있었지만, 그래도 가지째 갖다 놓으면 아직 아름다울 텐데…….

해당화와 보리수 잎사귀를 움켜쥔 도요마사는 새 무덤 앞에 걸음을 멈추더니, 잠시 흙 속까지 꿰뚫어 보는 눈초리로 꼼짝하지 않고 있었다.

벌써 주위의 피 냄새는 대지에 흡수되어 흙냄새로 지워져 있었다.

"흙으로 돌아갔구나."

불쑥 중얼거리더니 도요마사는 오른손을 쳐들었다.

"이걸 받으시라……젠장!"

이어서 왼손에서도 꽃과 잎이 동시에 대지 위로 내동댕이쳐졌다.

빗속의 격한 목소리가 벼창고 언저리에 남아 있던 몇몇 파수병을 놀라게 했는지, 그들의 눈이 일제히 이쪽을 쳐다보았으나 도요마사는 그때 벌써 발길을 돌리고 있었다.

"배를……타러 가자."

그 목소리는 또 울고 있는 것처럼 작았다.

만일의 경우에 히데요리와 요도 마님을 태우려던 배. 그러나 이제 남아 있는 파수병 어느 누구도 그 배를 수상하게 여기는 자가 없었다. 적으로 상대해 온 도요토미 가문 사람은 한 사람도 살아남지 않았다……고 믿고, 도요마사와 여기저기 잠복시켜 둔 부하들을 아무 의심 없이 아군으로 생각한 것이다. 애당초 어느 쪽에 대해 증오도 편견도 없었다. 그 입장에서의 행동이 자연스럽게 적도 아군도 없는 이상한 모습을 나타내 보였는지도 모른다.

배를 저으면서 신시치는 생각했다.

'나리의 병법은 정말 놀라워. 이로써 모두들 다시 무사히 야마토로 돌아갈 수 있다.'

야마토에 부모와 처자를 남겨둔 자가 얼마쯤 있었지만, 처자가 없는 자도 몇백 년에 걸친 조상의 무덤이 모두 오쿠하라에 있다. 그러한 무덤들이 나리를 따라 싸움터에 갔다 돌아온 사람들을 기쁘게 맞아줄 것이다…… 배를 저으면서 그렇게 생각하는 신시치의 눈에 몇 번이나 안개가 끼었다.

'살아서 돌아갈 수 있다니 꿈만 같구나.'

강으로 저어 나간 곳에서 구키 모리타카의 기치를 꽂은 배가 암호를 물었다.

"지휘채냐, 산이냐."

"지휘채."

대답하는 신시치의 목소리는 잔뜩 들떠 있었다. 행선지는 핫켄케(八軒家)……그 기슭에 벌써 부하들이 모여 도요마사의 도착을 기다리고 있다.

강 길에서도 벌써 패잔병 수색이 시작되고 있었다. 이쪽저쪽 강기슭에서 쫓기는 자와 쫓는 자의 작은 싸움이 있었으나, 당당하게 저어 내려가는 이 배를 의심하는 자는 거의 없었다.

배 위에서 도요마사는 팔짱을 낀 채 꼼짝 않고 생각에 잠겨 있었다.

'지금은 나리에게 말을 걸면 안 된다……'

그토록 구출하려 애썼던 히데요리 님과 요도 마님을 살리지 못했으니…… 대신 신시치는 감출 수 없는 기쁨을 고향의 온갖 정경으로 바꿔 그려보면서 잠자코 있었다.

눈앞에 덴마 다리가 크게 다가오고, 그 다리 위로 바삐 돌아오고 있는 사람들 모습이 보였다. 모두 싸움이 끝났음을 알고 내일의 새로운 삶을 그리며 집으로 돌아가는 사람들일 것이다.

별안간 도요마사가 말을 걸어온 것은 핫켄케의 나루터가 왼쪽 가까이에 보이고 나서였다.

"신시치…… 그대는 아직 어머님이 살아계시지?"

"아닙니다. 벌써 3년 전에 돌아가셨습니다."

"그래, 무덤 속에 계신가?"

"돌아가면 우선 그 무덤에 무사함을 알리러 갈 작정이지요……."

"그래, 어머니는 무덤 속에서도 자식을 기다리는 것이니."

"나리도 무덤에 참배하시겠지요?"

"음."

"마을사람들이 얼마나 기뻐하며 맞아줄까요? 하지만 감자는 아직 너무 작겠지요.”

“감자……?”

“예, 하지만 작더라도 캐서 감자떡……을 해 먹고 싶습니다.”

바로 그때였다. 도요마사가 이렇게 말한 것은…….

“드디어 작별이구나, 너희들과도.”

“예! 지금 뭐라고 하셨습니까?”

신시치가 놀라며 되묻자 도요마사는 다시 한번 중얼거리듯 말했다. 그리고 새삼스럽게 불렀다.

“나는 돌아갈 수 없어. 신시치, 무덤 속의 인간이 살아 있다고 생각하나, 죽어 있다고 생각하나?”

신시치는 눈이 휘둥그레져서 저도 모르게 노젓던 손을 멈추었다.

“그야……왕생(往生)한다……고 하니……다른 세상에 태어나 살고 있겠지요.”

“그런가?”

“나리는 그렇게 생각하지 않습니까?”

“아니, 그렇게 생각해. 다른 세계에 태어나 산다……그래, 그러므로 이 세상에서의 죽음을 왕생이라고 하는 것이군.”

“예, 저희들은 큰 나리한테서 그걸 잘 배웠지요. 죽는 게 아니다, 다음에는 병도 슬픔도 없는 세상에 가서 사는 거야. 그러므로 소리가 들리지 않아도, 얼굴이 보이지 않아도 네가 바르게 살기만 하면 묵묵히 도와줄 거라고 하셨지요.”

“음.”

“그러므로 돌아가면 우선 무덤에 참배하며 감사드리겠습니다. 나리도 그렇게 하시겠지요? 나리가 참배하실 무덤은 저희보다 5배나 많습니다.”

“5배나?”

“그러니 저희들보다 5배나 많은 영혼들이 기다리고 계시는 셈이지요.”

말하는 사이 배는 어느덧 기슭에 닿았다.

마침 이곳을 지나가던 다테 군의 감시병이 물었다.

“지휘채냐, 신이냐?”

“지휘채.”

주종은 배에서 내렸다. 그리고 눈앞을 지나가는 부대를 보낸 다음 녹나무 고

목 밑에 있는 빈 찻집 처마 밑으로 걸어갔다.

이곳 주인은 아직 돌아온 기척이 없고 발을 둘러친 봉당 안에 오쿠하라 무리들 40명쯤이 책상다리를 하고 둥그렇게 둘러앉아 있었다. 모두들 왼쪽 어깨에 지휘채의 작은 헝겊을 하나씩 달아 공격군으로 바뀌어 있었다.

빗발이 차츰 가늘어지더니 서쪽 하늘이 훤하게 밝아왔다.

"오, 나리께서 오셨다."

"마침 잘 오셨어. 벌써 솥에서 김이 무럭무럭 나고 있다."

그러고 보니 부뚜막 언저리에서 밥 짓는 냄새가 구수하게 풍겨왔다.

"수고들 했다."

도요마사는 봉당에 들어가자 머리카락의 빗물을 털면서 쉰 목소리로 나직하게 말했다.

"싸움은 끝났다. 식사가 끝나면 저마다 나카미나미(中南)와 히가시미나미(東南)패로 갈라져 마을로 돌아가라."

그 말투가 신시치의 불안을 더욱 부채질했다.

"나리는 어떻게 하시겠습니까?"

도요마사는 천천히 고개를 저었다.

"난 돌아갈 수 없어. 왕생한 조상들…… 내 가문의 무덤을 볼 낯이 없다."

"그……그건……어째서입니까?"

나카미나미……라고 불린 부하가 떨리는 목소리로 물었다.

"나리께서 돌아가지 않는다……는데 저희들만 돌아갈 수는 없지요. 그러면 무엇보다도 마을사람들이 가만히 있지 않습니다. 분노할 겁니다. 모두들 노발대발해…… 이 불충한 놈들아, 하고……."

"그렇소. 나리를 남기고 돌아갈 수는 없어! 나리가 돌아가시지 않는다면 나도 남겠다!"

또 한 사람이 맞장구치자 다시 모두들 조용해졌다. 도요마사의 좀 더 자세한 설명이 있을 줄 안 것이다.

그런데 도요마사는 대답하는 대신 허리에 차고 있던 조그만 사슴가죽 자루를 끌러 모두들 앞에 내던졌다.

"자, 나라 쪽으로 돌아서 가거라. 이 속에 내가 받은 보수가 들어 있다. 히데요리 님이 주신 보수."

"그러나 그럴 수는……."

"벌써 곳곳에서 가게를 열었을 거다. 저마다 가족에게 줄 선물을 사 갖고 돌아가는 거야…… 그리고 마을사람들이 나에 대해 묻거든 싸우다 죽었다고 해도 좋고, 싸우던 도중 행방불명되었다고 해도 좋아."

"그럼, 무슨 일이 있어도 나리는?"

"그래, 돌아갈 수 없어……."

도요마사는 얼굴을 일그러뜨리며 희미하게 웃더니 그 눈길을 그대로 가는 빗발이 내리는 하늘로 옮겼다.

"알겠는가? 난……돌아가선 안 돼. 이유는 새삼스레 말하지 않아도 알 테지. 나는 졌어…… 마음속의 맹세에 졌어…… 이 패배를 잊어선 안 돼."

"……."

"그리고 또 한 가지 이유는, 어쨌든 이 도요마사는 도요토미 가문 편에 섰었다…… 그 사실이 알려져서 마을사람들에게 누가 미쳐선 안 되지. 그러니……조사하는 자가 오면, 오쿠하라 도요마사는 마을에서 나간 뒤 돌아오지 않았다……고 분명하게 말하는 거야. 그러면 그대들에게는 결코 아무 처벌이 없을 거다…… 아니, 뒷날 어쩌면 뜻하지 않은 사람을 통해 오히려 상을 받을지도 몰라……."

모두들 가만히 얼굴만 마주 볼 뿐 아무도 입을 여는 자가 없었다. 그만큼 도요마사의 말에는 안타깝고도 가슴에 스미는 이상한 힘이 담겨 있었다.

"잘 들어라, 마을사람들은 앞으로 의좋게……그리고 우리 집안의 무덤도 잘 보살펴다오…… 내 소원은 그것 하나뿐이다. 왕생하신 조상의 넋은 그편을 오히려 기뻐하실 거다…… 도요마사에게도 기개가 있었다고……."

눈길을 외면한 채 도요마사는 벌떡 일어났다.

신시치가 도요마사의 갑옷자락을 부여잡았다.

"기, 기, 기다려주십시오. 그러면……그러면 조사가 끝날 때까지 나리는 몸을 숨기셔야 합니다. 그러려면 돈이 필요할 겁니다. 자, 이것을 모두 갖고 가십시오."

도요마사는 다시 힘없이 웃었다.

"세상에는 당분간 전쟁이 없을 거야. 거리에 차츰 가게가 문을 열 테니 이 갑옷과 칼을 모두 팔면 그대들보다 더 부자일걸. 알겠나, 무덤 손질……해마다 잘 부탁한다."

"아……"

"찾지 마라. 패한 자의 부끄러운 모습을 찾지 않는 게 야규의 마음가짐이지……
누가 물어도 모른다고 해다오."

매달리는 신시치의 손을 뿌리치고 도요마사는 그대로 보슬비 내리는 거리로
사라졌다.

그리고……그 뒤로 영원히 고향땅을 밟지 않았고, 마을사람들은 지금까지도
그 무덤만은 한결같이 지키고 있다…….

다테(伊達)의 신앙

"멈춰라! 다테 마사무네 님에게 할 말이 있다. 잠시 기다려라."

7일의 공격 때 가장 좌익이었던 기슈 가도를 진격한 다테 군이 8일에 성 남서쪽에서 행동을 일으켰을 때였다. 부대 중앙에 있는 마사무네의 본대를 향해 뛰어든 두 무사가 있었다. 둘 다 가슴에 지휘채의 깃을 달고 있었으나 어느 부대 소속인지 알기 어려운 흐트러진 머리에 허리갑옷 속의 옷은 피와 진흙으로 범벅되어 너덜너덜 찢어져 있었다. 시각은 오전······ 바야흐로 아시다 성채의 벼창고에 불길이 솟고 교바시 어귀의 학살이 시작되던 무렵이었다.

순간 마사무네의 근위무사들이 동요하기 시작했다. 군사들이 우르르 달려나가 창끝을 겨누고 빙 둘러쌌다.

"웬 놈들이냐? 진중의 불온한 자는 베어버려도 무방한 법, 용서치 않을 테다."

뛰어 들어온 두 무사는 눈에 핏발을 세우고 고함쳤다.

"닥쳐라! 우리는 어제 싸움에서 기슈 가도 어귀에서 싸운 진보 데와(神保出羽)의 가신들이다. 너희들에게는 볼일이 없다. 마사무네 님과 직접 담판할 일이 있으니 비켜라."

"뭐라고, 진보 데와의 가신이라고?"

"그렇다. 1만 석짜리 미천한 자이지만 어제 다테 군의 행동은 언어도단, 그대로 넘어갈 수 없어 담판 지으러 온 거다."

번갈아 고함치는 소리를 듣고 어지간한 근위무사들도 서로 얼굴을 마주 쳐다보았다.

실은 전날의 난전(亂戰) 때 가장 뒤늦게 마쓰다이라 다다테루의 에치고 군과 더불어 싸움터에 진출한 다테 군 3만은, 오사카 쪽의 아카시 군이 나루터에서 나오자 쳐부수려고 재빨리 맞아 싸우고 있던 진보 데와의 군세를 배후에서 공격해 전멸시키고 말았던 것이다.

진보 데와는 1만 석이므로 인원수도 기껏해야 400명 남짓…… 그런데 적의 공격을 받아 다테 군 쪽으로 퇴각이라도 했다면 또 몰라도 오로지 적을 공격하고 있는 그 배후에서 마사무네의 명령이 내렸다.

"양쪽 모두 짓밟아버려라."

그리고 대군의 힘으로 밟아 뭉개었으니, 아무리 살기등등한 싸움터라 해도 분명한 폭거……라고 근위무사들도 고개를 갸우뚱했었다. 아무래도 그 전멸한 진보 군 가운데 살아남은 가신이 있어 따지러 온 모양이었다.

한 무사가 말했다.

"좋아, 무사는 다 같은 처지. 진보의 부하라면 면담을 알선해 주지. 이름을 대라."

"가미무라 가와치(上村河內)와 다카다 로쿠자에몬(高田六左衛門)이다."

"기다리고 있거라."

행렬은 그대로 멈춰 섰고 두 무사는 비로소 크게 한숨 돌렸다.

"가미무라, 아마 만나줄 것 같군."

"당연한 일이지. 아무리 눈이 멀었기로서니 같은 한편을 치고도 시치미뗄 수는 없을 테니까. 생각건대 다테 군은 낮잠이라도 자고 있다가 잠이 덜 깨었던 모양이야."

"잠자코 있게. 뭐라고 하는지 들어보기나 하세."

그곳에 조금 전의 무사가 돌아왔으나, 마사무네가 만나주겠다고 한다는 말은 하지 않았다.

그 대신 다테 아와(伊達阿波)라고 자칭한 무사가 온 얼굴에 웃음을 가득 짓고 나타났다.

"다테 가문의 부대장(副大將) 다테 아와요. 주군을 대신해 만나러 왔소."

아와는 잔잔한 얼굴로 두 사람을 빈집 처마 밑으로 손짓해 부르더니, 졸개가 낯고 온 길섶에 길터앉으며 건갈한 무사들에게 손짓했다.

"혼잡하니 부대는 그대로 행군시켜라."

그리고 진보의 가신들에게 물었다.

"진보 데와 문중이라고 했소?"

우에무라 가와치라고 이름 댄 자가 눈을 부릅뜨고 따져 물었다.

"그렇소. 어제 싸움에서 다테 군은 무슨 까닭으로 에치고 군과 함께 우리 배후에 총을 쏘고 창부대를 돌격시켰소? 아무리 상황이 어려워도 아군을 분간 못 하다니, 그 이유를 말씀해 주시오."

상대는 처음 듣는다는 듯한 태도였다.

"허, 그런 일이 있었소? 아무튼 양쪽 합해서 3만이 넘는 대군이라, 어쩌면 얼마쯤 눈이 미치지 못한 면도 있었을 거라고 생각되오. 그런데 진보 님은 무사하신가?"

다른 한 사람이 발을 구르며 고함쳤다.

"전사하셨소! 아니, 전사가 아니오! 아군에 의해 쓰러진 거요. 어떻게 할 작정이오?"

"뭐, 진보 님이 전사……? 그럼, 자제분이나 형제분은?"

"그들도 모두 다테 군에 살해되었소."

"뭐, 자제분도?"

"자제분도, 일족도 모두 죽었소. 288명…… 싸움터로 가서 시체를 보시면 알 거요. 모두 등 뒤에서 총알을 맞고, 총 맞지 않은 자도 상처는 모두 뒤쪽이오."

상대는 고개를 갸웃거렸다.

"허……그럼, 그것은 적에게 등을 돌리고 대열을 무너뜨리며 도망쳐왔다……고 생각할 수도 있지 않을까. 다테 군이 아군을 공격했다는 증거라도 있소?"

"다……닥치시오! 우리는 작은 부대일망정 적에게 등을 보일 자는 한 사람도 없소. 우리는 모두 아카시 군에 창을 들이대어 싸우고 있었소. 그 등 뒤에서……."

다테 아와가 손을 들어 가로막았다.

어느덧 그의 종자 13, 4명이 길가의 이 세 사람을 둘러싼 형세 속에서, 그 옆을 끊임없이 군사 대열이 지나갔다.

"방금 288명이라고 했지요? 그런데 살아남은 사람은?"

"우리 두 사람뿐이오! 우리 두 사람은 미즈노 님 진중에 사자로 가서 그 자리에 없었기 때문에 미처 죽지 못했소…… 아니면 290명 전원 전사…… 이런 어처구니없는 일이……!"

거기까지 말하더니 다카다 로쿠자에몬이라고 이름 댄 무사가 엉엉 소리 내 통곡하기 시작했다.

상대는 안됐다는 듯이 미간을 모으며 말했다.

"허, 전원 전사……그것참, 비참한 일이로군. 하지만 살아남은 자가 그 자리에 없었던 두 사람뿐이라면 당신들이 증인이 되기는 어렵겠소. 우리도 물론 우리 편을 조사하겠지만, 산증인이 없다면 이 문제는 여간해서 결판나지 않으리다."

"어, 어째서요? 현재 그것은……."

"적에게 등을 돌렸다가 전사했다……고 할 수도 있고, 도망쳐왔기 때문에 사기에 관계되는 일이라 베어버리고 전진했다고 할 수도 있으니까. 어떻소? 두 분 다 이 일은 덮어두고 다테 가문의 가신이 되실 마음은 없소?"

반미치광이가 되어 뛰어든 두 사람은 너무도 뜻밖인 아와의 말에 넋이 나간 듯 얼굴을 마주 보았다. 그들이 세어본 시체의 수는 288명…… 과연 그것을 곧이곧대로 말한 게 잘한 일이었는지?

좀 더 냉정히 생각한다면 다테 군은 실수로 진보 군 몇십 명을 죽이고 말았고……그래서 후환을 없애려 이들을 모두 없앨 생각이 들었다……고 생각할 수 있는 일인 것을, 그들에게는 그러한 침착성이 없었다. 글자 그대로 전멸이라는 너무나 엄청난 사실에 정신도 분별심도 사라져 버린 것이 틀림없었다.

"어떻소? 아니면 두 분의 호소를 미즈노 님이나 쇼군님이 믿고 받아주실 거라고 생각하오?"

"글쎄, 그건……."

"섣부른 소리를 하면 돌아가신 주군의 죽음에 씻을 수 없는 치욕을 주는 결과가 될 거요. 다테 군의 선봉은 무용이 뛰어난 가타쿠라 고주로. 만일 진보 군이 무너지기 시작하여 달아나지 말고 싸우라고 독려했는데 듣지 않았다고 합시다. 그래서 할 수 없이 짓밟고 전진했다……고 하면, 나 같아도 직접 본 일이 아닌 만큼 믿게 될 것이오. 아무튼 죽은 사람은 입이 없으니 조사하려 해도 도리가 없지 않겠소?"

"······."

"그래서 의논하는 거요, 이 아와가 추천하리다. 살아남은 것도 그야말로 기연(奇緣)이니, 이대로 다테 가문의 사람이 되어주지 않겠소?"

차츰 흥분도 가라앉고, 서서히 계산도 할 수 있는 이성을 되찾은 모양이었다. 다카다가 상대의 동요를 억누르듯 고개를 저었다.

"그건 안 될 말이오! 두 사람만 살아남아서 될 말인가. 호소할 만큼 호소하고 할복 자결하는 거지."

"그렇다면······."

아와는 조용히 일어섰다.

이제 보니 부대는 벌써 지나가고 뒤에 남은 것은 세 사람과 그들을 에워싼 종자들뿐이었다.

"다테 가문을 섬길 생각이 끝내 없는가?"

"당치도 않은······소리."

"할 수 없군. 하지만 잘 생각해서 그럴 결심이 선다면 찾아오시오, 이 아와한테."

그리고 담담하게 몸을 돌려 걷기 시작했다.

그 순간 두 사람의 비명이 길게 꼬리를 끌었다.

"으악!"

아와의 종자가, 반쯤 넋을 잃고 아와의 뒷모습을 바라보는 두 사람의 목을 등 뒤에서 느닷없이 베어버린 것이다.

"바보 같은 놈들! 다테의 군율은 엄하단 말이야. 행렬에 뛰어든 자를 그대로 용서할 줄 아느냐."

칼을 후려친 한 종자가 '퉤'하고 침을 뱉으며 칼을 칼집에 꽂았으나, 아와는 뒤돌아보지 않았다. 아무래도 모든 것이 치밀하게 계획된 응대였던 모양이다.

그때 다시금 이 행렬의 맨 선두에 허겁지겁 뛰어든 자가 있었다.

교바시 어귀의 학살에서 도망쳐 나온 자인 것 같았다. 머리에 여자 겉옷을 쓰고 부르짖는 목소리가 몹시 어색했다.

"부탁, 부탁이 있습니다."

그때는 벌써 다테 군의 선두가 그 언저리에 마표를 세우고 정지한 참이었다.

"누구냐!"

여자 겉옷을 뒤집어쓰고 있으나 목소리는 결코 여자가 아니었다. 코끝에 창을 들이대고 40명 남짓한 무사들이 묻자, 상대는 비에 젖은 진흙에 주저앉듯 무릎 꿇었다.

"다테 님 부대지요? 살려주십시오. 쫓기고 있습니다."

그러고 보니 이때는 교바시 어귀의 문이 열려져 살아남은 사람들이 남녀노소 할 것 없이 걸음아 날 살려라 도망치고 있었다.

"걱정 마라. 여기는 다테 님의 진중, 아무도 범접하지 못한다."

그러자 상대는 한시름 놓은 듯 비로소 겉옷을 내렸다. 그 순간 무사들은 한 걸음 물러서며 괴성을 질렀다.

"앗, 도, 도, 도깨비다."

"도깨비 아닙니다."

상대는 황급히 겉옷을 무릎 위에 뭉쳐놓고 가슴의 십자가를 가리키며 고개를 저었다. 그는 성안에 있었던 성 프란시스코파 신부 포를로였다. 아직도 잇몸을 덜 덜 마주치며 떨고 있다.

"스페인 신부, 하나님의 제자입니다."

"뭐야, 예수교 신부로군."

"예, 다테 마사무네 님 친구이지요. 영주님에게 포를로가 왔다고 전갈 말씀을…… 아직 성안에 토를레스 신부도 남아 있습니다. 살려야 합니다."

"뭐라고? 그러면 당신은 우리 주군을 안다는 거요?"

"예, 신앙의 형제…… 같은 하나님 자녀지요."

"좋소, 기다리시오. 곧 전해드리리라."

겉옷을 벗어 던지니 생각지도 못한 남만 더벅머리에 움푹 팬 파란 눈이 금방이 라도 녹아 없어져 버릴 듯한 중늙은이 외국인이었으므로 순식간에 구경꾼이 우 르르 모여들었다.

"뭐야, 이건?"

"쉿, 주군과 친한 예수교 신부래."

"허, 그러면 지금까지 성안에 있었단 말이야?"

"그래, 동료가 또 있대. 그래서 주군께 살려달라고 달려왔나 봐."

그 가운데 아직 젊은 사람이 넉살 좋게 말을 걸었다.

"여보시오, 신부님. 진구렁에 앉으면 법의(法衣)가 못쓰게 되잖소? 자, 여기 앉으시오."

그러나 포를로는 금방 일어나지 못했다.

"자, 여기 걸상이 있소. 아니, 허리라도 부러졌소? 하하……힘이 하나도 없는 신부인가 보군. 자, 손을 잡아줄 테니, 일어나시오."

부축을 받고 일어난 포를로는 십자를 그었다.

"당신은 좋은 사람…… 영주님께 말씀드리겠습니다. 신의 은총이 내리기를."

"하하……그럴 필요 없소, 나는 공훈을 따로 세웠으니까. 그런데 신부님은 우리 주군과 친하시오?"

"그렇습니다. 필리페 3세 폐하의 군함이 도착하기를 이제나저제나 기다리는 사이지요. 꼭 옵니다, 참고 기다리면 언젠가 꼭 올 겁니다."

이렇게 말하더니 금방이라도 녹아버릴 것 같은 포를로의 파란 눈에서 눈물이 한줄기 흘러내렸다.

포를로의 우는 얼굴을 보더니 젊은 무사는 손을 저어 사람을 쫓았다.

"너무 가까이 오지 마라, 오지 마. 주군과 친하신 신부님이야. 구경감이 아니란 말야. 무례한 짓을 하면 안 된다. 가까이 오지 마라."

그리고 우산을 하나 가져오게 하여 비를 피하게 하고 인정스럽게 법의 자락에 묻은 흙을 털어주면서 말을 붙였다.

"잠시 전에 신부님은 성안에 아직도 누가 남아 있다고 했지요?"

그 무렵부터 포를로도 침착을 되찾은 모양인지 겁먹은 시선을 두리번거렸다.

목소리도 얼마쯤 또렷해진 느낌이었다.

"예, 그렇습니다. 토를레스라고 하는 사람입니다. 저와 똑같이 생긴 신부가 남아 있을 겁니다. 그분은 고토 모토쓰구 님을 의지해 성으로 들어간 뒤 줄곧 은혜로운 설교를 해오셨지요. 용감하신 분입니다."

"그럼, 신부님도 싸움을 하셨소?"

"아닙니다, 당치도 않은 말씀. 신부는 무기를 들지 않지요! 다만 하루라도 빨리 펠리페 폐하의……."

말하려다가 문득 불안한 듯 사방을 둘러보더니 입을 다물었다.

"무엇이오? 그 펠리페 뭐라는 것은?"

"아닙니다, 아무것도 아닙니다. 다만 정의로운 자가 이기기를 기도하면 되는 거지요."

"정의로운 자가 이기기를…… 그렇다면 틀림없이 이겼지. 그리고 신부님은 우리 주군한테 오셨으니 이제 안심이오."

아마 젊은 무사는 마사무네가 아는 사람인 포를로가 누군가에 의해 성안에 납치 감금되어 있었던 줄 착각한 모양이었다.

그러나 포를로는 전혀 그 반대의 말을 하고 있다. 그는 공격군 속에 있으면서도 마사무네가 오사카 편이라고 굳게 믿고 있었다. 그가 그렇듯 믿게 된 것은 말할 나위도 없이, 게이초 18년(1613) 9월 15일 무쓰의 쓰키노우라에서 하세쿠라 쓰네나가와 소텔로가 탄 배를 마사무네가 스페인을 향해 출항시켰기 때문이었다.

그 배에는 일본으로 곧 군함을 파견해 달라고 필리페 3세에게 요청하는 편지가 맡겨져 있다. 마사무네는 과연 요청한 대로 원군이 도착할 것으로 믿고 있는 것인지? 그러나 지금 이곳에 도망쳐 온 포를로 신부는 반드시 올 거라고 믿는 눈치였다.

젊은 무사는 자기가 마시고 남은 물을 신부에게 주면서 고개를 갸웃거렸다.

"너무 늦는데. 주군의 본진이 벌써 정해졌을 터인데 뭘 꾸물대고 있을까……?"

그리고 아우인 듯한 닮은 젊은이에게 일렀다.

"가보고 오너라, 도타(藤太). 설마 주군이 신부님 이름을 잊으신 건 아니겠지."

포를로는 단호하게 고개를 저으며 말했다.

"그럴 리 없습니다! 만약 잊고 계신다면 소텔로와 함께 조선소에서 자주 뵌 적 있는 포를로라고 하십시오. 에도의 아사쿠사에서도 뵌 일이 있다고."

"아, 그건 염려 마시오. 주군은 기억력이 좋은 분이시니까. 음……그때 만난 사이였군. 그로부터 벌써 2년 가까이 되지."

어느덧 군사의 행렬도 끊기고 주위에 사람이 드물어졌다.

젊은이가 친절하게 대해 주므로 포를로 신부는 흉금을 털어놓듯 목소리를 낮춰 물었다.

"저, 한 말씀 묻겠습니다…… 이번 싸움에 다다 님도 출전하셨나요?"

"다다 님……다다 님이라니 누구 말이오?"

"쇼군님 동생이며 오고쇼의 아드님이자 다테 님의 사위님이지요."

"오, 마쓰다이라 디디데루 님 말이오?"

"예, 그 다다 님…… 그분도 에도에서 한 번 뵌 일이 있습니다."

"그 다다테루 님이라면 오늘도 함께 계셨소. 이를테면 장인인 우리 주군이 전쟁 작전에 대해서는 스승이시니 군사도 언제나 함께 행동하오."

"그렇습니까? 참으로 현명하신 분이지요. 그 다다님도 함께 계셨군요."

"여기서도 같은 본진에 계실 테니 두 분이 신부님 이야기를 함께 듣고 계실지도 모르오. 다다테루 님도 아시는 사이였다니 발이 넓으시구려."

"그럼, 이 옆 부대는 그 다다 님 군인가요?"

"아니, 그렇지 않소, 옆은 하치스카 님의 군사들이오. 설마 하치스카 님은 모르시겠지."

"하치스카……잘 알고 있습니다."

"뭐, 알고 계시오?"

"예, 이번 싸움이 벌어지기 전에 포교하러 가서 뵌 적이 있습니다. 그 하치스카 님이……."

그때였다.

"저 사람은?"

뒤늦게 말을 타고 나타나 말을 건넨 것은 다테 아와였다.

"옛, 주군과 절친하신 오사카성 안에 있던 포를로 신부라는 분인데, 지금 주군께 사람을 보내고 있는 중입니다."

"뭐, 포를로 신부……."

아와는 고개를 갸우뚱하며 말에서 내리더니 하인에게 고삐를 건네주고 포를로 옆으로 다가갔다.

"포를로 신부라 했소?"

"예, 다테 님 분부로 오사카성 안에 하느님 말씀을 전하러 갔던 포를로입니다."

"뭐라고! 주군의 분부로……?"

"예, 당신은?"

아와는 대답하지 않았다. 순간적이었으나 날카로운 눈빛으로 사방을 둘러보고는 더욱 가까이 다가갔다.

"귀하는 무슨 원한이 있어 엉뚱한 말을 지껄이는가? 다테 마사무네의 명으로 오사카성에……?"

"아닙니다, 엉뚱한 말이 아닙니다. 의논을 하고……."

"닥쳐라!"

아와는 호통친 다음 황급히 주위를 둘러보았다. 이때도 역시 조금 전에 진보데와의 가신을 베어 죽인 종자들이 소리 없이 포를로의 등 뒤로 돌아가 있었다.

"싸움의 도가니 속에 말려들어 정신이 돈 모양이로군. 대체 어디서 도망쳐왔나?"

기분 나쁠 만큼 잔잔한 목소리였다. 포를로 신부는 아와의 목소리에 심상치 않은 기색을 느꼈다. 호통을 친 뒤의 은근한 말투. 그 표변이 너무 심했기 때문일 것이다.

그는 본능적으로 몸을 굳히며 살며시 뒤돌아보았다.

"아!"

다음 순간 신부의 몸은 반사적으로 앞으로 고꾸라졌고, 어깨를 아슬아슬하게 스친 칼끝이 허공을 베며 왼쪽으로 빠졌다.

실패였다. 그 사내는 성큼 앞으로 나서며 다시 한번 칼을 내리쳤다. 그러나 그 것도 아슬아슬하게 빗나갔다. 앞으로 내디딘 발이 진흙에 미끄러져 몸의 중심을 잃었던 것이다.

그러자 다음 순간 비명이 꼬리를 끌며 아와의 갑옷자락 옆으로 빠져나갔다.

"악!"

"놓치지 마라!"

누군가가 고함치자 순식간에 종자의 원진이 무너졌다. 그러나 필사적인 신부의 발이 그보다 더 빨랐다.

"아뿔싸!"

뒤쫓던 사람들은 이슬비 속에 우뚝 섰다. 조금 전의 젊은 무사는 넋을 잃은 듯 조금 떨어진 곳에서 이 광경을 바라보며 굳이 나서지 않았다.

"내버려 둬라. 그만하면 됐어."

아와는 입맛이 쓴 듯 중얼거리며 칼을 거두게 했다.

"옆은 하치스카 요시시게(峰須賀至鎭) 님 진지. 이쪽에서 베지 않으면 그쪽에서 벨 거야."

"하지만……."

누군가가 말하려다가 입을 다물었다.

"그러나 어쨌다는 거냐?"

"이상한 말을…… 아니, 마음에 걸리는 말을 했습니다만……."

아와는 입술을 씰룩거리며 코웃음 쳤다.

"흥! 다테 마사무네쯤 되는 자가 남만인의 무력을 믿고 오사카 쪽을 편든다고? 하하……쓰키노우라에서 배를 출범시킨 것은, 골치 아픈 남만인을 무더기로 일본에서 추방하여 도쿠가와 가문 천하의 안전을 도모하기 위한 일이었어. 그러한 것은 쇼군도 오고쇼도 잘 알고 계신 일…… 모두 의논해서 한 일인데 미치광이 신부 녀석의 허튼소리를 누가 믿겠는가?"

그때 가타쿠라 고주로가 허둥지둥 나타났다.

"어찌 되었소, 주군을 잘 안다는 예수교 신부는?"

아마 고주로는 마사무네와 의논하고 왔을 게 틀림없었다. 오른쪽 뺨의 상처에 고약을 번들번들하게 바르고 젊음과 패기에 넘치는 말투로 아와에게 물었다.

"청소는 끝났소."

"청소가 끝났다고……?"

"그렇소……주군께서 만날 만한 자가 못 된다고 생각하여."

고주로는 히죽 웃으며 목소리를 높였다.

"그렇다면 유감인데. 정중하게 보호해 주라는 주군의 분부였는데. 그들을 소중히 보호하고 있으면 혹시 필리페 대왕의 대함대인지 뭔지가 머나먼 일본까지 올지도 모르지. 그걸 기다렸다가 쳐부수면 지금의 세상은 고스란히 우리 손에 들어올 것을. 아무튼 아까운 미끼를 청소해 버리고 말았는걸."

한쪽은 청소라고 말하고 한쪽은 정중히 보호해 주라고 한다. 아와와 고주로의 말은 표면적으로는 정반대되는 의견이었다. 그런데도 그들은 서로 웃으며 막 세워놓은 나무울타리 안으로 사라졌다.

사실 오사카성 안에는 낙성 며칠 전부터 괴이한 소문이 떠돌고 있었다. 그 소문의 근원은 어디였을까? 토를레스 신부는 포를로 신부에게서 들었다 했고, 포를로 신부는 토를레스 신부가 이 비밀을 잘 알고 있다고 떠벌렸다. 만일 성이 함락되면 다테 마사무네의 진중으로 피하라는 것이었다. 마사무네는 결코 도쿠가와의 편이 아니며 어디까지나 예수교 신자와 한편이다. 따라서 성안에 몸을 두는 것이 위험하다고 판단되는 사태에 이르면 다테 진중에 몸을 숨기라……고.

그뿐만이 아니라 그들 사이에서는 이런 희망적인 관측을 하고 있기도 했다.

"오사카성이 함락될 리 없다!"

오사카성이 함락될 사태가 되면, 그 직전에 다테 마사무네의 대군이 히데요리 편으로 돌아서 싸움 국면이 확 뒤집힌다는 것이었다. 이러한 소문에 무슨 근거가 있었던 것일까? 그건 끝내 해명되지 않은 채 끝났으나, 성안에 신자들과 함께 몸을 의탁한 선교사와 신부들은 모두 그렇게 믿고 있었던 모양이다. 어쩌면 진보 데와의 부대가 아군인 다테 군에 의해 전멸해 버린 사실 속에도, 이 소문의 숨겨진 원인이 무언가 있었는지도 모른다.

어쨌든 진보 군 중에는 그밖에도 2, 3명 살아남은 자가 있어 고발했다.

"진보 데와의 주인과 가신을 친 것은 다테 마사무네의 3만 병력이 틀림없다."

그러나 마사무네는 일소해 버렸다고 한다.

"마사무네의 군법에 적과 아군의 차별은 없다. 비록 아군이라도 쫓겨 도망쳐오는 자가 있다면 용서하지 않고 죽이겠다. 그렇지 않으면 우리 대군도 함께 쓰러지게 되어 충성을 다할 수 없다. 만일 쇼군에게서 조사가 있다면 내가 직접 해명하리라."

이에야스는 물론 히데타다도 그 일로 마사무네를 탓하지 않았다. 그러나 그 마사무네가 그날 싸움에서 자꾸만 앞으로 나가려고 초조해하는 사위 마쓰다이라 다다테루에게 정반대의 말을 하며 전진시키지 않은 것도 사실이었다.

"대장이란 결코 선두에 나서서 싸우는 게 아닙니다. 만일 아군 가운데 원한 품은 자가 습격한다면 어떻게 하겠습니까? 말씀드리기 거북한 일이지만 쇼군님의 근위장수 가운데에는 다다테루 님의 기량을 시기하여 틈만 나면 생명을 노리려는 자가 많이 있습니다."

이 한마디는 결국 이에야스의 귀에도 들어가 다다테루의 운명을 크게 그르치는 원인이 되었는데, 어쨌든 다테의 신앙은 단순한 약육강식 이상으로 이단이었다.

포를로 신부는 이웃에 있는 하치스카의 진지로 도망쳐 아슬아슬하게 위기를 벗어났으나, 마사무네에게 의지한 그밖의 신자들은 거의 그대로 사라지고 말았다.

왜 그랬을까? 새삼 생각할 것도 없이 그 무렵의 마사무네는 아직 천하쟁탈의 야망을 버리지 못한 사나운 맹호였기 때문이다.

그 맹호 또한 사위의 뒤를 좇듯 다음다음 날 교토로 들어갔다.

마사무네가 니조 저택으로 이에야스를 방문했을 때, 이에야스는 벌써 혼자서는 거동할 수 없을 것 같은 몹시 지친 노인으로 보였다. 그 노인이 야규 무네노리를 불러들여 뭔가 줄곧 꾸중을 늘어놓았다.

"어째서 히데요리를 살리지 못했단 말이냐? 나는 다이코를 만날 면목이 없다. 대체 그대는 그때 뭘 하고 있었어?"

그건 온 일본의 영주들을 두려움에 떨게 한 그 오고쇼의 위엄 따위는 조금도 느껴지지 않는 넋두리요 평범한 늙은이의 모습이었다.

'이 양반도 역시 이렇게 되는구나!'

그것은 49살인 마사무네에게 어떤 감회보다도 혐오감이 앞서는 노추(老醜)의 모습으로 보였다.

무네노리 또한 그 말에 필요 이상으로 자신을 낮추며 변명만 계속했다.

'이놈도 별 것 아니군.'

이렇게 생각하며 진절머리내고 있는데, 먼저 도도 다카토라가 불려왔다.

그 다카토라에게도 이에야스는 계속 불만을 늘어놓았다.

"쇼군도 그 측근들도 내 염불의 의미를 모른다. 이렇게 되면 나는 70여 년 동안 헛살아온 것이 되지 않느냐?"

다카토라는 이에야스의 넋두리를 능구렁이처럼 위로하고 비위를 맞추며 슬쩍 피해갔다.

세 번째로 불려온 것은 교토 행정장관 이타쿠라 가쓰시게로, 그는 만나고 싶어 하는 혼아미 고에쓰를 데려오지 않았다고 꾸지람들었다.

'나이란 이상한 거야……'

그토록 빈틈없어 방심할 수 없던 이에야스가 이렇듯 평범한 잔소리꾼으로 변할 줄이야…… 어쩌면 오사카와의 두 번에 걸친 싸움이 그의 생명의 샘뿐 아니라 이지력과 사고마저 시들게 만들어 전혀 다른 사람으로 바꿔놓은 게 아닐까……?

그런 생각을 하고 있을 때 이에야스가 말했다.

"그렇군, 아이들도 꾸짖어야겠어. 다다테루부터 불러와라."

그때는 마사무네도 그만 섬뜩했다. 자신에게 맡겨진 사위를 자기 앞으로 불러 꾸짖는 것은 자기가 꾸중을 듣는 것이기도 하기 때문이었다. 그러나 다다테루도 이제 어린아이가 아니다. 꾸짖으면 꾸짖을수록 아버지의 위엄을 깎고 기량도 낮추는 결과가 된다……고 생각하자, 그 결과에 오히려 야릇한 흥미가 솟았다.

'좋아, 사양할 것 없이 망령부리는 모습이나 구경할까?'

이윽고 측근인 이타쿠라 시게마사가 다다테루를 불러왔다.

"다다테루, 이리로 오너라."

"예."

다다테루는 장인 마사무네를 흘끗 쳐다보고 이에야스 앞으로 나갔다.

"너는 오늘 무슨 일을 하고 있었느냐?"

"예, 물고기라도 잡아볼까 생각하여 교외까지 말을 달려 여기저기 지리를 살피고 왔습니다."

순간 이에야스는 호통쳤다.

"이 못난 놈!"

"예……?"

"어째서 후시미성을 방문하여 쇼군에게 문안드리지 않느냐? 언제 진지를 철수한다는 명령이 내렸더냐? 형편없이 못난 놈 같으니!"

매섭게 꾸중 들은 순간 다다테루는 멍한 얼굴이 되었다. 꾸중 들은 의미를 잘 모르는 게 틀림없다……고 마사무네가 생각한 순간, 두 번째 호통이 날아왔다.

"이번 싸움에서 가장 마음에 들지 않았던 것은 네가 싸우는 꼴이었어. 너는 대체 이 아비가 몇 살이 되었는지 아느냐?"

"예, 74살이 되신 것으로 압니다."

다다테루는 갈피를 잡을 수 없는 듯 다시 흘끗 마사무네를 쳐다보고 대답했다.

"허, 알고 있었느냐? 그렇다면 그 74살인 아비가 어째서 맨 먼저 출전했는지도 알 테지?"

"알고……있습니다만."

"그럼, 물어보겠다, 너는 오사카로 오는 도중 성급한 성질을 폭발시켜 너의 행렬 앞을 가로지른 쇼군의 가신을 직접 베었다면서?"

다다테루는 문득 미간을 찌푸렸으나 선선히 긍정했다.

"예, 싸움터에 늦을까 봐 마음이 앞섰던 참이었습니다…… 곧 형님께 사죄드릴 작정입니다."

"다다테루."

"예."

"너는 아비의 나이를 알고 있다고 말했다. 그런데도 74살 먹은 아버지가 맨 먼저 출전할 만큼 위급한 싸움인데, 쇼군의 가신을 직접 베어 만에 하나라도 의 상하게 된다면 큰일……이라는 것은 깨닫지 못했느냐?"

"거듭거듭 잘못을 빌겠습니다."

"그것뿐이 아니야!"

"예……?"

"도묘사 어귀의 싸움에는 대체 무슨 일로 그토록 늦어졌느냐? 너는 이 아비나 형이 고생하고 있는 것을 몰랐느냐?"

"너는 이제 고로타마루나 쓰루치요처럼 어린 나이가 아니다. 에치젠의 다다나오를 보아라. 나에게 꾸지람들은 일을 잊지 않고 이튿날 싸움에서 용감하게 밀고 올라가 결국 자우스산에 맨 먼저 올라갔지…… 뭐, 그렇게 거칠게 싸우라는 이야기는 아니다. 그러나 같은 언덕 위에 있었으면서도 중앙의 아비와 우익의 형이 구사일생의 위기에 맞닥뜨렸을 때 너는 대체 얼마만 한 위험을 부담했더냐! 싸움터에서 잡병들이 대체 뭐라고 쑤군대고 있었는지 아느냐?"

"아닙니다, 전혀 모릅니다……."

"그럴 테지. 그래서 형편없는 못난 것이라고 한 거다. 너는 처음부터 쇼군에게 협력할 생각이 없었던 모양이야. 운이 좋다면 쇼군을 전사시키고 그 지위를 차지하려고 생각한 게 틀림없어."

"그……그런 터무니없는 말이!"

"있을 리 없겠지. 하지만 출전 도중 쇼군의 가신을 베고 싸움터에서 나와야 할 곳에 나오지 않는다면, 그 있을 리 없는 소문에 꼬리가 달리는 법이라는 걸 평소 생각한 적이 없단 말이냐?"

이번에는 마사무네의 얼굴이 새빨개졌다.

"그래서 있을 수 없는 소문이 더욱 소문을 낳게 된다. 애당초 다다테루는 히데요리와 밀약이 있었다, 형을 제거하고 자기나 히데요리가 대신하려는……것을 쇼군 쪽에서도 눈치챘다, 그래서 오고쇼……즉 내 의사야 어떻든 쇼군은 히데요리를 용서하지 않겠다고 마음속으로 결심하고 있었다는 둥……."

참다 못해 마사무네는 입을 열지 않을 수 없게 되었다.

"말씀 도중에 죄송합니다만……."

다다테루는 장인 다테 마사무네의 휘하에 들어가 함께 싸움터에 나갔었다. 다다테루의 중신들을 포함해 그 전략과 전술에서 모두 마사무네의 의견에 따라 움직였다.

그 다다테루를 마사무네 앞에서 이처럼 매섭게 꾸짖는 것은 마사무네의 입장으로는 난처한 일이 아닐 수 없었다.

"죄송하오나 그 꾸지람은 제가 받아야 할 것이라 생각됩니다."

"가만히 계시오!"

엄청나게 큰 호통에 마사무네는 또 움찔했다. 동석한 장수들은 마른침을 삼켰다.

"이건 내 자식을 내가 꾸짖는 거요. 쓸데없는 참견 마시오."

"예……."

"예가 아니오. 그대는 나를 의식해 모든 일에 엄하지 못하오. 만일 이 소문을 그대로 버려둬 보시오. 그 불길이 어디까지 번질지 알 수 없소."

"맞습니다."

"이 싸움……실은 다다테루와 히데요리가 쇼군에 대해 시도한 모반이었다……더구나 단순한 집안싸움이 아니라 남만인과 홍모인의 야망까지 끌어들인 싸움이었다……는 소문이 만일 퍼지면 사물의 흑백도 가를 수 없는 정체불명의 싸움이 되고 마오. 유교 성인군자의 가르침이 다 뭐냐…… 사람은 모두 야심을 위해서 산다, 인간이란 결국 그러한 동물이다…… 그렇게 되면 내 생애는 어떻게 된다고 생각하시오? 축생이나 다름없이 70여 년의 생애를 오로지 적을 거꾸러뜨리려고 야비하게 으르렁거리고 발톱을 갈며 살아온 한낱 늙은 짐승으로 떨어지고 마오. 내 자식이 그러한 불효자의 싹을 가지고 있으므로……이렇게 꾸짖는 것이니 참견하지 마시오."

마사무네는 애꾸눈을 크게 부릅뜨고 마음속으로 후회했다.

'아뿔싸! 이 늙은 능구렁이! 아까의 넋두리는 연극이었구나.'

이렇게 생각한 순간 이타쿠라 가쓰시게가 괴성을 지르며 다다테루에게 달려들었다.

"멈추십시오!"

알고 보니 다다테루는 두 눈을 치켜뜨고 단검을 뽑아 자기 배에 찌르려 하고 있었다.

마사무네의 얼굴이 일그러졌다. 아니, 일그러졌다기보다 무섭게 경련을 일으켰다는 편이 나으리라.

마사무네도 굵은 목소리로 다다테루를 제지했다.

"서두르지 마시오!"

그때 이미 단검은 가쓰시게의 손에 빼앗겼고 다다테루는 고개를 푹 꺾고 있었다.

"이유있는 자결이라면 다다테루 님보다 이 마사무네가 먼저 하겠소. 다다테루 님은 대체 지금 아버님의 말씀을 어떻게 들으신 것이오?"

말하는 동안 마사무네는 벌써 이 자리에서의 자신의 위치만은 분별하고 있었다.

이 심상치 않은 광경에 야규 무네노리는 성큼 일어나 모두에게 등을 돌리고 매서운 표정으로 출입구를 감시했고, 이타쿠라 시게마사는 곧바로 이에야스의 왼쪽에 무릎걸음으로 다가앉아 곁을 지켰다.

도도 다카토라만은 거의 눈을 감듯하고 사건의 진상을 생각하며 귀 기울이고 있는 것 같았다.

이에야스는 또 비웃듯 혀를 찼다.

"흥, 배를 가르겠다는 거냐? 할복하면 너는 그것으로 끝난다. 하지만 그 뒤는 어떻게 되겠느냐? 역시 소문은 사실이었다……고, 만일 그렇게 되어도 좋다면 어디 죽어봐라."

마사무네는 손을 들고 이에야스와 다다테루 사이에 끼어들었다.

"아버님 말씀을 다시 한번 조용히 생각해 보시오. 이건 어디까지나 천하와 자식을 소중히 생각하시는 자비에 넘치는 말씀이오."

말하면서도 마사무네는 잔뜩 비위가 상하는 느낌이었다.

'이 마사무네에게 빗대어 말하고 있다……'

정면으로 말하지 못하고 빙빙 돌려 이야기하는 풍자극. 그런 풍자극의 바보 주인공이 되고서는 참을 수 없다.

'다테의 가법(家法)에는 막히는 일도 겁먹는 일도 없다.'

"지금의 오고쇼님 말씀, 생각해 볼 것도 없이 모두 이 마사무네의 책임. 하오나 저도 앞뒤 생각 없이 다다테루 님의 전진을 금한 것은 아니었소."

그건 다다테루에게라기보다 이에야스를 향한 외눈박이 용의 대담무쌍한 포효였다.

"저는 진군 중에 일어난 쇼군 가신과의 말썽에 대해서는 아는 바가 없습니다. 상대가 어떤 무례한 짓을 저질렀으며, 그것이 용서할 수 있는 일이었는지 어떤지. 그러나 도묘사 어귀에서 진군을 중지시킨 것은, 그 진군 도중의 사건에 대해 들은 제가 쇼군의 체면을 세워드리기 위해 취한 조치였소."

이에야스는 잠자코 얼굴을 돌리고 있었다. 이제는 소리가 잘 들리지 않아 마사무네에게로 귀를 향하고 있었던 것이다.

"사실 그날의 전투는 우리가 맨 선두로 달려가면 곧바로 끝날 싸움이었습니다. 제1진 미즈노 가쓰나리 휘하의 인원은 모두 합쳐도 3200. 혼다 다다마사의 제2진을 보태도 8000 남짓에 지나지 않습니다. 그런데 다테 군과 마쓰다이라 군을 합하면 2만 몇천여 명…… 이들이 선두에서 싸운다면 공훈은 거의 독차지가 됩니다. 그때도 누누이 말씀드렸지요. 여기서 이기기는 쉬운 일이다, 그러나 쇼군의 근위 장수들과 공을 다투는 것은 뒷날을 위해 바람직하지 않다고…… 그러므로 그들에게 공격 기회를 양보하고 승패가 결정되었을 때 나아가는 게 싸움터의 예의일 것이다…… 아시다시피 싸움터가 강변으로 옮겨지고 나서는 가타쿠라가 선봉, 맨 먼저 달려나가 어느 군세에도 뒤지지 않는 활약을 했소…… 마쓰다이라 군과 다테군은 일심동체, 쇼군의 지휘채 아래에서 간토 군은 모두 일심동체…… 그 일심동체의 싸움이니 늘 전체적인 전황을 살피시라고 말씀드린 것은 이 마사무네입니다."

이에야스는 듣고 있는 것인지 아닌지 아까보다 더욱 지친 얼굴로 잠자코 있었다.

"또한 함락 전날인 5월 7일의 싸움에서는 저에게 꺼림칙한 일이 세 가지 있었습니다…… 그 하나는 우리 배후에서 전진해 오는 아사노 군, 또 하나는 사나다 군이 반드시 나루터 언저리에 유격대를 매복시키고 섣불리 나가면 옆에서 치고 나올 것이라는 점. 그리고 또 하나는 성안의 예수교 신자들이 동정을 바라고 마쓰다이라 군에 구원을 요청하며 몰려올 염려가 있다는 점…… 그래서 그날도 제가 선두에 나서고 마쓰다이라 군은 좀 뒤처졌습니다만, 이 모든 것은 마사무네의 생각이었으니 꾸지람들어야 할 사람은 저입니다."

그러고 나서 무슨 생각을 했는지 마사무네는 소리 내 웃었다.

"하하……그런데 무엇이 급해서 자결하려 하신단 말이오? 만일 자결하신다면 그야말로 소문이 소문을 불러 어쩌면 다다테루, 히데요리 두 분을 뒤에서 은근히 부채질한 것은 다테 마사무네일 거라는 소문이 날지도 모릅니다. 성급하게 일을 저지르시고 소문 좋아하는 세상사람들만 기쁘게 만든다면 이 마사무네가 설 곳이 없게 됩니다. 그러니 자비로운 아버님 말씀의 속뜻을 깊이 음미하도록 하십시오."

마사무네는 한마디 한마디에 힘주어 말한 뒤 이번에는 이에야스를 향해 돌아앉았다.

"조금 전부터의 꾸중 말씀, 모두 이 마사무네가 옳다고 생각하여 한 일이니 오늘은 이대로 용서해 주시기 바랍니다…… 쇼군님에게는 저도 찾아뵙고 간곡히 말씀드릴 생각입니다."

이에야스는 이상할 정도로 지친 기색을 보이며 대답하는 대신 시선을 다다테루에게 보냈다.

다다테루는 고개를 푹 숙인 채 무릎의 주먹을 주체하지 못하여 폈다 쥐었다 하고 있었다.

마치 딴사람이 된 것처럼 힘없는 목소리로 이에야스가 말했다.

"알겠소…… 오늘은 그대에게 다다테루를 맡기겠으니 부디 잘 타일러 주시오. 지금 세상에서 가장 좋아할 소문은, 다이코의 유자를 죽인 도쿠가와 가문에 형제불화의 소동이 일어나고 있다는 것이오."

"알고 있습니다. 다다테루 님도 그걸 모를 분이 아닙니다."

"그렇지만 내 눈으로 보면 답답하기 이를 데 없어."

그러자 마사무네는 재빨리 돌아앉아 말했다.

"그러면 다다테루 님, 이만 물러가시지요……."

다다테루는 한마디도 하지 않고 아직 마음이 풀리지 않은 기색으로 아버지에게 절하고 일어났다.

이에야스는 어쩐 까닭인지 그 뒷모습을 쳐다보려고도 하지 않았다. 아직 무언가 깊이 마음에 걸리는 일이 있는 모양이었다.

다카토라가 한마디 안 할 수 없어 입을 열었다.

"그처럼 꾸짖으시면……다다테루 님이 가엾습니다. 이번 싸움의 작전은 다테 님 말씀처럼 다다테루 님과 관련 없는 일입니다."

이에야스는 그 말에도 대꾸하지 않았다. 휴 하고 크게 한숨짓더니 팔걸이를 더듬어 끌어당겼다.

그때는 벌써 마사무네와 다다테루의 발소리가 복도 끝으로 사라지고 있었다. 마사무네와 다다테루는 큰 현관에서도 한마디도 나누지 않았고, 정문 밖에서 말고삐를 잡을 때까지 화난 듯 시선을 마주치려고도 하지 않았다.

말머리를 나란히 한 뒤 마사무네가 말을 걸었다.

"오늘은 일진이 좋지 않은가 봅니다. 그렇군, 우선 내 진막에 들러……."

마사무네의 임시진막은 나카다치우리(中立賣)에 있어서 센본야시키(千本屋敷)에 있는 다다테루의 본진보다 멀었다.

말을 가까이 대면서 마사무네는 웃었다.

"왜 대답이 없소? 길을 돌아가는 게 싫은 거요? 아니, 그까짓 일로 눈물을 글썽이오? 하하……아직 철부지이시군. 세계의 바다로 진출하겠다는 분이."

다다테루는 비로소 얼굴을 들었다.

"갑시다. 가서 말씀드리겠습니다."

골똘하게 생각하는 표정으로 마사무네 쪽으로 말머리를 돌렸다. 그 또한 마음속에 무언가 풀지 못한 응어리가 아버지에게 남아 있는 모양이었다.

다테 가문의 주력은 적자 히데무네(秀宗)와 가타쿠라 고주로의 지휘 아래 아직 오사카에 있었다. 쇼군 히데타다의 명에 의해 100일 기한부로 전쟁 뒤처리를 맡고 있었다. 따라서 교토의 임시진막은 극소수의 인원이 지키고 있는 휴식장소라 할 수 있었나.

그렇지만 마사무네는 으리으리한 건물을 짓고 담을 둘렀으며 문 앞에 화려한 차림의 보초병도 세우고 있었는데, 그 임시진막 안에 들어가자 말투와 태도가 확 바뀌었다. 이에야스만큼은 아니었으나 장인으로서는 상당히 지나친 힐책이었다.

"대체 어찌 된 일이오? 그렇듯 기개가 없으니 그냥 넘어갈 수 없소."

그리고 거실로 안내하더니 다시 혀를 차며 덧붙였다.

"그건 자청해 함정에 빠지는 것이나 마찬가지. 어째서 변명을 안 하는 거요? 아버님 앞이라고 자유롭게 말도 못 할 분이 아니잖소?"

그러나 다다테루는 잠자코 있었다.

"호출이 있었던 것을 다행으로 여기고 다다테루 님 쪽에서 먼저 오고쇼에게 질문할 줄 알고 나는 마른침을 삼키고 있었소. 아버님! 이번 싸움에 아무래도 납득되지 않는 이상한 방해가 여러 번 있었습니다…… 진보 데와의 군사가 무슨 생각에서인지 진격하는 저의 선봉대에게 창을 돌리고 대항해 와서…… 어쩔 수 없이 다테 군과 함께 짓밟아버리고 나갔는데, 데와는 어떤 자와 내통하여 그런 무모한 짓을 했을까요? 그렇게 물으셨다면, 이쪽이 선수(先手)…… 후수(後手)로 돌아가면 안 되는 것은 결코 싸움터만의 일이 아니오. 그런데 말 한마디 없이 자결하려 하다니!"

"……"

"인생은 눈을 감는 마지막 순간까지 싸움인 거요. 그 정신력을 유지하지 못하는 자는 살아 있어도 패배자…… 눈이 검은 동안은 늘 투지를 가져야 하오. 아니면 다다테루 님은 사라지고 말 거요."

사라진다……는 말을 듣자 다다테루는 의아한 표정으로 고개를 들고 장인을 정면으로 쳐다보았다.

"장인어른께 묻고 싶은 게 있습니다."

"무엇이든지. 주위에는 아무도 없소."

"진보 데와는 정말로 누군가의 명을 받아 우리에게 적의를 품고 창을 들이댄 것이었을까요?"

마사무네는 흥 하고 웃었다.

"만일 그렇지 않다면?"

다다테루는 고개를 갸웃하며 따라 중얼거렸다.

"그렇지 않다면……형님이 특별히 우리를 미워하고 계시다……고 생각하는 것
은 잘못인 듯한 생각이 듭니다."

마사무네는 또 세게 혀를 찼다.

"흠! 그래서 다다테루 님은 인생을 가볍게 보는 철부지라는 거요. 잘 들으시
오. 만일 진보 데와가 쇼군의 밀명을 받고 난전을 틈타 다다테루 님을 없애려 했
다……치고, 그에 대한 아무 대비도 없었다면 다다테루 님은 이미 이 세상에 없
소. 그렇게 되면 모든 일이 끝나는 것 아니겠소? 따라서 적의가 있고 없고는 문제
아니오. 늘 천변만화 임기응변의 준비가 되어 있지 않으면 안 되는 것이오."

"그러면 장인어른은 쇼군에게……."

"또 그런 말씀을 하시는군. 이편에 빈틈이 보이면 함정이나 적의는 없다가도 여
름철 파리 떼처럼 모여드는 법이오."

다다테루는 깜짝 놀란 듯 장인 마사무네의 얼굴을 뚫어지게 응시했다. 말뜻
을 모르는 것은 아니었다. 어떠한 경우에도 방심은 파멸의 근원이 된다. 그런데
진보 데와의 경우는 아무리 한 예를 든 것이라 해도 온당치 못했다. 피를 나눈
형 히데타다가 난전을 틈타 동생인 자기를 없애려 했다니…… 아니, 그럴 마음이
있었다……고 마사무네는 믿고 있는 것 같았다.

'정말 그랬던 것일까?'

마사무네는 있었던 일로 치고 아버지 이에야스에게 선수쳐야 한다고 말했다.

마사무네 역시 외눈박이 눈으로 사위를 빤히 건너다보며 웃었다.

"하하……아직 이해가 안 되시는 모양이군. 세상은 다다테루 님이 생각하듯 그
리 만만한 게 아니오. 사나다 마사유키의 조심성을 보시오. 큰아들은 혼다 헤이
하치로의 사위로 보내 도쿠가와 가문에 있게 하고 동생 유키무라에게는 오타니
요시쓰구의 딸을 맞게 하여 도요토미 가문에 들여보냈소. 호소카와 다다오키도
자기 아들 나가오카 마사치카(長岡正近)를 오사카성에 들여보냈고, 후쿠시마 마
사노리도 마사모리와 마사시게(正鎭) 부자를 들여보내 양다리를 걸치고 있소. 이
것은 눈에 보이는 양자의 우열뿐만 아니라 만일의 운까지 생각하여 철저히 대비
한다는 증거요. 이 다테 마사무네도 마찬가지."

이때 비로소 마사무네의 눈빛에 희미한 미소가 떠올랐다. 그때까지는 소리로 웃고 얼굴 근육은 웃어도 외눈박이 눈만은 다른 생물인 것처럼 번뜩이고 있었던 것이다.

"장인어른도 마찬가지라니요……?"

"하하……모르시겠소? 나는 적자 히데무네에게 오슈의 영지를 물려줄 생각이 전혀 없소. 히데무네에게는 히데무네의 전공이 있소."

"그렇다면 전공이 있어서 일부러 상속을……?"

"그렇소. 히데무네는 자립할 수 있는 사나이, 자립할 수 있는 자에게 아버지의 유산 같은 건 필요 없는 거요. 또 하나의 다테 가문을 우뚝 세우고 상속은 차남인 다타무네(忠宗)로 충분하지."

"……?"

"아시겠소? 이것도 조심성……즉 앞으로 예측할 수 있는 어떤 풍파를 만나더라도 자손이나 의지는 단절되지 않는다…… 이렇게 되지 않으면 진정으로 분별 있다고 할 수 없을 거요."

다다테루의 얼굴이 점점 붉어졌다. 그제야 마사무네가 무엇을 말하고 있는지 자기 나름대로 이해되는 것 같았다.

"지금 오고쇼의 마음이 어떻든, 쇼군의 마음이 어떻든……그것은 절대불변의 것이라고 할 수 없소. 실제로 오고쇼는 살려주고 싶은 히데요리 한 사람을 살리지 못했소. 그것은 구명받을 수 있는 자로서의 마음의 대비가 히데요리에게 없었기 때문이오. 아시겠소? 인생을 만만하게 생각하고 방심하면 오고쇼만한 분의 손길마저도 미칠 수 없는 파탄이 닥쳐오는 것이오. 다다테루 님은 그 사실이 있고 없고를 떠나 형님인 쇼군의 눈에 거슬리는 자…… 늘 목숨이 위태롭다……는 정도의 조심성은 평소 가지는 것이 좋다는 이야기요."

마사무네는 다시 한번 눈은 웃지 않는 묘한 웃음을 지었다.

"하하……나는 아무래도 우리 사위님에게 너무 반한 것 같군."

다다테루는 눈길을 내리깔고 얼굴을 붉혔다.

다음에 오는 파문

이에야스는 그날 장수들과의 접견을 일찌감치 끝내고 2시간쯤 오와리의 고로타마루와 도토우미의 쓰루치요 두 아들에게 전쟁을 강평한 다음 잠자리에 들었다.

교토의 여름은 무더웠다. 모기장에 들어가 누우니 새삼 낮에 있었던 일이 마음에 걸렸다.

'너무 심하게 꾸짖었다……'

어째서 다다테루만 그처럼 모질게 사람들 앞에서 꾸짖고 말았던 것일까? 그것은 이성을 잃은 노인의 편애 때문이었는지도 모른다.

고로타마루에게는 나루세 마사나리가 있고, 나가후쿠마루에게는 안도 나오쓰구가 있다. 그러나 다다테루에게는 지금 믿을 만한 중신이 딸려 있지 못했다. 이에야스 자신의 안목으로 골라준 오쿠보 나가야스는 그런 식으로 빗나가 지금 없고, 사부 미나가와 히로테루(皆川廣照)는 강직하기는 하나 이미 성격적으로 다다테루에게 지고 있었다. 다다테루의 의붓누이 남편인 하나이 요시나리는 중신 자리를 지키고 있으나 그릇이 훨씬 뒤떨어지고, 현재 다다테루에게 사부로서의 영향을 줄 수 있는 사람은 장인 다테 마사무네 말고는 아무도 없었다.

'그래. 마사무네에 대한 노여움이 다다테루를 꾸짖게 만들고 말았어……'

이렇게 생각하니 다다테루가 더욱 가여웠다. 다다테루는 성격이며 생김새가 죽은 노부야스를 꼭 닮았다. 가르치기에 따라 자기와 노부나가를 합친 것 같은 진취성과 창의성에 넘치는 명장의 소질을 지니고 있는지도 모른다. 그런데 어쩐지 다다테루도 노부야스와 마찬가지로 마땅한 사부를 만나지 못해 뛰어난 소질이 오히려 빗나가는 위태로움을 늘 느끼게 했다.

아니, 그보다도 요즈음에 이르러 이에야스가 걱정하기 시작한 것은 장인 마사무네의 영향이었다.

'마사무네는 내가 잘못 보았어······.'

이에야스는 마사무네의 투지와 야심이 얼마나 강한지 잘 알고 있었다. 전성시대 다이코의 압력을 은근히 버티어낼 수 있는 기질을 가졌던 자는, 그가 볼 때 자신과 마사무네였다고 생각했다.

'천성적으로 타고난 기량······.'

시대의 추이도 민감하게 받아들였고 그 행동 역시 시대의 흐름에 거슬리는 일이 없었다. 그러므로 뛰어난 투지와 야심에 앞으로 연륜의 연마가 더해져 비할 데 없이 원숙한 인물로 성장하리라 기대하고 굳이 다다테루의 장인으로 택했던 것이다.

그런데 그것이 그리 간단한 문제가 아니었다. 원숙해지기는 했으나 그와 병행해 야심 또한 끝이 없을 만큼 커졌다. 마사무네는 지금 이에야스가 통일해 놓은 일본의 온 힘을 동원하여 세계의 바다로 진출할 꿈을 꾸고 있다. 물론 조심성 많은 야심가이므로 경솔한 짓은 하지 않겠지만, 그렇게 되면 다이코와 오십보백보, 어느 방향으로 빗나갈지 모를 위험을 내포하게 된다.

그 마사무네가 자신의 꿈을 쇼군 히데타다에게 이것저것 진언할 때는 괜찮지만, 언제부터인가 사위 다다테루를 통해 이룩하려 꾀하고 있었다. 마사무네가 이번 싸움에서 필요 이상으로 다다테루를 두둔하며 위험한 전선에 내보내지 않은 것은, 단순한 애정이나 의리뿐만이 아니라 그 꿈을 소중히 한 일로 느껴지는 부분이 많았다.

'위태롭다······.'

그 우려가 다다테루에 대한 지나친 꾸지람으로 나타나고 만 모양이다.

'인간에게는 분수라는 것이 있다······.'

세상사람들의 모든 소망을 집약하면 무엇보다 먼저 이러한 답이 나온다.

"전란의 눈물이 없는 평화로운 세상."

그 소망에 호응하기 위해 개인의 야심과 꿈은 죽여야 한다. 그렇게 하지 못해 실패한 것이 다이코의 조선출병이었다.

다이코가 일본의 통일을 이룩했을 때 만일 새로운 평화시대의 처세법과 사고방식을 모범으로 보여주고, 내정 정비에 힘을 기울였다면 20년 전에 이미 완전히 다른 일본이 만들어졌으리라.

"자, 우리 모두가 염원하던 평화로운 세상이 되었다. 무력으로 싸운다는 사고방식은 이제 버려라."

그런데 다이코는 그것을 게을리했다. 그건 자신이 싸움밖에 모르는 환경에서 자라난 탓도 있고, 싸우면 반드시 이긴다는 자만심을 포함한 자부심 탓도 있었다.

'아니, 실은 그 두 가지가 얽혀 다이코의 말로를 그르치고 말았다…….'

다이코가 조선출병을 결정했을 때 이에야스는 그것을 신불을 두려워하지 않는 '오만함'으로 받아들였다. 그래서 일부러 스스로 반성하며 측근들에게도 훈계해 왔다…….

"이기는 것만 알고 지는 것을 모르면 그 화가 자신에게 돌아온다."

애당초 싸움에 '필승'이란 있을 수 없다. 있다고 생각하는 것은 덜된 인간의 착각에 지나지 않는다. 싸움뿐만이 아니다. 모든 승부는 반반의 비율로 승자와 패자로 나누어진다. 현실의 전쟁에는 그 위에 또 한 가지 '화목'이라는 타협의 길이 남아 있을 뿐, 계속 싸워나가면 어떠한 강자라도 결국에는 반드시 패자가 되고 만다.

다이코는 확실히 드물게 보는 명장이었다. 고마키 싸움에서 이에야스에게도 이길 승산이 있었지만, 만약 이에야스에게 한 발자국도 양보할 마음이 없었더라면 역시 다이코가 이겼을 것이다. 다이코는 그야말로 패전을 모르는 고금에 으뜸가는 영웅이었다.

그런데 그 '패전을 모른다'는 사실이 다이코의 늘그막을 먹칠하는 커다란 불행의 원인이 되었다. 패전을 모르는 다이코는 굳이 자청해 조선출병을 꾀하여 앞으로 명나라와 천축(인도)까지 그의 영토를 삼겠다는 터무니없는 꿈과 야심에 사로잡히고 말았던 것이다…….

그러한 악몽의 포로가 되지 않았다면, 그는 '패전을 모르는 명장'으로, 또는 평

화를 가져다준 구세주로 일본의 감사를 한 몸에 받는 존재가 되어 그 덕을 길이
길이 칭송받았을 게 틀림없다. 그런데 멈출 줄 몰랐기 때문에 마침내 건강을 해치
고 머리를 부둥켜안은 채 비참한 고민을 거듭하다가 숨을 거두었다.

'신불의 벌은 뜻하지 않은 곳에 숨어 있다.'

이에야스는 그러한 다이코의 과오를 다시 범할 자가 있다고 한다면 다테 마사
무네일 거라고 생각했다. 그런데 그 마사무네의 악몽을 다다테루까지 고스란히
그대로 이어받을 것 같은 걱정이 생겼다…….

다다테루는 성품이 과격하고 쇼군보다 두뇌가 날카롭다. 그리고 아버지에게
오사카성을 내놓으라고 할 만큼 사양할 줄 모르는, 이를테면 한 번도 패한 일
없는 철부지였다…….

이에야스는 다다테루에 대해 이것저것 생각하다가 그만 잠을 설치고 말았다.

'이런 일은 드문데…….'

역시 마음대로 되지 않았던 히데요리와 센히메에 대한 일이 마음에 큰 상처가
된 탓이리라. 걱정하기 시작하니 잊으려 해도 잊을 수 없는 '노부야스의 할복'까지
머리에 떠올라왔다.

'다다테루도 그런 불행을 스스로 초래하는 자식이 되지 않을까…….?'

어쨌든 다다테루는 쇼군의 바로 아랫동생이다. 고로타마루가 나고야성의 주
인이라면 자기는 오사카성의 주인이 되어도 이상할 것 없다……는 사고방식을 갖
고 있다. 더구나 그 오사카성에 들어가 외교상의 일을 모두 떠맡아, 남만인 홍모
인을 구별하지 않고 유럽 전체를 상대로 온 세계에 일본의 국위를 떨치겠다고 분
명히 말했다.

'닮았어, 다이코의 교만과……!'

더구나 그 패기 뒤에 다테 마사무네가 밀착되어 있다. 아마 이번 싸움에서 맨
선두에 나서서 싸우려 하지 않았던 것은 이러한 계산이 있어서인지도 모른다.

"대망을 품은 소중한 몸, 유탄(流彈)을 맞을 만한 곳에 나가선 안 된다."

기다가 공교롭게도 ㄱ 다다테루가 노리고 있던 오사카성이 이제 확실히 빈 성
이 되고 말았다.

'또 요구할지 모르겠는걸…….'

어딘가에 그것을 두려워하는 마음이 있어 그토록 심하게 꾸짖고 말았는지도

몰랐다…… 부모가 되면 역시 자식에게 마음 쓰이는 법이다.

차츰 밖이 훤해질 무렵이 되어서야 하나의 결론에 도달한 이에야스는 가까스로 잠들었다. 다시 한번 다다테루를 불러들여 자신의 입으로 간곡히 깨우쳐주려는 것이었다.

지금은 패기만으로 해외에 나갈 시기가 아니다. 국내의 평화를 반대하는 파의 청소가 가까스로 끝난 참이 아닌가. 지금은 어디까지나 형인 쇼군 히데타다를 도와 일본의 모든 영주들에게 평화시대의 어진 정사를 펼쳐야 할 때이다. 지금 해외에 우리의 무력을 무찌르고 침입할 만한 강적은 없다. 국내의 방비를 굳건히 하고 흔구정토의 이상국을 이룩할 때가 지금 말고 또 있을 것인가…….

'아니, 그 말을 먼저 하면 젊은 혈기에 반감을 품을 것이다. 우선 함께 입궐하도록 해야겠다……'

이에야스는 교토에 오래 머무를 생각이 없었다. 여러 영주들 앞에서 쇼군 히데타다와 충돌할 우려가 있다. 어쨌든 히데타다는 도쿠가와 가문의 현 주인이고 세이이타이쇼군이다. 그런 그를 모든 사람들 앞에서 꾸짖는 것은 그야말로 질서를 문란케 하는 일이 된다. 그래서 되도록 빠른 시일에 입궐하여 황실에 대한 인사가 끝나는 대로 곧 슨푸에 돌아갈 작정이었다.

'그래, 입궐할 때 데려가 일본의 국시(國是)에 대해서도 가르쳐야겠다.'

이리하여 잠이 들까 말까 하는데 뜰에는 벌써 아침 새들이 시끄럽게 지저귀고 있었다.

이에야스는 일어나자 이타쿠라 시게마사를 시켜 다다테루를 불러오게 했다. 입궐할 예복을 갖추어 오전 9시까지 오라고…….

생각해 보니 이번 입궐도 괴로운 일이었다. 도요토미 가문 쪽에서 힘써 황실에서 중재하려 했는데, 이에야스는 그것을 한마디로 거절했던 것이다. 황실의 중재가 효과를 나타내게 되면 뒷날에 미칠 영향이 적지 않다. 무언가 소동을 꾸미는 자가 나타날 때마다 번번이 황실에 뛰어가 울며 호소하는 전례를 남기게 된다. 그렇게 되면 다만 황실을 번거롭게 할 뿐 아니라 옛날 겐페이 시대 같은 음모와 원정(院政)의 폐단을 초래하기 쉽다.

그래서 도요토미 가문 또한 막부의 통제 아래 있는 영주의 한 사람이라는 입장을 취하여 거절했다.

"황실에서는 개입하지 마시기를."

물론 이에야스는 모든 사람이 납득할 만큼 히데요리에게 잘못을 깨닫게 한 뒤 도요토미 가문을 존속시켜 줄 속셈이었기 때문이다.

그런데 그 히데요리는 자결하고 말았다. 만일 천황으로부터 하문 받는다면 자세한 사정을 상주하여 양해를 구해야 한다.

'괴로운 일이긴 하나 이대로 그냥 슨푸에 돌아갈 수 없다……'

이에야스는 나가이 나오카쓰의 부축을 받으며 예복을 갈아입자 거실에 향을 피우게 한 뒤 설명 순서를 곰곰이 생각했다.

다다테루에 대한 일이 여전히 마음을 떠나지 않고 있었다. 다다테루가 오사카 성을 원하는 것을 잘 알므로 뭐라고 말하여 단념시키느냐는 생각에서였다.

"알다시피 히데요리 모자는 자결했다. 만일 그 성을 지금 곧 너에게 줘봐라, 이에야스는 제 자식 귀여운 줄만 알고……자식에게 주고 싶어 오사카성을 공격한 거라는 오해를 받는다면 어떻게 되겠느냐? 아버지와 형이 모든 힘을 기울이고 있는 새로운 시대 건설에 공과 사를 구별하지 못한 오점이 찍힌다. 공과 사가 혼동된다면 천하는 다시 무질서한 난세로 돌아가겠지……."

'그래, 이렇게 설명해 주면 알 것이다.'

"오사카성에는 대궐과 교토 지방을 지키기 위한 성주대리를 두겠지만 대대로 이어져 내려가는 영주는 두지 않겠다. 이것이 아버지의 방침이다."

거기까지 생각한 이에야스는 나오카쓰를 돌아보았다.

"다다테루는 아직 오지 않았느냐? 곧 9시가 될 텐데."

"예……그게……."

"어떻게 되었나, 부르러 간 시게마사는 돌아오지 않았느냐?"

그러자 그 목소리가 옆방으로 새어나간 듯 누군가 황급히 움직이는 발소리가 났다. 아무래도 시게마사는 돌아와 있는 눈치였다.

"이타쿠라 님을 불러오겠습니다. 벌써 얼마 전에……."

나오카쓰가 발꼬리를 흐리며 일어났고, 이윽고 두 사람이 함께 들어와 이에야스 앞에 앉았다.

시게마사가 말했다.

"잠시만 기다려주시기 바랍니다."

"잠시만……이라니? 오전 10시에 입궐한다고 기별했다, 자칫하면 불경(不敬)을 저지르게 돼."

"……예, 그런데……."

"그런데 어찌 되었다는 것이냐? 다다테루가 아프기라도 하단 말이냐?"

시게마사는 결심한 듯 말했다.

"아닙니다, 그것은……실은 아침 일찍 고기잡이를 나가서서 아직 연락이 되지 않습니다."

"뭐라고, 고기잡이를 나갔다고?"

이에야스는 큰소리로 시게마사를 꾸짖으려다가 반성했다.

'시게마사의 잘못이 아니다…….'

그러나 왜 지금까지 잠자코 있었는가? 무언가 이유가 있어야만 한다.

"시게마사, 그대는 그걸 알면서 왜 지금까지 나에게 알리지 않았느냐?"

"……예, 다다테루 님 중신들도, 그리고 소신의 아비도 반드시 찾아올 테니 잠시 기다려주십사 하여……."

"그럼, 모두들 다다테루의 행방을 찾고 있단 말이냐?"

"예, 다른 일도 아닌 입궐 수행인지라."

"하하하……."

이에야스는 울고 싶어졌다. 아직 싸움이 끝난 게 아니다. 형 쇼군은 후시미성에서 눈이 어지러울 만큼 바쁘게 지휘를 계속하고 있다.

'그런데 다다테루 놈은……!'

"시게마사, 뭐라고 하며 나갔다더냐, 그 철없는 놈이?"

"……예, 아버님에게 호된 꾸지람을 들었으니 울적한 마음을 풀 겸 물고기를 잡으러 간다고 하시며."

"간 곳은?"

"가쓰라강(桂川)에 가신다고 하셨답니다."

"그런데 거기에 없더란 말이냐?"

"예."

"바보 같은 놈!"

"송구할 따름입니다."

"그러면 어째서 그렇다고 분명히 말하지 않는 거냐? 무슨 일이든 숨기는 것은 안 된다고 그토록 말하지 않았느냐? 만일 입궐시각에 늦는 일이라도 있으면 어떻게 하려느냐."

그러자 시게마사는 불끈하여 말했다.

"다다테루 님 중신들도 그 걱정을 하고 있습니다. 그러잖아도 주목받고 계신 다다테루 님, 만일 찾아내지 못하면 할복 명을 받게 될지도 모른다, 그렇게 되면 가문의 큰일이라고 소신의 아비에게까지 의논해 왔습니다."

"멍청한 놈!"

"예."

"지금 뭐라고 말했나? 그렇지 않아도 주목받고 있다……니, 그 주목받고 있다는 건 무슨 소리야!"

"다다테루 님 중신들이 그렇게 말했습니다. 오고쇼님에게 미움받고 있다고 생각하기 때문이겠지요."

'아버지가 자식을 미워한다고……'

"그토록 심하게 꾸지람하셨으니 무리한 일이 아니라고 저도 생각합니다."

"흠."

"하지만 다다테루 님은 어젯밤 돌아가신 뒤 뜻밖에 밝은 얼굴로 영감의 속셈은 잘 알고 있다고 하셨답니다."

"뭐, 영감의 속셈? 나를 영감이라고 마구 부르더란 말이냐?"

"죄송합니다. 실은 저희들도 아버지를 뒤에서는 영감이라고 부릅니다."

"그런 걸 묻는 게 아니다. 그런데 그 영감의 속셈을 어떻게 알고 있다더냐, 다다테루가?"

"예, 오사카성을 달라고 하면 큰일이므로 선수 치신 거지, 못 말릴 영감이라고 하셨답니다."

이에야스는 무릎을 탁 치고 일어났다.

"이런, 기막힌 노릇이 있나! 그런 버르장머리 없는 자식은 이 영감도 기다리고 있을 수 없다. 입궐준비를 해라."

나오카쓰와 함께 이에야스를 배웅한 뒤 시게마사는 행정장관 저택으로 급히 가보았다.

'참으로 엄청난 일이 되고 말았는걸.'

다다테루는 끝내 나타나지 않았다. 대체 어디서 무엇을 하고 있을까?

아버지가 돌아와 있으면 혹시 소식을 알까 하여 시게마사는 급히 달려온 것인데 아직 소식이 없었고, 객실에서 손님 두세 사람이 세상이야기를 하며 아버지의 귀가를 기다리고 있었다. 한 사람은 혼아미 고에쓰, 또 한 사람은 전에 아마가사키 지방관을 지낸 다케베 주토쿠(建部壽德)였다.

시게마사는 그 두 사람과 딱 마주쳐버려 그냥 갈 수 없게 되었다.

"아, 다케베 님과 혼아미 님이시군. 혹시 두 분께서 이곳에 오시던 도중 다다테루 님을 못보셨는지요."

고에쓰가 먼저 대꾸했다.

"못 봤소. 다다테루 님에게 무슨 일이 있었소? 무슨 일로 오고쇼님의 역정을 들으셨다고 방금 들었소."

"벌써 들으셨습니까?"

이번에는 다케베가 말했다.

"그렇소. 어젯밤 도도 님 문중사람들에게서 들었지요. 그건 그렇고 다테 님에 대한 소문은 좀 듣기 거북한 이야기더군요."

시게마사는 예사로 들어넘길 수 없어 두 사람 사이에 앉았다.

"다테……마사무네의 소문이라뇨?"

"아니, 그건 어디까지나 다테 님 책임이지. 어쨌든 방심할 수 없는 분…… 실은 말이오, 오사카성 안에 피신해 있던 토를레스, 포를로 두 신부가 진중에 뛰어들어 살려달라고 애원했다고 하오. 물론 다테 님은 같은 신도라 곧바로 숨겨줄 줄 알고 간 것이지. 그런데 거절했을 뿐 아니라 베어버리려고 했다더군."

"허, 성안에 있던 신부들을……?"

"그래서 지금 노인과 그 이야기를 하던 참이었소. 다테 님의 신앙이 과연 진실한 것인지 어떤지……하고."

"결코 진실한 신앙은 아니라고 이 고에쓰는 말했소. 다테 님은 신불 따위에게 의지할 분이 아니오. 자신의 재주를 신불 이상으로 과신하고 이용하려는 분이지."

"바로 그 점입니다."

다케베 주토쿠도 사실은 예수교 신자였다. 그런 만큼 살려주기를 청하러 간 신부들을 배신한 행위에 대해 심한 노여움을 느끼는 모양이었다.

"애당초 예수회파나 성 프란체스코파 신자가 홍모인인 영국인 따위를 가까이 하는 것은 악마에게 접근하는 짓이지요. 그런데 다테 님이 태연스레 이들을 가까이하는 일은 잘 알고 계실 겁니다. 오사카에서도 또 이 교토에서도 다테 님은 영국 상관(商館) 책임자인 콕스의 부하들이 출입하는 것을 허락했고, 다다테루 님도 이들과 만나게 하여 이분이 바로 다음 대의 쇼군님이라고 말하여 상대를 어리둥절하게 만들었다더군요."

시게마사는 일부러 시치미떼고 말했다.

"콕스라면 히라도에 새로이 허가된 영국 상관의 우두머리 아닙니까?"

"그렇소. 예수교 신자에게는 악마의 부하나 다름없지요. 그 악마에게 손을 뻗고 신부들을 죽이려 하는 정도니, 다다테루 님에게도 무슨 바람을 집어넣을지 모르는 일입니다."

"그와 같은……다다테루 님과 관련된 다테 님의 소문이 떠돌고 있다는 말씀입니까?"

만일 그러한 소문이 있다면 이에야스나 다다테루를 위해서라도 들어두어야 한다고 시게마사는 생각했다.

"아니, 귀하는 모르고 계셨소? 그렇다면 입조심해야지. 터무니없는 소문이 내 입에서 나왔다면 무엄한 짓이 되니 안 들은 것으로 해주시오."

다케베는 별안간 겁을 먹고 입을 다물었다. 고에쓰는 타고난 성격대로 이것을 못마땅하게 느끼는 모양이다.

"아니, 그렇듯 큰 문제는 아니오. 누군가 쓸데없는 짓을 하는 자의 중상일 거요. 즉 부자 사이, 형제 사이가 화목하지 못하다……는 식으로."

"역시 그런 소문이 나돌고 있습니까?"

"사람들 입을 막을 수는 없소. 하지만 그러한 일이라면 이타쿠라 님의 아버님이 더 잘 알고 계실 것이니, 걱정할 만한 일은 아니오."

시게마사는 풍류의 길을 통해 아버지가 존경하고 있는 고에쓰를 자신도 인생의 스승으로 우러러보고 있었다. 그런 만큼 구애받지 말라는 말을 듣자 억지로 캐물으려 하지 않았으나, 사실 이 무렵부터 시중에 이상한 소문이 떠돌고 있었던 모양이다. 근원지는 역시 구원을 청하러 갔다가 하마터면 죽을 뻔하여 하치스카의 진중으로 달아난 포를로 신부였을지도 모른다.

어쨌든 그 이듬해 1월 23일(1616년 2월 29일)에 쓴 히라도의 영국 상관장 리처드 콕스의 일기에, 그것을 암시하는 내용이 분명 기록되어 있다.

나는 편지를 써서 이튼 군에게 다음과 같은 사실을 알렸다. 풍문의 의하면 지금 황제(이에야스)와 그 아들 카르사(대부)사이에 전쟁이 일어날 조짐이 있는데, 카르사의 장인 마사무네는 카르사를 후원할 것이라 한다. 전쟁의 원인은 황제가 오사카성과 그 성에 귀속된 영지를 수중에 넣었을 때 약속에 따라 이를 아들 카르사에게 주는 것을 거절한 데 있다. 나는 이튼 군에게 전쟁이 벌어질 우려가 있으면 돈을 모두 가지고 돌아올 것, 또한 남은 물건도 되도록 모두 돈으로 바꾸라고 권고했다.

히라도에 있는 콕스의 귀에 이러한 소문이 흘러 들어가 깜짝 놀란 그가 오사카 출장소에 있는 자기 부하에게 되도록 남은 물건을 팔아 히라도로 돌아오도록 지시한 걸 보면, 정월 무렵에는 이 소문이 상당한 신빙성을 가지고 온 일본에 널리 퍼졌음을 짐작할 수 있다.

사실 에도에서도 정월 무렵 마사무네가 거병할 것이라는 소문이 끊이지 않도록 나돌았다.

하지만 그것은 나중 일이고—아무튼 시게마사는 가슴에 불안한 손톱자국을 남긴 채 행정장관 저택에서 니조 저택으로 돌아갔다. 이에야스의 퇴궐 시간보다 늦을까 봐 아버지가 아직 돌아오지 않았지만 그대로 니조 저택으로 돌아간 것이다.

그와 엇갈려 아버지 가쓰시게는 다다테루를 데리고 니조 저택에 와 있었다. 다다테루뿐 아니라 다다테루의 중신 미나가와 히로테루와 하나이 요시나리도 파랗게 질린 얼굴로 대기실에 있었다.

다다테루는 가쓰시게와 함께 이에야스의 거실과 이어진 별실에서 풀죽은 표정으로 가쓰시게를 노려보다가 천장을 노려보기도 하며 기다리고 있었다.

정말 인생에는 어째서 이다지도 짓궂은 운명의 복병이 숨어 있는 것인지…… 시게마사는 슬퍼졌다. 다다테루가 두 시간만 빨리 돌아와 주었다면 부자는 전날 밤의 격렬했던 감정을 풀고 함께 밥상을 받았을 게 틀림없나. 그린데 이에야스는 불쾌한 표정으로 저택을 나갔고, 나간 지 얼마 안 되어 다다테루는 아버지 가쓰시게를 따라온 듯하다.

시게마사가 들어가자 아버지 가쓰시게는 그때까지의 화제를 넌지시 돌리며 조용히 물었다.

"어디 갔다 왔느냐?"

"예, 행정장관 저택으로……다다테루 님 일로."

"그래? 도중에 마음이 변하시어 오이강(大櫃川)까지 멀리 나가셨던 모양이다."

이렇게 말하고 가쓰시게는 곧 조금 전의 화제로 돌아갔다.

"어쨌든 빨리 주군에게 알려드리지 않은 것은 시동들의 실수…… 그렇다고 이 실수는 오고쇼의 책임이 아닙니다. 그러므로 우선 무엇보다 사과를 드리시는 게 상책입니다."

"……"

"알아들으시겠지요? 가신들을 꾸짖는다고 지나가 버린 시간이 돌아오지는 않습니다. 그런 건 나중에 천천히 타이르시고…… 솔직히 말해 오고쇼님도 요즈음 기분이 썩 좋지 않으신 때라……"

그러자 다다테루는 느닷없이 신경질적인 목소리로 웃기 시작했다.

"아이들에게 하는 말투는 걷어치워. 그보다도 내가 빌지 않겠다고 한다면 어쩔 셈이냐?"

"무슨 말씀을! 형제 사이라도 장유(長幼)의 순서가 있습니다. 하물며 상대는 오고쇼님, 사과드리지 않을 수 없습니다. 오고쇼님은 예복을 입으신 채 이 더위 속에서 내내 다다테루 님을 기다리셨습니다."

"흥, 걸핏하면 비는 게 효도냐? 그처럼 하나하나 빌게 만들면 과연 좋은 생각 좋은 기질을 지닌 자식이 되겠군."

다다테루는 흘끗 시게마사 쪽을 쳐다보며 말을 이었다.

"그대도 영삼에게 꾸지람듣고는 빌고, 빌고는 또 꾸지람듣고 있지. 무엇보다도 나는 어젯밤 사람들 앞에서 그토록 호되게 창피를 당한 아들이야. 입궐할 일이 있다면 그때 알려주었어도 괜찮지 않은가? 그런데 하필이면 심술궂게도 이쪽에서 울적한 마음이나 풀어보려고 나간 뒤에야 기회를 노려 생각해내니…… 무슨 일이든 일부러 실수하게 만들고 꾸짖는 게 취미신가 보군."

"그건 비뚤어진 생각입니다. 어찌 오고쇼님이 그러한……."

"좋아 그만해, 그대는 아버지 편이지. 빌든 빌지 않든 그건 자식의 자유. 나는 잠자코 들으마. 뭐라고 꾸짖는지 잠자코 듣고 잠자코 생각해서 납득이 되면 빌 것이고, 납득되지 않으면 의견을 말씀드리겠다. 간신(諫臣)은 가문의 보물이라는 게 평소의 가르침이셨어. 간언하는 아들을 불효자라고 낙인찍지 말라."

그때 이에야스가 퇴궐해 돌아온 모양이었다. 큰 현관에서 높다랗게 외치는 소리가 괴괴한 복도를 통해 들려왔다.

격돌

이에야스가 대궐에서 돌아오자 가쓰시게는 더 이상 다다테루에게 충고하고
있을 틈이 없었다.

이에야스가 온몸의 땀을 닦고 홑옷으로 갈아입는 걸 기다렸다가 머뭇거리며
다다테루가 와 있다는 것을 전했다.

가쓰시게로서는 말로서의 꾸지람보다도 아버지의 마음을 잘 알 수 있었다. 오
늘 대궐에 데려가려고 한 것은, 다름 아닌 아버지 쪽에서 아들에게 사과한다는
의미였다.

'어떻게 무사히 넘어가야 할 텐데…….'

그렇다 해도 가쓰시게는 아들 시게마사만큼 걱정하고 있지 않았다. 성격이 지
나치게 거칠기는 하나 다다테루는 결코 어리석게 태어나지 않았다. 그리고 이에
야스 또한 애정이나 일시적인 노여움 때문에 사람을 보는 눈이 흐려지는 일은 없
었다…….

"그래, 들여보내라."

이에야스는 시동을 시켜 큰 부채로 바람을 부치게 하면서 천천히 차가운 갈탕
을 마셨다.

'그리 노하신 눈치는 아니다…….'

아버지 가쓰시게보다 시게마사 편이 한시름 놓았다.

상대는 또 덮어놓고 호통 들을 것으로 믿고 있다. 그것을 살짝 비키면서 부드
러운 목소리로 설득한다면 훨씬 효과가 있을 듯하다.

다다테루는 눈을 부릅뜨고 들어왔다.

"아버님, 측근을 물리쳐 주십시오."

이에야스 쪽은 좋았는데, 다다테루 쪽이 고압적인 태도였다.

'이거 야단났군!'

가쓰시게가 그렇게 생각했을 때 이에야스는 순순히 그 말을 받아들였다.

"그래, 다다테루가 무슨 긴한 이야기가 있는 모양이다. 부채질은 안해도 좋다. 모두 물러가도록 해라."

"알겠습니다, 그럼……."

불안하기는 했으나 이타쿠라 부자는 사람들을 물러가게 한 뒤 다음 방으로 나왔다.

"아버님! 세상에 떠돌고 있는 터무니없는 소문을 들으셨습니까?"

"터무니없는 소문…… 소문이란 이 세상이 있는 한 사라지지 않는 것, 신경 쓴다면 끝이 없지."

"그런데 신경 써야만 하는 소문입니다. 이 다다테루가 형님이신 쇼군에게 반역을 꾀하고 있어 도묘사 어귀의 싸움 이후 결코 앞으로 나아가지 않았다는 소문입니다."

"음."

이에야스는 이상야릇하게 신음을 내며 고개를 끄덕였다.

"형제불화에 대한 소문은 나도 들었다만 너도 들었느냐?"

"억울하기 짝이 없는 일입니다! 그것뿐이 아닙니다."

또 흥분하여 말하려는 다다테루를 이에야스는 가볍게 제지했다.

"기다려라. 그런데 그 억울한 소문을 없애기 위해 너는 어떤 노력을 했지?"

"노력……?"

"그래. 문제는 그런 소문이 아니라 그것을 없앨 만한 노력이 있느냐 없느냐지. 사람 입은 막지 못한다. 그것을 말없이 없애려는 노력이 어른의 분별, 그 분별을 위해 다다테루는 어떠한 노력을 했을까…… 오늘 물론 고기잡이 따위는 하지 않았을 테지."

성격이 거친 아들은 몸을 내밀며 아버지에게 도전했다.

"아닙니다, 고기잡이를 했습니다. 고기잡이가 어째서 나쁩니까? 매사냥과 마찬가지로 가는 곳곳의 지형을 살피며 변란에 대비하는 일이 아닙니까? 나다테루는 분명히 고기잡이를 다녀왔습니다."

이에야스는 갈탕 그릇을 조용히 내려놓았다.

"그래, 고기잡이를 했단 말이냐? 고기잡이는 나쁘지 않지, 젊은 나이니까. 그런데 그 전에 해야 할 일이 없었을까? 아까의 이야기대로라면, 억울한 소문이 나돌고 있으니 그 소문을 없애는 노력이 먼저여야 했……고 아버지는 생각하는데, 다다테루의 생각은?"

다다테루는 또 퉁겨버렸다.

"언젠가 아시게 될 것입니다! 아버님 말씀처럼 사람의 입을 막을 수는 없습니다. 그런 소문에 신경 쓰기보다는 조용히 무술을 연마하고 있으면 됩니다. 그래서 다다테루는 고기잡이를……."

"닥쳐라!"

이에야스의 목소리가 비로소 높게 사방에 울렸다.

"그런 소문 이야기를 꺼낸 것은 대체 누구였느냐? 네가 먼저 꺼낸 말이라 그걸 없앨 노력을 했느냐고 물은 것이야. 했는지 안 했는지 그 대답부터 먼저 하여라."

"노력……사람의 입은 막을 수 없으므로 고기잡이를 하라……."

이에야스의 목소리가 다시 조용해졌다.

"다다테루, 그러면 너는 그 소문에 진 것이다. 그 소문 때문에 마음이 부글부글 끓어올랐다, 그래서 풀기 위해 고기잡이를 갔다…… 그렇지 않느냐?"

"그렇지 않습니다!"

"허, 그러면 왜 그랬느냐? 아버지는 너의 본심을 알고 싶다. 본심을 모르면 충고도 할 수 없을 테니까."

"아버님! 그러면 아버님도 그 소문을 믿고 계십니까?"

"믿고 싶지는 않아. 하지만 믿고 있다고 생각해도 돼. 그러면 그걸 없애기 위한 노력도 할 것이니까. 다다테루, 이 소문은 가만히 두어도 되는 소문이 아니다. 이에야스는 천하의 일에 정신 팔려 내 기문의 밑에는 눈이 미치지 못했다, 영주의 움직임은 하나하나 간섭하면서 발밑의 집안싸움은 조금도 눈치채지 못한 바보였다……고 비웃음 받겠지. 어떠냐, 본심을……솔직한 마음으로 돌아가 이 아버지에게 말해주지 않겠느냐?"

"역시 그렇군요!"

다다테루는 씹어뱉듯 말하고 가슴을 젖혔다.

"아버님 자신이 벌써 의심하고 계십니다. 아니, 의심하는 게 아니라면 무슨 생각이 있어서 하신 말씀일 겁니다. 아버님은 그토록 이 다다테루를 믿지 못하십니까?"

"믿지 못하다니?"

"다다테루가 또 오사카성을 달라고 조를 거라고 생각하시어 앞질러 경계하고 계십니다. 제가 여쭙고 싶은 것은 오히려 아버님의 본심입니다."

순간 이에야스는 눈을 크게 뜨고 탄식했다.

'이 녀석은 역시 오사카성에 아직 미련을 가지고 있다…….'

그건 이에야스에게 말할 수 없이 슬픈 무분별로 느껴졌다. 지금 그가 자리한 에치고 땅이 일본 전체의 정치에 얼마나 중요한 곳인지 조금도 깨닫지 못하고 있었다. 본디 우에스기 겐신이 그 땅에 있었기 때문에 다케다 신겐만 한 명장도 꼼짝하지 못했다. 그 지리적 이점을 활용시켜 다테 마사무네의 호쿠리쿠 진출을 막자……고 생각했던 이에야스의 배려가 뒤엎어지고 말았다.

'이 아이를 마사무네에게 뺏기고 만 것일까……?'

이렇게 생각하자 얼른 말이 나오지 않았다. 지금 오사카성을 가장 탐내고 있는 것은 다테 마사무네다. 다다테루를 사위로 삼아 자신의 영향 아래 둔 마사무네는 그 다다테루를 통해 오사카성을 손에 넣으려 한다. 히데타다의 대가 되고나서 오사카성 주인이 된 다테 마사무네를 상상해 보라. 그건 무모하고 무분별한 히데요리 따위와는 비교도 할 수 없는 에도의 강적이 될 것이다.

이에야스는 화내기보다 울고 싶어졌다.

"다다테루, 너는 아버지가 무엇 때문에 오늘 대궐로 데리고 가려 했는지 알고 있을 테지?"

다다테루는 또 거칠게 반발했다.

"모릅니다!"

그것을 모를 만큼 결코 어리석은 천성은 아니었으나 단지 지기 싫은 마음이 순순히 대답하도록 허락하지 않았다.

"아버님이 하시는 일이니, 오사카성 문제로 미련을 갖고 다다테루가 고기잡이를 나가리라 보고……아니, 간다는 걸 알고 일부러 부르러 보내셨는지도 모르지요. 아버님은 그만큼 지혜로운 분으로 알고 있습니다."

"정말 그렇게 생각하느냐?"

"에치젠의 다다나오도 아버님 꾸중을 듣고 죽고 싶었다고 하더군요. 아버님은 한 번 의심을 품으시면 혈육이라도 용서하지 않으실 분입니다."

"음!"

"히데요리 님도 마찬가지입니다. 일부러 센히메를 출가시켜 방심하게 만든 다음 마침내 멸망시키시니…… 너무나 생각이 깊으셔서 무엇을 생각하고 무엇을 꾸미고 계시는지 여느 사람들로선 알 수 없는 분……이라고 세상에서는 수군대고 있습니다."

이에야스는 뚫어질 듯 아들을 응시하면서 연거푸 탄식했다.

'역시 히데요리의 죽음이 탈을 내는구나…….'

그것은 이중의 슬픔이었다. 내 자식에게 충고가 통하지 않는 것은 좋다 하더라도, 히데요리의 죽음을 연결시키는 것은 너무 잔인하고 무참한 일이었다.

'그래, 그런 소문으로 이 녀석을 부채질할 사람은 마사무네 말고 없어.'

그것을 잘 알므로 섣불리 말할 수도 없었다.

"다다테루."

"말씀하십시오."

"이 아버지도 이젠 늙어서 젊은이의 마음까지 살필 수 없게 되었는지 모르지. 그래서 새삼 물어보는 것인데, 문제는 아까의 그 소문이야. 너와 쇼군의 사이가 나쁘다는……그런 소문이 나도는 이유가 무엇일까?"

"모릅니다! 저로서는 기억에 없는 일, 알고 싶지도 않습니다."

"너는 지야리쿠로(血槍九郎)의 동생들인 쇼군의 부하가 행렬을 앞질렀다 하여 몸소 베었다면서? 그러한 일로 소문이 나돌게 된 것이 아닐까?"

"그런 일은……벌써 잊었습니다."

"잊었다…… 지야리쿠로기 우리 가문에 어떠한 내력을 가진 가신인지……알고 있느냐?"

"모릅니다. 비록 어떤 가신이든 무례한 짓을 하면 용서하지 않는 게 이 다다테루의 성격입니다."

"허."

이에야스는 또다시 한숨지었다.

"좋은 성격이로군. 훌륭한 성격이야. 이에야스 따위는 따라가지도 못할 그 성격, 대체 누가 너에게 전해준 것일까?"

다다테루는 아버지의 목소리가 뜻밖일 만큼 조용한 데 적지않이 어리둥절했다.

'어째서 무섭게 꾸짖지 않으시는 것일까……?'

좀 더 나이를 먹었다면 이야말로 경계해야 할, 충동적인 노여움보다 훨씬 무서운 인내임을 깨달았을 것이다. 그런데 다다테루는 그것을 반대로 해석했다.

'혹시 아버지도 마음속으로 나를 인정해 주시는 게 아닐까?'

이런 해석은 부자 사이에서 자칫 감정적인 응석이 되기 쉽다.

"제 성격은……좋든 나쁘든 아버님을 닮았다고 생각합니다."

다다테루는 아버지도 그 응석을 감정적으로 받아주리라 생각하고, 이 기회를 이용해 이것저것 모두 호소해 두고 싶은 마음이 생겼다.

"다다테루는 비록 못났으나 전에 아버님께 오사카성을 갖고 싶다고 말씀드린 것은 제 욕심을 위해서가 아니었습니다."

"그래?"

"모두 아버님이 이룩하신 평화로운 세상이 이어지도록……하자는 생각에서였습니다. 아버님은 오늘날 일본에 녹봉을 잃게 된 무사들이 시정에 얼마나 많이 숨어 있는지 아십니까?"

"글쎄, 어떤 자는 30만이라 하고 어떤 자는 50만이라고 하더군. 대충 그사이일 테지."

"제가 조사시킨 바에 의하면 대략 40만입니다."

"그래……?"

"40만이라면 일본 전국 무장영주의 병력과 거의 맞먹습니다. 그걸 이대로 버려 둔다면 천하에 난이 그치지 않습니다. 그러므로 이쯤에서 대담하게 인심을 바꾸는 정책이 있어야만 합니다. 그렇게 생각하고 오사카성을 다다테루에게 주십사고 말했던 것입니다."

거기서 다다테루는 눈을 번뜩이며 다가앉았다.

"그런데 아버님은 허락하지 않으셨습니다. 그렇다고 쇼군님에게 진언해도 받아들이지 않을 것이므로……."

이에야스가 조용히 가로막았다.

"잠깐, 이야기할 때 하던 이야기를 마무리하지 않고 다른 이야기로 옮기면 혼란만 더해질 뿐이야. 쇼군 이야기는 나중에 하고, 너에게 오사카성을 주면 40만 무사들이 어떻게 구제받을 수 있는지 그것부터 설명해 보아라."

"알겠습니다!"

다다테루는 이때도 한 가지 오산을 범했다. 아버지가 자기에게 묻는 건 아버지에게 생각이 없기 때문이며 자기가 인정받은 듯한 착각을 한 것이다.

"아시다시피 쇼군은 돌다리도 두들겨보고 건너는 고지식한 분이라 외국과의 교섭에 맞지 않습니다. 그러므로 불초 다다테루, 쇼군의 결점을 메우는 것이 동생의 의무라 알고 외교관계 총감독관을 꿈꾸게 된 것입니다. 아버님도 아시다시피 지금 일본을 찾는 유럽인 중에는 두 세력이 있습니다. 그 하나는 남만인, 또하나는 홍모인…… 다다테루라면 그 쌍방과 원만하게 교섭할 자신이 있습니다. 실제로 소텔로 일파의 남만파와도 왕래했고, 영국상관의 책임자 콕스도 만나보아 양쪽의 신임을 다같이 얻고 있습니다. 그래서 이들 두 세력을 통해 40만의 무사들을 파견하여 세계 각지의 항구마다 일본인 거리를 만들게 하는 것입니다……이것이 제가 생각한 떠돌이무사를 줄이는 무역구국(貿易救國) 정책입니다."

듣고 있는 동안 이에야스는 자신도 모르게 이야기에 끌려들 뻔했다.

'다다테루라면 정말 할 수 있을지도 모른다……'

그런 생각을 하다가 황급히 다시 이전의 냉정한 비판자로 돌아갔다.

"그럼, 다다테루는 소텔로 일파의 구교도들과 영국이며 네덜란드의 신교도들과도 의좋게 교역을 하겠다는 이야기냐?"

"예……실제로 아버님도 벌써 그렇게 하고 계십니다. 그 일에서는 의견 차이가 없습니다. 그래서 저는 양쪽의 근거지로 넘쳐나는 무사들을 저마다 파견하여 일본인 거리를 만들려는 것입니다. 그러나 그 교섭으로 일일이 쇼군을 번거롭게 할수는 없으니 제가 오사카성에 있으면서 이 방면의 처리와 교섭에 대한 일을 돕고 싶다는 거지요. 그러면 3년 안에 교역에 의한 이익금으로 남아도는 무사들 문제가 해결되고 국위는 더욱 높아질 것입니다……."

이에야스는 또 불쑥 가로막았다.

"국위를 들먹이는 건 주제넘은 일. 지금 너는 남만인과 홍모인 양쪽 모두와 의좋게 지낼 수 있다고 말했지?"

"예, 그렇습니다."

"그럼, 묻겠다. 남만인과는 무엇을 가지고 교제할 것이냐?"

"신앙입니다."

"허, 그러면 홍모인과는? 알고 있겠지만 남만인은 홍모인을 해적이라며 적대하고, 홍모인은 남만인을 침략의 악마라 부르며 서로 미워한다. 그들이 만나는 곳은 반드시 싸움터, 하늘을 함께 이지 않는 원수라고 들었는데?"

"그 점에는 대책이 있습니다."

다다테루는 사뭇 기고만장하여 가슴을 두드렸다.

"남만인은 신앙으로 대하고, 홍모인은 무력으로 맺어나겠습니다. 이 점이 실은 다다테루가 생각하는 가장 중요한 핵심입니다."

"하긴, 홍모인은 새로운 세력이라 아직 세계 곳곳에서 무력이 필요할 테니까."

"예, 한쪽은 신앙으로 맺어지기 때문에 문제가 없습니다. 중요한 것은 홍모인과 손잡는 일…… 아버님은 홍모인이라면 미우라 안진(윌리엄 아담스)밖에 모르십니다. 하지만 이 다다테루는 영국 상관의 책임자며 관원들과의 왕래를 통해 자세한 내막을 알고 있습니다."

"허……."

"그들이 세계 각지에 새로운 근거지를 마련하는 데 해군은 넉넉하지만 육군이 모자랍니다……그래서 그들과 무력동맹조약을 맺는 겁니다."

"잠깐만 다다테루, 그러면 너는 신앙으로 맺은 남만인을 무력으로 배반할 작정이냐?"

다다테루는 그만 소리 내 웃었다.

"하하……아버지께서는 아직 세계의 사정에 어둡습니다. 홍모인이 새로운 근거지를 만들 때의 적은 반드시 남만인만 있는 게 아닙니다. 각지에는 반드시 토착민이라는 적이 있습니다."

이에야스는 표정을 바꾸지 않고 다시 물었다.

"나는 그걸 묻고 있는 게 아니다. 만일 그 근거지에 남만인의 배가 쳐들어 왔을 때에 대해 묻고 있는 거야. 그때 너는 어느 쪽을 편들겠느냐?"

다다테루는 다시 한번 웃었다.

"그때는 이기는 쪽에……질 싸움을 하는 건 말도 안 되니까요. 홍모인과의 약속을 엄격히 비밀로 해두면, 쳐들어올 때는 남만인에게서 먼저 정보를 얻을 수 있습니다. 이 생각이 어떻습니까?"

다다테루는 오히려 자랑스러웠다. 이에야스 또한 그것이 20살을 갓 넘은 젊은 이가 생각한 일이라면 칭찬해 줘도 좋다고 생각했다.

다다테루는 자신만만한 눈빛으로 말을 이었다.

"아버지께서는 모든 일에 너무 신중하시다고 생각합니다. 남만인이든 홍모인이든 표면적인 목적은 포교나 무역처럼 보이면서 사실은 법의 밑에 갑옷을 입은 무사, 이런 자들에게는 칼을 숨기고 가까이 가도 결코 나쁘다고 할 수 없습니다. 그리고 일본에 남아도는 싸움 좋아하는 무사들을 해외에서 마음껏 활약하게 하는 것은 그대로 국내 평화유지에 도움됩니다. 그러면 그야말로 일석이조라고 생각합니다만."

이에야스는 또 손을 들어 가로막았다.

"네 명안은 잘 알겠다. 그런데 쇼군은 그걸 실행할 수 없는 사람……이라고 여기느냐?"

"그렇습니다. 쇼군은 아버님도 아시다시피 책략이나 거짓말을 못 하시는 분, 글자 그대로 성인군자라고 생각합니다."

"허……."

이에야스는 또 자식 앞에서 눈이 멀어지려는 자신의 마음에 채찍질을 가했다.

"과연 다다테루는 쇼군을 보는 눈이 잘못되지는 않은 것 같군. 하긴 쇼군은 고지식한 사람이지. 지금까지 이 아비의 뜻을 거스른 적이 한 번도 없었다. 물론 나에게 상속을 시켜달라느니 어떤 성이 탐난다느니 하는 말도 한 번도 한 적 없어."

"아버님을 너무 두려워해서겠지요."

"그럼, 너는 내가 두렵지 않으냐?"

"예, 존경은 하지만 제 아버지이시므로 그리."

"그래, 그러면 이번에는 내가 너에게 묻겠다. 아비가 두렵지 않다면 소신껏 대답해 보아라."

"예."

"너는 싸우기 위한 전략이 패도(覇道)인지 왕도(王道)인지, 그 구별을 알고 있느냐?"

"예, 알고 있다고 생각합니다."

"그럼, 법의 밑에 갑옷을 입은 남만인이나 홍모인은 속여도 좋다……고 생각하는 건 어느 쪽이냐?"

"그건 패……패도입니다."

"음, 그러면 패도는 싸워 이기기 위해 때로 불의도 행하는 것…… 그럼, 왕도란 어떠한 것인가?"

"왕도란 자비와 덕으로 백성을 다스리는 길……이라고 아버님으로부터 들었습니다."

"잘 기억하고 있구나. 그럼, 다시 물어보자. 이 아버지가 평화달성에 건 비원(悲願)이 무엇이라고 보느냐? 패도라고 보느냐, 왕도라고 보느냐?"

"그, 그건 무……물론 왕도라고 생각합니다."

"그래, 그 대답도 좋아……아버지는 왕도를 걷고 싶다…… 왜냐하면 다이코가 늘그막에 겪은 실패를 똑똑히 보았기 때문이지. 다이코는 전쟁에서는 위대한 영웅이었다. 그러나 본디 패도를 걸어온 사람이었기에 평화로운 시대가 되자 자신의 패기를 스스로 주체하지 못해 마침내 조선출병을 감행하여 패망했다…… 너의 그 생각도 명안이긴 하나 패도……패도는 아버지의 뜻이 아니다, 알겠느냐? 아버지의 뜻은 왕도에 있어…… 쇼군은 그것을 잘 알므로 자신도 이를 본받으려는 성인군자인 거지."

말하면서 이에야스는 이 아들이 전국시대에 태어났더라면……하는 애석한 느낌이 문득 들었다.

다다테루는 그만 시무룩해지고 말았다. 천진난만한 어린아이의 시샘과도 같은 것이었다. 고지식하기만 한 쇼군 히데타다를 아버지의 참뜻을 잇는 성인군자라고 하는 게 분했다. 아니, 그 이상으로 자신의 생각을 '패도'라고 규정하는 것이 억울한지도 모른다. 그의 유학(儒學)은 아직 왕도와 패도 두 길을 확실하게 구별할 만큼 깊지 않았다.

'국내의 무사문제를 해결하여 싸움의 불씨를 없애는 것도 바꿔 말해 백성에

대한 자비가 아닌가?'

그리고 아버지가 바라는 평화유지……에 대한 협력이라면, 그 또한 훌륭한 효도가 아닌가……하는 무언의 반발을 금할 수 없었다.

그때 이에야스는 또 하나 다다테루의 비위를 건드리는 말을 했다.

"어떠냐 다다테루, 네 생각과 다이코의 생각이 참으로 흡사하다고 생각하지 않느냐?"

"그렇지 않습니다!"

다다테루는 무언의 반발을 그대로 감정에 노출시켰다.

"다이코의 행동은 무모했습니다. 세계를 향한 중요한 관문인 사카이의 인물 소에키를 할복하게 했고, 조선의 사정도 명나라 사정도 모르는 채 전쟁을 시작했지요…… 적을 알고 나를 아는 것이 승리의 요건인데, 조선왕이 그저 예예 하며 길안내를 해줄 줄 알고 출병하다니…… 첫 출발부터 무모했습니다."

기세 좋게 대꾸하자 이번에는 이에야스의 얼굴이 굳어졌다. 히데요시에 대한 다다테루의 평은 섬뜩할 만큼 다테 마사무네와 닮아 있었다. 용어에서 억양까지 마사무네 그대로였다. 그렇게 되면 아무리 자식을 사랑하는 아버지라도 조금 전에 이야기한 해외진출론에 의심을 품지 않을 수 없다.

'역시 그것도 마사무네의 입김이었구나.'

"그리고 다이코에게는 처음부터 해운에 대한 지식이 결여되어 있었습니다. 해외에서 싸우겠다는 사람이……"

이에야스는 말에 힘주어 가로막았다.

"그만둬라! 다이코의 착상도 실은 너와 같았다. 맨 먼저 생각한 것은 어디서든 땅을 더 크게 뺏지 않으면 놀고 있는 숱한 무사들을 먹여 살릴 수 없다, 그렇다고 내버려 두면 국내의 소란이 그칠 사이 없을 거라고 한 너와 똑같은 생각을 한 거야."

"무슨 말씀입니까! 다이코는 고작해야 조선이나 명나라…… 우리가 생각하는 건 세계의 바다……"

"세계든 조선이든 전쟁을 하면 괴로워하는 백성이 반드시 있다. 그것보다 지금은 어떻게 하면 전쟁이 없는 일본을 만들 수 있는지, 아버지의 고심도 형의 고심도 오직 거기에 달려 있다."

"하하……그것은 시야가 좁은 생각입니다. 이쪽에서 밖으로 나가지 않아도 저쪽에서 온다면 그것도 전쟁……전쟁은 이 세상에서 결코 사라지는 게 아닙니다."

"뭐라고! 전쟁은 사라지지 않는다고……?"

"예, 어떤 시대 어떠한 세상에도 전쟁은 있습니다. 그러므로 그저 왕도를 실천하는 성인군자만으로는 해결되지 않습니다. 때로는 패도, 때로는 왕도…… 실제로 아버님과 형님도 그 전쟁을 막 끝내신 뒤……"

거기까지 말하다가 다다테루는 입을 꽉 다물었다. 아버지의 표정이 분노로 바뀌어 턱이 부들부들 떨리고 있었기 때문이다.

'너무 지나쳤는지……도 모른다.'

다다테루는 당연히 '이 바보 같은 놈!'이라는 호통이 날아올 줄 알았다. 자신의 주장을 관철하기 위해 감정이 내키는 대로 실제로 그렇게 싸웠던 게 아니냐는 말까지 해버린 것은 너무 무자비했다. 그 전에 아버지의 시야가 너무 좁다고 한 말도 사실은 응석에서 나온 불손한 언동이었다.

'말이 지나쳤다……'

그러한 점에서 다다테루의 감수성은 결코 둔한 편이 아니었다. 그것을 깨달은 그는 솔직하게 사과했다.

"아버님, 제가 지나쳤습니다. 다만 싸움은 그리 쉽사리 사라지지 않는다……는 평소의 생각을 말씀드리려던 것이 그만."

그러나 이에야스는 뚫어지게 노려본 채 꼼짝도 하지 않았다. 커다란 얼굴에서 여전히 이상야릇한 일그러짐이 느껴졌다. 어쩌면 분노 이상으로 큰 실망을 되씹고 있는지도 모른다.

잠시 뒤 이에야스는 불쑥 말을 꺼냈다.

"전쟁은 사라지지 않는다……는 생각을 버리지 못하던 고집쟁이를 아버지는 두 사람 알고 있다. 그 한 사람은 사나다 유키무라, 그리고 또 한 사람은 다테 마사무네였어…… 그런데 너도 그 주장을 지지한다……면 네가 세 번째다."

"아닙니다, 저는 꼭 그렇다고 확신하고 있는 건 아닙니다."

"잘 들어라, 다다테루. 나는 아득히 먼 옛날에 석존께서도 나와 같은 경험을 하셨을 거라고 생각한다."

"석존……이라면 부처님을 말씀하시는 겁니까?"

"아니, 불도에 들어가기 전의 석존과 깨달음을 얻은 뒤 부처님이 되신 석존은 다르지만……뭐, 괜찮겠지. 그 석존이 성을 버리고 처자도 버리고 어머니 뱃속에서 나온 그대로 벌거숭이가 되어 불도 수행을 뜻하신, 그때의 세상형편을 알 수 있을 것만 같아."

"……?"

"전쟁으로 밝고 전쟁으로 저무는 날들뿐만이 아니다. 그 사이에 병고도 있고 빈곤도 있었다. 오른쪽을 봐도 불행, 왼쪽을 봐도 불행…… 비록 행복이 있다 하더라도 한순간의 꿈에 지나지 않는다, 있는 것은 단지 불행과 불행이 서로를 속이는 일……."

다다테루는 아버지의 뜻을 헤아릴 수 없어서 고개를 갸웃거렸다.

"그러나 석존은 실망하시지 않았어. 이건 인간들이 자청해 행복을 쌓으려는 진지한 노력을 게을리하고 있기 때문이다, 그 진지한 노력을 내가 해내고 말겠다고……."

"예……."

"나도 젊었을 때는 정신없이 싸워왔지. 전쟁이 없는 세상이 올 수는 없는 것일까 하며 주위의 불행에 슬퍼하고 격분하기도 하면서."

"……."

"그리고 인간의 지혜로 전쟁을 없앨 수는 없더라도 그 빈도는 줄일 수 있다, 그렇게 하려면 먼저 강해져야 한다, 우리에게 싸움을 걸어도 못 이긴다……는 것을 인식시킨다, 그것만으로도 싸움을 줄일 수 있다고 여겨 먼저 노부나가 공과 손잡고 공은 서쪽, 나는 동쪽을…… 그리고 두 사람이 힘을 합하면 일본 안에 적이 없게 되는……그러한 힘을 키우려 노력했지. 다음에 다이코와 손잡은 것도 그 때문이었다. 그런데 그것만으로는 싸움이 사라지지 않았다. 인간에게는 저마다 생각의 차이가 있고 고집도 있으니까. 그러나 지금의 내가 믿어 의심치 않는 것은, 인간의 지혜와 노력으로 틀림없이 전쟁을 없앨 수 있다는 것이다. 그걸 없애지 못하는 것은 역시 노력이 모자란 탓이야."

다다테루는 이상한 술회를 하기 시작한 아버지가 자신에 대한 노여움을 푼 것이라고 생각했다. 일단은 그렇듯 느껴지게 하는 이에야스의 태도였기 때문이다.

이에야스는 또 무엇에 홀린 사람처럼 힘주어 말했다.

"극락에는 싸움이 없다!"

그리고 다다테루를 노려보았다. 다다테루가 좀 더 인생을 깊이 아는 나이였다면, 이때부터 아버지의 태도가 이상해진 것을 깨달았으리라.

이에야스는 지금 다다테루를 상대해 말하는 게 아닌 것 같았다. 아마도 자신의 생애에 대하여 날카로운 반성을 하고 있는 게 틀림없었다.

"극락에는 가난도 없고 질병도 없다…… 온갖 원한의 뿌리도 없고 싸움의 원인인 역겨운 인간들의 욕심도 없다…… 그렇지! 욕심이 없다는 것은 이미 부족함이 없다는 것이다."

다다테루는 잠자코 있었다. 일일이 맞장구치기보다 아버지의 감정을 진정시키려면 그냥 내버려 두는 게 좋을 거라고 생각했다.

"가난은 일을 함으로써 구제되고, 병은 약사여래의 자비로운 손길을 뻗으면 언젠가 구제될 것이다. 인간들이 싸우기 위해 허비하는 쓸모없는 힘을 인간의 행복을 위해 기울인다면 극락이 된다…… 그렇다! 극락을 이 세상에 꼭 이룩할 수 있을 게 틀림없어. 그러려면 그 첫걸음은……다다테루, 그 극락을 이룩하기 위한 첫걸음이 무엇인지, 너는 알고 있느냐?"

이번에는 엄숙한 질문이었다. 다다테루는 이것을 무시할 수 없었다.

"예, 그것은 평화와……그리고 아, 재물입니다."

"바보 같은 놈!"

"예……?"

"너는 아까부터 아버지의 말을 듣고 있지 않았구나."

"아닙니다. 듣고 있습니다."

"듣고 있지 않아!"

이에야스는 흥분된 목소리로 외치고 또 잠시 입을 다물었다.

'노해선 안 된다. 알아듣도록 잘 타일러야지…….'

그 자제는 다다테루를 위해서……라기보다 자신에게 필요한 반성의 채찍인 것 같았다.

"재물만이 인간을 행복하게 하는 것이라면 그처럼 많은 금은재보를 쌓은 다이코가 어째서 행복하지 못했느냐?"

다다테루가 대답했다.

"그건 무리한 전쟁을 했기 때문입니다."

이제 다다테루는 아버지의 입장을 세워주기 위해 때로는 비위도 맞출 줄 알아야 한다는 평소의 아들로 돌아가 있었다.

그러나 이에야스는 반대인 것 같았다. 노여움과 자제로 표정을 일그러뜨리면서도 무언가 필사적으로 추구하려는 골똘한 모습이었다.

"재물이란 사실상 좋지 못한 마음가짐으로 쌓을 수 있는 경우가 있다. 그 경우의 재물은 악업 덩어리지. 그렇지 않으냐? 사람을 베고 사람을 괴롭히고 사람의 원한으로 쌓아 올린 재물…… 그런 것이 어떻게 인간을 행복하게 해줄 수 있단 말이냐? 그러한 재물은 극락을 이룩하는 깨끗한 재물이 될 수 없는 것이야."

말투는 다시 부드러움을 되찾았으나 그 눈은 여전히 무언가에 사로잡힌 눈빛이었다.

다다테루는 마른침을 삼켰다.

이에야스는 짙은 안개 속의 적정을 살피는 듯한 눈길을 허공에 던지면서 한마디 한마디 되씹듯 말했다.

"지상에 극락을 쌓아 올리려면……자신의 야심, 자신의 욕망을 초월한 일편단심의 노력을 쌓아나가야만 한다. 내 극락건설의 첫걸음은 우선 이 세상에서 전쟁을 없애는 것이다."

"예……."

다다테루는 애매하게 고개를 끄덕였다.

'전쟁은 없어지지 않아…….'

반발심이 여전히 가슴에 남아 있었으나 지금 그 말을 할 수는 없었다.

'어차피 여생이 얼마 남지 않은 늙으신 아버지…….'

아첨이 아니라 위로였다.

"나는 사실은 세키가하라 때 전쟁은 벌써 끝났다고 생각했다. 그런데 그것만으로 아직 끝나지 않았고, 그 뒤에도 노력을 계속하지 않을 수 없었어…… 그것은 그 전쟁에 의해 또 새로운 원한이 뿌리내렸기 때문이었다. 전쟁의 업이 지닌 무서움은 거기에 있어…… 주인 가문을 잃은 자, 부모형제가 살해된 자, 친척과 이웃을 빼앗긴 자…… 이건 특별한 야심이나 욕망이 아니라 단순한 원한이다. 따라서 이 원한에는 타산과 이기적인 악연이 뒤따르기 쉽다."

다다테루는 더 이상 진지하게 듣고 있지 않았다. 무엇보다도 오래 앉아 있느라 발이 저려서 자꾸만 거기에 신경이 가서 아주 고역이었다.

"나는 세키가하라 싸움이 끝났을 때 신불이 내 노력을 어여삐 여기시고 다시는 전쟁이 없는 세상을 만들어주시도록 세심한 노력을 쌓았다고 생각한다. 알아듣겠지? 내 의견이 미치는 근위장수나 대를 이어 내려온 가신들은 결코 후하게 대접해 주지 않았다. 그 대신 다른 영주들에게는 다이코에 지지 않을 만큼 영토를 나눠주었다고 자부한다. 물론 이건 공훈을 따져서 상을 내리는 오만한 생각에서가 아니었다. 애당초 이 세상에 내 것은 하나도 없다, 영지도 백성도 재물도 목숨도 모두 신불에게서 위탁받은 것이다, 따라서 나의 나라건설을 이해해 주고 잘 도와주었다……는 감사의 뜻으로 맡긴 것이었어. 훌륭한 재주를 지니고 이 세상에 태어난 사람들이니 앞으로의 일도 잘 부탁한다, 영지도 백성도 거기서 나오는 연공과 상납도 모두 천하로부터 위임받은 것이니 소중히 하고, 전쟁의 뿌리가 될 원한을 영지 내에서 깨끗이 씻어주기를…… 그렇게 기도하는 마음으로 신불이 맡긴 저마다의 그릇에 맞게 영토를 맡겼다. 다이코의 7주기에는 남만인은 물론 명나라 사람까지 깜짝 놀랄 도요쿠니 신궁제를 치렀고, 히데요리 님이 다이코의 위엄을 해치는 일 없이 장차 간파쿠에 오를 수 있도록 공경이면서 무장이라는 확고한 지위까지 마련해 주었다…… 그런데도 아직 신불의 눈으로 본다면 노력이 부족했다고 내심 부끄러워하고 있다. 알겠느냐…… 다만 싸움에 이기는 것뿐이라면, 74살이 된 이 아버지가 어찌하여 일부러 진두에 섰겠느냐? 하지만 나는 가만히 있으면 안 된다고 생각해 늙은 몸을 채찍질하며 나온 것이다. 신불의 눈이 있으니 진정한 노력을 하지 않으면 안 된다 싶어서 말이지."

거기까지 말하더니 이에야스는 별안간 얼굴을 가리고 울기 시작했다. 다다테루는 다시 흠칫하다가 어느 순간 지겨운 듯 눈길을 돌렸다.

'이제 아버지는 정말 노쇠하고 말았어……'

이따금 날카로운 젊은 패기를 보이는가 싶다가는 결국 넋두리가 되거나 잔소리가 되어 버린다.

'나이를 생각하면 무리도 아니지.'

다다테루는 동정하고 싶었지만 어쨌든 오늘의 설교는 너무 지루했다. 발이 저리고 발목이 아픈 것은 말할 것도 없고 손끝의 감각마저 완전히 없어지고 말았다. 이래가지고는 그만 되었으니 물러가라 해도 일어서지도 못할 것 같다……고 생각했을 때, 이에야스의 시선이 다다테루에게 못박혔다.

"다다테루……지금 내가 운 까닭을 알았느냐?"

"예……아니, 모르겠습니다……."

"그럴 테지, 모를 것이다. 이번에도 신불은 그만하면 되었다……고 하시지를 않는구나. 아직 노력이 모자란다고 엄하게 꾸짖고 계신다."

"아버지! 그렇지 않습니다. 이미 무사들도 오사카성도 완전히 굴복시키지 않았습니까?"

"아, 답답하구나……!"

이에야스는 눈물을 닦고 어깨를 축 늘어뜨렸다.

"그래, 무리도 아니지. 다다테루가 알아줬으면 하는 건……."

"……."

"실은 이번 싸움의 결과는 그대로 이에야스에 대한 커다란 질책이었다. 알겠느냐, 나는 히데요리 님을 살려줄 생각이었다…… 그런데 그는 자결하고 말았어."

"그 일이라면 아버지의 죄가……."

이에야스는 아들의 말을 격렬하게 가로막았다.

"내 죄다! 살려줄 생각이었는데 자결했다……는 것은 내 소원이 거절당했다는 뜻이야. 물론 거절한 것은 히데요리가 아니라 신불인 거지."

"예……?"

"아니, 그뿐이라면 나는 그나마 구원받았을지도 모르지. 그런데 그 뒤 더 큰 꾸지람을 들었다……."

"또……입니까?"

"그래, 그렇고말고. 히데요리 님의 죽음은 아직도 이 세상에 흔히 있는 착오였다……고 생각할 수도 있다. 하지만 그다음의 상처는 착오만으로 끝날 일이 아니야."

"대체 무슨 일이 일어났습니까?"

"너는 몰라. 그래서 아까 너에게 물은 것이다. 패도와 왕도의 차이를 알고 있느냐고…… 그때 너는 쇼군을 성인군자라고 말했다…… 드물게 보는 고지식한 사람이라고……그 일은 그것으로 좋다. 그럴지도 모르지. 하지만 신불이 나를 꾸짖고 있는 것은 그 쇼군도 아직은 패도에 빠질 우려가 있다는 것이야."

다다테루는 다시 진력이 나서 저도 모르게 얼굴을 찡그렸다. 이에야스가 또 울 듯한 느낌이 들었던 것이다……

이에야스는 터지려는 울음을 가까스로 억눌렀다. 아마 그는 그렇듯 성인군자 소리까지 듣는 히데타다가 실은 극락세상을 실현한다는 이에야스가 품은 이상의 밑바닥까지는 이해하지 못하고 측근과 함께 히데요리를 자결하게 만들었다고 말하고 싶었으리라. 하지만 그것은 다다테루 앞에서 섣불리 입에 담아서 될 말이 아니라고, 가까스로 자제했다.

이에야스는 여전히 다다테루를 바라보고 있었으나, 그 눈은 차츰 무엇에 홀린 듯한 빛을 잃어가고 있었다. 섣불리 말을 걸었다가는 또 울음을 터뜨릴 것 같았다.

다다테루는 마음속으로 혀를 차면서 아버지의 시선을 겨우 참아냈다.

'나는 이제 더 이상 반항할 생각이 없는데……'

오사카성도 당분간 단념하고 과격한 말씨름도 삼가자. 역시 아버지는 지쳐 있다. 아니, 그보다도 이제 아들들이 부드럽게 위로해 주어야 할 한계에 이른 노인이 아닌가……

'오래 못 사실 것이다.'

다시 그렇게 생각하자 그 아버지를 아버지가 쉴 사이 없이 말하는 극락으로 전송할 때까지 자기 주장을 꺾더라도 웃는 얼굴로 대해 드려야 한다고 반성했다.

"다다테루 님……"

이에야스는 아들 이름에 '님'자를 붙였다. 다다테루! 라든가 다쓰치요! 라고 부를 때는 그 뒷말이 매서운 꾸지람이었으나 다다테루 님이라고 부를 때는 자기 자식의 인격을 충분히 인정한 사랑을 담고 있다. 아마 기분이 풀리셨나 보다고 다다테루는 생각했다.

"이 이에야스는 이번 신불의 노여움에 뭐라고 대답할까 하고 이 세상에서의 마지막 생각을 하는 중이다."

"아버지다우신……일이라고 생각합니다."

"내 소원과 반대로 히데요리 님을 자결하도록 한 것은 모두 이 아비의 태만이고 방심이었다. 이만큼 노력했으니 이제 손바닥 안의 물은 새지 않으리라……는 방심을 신불께서는 용서해 주시지 않았어."

이에야스는 거기까지 말하고 억지로 웃었다. 우는 대신 웃고 있다는 걸 잘 알수 있었다. 웃은 다음 이에야스는 연거푸 탄식했다.

"아마 다다테루 님은 아버지가 살아 있는 동안은 더 이상 거역하지 않겠다고 결심한 모양이군."

"예? 놀랐습니다, 맞습니다."

"역시……"

"아버지 앞에서는 허세도 거짓도 통하지 않는군요."

"쇼군을 본받아 부지런히 고지식한 효도를 해야겠다고 생각했단 말이지?"

"예……예, 꼭 그대로입니다."

"좋아, 너도 그렇게 말하고 내 눈에도 그렇게 보인다. 이제 물러가거라. 아니면……"

이에야스의 목소리는 한결 부드러워져 있었다.

"무언가 이 아비에게 또 할 말이 있느냐? 있다면 들어두마."

그것은 다다테루를 움찔하게 만들 만큼 마음에 이상한 여운을 남기는 목소리였다.

"아니, 없습니다. 아버지께서는 지치셨습니다. 잠시 누우십시오."

"그래, 아무 할 말이 없느냐?"

"예. 그럼, 이만."

다다테루는 일어나려다가 발이 너무 저려 얼굴을 찡그리며 어색하게 웃은 뒤 비틀거리며 나갔다.

이에야스는 그 뒷모습을 쳐다보지 않았다. 손뼉 쳐 이타쿠라 시게마사를 불러들이더니, 시게마사를 노려보며 말했다.

"네 아버지를 불러라. 그대는 자리를 비키도록."

그리고 아버지 가쓰시게가 들어왔을 때 이에야스는 팔걸이에 얼굴을 묻고 온몸을 떨며 울고 있었다.

"가쓰시게……나는……나는……아들을 또 하나 잃게 되었다."

가쓰시게는 아무 말 없이 그 자리에 엎드렸다.

왕도(王道)의 문

쇼군 히데타다가 니조 저택으로 불려와 이에야스와 대면했을 때, 이에야스는 몰라볼 만큼 원기왕성했다. 아니, 단순히 원기왕성……하다기보다 필요 이상으로 엄숙함을 꾸며 분노를 감추는 자세로도 보였다.

"은퇴한 몸으로 쇼군님을 호출하는 것은 도리에 맞지 않는 일이지만, 노령임을 생각해 용서하시라."

목소리도 낮게 가라앉고 말투도 깍듯했다. 히데타다는 적잖이 어리둥절했다.

'역시 히데요리의 죽음에 구애받고 계시구나…….'

실은 그 일로 히데타다 자신도 어떻게 해야 좋을지 모를 일이 있었다. 본디 히데타다는 아버지 뜻에 거역할 생각이 전혀 없었다. 그런데도 불구하고 히데요리를 이대로 살려둔다면 그다음 천하경영에 지장이 많다……는 불안이 늘 마음 어딘가에 있었다.

이 망설임이 여러 장수들의 증오감을 제어하지 못하고 히데요리를 결국 자살로 몰아넣은 결과가 되었다. 더구나 그렇게 되고 보니 센히메가 살아 있는 것이 이중으로 부담되었다. 히데타다는 센히메가 히데요리와 요도 마님의 구명을 탄원했을 때 난처했던 이상으로 당황했다. 히데요리가 성과 운명을 함께 할 결심을 했을 때 당연히 센히메도 남편을 따라 죽을 몸……이라고 히데타다는 믿었고, 그에 대한 각오도 하고 있었다.

'형님 노부야스가 노부나가 때문에 할복을 강요당했을 때의 아버지의 괴로움

에 비하면, 이까짓 것쯤은 참아야 한다.'

그래서 실은 에도에 있는 다쓰 부인에게도 편지로 간곡하게 타일렀다. 그런데 센히메만 살고 히데요리와 요도 마님은 이 세상에 없다. 요도 마님은 다쓰 부인의 친언니. 결코 꿈자리가 좋지 않을 거라고 걱정되었다.

"무슨 말씀을…… 제 편에서 문안드리러 오려던 참이었기 때문에 기쁜 마음으로 달려왔습니다."

"쇼군."

"예."

"나는 뒷일은 쇼군에게 맡기고 일찌감치 슨푸로 돌아갈 작정이었으나 그래선 안 된다고 생각을 돌렸소."

"그래선 안 된다……는 생각이시면?"

"쇼군에 대한 충성이 부족해 일찍 은퇴한 것은 잘못이었다고 생각한 거지. 어쨌든 나는 모든 영주들에게 평화로운 세상을 온전히 유지하려면 쇼군에게 충성을 다하라고 늘 엄격하게 이야기하고 있소. 그런 내가 맨 먼저 물러나려 한 것은 태만하기 짝이 없는 일……."

"그러나 노령의 몸이신데……."

"그런 위로는 필요 없소. 이번 싸움에서도 싸움터에서 목숨 걸고 충성 바친 자가 숱하게 있소. 이에야스만이 자신의 평안을 고집해서 될 일이 아니오. 그러니 쇼군은 영주에게 뒤처리를 명하시고 되도록 빨리 에도에 돌아가 정사를 보시오. 이에야스는 하명대로 일이 진행되는 것을 확인한 다음 쇼군께 보고하고 슨푸로 돌아가리다. 그것을 승낙해 주시기 바라오."

히데타다보다도 동석해 있던 도이 도시카쓰며 혼다 마사노부 쪽이 더 놀라 서로 얼굴을 마주 보았다.

"그 점은 승낙하신 것으로 믿고, 다음에는 이번 싸움에서 본의는 아니나 처벌해야 할 자가 한 사람 있소."

"저, 상을 내리는 게 아니라 처벌……?"

"그렇소, 마쓰다이라 다다테루……."

여기서는 이에야스도 말꼬리가 떨렸다.

히데타다로서는 아버지의 말뜻을 잘 알아들을 수가 없었다.

'마쓰다이라 다다테루……?'

다다테루가 이번 싸움에 늦게 출전한 것은 사실이었다. 그러나 다테 마사무네가 딸려 있었고, 다테 군 자체는 요긴한 곳에 나와 싸웠던 것이다.

'굳이 다다테루를 처벌해야 할 정도의 일은 아닌데……'

또 만일 다다테루의 늑장을 처벌한다면 당연히 에치젠의 다다나오의 너무 앞지른 싸움도 꾸짖어야 한다.

'대체 무슨 생각을 하고 계시는 걸까?'

다다테루를 처벌한다는 말도 마음에 걸렸으나, 미리 결정해 놓고 히데타다부터 먼저 에도로 돌아가라는 것은 그 이상으로 마음에 걸리는 변경이었다.

'무슨 일이 있었다……'

그렇게 느끼면서 히데타다는 신중하게 물었다.

"죄송하오나 다다테루가 기분을 언짢게 해드린 일이라도 있었습니까?"

"쇼군."

"예."

"이 이에야스를, 자신의 기분에 따라 상벌을 내리는 사람이라고 보는가?"

"아닙니다. 결코 그런 건……"

"그럴 테지. 내 비위를 상하게 한 정도의 일이라면 내가 참으면 되지. 그러나 공적인 일에서는 그럴 수 없어. 우리는 지금 새로운 세상에 새로운 길을 트려고 고심에 고심을 거듭하고 있는 중이오."

"그렇습니다."

"그렇다면 우선 먼저 바로잡을 것은 공과 사의 구별, 이건 결코 혼동해서 안돼."

"그래서……처벌해야 할 다다테루의 잘못이란 무엇입니까?"

"첫째, 한창 일해야 할 젊은 몸으로 싸움터에 지각하여 도묘사 어귀의 싸움에 참가하지 못한 일…… 그 이상의 잘못이 또 있을까?"

히데타다는 한시름 놓았다. 그것은 자신도 분명 못마땅하게 생각하고 있었으나, 그것뿐이라면 히데타다가 다다테루를 대신해 빌면 되리라.

이에야스는 단숨에 말했다.

"두 번째 잘못은……쇼군의 동생이라는 사사로운 감정에 우쭐해, 한낱 영주에 지나지 않는 신분으로 쇼군의 가신을 무례하게 베이버린 일."

"아……."

"그건 틀림없는 사실일 테지. 너무 성급한 행동이었다고 가족들에게서 항의가 있었소. 이 공과 사를 혼동한 철부지 짓을 그대로 버려둔다면 천하의 질서는 유지될 수 없겠지?"

"예……."

"세 번째 잘못은 생각하기에 따라 그 이상의 큰일이오."

"또……또 있습니까?"

"없기를 바란다……고 쇼군님도 생각할 거요. 하지만 있었던 일을 없었던 것으로 할 수는 없소. 실은 며칠 전 나는 귀국인사차 입궐할 것을 미리 상주해 놓았소. 그때 다다테루도 데려갈까 해서 미리 허락을 청해 놓았는데, 그날 다다테루는 고기잡이를 나가서 입궐을 태만히 했소. 일본의 백성으로서 용서할 수 없는 잘못……."

거기까지 힘주어 말하던 이에야스는 별안간 목소리를 떨어뜨리며 히데타다, 마사노부, 도시카쓰 등 동석한 중신들을 차례차례 둘러보았다.

"알겠소, 다이코의 아들에게 잘못이 있다고 해서 냉혹하게 처벌한 우리들이오. 그런데 내 자식의 잘못은 너그럽게 봐주었다……고 한다면 천하에 도리가 서겠는가?"

히데타다는 순간 얼굴이 창백해졌다.

이에야스는 이상한 흥분을 보이며 말을 이었다.

"남에게 엄격한 자는 나 자신에게 더욱 엄격해야 하오. 그렇지 않아도 허무맹랑한 소문을 퍼뜨리기 좋아하는 세상. 세상사람들은 자신의 못난 점을 남의 실패에 견주어 스스로 위로하는 버릇을 갖고 있소. 오고쇼도 쇼군도 자기 자식은 끔찍이 편애한다……고 여겨지면 천하에 법도가 서지 못하리라. 그러한 생각이 마음속에 있다면 매사에 천하의 정치가 잘못된 것으로 보이는 법이오. 공과 사의 구별은 엄격하고도 준엄해야 하기 때문이오."

마사노부가 맨 먼저 흐느끼기 시작했다. 그는 이미 이런 일을 예감하고 있었다.

'히데요리를 죽이고 말았다…….'

그 고뇌가 어떤 형태로든 모든 사람을 경악시킬 것 같은 불안이 있었다. 그러한 의미에서 이에야스는 세상의 여느 정치가가 아니라 지나칠 만큼 결백하고 소심한 수도자이기도 했다.

'마침내 다다테루 님이 그 희생자가 되었구나……'

이에야스가 열거한 다다테루의 세 가지 잘못은 쇼군과 중신들이 모두 사죄한다면 용서 못 할 것도 아니었다. 그러나 다이코의 부탁을 끝내 지키지 못하고 히데요리를 자결로 몰아넣고 말았다는 이 양심의 가책만은 누가 뭐라 해도 어쩔 수 없는 것이었다.

히데타다는 과연 거기까지 깊게 아버지의 마음을 헤아리고 있었던 것일까? 그의 이마에 좁쌀 같은 땀이 가득히 맺혀 있었다.

비교적 태연한 것은 도시카쓰로, 그는 오늘 이에야스가 혼다 마사즈미를 동석시키지 않은 까닭을 냉정히 헤아렸다.

'그렇구나, 오고쇼는 히데요리를 위해 다다테루를 순사시켜 죽은 다이코에 대한 의리를 세워 자신의 양심을 위로할 작정이다……'

그리고 그러한 이해는 다시 또 한 가지, 엄청난 다음 연상으로 연결되었다.

'이것은……이번 정월쯤 마침내 다테 정벌로 이어질지도 모르겠는걸.'

어쨌든 다다테루로 하여금 형을 형으로 여기지 않는 인물로 만들어놓은 것은 오쿠보 나가야스와 다테 마사무네이다. 그 나가야스는 큰 은혜를 입은 오쿠보 다다치카까지 사건에 연루시켜 놓고 지금은 죽고 없다. 그렇다면 마사무네 혼자 무사태평하게 우쭐거리도록 내버려 둘 수는 없다……는 것이 도시카쓰의 생각이었다.

"아버님께 말씀드리겠습니다."

쇼군 히데타다는 이마의 땀을 닦으려고도 하지 않고 입을 열었다.

"다다테루의 잘못된 점 하나하나 지당하신 말씀입니다만, 잘 생각해 보면 모두 저의 불찰입니다."

"그렇지않아……하지만 들어봅시다. 그래서 어떻게 하라시는 건가?"

"다다테루의 처벌은 이 히데타다에게 맡겨주시기 바랍니다."

"쇼군! 이상한 말씀을 하시는군."

"예?"

"지금 천하의 주인이 누구라고 생각하시오? 더구나 다다테루는 내 가신도 아니오. 맡겨달라시는 건 무슨 말씀이오?"

"하지만……다다테루는 제 동생입니다."

"그렇소, 쇼군의 동생이고 이 은퇴자의 자식이오…… 아시겠소? 쇼군, 그러므로 눈물을 머금고 잘못을 처벌해야만 한다……고 감히 말하고 있는 것이오, 이 아비의 입으로."

히데타다는 아버지의 눈이 눈물로 글썽해지려는 것을 보고 섬뜩했다.

'세 가지 조목 때문뿐만이 아닌 것 같다……?'

세 가지 조목은 표면상의 이유에 지나지 않고 진짜 이유는 다른 곳에 있다……고 한다면, 그것은 대체 무엇일까?

히데타다도 히데요리의 죽음이 이에야스에게 상상 이상의 타격을 주었다는 것은 알고 있었다. 그러나 그의 생각은 거기서 '다다테루의 처벌'로 연결되지는 않았다.

'이렇듯 감정에 빠져서 억지를 쓸 아버지가 아니다.'

"지당하신 분부라고 생각합니다."

히데타다는 천천히 고개를 끄덕이면서 생각했다.

'어쩌면 다다테루가 오사카성이 탐난다고 또 아버지를 조른 게 아닐까?'

그러나 히데타다가 느낀 바 그런 일은 있을 것 같지 않았다. 다카다성이 훌륭하게 완성되었고, 그곳이 온 일본을 다스리는데 얼마나 중요한 의미를 갖는지 히데타다도 넌지시 설득한 바 있으며 다다테루도 깨달은 것 같았다.

'그럼, 대체 무엇인가?'

이것은 역시 다테 마사무네에 대한 의심과 연관된 게 아닐까……라고 생각했을 때 이에야스가 말을 이었다.

"어쨌든 이 세 가지 조목의 잘못은 용서 못 하오. 싸움터에서 겁먹었고, 형을 업신여기고 아버지의 명을 어겼으며, 무엄하게도 입궐에 무례를 범하는 오점을 남겼소. 이러한 자는 70여만 석의 영지와 백성을 맡겨도 될 그릇이 아니라고 생각하오. 처벌은 물론 쇼군이 하실 일, 중신들과 충분히 의논하여 처리해 주시기 바라오."

히데타다는 대답하는 대신 다시 한번 조용히 아버지를 쏘아보았다. 여전히 가슴을 젖히며 버티고 있다. 그러나 그 눈가에 심로(心勞)의 자취가 어렸고 이마에 힘줄이 불끈 솟아 있었다.

"쇼군, 아직도 무언가 납득되지 않는 게 있나 보군?"

"예……아, 아닙니다. 분부하신 세 가지 조목은 분명 괘씸한 소행이라고 생각합니다만 여기에는 여러 가지 까닭이 있을지도 모릅니다. 일단 이 자리에 다다테루를 불러 해명을 듣고 싶습니다만, 어떻겠습니까?"

이에야스는 대뜸 고개를 저었다.

"필요 없는 일이오. 나에게는 자식의 일이니……변명은 이 이에야스가 다 들은 것으로 생각하시오. 물론 그걸 듣고 나서 제안한 거요."

히데타다는 아버지의 얼굴빛을 신중히 읽으면서 말했다.

"그러면……세 가지 조목의 잘못, 이 히데타다의 판단으로 죄과를 결정하겠습니다. 이의 없으십니까?"

"중요한 건 바로 그것이오. 쇼군의 생각으로는 어떤 처벌이 마땅하다고 보시오?"

"우선 근신을 명하여 당분간 칩거……하게 하는 것이 어떨까 생각합니다만?"

"가볍소……너무 가볍소."

"그럼, 영지를 깎든가 옮겨야 한다……는 말씀입니까?"

"가볍소."

이에야스는 불쑥 말한 뒤 외면해 버렸다. 그 순간 크게 부릅뜬 눈에서 노인의 눈물이 한 가닥 주름살 위로 흘러내렸다.

혼다 마사노부가 몸을 내밀며 크게 신음했다. 그리고 일부러 문제의 초점을 흐리며 말했다.

"흠. 이건 저희들이 참견할 일은 아닙니다만, 아직 20살이 채 될까 말까 하신 다다테루 님, 영지를 깎든가 옮기는 엄격한 처벌은 좀 가혹하지 않을까……."

마사노부의 판단으로는 이에야스가 히데요리를 죽인 보상으로 다다테루도 죽이려 하고 있으며, 다음에 나올 말은 '할복'일 거라고 느끼며 치는 방벽이었다.

이에야스는 조금 더듬거리는 목소리로 말했다.

"마사노부, 그대도 가는 귀를 먹었나? 나는 영지를 깎든가 옮기는 일 따위는 너무 가볍다고 말했다."

"옛! 그럼, 그 이상의……?"

"그렇지. 유감스럽게도 그릇이 보사라는 철부지 깃만이 아니야."

"그렇다면 세 가지 조목 말고 또?"

이에야스는 단호하게 말했다.

"아니야, 그 세 가지로 충분해. 그 아이 주변에는 그 아이의 잘못을 깨우쳐주고 올바르게 인도할 만한 인물이 없어. 그렇다고 한다면 그대로 버려두었을 때 쇼군의 시대에 크나큰 장애물이 될지도 몰라."

히데타다는 그 한마디로 겨우 아버지의 마음을 엿본 듯싶어 한숨지었다.

'아버지는 다다테루와 다테 가문의 혼인을 뉘우치고 계신 것이다……'

다테 마사무네가 어떤 인물인지는 히데타다도 잘 알고 있었다. 다이코도 오고쇼도 안중에 없는 대담한 인물이다.

다이코 시대에 이런 이야기가 있었다. 마사무네가 너무나 안하무인의 교만함을 지니고 있어, 그즈음 후시미성 서원에서 다이코가 이에야스와 마에다 도시나가 및 마사무네 넷이서 함께 잠자면서 네 사람이 후시미에 있는 영주를 다회(茶會)에 초대하자는 제안을 했다. 네 사람이 주인이 되어 후시미성 다실에 저마다 따로따로 영주들을 초대하여 크게 위엄을 떨쳐보자는 것이었다. 그리고 다이코는 마사무네가 초대할 손님으로 서로 사이 나쁘고 마사무네를 유난히 싫어하는 사다케 요시노부, 아사노 나가마사, 가토 기요마사, 우에스기 가게카쓰 등을 지정했다.

"두고 보게, 다실에서 한바탕 싸움이 벌어질 테니."

그런데 다이코의 기대는 보기 좋게 빗나가 아무 일도 일어나지 않았다. 그것은 마사무네가 맨 먼저 내놓은 '나물국'이 너무 뜨거워 손님들은 모두 입이 데어 젓가락으로 입술과 혓바닥을 누르는 소동이 일어나는 바람에 입씨름을 할래야 할 수 없었기 때문이다…….

그러한 마사무네이니 히데타다 따위는 마음속으로 우습게 생각하고 있을 것이다. 다다테루는 그런 마사무네의 사위가 되고 말았다. 본디 괄괄한 성격에 마사무네의 오만불손한 배짱까지 더해져 다다테루 또한 형을 형으로 여기지 않는 큰소리를 쳤을 게 틀림없었다.

'그렇지 않다면 아버지가 쇼군 시대의 장애물이 될 거라고 할 리 없다.'

그렇게 해석하자 히데타다는 이 자리에서는 더 이상 아버지에게 질문을 던져서는 안 된다고 생각했다. 아버지의 입에서 한 번 '할복'이라는 말이 나와버리면 다다테루를 구할 길이 막히고 만다.

"분부 말씀, 잘 알겠습니다. 다다테루에 대한 일은 중신들과 의논해 이 히데타다가 직접 결정하겠습니다."

이에야스는 순순히 고개를 끄덕이고 화제를 곧 다음으로 옮겼다.

이에야스로서도 이 자리에서 더 이상 다다테루에 대한 이야기를 진행하는 것은 견딜 수 없는 고통이었다. 그래서 곧 전쟁 뒤의 상벌로 화제를 돌렸으나 마음은 역시 다다테루를 떠나지 못했다.

'나는 다이코에 대한 의리에 사로잡혀 그 아이를 가혹하게 대하고 있는 것이 아니다……'

그러나 그 반대인 것 같기도 했다. 마음 어딘가에서 쉴 새 없이 또 하나의 푸념이라고도 변명이라고도 할 수 없는 감정이 도사리고 앉아 사라지지 않았다.

'용서하시오, 다이코. 나는 귀하의 아들만 벌하는 것이 아니오……'

평화에 방해된다면 어떤 자라도 제거할 용기가 있어야 한다. 신불은 그 용기를 나에게 요구하고 계신 것이다……라고.

그러나 또 한 사람의 이에야스가 다다테루의 처벌을 결심하게 한 것은 결코 감정의 물결에 휩쓸려서가 아니었다.

'어쨌든 다다테루와 마사무네는 떼어놓아야 한다.'

오로지 앞으로의 태평유지를 위해서.

다테 마사무네라는 인물에게 다다테루라는 사나운 말을 보낸 것은 돌이킬 수 없는 잘못이었다. 아니, 다다테루뿐만이 아니라, 일찍이 선교사인 소텔로를 마사무네에게 맡긴 것도 잘못이었다. 소텔로를 영지로 데려가 서양식 배를 건조하더니, 마사무네의 꿈은 멈출 줄 모르고 자꾸만 부풀어갔다…… 마사무네는 그런 인물이다. 그 밑바닥에는 물론 뿌리 뽑기 힘든 전국인의 '천하쟁탈병'이 도사리고 있다.

'히데요시도 훔치고 이에야스도 훔친 천하를 마사무네라고 훔치지 못할 까닭이 있겠느냐?'

그러한 엉큼한 야심과 꿈을 버리지 못하고 아직도 커다란 횃불을 품고 있는 마사무네에게, 이에야스는 경솔하게도 다다테루라는 기름항아리를 안겨주고 만 것이다……

　말할 나위도 없이 이것은 이에야스의 지나친 자신감에서 나온 일이었다. 마사무네도 세월과 더불어 그러한 무모한 생각을 버릴 테지……믿고 그렇게 만들 생각으로 혼인시켰던 것인데, 보기좋게 빗나가고 말았다. 마사무네의 패기와 야심의 자루는 이에야스가 생각하는 것보다 훨씬 크고 훨씬 질겼던 것이다…….

　'내가 죽은 뒤 만일 천하를 어지럽히는 자가 나온다면……'

　그것은 역시 첫째로 다테 마사무네라는 답이 나온다. 그 마사무네에게, 형인 쇼군 히데타다는 너무 고지식해서 상대가 안 된다면서 내심 얕잡아 보고 있는 다다테루를 일부러 손아귀에 쥐여준 것이다…… 다다테루를 쇼군 히데타다에게 대들도록 만들어 '도쿠가와 가문의 집안싸움'이 났다고 손뼉치며 구경하는 것은 마사무네에게 참으로 즐거운 일일 게 틀림없다.

　'다다테루가 꿋꿋하다면 그건 문제도 아니지만……'

　그러나 그 다다테루는 아직 말로는 왕도니 패도니 하면서도 아버지의 이상이나 고심 따위는 전혀 이해하지 못하고 있다.

　'그렇다면 평화유지를 위해서도 처벌해야만……'

　처벌이라는 이름으로 먼저 마사무네와 다다테루의 인연을 끊어놓지 않는다면, 이번의 오사카 싸움보다 더 무의미한 싸움을 해야 하는 결과가 되리라……는 것이 이에야스의 이성이 도달한 비장한 각오였다.

　'물론 여기서 다다테루만 엄격하게 다루어서는 안 된다……'

　이에야스는 당분간 오사카성의 수비를 명한 손자 마쓰다이라 다다아키에게 5만 석을 주고, 정리가 끝난 다음에는 야마토의 고리야마로 옮기게 하라고 히데타다에게 진언하면서 마음속으로 다다테루가 가엾어 견딜 수 없었다.

　'쇼군은 대체 내 말을 어떻게 받아들이고 있을까?'

　그대로 할복을 명할까? 아니면 혈육의 일이라 목숨만은 살려줄 생각일까……? 단순히 영지를 깎거나 옮기는 일만으로는 다테 가문에서 데려온 며느리와 이혼시킬 수 없다. 이혼시키지 못하면 모든 것이 헛일, 마사무네는 다시 엉큼한 꿈을 꾸게 되리라…….

　그렇다 해서 이제 막 오사카 문제가 해결되었는데 이내 다시 오슈 정벌에 나서는 것은 신불을 두려워하지 않는 폭거라고 할 만한 일이고, 이에야스 자신도 그

해결을 보기 전에 죽음을 맞이할 것이다.

"오사카성에 남아 있는 금은은 안도 시게노부에게 명해 지키게 하고 고토 미쓰쓰구로 하여금 통화를 주조시키도록……."

히데타다의 자문에 하나하나 대답하면서, 아무래도 다시 한번 다다테루 문제를 언급하지 않을 수 없었다.

"쇼군은 이번 상벌에 관해 물론 기준을 갖고 계실 테지만, 그 마음은 어디까지나 왕도에 그 바탕을 두고 계시겠지요?"

히데타다는 어리둥절한 채 대답했다.

"예……."

통화 주조에 대한 이야기에서 갑자기 다시 상벌 이야기로 돌아갔기 때문이었다.

"물론……그럴 작정입니다."

"그럴 테지. 쇼군은 패기에 넘쳐 무리를 할 분이 아니니까."

"예."

"그렇긴 하나 어쨌든 싸움 끝이니 값싼 자비심으로 뒤에 화근을 남긴다면 세이이타이쇼군의 직책을 완수할 수 없소."

"저도 그렇게 생각합니다."

"이를테면 다다테루 문제인데……혈육의 정을 베풀어 영지를 깎거나 옮기는 일 따위로 끝낸다면 그 아이의 아내를 내보낼 수 없겠지……?"

히데타다는 섬뜩해서 마사노부를 쳐다보았다. 마사노부는 하얀 눈썹 아래로 눈을 가늘게 뜨고 감정의 움직임을 거의 보이지 않았다.

"아내라면 다테 가문에서 출가해 온 이로하히메 말씀입니까?"

이에야스는 희미하게 고개를 끄덕였다.

"의좋다면서? 그러니 불편하고 작은 곳으로 가더라도 따라나서겠지."

"아내라면 당연한 일이라고 생각합니다."

"그것은……."

"예……."

"나보다 먼저 에도에 돌아가면 쇼군은 곧 다테 가문에 다다테루의 아내를 데려가라고 이르시오. 여자에게는 죄가 없소. 죄있는 것은 다다테루지."

히데타다는 순순히 머리를 숙였으나 이에야스가 한 말의 속뜻까지 헤아리지는 못했다.

'어째서 그런 일을……?'

이렇게 생각했을 때 히데타다는 이로하히메와 같은 또래인 센히메의 얼굴을 떠올렸다.

'그래, 센히메를 아직 처벌하지 않았구나……'

"다다테루의 아내에 대한 문제는 잘 알겠습니다. 하지만 저도 따로 한 가지 청이 있습니다."

이에야스는 조용히 고개를 끄덕였다. 다다테루의 아내에 대한 문제는 잘 알겠다는 그 한마디로 이에야스는 휴 하고 마음 놓았다. 히데타다의 고지식함은 믿을 수 있다. 비록 이에야스의 참뜻을 속속들이 꿰뚫어 보지 못했다 하더라도 이로하히메의 이혼은 실행될 게 틀림없으며, 그렇게 되면 다테 마사무네의 야심의 불길도 불붙을 자리를 잃고 자연히 소멸하리라 생각했다.

그런데 히데타다는 벌써 다음 문제로 생각을 옮기고 있었다.

"제 청은 다름 아니라 센히메 문제입니다."

"센히메……가 어떻게 되었단 말이오?"

"후시미에 데려다 놓았습니다만, 그 처분 또한 저에게 맡겨주십시오."

이에야스는 뜻밖에 가엾은 손녀 이야기가 나오자 눈을 크게 떴다.

"센히메의 처분……이라니 대체 어떻게 하겠다는 건가?"

"예, 그 아이는 이혼당해 성을 나온 게 아닙니다. 따라서 도요토미 가문의 오사카성이 없어졌다 해도 도리상 내 딸이라고는 할 수 없습니다."

"그럼, 쇼군은 아직도 센히메를 도요토미 가문의 사람, 도요토미 가문의 미망인이라고 보는 건가?"

"그렇습니다."

뚜렷이 단언하자 이에야스는 당황했다. 앞으로는 모든 일에 더욱 엄격히 법을 세워야 한다는 이에야스의 주장에 이러한 반발의 복병이 있을 줄 생각지도 못한 일이었다.

"음……그렇다면 이렇게 하도록 하지."

이에야스는 가까스로 한 가지 생각을 해냈다.

"그건 고다이인을 전례로 삼는 게 어떻소? 고다이인은 다이코의 미망인, 얼마 동안 삼본기에서 자유롭게 살도록 했다가 불심이 향하는 대로 지금의 절을 짓게 하였다…… 그것을 전례로 삼아 센히메 문제도……"

거기까지 듣자 히데타다는 자세를 바로 하며 아버지를 가로막았다.

"그것과 이것은 문제가 다르다고 생각합니다."

"허……"

"고다이인은 아버님에게 뒷일을 간곡히 부탁하고 돌아가신 다이코 전하의 정실부인이지만, 센히메는 온 천하의 역적으로서 최후까지 저항하다가 패한 우대신의 아내입니다."

"그렇지."

"이 둘을 혼동하면 앞으로 천하에 공과 사의 구별을 계도할 수 없는 저희 가문의 흠이 될 것입니다. 그러므로 그 처벌에 대해서도 저에게 맡겨주시기 바랍니다."

법도를 세운다……는 점에서는 확실히 그렇게 해야 하는 문제인 만큼 이에야스는 적잖이 당황했다.

'이것이 히데타다의 왕도인가……?'

법률이나 법도는 지켜야만 한다. 그러나 그 위에 보다 큰 자연의 법칙이 있다. 누구도 그 테두리 밖에 나갈 수 없는 그 법칙 주위에는 '인정'이라는 커다란 울타리가 마련되어 있다. 그 인정은 도덕과 인위적인 법도 아래 놓여서는 안 되며, 그 나름대로 신불의 뜻에 의해 뿌리내리고 있는 것이다.

"쇼군, 그건 그대가 잘못 생각한 것 같은데 어떤가? 인정마저 무시하지 않고는 천하에 정사를 펼칠 수 없다……고 한다면, 그건 사람을 위한 것이라고 하기 어렵지. 인정을 떠난 왕도란 있을 수 없다고 생각하는데, 쇼군은 어떻게 생각하시오?"

히데타다는 고개를 갸우뚱하며 생각하다가 대답했다.

"바로 그 인정에 대해서입니다만, 여기서 센히메에게 엄격히 대하는 것은 다다테루를 처벌하는 것과 같은 뜻으로 세상에서는 받아들일 거라고 생각합니다만."

"뭐, 다다테루의 처벌과 같다고……"

"예, 만일 제가 다다테루에게 무거운 처벌을 선언하여 이로하히메와의 이혼을 강요했을 경우, 그때 다다테루가 센히메는 어떻게 할 거냐고 묻는다면 저는 대답할 말이 없습니다. 제자식의 문제는 덮어두고 동생만 엄격히 처벌한다……면 세상에 떠돌고 있는 형제불화의 소문을 증명하는 셈이 되지요. 그러므로 다다테루와 마찬가지로 센히메 문제도 제게 맡겨주시기를…… 그것이 결국 아버님이 말씀하시는 인정에도 맞는 처리인 줄 압니다."

이에야스는 하마터면 기침이 나올 뻔했다.

'그런가, 그 때문이었단 말인가……?'

"쇼군의 곧은 성격으로는 무리도 아닌 배려이지만, 그건 큰 잘못이오."

"어째서 그렇습니까?"

"생각해 보시구려. 세상의 소문이나 반응이 어떻든 다다테루의 입장과 센히메의 입장은 전혀 다른 것이오. 단지 같은 것은 다다테루는 동생, 센히메는 딸이라는 혈육의 감정뿐…… 그 감정에 얽매여 양쪽을 처벌해야 한다……고 생각하는 건 아녀자가 생각하는 의리요. 결코 높은 인정의 실천은 아닐 거요."

"……그럴까요?"

"아시겠소? 다다테루는 우리의 왕도에 의한 시대 건설을 이해하지 못하는 미련한 자식이오."

"……."

"더구나 그 미련한 자식은 70만 석의 영지와 백성에 권력과 무력도 가진 사나이. 그런 자가 실제로 세 가지 큰 죄를 저질렀소. 그에 비해 센히메는 아무 힘도 없는 불쌍한 아녀자요."

"……예."

"더구나 그 센히메는 히데요리 님과 함께 죽기 싫어 도망친 게 아니라, 남편과 시어머니의 목숨을 구하려고 나와 쇼군의 진중에 탄원해 온 열녀요. 그런데 뜻을 이루지 못하고……남편도 시어머니도 자결하고 말았소……."

"예."

"센히메를 딸이라 생각하지 않고, 또 내 손녀라고도 생각하지 않고……다만 한 사람의 불행한 여성……이라고 보았을 때 그대는 가엾다고 생각하지 않소?"

히데타다는 꼿꼿이 윗몸을 세운 채 눈을 감고 입을 다물고 말았다.

"가엾을 테지…… 가엾다고 생각하지 않는다면 사람이 아닐 것이오. 내가 자연스러운 인정을 소중히 하라는 것은 그 뜻인 거요. 높은 인정이란 본의 아니게 초래된 불행의 밑바닥에 있는 자에 대한 위로와 동정을 말하는 거요. 그것이 없다면 이 세상은 메마른 사막이나 마찬가지로 따뜻한 인간미는 사라지고 말 거요……."

이에야스는 여기서 가만히 눈시울을 눌렀다.

"센히메의 행동은 오사카성을 나와 삼본기의 집으로 옮긴 다음, 오로지 다이코의 명복을 빌어준 고다이인에게 뒤지지 않는 것이오. 고다이인의 전례를 따르시오. 히데요리 님과 함께 죽지 않으면 잘못……이라고 생각하는 건 좁은 소견에서 나온 그대 고집이오."

그러자 히데타다는 눈을 뜨고 고개를 저었다.

"저는 아직도 납득이……."

눈에 핏발이 선 것 같았다.

이에야스는 놀라서 목소리가 떨렸다.

"아직……아직도……납득이 안 된다는 거요, 쇼군?"

그것은 아무래도 뜻밖이었다. 지금까지 거의 아버지를 거역한 일이 없는 성실한 성격. 센히메를 처벌해선 안 된다는 의견은 아버지로서 당연히 기뻐해야 하고 또 기뻐할 거라고 기대하고 있었다. 그런데 눈에 핏발까지 세우며 반발하다니 어떻게 된 일일까……?

"어디! 들어봅시다. 센히메를 처벌해야 하는 이유를."

히데타다는 다시 아버지에게로 시선을 보내며 조용히 숨을 가다듬었다.

"아버님은……드물게 보는 비범한 분이십니다."

"그, 그것이 어쨌다는 건가?"

"100년에……아니, 1000년에 한 사람 태어날까 말까 한 분…… 히데타다의 측근들도 두려워하며 존경하고 있습니다."

"그것이 어쨌다는 것인지 물었소."

"그런 비범한 분이지만……이대로 영원히 사실 수는 없는 일입니다. 그러므로 히데타다에게는 아버님과 다른 평범한 길이 있어야 합니다……."

"돌려서 말하는 건 그만두오. 그것이 센히메의 가엾은 신세를 모른 척해야 하는 이유가 되는 것인지…… 설명하시오."

이에야스는 소바심내며 쌀결이를 두드렸으나, 히데디디는 그 말에 선뜻 응해 오지 않았다. 더욱 침착하려고 안타까운 노력을 하고 있는 모양이었다.

"아까도 말씀하신 인정이라는 한마디만 해도 아버지의 인정과 저의 인정에는 커다란 차이가 있습니다. 저의 인정은 아직 내 몸을 꼬집어야 남의 아픔을 알 정도…… 이따금 내 몸을 꼬집지 않으면 그만 남의 아픔도 잊어버리는 얕고 어리석은 자입니다."

이에야스가 가로막았다.

"잠깐! 그럼, 그대는 내 몸을 꼬집어……그 아픔을 잊지 않으려고 센히메를 용서하지 않겠다는 건가?"

매섭게 추궁해서 상대를 주춤하게 하려 했으나 뜻밖에도 히데타다는 그것을 순순히 긍정했다.

"그렇습니다. 센히메에게도 자결을 권하여 도요토미 가문의 뿌리를 확실하게 끊지 않으면 어리석은 저로서는 다음의 평화시대를 반석처럼 튼튼히 지켜나갈 자신이 없습니다."

"뭐라고, 도요토미 가문의 뿌리를 끊지 않으면?"

"예, 센히메는 임신하고 있는지도 모릅니다."

"그것참, 반가운 소식이군! 쇼군도 알고 있으리라. 다케다 가쓰요리가 덴모쿠산에서 자결했을 때 우리는 그 혈연을 찾았소. 혈통을 끊는 것은 신불이 용서하시지 않는 일. 그런데 센히메가 임신……이라면 더욱 자결은 안 될 말이오. 그 아이들이 성장할 무렵에는 세상이 크게 바뀌어 있으리다. 그때는 난세의 증오 따위면 옛날이야기가 되어 있을 거야."

히데타다는 다시 냉정하게 반박해 왔다.

"하지만 그렇게 되지 않는 까닭이 있습니다. 그러면 히데타다는 제 욕심만 차리는 몰인정한 인간이 됩니다. 왜냐하면 며칠 안으로 히데요리의 유자(遺子) 구니마쓰가 잡혀 오게 됩니다. 저는 이미 처형을 명했습니다……."

이에야스는 자기 귀를 의심했다.

"뭐라고, 히데요리의 유자를!"

히데타다는 눈썹을 치켜뜨며 단호하게 고개를 끄덕였다.

"예, 구니마쓰라고 합니다. 이세에 사는 천한 여인이 낳은 자식입니다."

"그 어린아이라면 처음부터 성안에 없었을 거요. 애초부터 도요토미 가문과 인연 끊고 교고쿠 가문에 출입하는 상민 손에…… 그렇지, 교고쿠의 미망인 조코인의 손으로 어떠한 정세가 되든 무사히 살 수 있도록 신분 낮은 자에게 맡겨져 양육되고 있을 터…… 그러한 것을 일부러 찾아내 어쩌겠단 말인가? 찾아내면 귀찮아지기만 할 뿐, 잊어버리면 끝날 일이야."

"그런데 그럴 수 없게 되었습니다."

"그렇다면 누군가 참견을 잘하는 자가 고발이라도 했단 말인가?"

"예. 그자의 이름은 말씀드리지 않겠습니다. 그러나 찾아내어 며칠 안으로 저희들한테 끌고 오게 되어 있습니다."

이에야스는 얼굴을 일그러뜨리고 혀를 찼다.

"이 무슨 철없는 짓인가! 큰일이군! 그럼, 쇼군은 그 아이의 처형을 명했단 말인가?"

"모반자의 자식……이니 처벌해야 합니다. 그것을 눈감아주게 되면 나머지 자들도 처형하지 못하고 천하에 본보기를 보일 수 없습니다."

이에야스는 마음이 조급해졌다.

"그, 그런 일은……쇼군이 몸소 하실 필요 없소. 이타쿠라에게 맡기시오. 가쓰시게가 잘 처리할 게 틀림없소."

히데타다는 기다리고 있었다는 듯이 대답했다.

"구니마쓰의 처형을 결정한 것은 그 이타쿠라 가쓰시게입니다."

"뭐, 가쓰시게가……?"

"가쓰시게에게는 그 나름의 깊은 생각이 있는 듯싶습니다. 구니마쓰의 존재가 세상에 알려져 그 은신처를 고발한 자가 있다, 그냥 내버려 두고 모른 척한다면 다른 자를 처벌해야만 될 거라고 했습니다."

"다른 자……란 누구를 말하나?"

"예, 조코인의 집안 교고쿠 가문입니다."

이에야스는 움찔해 입을 다물었다. 과연 그것도 일리가 있었다. 역적인 히데요리에게 구니마쓰라는 유자가 있었다…… 더구나 그 유자가 남몰래 교고쿠 가문의 보호 아래 자라고 있다……는 것이 세상에 알려지고 말았다. 구니마쓰는 어디로 도망갔는지 행방을 모른다며 내버려 둘 수 있지만, 교고쿠 일족은 달아날 수 없다. 그렇다면 그 유자를 달아나게 한 책임을 물어 교고쿠 가문을 없애야만 한다.

"흠, 그런가."

가쓰시게의 계산으로는 구니마쓰를 못 본 척하느냐, 요도 마님의 동생으로서 그토록 열심히 평화를 위해 일한 조코인 집안의 안전을 도모하느냐의 양자택일 입장에 놓여 구니마쓰의 처형을 히데타다에게 상신했을 것이 틀림없었다.

"그래서 히데요리 모자를 자살로 몰아넣은 저는 구니마쓰도 처형할 생각입니다. 그러므로 어리석은 자의 인정으로……제 자식인 센히메도 이대로 용서할 수 없습니다. 이 점 살펴주십시오."

그것은 자못 히데타다다운 슬픈 결심이었다. 이에야스는 어떻게 해야 할지 모르는 표정으로 시선을 돌렸다…….

엉뚱한 불똥

　'전쟁'이라는 크나큰 악업은 그것을 없애려 노력하는 자에게 이상한 역작용으로 엉뚱한 희생을 강요하게 된다.

　그 전쟁을 없애려 하는 이에야스의 비원은 말할 것도 없이 불교에서 말하는 대자대비에 근원을 두고 있다. 그러나 그 아래에서 전쟁을 뿌리 뽑으려 하면, 그 움직임은 좀 더 표면적인 인간의 애증과 관련을 갖게 된다.

　교토, 오사카는 지금 그러한 표면을 뒤쫓는 사람들에 의해 도망자 사냥이 이어지고 있었다. 그것은 사실 지금까지의 상식이기도 했다. 이유는 아주 간단하다. 적으로 싸운 자의 유족은 모조리 죽여 없애 원한의 대상이 되지 않으려는 복수 기피 본능이다.

　그러한 상식에서 본다면 히데요리의 유자─구니마쓰 또한 커다란 증오의 대상이 된다.

　"히데요리에게 아마도 아들이⋯⋯."

　이때 오미쓰가 낳은 딸의 처치 문제는 이미 결정되어 있었다. 여아에 대해서는 그리 까다로운 책임추궁을 하지 않는 상식을 좇아, 센히메의 양녀로 만들어 나중에 불문에 출가시키기로 한 것이다.

　그러나 남아는 그럴 수 없었다. 히데타다의 측근에서 누가 먼저랄 것도 없이 그 일이 문제되기 시작하고 있었다.

　혼다 마사노부가 말했다.

"구니마쓰에 대한 일이라면 걱정할 것 없소. 그 아이는 진짜 자식인지조차 의심스러웠소. 이를테면 히데요리 님이 어렸을 때의 장난이었지. 진짜 상대는 딴사람일 거라는……그래서 낳자마자 조코인 님에 의해 측근에서 물리쳐져 어느 상민의 자식으로 키워지고 있을걸. 어쩌면 죽었을지도 모르지. 어쨌든 본인은 내력도 모르고 있을 테니 상관할 것 없어."

"그런데 그것이 그렇지 않습니다."

이렇게 말한 것은 이이 나오타카였다고 한다.

"히데요리는 나중에 일부러 그 자식을 성안으로 불러 귀여워했다더군요."

이 소문 또한 거짓이 아니었다. 히데요리가 일부러 불러온 것은 아니었다. 실은 이모할머니뻘 되는 교고쿠 가문의 조코인이 그 아이를 어떤 평민에게 주었는데, 지난번 겨울싸움이 벌어질 거라는 소문이 한창일 때 그 평민이 뒷날의 말썽을 겁내어 오사카성에 되돌려준 것이 진상이었다.

그런 의미에서 구니마쓰는 출생부터 저주받았다고 할 수 있을 것이다. 히데요리의 씨라는 소리를 듣지 않았다면 이런 불운을 맞지 않았을 텐데…… 세상의 상식으로는 에도와 오사카 사이에 싸움이 벌어지면 당연히 승리는 에도 쪽…… 그렇게 된 뒤, 만일 다이코의 손자를 숨기고 있었던 게 드러나면 자기 일신의 파멸……이라고 생각하지 않을 수 없다.

조코인이 나중에 센히메의 몸에서 태어날 세자를 꺼려 요도 마님과 의논하여 구니마쓰를 양자로 보낸 곳은, 와카사(若狹)의 상인으로서 후시미 노진 거리(農人町)에서 건어물 가게를 하는 도이시야 야자에몬(砥石屋彌左衛門)이라는 자였다. 조코인은 교고쿠 가문의 가신 다나카 로쿠자에몬(田中六左衛門)을 통해 구니마쓰를 양자로 보낼 때 단지 이렇게만 일러 보냈다.

"고귀한 분의 핏줄이니 상속자로 해줄 것"

그런데 로쿠자에몬이 신분을 누설한 모양이었다.

구니마쓰를 맡은 야자에몬은 젊어서 과부가 된 제수를 유모로 삼아, 6살까지는 이 비밀을 오히려 즐겁게 여기면서 소중히 키웠다. 다이코의 손자이자 지금 한창 번영하고 있는 오사카성주의 사생아…… 그것만으로도 상인의 자식치고는 비밀이 너무나 컸다.

'언젠가는 부름 받아 대영주로 등용될지도 모르겠는걸.'

그러한 꿈도 확실히 있었다. 지금은 도쿠가와 가문에서 출가해 온 정실부인을 꺼리고 있지만, 부자의 정이란 끊기 어려운 것…….

'언젠가 다시 부름 받고…….'

그러한 꿈을 그리며 품성을 길러주기 위해, 은밀히 로쿠자에몬을 청해 무인 가문의 예절을 가르치고 글공부를 시키기도 했다.

그런데 사정이 확 바뀌어 드디어 도쿠가와 가문과 도요토미 가문이 한바탕 싸울 기색이었다. 야자에몬은 깜짝 놀라 오사카 겨울싸움이 있기 석 달쯤 전, 로쿠자에몬을 통해 도로 데려가도록 애원했다.

"고귀한 분의 핏줄을 우리 같은 상인으로서는 황송해 키울 수 없습니다. 제발 데려가 주십시오."

그즈음 조코인은 이에야스의 은밀한 부탁을 받고 오사카성 안에 머물며 화친을 주선하고 있을 때였다. 교고쿠 가문 중신들이 자기들 마음대로 구니마쓰를 데려와 바로 그 조코인한테 보냈다.

이때 조코인은 자신의 힘으로 화친이 성립될 거라고 믿고 있었다. 그렇지 않았으면 다시 되돌려 보냈을 게 틀림없었다. 어쨌든 이리하여 다시 오사카성으로 돌아오게 된 구니마쓰의 생애는 바람 속의 깃털처럼 바뀌어 갔다.

히데요리는 6살이 된 구니마쓰를 보고 애정보다 흥미를 느껴 다시 생모를 불러들였고 구니마쓰를 '도련님'이라고 부르게 했다.

센히메에게는 아직 자식이 없었다. 간토와 사이좋지 못 한 때였으므로 하나의 즐거움이기도 했을 것이다. 이 일은 구니마쓰보다 그의 생모를 기쁘게 했다. 다시 히데요리의 측근으로 돌아가 총애를 되찾았을 뿐 아니라 센히메가 불임녀라면 자기 자식이 후계자가 될지도 모른다.

그러나 그 꿈도 오사카의 겨울싸움을 맞이하자 뜬구름처럼 무너졌다. 다행히 구니마쓰를 키운 야자에몬의 제수가 유모로 오사카성에 들어와 종사하고 있었으므로, 이 여인에게 맡겨서 다시 후시미 노진 거리의 야자에몬 집에 숨기게 되었다.

야자에몬은 깜짝 놀랐다. 옛날부터의 인연으로 로쿠자에몬 부부와 유모, 그리고 역시 교고쿠 가문의 가신인 소고(宗語)라는 자의 아들로 구니마쓰의 놀이동무였던 11, 2살의 소년이 함께 왔다.

로쿠자에몬 부부는 그렇다 치고 1년 남짓이지만 오사카성 안에서 도련님 노릇을 해온 구니마쓰였다. 유모와 놀이동무인 소년까지 거기서 섬기던 습관에 따라 부하가 되어 있었다.

'도저히 내 집에 둘 수 없겠는걸!'

그래서 만일의 경우를 생각하여 친한 사이인, 후시미 가가 사람들 숙소인 자이모쿠야(材木屋)라는 집에 맡겼다. 그곳에는 가가의 무사들이 자주 와서 묵었다. 그런 만큼 눈에 잘 띄지 않을 거라고 생각했는데, 실은 그 일로 오히려 소문에 오르는 결과가 되어 소문이 났을 무렵에는 오사카성이 함락되어 구니마쓰의 아버지도 어머니도 죽어버리고 오사카와 교토는 도망자 사냥으로 눈이 시뻘게진 거리가 되어 있었다…….

"가가 사람들 숙소인 자이모쿠야에 이상한 아이가 있대."

그러한 소문이 떠돌기 시작한 것은 오사카성이 함락되고 4, 5일 지난 뒤 부터였다.

"이상한 아이라니, 어떻게 이상한데?"

"나이는 7, 8살쯤 될까? 이웃 아이가 이름을 물으니, 내 이름은 도련님이라고 대답했다더군."

"뭐, 도련님이라고……?"

"그렇지. 언제나 11, 2살쯤 되는 부하를 데리고 있는데, 그 아이도 도련님이라고 부른대. 대체 어느 집 도련님일까?"

이런 일이 그냥 넘어갈 리 없었다. 오사카의 잔당인 듯싶은 수상한 자는 고발하라는 방문이 나붙어 날마다 여기저기서 고발이 들어오고 있을 때였다.

그즈음 후시미 수비장수는 이이 나오타카. 이이한테 누가 고발했는지는 확실치 않다. 물론 조사하러 출동한 자도 신분이 높은 듯하다……는 것뿐 설마 그 아이가 히데요리의 아들 구니마쓰일 줄 생각지도 못했다.

"이 집에 도련님이라 불리는 수상한 아이가 묵고 있다면서? 이리 데려와 주지 않겠는가?"

자이모쿠야의 주인은 깜짝 놀라 그 사실을 유모에게 알렸고, 유모는 뒷문으로 다나카 로쿠자에몬한테 뛰어가 알렸다.

로쿠자에몬은 새파랗게 질려 생각했다. 좀 더 빨리 와카사로 옮겨놓았더라면 좋았을 터인데, 교고쿠 가문 중신들 사이에 반대하는 자가 있어 결정이 늦어진 모양이었다.

이리하여 로쿠자에몬이 옷을 갈아입고 자이모쿠야의 집 앞에 나타났을 때 사태는 이미 수습할 수 없는 지경에 이르러 있었다. 로쿠자에몬은 그 아이를 교고쿠 다다타카(京極忠高)의 사생아라고 꾸미기로 마음먹었다.

"무슨 혐의인지 모르지만, 실은 도련님이라고 부른 것은 저희 주인의 핏줄이라 그랬지요. 당장이라도 영지로 모셔갈 작정이었는데 전쟁 뒤의 바쁜 일로 오늘까지 지연되어……."

정중하게 말하자 상대는 시큰둥한 표정으로 가로막았다.

"그것 참, 이상한 일이군. 방금 여기 있는 여인의 말과 그대의 말이 다르잖소!"

로쿠자에몬은 당황하여 관리 앞에 끌려와 있는 유모를 미처 보지 못했던 것이다.

"그대는 방금 교고쿠 님 핏줄……이라고 하셨소?"

"그렇소."

"그런데 이 여인은 그렇게 말하지 않았소. 아낙네, 그대가 말한 대로 다시 한번 말하시오."

"……예, 저희들이 모시는 도련님은 이 세상에 둘도 없이 고귀한 분의 도련님……."

"이 세상에 둘도 없다……고 한다면, 예사로운 분이 아니군. 어쨌든 그 이름을 말하시오."

"그, 그건 말씀드릴 수 없어요!"

황급히 거부하는 유모의 모습에 로쿠자에몬은 아뿔싸! 하고 입술을 깨물었다. 세상에 둘도 없이 고귀한 분……이라는 말로 상대의 관심을 끌어놓고 이름을 대지 않을 수는 없다.

"말씀드리겠소. 여기에는 깊은 사정이 있습니다. 교토 행정장관 이타쿠라 님에게 직접 말씀드리고 싶습니다. 주선해 주시기를."

그때는 벌써 다른 한 무리가 소고의 아들과 구니마쓰를 낮잠 자는 방에서 끌고 나오는 중이었다.

도이시야 야자에몬의 제수인 유모는 성미가 거센 여자였다. 같은 후시미의 장

사꾼 집안 출신으로 오사카성에서도 유모 노릇을 했으므로 니세는 제법 '충성'이 어색하지 않게 몸에 배어 있었다. 아니, 그보다도 히데요리의 아들이라고 하면 말단관리 따위는 깜짝 놀라 손도 댈 수 없을 거라고 착각하고 있었다.

그녀 뒤에는 교고쿠 가문의 미망인이 있다. 미망인은 고다이인 님이며 오고쇼와 친하므로 그쪽으로 손쓰면 이이든 이타쿠라든 문제가 아니라고 생각한 것이다.

그래서 마침내 마지막 비상수단으로 끌려나온 구니마쓰를 두둔했다.

"무례하게 굴지 마라! 너희들이 감히 손댈 수 있는 분이 아니다."

"그럼, 누구란 말이냐, 이 아이는?"

로쿠자에몬이 조마조마해 하면서 입을 다물게 하려 했으나, 그때는 벌써 유모가 길길이 날뛰며 구니마쓰의 이름을 부르짖고 있었다.

"황송하옵게도 이분은 다이코님의 손주이신 구니마쓰 님이시다."

"이봐!"

로쿠자에몬이 가로막았으나 이미 막아서 될 일이 아니었다. 자이모쿠야 집 앞에 꾸역꾸역 모여든 구경꾼들이 일제히 술렁거리기 시작했다.

"아니! 그럼, 저 아이가 우대신님의……?"

지금 교토, 오사카에서 가장 시민들의 흥미를 끄는 비극의 주인공이 체포되는 장면이었다.

"구니마쓰 님이 잡혔대."

"구니마쓰 님이?"

그 소문은 그대로 교고쿠 가문의 흥망과 관련되는 큰일이 되고 말았다.

"교고쿠 가문의 가신이 숨기고 있었던 모양이야."

그렇게 되면 그것은 반역으로 보일 수도 있다.

"교고쿠 가문은 아무 관련도 없소. 고귀한 분의 핏줄이긴 하나 이 사람이 양자로 받은 아이로서……."

로쿠자에몬은 필사적으로 변명하다가 이이 나오타카의 진지로 끌려갔고, 거기서 다시 행정장관 저택으로 넘어가게 되었다. 물론 유모와 소고의 아들도 함께였다.

나오타카는 마침 진중에서 점심식사하던 참이라 끌려온 구니마쓰에게 걸상을 내주고 도시락을 주었다.

"네 이름이 도련님이냐?"

"응, 도련님이야."

"흥, 도련님은 술을 마실 줄 아나?"

"먹을 줄 알아."

"그래? 그럼, 따라주어라."

구니마쓰는 맛있는 듯 붉은 잔에 따른 술을 마시고 잔을 내려놓았다. 나오타카는 웃으면서 그 잔을 집어 자기도 한 잔 따르고 나서 생각을 바꾸어 던져버렸다.

"무운이 막혀버린 도련님의 술잔, 우리가 마셔선 안 될 잔이야."

그 순간 유모인 과부가 외쳤다.

"무례한 놈!"

"뭐라고?"

"황송하게도 우대신님의 유아, 세상이 바뀌지 않았다면 네 따위는 그 앞에 앉아 있을 수도 없는 신분이다. 그런 분의 잔을 내던지다니 예의를 모르는 촌놈이로구나."

나오타카는 엄청난 여인의 욕설에 쓴웃음 지었다.

"이런 정신나간 충성이 있나…… 교고쿠 가문까지 끌고 들어가 죽이고 싶은 모양이군."

이리하여 구니마쓰는 그날 안으로 이타쿠라 가쓰시게의 손에 넘겨졌다.

가쓰시게는 구니마쓰를 목욕시키게 한 다음 유모에게 구니마쓰가 좋아하는 음식이 뭐냐고 물었다. 그는 나이가 지긋하고 태도도 은근했으므로 유모도 온순해져 있었다.

"예, 와카사의 가자미를 좋아하십니다."

"허, 그 쪄서 말린 가자미 말인가. 곧 구해서 요리해 드려야겠군."

이렇게 말하고 나서 가쓰시게는 진심으로 탄식했다.

"그대의 도련님은 틀림없는 히데요리 님의 유아인가?"

"예, 틀림없습니다. 교고쿠 마님으로부터 다나카 로쿠자에몬 님 내외분 손을 거쳐 도이시야 야자에몬네 집으로 보내져 양육해 드렸지요. 틀림 있을 턱이 없습니다."

"그대는 언제부터 유모 노릇을 했나?"

"네, 양육을 맡은 1살 때부터입니다."

"그대 이름은?"

"도이시야 야자에몬의 분가(分家), 야사부로(彌三郎)의 과부 라쿠라고 합니다."

"그럼, 젖먹이 때부터 키웠단 말이지. 정이 들었겠군."

"그야 뭐……목숨을 바쳐서라도 지켜야 할 분입니다."

가쓰시게는 또 크게 한숨을 지었다.

"만일 교고쿠 가문의 마님께서, 다나카 아무개의 손을 거쳐 도이시야에게 맡긴 것은 틀림없다…… 하지만 만일 마님께서, 실은 그것이 히데요리 님 자제가 아니라고 하신다면 어떻게 하겠나? 진실을 아는 것은 마님인 조코인 님뿐일 테니까. 그대들은 소문을 믿고 그렇게 믿어버린 게 아닐까?"

"그……그럴 리가요. 그러한 일이 어떻게 있을 수 있어요? 실제로 저는 성안에 불려가 모시기도 했는데요."

"그건 겨울싸움 직전이라 성안에서도 여러 가지로 정신 차릴 수 없을 때였지. 그러므로 확실한 조사도 하지 않고 그대로 내버려 두었던 것……이라고 조코인 한테서 들었는데?"

유모는 혀를 차며 몸을 내밀었다.

"마님께서 그런 말씀을……? 마님을 뵙게 해주세요. 이제 와서 가짜……라는 말을 듣는다면, 도련님 입장이 어찌 되겠습니까? 실제로 성안에서는 자주 아버님 무릎에도 안기시고……."

가쓰시게는 입맛을 다시며 가로막았다.

"잠깐! 그대는 그렇게 믿고 있는 모양이지만 내가 조사한 바에 의하면 그렇지 않아. 아무래도 다나카 아무개라는 자가 엉큼한 놈이라……."

"저, 로쿠자에몬 내외분이……?"

"그렇지, 조코인 님에게서 부탁받은 아드님은 다나카 아무개의 집에서 틀림없이 죽었다는 거야."

"옛? 그, 그런 일이."

"더 듣게. 그래서 도이시야와의 약속 때문에 난처하여 자기 자식을 양자로 주었다는 소문이야. 만일 그렇다면 괘씸한 소행이지. 그 뒤 그 아들을 히데요리 님의 아드님이라고 꾸며대고, 잘 되면 오사카성의 주인이 될지도 모른다는 엉뚱한 마음을 먹고 되찾았다고 하는데 어떤가? 그대에게 짐작되는 일이 없는가?"

가쓰시게는 이에야스의 실망이 얼마나 클지 잘 알므로 구니마쓰만은 살리고 싶었다. 아니, 다나카 아무개를 악당으로 만들고라도 구니마쓰를 살리고 교고쿠 가문의 죄도 면해 주고 싶었다.

가쓰시게는 일부러 유모 한 사람만 거실로 불러 그녀의 기억을 교묘하게 혼돈시킬 작정이었다. 잡혀온 아이는 사실은 예전에 교고쿠 가문을 섬겼던 무사의 자식이다. 그것을 히데요리의 자식이라고 속인 괘씸하기 짝이 없는 자……라고 한다면, 그 부모와 자식을 교토 가까이에서 살지 못하게 추방하는 정도로 해결될 것이다. 남의 말하기 좋아하는 세상도 그로써 일단 납득할 것이며, 다나카 아무개는 무사이니 가쓰시게의 마음을 헤아리고 기꺼이 어딘가로 몸을 숨길 거라는 계산이었다.

'그러려면 먼저 유모의 입을 막아야 한다……'

그런데 이 여인은 그렇듯 간단하게 가쓰시게의 암시에 넘어가 기억을 혼돈할 여인이 아니었다. 그녀의 속셈은 가쓰시게와 반대인 것 같았다. 이것이 진짜 히데요리의 자식이라는 게 증명된다면 살아날 길이 틀림없이 있다, 그걸 감히 가짜로 만드는 것은 죽일 셈이라고 생각한 모양이었다.

유모는 눈을 치켜뜨고 말했다.

"아룁니다. 도련님이 로쿠자에몬의 아들……이라는 터무니없는 소문을 퍼뜨리는 것은 이이 님 문중 사람들이겠지요. 이이 님이 너무도 무례한 짓을 하므로 제가 보다 못해 꾸짖었습니다. 거기에 앙심을 품고 그런……."

"그렇지 않아!"

가쓰시게는 답답했다. 도무지 암시를 눈치채지 못한다면 자신의 심중을 넌지시 내보여야만 한다.

"나는 다나카 로쿠자에몬인가 하는 자의 입에서 들었어."

"옛! 로쿠자에몬 님이 그런……?"

"그래, 지금 불러 대질시켜 주마. 알겠느냐? 마음을 가라앉히고 잘 들어 둬. 그리고 로쿠자에몬이 말하는 대로라면 괘씸한 놈이긴 하나 부자를 함께 추방……

그대는 아무것도 모르고 그렇게 믿었으니 처벌할 것도 없으리라. 도이시야를 불러 인도해 줄 테니 그렇게 알라."

말꼬리에 한없는 수수께끼를 풍기고 손뼉 쳐 부하를 불렀다.

"다나카 로쿠자에몬 부부를 데리고 오너라."

유모는 순간 멍해졌다. 그런 일이 있을 리 없다. 그녀가 알기로는 다나카 부부에게 자식이 없었다…… 있었다면 소고의 아들을 굳이 오쓰에서 불러내 놀이상대로 바칠 리 없지 않은가……? 무언가 있을 것 같다고 한 가닥 의혹을 품으면서도, 아직은 가쓰시게를 방심해선 안 될 저쪽 사람으로 믿어 경계하고 있었다.

다나카 부부가 불려왔다. 마누라는 상인 집안 출신인 유모 이상으로 겁먹고 있었으나, 로쿠자에몬은 과연 무사의 침착성을 잃지 않고 있었다.

"그대가 다나카 로쿠자에몬인가?"

"그렇소."

"그대는 괘씸한 자로군. 가가 사람들의 지정숙박소인 자이모쿠야에 숨겨둔 그대의 친자식을 무슨 이유로 엄청난 죄인인 구니마쓰라고 떠벌였느냐? 구니마쓰라고 하면 도요토미 가문의 영토라도 줄 줄 알았더냐? 만일 그렇게 알고 장난한 것이라면 어리석은 일이야. 히데요리는 천하의 역적, 그 자식인 구니마쓰는 처형감이야. 어때, 그래도 그대 자식이 아니라는 건가?"

로쿠자에몬은 곧 대답했다.

"죄송하오나 이 사람은 지금까지 구니마쓰를 우대신의 유아……라고 말한 적이 없습니다."

가쓰시게는 한시름 놓고 유모를 돌아보았다.

"그런가? 그러면 남의 말 좋아하는 사람들이 멋대로 구니마쓰니 우대신의 유아니 하고 소문낸 것일 뿐 그대는 모른다는 말이군."

로쿠자에몬은 거듭 대답했다.

"예, 그렇습니다."

그는 지신에게 던져진 수수께끼를 푼 모양인지 역력한 감사의 눈빛을 하고 있었다.

"그래, 그러면 다시 한번 묻겠다. 가가 사람들의 숙소 자이모쿠야에 묵고 있던 소년은 그대의 친자식이 틀림없지?"

"그렇습니다. 제 자식이 틀림없습니다."

"좋아, 그러면 물러가 앞으로의 지시를 기다리도록."

그리고 나서 가쓰시게는 다시 한번 다짐을 받았다.

"알겠는가? 쇼군님의 측근이 혹시 그대에게 다시 자초지종을 물을지도 모른다. 그때도 냉정하게 사실을 말하도록."

"알고 있습니다."

"그럼, 두 사람을 데리고 가라."

가쓰시게의 생각으로는 먼저 두 사람을 보내놓고 이이 나오타카를 부를 작정이었다. 나오타카의 입만 봉해두면 된다고 생각한 것이다.

그런데 뜻밖의 고발인이 나타나, 이미 혼다 마사즈미에 의해 다른 조사가 시작되고 있었다. 고발자는 구니마쓰의 놀이동무인 소고의 어머니였다. 아마도 교고쿠 가문의 가신이던 소고는 주인 가문에 누가 미칠 것을 두려워하여 아내를 시켜 고발하게 한 것이 틀림없었다.

"구니마쓰는 히데요리 님 핏줄이 틀림없습니다. 그래서 후환을 두려워하여 도이시야 야자에몬이 그를 오사카성에 되돌려보냈지요. 이 일은 물론 마님이신 조코인 님도 아시는 일…… 다나카 로쿠자에몬과 도이시야가 서로 의논해 '교고쿠 님의 옷'이라고 하며 긴 궤 속에 구니마쓰와 저희 자식놈을 숨겨서 보냈습니다. 성 안에서 이를 받으신 분은 구니마쓰 님의 생모이신 이세 부인…… 그런데 성이 함락당하게 되자 다시 도이시야에 돌려보낸 것입니다…… 이 점을 살피시어 저희들 자식놈을 돌려주시기 바랍니다."

겉으로는 자식의 구명을 탄원하는 내용이었으나, 그 내막인즉 교고쿠 가문에는 아무 책임도 없다는 증명을 위한 고발이었다.

고발을 받은 마사즈미는 곧 체포경위에 대해 이이 가문에 문의한 다음 곧 히데타다에게 귀띔하고 직접 행정장관 저택으로 왔다.

이때 이미 마사즈미의 속셈은 결정되어 있었던 모양이다. 여러 가지 조사를 하면 조코인이 의심받고 교고쿠 가문에 영향이 미치게 된다.

'이제 더 이상 감쌀 수 없다. 전국시대 관례대로 역적의 자식으로 처벌하여 법의 엄중함을 천하에 보여야 한다.'

이런 경우에 히데타다가 자신의 의견을 강력하게 주장하는 일은 드물었다.

마사즈미가 급히 말을 몰아 가쓰시게에게 달려온 것은, 구니마쓰가 로쿠자에 몬과 유모의 시중을 받으며 와카사의 찐 가자미를 반찬으로 저녁 밥상을 받고 있을 때였다.

"행정장관에게 은밀히 의논할 일이 있으니 안내해 주시오."

마사즈미와 가쓰시게의 밀담은 장지문을 열어젖힌 가쓰시게의 거실에서 3시간쯤 계속되었다. 그동안 두 사람은 시동도 부하들도 일체 가까이 오지 못하게 하고 이따금 심하게 언쟁을 벌이는 목소리까지 새 나왔다. 말할 나위도 없이 가쓰시게는 살려주자고 했고 마사즈미는 처형을 주장하며 물러서지 않았던 것이다.

그리하여 끝내 이이 나오타카가 다시 불려오고 안도 시게노부도 불려왔다. 그렇게 되자 아무래도 처형 주장이 우세해지고 가쓰시게의 주장이 약해지게 되었다. 그러나 가쓰시게는 좀처럼 양보하지 않았고 결국 시게노부가 쇼군 히데타다의 결정을 얻기 위해 후시미성으로 달려갔다.

그러나 그때 시게노부는 히데타다를 만나지 않고 도이 도시카쓰와 밀담을 나눈 다음 곧장 돌아갔다.

시게노부는 돌아오자마자 큰 소리로 말했다.

"결정이 내려졌소. 쇼군은 법대로 하라고 하셨소. 구니마쓰는 로쿠조 강변에서 참형에 처해질 것이오."

순간 좌중이 조용해지고 가쓰시게는 눈물을 뚝뚝 흘렸다.

"그럼, 다나카 로쿠자에몬은?"

"물론 참형, 터무니없이 주인 가문의 이름을 밝혀 하마터면 주인 가문에 누를 미칠 뻔했소. 따라서 무사답지 못한 자로서."

"그럼, 그 유모는……어떻게 하라시는 건가?"

"유모는 여인이라 상관없소."

"시동은……소고의 자식은?"

"그것도 어린아이니……."

말하다가 시게노부는 고개를 갸우뚱하며 다시 말했다.

"그렇지, 그 아이도 함께 베라고 하셨소. 구니마쓰 혼자면 황천길이 쓸쓸할 테니까."

엉뚱한 동정이었으나 전국시대의 모반은 그 죄가 구족(九族)에 미친다는 것을 상식적으로 알고 있는 그즈음으로서는 흔한 일이었다.

그들이 이렇듯 구니마쓰의 처형을 끝까지 주장한 가장 큰 이유는 도요토미 가문에 대한 증오 이상으로, 아직 잡히지 않은 잔당들에 대한 힘의 과시가 목적이었다.

'두려움에 떨게 하지 않으면 또 무슨 짓을 할지 모른다.'

폭력은 폭력을 극도로 두려워한다. 그리하여 더욱 폭력을 휘두르는 악순환이 되는데, 그 악순환이 아직도 완전히 끝나지 않고 있었다.

가쓰시게가 조용히 일어나 구니마쓰가 묵고 있는 별채 쪽으로 긴 복도를 건너 간 것은 이미 밤 10시가 지나서였다.

그의 본심과 반대로 모두에게 강요당하여 결정 내려졌으나, 얄궂게도 실행은 행정장관의 직무였다. 한여름 로쿠조 강변의 타는 듯한 더위와 그곳에 반짝이며 흐르는 한 줄기 맑은 강물이 눈에 떠올랐다. 그리고 그 타는 듯한 강변의 자갈을 밟으며 죽음의 자리로 나아가는 천진난만한 구니마쓰의 조그마한 모습이…….

'대체 그 아이에게 무슨 죄가 있다고…….'

복도를 건너가 방안을 들여다보니 구니마쓰는 벌써 소고의 아들과 베개를 나란히 잠들어 있고, 곁에서 수척하게 여윈 유모가 조용히 부채질하며 구니마쓰를 위해 모기를 쫓고 있었다. 다나카 로쿠자에몬은 조그마한 수첩을 꺼내 무언가 적고 있었다.

가쓰시게는 말없이 긴 복도를 되돌아와 작은 목소리로 부하에게 일렀다.

"모기향을 갖다 주어라."

그리고 다시 거실로 들어갔다.

나팔꽃 박꽃

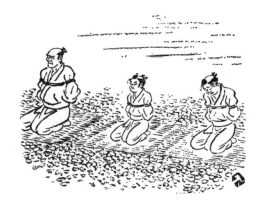

가타기리 가쓰모토가 히데요리의 유자 구니마쓰가 잡혀 로쿠조 강변에서 처형당하게 되었다는 소식을 들은 것은 5월 23일 아침이었다.

알려준 것은 그가 몸져누운 교토의 산조 고로모다나(衣棚)에 있는 마쓰다 쇼에몬(松田庄右衛門)의 아낙이었다. 그 여자는 이미 거의 날마다 피를 토하고 있는 가쓰모토가 그대로 놀라서 죽지나 않을까 하여 조심조심 일러줬다.

세상에서는 가쓰모토가 오사카에서 그대로 새 영지인 야마토의 가쿠안사(額安寺)로 옮겨 병요양을 하고 있는 줄 알고 있었다. 그런데 야마토에는 좋은 의사와 약이 없다고 하면서 가쓰모토는 기다시피 하여 교토에 와 있었다. 그리하여 병든 몸으로 이 산조 고로모다나의 쇼에몬네 집에서 은밀히 지내고 있었다.

물론 교토에 집이 있지만 지금은 이에야스의 아들 쓰루치요에게 빌려준 상태였다. 따라서 그의 평판은 교토 장안에서 그리 좋은 편이 아니었다.

"세상일이란 참 알 수 없어. 오사카의 충신이니 대들보니 하던 가쓰모토 님은 상을 받아 살아남고, 온갖 욕을 다 듣던 하루나가 님은 히데요리 님을 따라 자결했으니."

던지 살아남기만 한 것이 아니라, 이에야스로부터 여기저기 떨어진 작은 땅이긴 하지만 야마시로, 야마토, 가와치, 이즈미에서 1만 8000석의 영지를 받은 것이 인심을 잃은 원인이었다. 주인 가문은 완전히 망했는데, 비록 어쩔 수 없이 이에야스에게 가담했다 하더라도 자기 집을 쓰루치요에게 빌려준다든지 말없이 상을 받는 것은 너무나 지조가 없다, 역시 무사의 거울로 삼을 만한 사람은 못 된다……고 실은 그를 임시로 있게 해준 쇼에몬까지 마음속으로 경멸하는 것 같았다.

어쩌면 아낙도 그러한 남편의 마음을 알고 일부러 구니마쓰의 처형을 알려주고 싶었는지도 모른다.

가쓰모토는 약 달이던 손을 멈추지도 않고 조용히 되물었다.

"뭐라고, 로쿠조 강변에서……언제라고 하던가?"

그 태도가 너무나 냉정하여 아낙은 한시름 놓기도 하고 실망하기도 했다.

"예, 오늘 오후가 되겠지요. 거리마다 온통 그 소문으로 들끓고 있답니다."

"오늘 오후."

"아무튼 장소는 로쿠조 강변…… 로쿠조 강변은 20년 전 간파쿠 히데쓰구 님의 처첩 36명이 다이코님에게 처형된 축생총(畜生塚)이 있는 곳이라, 인과는 돌고 도는 수레바퀴라고 모두들 야단들이지요. 나리도 작별인사하러 가시겠습니까?"

"작별……이라니, 구니마쓰 님에게 말인가?"

"예, 오직 하나뿐인 아드님이신데…… 뜬세상의 바람은 모질기도 하군요."

"그렇지, 가봐야겠군. 하지만 사람들이 그렇듯 많이 쏟아져 나온다면 내 몸으로는 무리이겠지. 나는 부탁해 둔 약이나 찾으러 갔다 와야겠어."

여인은 드러나게 불만스러운 얼굴이 되어 빈정거렸다.

"그럼, 저는 혼자서 염불을 올리러 가겠어요. 아무리 적이었다지만 그 철없는 아이에게 무슨 죄가 있겠어요?"

가쓰모토는 듣는지 안 듣는지 모호한 태도로 달인 약을 천천히 보시기에 따르더니 그걸 냄새라도 맡는 듯이 후후 불면서 마시기 시작했다…….

쇼에몬의 집은 결코 큰 규모는 아니다. 그렇지만 너비 3칸 반에 길이가 12칸쯤 되는 대지에 안마당을 사이에 두고 작은 사랑채가 있어 사랑채 손님이 누구인지 이웃집에 알려질 만큼 좁지는 않았다.

마음속의 경멸은 어떻든 쇼에몬은 지금의 교토에서 가쓰모토의 이름을 다른 사람에게 누설하는 일은 없었다. 누설한다면 틀림없이 쫓기고 있는 오사카의 잔당 중에서 가쓰모토를 베러 오는 자가 있을 것이다. 그렇게 되면 모처럼의 친절이 헛일이 되고 앞으로 가쓰모토 일족의 신뢰에 의지할 연줄마저 잃게 되리라는 속셈도 있는 성싶었다.

쇼에몬의 아내에게서 구니마쓰의 처형 소식을 들은 가쓰모토는 잠시 뒤 왕골 삿갓을 깊숙이 쓰고 집을 나섰다.

아직 아침 8시 전, 나서자마자 거리의 가마를 불러 신교고쿠(新京極) 산조 아랫거리에 있는 세이간사 문 앞에 이르렀다. 이 세이간사는 교고쿠 다카쓰구의 누님이며 다이코의 측실로 요도 마님과 더불어 재치와 총애를 다투었던 교고쿠 부인이 다시 재건해 준 절이었다.

가쓰모토는 산문에서 가마를 내리자 그대로 절 안에 들어가 고쇼인(護正院) 현관에 섰다.

"이리 오너라."

걸음걸이도 조용했지만 목소리 또한 조용했다. 호흡이 조금이라도 거칠어지면 그대로 목구멍과 콧구멍까지 단번에 막아버리는 심한 각혈을 일으키기 쉬웠다.

그렇게 부른 다음 삿갓을 벗자 안내하던 젊은 중이 가쓰모토의 얼굴을 잘 알고 있었는지 '아!' 하면서 급히 안으로 들어갔다.

잠시 뒤 고쇼인의 주지스님이 나올 때까지 가쓰모토는 현관마루에 걸터앉아 혼잣말을 했다.

"역시 당황하고 있구먼. 쇼에몬의 집 나팔꽃에 물을 주는 걸 잊고 왔을 정도이니."

안에서 주지스님인 지신(智信) 대사가 나와 가쓰모토의 손을 잡고 객실로 안내하는 동안 가쓰모토는 다시 호흡을 가다듬었다.

"좀 좋아지신 것 같군요."

주지스님이 말하자 가쓰모토는 구니마쓰 이야기를 꺼냈다.

"들으셨습니까?"

"무엇을 말입니까?"

"마침내……구니마쓰 님의 처형이 오늘……집행되는 모양입니다."

"그럼, 저……."

주지스님은 숨을 삼키고 나서 황급히 손뼉쳐 시중하는 중을 불렀다.

"어떤 분의 일에 대해 행정장관이 묵인할 방침인 것 같다는 말을 누구한테서 들었나?"

"예, 혼아미 고에쓰 님한테서입니다."

주지스님은 당황하며 가쓰모토를 향해 앉았다.

"잘못 들으신 게 아닐까요, 가쓰모토 님?"

가쓰모토는 그 말에는 대답하지 않고 천천히 말했다.

"지난번에 부탁해 놓은 일, 준비해 주셔야겠소."

주지스님은 다시 시중하는 중을 돌아보며 당황한 목소리로 지시했다.

"확인해 보게. 그렇지, 로쿠조 강가로 누군가를 보내봐. 곧 알 수 있을 테니까."

그리고 가쓰모토에게로 다시 돌아앉았다.

"물론 준비해 두었습니다만 역시……마침내……그렇게 되었습니까?"

가쓰모토는 그 말에도 그리 반응을 나타내지 않고 숨 한 번 쉬는 것도 아끼는 것처럼 나직하게 말했다.

"준비하신 불명(佛名)은 뭐라고 하셨는지? 이제부터 고다이사로 가서 그리운 분한테도 공양을 부탁드리고 와야겠소. 수고스럽지만 잠깐 적어주실 수 없겠소?"

"알겠습니다. 곧 적어오겠습니다."

"그리고 위패는?"

"물론이지요."

"관도 이 사람이 이른대로?"

"어김없이 준비해 두었습니다. 겉으로 보면 그저 수수한 관이지만 속은 두텁게 옻칠하고 문장도 조그맣게 새겨넣었습니다."

"여러 가지로 고맙소. 그런데 매장할 장소는 어디로 정하셨는지?"

"예, 교고쿠 부인의 묘지에 묻어두었다가 뒷날 세상이 조용해질 때 다시 아미다가미네의 다이코님 묘지 옆에 이장하도록…… 절 안에 기록으로 남겨둘 작정입니다."

당시 교고쿠 부인은 니시노토인(西洞院)에 자리한 교고쿠 저택에 병으로 누워 있었는데, 그 교고쿠 부인이 묻히게 될 곳이라는 말을 듣자 가쓰모토는 몇 번이고 조그맣게 고개를 끄덕이며 촌각도 아까운 듯 재촉했다.

"그럼, 불명을 가르쳐주십시오."

"알겠습니다."

주지스님은 허둥지둥 일어나 나가더니 이윽고 조그만 종이쪽지를 미농지에 얹어 가지고 왔다.

가쓰모토는 그것을 받아들어 공손히 이마에 대고 절한 다음 소리 내 읽어 보았다.

"로세이인 운산 치세이 동자(漏西院雲山智西童子)"

"이러면 되겠습니까?"

가쓰모토는 그 말에도 직접 대답하는 말을 아꼈다.

"이제 곧 히가시 산(東山)에 잠들게 될 도련님에게 서녁 서자가 거듭 들었구나……."

다시 한번 이마를 조아린 다음 비로소 눈시울에 살며시 손가락을 댔다.

"어차피 이 세상에는 극락이나 정토가 없는 모양이야…… 이따금 말이오, 서쪽으로 떨어지는 해를 다시 한번 붙잡아 보았으면 하는 꿈을 꾸는 건 기요모리(淸盛 ; 다이라노 기요모리(平淸盛). 미나모토 가문을 대신해 정권을 잡은) 뿐만이 아닌가 보오. 내 나팔꽃 축원도 헛일이었소."

"나팔꽃……이라니요?"

"나는 지금 쇼에몬의 집 뜰 한 귀퉁이에 나팔꽃을 키우고 있소. 이 나팔꽃이 부디 꽃을 피울 수 있게 해주십시오…… 꽃이 열리면 운수도 다시……그러나……."

고개를 젓더니 불명을 종이에 싸 가지고 그대로 일어나려 했다.

"뒷일은 아들에게도 잘 일러두었으니 공양을 부탁하리다."

"벌써 가시렵니까?"

주지스님이 깜짝 놀라 부축해 주자 가쓰모토는 희미하게 웃으며 감사인사를 했다.

"아직 완전히 핏줄이 끊어진 건 아니오. 공주가 또 한 분 계십니다. 그래서 나는 오고쇼로부터……."

말하려다가 다시 웃었다. 아마 오고쇼로부터 녹봉을 더 받은 것도 그 때문이었다고 말하고 싶었으리라. 현관에 나간 가쓰모토는 갈탕을 한 그릇 청했다. 자기 몸이 피로를 스스로 돌보기 위해서였다.

고다이사 경내에는 시끄러운 매미 울음소리에 쓰르라미 소리까지 섞여 있었다.

'한낮도 되기 전부터 뭘 저렇듯 우는가…….'

가쓰모토의 감정이 차츰 크게 파도치기 시작한 것은 이 쓰르라미 소리를 듣고 나서였다. 쓰르라미는 가쓰모토에게 다이코의 구슬픈 유언시를 상기시켰고, 또한 자기가 지금 찾아가려는 분의 야릇한 운명을 돌이켜 생각하지 않고는 못 배기게 했다…….

　이슬로 태어나 이슬로 사라질 운명이던가…….
　니니와의 영화는 꿈속의 또 꿈

　다이코의 이 유언시를 들었을 때 가쓰모토는 나름대로 인생을 안 것 같은 느낌이 들었었다. 그런데 그러한 이해(理解)로 끝날 인간세상일까……? 꿈속의 꿈은 니니와의 영화이기는커녕 이 천지를 영원히 뒤덮고 놓아주지 않는 무한한 저주로 생각되었다…….
　가쓰모토의 인생이 악몽이라면, 미쓰나리의 인생도 하루나가의 인생도 모두 한 줄기 빛도 남기지 못한 잿빛인생뿐이 아니던가. 아니, 사나이들의 인생뿐만이 아니다. 요도 마님은 말할 것도 없고 고다이인도, 교고쿠 부인도, 산조 부인도 옛날의 그 후시미성의 영화를 지금 자신의 행불행에 어떻게 연결 짓고 있을까……?
　기억의 밑바닥에는 아직 어렴풋이나마 그 무렵의 애증이 손톱자국을 남기고 있을지도 모른다. 하지만 그러한 모든 일들은 완전히 무의미한 한때의 꿈에 지나지 않고 한 방울의 이슬도 하나의 구원도 남길 수 없었던 것이 아닐까……?
　가쓰모토는 여기서도 마음의 흥분을 경계했다. 경계하면서 도요쿠니 신궁과 이어진 고다이사 앞에 서자 안내를 청하는 말조차 선뜻 나오지 않았다.
　여기에 있는 고다이사라고 일컫는 절만은 확실히 잘 가꾸어져 있었다. 3칸 반에 4칸의 작은 규모이지만 내부는 모두 금가루로 그린 그림이 장식되고, 난간에 도사 미쓰노부(土佐光信)가 그린 산주롯카센(三十六歌仙) 그림액자가 걸려 있었다. 아니, 고다이사뿐만이 아니었다. 히데타다의 지시에 따라 고보리 엔슈(小堀遠州)의 손으로 이루어진 정원은 기쿠강(菊川)의 물을 끌어들였으며 나무 한 그루 돌 하나에 이르기까지 세심하게 배치하며 고심한 흔적이 엿보였다.
　'그러나 그것이 무엇이란 말인가?'
　그것들은 모두 다이코가 자기 아내 네네에게 선물한 애정의 유물이라고 할 수 없었다. 모두가 숙적이라고도 할 수 있는 오고쇼의 힘을 보여주는 경애의 증거가 아니었던가?

"이리 오너라."

부르면서 가쓰모토는 자신의 눈, 자신의 지혜로 확인할 수 없는 눈에 보이지 않는 저주에 대들며 통곡하고 싶어졌다. 생각해 보면 다이코의 모든 위업은 꿈처럼 사라져버렸건만 이에야스 쪽은 반대인 것 같았다. 같은 자매이면서도 다쓰 부인은 도쿠가와 가문에 있었던 일로 요도 마님과 하늘과 땅 차이…… 대체 이러한 차이를 누가 어떠한 기준으로 정했단 말인가……?

가쓰모토가 부르는 소리를 듣고 암자 옆의 다실 가라카사 정자(唐傘亭子) 안에서 고다이인을 계속 모시고 있는 게이준니가 얼굴을 내밀었다.

"누구실까? 아, 가타기리 님! 아니, 왜 그러세요, 얼굴빛이 몹시 창백하시네요."

가쓰모토는 나오려는 기침을 꾹 참으며 말했다.

"고다이인 님을 뵙고 싶소. 지금……당장……."

가라카사 정자 안에서 소리가 들렸다.

"이곳으로 모셔요."

'아, 고다이인 님…….'

생각만 해도 가쓰모토는 왈칵 눈앞이 흐려지는 것 같았다.

"고다이인 님! 불길한……불길한 소식입니다."

고다이인은 다실 안에서 화분을 매만지고 화로의 재를 다독거리고 있었던 모양이었다.

"어쩐 일인가요, 이렇듯 다급하게?"

자식이나 동생한테 하는 말투로 자리에 앉으라고 눈짓으로 일렀다. 여전히 젊은 여승 같은 모습이었으며 두건 아래 엿보이는 미소 띤 얼굴은 윤기가 흘러 가쓰모토보다 훨씬 젊어 보였다.

"말해 봐요, 누군가 또 가까운 사람이 죽기라도 했나요?"

"아닙니다, 구니마쓰 님이 붙잡혔습니다."

"구니마쓰……라니?"

"히데요리 님이 이세의 여자에게 낳게 한 도련님 말씀입니다."

"히데요리의 아들이……."

"예, 후시미의 가가 사람들 숙소에서 붙잡혀 오늘 오후 2시에 로쿠조 강가에서 처형된다고 합니다."

"몇 살이지요, 그 아이는?"

"8살이라던가……거의 상인의 집에서 자란 분입니다."

"본 적이 없어서 그런지 도무지 생각나지 않는군요. 그런데 그 아이를 구해 주고 싶다는 건가요?"

가쓰모토는 고개를 크게 저으며 말했다.

"구할 방법이 있을 정도면 이렇듯 허겁지겁 알려드리러 오지 않지요. 처형은 벌써 결정되었고……어떻게도 할 수 없다……는 게 무섭기만 합니다."

가쓰모토는 거의 어리광부리듯 예의를 차리지 못했다. 다이코의 측근시동으로 처음 섬기던 무렵부터 누님처럼 어머니처럼 꾸중을 들어온 탓이리라.

"가쓰모토 님."

"……예."

"그대는 그 나이에도 그렇듯 허둥거리는군요. 알았어요. 구니마쓰가 잡혀서 오늘 오후 2시에 로쿠조 강변에서 처형당한다, 그러니 이 여승에게 뭔가 하라는 거겠지요."

거기까지 말하고 고다이인은 옆에서 놀라고 있는 게이준니에게 일렀다.

"차를 권해 드려요. 마음이 진정될 테니까. 이제 이 여승은 무슨 이야기를 들어도 놀라지 않아요. 히데요리 님도 요도 마님도 모두 내가 묻어주어야 할 사람들이 되었어요…… 그런데 또 한 사람, 명복을 빌어주어야 할 구니마쓰라는 어린아이가 늘었다…… 단지 그것뿐이 아닐까요? 그대도 마음을 크게 가져요."

"그……그건 너무나 박정하신……!"

말해 버리고 가쓰모토는 더욱 당황했다.

'역시 고다이인은 요도 마님을 미워하고 계시다…….'

그 핏줄인 구니마쓰 님이라 놀라움도 슬픔도 적은 것이다……라고 생각하자 한층 더 응석조로 버릇없이 말하고 싶었다.

"고다이인 님! 구니마쓰 님이 고다이인 님한테는 아무 인연 없는 사람이지만 다이코님에게는 오직 하나밖에 없는 손자입니다. 그분이 처형당한다는데 고다이인 님은 모른 체 웃어버리실 작정입니까?"

고다이인은 비로소 크게 고개를 끄덕였다.

"자, 그렇다면 그다음 일을 침착하게 말해 봐요, 가쓰모토 님."

가쓰모토는 혀를 찼다. 여전히 꿋꿋한 고다이인의 성품. 그것에 혀를 차면서도 감정은 더욱 응석을 부리고 싶은 마음이었다.

"잘 말씀하셨습니다…… 고다이인 님에게는 남이지만 다이코 전하 핏줄인 손자…… 이 가쓰모토와 함께 로쿠조 강으로 가십시다. 그리고 염불이라도 외며 명복을……."

"오, 그 말이 하고 싶었던 거군요."

"저 세상에서 다이코님이 내 핏줄의 비운을 생각하며 울고 계실 겁니다. 설마 싫다고 하시지 않으시겠지요. 보십시오, 오늘의 날씨를…… 비가 오기는커녕 아침부터 내리쬐는 이 뙤약볕을."

"가쓰모토 님."

"예."

"강에는 가겠어요."

"함께 가주시겠습니까?"

"그런데 그저 가기만 해서는 공양이 안 됩니다. 시체를 받아서 묻어줄 준비는?"

"아……!"

가쓰모토는 비로소 제정신으로 돌아왔다.

"그 점이라면 이미 일러두었습니다."

"그래요, 대체 어디에 묻으려고?"

"예, 세이간사 안의 고쇼인입니다."

"세이간 사라면 교고쿠 부인의 절이 아닌가요?"

"예……언젠가 교고쿠 부인도 그 절에 잠들게 되겠지요. 거기에 비밀 무덤을 만들어……."

그때 벌써 고다이인은 가쓰모토의 말을 듣고 있지 않았다.

"게이준니, 곧 정오가 된다. 절 머슴한테 일러서 탈 것을 두 개 준비해요. 모처럼 가는데 늦으면 안 되니."

그러고 나서 다시 가쓰모토에게 시선을 돌렸다.

"가쓰모토 님, 잘 말해 줬어요."

"……예."

"그렇지만 나는 그 구니마쓰라는 아이 때문에 가는 건 아니에요."

"예……?"

"그대가 말한, 다이코가 울고 있을 것이라는 한마디…… 그 말 때문에 다이코의 명복을 위해 가겠어요."

"죄송할 따름입니다."

"나는 무엇보다도 어리석은 것을 싫어하는 여자예요. 다이코가 세상 떠난 다음 어리석은 자들이 모여들어 나니와의 꿈을 깨끗이 불살라버렸소. 남은 것이 뭐 있소."

"……예, 모두 이 가쓰모토가 부족한 탓입니다."

"그대를 책망하는 건 아니에요. 남은 건……내가 이에야스 님께 청해 후시미와 오사카에서 억지로 옮겨놓은 이 다실과 집뿐……이 사실을 잘 기억해 두어요."

"……예."

"진정한 공양은 외롭고 슬픈 거요."

그때 게이준니가 탈것이 준비되었다고 알려왔다.

"게이준니, 가쓰모토 님을 도와서 태워주오. 사나이면서도 마음이 약해."

꾸짖고 밖으로 나오자 너무 강한 뙤약볕에 저도 모르게 눈을 가늘게 떴다. 그러자 그 눈꺼풀 속에 역력히 떠오르는 것은, 아직 한 번도 본 적 없는 구니마쓰의 모습이 아니라 잠시 오사카에서 함께 살았던 무렵의 앳된 히데요리의 모습이었다.

"그래, 이건 다이코의 공양만이 아니었군. 히데요리 님에 대한 공양이기도 했어."

조그맣게 중얼거리며 정원의 샛길을 지나 산문으로 서둘러 갔다.

가마를 타고 로쿠조 강가로 달리는 고다이인의 심정은 가쓰모토 이상으로 복잡했다. 다이코와 둘이서 오사카성을 쌓기까지의 갖은 고생이 아무래도 거짓말만 같은 느낌이 들었다. 이도 저도 다 아련하고 먼 환상으로밖에 여겨지지 않았다.

'인생이란 그런 것이겠지……'

그렇게 생각하면서도, 가슴 밑바닥에서 한 가지 의혹만은 뚜렷이 살아 있었다. 그것은 히데요리가 과연 다이코의 진짜 아들이었을까 하는 의혹이었다.

다이코가 잠자리에서 입버릇처럼 되풀이하던 말은 언제나 정해져 있었다.

"네네, 오늘 밤에는 꼭 내 아들을 잉대헤디오. 니 는 이 들 을 갖고 싶다."

그 소망에 보답하고 싶어 네네는 늘 신불에게 축원드렸다. 그러나 그 바람은 크나큰 자연의 뜻에 어떻게 어긋났던지 끝내 열매를 맺지 못했다. 그 일로 네네 쪽에서 몇 번이고 다이코를 나무란 적 있었고, 그 때문에 아침까지 말다툼하면서 밝힌 일조차 있었다.

"당신이 너무 많은 여자를 집적거리고 다닌 때문이에요. 조금은 참고 정력을 비축해야 하는데."

이런 두 사람의 다툼을 가장 잘 알고 있었던 것은 가토 기요마사였다. 아니, 기요마사뿐 아니라 네네 밑에서 자란 시동들은 모두 그것을 걱정하고 있었다. 그래서 그들은 조선에서 싸움을 틈타 곧잘 호랑이사냥을 한 모양이었다. 배편이 있을 때마다 호랑이의 정기에서 채취했다는 비약을 보내왔다.

그 무렵 네네는 이미 자기 몸에서 낳는 것은 단념하고 안타까운 심정으로 교고쿠 부인이나 산조 부인의 임신을 은근히 바랐다. 어차피 그 부인들과의 잠자리에서도 내 아들을 잉태해다오, 내 아들을 잉태해다오 하고 똑같은 말을 했을 게 틀림없었다. 그 생각을 하며 어쩌다 자기를 찾아오는 다이코를 비꼬는 말로 놀렸던 일도 있었다.

하지만 잉태하지 못한 것은 네네뿐만이 아니라 훨씬 젊은 마에다 부인도 히메지(姬路) 부인도 마찬가지였다. 노부나가의 다섯째 딸로 후시미의 바깥 성에 있던 산노마루(山丸) 부인도, 사이쇼(宰相) 부인도 끝내 임신하지 못했다.

교고쿠 부인과 산조 부인도 네네와 마찬가지로 이를 이상하게 여겼던 모양인지 잘못된 것은 여자들이 아니라 다이코 자신일 거라고 수군대기 시작했다.

"전하께는 씨가 없나 봐."

그럴 때 요도 마님만이 뜻밖에 잉태했던 것이다. 그때의 뒷소문은 굉장했다. 의심을 받은 것은 이시다 미쓰나리였고, 그다음은 나고야 산자였다. 의심받아도 어쩔 수 없을 만큼 측실들 가운데 요도 마님은 가장 거리낌 없이 남자들을 가까이 대했고, 다이코에 대해서도 제멋대로 행동했다.

그러나 그 자식은 죽어버렸고, 그 뒤 얼마 안 되어 히데요리가 태어났는데 이때도 첫 번째 아이 이상으로 의심을 남겼다. 다이코가 규슈로 출진했을 때와 요도 마님의 잉태가 얼마쯤 엇갈린 듯한 느낌이 들었기 때문이다……

'오늘 처형되는 아이가 정말 다이코의 손자일까……?'

고다이인은 너무나 맑은 하늘 아래에서 다시금 그 생각을 하고 있었다. 히데요리의 출생을 의심한다는 것은 고다이인을 산 채로 지옥에 떨어뜨리는 일이었다.

'진실이 어떻든 이미 아무 소용 없는 일……'

그렇다고 하나 여자의 집념은 그리 쉽사리 사라지는 게 아니다. 망상에 젖을 때마다 고다이인은 자신을 나무랐다.

'비록 누구의 씨든 강한 별 아래 태어난 자식……그것을 양자로 삼았다고 생각하면 돼. 모든 것은 신불의 뜻, 탓하지 않으리라.'

다이코 자신이 자기 아들이라 믿고 만족해하며 죽은 것이다. 이 일만은 어떤 일이 있어도 입 밖에 내지 않으리라…… 그것이야말로 다이코에 대해 아내가 바치는 공양이요, 위로이다…….

그런데 그것은 도요토미 가문의 존망이 위태위태한 것을 보고 있는 동안 드디어 하나의 이상하고도 냉혹한 기대로 바뀌었다. 히데요리를 다이코에게 점지한 것이 신불이라면 뺏어가는 것 또한 신불일 거라는 신앙과 비슷한 냉정한 방관이었다. 아니, 그 이상으로 더욱 잔인한 복수심 같은 것이 밑바닥에 깔려 있었는지도 모른다.

'히데요리가 만일 진짜 다이코의 아들이었다면 신불은 결코 파멸로 이끌지 않았을 것이다.'

그것은 아무 데도 이론이 통하지 않는 참으로 우스꽝스러운 미신이었으나, 그 미신 같은 감정이 차츰 뿌리내려가자 거기에 고다이인의 '안도감'이 있었던 것 또한 부정할 수 없는 사실이었다.

그래서 가마를 로쿠조 강가로 달리면서 가쓰모토에게 한 말을 다시금 마음속으로 되풀이하지 않을 수 없었다.

'나는 다이코의 명복을 빌러 가는 것이지 구니마쓰를 위해 가는 게 아니야.'

그런데—

로쿠조 강둑에 가마를 세우고 일찍이 다이코가 그 조카 간파쿠 히데쓰구의 처첩과 아들들 36명의 유해를 묻어서 만든 축생총 쪽으로 우르르 몰려가는 군중을 보자 고다이인의 가슴은 무섭게 떨리기 시작했다.

행렬이 도착한 곳에는 푸른 대나무 울타리가 둘러지고 그쪽으로 흘러가는 사람들은 모두 약속이나 한 듯 염주를 헤아리면서 남의 불행을 자기 일처럼 염불하고 있었다.

"나무아미타불, 나무아미타불……."

'참으로 부끄럽구나, 무심해져야지…….'

"저것 보십시오. 지금 끌려오고 있는 행렬의 맨 앞이 다나카 로쿠자에몬, 다음이 구니마쓰 님입니다."

"그 뒤의 아이는?"

"예, 구니마쓰 님과 함께 붙잡힌 교고쿠 집안의 무사 아들입니다."

"가엾게도…… 좀 더 가까이 가서 내세의 행복을 빌어줍시다."

말은 부드러웠으나 고다이인은 아직 스스로를 돌이켜보며 마음의 동요를 가라앉히지 못하고 있었다.

그 고다이인의 귀에 옆에 있는 사람들의 이야기 소리가 들려왔다.

"인과는 돌고 도는 수레바퀴야. 20년 전 여기서 다이코는 간파쿠의 어린 자식들을 차례차례 죽였어. 참 그랬지, 그때의 풍자시에……세상은 명백한 인과의 수레바퀴, 좋은 일 나쁜 일이 다 함께 돌고 돈다……고 했는데, 정말 그대로 되고 말았어."

그들의 속삭임을 들은 것은 고다이인만이 아니었다. 가쓰모토 또한 흠칫하면서 그것을 듣고 말았다.

　　세상은 명백한 인과의 수레바퀴
　　좋은 일 나쁜 일이 함께 돈다.

또 다른 사람이 그때의 풍자시를 읊기 시작하자 가쓰모토는 고다이인의 몸을 떠밀 듯하면서 인파를 헤치고 나아갔다.

"이쪽이……이쪽이 더 잘 보입니다. 좀 더 앞으로 나가시지요."

정말 무정할 만큼 활짝 갠 하늘이었다. 한 점의 구름도 없는 창공에서 직사광선이 군중의 머리 위로 무럭무럭 아지랑이를 피어나게 할 듯 무더웠다.

"아, 망나니가 울타리 안으로 들어가는군. 저자가 목을 베려나?"

"설마……다이코님 손자를 망나니 따위에게."

군중이 있는 한 수군거림은 그치지 않고 귀를 막을 수도 없었다.

"아, 저기 보시오. 꿋꿋해 보이는 귀여운 도련님이군."

"그러게. 큰아이는 울고 있는데 작은 아이는 강물을 보고 있어. 목이 마른 건지도 몰라. 나무아미타불, 나무아미타불……."

이때의 정경을 바제의 《일본 기독교사》에는 구니마쓰가 야무지게도 이에야스의 배신죄를 꾸짖고 태연히 처형당했다고 씌어 있으나, 8살밖에 되지 않은 아이가 그런 분별 있는 말을 했을 것 같지 않고 아마도 참수인이 망나니라는 걸 알고 함께 참수된 다나카 로쿠자에몬한테서 배워서 듣고 한 말이 아니었을까.

"나는 도련님이야, 무례한 놈!"

어쨌든 참수인은 망나니였다. 이 일에는 가쓰모토도 깜짝 놀랐던 모양이다.

"이게 무슨 짓이냐!"

말하려다가 황급히 입을 다물어버렸다. 고다이인에 대한 위로……라기보다도, 히데요리의 아들이며 다이코의 손자로 처형하는 게 아니라 '그 이름을 사칭하는 괘씸한 놈'이라는 죄목으로 처형한다는 사려 깊은 교토 행정장관 이타쿠라 가쓰시게의 생각인가보다……고 깨달았기 때문이었다. 만일 그렇다면 이것도 이에야스한테 힐문당할 경우의 한 구실이 될지도 모른다.

가쓰모토는 울타리에서 한 칸쯤 떨어진 강기슭 가까이에 자리잡았다.

"이쯤에 있지요…… 몸에 좀 무리되신 모양입니다. 땀이 등까지 배셨습니다. 하오나 이 가쓰모토는 유해의 처리를 확인하고 싶어서 이런 데까지."

고다이인은 대답하지 않았다. 대답하는 대신 구니마쓰의 표정을 보려고 다시한두 걸음 울타리 쪽으로 다가섰다.

거기서는 뒤로 결박당한 어린 얼굴의 움직임이 똑똑히 보였다. 달아오른 울퉁불퉁한 돌의 열기가, 깔아놓은 거적을 통해 앉아 있는 정강이에 파고드는 모양이었다. 때때로 콧방울을 씰룩거리며 다나카 로쿠자에몬을 쳐다보았다. 로쿠자에몬은 줄줄 흐르는 땀 속에서 눈을 감고 이미 죽은 사람처럼 움직이지 않았다.

입석한 관리는 가쓰모토와 고다이인에게 안면이 없는 30살 남짓한 무사로, 걸상에 걸터앉은 채 줄곧 이마의 땀을 닦고 있었다.

고다이인은 가슴께의 염주를 내밀 듯하고 숨을 죽였다.

'어딘가 조부 다이코를 닮았을까……?'

그것은 참으로 이상야릇한 심리였다.

'손자는 할아버지를 닮는다고 한다……'

어린 구니마쓰가 만일 다이코를 닮았다면 어떻게 하겠다는 것일까. 벌써 어린 아이의 머리 위에는 물을 축인 처형의 칼날이 치켜 올려지려 하고 있지 않는가? 아니, 그보다도 닮았을 리 없다! 고 하는 부정의 기대가 컸던 것이 아닐까……?

'닮았을 리 없어. 히데요리는 다이코의 아들이 아니야……'

또 한 사람의 고다이인은 허심탄회하게 염불을 하려 하는데, 다른 고다이인은 짓궂은 호기심과 사실을 밝히려는 집념의 화신이 되어 있었다.

'닮지 않았어……'

눈으로 흘러드는 땀을 손가락 끝으로 털어내며 고다이인은 중얼거렸다.

'다이코를 조금도 닮지 않고 요도 부인을 닮았어.'

그것은 당연한 일이었다. 히데요리가 요도 부인의 배에서 태어난 것은 의심할 여지가 없으며, 그 히데요리의 자식이라면 할머니를 닮는 게 당연했다.

그렇게 생각했을 때 와악 하는 외마디, 소고의 아들이 높은 울음소리를 내며 몸을 웅크렸다. 어쩌면 군중 속에서 아는 사람의 얼굴을 보았기 때문인지도 모른다.

걸상에 앉은 무사가 뭐라고 말했다. 칼을 뽑는 망나니는 그쪽으로 조금 고개를 숙여 보이고 울고 있는 소년한테 가까이 가더니 입술을 일그러뜨리며 꾸짖었다. 하지만 유감스럽게도 그 말은 강물 소리에 지워져 똑똑히 들리지 않았다.

가쓰모토가 말했다.

"아무래도 처형할 것 같습니다. 맨 먼저 구니마쓰 님, 다음이 저 애 차례입니다."

"……"

"방금 로쿠자에몬에게 이렇게 말했습니다. 구니마쓰의 유모와 그대의 처는 처벌하지 않는다고……'

고다이인은 여전히 대답하지 않았다.

망나니가 뽑은 칼날에 다시 물이 뿌려졌다. 한 사람이 하나씩 벨 모양이다. 세 자부의 칼날에 차례차례 물이 뿌려지고 세 망나니는 물방울을 닦으면서 얼굴을 마주 보며 히죽히죽 웃었다.

그 웃음을 신호로 세 사람의 뒤로 다가가 칼을 비스듬히 쳐들었다.

이제야 깨달았지만 세 사람 앞에는 낮게 구덩이가 패어져 목이 잘린 시체가 뒤로 넘어가지 않도록 되어 있었다. 내뿜는 핏줄기가 그 구덩이에서 사방으로 흩어지지 않게 하기 위한 것이리라.

걸상에 앉은 무사가 무언가 말하면서 일어섰다. 그 순간 구니마쓰는 순진무구한 표정으로 흘끗 뒤로 시선을 던진 뒤 눈을 꼭 감았다. 베여지기 직전의 나이를 초월한 체념과 자위본능에 의한 긴장인 듯했다.

"얏!"

시퍼런 칼날이 어린 목덜미를 맨 먼저 내리쳤다. 그렇다, 목을 치는 소리가 분명 퍽 하고 고다이인의 귀에 들렸다…… 동시에 자갈 사이로 떼굴떼굴 목이 굴러갔고 앞으로 기우뚱한 몸에서 무어라 표현할 수 없이 선명한 피보라가 일었다.

"아……!"

그 순간이었다. 고다이인은 비틀거리며 달아오른 자갈밭에 털썩 주저앉아 기묘한 비명을 냈다.

"왜 그러십니까, 기분이라도?"

가쓰모토는 몸을 굽혔다. 두 손으로 겨드랑이를 부축하여 일으키려 한 것이었다.

고다이인은 그 손을 황급히 뿌리쳤다.

'내버려 둬……아무렇지도 않아……'.

그렇게 말하려 했으나 말이 되지 않고 다시금 이상한 신음이라고도 탄성이라고도 할 수 없는 헐떡임이 입에서 새어 나왔다.

'이게 무슨 일일까……!'

그것은 고다이인이 한 번도 생각해 본 일 없는 이상한 경험이었다. 이미 여성으로서보다 인간으로서 시들어버렸을 육체. 그 육체가 구니마쓰의 피보라를 보는 순간 느닷없이 청춘을 되찾았다. 아니, 청춘이라기보다 여성으로서의 감각……이라고 하는 편이 좋을지도 모른다.

'어째서 이런……?'

"아……."

또 헐떡이며 이번에는 자신의 힘으로 일어서려고 했다. 그러나 머리끝부터 발끝까지 짜릿하게 느껴지는 쾌감은 틀림없이 먼 옛날에 잊어버린 규방에서의 황홀한 성감(性感)이었다. 도저히 일어날 수 없었다.

'어째서 이런 일이 생겼을까?'

가쓰모토가 다시 윗몸에 손을 댔다.

"아……."

손이 닿으니 유방의 감각까지 살아 있었다.

'오지 마, 다가와선 안 돼!'

말하려 했으나 고다이인은 유방에 닿은 가쓰모토의 손을 위에서 꼭 누르며 몸부림쳤다.

소고의 아들이 베어진 것이리라. 으악 하고 꼬리를 끄는 날카로운 비명이 중단되었다.

"이번에는 다나카 로쿠자에몬……과연 침착하군요."

가쓰모토가 속삭이는 목소리와 함께 여름밤의 개구리처럼 일제히 염불소리가 울려퍼졌다…….

고다이인이 가까스로 정신차렸을 때 구니마쓰의 시체는 이미 그 자리에 없었다. 가쓰모토가 일러둔 대로 세이간 사의 머슴들이 옮겨간 모양이었다.

가쓰모토가 다시 걱정스럽게 말했다.

"기분은 좀……?"

"이제 괜찮소. 혼자 걸을 수 있으니 손을 놓아요."

달아오른 조약돌을 짚고 일어나자 아랫도리가 축축하게 젖어 있었다.

'이것이 여자의 업보인 것일까……?'

비틀비틀 일어난 고다이인은 눈을 감은 채 온몸의 부정을 털어버리려는 듯 염불하기 시작했다.

처형은 벌써 끝나고 사람들이 흩어지기 시작했다. 그런데도 아직 조그마한 목덜미에서 해를 향해 뿜어나오던 피보라만은 눈꺼풀 속에 선명하게 남아 있었다.

가쓰모토는 다시 고다이인의 손을 잡았다.

"기뻐하실 겁니다. 구니마쓰 님에게는 그 어떤 것과도 바꿀 수 없는 고다이인 님의 공양…… 저부터 충심으로 감사드립니다."

"나무아미타불……나무아미타불……."

"돌부리에 채지 않도록 조심하십시오. 둑까지 가시면 가마가……."

"나무아미타불……나무아미타불……."

물이 끼얹어진 형장의 피웅덩이에서 모락모락 김이 피어올랐다.

구니마쓰가 처형당한 23일, 가쓰모토는 해 질 무렵이 되어서야 산조 고로모다 나에 있는 마쓰다 쇼에몬의 사랑채로 돌아왔다.

문여는 소리를 듣고 쇼에몬의 아내가 살며시 다가가 기웃거려 보니, 가쓰모토는 머리맡에 향을 피우려던 자세인 채 엎드려 있었다.

"아니, 왜 그러세요?"

아낙은 놀라며 뛰어 들어가 가쓰모토를 안아 일으켰다. 그녀는 가쓰모토가 형장에 간 일은 모르고 있었다.

"여기 식은 탕약이 있습니다. 드시고 정신을 차리셔요."

"고맙소."

한 손으로 받쳐들고 순순히 한 모금 마시고 나서 가쓰모토는 말했다.

"이대로 잠시 혼자 있게 해주시오. 너무 많이 걸었을 뿐이오. 잠시 쉬면 숨찬 게 가라앉겠지."

"하지만 이건 역시 알려드려야……."

"아니, 아직 이르오."

"하지만 무슨 일이 있으면 알려달라고 집안분들이."

"그러니 아직 이르다고 한 거요."

가쓰모토는 고집스럽게 고개젓고 나서 희미하게 웃었다.

"아무래도 그대의 눈에도 얼마 남지 않은 듯……보이나 보군."

"네……아, 아닙니다, 그럴 리 있겠습니까?"

"그럴 리는 없지만 역시 걱정되오?"

"……네."

"신세를 졌소. 그렇지, 그대의 눈은 속일 수 없겠지. 이제 얼마 남지 않았을게요. 그러니 그대한테 이 사랑채에 있는 것 모두를, 문갑에서부터 이 향로와 차 도구 모두 유품으로 주리다. 한 줄 써둘 테니까 그렇게 알아두오."

"하지만 아직 그처럼 마음 약하신 말씀을……."

"말도 못 하게 되면 마지막이야…… 기쁘게 받아주오. 그리고 말할 수 있을 동안 부탁할 일이 하나 있소."

아낙은 걱정스러운 듯이 가쓰모토를 눕히고 머리맡에 앉아 자세를 바로 했다.

"저희들이 할 수 있는 일이라면 무엇이든지……."

"오, 못할 일도 아니지. 그대들의 장래를 위해서도 필요한 일이고."

"말씀해 주세요, 무슨 일이신지."

"나는……가타기리 가쓰모토라는 수상한 자가 열흘쯤 전부터 그대 집에 숨어 있는데…… 숨겨둬도 처벌받지 않는지…… 그렇게, 교토 행정장관에게 고발해 주었으면 하오."

"옛? 교토 행정장관님에게……."

"그렇소, 이타쿠라 가쓰시게 님에게 직접 말씀드리고 싶다……고 하면 틀림없이 만나줄 거요. 그리고 그대는 정말 나를 모르는 것처럼 해두는 거요. 가타기리 가쓰모토라고 하는데 과연 사실인지 아닌지……? 그렇게 말하면 아마 가쓰시게가 직접 확인하러 올 거요."

"……."

"알겠소? 그러면 나는 가쓰시게와 마지막으로 대면할 수 있고, 그대들은 비록 나중에 말썽이 생겨도 핑계댈 수 있지. 잔당의 수색이 엄중하니 낯선 자는 일체 재워주면 안 된다는 포고령이 내려 있을 거요."

"……네."

"됐소. 알았으면 잠시 혼자 있게 해주오. 너무 걸어서 지쳐버렸어."

그날 밤, 쇼에몬 부부는 가쓰모토가 시킨 대로 교토 행정장관에게 밀고해야 하나 하는 문제로 반 시간이나 의논했다. 마침내 쇼에몬이 교토 행정장관의 저택을 찾아가기로 한 것은 역시 오사카의 잔당 소탕이 엄중한 데 대한 공포에서였다.

그러고 보면 구니마쓰의 처형을 전후하여 교토에서의 패잔병 사냥은 광기라고 할 만큼 더욱 심해졌다. 조소카베 모리치카는 체포되었으나 오노 하루후사와 도켄의 행방은 아직 알 수 없었으며, 게다가 히데요리가 살아 있다는 소문이 제법 사실인 것처럼 시민들 사이에 떠돌았기 때문이다.

소문의 출처는 알 수 없으나 성이 함락되던 날 히데요리라고 스스로 칭하며 자결한 것은 측근인 아무개였으며, 히데요리는 가쓰모토가 들어가기 전의 이바라키 성주였던 이바라키 단조(茨木彈正)의 아들 히라타 한조(平田半藏), 나오모리

요이치베에(直森與一兵衛), 요네다 기하치(米田喜八) 이하 근위무사 7명의 호위를 받으며 성을 나갔다고 했다. 그리하여 성 가까운 곳에 있던 오다 우라쿠의 진에서 알몸으로 거적에 싸여 쓰레기인 것처럼 꾸며 요도강에 띄워 보내졌다는 것이었다.

그러한 소문에 꼬리가 붙어, 그때 히데요리는 단도를 단단히 몸에 지니고 만약 발각되면 자결할 결심으로 강어귀까지 떠내려갔다고 마치 직접 눈으로 본 것 같은 이야기도 있었다.

강어귀에서 히고 선주 가토의 배에 이르렀을 때 7명의 근위무사 가운데 앞서 말한 히라타, 나오모리, 요네다 세 사람만 남아 있었다. 가토는 거기서 이중장치 선실을 만들어 주종 네 사람을 밑바닥에 숨겨 먼바다까지 나갔고, 이번에는 바다에서 기다리고 있던 후쿠시마 가문의 배로 옮겨타 히고와 사쓰마로 갔다는 것이다…….

이 소문은 사실 뒷날까지 꼬리에 꼬리를 끌어 교토와 오사카에서 일부 사람들은 상당히 오랫동안 믿었다.

히고에 도착한 히데요리는 기쿠마루 지사이(菊丸自齋)라고 이름을 바꾸어 덕망 있는 상인이 산중에 은퇴해 살고 있는 것처럼 꾸몄으며, 나오모리의 여동생을 교토에서 은밀히 데려가 첩으로 삼아 남매를 둘 두었다. 딸은 오타쓰(於辰), 아들은 기쿠마루(菊丸)라고 불렀다……는 것이 이윽고 《노인 일언기(老人一言記)》라는 히데요리 사쓰마 전설의 이야깃거리가 되었는데, 가쓰모토가 교토에 있을 무렵에는 물론 거기까지 소문이 발전했을 리 없었고, 다만 이런 소문만 들렸다.

"히데요리 님이 살아 있대."

그리하여 잔당사냥을 하고 있는 사람들을 이상한 초조감으로 몰아넣은 듯했다.

또 히데요리만 살아 있는 게 아니라 성이 함락되기 며칠 전부터 요도 마님이며 오쿠라 부인도 성안에 있지 않았으므로 죽었을 리 없다……는 소문도 있었다.

아니, 그 이상으로 잔당사냥이 엄격하게 시행된 것은 사실 맨 먼저 슨푸로 철수할 줄 알았던 이에야스가 가을까지 교토에 머무르겠다고 한 것이 크게 작용한 모양이었다…… 사람들은 '잔당사냥'을 위해 남은 것으로 해석하여 더욱 철저히 서둘러야 한다고 판단했으리라.

아무튼 쇼에몬은 가타기리 가쓰모토라는 인물이 자기 집에 묵고 있다는 것을 가쓰시게에게 고발했고, 가쓰시게는 깜짝 놀라 산조 고로모다나에 있는 쇼에몬의 사랑채로 가쓰모토를 찾아갔다……

가쓰모토는 가쓰시게에게 아직도 많은 의문을 느끼게 하는 인물이었다. 물론 대단한 간웅(奸雄)이라고 여겨지는 않았다. 그러나 의리에 투철한 인물이라고 단정할 수도 없고, 그렇다고 도요토미 가문의 기둥을 갉아 먹으며 일신의 출세를 꾀한 흰쥐 족속으로 보이지도 않았다. 때로는 매우 타산적으로 보이면서 때로는 매우 성실했다. 도쿠가와 쪽의 가쓰시게 눈에 그렇게 보였으니 오사카 쪽에는 더욱 못마땅하고 불투명한 존재였을 게 틀림없다.

그러한 가쓰모토가 어쨌든 이에야스에게 그 입장을 동정받고 이번 싸움에는 녹봉까지 더 얹어 위로를 받았다.

"영지 가운데 마음에 드는 곳에서 조용히 요양하라."

어째서 교토에 몰래 숨어들어와 있는 것일까?

'묘한 사람인걸?'

호위병 하나를 거느리고 은밀하게 쇼에몬네 집 봉당을 지나 사랑채 울타리로 들어서다가 가쓰시게는 놀라며 걸음을 멈췄다.

비좁은 안뜰, 그곳만 사각형으로 눈부시게 내려쬐는 한여름 뙤약볕 아래 유령 같은 모습이 웅크리고 앉아 흙을 파고 있었다. 아니, 다만 흙을 파고 있는 게 아니라 울타리 밑에 무언가 묻으려고 기진맥진한 몸으로 무서운 집념을 모아 작은 구덩이를 파고 있었다.

'가쓰모토다……'

하지만 저렇듯 수척한 모습이라니? 지난번에 만났을 때는 그래도 갑옷차림의 의젓한 대장으로 보였었는데……

"가쓰모토 님 아니오?"

가쓰모토가 깜짝 놀라 얼굴을 들었다.

"오……역시 와주셨구려……"

쉰 목소리로 말하며 황급히 옆에 놓인 보시기 속의 깃을 구덩이 속에 삼주듯 쏟아넣었다.

"뭘 하고 계시오, 이 뙤약볕 아래?"

"보셨습니까? 하하……."

"그 보시기 속의 것은 뭡니까?"

"이 집 아낙이 끓여준 부추죽이지요."

"허……맛이 없었나 보군……요."

가쓰시게도 웃었다.

"그렇지만 모처럼의 친절이라 남기는 것도 미안해 버리려는 거요?"

과연 가쓰모토답다……고 생각하며 이렇게 말하자 가쓰모토는 울타리를 타고 겨우 넝쿨을 뻗은 나팔꽃을 가리켰다.

"이걸 좀 보십시오. 이 나팔꽃…… 이 꽃을 피우려고. 나팔꽃은 다이코님이 좋아하시던 꽃이었소."

"다이코님이……?"

"그렇소. 나가하마 성에 갓 들어가셨던 무렵 아침잠이 없으신 다이코님은 가쓰모토, 나팔꽃을 네가 가꾸어라 하시며……."

거기까지 말하자 뿌리에 쏟은 죽에 급히 흙을 덮고 일어났다.

"누추한 병상이지만 잠시 들어갑시다, 가쓰시게 님."

일어나다가 휘청하며 울타리를 붙잡은 뒤 툇마루에 올라섰다.

가쓰시게는 찡 하며 눈시울이 뜨거워졌다.

"다이코님이 나팔꽃을 키우고 계셨던 무렵에는 해처럼 떠오르는 세력이었지요……."

고꾸라질 듯 사랑채에 올라선 가쓰모토는 보시기를 장지문 밖에 놓고 안으로 들어갔다. 향냄새가 희미하게 코를 자극했다. 가쓰시게가 올 줄 알고 피워둔 게 틀림없었다.

"모처럼 오고쇼께서 마음에 드는 성에 살라며 고맙게도 녹봉까지 더 내리셨는데 어째서 이런 곳에 와 있는지…… 가쓰시게 님은 아마 의아하실 거요."

"그렇소, 무슨 까닭으로 이런 곳에 숨어 계셨소? 녹봉으로 받은 영지가 모두 마음에 들지 않았던 것은 설마 아니실 테지."

"거참, 무슨 말씀을…… 가쓰시게 님, 사실은 고다이인 님과 둘이서 구니마쓰 님의 처형을 보고 왔습니다."

"구니마쓰 님이 아닐 거요. 그 도련님을 사칭한 자의 처형이겠지요."

"그건 아무래도 좋소. 뒤에는 아직 고다이인이 남아 계시데…… 이로써 도요토미 가문은 자취도 없이 깨끗이 사라져버렸습니다."

가쓰시게는 구태여 끼어들지 않았다.

'가쓰모토는 대체 무엇 때문에 나를 이런 곳에 불렀을까……?'

그 의문이 풀리지 않은 까닭이었다.

"나는 이 일로 오고쇼를 비롯하여 도쿠가와 가문 사람들을 미워하지도 않거니와 원망할 수도 없소."

"음."

"이건 모두 우리들이 모자란 탓으로 초래된 불행…… 오고쇼도 귀하도 어떻게든 도요토미 가문이 존속되기를 바라며 애쓰신 것을 잘 알고 있소. 알기 때문에 이 세상은 지옥이기도 했소……."

가쓰모토는 거기서 다시 뜰의 나팔꽃을 가리켰다. 앙상한 손가락 끝이 삭정이처럼 떨리고 있었다.

"저걸 보십시오. 나에게는 저 울타리가 다이코님의 성으로 보입니다…… 저 나팔꽃이……다이코님의……다이코님의 혼백으로 보입니다……."

"음."

"정말 이렇게 만들고 싶지는 않았소! 나 자신은 어떻게 되든 히데요리 님만은 어떻게든 어엿한 한 성의 주인으로 남겨두고 세상 떠나고 싶었소……."

"……."

"그런데 완전히 거꾸로 되어 도요토미 가문은 이제 의지할 울타리도 없는 신세…… 그런데도 이 가쓰모토에게는 작은 성이나마 세 개나 있소. 그 어느 곳에 은퇴하여 편안하게 요양하라는 고마운 말씀……그렇지만 가쓰시게 님……."

"……."

"다이코의 자취가 흔적마저 사라져버린 지금 나 혼자 성에서 살아 무엇하겠소?"

"아!"

저도 모르게 가쓰시게는 주그맣게 소리지르며 가쓰모토를 다시 보았다. 가쓰모토가 어째서 교토에 와 있는지 그 이유가 비로소 확실하게 가슴에 떠오른 것이었다.

"그럼, 귀하는 거성이 없어진 다이코 전하를 위해 순사할 작정으로……."

"헤아려 주시구려. 내가……내가……만일 어느 성에서 죽는다면 다이코님뿐 아니라 후세에까지 가타기리 가쓰모토는 오사카성을 적에게 팔아넘긴 괘씸한 놈……인정머리 없는 놈……이라고 비웃음 받을 것이오."

가쓰모토는 너덜너덜 해어진 옷자락을 움켜잡고 울기 시작했다. 가쓰시게는 얼굴을 돌리며 그 역시 황급히 눈물을 닦았다…….

"부탁이오, 가쓰시게 님……."

울 만큼 울고 나자 가쓰모토는 힘없는 소리로 말했다.

"내가 오고쇼님이 마련해 주신 성에서 죽지 못하는 까닭을 이해해 주십시오."

가쓰시게는 고개를 끄덕이는 대신 묵묵히 뜰의 나팔꽃에 눈길을 보내고 있었다. 울타리 밑의 대나무로 겨우 넝쿨을 뻗기 시작한 나팔꽃은 벌써 조그마한 꽃 망울이 맺혀 있었다.

"하사해 주신 성에서 죽을 수 없다……고 해서 오고쇼님이며 귀하를 비롯하여 도쿠가와 가문의 여러분한테 무슨 유감이 있는 건 아니오…… 오로지 감사할 뿐……."

거기서 가쓰모토는 가쓰시게의 무릎 앞에 두 손을 짚고 말을 끊었다. 안타깝게 애원하는 눈빛은 고집으로 버티는 무사의 그것이 아니라 인간의 양심에 호소해 오는 야릇한 선율 같았다.

"고맙게……여기면서도……성에서는 죽을 수 없는……착잡하고……종잡을 수 없는 이 어지러운 마음을 알아주십시오…… 이건 결코 오고쇼님이나 간토에 대해……원한을 품은 죽음은 아니오."

"그렇다면……."

가쓰시게는 가까스로 시선을 다시 가쓰모토한테 돌렸다.

"가쓰모토 님은 이미 이 고로모다나에서 최후를……맞이하려고 결심한 겁니까?"

가쓰모토는 순순히 고개를 끄덕였다.

"처음에는 자결을 생각했었지요. 하지만 그래서는 안 된다…… 그러면 간토에 대한 원망으로 보이리라. 하나밖에 없는 목숨, 버리는 방법만은 신중히…… 그렇게 생각하고 식음을 폐하기로 했습니다."

"식음을 폐한다?"

"그렇소. 그래서 몰래 죽을 묻다가 들키고 말았지요…… 내 식사는 다이코님 혼백에 바치고 메말라 죽고 싶다…… 그 어지러운 마음을 가쓰시게 님이……."

"알겠습니다!"

가쓰시게는 대답하지 않을 수 없었다.

'얼마나 가쓰모토다운 고지식한 마지막인가……!'

자기 마음의 그림자에 겁먹고 큰소리치며 죽어간 무사의 흔한 죽음에 비한다면 자못 미련을 가진 것처럼 보이지만, 그러나 그것은 보통 용기로는 도저히 흉내낼 수 없는 어떤 훌륭한 경지처럼 가쓰시게에게는 보였다.

"오고쇼님의 은혜는 은혜, 그러나 다이코님에 대한 의리도 저버릴 수 없다…… 는 말씀이시구려."

"이해해 주시겠소?"

"가쓰시게도 아직 미숙한 인간이지만 내 일처럼 여겨집니다."

"고맙소!"

가쓰모토는 다시 허리를 펴더니 무릎을 잡고 하하하……웃었다.

"앞으로도 이 집 아낙이 날라다주는 식사는 나팔꽃에게 줄 생각이오…… 그리고 거기에 첫 꽃이 피는 게 먼저일지, 아니면 이 몸이 다이코님 앞에 끌려나가 꾸중 듣는 게 먼저일지…… 아무튼 고맙소."

가쓰시게는 굳이 그 이상 묻지 않고 그날은 그대로 물러갔다.

가쓰모토가 숨겨 이바라기에서 달려온 아들 다카토시(孝利)의 가신이 유해를 옮겨갔다고 쇼에몬이 신고한 것은 그로부터 나흘째, 오사카 함락으로부터 꼽아 20일째인 5월 28일의 일이었다.

가타기리 가문에서 발표한 사망 장소는 야마토의 영지 가쿠안사. 이때 가쓰모토의 나이 60살이었다.

뇌신 난무(雷神亂舞)

오사카성이 함락된 날로부터 한 달.

혼아미 고에쓰가 본 이 세상은 말할 수 없는 타락과 혼란의 세계였다. 어느 곳에도 '정법(正法)'이 없고, 어디에도 흐림 없는 '아름다움'이 없었다.

도요토미 가문의 멸망으로 세상에 다시 평화가 돌아왔다고 교토 사람들은 겉으로 기뻐하고 있었지만, 그 생활 밑바닥에는 올바른 질서도 올바른 미래의 희망도 엿보이지 않았다.

엄격한 잔당사냥 탓도 있었지만 '평화'가 돌아옴과 동시에 세상은 온통 추악한 '밀고'가 가득한 곳으로 바뀌었다. 어디에 어떤 잔당이 숨어 있다……고 하는 것이라면 또 괜찮았다. 이윽고 누구는 어떻게 도요토미 가문 편을 들었느니, 누구는 어떠한 말로 도쿠가와 편을 욕했느니 하는 추하기 이를 데 없는 밀고가 되어 그 때마다 누군가가 잡히거나 끌려갔다.

'이 기회를 틈타 마음에 들지 않는 자는 모두 함정에 빠뜨려 없애버리자.'

처음에는 얼마쯤의 상금을 노린 밀고였으나 차츰 악질적인 중상으로 발전하여 사람들 사이에 험악한 감정 충돌을 불러일으켰다.

"도요토미 우대신님 어용(御用)."

본인도 모르는 사이에 그러한 종이쪽지가 큼지막하게 가게 문에 붙여져 있거나 밤사이 진흙을 잔뜩 던진 다음 이런 글을 써놓기도 했다.

"도요토미 가문의 잔당, 누구누구의 은신처."

실제로 혼아미 거리에 자리한 고에쓰의 상점에도 서투른 글씨로 격지문 옆 기둥에 낙서가 되어 있었다.

"도요토미 가문 어용 도검사(御用刀劍師)"

고에쓰는 생각했다.

'오고쇼도 이 혼란을 예상하시고 철수를 연기하셨을 것이다!'

그리고 보면 오고쇼한테 한 번 작별인사하러 오라고 가쓰시게가 전했을 뿐 그 뒤로 아무 연락도 없었다. 아마도 오사카성 함락 뒤의 뒤처리가 예상 이상으로 지체되고 있기 때문이리라.

'인간들은 어째서 이렇듯 어리석은 것일까?'

여기서 전란이 사라진다면 과연 그다음에는 올바른 자가 행복하게 살 수 있는 세상을 어떻게 만들 것인지 진지하게 생각해 봐야 할 것인데, 다시금 사사로운 원한을 쌓으려 하고 있으니 결국 극락이란 영원히 그림의 떡인 것일까?

고에쓰는 그날 혼아미 거리의 자기 집을 나서 니시진(西陣)에 사는 기념품 그림을 그리는 화공 다와라야를 찾아가기로 했다.

다와라야 소타쓰(俵屋宗達)는 본디 직물기술자였다. 그러나 천성적으로 그림을 좋아하여 직물의 본을 뜨는 사이사이에 이것저것 야마토 그림(중국풍에서 벗어나 일본풍으로 그린 수법의 그림. 헤이안 시대에 시작됨)을 모방했고, 그러는 동안 야마토 그림과도 다르고 그렇다고 가노파(狩野派; 가노 마사노부(狩野正信)를 시조로 하는 화가 집안. 무로마치(室町) 후기부터 에도(江戸)시대에 걸쳐 무가(武家)의 어용화가로 번영함)와도 다른 활달한 화풍의 그림을 그리기 시작했다. 결국 본업인 직물은 가족에게 맡기고 지금은 그의 부채그림이 교토 기념품 가운데 다섯 손가락에 꼽힐 정도가 되었다.

그 소타쓰에게 고에쓰는 자신의 감정서에 가을풀이며 봄에 피는 뱀밥, 고비 등을 그리게 하여 우아로운 밑그림으로 삼고 있었다.

'그는 원만한 사람인데 지금의 혼란을 어떻게 보고 있을까……?'

그런 생각을 하면서 역시 쓸쓸함을 견디지 못해 찾아가는 길이었다…….

소타쓰의 집에서는 베틀 소리가 나지 않았다. 드문 일은 아니었다. 요즈음 그림 그리는 일이 본업처럼 되어버려, 그림을 배우려는 사람들이 많아졌다며 웃고 있었다…….

"계시오?"

격자문을 열었으나 대답이 없다. 고에쓰는 그대로 봉당으로 들어가 다시 한번

안을 향해 소리 질렀다.

"나 고에쓰요, 들어가리다."

화실은 안채의 별채……였고, 가족이 없을 때는 대답 없는 일이 자주 있었다. 왜냐하면 소타쓰는 젊었을 적부터 귀가 멀었는데 일에 열중하면 더욱 안 들리는 모양이었다.

"있구나, 있어."

별채로 다가가 보니 이쪽으로 등을 돌리고 앉아 방안 가득 펴놓은 종이 위에 줄곧 무언가 그리고 있다. 병풍 밑그림인가보다. 이어붙인 큰 종이 위에 조그만 무릎 방석을 깔고 그 위로 몸을 굽힌 채 고개를 갸우뚱하고 있었다.

"허, 어느 영주가 선물할 그림인가?"

이 말도 못 들을 거라고 생각하면서 고에쓰는 짚신을 벗고 소타쓰의 뒤에서 기웃거렸다. 이상한 그림이었다. 그가 잘 그리는 강아지나 화초 그림이 아니고 위쪽의 공간에 작은 북이 그려져 있다. 그것도 하나가 아니라 큰 원으로 두세 개 그릴 작정인 듯한 구도였다.

"음."

소타쓰는 아직 고에쓰가 온 것을 모르고 있다. 혼자 신음을 내며 무언가 생각에 잠겨 있다.

'대체 무엇을 그릴 작정일까?'

이렇게 생각했을 때, 소타쓰는 무릎 밑의 허접쓰레기 속에서 종이를 한 장 찾아내어 작은 북의 원 밑에 놓고 구김살을 폈다.

"아, 뇌신(雷神)이구나!"

고에쓰는 눈이 휘둥그레졌다. 작은 북을 치면서 하늘을 달리는 뇌신을 그리려는 모양이었다. 더구나 그 뇌신의 멍청해 보이는 동안(童顔)은 대체 누구를 닮았을까? 위엄도 없고 무섭다……는 느낌도 없다. 축제기분에 들떠 덩실덩실 춤추며 나타난 소타쓰와 꼭 닮은 뇌신이다.

'우스꽝스러운 사람이군…….'

순간 고에쓰는 섬뜩했다.

'이건 소타쓰가 아니야. 어디선가 본 듯한 얼굴인걸…….'

고에쓰는 자신에게 말했다.

'그래! 니조 저택에 있는 오고쇼가 화내고 싶지 않으면서 눈을 부릅뜨고 화내는 척하는 바로 그 얼굴이다!'

참다못해 고에쓰는 등 뒤에서 소타쓰의 어깨를 탁 쳤다.

"아……."

소타쓰는 뒤돌아보았다. 그리고 당연히 겸연쩍은 듯 웃을 것이라고 예상했는데 그렇지 않았다. 돌아보는 동시에 흠칫한 듯이 얼굴을 굳히더니 소타쓰는 한동안 숨죽이며 고에쓰를 쏘아보았다. 그뿐 아니라 눈언저리가 차츰 붉어지면서 젖어 들었다.

'대체 왜 저러는 거지……?'

고에쓰 쪽이 깜짝 놀라 오히려 할 말을 잃을 지경이었다.

소타쓰는 가만히 일어나 무릎 받침을 움켜쥐더니 펼쳐놓은 종이에서 물러앉았다. 그리고 금방이라도 울 것 같은 표정으로 조용히 종이를 말기 시작했다.

고에쓰는 숨죽이고 잠자코 있었다. 인간의 교제에는 성격이나 근성에서 오는 중압감의 차이가 있는 모양이다. 그런 의미에서 소타쓰는 고에쓰를 감당하기 어려운지 언제나 겸손했다.

"어째서 일을 계속하지 않는 거지?"

고에쓰가 이렇게 말했을 때는 이미 뇌신의 얼굴도 작은 북도 둘둘 말려지고, 소타쓰는 위험한 장난을 하다 들킨 어린아이처럼 얌전하게 무릎을 모아 자세를 바로 하고 있었다. 그 눈은 여전히 조심스레 눈물에 젖어 있었다.

고에쓰는 다다미를 두드렸다.

"왜 대답하지 않는가? 그대와 나 사이에 못 할 말이라도 있나?"

"헤헤……."

소타쓰는 귀가 먼 사람에게 흔히 있는 억양 없는 목소리로 웃었다.

"웃기만 하면 어떡하나? 어째서 이 그림을 나한테 보여주지 못해?"

"헤헤……."

어느새 소타쓰의 큰 눈에서 눈물이 굴러떨어지고 있었다.

'이상한 사람이로군. 뭘 생각하고 있는 것일까?'

그러자 소타쓰는 황급히 일어나더니 물감 선반에서 다른 작은 밑그림을 꺼내 고에쓰 앞에 펼쳤다.

그것은 바로 한 달쯤 전에 고에쓰가 부탁한 향 포장지였다. 위쪽은 대담하게 금박을 칠하고 그 위에 은으로 그가 잘 그리는 고사리순을 너덧 개 날렵하고 세련된 수법으로 그려넣었다.

"은은 곧 검게 변합니다. 그러나 이것이 또렷하게……."

화제를 재빨리 돌려 뇌신에 대한 이야기를 피하려는 생각인 것 같았다. 그렇게 되자 고에쓰는 더욱 물러날 수 없어 연거푸 다다미를 두드렸다.

"향 포장지는 집어치우게! 이건 이만하면 됐어. 시골 영주의 교토 기념품인 향은 값이 비싼 만큼 그대의 그림에 내 글씨, 그것이 금은으로 채색되었으니 만족할 테지. 내가 묻는 것은 지금까지 그리고 있던 작은 북에 대해서야."

"면목 없습니다."

소타쓰는 불쑥 한마디 하고 난처한 듯 무릎 위의 두 손을 싹싹 비볐다.

"무엇이 면목 없다는 건가? 나와 뇌신이 무슨 상관있단 말인가?"

소타쓰는 다시 같은 말을 했다.

"아, 아니……정말 면목 없습니다. 노인이 저를 너무 꾸짖으시니……."

"그럼, 그것이 이……이 고에쓰인가?"

"예, 처음에는 그렇게 생각했지요. 하지만 그리고 있는 동안 마음이 바뀌더군요. 더 시끄러운 뇌신도 있다고……."

"하하하, 이제야 알았다! 그러면 그건 이 고에쓰이기도 하고 또 니조 저택의……?"

"면목 없습니다."

굳은 목소리로 세 번 거듭 말하고 소타쓰는 몸둘 곳을 몰라하며 어깨를 움츠렸다.

"노인이 좋아하시는 오고쇼님입니다."

고에쓰가 배를 움켜잡고 웃기 시작한 것은 그로부터 잠시 지난 뒤였다.

"와하하하……그랬었군. 아니, 재미있어. 그래서 그렇게 당황했나? 그대답군, 소타쓰."

"면목 없습니다. 무슨 원한이나 감정이 있어서 그런 것은 아니니 용서하십시오."

"하하……원한이나 감정은 없지만 못마땅했다……는 건가? 그대에게는 이 고에쓰가 뇌신이었단 말이지?"

"아니, 그게……처음에는 그렇게 생각했었는데 다음에는 저 니조 저택에 계시는……."

소타쓰가 곧이곧대로 말하려 하므로 고에쓰는 손으로 제지했다.

"잠깐, 소타쓰……그 이름은 입 밖에 내지 않는 게 좋아. 오해받으면 안 되니까."

"그, 그렇군요."

"그보다도 그대에게 묻고 싶네. 그대는 니조 저택의 어른을 좋아하지 않나 보군?"

"면목없습니다."

"왜냐고 묻는 것은 어리석은 일일까……? 고래고래 소리만 질러대어 시끄럽다고 그대는 이미 그림으로 대답했지만, 대체 무엇이 시끄럽다는 건가?"

소타쓰는 고에쓰가 화내지 않는 걸 알고 겨우 한시름 놓은 듯 말을 이었다.

"한 가지로 백 가지를 알 수 있지요. 저는 교토 기념품인 그림을 마음껏 그리고 싶었습니다…… 그리고 다이코님한테서 직접 천하제일이라고 인정받는 것을 낙으로 삼고 있었지요. 그런데 니조 저택 어른은 잔소리가 많아요. 이것저것 이유를 붙여서 말입니다. 내 허가는 권위가 없다, 그러므로 그림은 화단을 통해 명인으로 인정받아야 한다고 하시니 정말 까다로운 분입니다."

"과연, 그래서 혹시 진상할 그림을 부탁받는다면 뇌신을 그려드릴 생각이었나?"

"그뿐만이 아닙니다. 노인 앞이니 말이지만, 저 구니마쓰 님을 처형하신 게 옳은 일입니까? 젖먹이의 손을 비튼다는 건 바로 그런 일을 가리키는 말이지요. 오사카의 잔당만 해도 마찬가지, 이미 졌다고 항복한 자를 그렇듯 끈질기게 찾아다닐 것까지 없잖습니까? 죄송합니다만 그런 분은 좋아할 수 없습니다."

소타쓰로서는 보기 드물게 단호하게 이야기한 다음 다시 고에쓰한테 사과했다.

"노인께서 좋아하시는 분을 나쁘게 말하여 죄송합니다만 용서해 주십시오."

"하하……."

"뭐가 우스운지요?"

"아니, 그분에 대해서는 사실 이 고에쓰도 싫어졌어. 나는 그분이 히데요리 님이며 요도 마님까지 죽일 분이라고는 생각지 않았어…… 그런데 그대의 말처럼 구니마쓰 님까지 찾아내 죽여버렸지…… 지금까지의 전국 무장과 어디가 다르단 말인가?"

소타쓰는 깜짝 놀라 고에쓰를 다시 쳐다보았다.

"그, 그게 참말입니까? 설마 나를 놀리려고 하는 말은 아니겠지요?"

"무슨 소리야. 그분이 지금까지의 전국 무장들과 다름없다면 또다시 원한의 보복과 보복으로 머지않아 전란이 판치는 세상으로 돌아가겠지. 나는 이런 세상에서 살아가는 게 싫어져서 그대를 보러 온 거야."

소타쓰는 조심스럽게 고개를 갸웃거렸다. 그의 눈에 비치는 고에쓰는 때때로 자신의 뜻과 반대되는 말을 하여 다른 사람을 떠보는 버릇이 있다. 그 함정에 걸려들면 그다음에는 으레 마구 꾸짖는 '뇌신'이었다.

소타쓰가 다시 말했다.

"참말입니까? 무슨 일이고 깔끔하신 고에쓰 님, 그런 고에쓰 님께서 그분이 싫어지셨다……니 믿어지지 않는군요."

고에쓰는 그 말을 진지하게 받아들이고 고개를 끄덕였다.

"소타쓰."

"역시 거짓말이겠지요. 노인은 그분한테 반해 있어요."

"그렇지 않아. 아니……그 일은 이제 됐어. 그보다도 그대가 이 세상에서 가장 싫은 것은 뭔가?"

"그야……."

소타쓰는 아직도 상대의 눈길을 살피는 눈초리였다.

"이 세상에서 가장 싫은 것은……달팽이, 그리고 역시 천둥번개지요."

"흠, 역시 그런가?"

"그렇다 해서 기분 나쁘게 생각하지는 마십시오. 천둥번개 중에서는 그래도 고에쓰 님이 가장 나으니까요."

고에쓰는 다시 진지하게 고개를 끄덕였다.

"그런가. 그랬었구먼. 내 쪽에서도 그대는 참으로 재능과 인품이 뛰어난 보기 드문 사람으로 생각하며 마음속으로 언제나 존경하고 있었는데, 역시 그랬군……."

"고에쓰 님, 실은 그게 아닙니다. 내가 싫어하는 건 천둥이 아닙니다. 왜 있잖습니까, 봄의 산길에서 만나는 긴 짐승……뱀 말입니다. 그걸 싫어합니다"

그러나 고에쓰의 얼굴에는 아직 웃음이 돌아오지 않았다. 도검감정서에 무늬를 그리게 하고 선물용 부채그림을 일일이 비평하거나 향 포장지와 색종이 따위의 휘호에 이르기까지, 그 그림으로는 글씨가 죽는다는 둥 잔소리해댔으니 싫어할 법……하다고 생각했으나, 그것이 엉뚱하게도 뇌신 그림을 통해 항의해 올 줄은…….

'그래, 역시 나는 잔소리가 많았어…….'

이렇게 생각하니 그 반성은 그대로 니조 저택의 이에야스에게도 통하는 것 같았다. 틈만 나면 이것저것 주제넘은 의견을 늘어놓았다. 때로는 화내도 하는 수 없다, 바른말은 해야겠다고 어린애처럼 설치며 덤벼든 일도 있었다.

'그런데도 정작 중요한 때는 아무 도움이 되지 못했다…….'

히데요리와 요도 마님이 죽어 없어졌을 뿐 아니라 죄 없는 어린 구니마쓰 님까지 저렇게…….

"소타쓰."

"그만 용서해 주십시오, 고에쓰 님."

"나는, 이제부터 니조 저택에 다녀와야겠어."

"니조 저택에……?"

"그래, 그분에게 하고 싶은 말을 모두 쏟아놓고 분을 풀어야겠어."

"그건 성급하신! 만약 그러시다가?"

"벤다면 그뿐이지. 그러나 베이지 않는다면 그것을 경계로 벼락이 일체 떨어지지 않게 될 거야. 아냐, 이런 세상에는 내 쪽에서 작별을 고하여 사람 낯짝을 보지 않아도 되는 단바 산중에라도 숨겠어."

소타쓰는 진지한 표정이 되어 한무릎 다가앉았다.

"그건 잘못 생각하신 겁니다! 뇌신인 편이 훨씬 좋지요, 단바의 산중 같은 데서 도깨비가 되는 것보다는. 그건 단념하시고……."

혼아미 고에쓰쯤 되는 옹고집도 다와라야 소타쓰를 대하면 어린아이로 돌아간다. 아니, 아이로 돌아간다기보다 상대의 천진난만한 용석에 대꾸하나 보면 이쪽도 그만 점잖은 체하는 상식의 옷이 벗겨지고 마는 것이다.

소타쓰가 곧이듣고 도깨비보다 뇌신이 좋다고 우기자 고에쓰도 고집부리며 고개를 저었다.

"아니야, 도깨비가 좋아! 이젠 누가 말려도 소용없어. 고에쓰는 단단히 결심했어!"

"거참, 또 그러시는군요. 뇌신이라도 노인은 좋은 뇌신이시라니까요."

"결심을 굽힐 수는 없어. 일단 각오한 이상 쉽게 마음을 바꾼다면 뇌신이라는 말을 들은 내 체면이 깎이잖아."

"그럼, 무슨 일이 있더라도?"

"그래, 이제부터 니조 저택으로 가서 그분에게 이 뱃속에 쌓이고 쌓인 것을 털어놓고 곧장 단바 산으로 들어갈 작정이야."

"그……그런 짓을 한다면, 모……모……목숨이 위험한."

"그까짓 목숨!"

말하는 동안 고에쓰는 눈물이 쏟아졌다.

"목숨이 다 뭐야! 이 세상은 니치렌 대사의 가르침을 배반하고 부정부패에 눈을 감으며 무조건 옳습니다하고 살아갈 세상이 아니야. 그래서는 목숨을 훔치는 도둑이나 다름없지."

고함치면서 정말 그런 듯한 느낌이 들어 견딜 수 없었다.

"그렇지, 목숨을 도둑질하는 거야! 나뿐 아니라 그대도 마찬가지야. 아니……더 끔찍한 도둑은 70살이나 되어 아녀자의 목숨까지 빼앗는 니조 저택의 저 늙은 도깨비지. 그렇고말고. 자기 목숨을 훔치는 것도 부족해 남의 목숨까지 도둑질하다니 이제는 말리지 말게. 소타쓰, 나는 그 늙은 도깨비에게 창자라도 끄집어내어 갈겨주고 죽을 테다……."

그것은 어딘가 광적인, 이상야릇한 본연의 흥분이었다. 어쩌면 자기 평생의 노력이 아무 열매도 맺지 못한 데 대한 분노가 걷잡을 수 없이 폭발한 것인지도 모른다.

"큰일 났군!"

소타쓰는 얼굴빛이 달라져 고에쓰에게 달려들었다. 홧김에 고에쓰가 그대로 뛰쳐나갈 것 같았기 때문이다.

"여봐라, 게 누구 없느냐. 혼아미 거리의 노인이……."

"놔라, 소타쓰!"

"아니, 안 됩니다. 천둥번개라고 한 것은 내가 나빴습니다. 사실 노인은 천둥번개도 도깨비노 아닙니다. 소타쓰가 가장 좋아하고……진심으로 사모하는……"

"그만둬 소타쓰, 내가 그런 사탕발림에 넘어갈 거라고 생각하나?"

"고정하십시오! 여봐라, 누구……"

고에쓰는 그때 이미 자기가 무슨 짓을 하려는지 똑똑히 깨닫고 있었다.

'우스갯소리가 진짜가 되었구나!'

그래도 좋다고 고에쓰는 생각했다. 여기서 이런 기세로 이에야스에게 마지막 충고를 한 다음 속세를 떠나자, 호조 씨에게 쓰디쓴 충고를 한 다음 미노부(身延)로 숨어버린 니치렌 선사처럼……그 결심을 뜻밖에도 소타쓰가 하게 해주었다. 소타쓰는 좋은 친구였다……고 생각하면서 그의 손을 거칠게 뿌리치고 짚신을 꿰었다.

"자, 잠깐만!"

소타쓰의 목소리를 뒤로 들으며 고에쓰는 봉당을 나왔다.

바깥은 지나치게 밝은 한여름 무더위라 만일 한 번 후회에 사로잡힌다면 흥분은 그대로 한낱 백일몽으로 사라져버릴 것 같았다.

'그렇다, 나는 화내야만 한다. 일생에 한 번, 진짜 노여움을 폭발시켜야 할 때이다!'

그러나 그건 거리의 가마를 찾아낼 때까지였고, 가마에 오르고 보니 차츰 기세가 수그러들기 시작했다.

'이런 옷차림으로 찾아가서는 안 되겠지. 어쨌든 상대는 일본 으뜸가는 권력자인데……'

역시 의복을 갈아입고 예의에 벗어나지 않도록 단정한 태도로 충고해야 한다.

"우리 집으로 먼저 가세. 그렇지, 그리고 내가 옷을 갈아입을 때까지 기다렸다가 교토 행정장관 저택으로 가주게."

일생일대의 간언을 하려는 자가 횡설수설한다면 자기 자신에 대해서도 충실하지 못한 것이 된다. 이렇게 생각했을 때 고에쓰는 이미 소타쓰와 마주 앉았을 때의 그와는 달라져 있었다.

그는 먼저 자기 집에 들러 얼마 전에 구워낸 '감색 찻잔'을 한 개 상자에 넣어 선물로 가져가기로 했다. 조지로에게 지도받아 그의 옹기가마에서 구워낸 감빛

찻잔이었다. 그 빛깔이며 모양에는 자신 있다. 중간이 잘록한 특징을 가진 조지로의 그것과 달리, 그의 찻잔은 전체적으로 둥그스름하고 깊게 만들어졌다.

손바닥 안에 우주를 감싼다…… 그러한 꿈을 따뜻한 감빛으로 구워냈다고 자부하는 자신의 작품이었다.

그것을 들고 집을 나서 그대로 행정장관 저택에 가마를 들이대었다. 이타쿠라 가쓰시게가 집에 없으면 직접 니조성을 찾아가 가쓰시게의 아들 시게마사한테 전갈을 부탁할 작정이었다.

가쓰시게는 마침 집에 있었다.

"실은 가쓰시게 님 말씀을 기다리지 않고 참으로 실례인 줄 압니다만 내 쪽에서 오고쇼님을 찾아뵙고 작별인사를 드리러왔습니다. 오랜 교분에 염치없는 청입니다만 꼭 전해주시기 바랍니다."

그리고 가져온 찻잔을 내밀었다.

"작별……이라시면 먼 길이라도 떠나십니까?"

"그렇습니다. 이제 이 교토에서 사는 게 싫어졌습니다."

"그럼, 가시는 곳은?"

고에쓰는 세차게 고개를 저었다.

"알게 뭡니까! 세상을 버리겠습니다. 이처럼 더러워진 세상에 미련이 없다……기보다 더 이상 견딜 수 없는 심정입니다. 그러므로 이것이 오고쇼님과도, 귀하와도 영원한 작별이 될 것입니다."

"흠, 그러시오?"

가쓰시게는 눈앞의 찻잔 상자와 노인을 잠시 말없이 번갈아 쳐다본 다음 고개를 끄덕였다.

"좋소. 오고쇼님이 무척 바쁘신 때라서 뭐라고 하실지 모르지만 전갈은 해 드리지요."

그리고 곧 옆의 니조 저택으로 들어갔다.

가쓰시게는 좀처럼 돌아오지 않았다. 그즈음 이에야스는 고에쓰 이상의 흥분 상태에서 그 역시 인생 최후의 기묘한 투쟁을 시작하여 거의 날마다 면회를 기다리는 영주, 공경, 승려, 학자, 신관 등 온갖 종류의 사람들이 대기실을 가득 채우고 있을 때였다.

딱하다는 듯 시동이 늦은 점심상을 날라다 준 무렵에는 뱃심 두둑한 ㄱ에쓰도 빈틈 단념했나.

'아무래도 오늘은 뵙지 못할 것 같군.'

그런데 상을 물리고 난 얼마 뒤 가쓰시게가 땀을 닦으며 돌아왔다.

"다른 사람도 아닌 고에쓰 님이니 역시 만나주시겠답니다."

우선 이렇게 말한 다음 작은 소리로 덧붙였다.

"너무 격한 말은 삼가십시오."

고에쓰는 별안간 가슴의 고동이 빨라지기 시작했다. 너무 격하기는커녕 김이 빠져버려 완전히 투지가 꺾여 있었다.

'그러나 이제 두 번 다시 뵙지 못한다.'

자신에게 타이르며 가쓰시게와 함께 니조 저택으로 향했다.

그리고 다시 두 시간 가까이 기다린 다음 이에야스의 거실로 안내되었을 때는 벌써 해가 기울고 뜰에서는 줄곧 쓰르라미가 울어대고 있었다.

이에야스가 말했다.

"기다리게 했군. 가까이 오게. 나도 그대를 만나고 싶었어."

바로 그때였다. 뜰 가득히 햇살이 비치고 있는데 쏴 하고 급류 같은 소리를 내며 비가 쏟아지기 시작했다.

이에야스는 놀란 듯 반짝이는 빗발을 쳐다보며 혀를 찼다.

"여우비로군! 요즈음은 모든 것이 미쳐 돌아가고 있어. 이런 때는 조심하지 않으면 건강을 해치는 법이지. 어떤가, 그대도 별일 없었나?"

고에쓰는 당황해 고개를 저었다. 뭐라고 퍼부어줄까 마음을 다잡고 왔는데 상대의 말이 너무 부드럽다.

'그 수에 넘어가지 않겠다.'

"감사합니다. 몸은 보시다시피…… 그런데 고에쓰, 오늘은 작별인사를 드리러 왔습니다."

"오, 그것은 가쓰시게한테서 들었어. 그대는 세상이 싫어졌다면서?"

"예, 어느 쪽을 둘러봐도 어리석기 짝이 없는 추악한 일뿐, 새삼 교토에서 사는 게 싫어졌습니다."

"그래, 어디로 몸을 감추려는가?"

"예, 이 눈으로 어리석은 인간들을 보지 않아도 되는 곳으로 은퇴하고 싶습니다."

"은퇴라……! 그대가 부럽군."

"예?"

"그대는 화나면 은퇴할 수 있지. 그러나 나는 아무리 화나는 일을 당해도 은퇴할 수 없어. 은퇴한 몸이면서도 이런 꼴이지."

이에야스는 옆에 대기해 있는 시게마사에게 말했다.

"노인에게 다과를 대접해라."

그리고 팔걸이로 몸을 내밀었다.

"참고로 들어두고 싶군. 그대가 가장 화난 일은 무엇이었나? 여러 가지 있겠지만 하나씩 말해 보게."

이에야스의 말은 고에쓰로서 기다리고 있던 기회였다.

"그, 그걸 말씀드려도……?"

"오, 좋고말고."

이에야스는 그것이 자기한테 쏟아질 비난의 화살인 줄 모르고 부드러운 표정으로 고개를 끄덕였다.

"나는 아마 7월 한 달 동안 있다가 슨푸로 돌아가게 될 거야. 돌아가면 이제 다시 교토에 나오지 못하겠지. 이를테면 이것이 이승에서의 작별…… 그대의 숨김없는 말을 들어두고 싶네."

"그럼, 말씀드리겠습니다!"

고에쓰는 기죽지 않으려고 가슴을 폈다.

"저는 오고쇼님이 계시……므로 오사카성에서 물러나면 도요토미 가문은 무사히 남게 된다……고 믿어 의심치 않았습니다."

"음……나를 믿었단 말인가?"

"예, 그런데 결국 이런 꼴이……대체 우대신님이며 그 어머니를 자결시키고 도요토미 가문의 뒤를 끊게 해서 천하를 위해 얼마나 이익된다는 겁니까? 우대신님과 그 어머니는 이번 소동에 단지 허수아비처럼 장식된 분들, 진짜 적도 아니고 소동의 중심도 아니었습니다. 그걸 매정하게 잘라버리고 겉만 수습해 보았자 무슨 소용 있겠습니까? 오고쇼님이 평생 쌓아 올린 이상에 먹칠하고, 다음 소동의 뿌리를 한층 더 뿌리내리게 한 데 지나지 않습니다…… 그래서 다음 수동이 싹이 트기 전에 어딘가 사람이 없는 곳으로 숨겠다……고 마음을 굳혔지요."

되도록 이에야스의 얼굴을 보지 않으려 애쓰면서 단숨에 거기까지 말해버렸다.

'추호라도 말을 꾸밀소냐. 이것이 니치렌 성인과 함께 사는 혼아미 고에쓰의 진면목이다.'

"그런가. 잘 말했어……."

이에야스는 고에쓰가 예상했던 만큼 화내지 않았다. 다행히 혼다 마사즈미는 그 자리에 없었지만 가쓰시게와 시게마사 부자, 그리고 나가이 나오카쓰가 깜짝 놀라 서로 얼굴을 마주 보고 있었다.

그때 아차 부인이 시녀한테 다과를 들려 들어와 대화가 잠시 중단되었다. 아차 부인은, 슨푸에서 이에야스를 측근에서 모셨던 다다테루의 생모 자아 부인과 다른 사람이다. 고슈의 무사 이다 규자에몬의 딸로, 이마가와 가문의 가미오 마고베에의 아내. 그 뒤 이에야스의 측실을 거쳐 지금은 신변에서 시녀감독 일을 맡고 있는 꿋꿋하기로 소문난 여성이었다.

다과를 고에쓰 앞에 놓고 물러가려는 부인에게 이에야스가 말했다.

"아차도 노인의 말을 듣도록 하지. 혼아미 노인도 우대신과 요도 마님이 죽자 이 세상이 싫어졌다고 하는군."

"예, 그러면 저도 앉아서 듣겠습니다."

부인은 시녀들만 물러가게 하고 한구석에 공손하게 앉았다.

"고에쓰, 그대가 뜬세상이 싫어진 첫째 이유는 알았다. 그럼, 둘째 이유는?"

"예, 아무 죄도 없는 구니마쓰 님의 처형, 그 같은 어린 생명이 태평을 위해 무슨 희생물이 될 수 있을까요? 이것은 바로……."

이에야스는 그 뒷말을 듣기 괴로워 격한 목소리로 가로막았다.

"셋째는?"

"셋째는……우대신님 마님에 대한 일입니다."

그때는 이미 고에쓰의 얼굴이 붉처럼 달아오르기 시작했다. 어느넛 비가 그치고 석양이 붉게 뜰에 드리워졌는데, 그 붉은 빛에 예사롭지 않은 뭉게구름이 겹쳐 있었다.

"우대신 부인이 어쨌다는 건가?"

이에야스는 차츰 새파랗게 질리면서도 아직 이 곧이곧대로 쏘아대는 상대의 말을 듣고 싶은 마음인 것 같았다.

"예……들은 바에 의하면, 센히메 님이 성을 떠나시는 데 대해 쇼군이 격노하시어 이분에게도 또한 자결을 강요하실 결심이랍니다…… 대체 저항할 힘이 없는 이 같은 여성과 어린아이……들까지 차례차례 희생시키지 않으면 유지할 수 없는 평화에 무슨 의미가 있겠습니까?"

"노인."

"예."

"또 있나……센히메에 대한 일 말고도 못마땅한 일이?"

고에쓰는 분연히 대답했다.

"있습니다! 이러한 일을 허락하시는 오고쇼님도 오고쇼님이지만, 그걸 만류하지 않는 고다이인 님도 고다이인 님……고다이인 님은 구니마쓰 님이 처형된 뒤로 저희들이 찾아가도 일체 면회를 허락하시지 않고, 측근의 여승 말로는 방안에 들어박혀 염불만 하신답니다…… 공허한 염불만으로 세상이 깨끗해지고 올바른 평화가 찾아온다면 누구도 고생할 필요가 없지요. 무슨 까닭으로 직접 오고쇼님을 찾아가 구명을 호소하시지 않았는지…… 어쩌면 요도 마님에 대한 질투로, 꼴좋다고 하며 도요토미 가문의 불행을 기뻐하고 계셨는지도 모르겠군요. 아무튼 이것저것 모두 추악하고 추악하여……."

참다못해 가쓰시게가 고에쓰를 나무랐다.

"고에쓰 님!"

그러나 고에쓰는 입을 다물지 않았다.

"이 세상의 모습을 진정으로 바로잡으려면 성인의 학문이 있어야만 한다……고 말씀하셨던 오고쇼님…… 그런데 어떻게 되었습니까? 이번 소동은 처음부터 끝까지 성인의 도는커녕 지리멸렬한 무도(無道)뿐……."

"이제 되었네."

"아직 남았습니다. 한마디만 더……그런 다음 화나시면 베십시오. 애당초 쇼군의 효성이 큰 잘못이었습니다. 오고쇼의 억지를 묵묵히 수용하는 효심은 아랫것들이나 할 짓, 만일 이 늙은이가 쇼군이라면 어떻게든 간언하여 우대신님과 그 어머니를 죽게 하지 않았을 겁니다."

기쓰시게의 노기 품은 목소리가 고에쓰의 목소리를 눌렀다.

"고에쓰 님! 너무 무례하잖소!"

그 일갈에 무언가 말하려던 이에야스가 멍한 표정으로 입을 다물었다. 고에쓰는 역시 사정을 반대로 받아들이고 있는 것 같았다. 그렇다면 실은 그와 이에야스의 의견은 똑같다……는 뜻이기도 했다.

"오고쇼님이 피곤하신 것 같소. 드리고 싶은 말씀을 모두 드렸소? 마음껏 말이오. 더 이상 남은 말이 없다면 이쯤하고 물러가시는 게 어떻겠소?"

부드러워진 가쓰시게의 말투에 고에쓰도 정신이 번쩍 든 모양이었다.

"예……말씀드렸습니다. 그걸 참으시며……."

고에쓰는 아직도 미진한 듯 모두들의 얼굴빛을 살피면서 머리 숙였다. 가슴에 뭉친 것이 확 풀린다……는 말은 이 경우의 고에쓰에게는 있을 수 없는 일이었다.

'이렇듯 독설을 퍼부어댔는데 왜 이에야스는 화내지 않을까?'

그것이 오히려 마음에 걸려올 때 이상으로 석연치 못한 감정이 뒷맛을 씁쓸하게 했다. 그러나 이제 됐을 거라는 가쓰시게의 말을 듣고는 물러갈 수밖에 도리 없었다.

"용서해 주십시오."

다시 한번 누구에게인지 모르게 말하고 자리에서 일어서자, 아들 시게마사가 고개를 끄덕이며 고에쓰를 데리고 나갔다.

이에야스는 아직도 뜰에 시선을 돌린 채 멍하니 무언가 생각에 잠겨 있었다. 이에야스가 격분하지 않은 것은 말할 나위도 없이 고에쓰가 자기와 똑같은 불만을 털어놓고 갔기 때문이었다.

별안간 주위가 어두워졌다. 석양이 피어오르는 뭉게구름 속에 숨었을 뿐 아니라 아무래도 한 줄기 뿌릴 모양인지 구름의 움직임이 부산했다. 멀리서 천둥이 우르릉 치기 시작했다.

가쓰시게가 손을 비비면서 말을 걸었다.

"오고쇼님, 고에쓰는 언제나 아름다운 것만 쫓는 사람…… 이 세상에서는 살기 힘든, 맑은 물속의 물고기 같은 사람입니다."

이에야스는 흘끗 가쓰시게를 쳐다보았으나 긍정도 부정도 하지 않았다. 곧 시선을 다시 뜰로 옮기고 무언가에 조용히 귀 기울였다.

"용서해 주십시오. 말하고 싶은 대로 지껄이는 것이 고에쓰의 재산…… 아니, 그 사람의 애정입니다."

"알고 있어."

이에야스는 고개를 조금 끄덕인 뒤 말석에 공손히 앉아 있는 부인을 불렀다.

"아차."

"예, 무얼 좀 가져올까요?"

"아니야. 아무 생각 없어. 그보다도 그대가 후시미성에 심부름을 다녀오지 않겠나?"

"쇼군님한테요……?"

"그래, 직접 쇼군을 뵙고 이렇게 말해라. 우대신 부인을 빨리 에도로 돌려보내라고…… 알겠는가? 내가 그렇게 말했으니 결코 어겨선 안 된다고."

"저, 센히메 님을 에도로……어머나!"

"그대도 그게 좋다고 생각하나?"

"……네!"

"그럴 테지. 고에쓰도 그렇게 말했어. 아녀자의 목숨을 뺏지 않으면 유지할 수 없는 평화란 아무 쓸모 없는 일이지. 호위는 안도 노부마사(安藤信正)가 좋겠다. 그리고 아차, 그대가 따라가거라. 행렬은 우대신 부인으로서 부끄럽지 않은 대접을 하도록…… 알겠느냐, 책임자는 그대야."

"알겠습니다."

"그리고 우대신의 딸이 하나 있을 터. 부인의 양녀이니 함께 가게 해라, 알겠지? 두 사람을 에도로 보내는 것은 말하자면 도요토미 가문의 공양을 위해서다. 이 문제에 대한 이의는 오고쇼인 내가 용서치 않는다. 그 취지를 틀림없이 말씀드려라."

그리고 이에야스는 목소리를 낮추었다.

"센히메를 보낸 다음, 쇼군도 고다이사로 누군가를 보내시도록 말씀드려라. 고다이인이 염불에 열중하여 방에만 틀어박혀 계시다는구나."

깨닫고 보니 주위는 완전히 어두워졌고 천둥소리가 서쪽에서 점점 교토를 향해 다가오고 있었다.

우르르 쾅 하는 서쪽 하늘의 천둥을 시작으로 처마를 때리는 빗소리가 들리는 것 같더니 어느덧 줄기찬 호우로 바뀌었다. 뜰에서 마루 끝으로 하늘을 찢는 듯한 번개가 지나갔다.

이에야스는 눈썹을 치켜뜨며 일어서려는 아차 부인을 만류했다.

"오……! 갠 다음에 가도록, 곧 갤 테니."

"……네."

"그리고 가쓰시게."

가쓰시게는 귀에 손을 대고 한무릎 다가앉았다.

"뭐라고 하셨습니까?"

"혼아미 노인 말이야."

"고에쓰에 대한 일이라면 아무쪼록 용서를."

"화내는 게 아니야. 이에야스는 부러워, 그 노인이……."

"예……."

"그는 이 세상이 싫어졌다고 했지?"

"예, 버릇없는 말을 함부로."

"이 세상이 싫다……고 했지만 살아 있는 동안은 어딘가에서 살아가지 않으면 안 되겠지."

"참으로 무례한 노인이니…… 아무쪼록 귀담아두지 마시기를."

"그렇지 않아, 나는 그가 좋아. 아무리 고약하게 욕해도 말이야."

"황송할 따름입니다."

"왜, 교토 북쪽에 널따란 빈터가 있지? 우리가 후시미성 공사 때 군사를 데리고 진을 쳤던 다카가미네 언저리 말이야."

"아, 그 언저리에는 요즈음 도적이 나와 지나다니는 사람도 거의 없습니다만……?"

"그러니까 좋아. 도적이 출몰하는 곳이니 사람들도 그리 가까이하지 않겠지…… 사람이 싫어진 고에쓰가 살기에 더없는 곳이야. 그 다카가미네 언저리를 고에쓰에게 주어라."

"고에쓰에게 그 언저리를?"

"그래, 널찍하게 줘. 그리고 자기가 좋아하지 않는 자는 내버려 두고 좋아하는 자들만 데리고 가서 살라고 해."

"예……?"

"모르겠나? 이것이 그에게 내리는 이에야스의 벌이야. 세상이 싫으면 그런 황무지에서 살라고 말이지. 거기서 자기 마음에 드는 찻잔이니 시니 칠기니 하는 아름다운 것들만 만들면서 제멋대로 사는 게 좋겠지."

내던지듯 말하더니 이에야스는 다시 빗줄기로 시선을 옮겼다. 천둥은 좀처럼 멎을 것 같지 않았다. 뜰의 자갈에 발을 드리운 것 같은 굵은 빗발이었다.

"음, 과연……"

가쓰시게는 그제야 이에야스의 마음을 알고 저도 모르게 표정을 무너뜨렸다.

'멋대로 지껄이고도 상을 받다니 노인이 제법인데……'

교토 북쪽의 다카가미네 언저리는 산 좋고 물 좋고 꽃과 새까지 어우러진 곳…… 참으로 나무랄 데 없는 훌륭한 은둔처가 되겠지…… 게다가 마음에 드는 자들을 거느리고 아름다운 것만 만들며 마음대로 살라니 얼마나 얄미운 배려인가.

'승부가 났어…… 역시 오고쇼가 이겼군……'

생각하자 가쓰시게는 자기 일처럼 기쁨이 솟구쳤다.

요즈음 이에야스가 침울한 까닭은 가쓰시게가 누구보다 잘 알고 있었다. 5월 첫 무렵의 싸움 시작 이래 무엇 하나 이에야스의 마음 먹은 대로 된 일이 하나도 없었다.

"이것은 이제 완전히 새로운 세상이 되었다고 방심하고 있던 나에 대한 천벌."

이에야스는 그렇게 말했지만, 마음먹은 것과 너무나 다른 결과가 되었으므로 가쓰시게도 놀란 나머지 어떤 점쟁이한테 점을 쳐본 일까지 있었다.

"올해의 운수가 나쁘시므로 아무쪼록 건강을 조심해야 할 것입니다."

그 말을 들었을 때 등골이 오싹했던 일을 기억하고 있다.

여느 사람이었으면 벌써 노여움이 폭발하여 끝내 병석에 누워버렸을 것이다. 그런데 이에야스는 이상하리만큼 끈질긴 인내심으로 참아왔다. 모든 것을 자신의 방심 탓으로 돌리고, 서둘러 슨푸로 돌아가는 대신 교토에 남아 히데타다에 대한 칭찬과 비난을 자기 한 몸에 도맡으려 했다. 그렇기 때문에 고에쓰 같은 달통한 인물마저 모든 게 이에야스의 책략에서 나온 일로 믿고 원망하고 있는 것이다.

오늘도 가쓰시게는 고에쓰의 공격에 이에야스가 어느 정도 변명할 것으로 생각했다. 그렇게 되면 조금은 마음이 가벼워지겠지⋯⋯생각하고 일부러 고에쓰를 만나도록 한 것인데 이에야스는 여기서도 변명하지 않았다. 그뿐 아니라 그만큼 무례한 공격을 당하면서도 고에쓰한테 무슨 선물, 무슨 유물을 줄까 하고 천둥치는 속에서 조용히 생각하고 있었던 것이다.

고에쓰도 물론 예사로운 사람이 아니다. 언젠가 이에야스의 고심과 호의를 알고 눈물을 흘릴 것이다. 아무튼 교토 북쪽의 다카가미네 언저리를 고에쓰에게 주어 그곳에서 마음 내키는 대로 마을을 이루어 살라는 건 얼마나 멋있는 배려인가?

고에쓰는 지금도 스스로 옹기가마를 걸어놓고 질그릇을 구우면서, 한편으로는 제지에서 필묵(筆墨) 제조에까지 손을 뻗어 저마다 기술자를 모아 후세에 남을 미술품 제작에 손대기 시작했다. 그것을 잘 아는 이에야스는 은퇴하는 대신 속세와 다른 세상을 만들어보라고 암암리에 가르쳐준 게 아닌가? 이리하여 끝까지 살아내야 한다고 생각하는 이에야스의 인생이, 화내며 바른말 하고 세상을 버리려는 고에쓰의 인생보다 훨씬 더 깊은 것은 말할 필요도 없으리라.

'아무래도 모든 일이 유언의 경지에 이르신 것 같다.'

그러므로 고에쓰의 그 폭언 속에서도 취할 것은 취하고 있었다.

이에야스가 말했다.

"오, 비가 멎었군. 천둥이 에이산 언저리를 지나가면 탈것을 준비하라고 지시해 길을 나서도록 해."

옆에 있는 오차 부인을 돌아본 뒤 곁에 있는 나가이 나오카쓰에게 물었다.

"쇼군께서는 이미 헌상금 준비를 하셨겠지?"

이때의 헌상금은 1만 냥. 쇼군 히데타다는 이것을 황실에 바치고, 무가제법도 (武家諸法度) 13개조와 더불어 궁정과 공경 가문의 법을 제정하기로 예정되어 있었다.

'벌써 또 다른 일을⋯⋯!'

철두철미한 이에야스의 삶을 가쓰시게는 새삼 우러러보지 않을 수 없었다.

천명(天命)과 운명

일단 교토에 머무르며 직접 전후처리를 하겠다고 각오한 뒤부터 이에야스는 가쓰시게의 눈에 신으로도, 집념의 화신으로도 보였다.

"아직 노력이 모자라."

가쓰시게의 얼굴을 보면 그런 말을 했고, 무언가 결단내려야 될 때는 오히려 다섯 명산의 원로들이며 고야산 승려들을 불러 불경 강의를 듣기도 했다. 그리고 일단 결단 내린 일은 주저 없이 히데타다에게 지시 내려 실행하게 했다.

오사카성의 금은이 후시미로 옮겨진 것은 5월 2일. 그 수량은 황금 2만 8060냥, 은 2만4000냥이었다. 그 보고를 받았을 때 이에야스는 감회어린 말투로 가쓰시게에게 말했다.

"이 금이 좀 더 빨리 없어졌더라면 도요토미 가문은 망하지 않아도 되었을 텐데……."

그런 중얼거림이 측근에서 외부로 누설되고 잘못 전해져서 이에야스가 전부터 요도 마님과 히데요리에게 낭비를 강요한 것처럼 소문났으나 그의 감회는 전혀 다른 데 있었다.

"인간의 머리 위에는 언제나 운명과 숙명과 천명의 세 가지가 작용하고 있지. 자식을 위해 다이코가 남긴 막대한 유산이 실은 자식을 멸망시키는 숙명의 굴레가 되었어."

이 말을 들었을 때, 가쓰시게는 그 뜻을 잘 몰랐다.

"운명과 숙명과 천명이란 어떻게 다릅니까?"

"나이를 그만큼 먹고도 모르겠는가?"

"예, 부디 그 차이를 가르쳐주십시오."

"잘 듣게. 여기에 작은 찻잔 하나를 올려놓은 둥근 쟁반이 있다고 생각하게."

"작은 찻잔 하나를 얹어놓은 둥근 쟁반이?"

"그렇지, 그 찻잔이 사람이야. 알겠나? 그 찻잔은 쟁반 안에서 오른쪽으로 왼쪽으로 가려고 하면서 쟁반 가장자리에 부딪힐 때까지는 자유롭게 움직이지. 이렇게 사람이 자유롭게 움직일 때까지가 운명이야. 그러니 운명이란 그 사람의 의지로 개척할 수도, 쌓아 올릴 수도 있는 거지."

"과연……그렇겠군요."

"그리고 이 쟁반의 가장자리……즉 가로막혀 움직일 수 없게 되는 곳, 그 이상은 가지 못한다고 막아선 이 쟁반의 가장자리…… 그것이 숙명이지."

"그럼, 오사카성의 황금이……?"

"그게 히데요리의 생각과 지혜를 가로막는 숙명이 되었다. 그러나 그 숙명 위에 또 하나 천명이 있어."

"예……."

"천명이란 쟁반과 그 위의 찻잔, 그리고 또 그 쟁반의 가장자리……등 모든 것을 만들어내고 있는 천지의 명이야. 인간은 인간의 힘으로는 어떻게도 바꿀 수 없는 천명이 있다는 걸 깨달았을 때 비로소 자기를 활용할 수 있어. 내 천명은 무엇인가, 천명은 또한 자신에게 부여된 사명이기도 하니까. 그것을 깨닫지 못하는 동안은 아무리 움직여도 헛일이 된다. 숙명의 테두리 안에서의 발버둥 외에 아무 것도 아니지."

이 말을 들었을 때 가쓰시게는 비로소 이에야스의 각오를 알 것 같았다. 이에야스는 천명을 깨달은 것이다. 저항할 수 없는 천명을 새삼 깨닫고 사람으로서 할 수 있는 일을 다 하는 마지막 기력을 불러일으킨 것이리라.

이에야스는 6월 15일에 다시 입궐했다. 오사카성의 불탄 자리를 다 정리하고 그곳에 새로이 막부 직할의 성을 쌓아 기나이 지방 일대의 번영을 도모하기 위해 언저리의 도로를 크게 개수하는 공사를 시작하게 되었음을 보고하고, 선물로 은 1000냥과 솜 200뭉치를 헌상했다.

이 무렵에는 궁정과 공경 가문의 법 제정에 대해 그 초안을 스덴과 덴카이 등에게 열심히 검토시키고 있었다. 그것은 고미즈노오(後水尾) 천황과 상황(後陽成) 사이에 불화가 있어, 그 때문에 공경들도 우왕좌왕하며 궁중이 터무니없는 음모의 소굴이 될 우려가 있었기 때문이었다.

물론 궁정의 법뿐만이 아니었다. 13개조에 이르는 '무가제법도'도 아울러 발표할 준비를 서두르게 했고, 일본 전국에 일국일성(一國一城)제도를 마련해 거성 이외의 성채는 모조리 헐도록 함으로써 무력에 의한 반란이 일어날 수 없도록 근본대책을 세우는 안도 신중히 연구되고 있었다.

이 일국일성제도가 포고된 것이 윤6월 13일.

그것을 보고하기 위해 쇼군 히데타다를 입궐시킨 것이 그로부터 이레가 지난 21일이었다. 이때 히데타다는 황금 1만 냥을 헌상하면서 평화로운 일본의 성립을 계기로 연호를 바꿀 것을 주청했다.

이에야스가 입궐했을 때 한 헌상은 은 1000냥. 쇼군의 헌상은 황금 1만 냥……이 9000냥의 차이에 은퇴한 이에야스의 '마음가짐'의 한도가 있다고 가쓰시게는 보고 있었다.

그사이에도 물론 불탄 뒤의 축성이며 도로보수와 함께 잔당사냥은 계속되었고, 그 일은 주로 히데타다가 지휘했다.

이리하여 쇼군 히데타다가 여러 영주들을 후시미성에 소집하여 무가제법도의 시행을 선포한 것이 7월 17일.

게이초 연호를 '겐나(元和)'로 바꾼 것이 7월 13일.

궁정과 공경 가문의 법률이 제정된 것은 7월 17일. 이 법을 제정한 다음다음 날인 19일에 쇼군 히데타다는 후시미성을 출발하여 에도로 향했다.

처음에는 이에야스가 먼저 슨푸로 돌아갈 예정이었지만, 일이 거꾸로 되어 히데타다가 후시미에서 출발하자 이에야스는 나카노인 미치무라(中院通村)한테 '겐지 이야기(源氏物語 ; 헤이안(平安) 시대 궁중 생활을 그린 장편소설)' 강의를 듣겠다고 말을 꺼내 가쓰시게를 어리둥절하게 했다.

'새삼스럽게 뭐하러……?'

그렇게 생각했지만, 굳이 청하므로 하는 수 없이 미치무라에게 그것을 알렸다. 미치무라도 고개를 갸우뚱했다. 격무에 시달린 74살 노인이, 남자주인공의 엽색

행각을 듣고 대체 무엇을 얻으려는 것일까?

그러나 이에야스는 니조 저택에서 그 강의를 들으면서 또 한 가지, 불교 모든 본산의 법도를 정하는 몹시 어려운 일까지 해치웠다. 어쩌면 미치무라의 사랑이야기 강의보다 궁정 내부의 사정을 알려는 것이 목적이었는지도 모른다.

궁궐에서는 7월 28일에 이르러 간파쿠를 경질했다. 다카쓰카 노부히사(鷹司信尙)가 물러가고 전 간파쿠 니조 아키자네(二條昭實)가 다시 등용된 것이다.

둘이서만 의논할 일이 있다고 가쓰시게를 부르러 행정장관 저택으로 아들 시게마사를 보낸 것은 그 28일 밤이었다.

그날 밤 이에야스는 혈색이 좋아 보였다. 방금 목욕한 모양인지 새하얀 속옷을 걸친 거구에서 훈훈한 체온이 느껴졌다.

벌써 가을바람이 일어 뜰에서는 싸리꽃이 떨어지고 있었다.

거실의 등불은 여전히 하나뿐이었으나 가쓰시게가 들어오자 말했다.

"좀 어둡군. 큰맘 먹고 등을 하나 더 켜줄까?"

그리고 곁에 있는 시녀에게 일렀다. 한 근짜리 큰 촛불을 두 개로 늘렸다.

"가쓰시게, 마침내 교토에서의 일도 끝났군."

"수고 많으셨습니다."

"나는 다 끝났다고 생각하는데, 어떤가. 그대가 보기에 빠뜨린 것은?"

"빠뜨리시기는커녕 한 가지 일을 집행하실 때마다 저는 아, 이건 이 일을 조심하시는 것이구나……하고 번번이 교훈을 얻었습니다."

이에야스는 가볍게 웃었다.

"그렇지도 않을걸. 오늘 니조 간파쿠 재임명이 있었지. 이로써 궁궐도 평안해질 것이니 나는 머지않아 교토를 떠나 슨푸로 돌아가겠네. 이번에야말로 마지막 낙향…… 그래서 그대를 부른 거야."

"무슨 특별한 분부라도 있으신지요?"

"가쓰시게, 생각해 보면 나도 오래 살았어."

"……예, 신불이 지켜주셨다…… 일본을 위해서……라고 가쓰시게는 생각하며 그저 감사하게 여길 따름입니다."

"그 뒤 어떻게 되었나, 고에쓰 노인은?"

"예, 고에쓰에게 오고쇼님 분부를 전했더니 한동안 멍하니 있다가 이윽고 몸을 떨며 울었지요. 몰랐어, 몰랐어……그런 분인 줄도 모르고 그런 못된 소리를 했다고……."

"그래? 그러면 이제 다카가미네 언저리에 그가 원하는 마을을 기꺼이 만들겠군."

"예, 그야 뭐……이렇게 되었으니 고에쓰도 니치렌 성인의 뜻에 맞는 이상적인 마을을 만들어 보겠다며 분발하고 있습니다. 뭣하시면 출발하시기 전에 다시 한 번 노인을 부를까요?"

"아니, 그럴 것까지는 없어. 그에게 그런 마을을 만들게 해주면 내 마음은 자연히 알게 돼. 그런데 과연 어떤 마을을 만들 생각일까?"

이에야스가 흐뭇한 표정으로 말하자, 가쓰시게는 몸을 내밀고 고에쓰의 '공상'에 대해 이야기하기 시작했다.

"고에쓰는 이 세상의 싸움은 사람들이 모두 가난해 재물을 다투어 소유하려는 데서 비롯된다……고 말했습니다."

"음, 소유하려는 욕망이라고?"

"예. 그래서 단순하고 참을성 없는 자는 도적이나 강도가 되고, 좀 더 지혜 있는 자는 사람들을 모아 대장이 된다. 무사 대장은 이를테면 도적이 커진 것, 그러므로 고에쓰는 다카가미네 새 마을에 소유하지 않고 사는 습관을 뿌리내리게 하겠다고 했습니다."

"허, 소유하지 않고 사는 마을……이라면, 단지 일만 하기 위해 사는 마을인가?"

"예, 모두 손을 나누어 종이 만드는 자는 종이를 만들고, 그림 그리는 자는 그림을 그리며, 칠하는 자는 칠하고, 붙이는 자는 붙이고, 붓을 만드는 자는 붓을 만들어 물건을 판 금은은 모두의 생활에 쓰도록 한다. 결국 금도 물건도 빛과 물과 공기처럼 누구의 것도 아닌 모든 사람의 것…… 그런 생활이 천지자연의 생활이라더군요."

이에야스는 귀에 손을 대고 차츰 열을 띠어가는 가쓰시게의 설명을 듣고 있었다.

"그럼, 돈주머니는 온마을에 하나뿐이란 말인가?"

"예, 그것을 나눠 가지기 때문에 빈부의 차가 생긴다. 빈부의 차가 생기면 도적이나 무사 같은 것이 생겨나 부쟁이 일어나고 싸우게 된다. 새 마을에 모이는 기술자들은 위도 없고 아래도 없으며, 모두들 직분에 따라 일하는 똑같은 백성…… 그곳에 사는 사람들은 하나뿐인 마을의 돈주머니로 안심하고 살 수 있도록 해 보이겠다고 기염을 토하더군요."

무슨 생각을 했는지 이에야스는 손을 내저으며 가로막았다.

"알았어, 알았어. 노인다운 생각이군! 그러나 그것만으로는 안 되지. 인간에게는 활동할 수 있는 자와 없는 자가 있으니까. 활동하는 자는 활동이 훨씬 뒤떨어지는 자가 하는 말은 순순히 듣지 않는 법이거든."

가쓰시게는 말허리를 꺾여 시무룩해졌다.

"그것은 노인에게도 말했습니다. 물론 인간에게는 타고난 기량이 있다, 돌을 나르면 힘이 있지만 글을 쓰게 하면 어린아이만 못한 사람, 아니, 그보다도 자식이 없는 부부도 있고, 여덟아홉씩 주렁주렁 가진 사람도 있을 거다, 그럴 경우 모두 마을에서 잠자코 그들을 부양할 것인가 하고…… 저도 되물어 보았습니다."

"허, 그대가 그렇게 되물었다고?"

"예, 납득되지 않는 점이 있다, 능력의 차이가 있는 자들을 똑같이 부린다면 불공평……하다고 꼬집었지요."

"음, 그래서……?"

"그러자 노인은 입을 뾰족이 내밀고 대꾸하더군요. 가쓰시게 님은 참 안목이 없는 분이라고."

"뭐, 안목이 없다고……?"

"예. 지금 눈앞에 보이는 자만이 사람의 전부도 아니고 능력과 재능의 전부도 아니다, 오늘 한 사람의 인간이 살고 있다는 것은 아득한 옛날부터 그 조상이 있고, 또 먼 미래로 이어지는 생명나무의 한마디이다, 그걸 길게 내다본다면 결코 불공평한 게 아니라고 했습니다…… 즉 지금은 이웃사람에게 자식이 많다며 주판알을 튕겨서는 안 된다, 지금 당장은 손해인 것 같지만 자자손손 내려가다 보면 이쪽에 자식이 많고 상대는 훌륭한 일꾼이어서 부양 받아야 될 경우가 없다고 어찌 장담할 수 있겠느냐, 인간세상은 낭대반이 아니다, 100년 1000년을 내다볼 정도의 엄격한 안목으로 헤아리지 않으면 해답이 나오지 않는다고 호된 꾸지람을 들었지요."

이에야스가 갑자기 소리 내 웃기 시작했다.

"가쓰시게……그건 그대의 패배였어. 내가 한 말은 그게 아니야. 오늘 살고 있는 인간들의 불만을 누르고 납득시키기 위해서는 아무래도 마을의 우두머리가 없으면 안 된다고 말한 거야."

"마을의 우두머리……?"

"그렇지. 그 우두머리가 100년 1000년의 생명을 생각하고, 그 생명 나무의 어떤 마디에서 태어난 자라도 행복하게 될 만큼 올바른 길을 살아 보이지 않으면 안 된다는 뜻이야. 그러므로 최초의 우두머리는 노인이면 되었어. 노인은 니치렌 성인을 본보기로 하여 중생을 사랑할 수 있는 인물이지. 그런데 그 노인이 다음 우두머리가 될 만한 자를 기르지 않는다면 어떻게 되겠나? 그렇다면 마을에 잠시 동안의 번영은 있어도 오랜 번영은 있을 수 없지. 오랜 미래까지의 번영이 참다운 번영, 이것을 지켜내는 게 마을 우두머리의 덕…… 그 덕을 이을 만한 자가 없다면 모두 덧없는 꿈일 뿐이야."

이에야스는 왠지 말꼬리를 떨면서 고개를 돌리고 눈물을 지었다. 가쓰시게는 놀라며 숨을 삼켰다. 아무래도 이에야스는 고에쓰가 이제부터 만들려고 하는 새 마을 이야기를 하고 있는 게 아닌 모양이었다.

'덕을 이을 만한 마을 우두머리란 쇼군 히데타다를 두고 한 말이 틀림없다.'

이렇게 생각하자 가쓰시게의 몸이 굳어졌다.

'불만이시구나. 쇼군의 전후처리에……'

잠시 있다가 이에야스는 다시 태연스럽게 웃는 얼굴로 돌아갔다.

"노인은 좋겠어. 마을이든 나라든 이제부터 창조한다…… 이제부터 만든다…… 고 할 때가 즐거운 거야."

"……예."

"막상 만들고 보면 이것도 모자라고 저것도 모자라고……."

"……."

"아냐, 부족함이 아직 어딘가에 남아 있을 것 같은데 허락된 생명의 등불은 벌써 꺼져가고 있어……."

거기까지 말하고 이에야스는 생각난 듯 덧붙였다.

"가쓰시게, 촛불 심지를 잘라주지 않겠나? 오늘 밤은 그대와 밝은 데서 이야기하고 싶군."

"죄송합니다. 미처 깨닫지 못했습니다."

"오, 밝아졌군. 참, 어디까지 이야기를 했더라?"

"마을을 만들면 다음은 마을의 우두머리를 길러둬야 한다……는 말씀까지."

"그렇군. 사물에는 모두 중심이 있어, 과일에 씨가 있듯이. 그러니 노인에게 내가 말하더라고 일러주게. 가장 중요한 것은 교학(教學)…… 그 교학을 단단히 이해하고 살아갈 후계자 양성…… 이것이 자칫하면 소홀하기 쉬운 급소야…… 74살이 된 이에야스가 사무치게 느끼는 한 가지가 그것이었다고 전해다오."

"알겠습니다. 그런데 오고쇼님."

"오늘 밤은 무엇이든 사양 말고 물어라. 나도 그대에게 잘 일러두고 돌아가고 싶다."

"이번 상경 중의 사건 중에서 오고쇼님 마음에 가장 들지 않는 일은 무엇이었습니까? 그걸 여쭈어보고 앞으로의 자기반성으로 삼겠습니다."

"가장 마음에 들지 않는 일 말인가?"

"……예."

"마음에 들지 않는 일이 네 가지 있다. 그 첫째는 얼마 안 되는 사이에 전쟁이 형편없이 서툴러졌다는 것…… 세키가하라로부터 15년, 이것이 크게 놀란 점이었어."

"역시 태평세월이 계속되어 생긴 방심……."

이에야스는 이 말에는 직접 대답하지 않고 말을 이었다.

"전쟁이 서툴러지면 약해진다. 약해지면 자신이 없어지고, 자신이 없으면 전쟁의 수법이 잔인해진다. 무기가 발달했는데도 싸우는 인간이 겁쟁이고 잔인해진다면 차마 볼 수 없는 추태지. 이에 대해서는 나중에 야규 무네노리에게 다시 연구하게 할 작정이고…… 그 두 번째는 덕과 법에 대한 생각이 뒤바뀌었다는 것이다."

"덕과 법……입니까?"

"그렇다. 쇼군을 비롯한 중신들의 생각은 거꾸로 되어 있어. 정치의 요건은 덕이 먼저냐 법이 먼저냐? 그대도 거꾸로 보는 편일 테지. 가쓰시게, 어떠냐? 이것이 거꾸로 되면 함부로 위신만 내세우게 된다."

말하면서 이에야스의 시선은 짓궂게 가쓰시게에게 못 박혔다. 가쓰시게는 당황했다. 이에야스가 무엇 때문에 자기를 불렀는지 차츰 분명해졌다.

"덕과 법, 어느 것이 먼저냐?"

이 말을 듣자 가슴에 서늘하게 칼날이 와닿은 것처럼 자책감을 느꼈다. 사실 입만 열면 쇼군에게 '위신'을 주장한 사람 가운데 가쓰시게도 들어 있었다.

덕의 중요함은 충분히 알고 있다. 그것은 당연한 일이지만 영주들에게 막부의 위신을 세워놓아야 한다고 생각한 것은 측근도 대대로 내려오는 가신도 공통된 생각이었다. 이에야스에게는 그것이 둘째 불만이었다는 것이다.

이에야스는 짓궂은 시선을 떼지 않고 다시 말했다.

"알겠나, 가쓰시게. 법이란 필요에 따라 남을 속박하는 오랏줄이야."

"맞습니다……."

"그 오랏줄로 묶어 자유를 빼앗는 쪽에, 납득할 수 없고 도리에 어긋나는 행위가 있어도 된다고 생각하나?"

"그야 말씀하실 것도 없이……."

"그럴 테지. 가족에게 사치를 금하는 법을 정하기 전에 아버지가 모범을 보여야 한다. 훌륭하다면 굳이 위신 따위를 내세우지 않더라도 가족들은 흔쾌한 마음으로 그 법을 지켜나가게 마련이야."

"옳은 말씀……이라고 생각합니다."

"그런데 그 반대가 되어봐라. 평화를 소망한다는 것은, 무의미한 살생을 금하고 사람들을 잘살게 하라……는 것이야."

"예."

"그런 평화를 바랐어야 할 사람들이 죽이지 말아야 할 자들까지 죽여버렸다…… 이건 사실 무력에 자신 없는 겁쟁이의 잔인성과도 통하는 거야."

가쓰시게는 저도 모르게 눈길을 내리깔았다.

겁쟁이……라는 말을 들으니 몸둘 바를 모르게 부끄러웠다.

죽이지 않아야 할 자들까지……라고 한 것은 말할 나위도 없이 히데요리와 요도 마님, 그리고 구니마쓰이리라.

그들을 용서해서는 안 된다고 늘 주장했던 자도 겁쟁이…… 그렇다면 쇼군 히데타다를 겁쟁이로 만들어버린 것은 주위의 중신들이라는 야유가 된다. 지금으로서는 가쓰시게도 그 테두리 밖에 있다고 할 수 없었다.

"알겠냐, 법이 먼저냐 덕이 먼저냐……를 단단히 머릿속에 넣어두지 않는다면 소심함을 위신으로 꾸미는 잔인한 사람이 되고 말아. 싸움이 서툴러져 겁쟁이가 되었다고 내가 말한 것은 그런 뜻에서였어. 덕은 내 몸을 꼬집어보고 남의 아픔을 아는 인정에서 출발하는 거야. 그 인정을 잘 씹어서 음미해 본 삶이 덕이 되지. 그 덕이 먼저고, 법은 이를테면 모두들이 서로 납득하는 약속……인 것이다."

"……."

"그 약속이 위신이나 강제로 이루어질 수밖에 없게 될 때는 악정…… 악정은 이윽고 난세로 통한다. 알겠냐, 선정이란 백성들이 납득하는 데서 비롯되는 거야…… 그러므로 영주 편에서 말하면 설득력이지…… 설득력의 배후에 있는 것은 그 영주가 일상생활 속에 쌓아 올린 덕…… 내가 이번에 무가 제법도 13개조를 포고하게 한 것은 그 설득력과 덕을 나 자신이 지니지 않으면 안 된다는 신불에 대한 맹세였어……."

이에야스에게서 뜻하지 않게 무가 제법도에 대한 말을 듣고 가쓰시게는 더욱 당황했다. 그도 이 법령 제정 때 의논하는 자리에 참석했었다. 그것은 어디까지나 무사계급의 망동을 금지하는 질서유지를 위한 법령이었고, 그 이면에 이에야스의 자못 인간다운 신불에 대한 맹세가 숨어 있을 줄은 생각도 하지 못했다. 법령이 그것에 의해 속박되는 피통치자의 납득 위에 있지 않으면 무의미하다니 이 얼마나 깊은 통찰력이란 말인가.

"선정은 피통치자의 납득과 통치자의 설득력 위에 성립된다…… 또한 그 설득력은 통치자의 덕에 의해 태어난다."

그것은 훌륭한 행정장관이 되려고 밤낮없이 노력한다고 자부해 온 가쓰시게로 하여금 일시에 눈을 뜨게 하는 정확한 지적이었다.

'참으로 그렇다! 그렇지 않으면 상하 일체의 협력 같은 것이 생겨날 리 없다……'

"납득과 설득력……."

저도 모르는 사이 입 밖에 내어 중얼거리자 이에야스는 말을 이었다.

"셋째 불만은 이에야스 자신에 대한 노여움이었어."

이에야스는 자조의 웃음을 입가에 지으며 다시 눈이 젖어 드는 기색이었다.

'나는 너무 오만했어. 자만심이지. 이에야스만 한 자가 곰곰이 생각해서 한 일 아니 이제 염려없다……고 생각했으니. 그 태만과 안이한 자세는 아무리 꾸짖어도 모자라는 방심이었다……'.

견디다 못해 가쓰시게는 이에야스의 말을 가로막았다.

"오고쇼님, 그 일이라면 더 말씀하시지 않으셔도……."

"알고 있는가, 내가 얼마나 호되게 나 자신을 꾸짖었는지……?"

"예……그러니 넷째 불만을 듣고 싶습니다."

"넷째인가……그래, 실은 그 일 때문에 그대를 불렀어. 그 일로……의논하고 싶은 게 있어서 말이야."

"예, 말씀하십시오."

이에야스는 매우 가벼운 투로 말했다.

"다름 아니라 다다테루에 대한 일이야."

그리고 한숨을 내쉬었다.

"다다테루 님 문제는 쇼군께 맡기시지 않으셨습니까?"

이에야스는 슬픈 듯 머리를 흔들었다.

"쇼군은 결단 내리지 못하고 있어. 아니, 쇼군에게 맡기려 했던 건 내 잘못, 내 자식은 역시 내가 책임져야 했어."

가쓰시게는 다시 온몸을 굳히며 숨을 삼켰다. 이 문제가 여기서 다시 재연되리라고는 생각지도 못했던 것이다.

역시 부자 사이의 일인 만큼 아마 쇼군도 이에야스가 기분 좋을 때 주선할 생각으로 있는 게 틀림없다……고 생각하고 있었다.

'그게 또 문제 되다니……'.

그렇다면 참으로 슬픈 일이 아닐 수 없었다.

'그래서 이따금 눈물짓고 계셨구나……'.

"가쓰시게, 삼가 여쭙겠습니다. 다다테루 님을, 어……어떻게 하실 생각입니까?"

가쓰시게는 자신의 목소리가 떨리는 데 겁먹고 몸이 더욱 굳어지면서 숨이 막혔다. 사실 가쓰시게는 이에야스나 히데타다의 측근 중에서 '다다테루 문제'의 밑바닥에 숨겨진 사정을 가장 잘 알고 있는 사람 가운데 하나였다.

'다다테루 님은 아무것도 모른다……'.

그러나 가쓰시게는 오쿠보 나가야스가 죽은 뒤 그 집에서 발견된 작은 문갑

속에 들어 있던 연판장을 보았다. 그 연판장은 예수교 영주들이 단결하여 쇼군 히데타다를 내쫓고 다다테루를 받들어 스페인 왕과 손잡아 세계로 진출한다는 무서운 음모라는 소문이 떠돌고 있었다.

나가야스는 그 무역자금과 군비를 위해 엄청난 황금을 숨겨뒀다는 죄로 벌을 받았다. 나가야스의 일족뿐 아니라 그 연판장에 이름이 올라 있던 사람들인 오쿠보 다다치카, 사토미 다다요시, 이시카와 야스나가도 모두 영지를 몰수당했다.

가쓰시게는 그 무렵 교토의 예수교인 처벌이 너무 가혹하여 몰래 배 몇 척을 빌려 교토에 있는 선교사들을 나가사키로 피신시켜 준 일까지 있었다.

그 뒤에도 세상 소문은 얼마 동안 사라지지 않았다.

나가사키에 주재하는 카피탄 모로가 포르투갈 왕(스페인 왕
이기도 함)에게 보낸 밀서가 이에야스의 손에 들어갔다는 말도 있었고, 가쓰시게도 그 사본이라는 것을 보았다.

그 문서는—

……예수교도가 결속하여 영국과 네덜란드에 접근하려는 일본의 이에야스를 죽이고 그 맏아들인 쇼군을 쓰러뜨린 다음 다른 아들인 다다테루를 옹립하기로 결정했다. 따라서 전에 약속한 대로 군함과 병력을 급히 일본에 보내주기를…….

이렇듯 노골적인 것이었다.

가쓰시게는 이러한 일련의 사건에 대하여 하나의 큰 의문을 갖고 있었다. '여기에는 뒤에 숨은 큰 연출자가 있으며, 그가 단순한 전국(戰國)의 무장들을 함정에 빠뜨린 게 틀림없다'고. 그 연출자가 과연 소텔로였는지, 아니면 오쿠보 나가야스와 다테 마사무네였는지?

어쨌든 당사자인 다다테루는 알지도 못하는 사이 이 집안싸움의 주인공을 떠맡게 된 것이다.

'문제의 발단은 역시 거기서 출발하고 있다.'

이렇게 생각하자 나나네투노 가엾고 이에야스도 딱하게 여겨졌다.

이에야스는 얼굴빛이 달라진 가쓰시게에게서 시선을 돌리고 말을 이었다.

"다다테루는 역시 용서할 수 없겠어. 알겠나? 다다테루의 이번 출전은, 영지에서 나오는 경로가 나빴어."

"출전 경로라니요……?"

"잘 듣게. 다카다에서 오사카를 공격하러 나왔을 때, 싸움에 늦지 않으려면 길은 자연히 정해진다. 다카다에서 엣추로 나와 가가, 에치젠, 오미, 오쓰……로 오는 것이 최단 거리야. 그런데 다다테루는 에치젠에서 오미로 나와 미노로 해서 이세로 돌아갔어. 그리고 이세, 이가에서 야마토로 나와 곤고산(金剛山)을 넘어 오사카에…… 그러느라 정작 싸움에 지각했으니 그냥 내버려 둘 수 없지."

"하지만 그건 마사무네 님이 곁에 있어서……."

"바로 그 점이야. 누가 곁에 있었든 그처럼 멀리 돌다가 싸울 기회를 놓친 자에게 무장의 자격이 있다고 생각하나?"

이에야스의 눈이 다시금 눈물로 글썽해졌다.

가쓰시게는 어쩐지 한시름 놓는 걸 느끼며 시키기 전에 또 초 심지를 잘랐다. 예수교 문제나 나가야스 사건을 꺼낼까 봐 걱정했는데, 이번 싸움에 대한 일이었으므로 얼마쯤 마음이 가벼워졌다. 이번 싸움에 지각한 일이라면 어떻게 주선할 방도가 있으리라…….

이에야스는 힘없는 목소리로 말했다.

"알겠나, 가쓰시게. 죄목은 이 지각 외에도 두 가지 더 있어. 한 가지는 지난번 입궐할 때 물고기를 잡으러 간 일. 또 한 가지는 쇼군의 가신을 벤 일……표면상 이유는 이 세 가지로 충분하겠지……."

가쓰시게는 살피듯 말했다.

"그렇다면……? 처벌도 가볍게 할 수 있습니다."

이에야스는 고개를 저었다.

"아니, 그렇지 않아. 2만 석이나 3만 석 영주라면 가벼워도 돼. 하지만 다다테루는 60만 석 태수……내 자식이라고 하여 기량이 모자라고 잘못도 있는 자를 그대로 용서한다면 내 생애의 흠이 되리라……."

"그건 그렇지만."

"다음에는 또 고로타마루도 있고 나가후쿠마루와 쓰루치요도 있다. 여기서 엄격하게 법을 세워놓지 않으면 안 돼. 그 일에 대해 내 마음은 벌써 결정되었어."

"결정했다……고 하시면?"

"이제 세이이타이쇼군은 내가 아니야. 60만 서 태수의 정식 처벌은 마땅히 쇼군이 해야 해. 하지만 그대도 알다시피 쇼군은 이번 싸움이 하나같이 아비의 뜻에 맞지 않았다는 걸 눈치채고 나에게 몹시 사양하고 있어. 센히메의 일도, 다다테루의 일도 마찬가지야…… 그러니 이대로 내버려 두면 천하에 본보기가 되지 않아. 그래서 은퇴한 나는 슨푸에 도착하자마자 다다테루에게 우선 영원한 대면금지를 명할 테다."

"영원한 대면금지를……!"

"그래, 이 세상에서는 이제 그애와 다시 대면하지 않겠다. 아비가 그러한 각오라는 것을 쇼군에게 똑똑히 알려주지 않으면 형제간인 만큼 벌주기가 어렵겠지. 알겠나, 내 마음은 벌써 결정되었어."

가쓰시게는 다시 대답할 말이 없었다.

영원한 대면금지…… 이미 여생이 얼마 남지 않은 것을 잘 알고 있는 아버지가 자식과 이승에서는 대면하지 않겠다……니, 대체 그런 자학 비슷한 부자연스러운 인내가 무엇을 가져다준다는 것일까……?

이에야스는 아직도 자신의 뜻을 헤아리지 못해 어리둥절하고 있는 가쓰시게에게 단호하게 말했다.

"그래서 그대에게 의논하는 것인데……이 영원한 대면금지의 선고는 이곳을 떠나 슨푸에 도착한 직후가 좋겠지. 다다테루를 데리고 가므로 생모가 슨푸에 있으니 돌아가면 그 애는 곧 인사하러 오려고 할 거야. 바로 그때 사자를 보내 선고하는 명을 내리는데……그 사자, 어째서 아비가 이러한 일을 하는지 무언중에 아비의 괴로움을 전할 수 있는 사자……마사즈미는 안 돼. 나오카쓰나 시게마사도 안 돼…… 웃지 말게, 가쓰시게……나는 그 아이가 이성을 잃고 더 이상 추태를 보이게 하고 싶지 않아…… 그 사자로 누가 좋을지, 그것을 그대와 의논하고 싶다."

이렇게 말하더니 마침내 이에야스는 고개를 돌리고 울기 시작했다.

가쓰시게는 온몸을 부들부들 떨면서 이에야스의 말뜻을 생각해 보았다. 영원한 대면금지…… 그것이 아버지로서 얼마나 슬픈 일인지는 이에야스의 눈물이 말해 주고도 남음이 있다.

'무엇 때문에 그런 결심을……?'

그것을 결심하고 실행한다면, 당연히 히데타다는 아우에게서 60만 석을 몰수하고 할복을 명하지 않을 수 없게 된다. 히데타다로서는 그 결단을 내릴 수 없다는 것을 알아차리고 먼저 자신의 의사를 보여준다…… 그러면 아버지가 그 아들을 극도로 미워하고 있는 것처럼 보인다.

'아니, 그럴 리 없어!'

가쓰시게는 별안간 가슴을 뜨거운 인두로 지지는 듯한 느낌이 들면서 코허리가 찡해졌다.

'아버지가 아들을 죽이려 한다…… 그러므로 사자에 따라서는 다다테루가 미칠 듯이 날뛸지도 모른다. 그러니 아무나 섣불리 사자로 보낼 수 없다고 이 아버지는 분명히 말하고 있다!'

"황송하오나……."

이마에 비지땀이 흥건히 배는 것을 의식하면서 가쓰시게는 다시 한번 물으려고 마음먹었다.

"그 처분을 다시 한번 생각해 주실 수는……?"

"안 돼."

"하지만 그것은 평소의 말씀과 너무나 어긋나는 일…… 첫째 인정이 없으며, 둘째로 부자연스럽습니다. 주군의 뜻만은 이 가쓰시게가 쇼군님에게 잘 말씀드리겠습니다."

"가쓰시게."

"……예."

"생각에 생각을 거듭한 일이다. 묻는 말에 대답해라. 사자로 누가 좋다고 생각하나?"

"그럼, 무슨 일이 있어도 이승에서는 대면을?"

"그렇다. 이 아비에게도 견딜 수 없는 고통이 있었어…… 그 일을 쇼군에게도 고로타마루며 그 밖의 아들에게도…… 아니, 천하와 신불……이 세상 모든 이에게 증거를 보여주어야 해. 이것은 히데요리를 죽게 한 나에 대한 천벌이야."

가쓰시게는 흠칫하며 저도 모르게 사방을 둘러보았다.

'역시 그렇구나……!'

그리고 보니 시녀들 사이에서 이에야스의 거실 언저리에 이따금 요도 마님의 망령이 나온다고 쑤군대는 자도 있었다.

'설마 그런 것을 겁낼 분은……'

그러나 인간 양심의 고뇌는 때로 망령 이상의 망령을 자청해 만나는지도 모른다.

그렇게 되면 대체 다다테루의 불행과 불운은 어떻게 되는 것인가? 다다테루는 자청해 오쿠보 나가야스라는 사부를 가까이한 것도 아니고, 다테 마사무네의 딸을 자신이 골라서 장가든 것도 아니다. 모든 것이 이에야스의 안목과 정략으로 강요되었고, 거기서 기묘한 저주의 싹이 자라나 이렇게 된 것이 아니던가…….

가쓰시게는 다시 말했다.

"죄송하오나……그것으로 신불에 대한 주군의 결백은 입증되겠습니다만, 다다테루 님의 불행은 어떻게 되는 겁니까? 이건 너무나 일방적인……역시 주군은 자식에게 혹독한 아버지라는 비난을……."

"그만둬라, 가쓰시게……그 대가라면 벌써 이렇게 받고 있다. 여기서는 악귀가된 심정으로 내 의논에 대답해다오. 이에야스의 부탁이다."

하지만 그때도 가쓰시게는 아직 이에야스의 본심을 알 수가 없었다.

'자식을 귀여워하면서도 역시 인간은 이기심의 울타리를 뛰어넘을 수 없는 것일까?'

가쓰시게는 계속 망설였다. 같은 자식 중에도 애정에 차별이 있는 것일까? 사실 오와리의 고로타마루 이하 세 아들을 대하는 것에 비하면 이번 다다테루에 대한 처분은 너무 차별이 크다. 한쪽은 어리기 때문에 온순하고, 한쪽은 패기 넘치는 성격 때문에 말대꾸하는 경우도 있었다. 그러나 어느 쪽이나 똑같은 자식이 아닌가.

'어째서 다다테루에게만 이토록 엄격하게?'

이에야스는 힘없는 목소리로 말했다.

"가쓰시게, 이제 알아들었을 테지. 그 애가 다테 가문 쪽에 있으면 쇼군의 주위가 편안하지 못해. 마사무네와 다다테루……만으로도 쇼군의 측근을 다발로 묶어도 모자라는 힘을 깃는다. 다나테루의 경우는 천명이었다……고 생각해다오."

"그건……이치에 맞지 않습니다. 다다테루 님을 다테에게 가까이 가게 한 것은 황송하오나 오고쇼님이었습니다."

"가쓰시게."

"예."

"접근시킨 것은 나였지만 다테의 꼭두각시가 되어버린 건 다다테루야. 다다테루의 성품 속에 형을 존경하고 형을 내세우는 마음의 자세가 있었다면 이렇게 되지는 않았을 테지…… 곰곰이 생각한 일이다, 알겠나? 다다테루가 귀여운 자식이라고 해서 겨우 여기까지 이끌어 온 천하를 다시 소란케 해도 좋을 까닭은 없지."

"그럼……그럼, 주군은 다다테루 님을 그대로 두면 다테와 손잡고 난이라도 일으킬 거라고 보시는 겁니까?"

"난을 일으킨다……고까지는 말하지 않았어. 그렇게 되면 큰일이니 먼저 내 자식부터 제거해 두는 거야. 알겠나, 다테의 실제 영토는 100만 석 이상, 거기에 다카다의 60만 석이 합쳐져 봐. 그러면 나가야스 놈이 만들어놓은 연판장이 대번에 되살아난다. 겉으로는 어떻든 이번 싸움 태도로 보아 천하의 모든 영주들이 아직도 쇼군에게 충심으로 복종하고 있다고 할 수 없어."

그 말을 듣고 나서야 비로소 가쓰시게도 입을 다물었다.

'거기까지 생각하신 결단이었던가…….'

확실히 파란의 한 화근이었다.

"만일……만일 펠리페 3세가 군함을 파견하여 일본을 치는 일이 있다고 하자. 다테가 일어나고 다다테루가 일어난다. 그리고 아직도 신앙을 버리지 못한 예수교 영주들이 호응한다…… 그렇게 되면 오사카의 되풀이야. 나는 그 일에 대비해 두어야만 해. 어떤 불길한 일이 일어나더라도 내 힘으로 진압한다. 그렇지 못하면 세이이타이쇼군의 책임을 다했다고 할 수 없지. 충분히 생각한 일이니 여기서 마음을 모질게 가져주지 않겠나?"

가쓰시게는 멍하니 이에야스를 쏘아보았다.

"나는 히데요리 모자를 살리지 못했어. 내 자식이 다음 화근이 될 위치에 있다는 걸 알면서도 그대로 내버려 둔다면 그야말로 다이코를 볼 면목이 없는 일…… 그대라면 알 거야."

"알고 있습니다."

"알아주겠나……?"

"……."

가쓰시게는 체면 불구하고 얼굴을 가렸다. 이에야스가 온몸을 떨며 울고 있는 모습을 차마 볼 수 없었던 것이다…….

이에야스는 잠시 몸을 떨고 난 다음 중얼거리듯 말을 이었다.

"알았다면 이것을 명할 사람의 인선일세. 마사즈미는 안 돼. 지나치게 이론적이어서 다다테루의 성미에 칼부림이 날 수도 있어. 그렇다고 도시카쓰를 보내면 형의 미움으로 받아들일 것이고, 나오카쓰는 말주변이 모자라. 정으로 전하고 이치로 굴복시킬 수 있는……나루세나 안도도 생각해 보았으나 이들은 모두 아우들에게 딸린 중신……그들의 음모라고 느껴질지도 몰라. 그래서 그대가 좋다고 생각했는데, 그대는 지금 교토에 없어선 안 될 사람이지. 그러니 그대 대신 일을 시끄럽게 하지 않고 다다테루를 설복시킬 수 있는 사람……."

벌써 그때 가쓰시게는 마음속으로 이 사람 저 사람 나름대로 꼽아보고 있었다.

'얼마나 괴로운 입장의 사자인가…….'

이치를 따져서 통할 일이 아니고 정에 빠져서 입 밖에 낼 말도 아니었다.

영원한 대면금지……이승에서는 대면할 수 없다―고 하는 이상한 벌을 생각해낼 사람이 이에야스 말고 달리 있을까……?

"마땅한 인물이 없는가? 나와 함께 슨푸로 돌아갈 사람이 아니면 안 되는데."

"죄송하오나 이 소임은 마쓰다이라 시게카쓰 님의 다섯째 아들인 가쓰타카(勝隆) 님이 어떨까 합니다."

"오, 가쓰타카가 좋을 거라고 생각하나?"

"가쓰타카 님이라면 전혀 남도 아닙니다. 그리고 정치적 일과 관련 없던 인물인데다 나이도 비슷하고 온후한 성품이어서 서로 이야기하기에 가장 알맞지 않을까 합니다만."

"그래, 시게카쓰의 아들로 하라고?"

시게카쓰의 다섯째 가쓰타카는 도리이 다다요시의 외손자, 따라서 이에야스와 혈연관계가 있고 나이도 다다테루아 거의 비슷히디.

"제가 먼저 가쓰타카 님을 만나 사정을 잘 설명해 두는 게 좋을 듯합니다."

"그래……그대가 그렇게 해주겠나?"

"예……그렇지 않으면 이 소임을 맡을 사람이 아무도 없을 것 같습니다."

"그럴 거야……."

거기까지 말하고 이에야스는 살찐 어깨를 늘어뜨리며 한숨지었다.

"나에게는 또 한 가지 어려운 일이 있어. 그 아이의 어미를 설득하는 일이야. 자아 말일세."

"말씀하시지 않더라도."

"다다테루는 사나이야. 하지만 그 어미는……."

"……예."

"그럼, 가쓰타카에 대해서는 잘 부탁하네."

"힘을 다하겠습니다."

"물론 은밀히, 세상에 누설되면 우리 가문의 수치…… 그 대신 그 뒤에는 결코 참견하지 않겠다. 뒷일은 쇼군의 뜻대로……."

가쓰시게는 차츰 침착을 되찾았다. 그러나 침착해질수록 이에야스의 얼굴을 볼 수가 없었다.

'얼마나 불행한 아버지인가…….'

가쓰시게는 이에야스의 거실을 나오자 무거운 마음으로 성문 밖 진영으로 가쓰타카를 찾아갔다. 밤중이건만 이대로 잠이 올 것 같지 않아, 그렇게 하지 않고는 견딜 수 없었던 것이다.

"둘이서만 한 잔 들고 싶소. 오늘 밤 행정장관 저택에서 묵을 생각으로 와주기 바라오."

젊은 가쓰타카는 대뜸 승낙했다. 어쩌면 존경하는 선배에게서 무용담을 들을 수 있게 되었다고 기뻐했는지도 모른다.

"분주하신 중에 이렇듯 한가로울 때도 있으신 겁니까?"

"글쎄……그럴지도."

앞서거니 뒤서거니 행정장관 저택 문을 들어서자 가쓰시게는 새삼 니조 저택을 돌아보았다.

"실은 지금까지 오고쇼님과 있었소. 그래서 숨 좀 돌릴까 해서."

"오고쇼님은 언제쯤 슨푸로 돌아가신다고 아직 말씀 않으시던가요?"

"글쎄, 출발은 8월 3, 4일께나 될까? 자, 한 잔 마시면서 천천히 이야기나 합시다.”

“뜻하지 않게 폐를 끼칩니다.”

가쓰시게는 거실로 들어가 곧 주안상을 준비시키고 술이 들어오자 사람을 물리쳤다.

“자, 편히 앉으시오. 서늘한 바람이 일어서 좋은 계절이군.”

“그러나 서늘한 바람이 일면 고향 생각이 납니다. 싸움이 끝나고 나니 출진도 무료하군요.”

“그런데 가쓰타카 님은 이번에 이즈모노카미(出雲守)로 임관되셨다면서?”

“예, 별다른 전공도 없는 터라 낯이 뜨거울 지경입니다.”

“아니야, 그렇지 않소…… 그런데 가쓰타카 님은 다다테루 님과 남달리 친한 사이라고 하던데……?”

“그렇지요. 같은 마쓰다이라 가문……이므로. 그리고 제 어머니가 아사쿠사 저택에 자주 가셔서 어릴 때부터 따라다녔지요.”

“요즈음 뵌 일이 있었습니까?”

“요즈음……참, 대엿새 전이던가, 고기잡이 나가 잡은 물고기를 주셨지요. 그 인사차.”

“아직도 고기잡이에 열중하고 계십니까?”

“그러고 보니 다다테루 님은 고기잡이 때문에 오고쇼님께 꾸중 들으셨다고 하더군요. 함께 입궐하자고 하셨을 때 고기잡이하러 나가고 안 계셨다던가 해서…….”

이렇게 말하더니 가쓰타카는 자못 태평스럽게 웃으며 덧붙였다.

“그처럼 활달한 분도 오고쇼님은 무서운가 보지요. 하하…….”

가쓰시게는 잠자코 상대의 술잔을 채워주면서 대체 어디서부터 용건을 꺼낼지 망설였다.

“자, 한 잔 더 드시오…… 그런데 가쓰타카 님은 게이초 18년(1613)에 있었던 오쿠보 나가야스의 음모사건을 기억하고 계시는지?”

“오쿠보 나가야스…… 조금은 안지요. 그즈음 이비지한테서 들었으니까요.”

“그 사건이 실은 아직도 완전히 해결되지 않은 것도 알고 계시오?”

“옛? 그 사건이 아직…….”

"그렇소. 실은 그 일에 대해 가쓰타카 님에게 좀 부탁할 일이 있어서 초대한 거요. 좀 거북한 일인데."

넌지시 말하고 가쓰시게는 다시 황급히 가쓰타카의 잔에 술을 따랐다.

순간 가쓰타카의 표정이 굳어졌다. 나가야스 사건이 아직 해결되지 않았다는 말을 듣고 놀란 모양이었다. 왜냐하면 그의 어머니가 숙부와 조카딸이라기보다 나이 많은 누님처럼 다다테루와 친근하게 지내왔기 때문이리라.

"마음에 걸리는 말씀을 하시는군요, 오쿠보 사건이 아직 해결되지 않았다는 건……."

"그건……."

사람을 다루는 데 있어 그즈음 일본에서 으뜸간다는 평을 듣던 가쓰시게는 상대의 불안을 손에 잡힐 듯 잘 알 수 있었다.

"결론부터 말한다면 그 일을 해결하는 데 가쓰타카 님 힘을 빌려야만 되겠소. 아시겠소, 이것은 결코 이 가쓰시게 혼자의 생각이 아니라 실은 오고쇼님이 피눈물을 흘리신 다음 내린 판단이오. 밀명임을 알아주시기 바라오."

가쓰타카는 말없이 자세를 바로 했다. 가쓰시게는 생각했다.

'웬만큼 예비지식이 있는 모양이다…….'

오고쇼의 밀명……이라고 했을 뿐인데 그의 온몸에서 야릇한 긴장이 느껴진다.

가쓰시게는 다시 술병을 집어들었다.

"그런데……이건 단지 밀명만 전하면 되는 간단한 문제가 아니오. 어떻게 하면 이 일이 새삼 세상의 소문이 되지 않고 조용히 처리될 수 있을까 하는 의논…… 제1안, 제2안, 제3안처럼 여러 가지로 생각해 덤벼야 할 큰일이니 말이오."

"음."

가쓰타카는 나직이 신음하고 다시 잔을 들었다. 그리고 세차게 고개를 저어 자신의 망상을 뿌리치면서 말했다.

"말씀하십시오. 저는 아직 애송이, 분별도 사려도 모자라니 말씀해 주십시오."

그런 모습 속에 가쓰시게는 문득 젊은 날의 고지식한 이에야스의 모습을 떠올렸다.

'역시 신중한 사람이군…….'

"오쿠보 사건과 다다테루 님의 관계를 가쓰타카 님이 어디까지 알고 있는지 니로시는 잘 모르오. 그렇다 해서 일일이 이야기하다가는 끝이 없는 일, 먼저 오고쇼님 결정부터 전하리다. 납득이 안 되는 것은 무엇이든 물으시도록."

"알겠습니다. 그 오고쇼님의 결정이란?"

"오고쇼님은 교토에서 일이 시끄러워지지 않게 하시려고 일단 슨푸로 돌아가실 거요. 그리고 그와 동시에 이 사건의 마무리 조치로 다다테루 님에게 영원한 대면금지라는 이상한 처벌을 내리실 생각이오."

"영원한 대면금지……?"

"이 세상에서의 대면은 안 된다. 아니, 영영 아버지와 아들의 대면은 안 된다…… 그만큼 아들로서의 큰 잘못이 다다테루 님에게 있었다……는 생각이시겠지요."

"음!"

"그리고 그것을 전할 사자로는 가쓰타카 님을 두고 달리 없다, 그러니 저더러 사정을 잘 설명하고 일러두시라는……."

"거절하겠습니다!"

"뭐, 뭐라고 하셨소?"

"이 가쓰타카는 역량 부족. 다다테루 님이 저 같은 사람이 하는 말을 결코 납득하실 리 없습니다. 그렇다면 베어야만 하는데, 그만한 솜씨도 자신도 저에게는 없습니다. 거절하겠습니다."

"하하……그렇듯 성급하게 말씀할 필요는 없소."

가쓰시게는 웃으며 술병을 들어 또 술을 따라주면서 웃은 것을 후회했다.

'일단은 거절당할 것이다…….'

그것은 예상했지만 노련한 선배에게 넘어갔다는 느낌을 주어서는 안 될 일이었다.

가쓰시게는 다시 진지한 표정으로 입을 열었다.

"오고쇼님은……이 일을 이대로 내버려 두고는 눈을 감을 수 없다는 생각이신 모양이오. 이를테면 이것은 유언, 그 일을 각별하신 안목으로 가쓰타카 님에게 명하시는 거요."

"아니, 뭐라고 말씀하셔도 이 일만은……."

가쓰시게는 덮씌우듯 언성을 높였다.

"가쓰타카 님……이 문제에 개입하는 것은 나로서도 난처한 일이오. 그렇다고 거절한다면 내년에 또 싸움이 벌어질 거요."

"옛? 또 싸움이……?"

"그렇소. 이번에는 싸움터가 에도에서 동쪽…… 아니, 어쩌면 일본 전국으로 퍼질지도 모르오. 귀하도 어렴풋이 예감하고 있을 거요."

"음."

가쓰타카는 다시 신음하면서 잔을 들었다. 가쓰시게는 곁눈으로 그 모습을 보면서 말을 이었다.

"오고쇼님은 이 싸움을 어떻게 하면 막을 수 있을까 고심하시다가 마침내 이른 마지막 결론이 이 다다테루 님에 대한 영원한 대면금지. 이 일이 곧 내 자식과 함께 고통을 나누어 가지며 천하의 태평을 도모하려는 보살 같은 생각이라고 본 것은 가쓰시게의 눈이 잘못된 것일까?"

"……"

"다른 일이라면 몰라도 그걸 알고서는 사양할 수 없었소. 그래서 실은 이 가쓰시게가 자청해 그대를 설득하는 역할을 맡은 거요."

"……"

"물론 납득되지 않는 점은 몇 번이고 설명할 테니 대뜸 거절부터 하지 말고 하룻밤 곰곰이 생각해……날이 샐 때까지 결심해 주기 바라오."

가쓰타카는 얼굴 근육을 꿈틀꿈틀 경련시키면서 무언가 말하려다가 다시 입을 다물었다.

"서두를 건 없소. 자, 한 잔 더."

"그럼, 가쓰시게 님은……."

"뭐라고 하셨소?"

"다……다……다테 님에게 싸울 뜻이 있다고 보십니까?"

"그렇소. 있고 없고가 아니라 처음부터 그분은 싸울 뜻을 버리지 않고 있다고 봅니다."

"음!"

"이번 싸움에서도 참으로 이상한 일. 도묘사 어귀의 싸움에는 지각하고, 자우스산 공격 때는 아군인 진보 군을 전멸시켜 버렸소. 그뿐만이 아니오. 은밀히 묵계가 있었던 포를로라는 신부가 진중에 뛰어들어 살려달라고 애걸한 것을 죽이려다가 히치스카의 신으로 놓친 일까지 있었소."

"……."

"그 신부의 진술에 의하면 오쿠보 나가야스에게 그런 사건을 일으키게 한 장본인은 모두 다테……다시 말해 사건은 그 인물의 마음속에 아직도 줄기차게 살아 있다는 거요…… 아시겠소, 가쓰타카 님?"

가쓰타카는 비로소 잔을 놓고 가쓰시게를 향해 자세를 고쳐앉았다.

"가쓰시게 님께 묻겠습니다."

이상하리만치 패기에 넘치는 말이었다.

"지금 그 말씀……다테 마사무네에게 반역심이 있다는 것은 오고쇼님의 단정이신지 아니면 가쓰시게 님 의견이신지, 그걸 먼저 듣고 싶습니다."

가쓰시게는 엄숙하게 대답했다.

"유감스럽게도 두 사람의 일치된 의견이오."

"그렇다면 또 묻겠습니다. 어째서 다다테루 님을 처벌하지 않으면 싸움이 되는 겁니까? 애당초 싸움이란 걸어오는 자와 맞서는 자가 있어야 벌어지는 법, 다테 편에서 걸어오는 게 먼저입니까, 아니면 우리 편에서 토벌에 나서는 게 먼저입니까? 또 그 계기는 어떤 것인지요?"

가쓰시게는 미소지으려다가 황급히 표정을 굳혔다. 묻고 싶어 하는 뜻은 잘 안다. 그렇다 해도 이렇게 성급하게 얼어붙는 자세라니.

"질문은 세 가지인 듯한데, 그 어느 것도 채택하지 않기 위해 오고쇼님은 다다테루 님을 희생시키기로 각오를 정하신 거요…… 이 대목이 중요한 이야기의 핵심이니 잊지 말도록."

"음."

"다다테루 님의 성품은 아시다시피……누구 눈에나 쇼군보다 거칠고 굳센 천성이오. 쇼군의 부하인 나가사카 아무개까지 베어버리셨소. 그런 성품도 슬픈 천명의 하나일 거요."

"천명……이라!"

"그런 성품이 다테 마사무네의 감화를 받으면 어떻게 되겠소? 오고쇼님이 돌아가신다면, 형제간 싸움으로 꾸며진 다테의 난으로 발전할 것이오. 실제로 포를로라는 신부는 다테를 오사카 편으로 믿고 그 진중에 구명을 청했던 거요."

"……."

"그래서 오고쇼는 다다테루 님을 마사무네의 사위로 보낸 것이 일생일대의 실수라며 울고 계시오. 무슨 일이 있어도 다다테루 님을 마사무네 곁에서 떼어놓지 않으면 오사카 공격 이상의 슬픈 싸움을 하지 않으면 안 될 것이라고……."

말하는 동안 가쓰시게는 눈물이 쏟아져 억누를 수 없게 되고 말았다.

"아시겠소, 가쓰타카 님? 일을 표면화시키지 않고, 마사무네에게 난을 일으킬 틈을 주지 않으며……태평한 세상을 언제까지나 이어가게 하기 위해 내 아들을 처벌할 도리밖에 없다고 각오하신 거요…… 그리고 영원한 대면금지가 된다면 마땅히 영토는 몰수되고 근신칩거는 말할 나위도 없는 일…… 그렇게 마님을 이혼시킨 다음 다테 가문에 돌려보낸다…… 다다테루 님에게는 안됐지만 이것으로 전란의 위험은 우선 사라지게 되는 거요."

가쓰타카는 자기가 다다테루이기라도 한 것처럼 심각한 표정으로 가쓰시게를 뚫어지게 쏘아보았다. 그는 차츰 '영원한 대면금지'라는 이상한 처벌의 뜻을 이해했다. 하지만 감정으로는 결코 납득할 수 없는 몇 가지 의문이 남았다.

'문제는 다테의 반역심…….'

그 일에 대해서는 가쓰타카도 괴상한 소문을 여러 번 들은 적이 있었다. 죽은 다이코의 전법을 비웃었고, 오고쇼를 '운 좋은 사나이'라고 조소하는 등…… 그런 사람이니 어쩌면 사위를 부채질해 쇼군과 싸우게 할 정도의 일을 할지도 모른다.

그렇지만 그런 위험한 존재를 왜 오고쇼가 직접 없애버리지 못하는 것인가? 어째서 자기네 부자의 희생으로 그냥 내버려 두려는 것인가? 그것이 안타깝고 분했다.

가쓰시게는 다시 말을 이었다.

"어떻소? 아셨다면 거절하겠다고는 못하실 텐데. 다음 전쟁을 막기 위해 내리신 명령, 충분히 보람 있는 대장부의 일이라고 생각하는데……?"

가쓰타카는 식은 술잔을 단숨에 꿀꺽 들이켰다.

"가쓰시게 님, 한 잔 더 주십시오. 오고쇼님은 어째서 그처럼 마사무네를 두려워하고 계실까요? 어째서 단번에 정벌을……."

조급하게 묻는 말에 가쓰시게는 비로소 웃었다.

"그걸 모르시겠소?"

"모르겠습니다! 마사무네를 무사히 살려두기 위해 왜 오고쇼가 울면서 자기 아들을 처벌하지 않으면 안 되는 것인지……."

"대답해 드리지. 다다테루 님이 사위로 계시기 때문이오."

"그럼……그럼, 이혼시킨 다음에 토벌하신다는 겁니까?"

"아니오, 토벌도 역시 싸움이니 그렇게 하지 않으시겠지. 그보다도 다다테루 님을 떼어놓으면 마사무네의 반역심은 사라져버릴 것이오."

"음."

"아시겠소? 운명이 얼마나 얄궂은 것인지…… 마사무네에게 다다테루 님을 붙여놓으면 용이 구름을 불러 전쟁을 일으킬 거요. 그러나 구름을 떼어버리면 용도 못 한가운데로 주저앉을 수밖에 없는 거요."

"그럼, 또 한 가지……다다테루 님은 영원한 대면금지 뒤에 어떻게 되는 겁니까? 영지몰수, 근신칩거라 하더라도 이혼 뒤에는 재등용을……?"

가쓰시게는 황급히 손을 내저었다.

"그건 모르겠소. 거기까지가 오고쇼님의 처분, 그다음은 쇼군의 생각에 달린 문제. 할복하라고 하실 건지 아니면……."

말하다가 가쓰시게는 고개를 갸웃했다.

"영원한 대면금지인 만큼 재등용이란 아마 없을 거요. 아버님이 영원히 대면을 금할 정도의 사람을 효성이 지극한 쇼군 혼자 생각으로 등용한다면 아버님 뜻을 거역하는 것이 되니까요."

그 말을 듣자 가쓰타카는 얼굴을 일그러뜨리고 무릎을 움켜잡으며 고함 질렀다.

"그러면 다다테루 님이 너무 가엾지 않습니까!"

"그래서 오고쇼님도 우시는 거지……."

"알겠습니다! 명이라면 거절하지 않겠습니다."

"그럼, 맡아주시겠소?"

"맡지 않겠다고 해도 승낙하지 않으시겠지요. 죽으면 됩니다, 죽을 각오라면……."

취기가 도는 듯 가쓰타카는 별안간 한쪽 어깨를 치켜들며 이를 갈았다.

"설득하지요! 납득되시도록…… 그러나 상대는 소문난 다다테루 님……알았다고도, 삼가 받들겠다고도 안 하실 겁니다. 그때는 이 가쓰타카, 잠자코 다다테루 님 앞에서 할복하겠습니다. 그것 말고는 방법이 없지요. 그렇지요, 가쓰시게 님?"

가쓰시게는 빙그레 웃었다. 그러나 고개를 끄덕이는 대신 중얼거리듯 말했다.

"죽을 각오라면 설복할 수 있을 거요. 아버님의 사자를 죽게 내버려 둘 수 없어 울며 승낙하시겠지. 아니, 그대는 승낙을 받아낼 재능을 가졌소…… 오고쇼님도 믿으시고 이 사람도 믿기에 말을 꺼낸 것이오. 가쓰타카 님! 이건 생각하면 생각할수록 크나큰 보살행이자 대장부의 일이오."

말하며 가쓰시게는 온몸으로 오열을 참았다.

가즈사(上總)의 비

'앞으로 100일 안에 전후처리를 마치도록 하라.'

이에야스의 명령은 예정보다 열흘 가까이 앞당겨졌다. 따라서 이에야스가 교토를 떠난 것은 8월 4일 아침이었다.

7월 19일에 먼저 후시미를 떠난 쇼군 히데타다는 같은 날 에도성에 들어갔다. 따라서 쇼군의 에도 도착과 동시에 이에야스는 교토를 출발한 셈이 된다. 이 무렵에는 벌써 저마다 맡은 부서에서 일을 끝낸 영주들과 그 부대들도 잇따라 영지를 향해 진지철수를 마치고 있었다.

다다테루 또한 아버지에 이어 교토를 떠났다. 철수하는 에치고 부대의 지휘는 가쓰시게와 이에야스의 밀명을 받은 가쓰타카의 아버지 마쓰다이라 시게카쓰가 맡았다.

시게카쓰는 오쿠보 나가야스가 죽고 사부인 미나카와가 물리쳐진 다음 다다테루에게 딸려진 중신으로, 이때 에치고 산조성에 살고 있었다. 산조성은 다카다성보다 훨씬 북쪽에 자리하여 이를테면 다테 가문과 다다테루 사이에 쐐기를 박아놓은 듯한 위치였다. 아마도 시게카쓰는 이곳에서 그 둘의 관계에 엄밀한 감시의 눈길을 번뜩이고 있었으리라. 그러나 다다테루는 그런 일에 전혀 신경 쓰지 않았다.

그는 오쓰에서 시게카쓰와 헤어져 겨우 100명도 안 되는 부하를 데리고 슨푸로 향했다. 그때 이후로 다다테루는 이에야스를 만난 적 없었다. 아버지 쪽에서도 부르지 않았고, 다다테루 쪽에서도 가고 싶은 마음이 내키지 않았다.

'그처럼 호쾌한 분도 나이는 이기지 못하고 노망드셨다……'

그 노망은 섣불리 거스르면 화내거나 울 뿐이다. 따라서 부르지 않는 한 가만히 내버려 두는 게 효도라고 생각하고 있었다. 그 다다테루가 시게카쓰에게 군사를 맡기고 도카이도에서 슌푸로 나설 생각이 든 것은 실은 어머니를 만나고 싶어서였다.

어머니 자아 부인은 앞으로도 이에야스 곁에 있으면서 신변의 시중을 들 것이 틀림없었다.

"아버님도 이제 늙으셨습니다. 불편 없으시도록 잘 돌봐드리십시오."

물론 아버지에게도 문안인사를 할 생각이지만 어머니한테 잘 부탁해 두는 것역시 효도라고 생각했다……

'어쨌든 이제 오래 사시지 못한다……'

그리고 보면 마사무네도 교토에서 그런 말을 되풀이했다.

"이제 오고쇼도 오래 사시지 못하실 테니 거역해서는 안 됩니다. 아니, 오고쇼뿐만이 아니라 오고쇼가 살아 계시는 동안은 쇼군께도 결코 의견이 다른 말씀은 드리지 않도록. 비록 화나는 일이 있더라도 노여움을 적으로 생각하고 마음을굳게 가지십시오."

늙은이를 상대로 말다툼하여 뒤에 남는 쇼군에게 약점 잡힐 구실을 주지 않도록 하라는 것이다.

"머지않았소. 조금만 더 참으시면"

이 말은 듣기에 따라 아버지의 죽음을 기다리는 것 같아 불쾌했으나 다다테루는 여기에도 그리 구애되지 않았다.

'장인은 아직도 나를 오사카성 주인으로 만들 꿈을 버리지 못하고 있는지도몰라.'

다다테루는 대수롭지 않게 여기고 나고야까지는 아버지의 행렬 뒤를 1, 20리쯤간격을 두고 따라갔다. 그리고 아버지가 나고야성에 들어가자 거기서부터 앞서나가기 시작했다.

이에야스가 두 아들, 나가후쿠마루와 고로타마루를 데리고 나고야성에 들어간 것은 8월 10일이었다.

'2, 3일 여기서 피로를 풀고 갈 생각이시겠지. 그것도 좋을 거야.'

다다테루는 스스로 자신에 타일렀으나, 나고야성 높이 찬란하게 빛나는 황금 용마루 장식을 보았을 때는 마음이 떨렸다.

'동생들에게는 저렇게 훌륭한 성을…….'

활짝 갠 가을하늘이 음산한 북국의 다카다와는 맑은 공기부터 다른 탓인지 당당하고 장엄해 보였다.

'내 성과는 비교도 안 되는군!'

역시 아버지에게 좀 더 졸랐어야 했다고 문득 후회 비슷한 선망에 사로잡혔다.

오사카성은 이제 다다테루의 기대와는 아랑곳없이 마쓰다이라 다다아키의 것이 되어 있었다. 다다아키는 오쿠다이라 노부마사의 넷째아들로, 어머니가 이에야스와 쓰키야마 부인 사이의 장녀 가메히메인 만큼 이에야스에게는 외손자가 된다. 어차피 막부의 직할영토가 되겠지만, 그렇다 하더라도 자기 아들 다다테루에게는 그토록 매정하게 거절한 성에 외손자 다다아키를 들여보낸 것은 아무리 생각해도 기분 좋은 일이 아니었다.

'다다아키는 지금 33살의 한창 일할 나이, 나는 아직 너무 젊다고 여기신 거야…….'

사실 다다아키의 활약은 다다테루의 눈으로 보아도 뛰어난 데가 있었다. 본디의 성안 별성(지금의 오사카성과 그 동쪽 요코보리강(橫堀川) 사이)에 후시미에서 80개 마을사람들을 데려와 시가지를 조성하고, 도톤보리(道頓掘), 교마치보리(京町掘), 에도보리(江戸掘), 기즈강(木津川) 등에 중요한 수상교통로를 정비했다. 또 성 아래에 흩어져 있던 절을 덴마와 우에마치(上町)의 한 모퉁이에 모았으며, 토지대장을 만들어 구획정리를 하는 등…… 북국에서 강물만 바라보며 농지를 개간하던 다카다의 일과는 하늘과 땅 차이가 있는 솜씨를 발휘할 수 있는 장소로 보였다.

'나 같으면 오사카성 가까이까지 외국의 큰 배가 들어와 무역할 수 있도록 큰 항구를 건설하겠는데…….'

그러나 이렇게 에도로 돌아가 다카다성에 들어박히면, 다다테루는 이제 오사카와 완전히 인연이 멀어지게 된다…….

나고야성 황금 용마루 장식의 위용이 다다테루의 마음에 적지 않은 상처를 준 것은 사실이었다.

'그래, 아버지가 기분 좋으실 때 어머니에게 다시 한번 내 희망을 말해 달라고 해보자.'

다다테루는 외면하듯 고개를 돌리고 아쓰타에서 나루미 관문을 급히 빠져나 갔다.

이 일대에서 오카자키에 걸쳐 아버지 이에야스에게는 하나하나 잊을 수 없는 추억이 깃들어 있을 터이지만, 다다테루는 그냥 지나가는 나그네에 지나지 않았 다. 세대의 차이는 아버지와 아들 사이를 잇는 감각도 정감도 깨끗이 떼어놓고 있었다.

다다테루는 아버지보다 사흘 먼저 슨푸의 저택에 도착했다. 도착하니 거기에 는 뜻하지 않은 기쁜 소식이 그를 기다리고 있었다. 부재중에 다카다성에 있는 측실의 몸에서 아들이 태어났다는 소식이었다. 물론 초이레에는 도착하지 못하 겠지만 이 편지를 받는 대로 이름을 지어 보내달라는 소식이었다.

이 소식은 나고야성을 지나면서 드리워진 마음의 그늘을 지워주었다. 다다테 루는 흐뭇한 마음으로 그 첫아들에게 '도쿠마쓰(德松)'라는 이름을 지어 편지를 보낸 다음 즐거운 술잔치로 들어갔다……

다다테루의 저택에 어머니 자아 부인이 찾아온 것은 그다음 날이었다. 친어머 니와 아들 사이므로 다다테루 쪽에서 성안으로 찾아가도 되지만, 그즈음 습관으 로는 그것 역시 조심스러운 일이었다. 다다테루가 오고쇼 이에야스의 아들이기 는 하나, 측실인 자아 부인에게는 '모권(母權)'이 없었다. 배는 빌리는 것……이라는 이상한 말로 표현되고 있듯 부인은 어머니인 동시에 하녀이기도 했다. 따라서 내 자식을 찾아가는 데도 주인뻘인 고귀한 분에게 '문안'드리는 형식을 취하지 않으 면 안 되었다.

시동 다무라 기치주로(田村吉十郎)가 전했다.

"성안에서 자아 부인이 문안드리러 오셨습니다."

그러자 아직 취기가 깨지 않은 다다테루는 다시 술상 준비를 지시하고 어머니 를 거실로 맞이했다.

"어머니, 다카다성에서 아들이 태어났습니다."

형식은 어떻든 만나면 반가운 모자 사이다. 거실문을 활짝 열어젖혀 놓고 두 사람 얼굴에 웃음꽃이 피었다.

"토실토실한 아드님이라더군요. 거듭 축하드립니다."

"오, 알고 계셨습니까? 그래서 노구마쓰라고 부르도록 곧 편지를 보냈지요."

"그래요? 그럼, 그 사자는 에도 저택에서 다카다로 연락하는 건가요?"

"그렇지요. 여기서는 그편이 가까우니까요."

그때 문득 부인은 이마를 찡그렸다. 아마 에도 저택에 있는 정실부인, 아직 후계자가 없는 다테 부인이 마음에 걸렸던 것이라. 그러나 흐뭇한 다다테루는 거기까지 깨닫지 못했다.

"오랜만입니다. 한 잔 드리지요. 그동안 건강하셨습니까?"

문자 그대로 오붓한 술자리였다.

그런데 자아 부인이 어쩐지 근심스러운 투로 물었다.

"성주님은 어째서 오쓰에서 오사카로 나가시지 않고 굳이 이세에서 이가 산길을 넘어 야마토로 나가는 먼 길을 택하셨습니까?"

그러나 이때도 다다테루는 그 질문에 별다른 관심을 보이지 않고 대수롭지 않게 들어넘겼다.

"그것 말입니까? 그거야 아버님이 명하신 일이지요. 아버님은 언제나 무서우신 분이니까요."

이것은 실로 중대한 일이었다. 이에야스는 그런 명을 내리지 않았다. 그런데도 마쓰다이라 가문 사람들은 모두 그것을 이에야스의 명으로 믿고 행동하고 있었다. 여기서부터 하나의 묘한 차질이 빚어지고 만 것인데, 다다테루에게 아버지로부터 그러한 명이 있었다고 믿도록 한 것은 다테 가문의 가타쿠라 고주로였다.

자아 부인이 그 일을 물은 것은 그즈음 슨푸에서 다다테루가 길을 돌았기 때문에 싸움터에 늦었다는 소문이 돌고 있었기 때문임이 틀림없었다. 따라서 여느 때의 자아 부인이었다면 한 번 더 물어보았을 것이나, 부인도 그날은 오랜만의 대면이었다.

"아, 아버님의 명……이라면 별일 없겠지요."

기쁨에 들떠 화제를 곧 센히메에게로 옮겨갔다. 센히메가 풀죽은 모습으로 도카이도를 거쳐 에도로 내려간 것은 7월 첫 무렵…… 그때이 모습이 부인의 마음에 깊이 새겨셨던지 이야기는 계속 그쪽으로 나아갔다…….

자아 부인은 눈에 눈물이 글썽하여 다다테루가 생각지도 않았던 말을 꺼냈다.

"다카다에 아드님이 태어났다는데, 센히메 님은 말할 수 없이 수심에 잠겨 계시지요. 무리도 아니시지. 여자인 저로서는 잘 알 수 있어요……."

"그야 풀이 죽기도 하겠지요. 센히메로선 오사카성이 자라난 고향과도 마찬가지. 출가 전의 기억이란 거의 없을 테니까요."

"그렇지 않습니다, 좀 더 뿌리 깊은 여인의 슬픔이지요."

"그럼, 히데요리 님을 사무치게 그리워하여 식사도 못 한다는 겁니까?"

"아니오, 히데요리 님 일은 벌써 체념하고 계신 눈치…… 그러나 태중의 아기만은 누가 뭐라든 목숨과 바꾸더라도 키우실 각오인 것 같았습니다."

"뭐, 태중의 아기……!"

"예, 센히메 님은 임신하고 계셔요. 물론 아버님은 모르시지만."

"오, 모르고말고요. 그랬군, 임신 중이었군……."

"그런데 여행의 무리가 겹쳐 슨푸에 이르자마자 뜻하지 않게 복통이……."

"예!"

"곧 의원을 불러들이고 저는 잠도 안 자며 간호했지요…… 하지만 그 보람도 없이 태중의 아기는 그만……그만 유산되고 말았어요."

말하더니 그곳에 유산으로 괴로워하는 센히메가 누워 있기라도 한 것처럼 합장하고 눈물을 닦았다.

"예, 그래서 어머니는 다카다 이야기에서 센히메 생각을 하셨군요……."

"예, 이쪽은 탈 없이 순산했는데…… 그 행복에 비해 센히메 님은……."

"그러고 나서 또 무슨 일이 있었습니까?"

"자……자……자결을 하시려고 했지요. 이제 이 세상에는 희망이 없다고 하시면서……."

"음, 그렇겠군."

"이건 여자가 아니면 모릅니다. 나도 다다요리 님의 형님되실 분을 유산했을 때는 정말 죽고 싶었답니다."

"허, 나에게 유산된 형님이……?"

"어머나, 공연한 말을 했군요…… 내가 센히메 님 손에서 단검을 빼앗고 생각을 말씀드렸더니, 제발 말리지 말라며 사실은 밤마다 히데요리 님 망령이 나타나 도쿠가와 가문 여자에게 내 자식을 낳게 할 줄 아느냐고 저주의 말씀을 하셨답니다……."

다다테루는 일부러 과장스럽게 몸서리쳐 보이며 말했다.

"어머니, 그게 사실입니까?"

"물론 마음이 심란해서 그러시겠지요…… 하지만 센히메 님은 그렇게 말씀하셨어요. 그래서 억지로라도 낳아서 내 손으로 키울 작정이었는데, 이렇게 유산되고 말았으니 부디 못본 체해 달라며 자신이 죽은 다음 이 검은 머리는 이세에 있는 비구니 암자인 게이코인(慶光院)에 보내 히데요리 님과 더불어 명복을 빌어달라고 하셨지요……."

다다테루는 벌써 취기가 상당히 올라 있었다.

"가엾은 사람. 그건 모두 히데요리 님을 그리워하는 마음에서 나온 망상입니다. 그것을 어머니께서 살려주셨군요."

앞질러 말하고 자신도 울고 있었다.

자아 부인이 센히메에게서 사신(死神)을 쫓아버리는 데는 열흘 남짓이나 걸렸던 모양이다. 부인은 한동안 그 이야기에서 벗어나지 못하고 줄곧 눈물을 닦으며 말을 이어나갔다.

이리하여 자아 부인은 그날 해 질 무렵이 가깝도록 다다테루의 저택에서 지냈다. 이틀 뒤면 이에야스가 돌아온다. 다음 날부터는 이에야스를 맞을 준비로 바빠질 것이다.

"며칠 뒤 성안에서 다시 뵙겠어요."

일어서려다가 부인은 또 생각난 듯 이에야스에게서 들었던 옛날 다케치요 시절의 이야기를 꺼냈다.

"이 언저리를 쇼군의 작은 성 마을이라고 부르는데, 아버님이 어렸을 때 지내시던 곳이라나 봐요. 그 무렵에는 아버님이 사람들로부터 미카와의 고아라고 손가락질당하던 볼모 신세……그런데 이제는 이렇게 되었다고 성안을 둘러보시면서 말씀하셨지요. 사람의 일생이란 정말 알 수 없는 것인가 봅니다."

그것은 부인 자신의 감회이기도 했다. 자아 부인은 옛날 엔슈 가나야 마을의 대장장이 하치고로의 아내였다. 그런데 그 미모에 반한 한 지방관리가 남편 하치고로에게 엉뚱한 죄를 뒤집어씌워 살해했다…… 그때 부인은, 지금 하나이 요시나리 나리의 아내가 된 3살 난 어린 딸을 안고 하마마쓰성의 이에야스에게 달려가 고발했다. 그것이 인연되어 꿋꿋한 여인이라 하여 이에야스의 총애를 받았고, 이제 60만 석의 쇼군 집안 직계영주인 다다테루의 어머니가 되어 있다…… 그러한 파란만장한 자신의 변천과 비교해 보면서 술회한 것이 틀림없으리라.

"저따위가 말할 필요도 없는 일이지만, 오고쇼님 은혜를……깊이 명심하고 효도하세요."

다다테루는 웃으면서 가로막았다.

"염려 마십시오. 하지 말라고 해도 효도할 터이니."

"그럼, 다시 성안에서."

"그보다도 어머님에게야말로 아버님을 잘 부탁드리겠습니다."

"예, 알고 있습니다."

이리하여 부인이 돌아가려고 하는데 신발 끈이 툭 끊어졌다. 생각해 보면 그것이 무슨 암시였는지도 모른다. 사실 이 어머니와 이 세상에서 아들의 만남은 이것이 마지막이었으니까…….

다다테루는 술김에 현관까지 어머니를 배웅했다.

"조심하십시오……라고 인사할 것도 없이 엎드리면 코 닿을 데인데 가마를 타고 가시는군요. 게다가 이곳은 슨푸, 인사하는 게 오히려 우습군요. 하하……."

통쾌하게 웃는 바람에 부인은 신발 끈이 끊어진 것을 다다테루 몰래 재빨리 감추고 가마에 올랐다.

다다테루는 그 뒤에도 계속 술을 마셨다. 이 슨푸의 저택에서는 거의 기거하지 않았다. 그래서 하녀들도 고용하지 않았으므로 어머니가 돌아가자 유곽에서 기녀들을 불러왔다.

"내일은 아버님께서 귀성하신다. 인사를 끝내면 또 여행이야. 오늘 밤에는 모두 취해도 좋다."

어차피 성안에서 어머니를 다시 한번 만나 그때 자신의 희망을 넌지시 일러두고 갈 작정이었다.

"다다테루는 1, 2년쯤 기량을 기른 다음 오사카성에서 일본을 위해 일하고 싶습니다."

이렇게 어머니에게 살며시 귀띔하면, 그 뒤 아버지가 무슨 생각을 하고 있는지 아무튼 그 반응을 알 수 있을 거라는 속셈이었다.

다다테루는 흡족한 기분으로 슨푸에서의 사흘째 밤을 맞이했다. 디디테루는 아직 덜 깬 취기 속에서 시동에게 물었다.

"기치주로, 아버님은 무사히 도착하셨나?"

벌써 사흘째 되는 저녁 무렵으로 다다테루는 한숨 자고 난 다음이었다.

"예, 무사히 도착하셨으니 참으로 반가운 일입니다."

"그래, 참으로 잘되었군. 나는 내일 아침 일찍 성에 들어가 인사를 올리겠다. 오늘 밤은 푹 자둬야지. 모두들 술을 마시는 건 괜찮지만 공연한 일로 깨우지 마라."

이렇게 지시하고 다시 깊은 잠에 떨어졌다.

지난밤 저택에 부른 기녀들이 아직 남아 있는 듯했으나, 다다테루가 자고 있어서 북도 피리도 삼가는 모양이었다.

몇 시간이나 지났는지…… 주위가 조용해지고 머리맡에 써늘한 밤바람을 느끼며 눈을 떴을 때였다.

등불을 일렁거리며 잔뜩 숨죽인 기치주로의 목소리가 들려왔다.

"주군! 일어나십시오."

"뭐야……깨우지 말라고 했잖아. 몇 시나 되었나?"

"예, 아직 초저녁입니다만, 성안에서 사자가 오셨습니다."

"뭐라고, 성안에서……? 어머님한테서 말이냐?"

"아닙니다. 오고쇼님 사자로 산조 성의 아드님이신 마쓰다이라 가쓰타카 님이 오셨습니다."

"중신 중에……누구든 대신 만나보라고 해."

"주군을 직접 만나지 않으면 안 된다고 합니다. 오고쇼님이 보내신 사자이니 깨우라고 하셨습니다."

"오고쇼님에게서……?"

다다테루는 비로소 몸을 일으켰다. 상당히 잠을 잔 셈이었으나 심한 취기 끝이라 아직 머리가 맑지 못했다.

"좋아, 접견실로 안내해라, 곧 갈 테니."

일어나며 크게 기지개를 켠 다음 재빨리 옷을 갈아입기 시작했다.

가쓰타카는 이에야스의 측근, 정신없이 취해 있더라고 고자질 당하면 안 되겠다는 생각에서였다.

옷을 갈아입으면서 다다테루는 생각했다.

'아하, 어쩌면 무언가 하사하시려는 걸까?'

서자이기는 하지만 사내아이가 태어났다는 것을 어머니에게서 듣고 일부러 축하하러 보낸 것인지도 모른다.

"내 아들은 아버님에게 손자이니까."

그래! 그게 틀림없어. 인간의 상상은 늘 자기에게 좋은 쪽으로 연결되는 법이다. 다다테루는 아직 보지 못한 젖먹이의 환상을 술이 덜 깨어 멍한 머릿속에 그리면서 접견실로 나갔다.

"오, 가쓰타카. 밤중에 수고 많군. 그런데 어쩐 일이지, 아버님께서?"

가벼운 기분으로, 그러나 아랫자리에 앉으며 말했다.

"자, 들을 테니, 말해 보게."

그때는 아직 다다테루의 머릿속에 젖먹이의 환상과 실눈을 짓고 있는 늙은 아버지 이에야스의 웃는 얼굴이 느긋하게 겹쳐 있었다. 그런 만큼 가쓰타카가 촛불 사이로 고쳐앉으며 구두 전갈을 마쳤을 때도, 그는 그 전갈이 갖는 복잡한 의미가 정확하게 파악되지 않았다.

가쓰타카는 엄숙한 표정으로 말했다.

"주군의 명이시오! 첫째, 오사카 출전 때 고슈 모리야마(守山) 언저리에서 쇼군의 시동 지야리 구로의 동생 로쿠베와 이타미 아무개를 무례하다는 이유로 벤 다음 신고도 하지 않은 것은 무엄한 일. 둘째……이어 교토에서 입궐하실 때 이것저것 핑계 대며 수행하지 않고 사가(嵯峨) 언저리에서 고기잡이를 한 일은 용서할 수 없는 불경(不敬). 셋째, 60만 석 영지를 가지고도 경비가 부족하다고 한 것은 사치스러운 일, 참으로 괘씸하고 방자한 일이므로 앞으로 영원히 대면금지를 명한다. 겐나 원년(1615) 9월 10일. 이상."

가쓰타카가 다 읽고 나서 두루마리를 말기 전에 다다테루는 고개를 갸웃하며 물었다.

"가쓰타카, 그게 무슨 뜻이냐?"

가쓰타카는 묵묵히 두루마리를 말아 다다테루 앞에 조용히 놓았다.

"대답을 하지 않겠느냐? 뭐라고, 첫째는 지야리의 아우인가를 벤 것이 잘못이었다고 했지?"

"그렇습니다."

"둘째는 고기잡이가 불경이라고?"

"그렇습니다."

"셋째는 뭐라고 했나, 60만 석 녹을 받고도……?"

"부족하다고 한 것은 부모의 은혜를 은혜로 생각지 않는 어리석은 놈이라고 매우 화내셨습니다."

"흠, 축하사자인 줄 여겼더니 그대는 나를 꾸짖으러 온 사자였구나."

"그렇습니다."

"그렇습니다 라는 대답만으로 어떻게 알 수 있겠나? 그대가 말하는 세 가지 조목은 내가 니조 저택에서 입이 닳도록 아버님에게 빌고 이미 끝난 일이야. 그런데 뭐……."

말하다가 두루마리를 펴보고 다시 물었다.

"영원히 대면금지……이건 뭐야?"

"평생 동안 뵐 수 없다는 뜻입니다."

"뭐, 평생……? 어디의 누가?"

"다다테루 님이 아버님인 오고쇼님을 말씀입니다."

"바보 같은 놈!"

"……."

"아버지가 아들을 평생 만나지 못 한다고? 아버지와 아들이……아니, 자식이 부모에게……눈앞에 있는 자식이 그 부모에게……."

몹시 더듬거리던 다다테루의 얼굴이 차츰 새파래져 갔다.

"가쓰타카!"

"예, 우선 그 두루마리를 받아주시지 않으면 가쓰타카 개인으로서 응대할 수 없습니다."

"음, 그래? 그대는 아버님 사자였지. 좋아, 이건 분명히 듣고 받았어. 자, 어서 말해 봐. 이……영원한 대면금지란 무슨 뜻이냐?"

"그 내답이라면 말씀드렸습니다. 이 세상에서는 이제 아버님을 대면할 수 없다, 이대로 아사쿠사로 돌아가서 쇼군으로부터 분부가 있을 때까지 근신하고 계시라는……뜻인가 합니다."

"허, 참으로 재미있군! 그럼, 다시 묻겠다. 아버지가 아들을 평생 안 만난다……
는, 그런 세상에 있을 수도 없는 처벌은 아버님이 망령들어서 하신 말씀이니 받
아들일 수 없다고 내가 고집부리면 어떻게 할 셈이냐?"

그러자 가쓰타카는 진지한 표정으로 흰 부채를 배에 댔다.

"뭐라고! 할복하겠다고?"

다다테루가 되묻자 가쓰타카는 침착하게 대답했다.

"그렇습니다."

"이건 더욱 재미있군. 지금까지 한 번도 들어보지 못한 영원한 대면금지라고……
말도 안 되는 명을 내린 영감도 영감이지만, 심부름 온 그대도 참으로 딱하군. 대
체 이미 끝난 일을 누가 또 영감에게 쑤석거렸느냐? 쇼군은 이미 에도에 계시
고…… 그렇다면 나가후쿠마루냐, 아니면 고로타마루냐? 그 녀석들에게는 다다
테루가 원한 살 일이 없다. 그렇다면……"

생각난 듯 다다테루는 무릎을 쳤다.

"이건 다다아키의 짓이다. 다다아키 놈, 내가 오사카성을 탐내고 있다는 걸 전
해 듣고……"

끝까지 듣지도 않고 이번에는 가쓰타카가 흰 부채로 무릎을 탁 쳤다.

"모든 것은 오고쇼님 뜻에서 나온 말씀, 경솔한 추측은 삼가십시오."

"뭐, 뭐라고?"

"오고쇼님이 노망하셨다는 둥 함부로 말씀하시는 것을 삼가십시오. 오고쇼님
은……오고쇼님은 오늘도 눈물을 뚝뚝 떨어뜨리며 울고 계셨습니다."

"바보 같은 놈!"

다다테루는 참다못해 가져온 찻잔을 장지문을 향해 집어 던졌다.

"나는 이 세 조목에 대해 모두 아버님에게 용서를 빌었던 말이다. 그 첫째 조목
은 에도에 가서 형님에게 다시 한번 빌 작정이야. 나만으로 부족하다면 다테 님
도 함께 빌어주겠다고 하셨어. 그 둘째는, 아버님에게서 사자가 왔을 때 나는 이
미 진막에 있지 않았어…… 알겠나? 그리고 셋째 조목은 아마 내가 오사카성을
청한 일을 말한 것 같군. 내가 오사카성에 들어가고 싶다고 말한 건 사실이야. 그
러나 60만 석이 부족하다고 하지는 않았어. 천하를 위해 세계의 바다로 진출하고

싶다, 그러려면 오사카가 바로 그 요지라고…… 그러나 아버님이 찬성하시지 않는 것 같아 이쪽에서 사양했지. 그런데 이제 와서 대면금지? ……좋아! 이제부터 아버님한테 달려가 이따위 종이는 찢어버리고 말씀드리겠다."

"……."

"그래도 되겠지, 가쓰타카? 성급하게 할복 따위를 한다면 다다미가 더러워진다. 성급한 짓은 안 돼."

"아닙니다, 잠깐만."

"말리지 마라. 바보 같은 놈! 잘못한 일이 있어 내쫓는다는 말은 들은 적이 있다. 하지만 뭐야, 이 영원히 대면금지라는 건……나도 에치고의 영주, 이따위 바보 같은 말이 세상에 퍼진다면 문밖에도 나가지 못하게 될 거야."

"삼가십시오, 다다테루 님!"

"뭐, 뭐라고?"

"여기에 쓰인 세 조목, 단지 그것만으로 오고쇼님이 이러한 처벌을 내리실 줄 생각하십니까? 이것은 단순한 구실……이라는 걸 모르시겠습니까?"

"아니, 가쓰타카가 이상한 소리를 하는군."

"이건 표면상의 이유……눈물을 흘리며 평생 내 아들을 만나지 않겠다고 하신 데는 그만한 깊은 이유가."

"어서 말해라, 바보 놈! 어째서 여태 그걸 말하지 않았느냐? 그럼, 속뜻은 무엇이냐?"

"모르겠습니다."

"모른다? 모르면서 어떻게 이것은 표면적인 일이고 속셈은 따로 있다는 건방진 말을 지껄이는 게야."

마침내 다다테루는 몸을 내밀어 가쓰타카의 뺨을 한 차례 때렸다.

가쓰타카도 상당한 각오를 하고 왔는지 뺨을 맞고 비틀거렸으나 화내지 않았다.

"자, 속셈이 있다고 한 까닭을 말해 봐!"

"밀힐 수 없습니다."

"뭐? 아까는 모른다, 이번에는 말하지 못한다…… 어째서 그렇게 바뀌는 거냐?"

"모르겠습니다."

"또 모르겠느냐? 그럼, 이것은 그대의 아버지 시게카쓰와 관련 있겠군."

가쓰타카는 흠칫하며 얼굴을 쳐들더니 이번에는 세차게 고개를 저었다.

"어찌 그런……! 아버지는 아직 아무것도 아실 리 없습니다."

"그렇지 않아. 네놈의 아비는 산조 성에서 우리를 감시하고 있어, 다다테루가 모반이라도 꾸미지 않나 하고 고양이처럼 눈을 번뜩이며……그래. 네놈의 아비가 아버님에게 뭐라고 말했을 거야."

"다다테루 님!"

"뭐야, 그 눈초리는? 네놈까지 들개 같은 눈초리로 나를 보지 마라."

"다다테루 님은 그렇게 남을 의심하고도 부끄럽다고 생각하지 않습니까?"

"뭐, 부끄럽다고……?"

"예. 남을 의심하기 전에 조용히 자기 주변의 일을 돌이켜 보실 수는 없습니까?"

"그, 그건……."

말하려다가 다다테루는 입을 다물었다. 철부지이긴 했으나 결코 어리석은 천성은 아니다.

'조용히 자기 주변의 일을 돌이켜보라고…….'

아버지의 이 괴상한 처벌의 원인이 자기 주변의 일 가운데 있다…… 그러고 보니 맨 먼저 오쿠보 나가야스 사건이 머릿속에 떠올랐다. 다다테루는 나가야스가 하치오지의 저택에 엄청난 금은을 횡령하여 숨기고 있었다는 말만 들었지 그 이상 자세한 내용은 듣지 못했다.

"그럼, 이건 나가야스의 음모와 관계있는 건가?"

"모르겠습니다."

"또 모르겠습니다…… 모르는 건 말하지 마라."

가쓰타카는 반박했다.

"무사는 알면서도 모른다고…… 말하지 않으면 안 될 경우가 있음을 모르십니까?"

"뭐, 알면서도……? 그럼, 그대가 말한 모르겠습니다는 그런 뜻인가?"

"모르겠습니다."

"좋아. 그럼, 나가야스의 음모를 내가 명령내린 일이라는 건가?"

가쓰타카는 고개를 저었다.

"아닙니다. 그처럼 긴단한 일이 아닙니다……."

"뭐라고! 그처럼 간단한 일이 아니라고……."

"다다테루 님은 오사카 함락 때 한 예수교 신부가 다테 가문 가신들에게 베일 뻔했다가 이웃 하치스카 진영으로 도망친 일을 모르고 계십니까?"

"예수교 신부가……? 알게 뭐냐, 내가 그런 일을."

"그 신부가 다테 마사무네는 비밀이 누설되는 걸 겁내어 나를 죽이려고 했다, 고 말한 것을 모르십니까?"

"비밀이 누설될까 겁내어……?"

"예. 그 비밀이란 예수교도 및 마사무네와 다다테루 님이 의논한 음모로, 오사카 쪽을 편들어 오고쇼와 쇼군을 죽여 없앨 계획이었다는 겁니다."

"뭐, 뭐라고!"

저도 모르게 몸을 내밀었다가 다다테루는 이윽고 입을 크게 벌리고 웃기 시작했다.

"와하하하……배꼽이 다 아프군! 그래, 그런 소문이 퍼지고 있었단 말이지, 내가 예수교도며 다테 님과 손잡고 아버님과 쇼군을……?"

가쓰타카는 시무룩해졌다.

"웃지 마십시오, 다다테루 님. 다다테루 님은 실제로 싸움터에 지각하셨습니다. 게다가 다테 군은 오사카 편의 유격대인 아카시 군에 대항하고 있던 아군 진보데와 군을 배후에서 습격해 전멸시켜 버렸습니다. 의심스러운 건 그뿐만이 아닙니다. 그 신부의 말에 의하면……."

격한 목소리로 다다테루가 가로막았다.

"기다렷, 가쓰타카! 그럼, 아버님은 우리가 싸움터에 지각한 것은 그 음모를 달성하기 위해서……라고."

"그렇습니다."

"또 그렇습니다…… 답답한 놈이로군. 그럼, 그대도 아버님의 의심이 터무니없는 것이라고 생각하지 않는 거냐?"

"모르겠습니다."

"흠, 좋아. 그렇습니다건 모르겠습니다건 멋대로 해라. 하지만 다다테루는 묻고 싶은 것은 모두 물어보겠다. 다테 군이 진보 군과 잘못하여 아군끼리 싸움을 벌인 것은 벌써 다테 님이 아버님과 쇼군에게 말씀드려 양해를 얻은 일이야."

"모르겠습니다."

"그때는 알았다고 양해했으면서, 이제 와서 새삼 나에게 트집 잡다니 비겁하다고 생각하지 않느냐?"

"모르겠습니다."

"그럴 테지. 알고서야 그런 말은 못 할 테지. 그런데 너무하지 않나? 만일 나가야스나 다테 님에게 어느 정도 야심이 있었다고 한들, 이 다다테루가 거기에 끼어들 리 없지 않은가?"

가쓰타카는 고개를 저었다.

"죄송하오나 다다테루 님은 다테 가문의 사위이십니다."

"사위가 어떻다는 거야? 그대는 장인과 사위 관계와 부자 관계 중 어느 쪽이 더 깊다고 생각하나?"

"하오나 하치스카의 진으로 달아난 신부가 그동안의 일을 자세히 털어놓았습니다."

"또 신부냐…… 그 신부가 뭐라고 말했나?"

"다테 님은 나가야스에게 대금을 횡령하게 시키고 그 돈으로 예수교 영주들을 조종했으며, 이윽고 쇼군을 쓰러뜨려 자기 사위에게 천하를 잡게 해 자신은 다음 대의 오고쇼로 들어앉을 생각이었다고 합니다."

"와하하……또 꿈 같은……! 비록 그런 일을 생각해 보았다고 한들 이 다다테루가 승낙했으리라고 여기는가? 그리고 다테 님은 그러한 도리에 어긋나는 짓을 할 분이 아니야."

"그렇게 말씀하시지만 신부는 증거를 제시하며……."

"증거……?"

"예, 다테 님이 소텔로에게 신신당부한 서한의 사본이 있습니다."

다다테루는 혀를 찼다.

"다테 님이 소텔로에게 무엇을 부탁했나?"

"스페인에 가면 반드시 펠리페 3세의 해군을 파견하도록 주선하라고, 군함만 도착하면 다테 님은 신자들과 함께 오사카성에 웅거하며 곧바로 에도 정벌을 시작하겠다, 아무쪼록 대왕의 해군을 보내달라…… 오고쇼님도 어렴풋하게나마 그것을 알고 계셨으므로 히데요리 님에게 성을 니오고고 줄곧 제촉하셨다 합니다……."

가쓰타카는 마침내 자기가 알고 있는 모든 이유를 털어놓기 시작했다.

"이 이야기는 이 자리에서만 듣고 흘려버리시기를……."

다다테루가 별안간 입을 다물어버렸기 때문에 가쓰타카는 또 말을 하지 않을 수 없었다.

"사건의 뿌리는 역시 나가야스 사건…… 꿈이라고 하신다면 과연 꿈이지만, 그 꿈이 사실은 여기저기서 엉뚱한 일과 연결되고 있습니다."

"음."

"실제로 나가야스는 많은 금을 숨겨두고 있었습니다. 뿐만 아니라 히데요리 님도 서명한 연판장이 나왔습니다. 물론 거기에 다테 님의 서명은 없었지요. 하지만 히데야스 님과 다다테루 님까지 서명되어 있습니다. 그 가운데 원로는 오쿠보 다다치카……라고 한다면 쇼군의 측근도 가만히 있을 수 없는 일…… 더구나 다다치카는 오고쇼님이 에도에서 슨푸로 돌아가시기를 기다려 오다와라에 감금하고, 쇼군직을 누군가에게 넘겨주라고 강요할 셈이었다고 전해지고 있습니다."

"……."

"그래서 부득이 오고쇼님은 다다치카를 처벌하셨지요. 그뿐 아니라 가가에 있던 다카야마, 나이토 두 사람을 멀리 외국으로 추방하셨습니다. 문제는 꼬리가 밟히지 않은 다테 님 한 분뿐…… 그런데 다테 님은 다다테루 님이라는 사위를 볼모로 삼고 있습니다. 소텔로에게 부탁한 것처럼 펠리페 3세의 군함을 이제나저제나 기다리고 있었다면 이번 여름 오사카 싸움에서 조금이라도 결전을 늦추고 싶은 게 사람의 마음, 싸움터에 지각한 일까지 이상할 정도로 아귀가 들어맞습니다."

다다테루는 눈을 꼭 감고 가쓰타카의 말을 귀담아듣기 시작했다. 어느덧 취기가 달아나고 온몸이 떨렸다.

가쓰타카는 말을 이었다.

"오고쇼님, 다다테루 님에게 나쁜 마음이 없다는 것쯤 훤히 알고 계시겠지요. 그래서 오늘도 이 두루마리를 저에게 내주실 때 눈물을 흘리신 것입니다. 다다테루 님! 이 가쓰타카가 말씀드릴 수 있는 건 이것뿐입니다. 표면상의 이유는 여기

쓰인 세 조목이지만 그 이면에는 깊은 까닭이……."

"그래……그랬구나!"

다다테루는 또 중얼거리며 눈을 감았다. 오쿠보 나가야스, 오쿠보 다다치카, 다카야마 우콘에서 나이토 조안, 진보 데와와 다테 마사무네의 싸움까지 얽힌 사건이라면 과연 이것은 간단한 일이 아니었다.

'그런가…… 이렇게 되면 지금은 아버지를 만나지 않고 에도로 돌아가는 수밖에 없겠군.'

"다다테루 님, 오늘은 제가 말이 많았습니다만 이 가쓰타카의 혼잣말, 한두 마디 더 들어주시겠습니까?"

"그래, 마음대로 말해 봐."

"감사합니다. 이 가쓰타카가 생각하건대 오고쇼님은 다다테루 님과 다테 님의 인연을 끊게 하고, 그런 다음 다테 정벌을 하실 생각이 아니신지……."

"뭐, 다테 님을!"

"예, 그러므로 에도로 돌아가시면 곧 마님과의 이혼이야기를."

"……."

"그다음은 저희들 생각으로는 모릅니다. 할복을 명령하실지 다테 정벌의 선봉을 명령하실지, 어쨌든 다다테루 님 신상에 큰 변화가…… 그 각오를 단단히 해두시는 게 좋을 거라고 생각합니다."

그러나 눈을 감은 다다테루의 입에서는 아무 대답도 들을 수 없었다. 다다테루에게는 너무나 뜻밖의 날벼락과 무서운 파도가 한꺼번에 덮쳐온 것 같은 사건이었다.

'방심했어……!'

나가야스 사건은 벌써 세상에서 말끔히 잊어버린 과거의 일……이라는 생각으로 있었는데, 이렇듯 끈질기게 꼬리를 끌고 있었을 줄이야…….

그리고 보니 다다테루의 처세는 지금까지 너무 남한테 의지해 왔다. 아버지도, 형도, 장인도, 아내도, 자기 주위 사람은 모두 자기에게 호의를 갖고 있다……고 믿으며 응석을 부려왔다.

그런데 세상의 현실은 그 반대였다. 형에게는 형의 입장이 있고, 아버지에게는 아버지의 이상이 있었다. 다테 마사무네가 자신을 희생하면서 사위를 위해 줄 리도 없으려니와, 무엇보다 세상이 디디테루를 위해 존재하는 것도 아니잖나.

그렇긴 해도 너무 혹독하다. 가쓰타카의 말대로 이건 그저 아버지와의 대면금지만으로 끝날 일이 아니었다.

'다음 문제가 있다……'

가쓰타카는 할복이냐, 아니면 다테 정벌의 선봉이냐, 라고 했지만, 그 전에 많은 예측과 많은 문제가 개재될 것이다.

아버지와는 영원한 대면금지.

그런데 현재의 실권자인 쇼군의 처벌은 대체 무엇일까?

다테 마사무네는 정말 소텔로에게 펠리페 3세의 원군 파견을 부탁한 것일까……?

정말로 그런 일이 있었다면, 그것이 도착할 경우 어떤 소동이 일어날까?

아버지는 그 소동을 예측하고 있었으므로 '다테 토벌'이라는 말을 꺼냈는지도 모른다.

'내 불찰이었다……'

어느덧 다다테루는 눈을 감은 채 울고 있었다. 이런 문제가 생긴 줄도 모르고 기녀들을 불러 술타령한 자신의 어리석음! 서자이지만 아들이 생겼다고 기뻐하며 어머니에게 다시 오사카성 문제를 묻게 하려 했던 미련함…….

그러고 보니 니조 저택에서 아버지와 심하게 언쟁을 벌였을 때 아버지는 그를 용서하겠다는 말은 한마디도 하지 않았다. 그뿐인가, 왕도와 패도의 차이를 아느냐고 꾸중만 들었을 뿐이었다. 그런데 다다테루는 혼자 판단으로 하고 싶은 말을 다 했으니 끝난 일로 여기고 있었다.

'내 쪽에서는 그것으로 끝났지만 아버지의 마음은 조금도 풀리지 않았던 모양이다……'

잠시 있다가 다다테루는 애원하는 듯한 목소리로 말했다.

"가쓰타카, 그대는 형님의 처벌에 대해서는 못 들었나?"

"예, 아니……."

"들었구나. 어떻게 될까?"

"글쎄요, 쇼군은 오고쇼님을 배려하여 되도록 가볍게……라고 생각하시겠지요. 그것을 알고 오고쇼님이 먼저 처벌을 내리셨다…… 여기에 부모의 자비가 숨겨져 있다……고 저는 생각합니다."

"그래, 무거우면 할복이지만 사정에 따라서는 달라질 수 있다는 건가?"

"예, 쇼군께서는 동생이신 다다테루 님을 미워하고 계실 리 없지요……하지만 측근들의 마음까지는 알 수 없습니다. 실제로 그 사람들은 오고쇼님의 의사를 무시하고 히데요리 님을 할복시켰을 정도이니까요……."

또 기분 나쁜 침묵이 숨 막히게 이어졌다.

'다다테루 님은 이로써 충분히 사정을 눈치챘을 것이다…….'

가쓰타카가 이렇게 생각했을 때 다다테루는 손뼉 쳐 시동을 방으로 불러들였다.

"부르셨습니까?"

불러들이고 나서 다다테루는 가쓰타카를 향해 고쳐앉았다.

"그대는 이것으로 용건을 마친 셈이군."

"그렇습니다."

"그 그렇습니다는 집어치워. 그러한 딱딱한 말버릇은 나와 그대 사이에 어울리지 않아."

"예, 그러면 분부대로……라고 고치겠습니다."

"이제부터 단둘이 흉허물없이 한 잔 마시고 싶다. 이별의 잔이라고 생각해도 좋지. 어떤가, 받아주겠나?"

"……예, 감사히 받겠습니다."

가쓰타카가 두 손을 짚자, 다다테루는 비로소 시동에게 턱짓했다.

"빨리 가져오너라."

"예."

"가쓰타카, 공적인 일은 이제 끝났어. 이제부터는 나와 그대 사이야. 이제부터 묻는 말에 솔직하게 대답해 주게."

"예."

"만일 내가 이 명에 따를 수 없다며 성으로 달려간다면 아버님은 어떻게 하실까?"

"예, 결코 만나주지 않으실 겁니다."

"아무리 억지 부려도 말인가?"

"그렇게 되면 다다테루 님을 미친 사람으로 나무실 게 틀림없습니다."

"미친 사람이라……."

쓸쓸하게 웃고 나서 다다테루는 말했다.

"그렇게 취급하지 않으면 어머니에게도 누가 미친다……고 생각하시는 거겠지?"

"말씀대로입니다."

"그럼, 또 한 가지. 나는 격분한다, 아버님 말씀은 다다테루에게 당치도 않은 일, 만일 다테며 나가야스며 그 밖의 자들 마음에 야망이 있었다 하더라도 이 다다테루만은……."

가쓰타카가 가로막았다.

"죄송하오나……."

시동들이 술상을 날라왔기 때문이었다.

"그런가? 허물없는 술자리라고 했지, 핫핫핫하……자, 술상을 가져왔으면 물러들 가라. 여자 문제로 가쓰타카에게 따질 일이 있으니까."

다다테루는 시동들을 물러가게 한 뒤 우선 손수 한 잔 따라 마신 다음 가쓰타카에게 잔을 내밀었다.

"이 다다테루가 전혀 알지 못하는 일이라 홧김에 할복한다면, 그다음에는 어떻게 될까?"

"죄송하오나 쇼군과 그 측근에게 분노를 사시어 가신과 자아 부인에게도 누가 미칠 것으로……."

"역시 그렇게 생각하나? 좋아, 한 잔 더 하게. 나도 마실 테니."

다시 한 잔을 깨끗이 비우고 다다테루는 큰소리로 웃기 시작했다.

"나는 말이다, 가쓰타카, 이 자리에서 그대를 칼로 베어죽이고 그 칼로 내 배를 갈라 창자를 끌어내 방안에 내동댕이치고 죽고 싶은 심정이야. 하지만 단념하겠다. 그대가 그럴 각오로 온 걸 아니까. 선수를 뺏겼어, 그대와 아버님에게……하하하하."

"그 심중, 헤아리고도 남음이 있습니다."

가쓰타카는 상대의 얼굴에서 눈을 떼지 않고 잔을 입으로 가져갔다.

'이별의 술잔…….'

다다테루의 말이 머리에 날카롭게 새겨져 순간의 방심도 허락해서는 안 될 것 같은 느낌이었다. 결코 어리석지는 않으나 남보다 유난히 격한 성품이라 앗차 하는 순간 배에 칼을 찔러넣을지도 모른다.

'만약 다다테루에게 할복할 기색이 보이면 내 쪽에서 먼저……'

애초부터 그런 결심으로 찾아온 가쓰타카였다.

다다테루는 웃을 만큼 웃고 나서 다시 연거푸 두 잔 마셨다.

"가쓰타카."

"예."

"나에게는 마음을 허락한 진정한 친구가 없었던 것 같아."

"그럴까요?"

"그런데 오늘 밤 그 친구를 찾아냈어. 그대, 마쓰다이라 가쓰타카를."

"황송할 따름입니다."

"그래서 그대에게 의논하고 싶은데, 이의 없겠지?"

"어찌 이의가. 가쓰타카, 분에 넘치는 영광으로 알겠습니다."

"그럼, 말하겠다. 나는 아무 말 없이 할복하고 싶다…… 식중독에 걸려 죽었다고……꾸며대도 좋아. 그러나……"

다다테루는 또 희미하게 웃어 보이고 말을 이었다.

"그대는 할복을 단념해 주지 않겠나?"

가쓰타카는 여전히 노려보는 듯한 시선으로 다다테루를 응시하며 희미하게 고개를 저었다.

"그럼, 내가 죽으면 그대도 할복할 건가?"

"그런 각오가 없었으면 오늘 밤의 사자를 결코 맡지 않았을 겁니다."

"그래? 하하……그럼, 다음 질문일세."

"예."

"그대가 만일 나라면 어떻게 하겠나? 아버지의 꾸중을 들은 다다테루라면?"

"예, 순순히 내일 아침 일찍 몰래 슨푸를 떠나 에도로 가겠습니다."

"억지로 등성하지는 않겠다는 건가?"

"그렇습니다."

"음, 모든 걸 아버님께 맡기라는 것이군…… 그리고 에도에 도착하면 어떻게 하겠나?"

"아사쿠사의 저택에 들어가 문을 닫고 근신하겠습니다."

"형님에게서 무슨 조치가 있을 때까지 내 쪽에서는 움직이지 않는다, 도마 위의 잉어로 있으라는 건가?"

"그렇습니다……."

"그러나 형님에게서 아무 조치도 없을 때는?"

"없을 리 없습니다. 아마 맨 먼저 마님과의 이혼이야기가 나올 겁니다."

"그것도 순순히 들으라는 건가?"

"예."

"그러나 마님은 내가 아니야. 마님이 만약 자결하겠다고 한다면……?"

"자결은 하지 않으실 겁니다."

"내 아내의 마음을 그대가 어떻게 아는가?"

"예, 마님은 열성적인 예수교 신자입니다, 예수교의 신은 자결을 금하고 있습니다."

"하기는……신자는 자결해선 안 된다, 그렇게 말하면 제지할 수 있겠군."

보아하니 다다테루는 에도에서 돌아오기를 기다리고 있는 이로하히메를 생각하고 있는 것 같았다.

가쓰타카는 한시름 놓았다.

'위기는 벗어난 모양. 이 정도라면 다다테루는 성급한 노여움을 누르고 일단 에도로 갈 것이다…….'

사실 다다테루가 별일 없이 슨푸를 떠나면 가쓰타카는 짐을 덜게 된다.

그 뒷일은 쇼군과 그 측근이 대책을 강구할 것이다.

'그렇다 해도 너무나 불운하신 다다테루 님…….'

다다테루는 또 한동안 손수 잔을 채우며 생각에 잠겨 있었다. 격정의 파도는 돌풍처럼 물러가고 다음을 대비하는 냉정한 사람이 되려 애쓰고 있었다.

가쓰타카가 다시 입을 열었다.

"이 경우……분노는 어디까지나 삼가시기를."

"음."

"이를테면 그것은 뜻하지 않은 운명의 함정. 발버둥 칠수록, 화낼수록 그 함정의 입은 크게 벌어질 것입니다."

"가쓰타카."

"⋯⋯예."

"그대가 한 말은 하나도 어기지 않겠다. 옳은 말이야. 그래서 말인데⋯⋯성으로 돌아가 이 다다테루가 슨푸를 떠난 것을 알았을 때 어머니에게 한마디 전해주지 않겠나?"

"알겠습니다. 무슨 말씀이신지?"

"이렇게 전하게. 센히메는 불행했다고."

"저 센히메 님 말씀입니까⋯⋯?"

"그래. 남편도 성도 잃고 게다가 어머니가 될 뻔하다가 실패했어. 하지만 언젠가는 행복이 찾아올 때가 있을 거야. 다다테루는 그것을 믿고 있으니 어머니도 너무 상심하지 말라고⋯⋯."

가쓰타카는 비로소 눈길을 돌리고 낮은 소리로 흐느껴 울기 시작했다. 센히메에게 빗대어 자신의 신세를 말한 것이다. 이렇게 생각하자 가쓰타카는 창자가 끊어지는 것 같은 심정이었다.

"센히메를⋯⋯어머니로, 아기 어머니로 만들어주고 싶었다⋯⋯ 그러나 이것도 천명이야. 그것에 비한다면 다다테루는 얼마나 운 좋으냐. 다카다성에서 아들이 태어났다. 나로서는 어머니 마음은 헤아릴 수 없지만 아버지 마음은 알 것 같다⋯⋯ 그렇게 전해다오, 알겠느냐? 아버지는 자식을 위해 자중하며 살아가야 한다는 것을."

"알겠습니다!"

가쓰타카는 상기된 목소리로 고개를 끄덕이면서 두 손을 짚었다.

"갓 태어난 아드님에게 무슨 죄가 있겠습니까? 아니, 죄는커녕 이야말로 쇼군께는 조카, 오고쇼님에게는 손자⋯⋯참으로 그것을 잘 깨달아주셨습니다."

"가쓰타카."

"예."

"나에게 만약의 일이 생길 경우 그대에게 아들을 부탁하겠다."

"새삼 말씀하실 필요도 없는 일, 저의 아비인들 그것을 잊으실 리 없습니다."

"하하⋯⋯묘하구나, 인생이란. 내가, 이 슨푸에서 아버지의 질책을 받았던⋯⋯ 이 성격 급한 내가, 아직 얼굴도 보지 못한 젖먹이에게 마음 끌려 자중할 생각을 하나니. 생각해 보면 이처럼 묘한 일도 없을 기야. 지, 결심했다! 한 잔 더 들고 가라. 나는 내일 일찍 떠나겠다."

"고마우신 말씀."

"어쩌면 언젠가 다시 만날 때가 있을지도 모르지. 그때까지 잘 있게."

어느덧 밖에 조용히 비가 내리고 있었다……

아사쿠사강(淺草川)

다다테루의 에도 저택은 오늘도 스미다강을 오르내리는 배의 노 젓는 소리 속에 아침을 맞았다. 볕이 잘 드는 정원 쪽 거실문을 열어젖히면 수면에 감도는 안개에 햇살이 비쳐 버들가지가 선명하게 빛나는 모습이 보인다.

다테 마님은 툇마루에 깔아놓은 양탄자 위에서 세수하고 나자 여느 때처럼 맨 먼저 하느님에게 아침기도를 드렸다.

"남편이 오늘도 무사하시기를."

그러나 남편이 출전한 뒤로 계속하고 있는 그 기도에 오늘 아침에는 수면 부족에서 오는 불쾌한 기분이 남아 있다. 어제저녁 무렵 다카다에서 알려온 서자 탄생 소식을 받고 나서부터였다.

다테 마님은 남편의 자식을 누구보다 자기가 먼저 낳고 싶다고 소원하고 있었다. 그런데 영지에 있는, 얼굴조차 잘 기억나지 않는 시녀에게 뒤지고 만 것이다. 분명 그 여인은 가스가 산(春日山) 언저리 마을 향사(鄕土)의 딸로 이름은 기쿠(菊)라고 했는데…… 언제나 고개 숙이고 눈물짓는 것 같은 쓸쓸한 느낌의 처녀로, 그녀가 다다테루의 눈에 들게 되리라고는 생각지도 못했던 일이었다. 그 기쿠가 임신했다……는 말을 들었을 때, 마님은 몹시 불결한 것을 본 듯 적잖이 당황했었다.

'다다테루 님은 저런 여자가 좋은 것일까?'

그러고 보니 마님은 기쿠와 정반대로 언제나 명랑하고 활달한 느낌이었고, 아내는 모름지기 그래야 한다고 믿었다. 질투……라고 하기에는 상대가 너무나 약하다. 시샘하려 해도, 꾸짖으려 해도, 상대의 존재는 마님이라는 햇살 앞에 금방이라도 녹아버릴 것 같은 봄눈의 느낌이었다.

'용서해 주자. 모든 게 신의 뜻일 테니까.'

그러면서도 결코 그 아이를 기쿠가 키우게 해서는 안 된다고 생각했다. 부러울 것 없는 환경에서 자란 자의 이기심은 이상한 형태로 자기방어의 구실을 찾게 되는 모양이다.

'남편의 자식이니 아내인 내가 맡아서 키워야 해.'

다다테루의 행동을 나무라는 대신 부드럽게 용서해 주자. 그리고 아들이든 딸이든 내 자식으로 키워주는 게 하느님의 뜻을 따르는 아내의 길이라고 생각했다.

"아기가 태어나면 곧 알리도록."

이렇게 일러두었기 때문에 영지에서 옥동자가 탄생했다는 소식이 와도 그리 동요를 느끼지 않을 자신이 있었다. 그런데 어젯밤 문득 한 가지 염려에 부닥치자 잇달아 엉뚱한 망상이 일어나 그만 새벽녘이 가깝도록 잠을 설치고 말았다. 문제는 역시 태어난 아기가 아들이었기 때문이다. 딸이라면 슬하에 데려다 키우는 데 아무 불안도 느끼지 않았으리라. 그런데 아들을 자신의 양자로 데려오면 자연스럽게 적자와 마찬가지 의미를 갖게 되고, 어쩌면 가문을 상속하게 될지도 모른다.

'그 뒤 내가 아들을 낳는다면……?'

거기서부터 망상은 마님의 마음에 이상한 망설임과 아픔을 펼치기 시작했다.

'이건 커다란 위선이 아닐까?'

남을 속이는 것이 용서할 수 없는 인간의 죄이듯 자신을 속이는 것 또한 위선이다.

'만일…… 기쿠의 몸에서 태어난 아이를 내 아들로 한 다음 내가 아들을 낳는다면 과연 두 아이에게 똑같은 애정을 기울일 수 있을 것인지……?'

그렇게 할 수 없다면 자기 자신을 괴롭힐 뿐 아니라 상대에게도 크게 상처를 주는 결과가 된다…….

마님은 이로하히메로 다테 가문에 있을 때부터 늘 주위의 존경을 받고 아무도 그 뜻을 거스르는 사람이 없는 세계에서 자라났다. 그렇게 자유롭게 성장한 만큼 신 앞에서만이라도 엄격하게 스스로 반성하고 자신을 타일러야 한다는 것이

날마다 드리는 기도의 바탕이 되고 있었다.

'혹시 나는 기쿠를 미워하여 일부러 아들을 뺏으려고 했던 게 아닐까?'

아니, 그럴 리가 없다! 그런 야비한 마음으로 어떻게 신 앞에 설 수 있단 말인가……

그러나 고독한 생활 속에서 한 번 눈을 뜬 이 망집은 그리 쉽게 털어버릴 수 있는 게 아니었다. 언제나 명랑하고 화려하게 지내온 자신이 남편을 꼭 닮은 두 아들 앞에 앉아 풀 죽어 고개를 푹 숙인 환상을 보기도 했고, 야차처럼 길길이 날뛰며 화내고 있는 모습을 떠올리기도 했다.

'이것은 다시 한번 차분히 생각해 보지 않으면 안 될 일 같다……'

이렇게 생각했을 때 벌써 날이 훤히 밝고 있었다. 그때부터 3시간쯤 잠을 잤을까?

세숫대야를 치우게 하자 마님은 즐기는 사향을 사르도록 시키고 노녀를 부르게 했다.

"오노에(尾上)를 불러다오."

노녀 오노에는 다테 가문에서 따라온 사람이 아니었다. 다다테루의 어머니 자아 부인의 추천으로 내전 감독을 맡고 있는 남자 못지않은 30대 여자였다.

"부르셨습니까?"

"오, 오노에, 가까이 와요."

오노에는 그 말에는 대답하지 않고 여자치고는 지나치게 큰 콧방울을 씰룩거리고 웃으면서 마님 앞에 앉았다.

"아침의 이 향기가 저에게는 역겨워요. 마님은 짙은 것을 너무 좋아하십니다."

"오노에, 그대에게 묻고 싶은 게 있어요. 그대가 내 어머니나 시어머니가 된 셈치고 잘 생각한 다음 대답해 줘요."

"네? 시어머니가 된 셈으로……?"

"그래요. 나는 영지에서 태어난 아이를 데려다 키우고 싶어. 그런데 그건 사실은 기쿠를 미워하고 있어서일까?"

오노에는 순간 멍해졌다.

"도련님을 데려오신다……고요? 이제 갓 태어났는데요……?"

"데려오고 싶어! 기쿠한테 두는 게 무서워. 그래서 데려오려는 거야…… 이건 기구를 미워하고 그녀와 그녀가 낳은 자식을 억지로 떼놓으려는 야치의 마음이 아닐까…… 그대는 어떻게 생각해요?"

오노에는 입을 조금 벌린 채 어이없는 듯 마님을 쳐다보았다.

"어서 대답해 봐요. 데려다 훌륭하게 키울 자격이 나한테 있을까? 없다면 도련님이 불평하게 될 테지."

오노에는 다테 마님의 성품을 누구보다도 잘 이해하고 있다고 생각해 왔다. 그러나 오늘의 물음은 너무나 갑작스러워 오노에의 경험으로는 처음 부딪치는 일이었다.

"마님, 한 번 더 말씀해 주세요. 다카다에서 도련님이 태어나셨는데……그 도련님을 마님이……?"

"데려다 키우겠다고 했어."

"아, 그렇다면 곧 유모를 구해와야겠군요."

"그런데 그만둘까 하는 생각도 들어."

"네, 그러면 데려오는 일을 그만두실……?"

"아까 물었잖아, 데려오는 게 좋겠느냐고? 참 그렇지, 거기에는 두 가지 망설임이 있어."

"네……."

"내가 아이를 데려오면 그 아이는 내 자식이 되겠지?"

"네, 실자(室子)로 삼으실 작정이시면……."

그즈음에는 양자를 실자라고 했다. 정실부인한테서 실자로 양육되면 그 아들은 적자의 의미를 갖는다.

"그런 다음 만일 내가 아들을 낳는다면…… 그렇게 되면 가문은 누가 상속하지?"

"글쎄요……."

"나는 부족한 여자야. 내가 낳은 아이에게 가문을 잇게 해주고 싶다……고 생각하게 될까?"

"마님!"

"응? 솔직하게 말해 봐요, 사양할 것 없으니."

"마님, 그것은 마님께서 정하실 일. 저로선 뭐라고……."

"그러니 묻고 있는 거야. 내가, 키워준 아들도 내 몸에서 낳은 아들도 똑같이 사랑할 수 있는 너그러움을 지닌 여자인지 어떤지, 그대 눈에는 어떻게 보이나요?"

오노에는 다시 망연한 얼굴이 되었다. 이제 겨우 묻는 내용을 알기 시작했지만 그것은 남이 선뜻 대답할 수 있는 질문이 아니었다.

마님은 천진난만한 조바심을 보이며 재촉했다.

"아직도 모르겠나? 만일 내가 그 둘을 차별할 만한 사람이라면 이 일은 잘 생각해 보고 단념해야 할 거야. 하느님의 노여움을 사게 될 테니까."

"네······."

"나는 마음을 정하지 못하겠어. 나는 진심으로 기쿠라는, 그 아이의 생모를 미워하고 있는지도 모르지. 미워하기 때문에 어떻게든 그 어머니와 아들을 떼어놓으려고······ 만일 그렇게 생각하는 거라면 이것은 무서운 악마의 마음······ 내 마음에 악마나 야차가 살고 있는 것일까? 그것을 좀 판단해 줘요."

"마님, 그건 무리한 일입니다."

"어째서 무리한 일이지? 그대에게는 그대의 견해와 생각이 있을 텐데."

"하지만······그건 아무래도 무리한 일, 이 일은······좀 기다리셨다가 성주님이 돌아오신 다음에 정하시는 것이."

"성주님께 의논하라는 건가?"

"네, 그게 좋을 것 같습니다."

"싫어. 그렇다면 성주님께 지게 될걸? 성주님께서 돌아오시기 전에 분명히 정해 두고 싶어. 아니면······."

거기까지 말했을 때 한 시녀가 공손하게 입구에 두 손을 짚었다.

"방금 다테 가문에서 사자가 오셨습니다."

"뭐, 친정에서 사자가······?"

이야기가 중단되어 마님은 좀 불쾌한 빛을 보였으나, 곧 다시 천성인 명랑한 얼굴로 돌아갔다.

"그래. 성주님께서 돌아오실 날짜를 알려주러 온 건지도 몰라. 들어오시라고 해라."

이렇게 말하고 나서 다시 황급히 시녀를 불러세웠다.

"온 사람이 누구더냐?"

"네, 엔도 야헤에(遠藤彌兵衛) 님과 또 한 사람은 낯선 분입니다."

"오, 야헤에가 왔어? 그러면 그럴 테지. 성주님께서 언제쯤 에도에 도착하실 것인지 알려주러 온 게 틀림없어. 술을 대접해야겠구나. 오노에, 그대가 좀 일러줘요."

그리고 시녀와 오노에가 일어나 나가자 마님은 주위를 둘러보며 혼자 중얼거렸다.

"늦었어, 이미 늦었어. 성주님의 지시는 받고 싶지 않은데……."

이윽고 시녀에게 안내되어 마사무네의 집사이며, 다테 가문의 바깥방과 내전 연락담당이기도 한 야헤에가 낯선 무사를 데리고 모습을 나타냈다.

"안녕하셨습니까……?"

야헤에가 두 손을 짚고 인사하려는 것을 마님은 손을 들어 가로막았다.

"아버님과 어머님은 안녕하시겠지요?"

"예."

"그런데 같이 온 사람은?"

"예, 야규 무네노리 님입니다."

"야규……?"

무네노리는 정면으로 부인을 바라보면서 말했다.

"쇼군님 측근에서 모시는 자입니다. 앞으로 잘 이끌어주십시오."

마님은 한결 화려한 웃음을 지으며 고개를 끄덕였다.

"역시 성주님의 도착을 알려주러 오셨군요. 자, 좀 더 가까이."

야헤에는 당황한 듯 한무릎 나앉았다.

"마님, 마님을 뵈러 온 것은 실은 아버님의 명이 아닙니다."

"그럼, 아버님은 모르시는 일……이라는 거예요?"

"예. 어머님께서 은밀히 내리신 분부입니다…… 그래서 사정에 밝은 무네노리 님을……이것도 아버님은 모르시는 일입니다."

"아니, 어머님에게서 은밀히……라니, 무슨 일일까? 답답하네요, 어서 말해 봐요."

"죄송합니다만, 사람들을……."

"오, 모두들 물러가거라. 오노에에게도 다시 부를 때까지 오지 말라고 일러라."

그리고 몸을 내밀 듯하며 물었다.

"무슨 큰일이 생겼군요?"

야헤에는 신중히 주위를 둘러보았다. 그리고 상대가 놀라지 않도록 한마디 한 마디 끊어서 말했다.

"마님은 머지않아 이 댁과 이혼하시게 될지도 모릅니다. 너무 갑작스럽게 당하면 각오하기 힘들 테니, 은밀히 알려드리라고 큰 마님께서 분부하셨습니다……그래서 사정에 밝은 무네노리 님에게 수고스럽지만 함께 오시자고 청한 것입니다."

다테 마님의 얼굴이 소녀의 놀라움으로 바뀌었다.

"내가 이혼을……? 안 돼요! 하느님이 골라주신 남편은 한 사람…… 이혼은 엄하게 금지되어 있는데……."

그리고 잠시 사이를 둔 뒤 세차게 고개를 흔들었다.

예상하고 있었던지 야헤에는 다시 조용히 말을 이었다.

"마님, 이혼이 신의 뜻을 어기는 일이라면 별거……라고 해도 좋습니다. 아무튼 마님은 이대로 마쓰다이라 가문에 계실 수 없게 되었습니다."

"그, 그건 무슨 까닭이지요?"

"이제 순서를 좇아 말씀드리겠습니다. 다다테루 님은 이번 출전에서 잘못한 일이 있어 무거운 벌을 받게 되었습니다."

"성주님이……?"

"예. 그러므로 며칠 뒤 에도에 돌아오시더라도 마님과 대면할 수 없습니다. 방에 들어앉아 근신 칩거하시게 될 겁니다. 그때 마님께서……."

"기다려요. 그때 내 쪽에서 찾아가 법을 어겨서는 안 되니 은밀히 일러주고 오라고 어머님께서?"

"그렇습니다…… 또한 대면할 수 없게 되더라도 성주님을 원망하지 마시라고……."

마님은 세차게 고개를 저었다.

"정말 알 수 없는 일이네요! 이상한 일 아니에요? 야헤에……성주님께는 영지의 여자에게서 아들이 태어났어요."

"그것과는 아무 관계없습니다."

"아니, 그렇지 않아요. 이건 누군가 꾸민 속임수, 나를 성주님 곁에⋯⋯."

말하면서 마님도 섬뜩했던지 갑자기 겁먹은 눈길로 무네노리를 바라보았다. 그러나 무네노리는 바위처럼 앉아 정원으로 시선을 돌린 채 대답하지 않았다.

"야헤에."

"예."

"그럼, 성주님이 무엇을⋯⋯대체 무슨 잘못을 어떻게 하셨단 말이에요?"

"그 잘못은 세 조목입니다."

"말해 봐요, 듣겠으니."

"그 하나는 출전 중에 형님이신 쇼군의 가신 몇 명을 홧김에 함부로 벤 일이고."

"뭐, 쇼군의 가신을?"

"예, 그리고 둘째는 늦게 도착하여 도묘사 어귀의 싸움에 참가하지 못한 일입니다."

"그것도 이상하네요. 아버님이 성주님과 함께 싸움터로 가셨을 텐데, 아버님이⋯⋯."

"우선 들어보십시오⋯⋯ 셋째는 큰 녹을 받으면서도 부족하다고 불평했으며, 오고쇼님이 입궐하시는 데 함께 가자고 하신 말씀을 거역하고 고기잡이하러 가신 일⋯⋯ 이런 일 모두가 한 영지, 한 성의 주인으로서 태만하기 이를 데 없는 짓, 따라서 쇼군의 처벌이 있기 전에 오고쇼님이 용서할 수 없다며 영원한 대면금지 처벌을."

"영원한 대면금지라니요⋯⋯?"

"부모도 아니고 자식도 아니며, 이승에서는 다시 대면할 수 없다⋯⋯ 그러므로 이 이혼은 마님께는 아무 잘못도 없는 일이며, 다다테루 님이 저지르신 죄⋯⋯죄가 있어 처벌받은 죄인이 부인과 생활하는 것은⋯⋯."

"기다려요, 야헤에!"

마님은 날카롭게 가로막은 다음 문득 입을 다물었다. 그제야 사태가 심상치 않음을 깨달은 모양이다. 티없이 맑던 소녀의 얼굴이 험악하게 일그러지면서 굳어지고 그 눈초리가 허공을 노려보기 시작했다.

"그밖에 자세한 것은 무네노리 님이."

야헤에는 눈치를 살피듯 말하고 그 역시 침울하게 입을 다물었다.

무네노리는 문득 시선을 마님에게 옮겨 무언가 말하려다가 망설였다. 마님은 다다테루를 사랑하고 있다……더구나 보통 아닌 애정으로……그것을 알자, 그 또한 자기가 참견할 때가 아니라고 자중한 것이다.

마님으로서는 정말 뜻밖의 재난이었다. 아니, 마님뿐만이 아니라 다다테루에 게서도 이미 도저히 막을 수 없는 사건이었다…….

그렇지만 무네노리는 이러한 이상한 희생을 자기 자식에게 강요해야만 하는 이에야스의 고뇌도 역시 알 수 있을 것 같았다. 이에야스가 놓인 권력자로서의 위치는 절대적인 것이다. 그런 지위에 있으면서 모든 백성들에게 평화를 염원한다. 그렇다면 자기 아버지 세키슈사이가 무도필승(無刀必勝)의 비검(秘劍)을 터득할 때까지 겪었던 말할 수 없는 고통을, 이에야스도 다른 형태로 당연히 치르지 않으면 안 된다.

그리고 보면 죽은 아버지 세키슈사이가 치른 희생도 결코 작은 것이 아니었다. 관직에 오르는 게 금지되어 있어 물질 면에서도 일족의 수입은 지금까지 조상 대대로 내려오는 가스가 신궁 영지 3000석뿐. 더구나 그 가운데 오쿠하라 도요마사는 검의 왕자의 길을 잇는 자로서 지금 어디론가 모습을 감추고 있다.

그 엄격함을 이에야스 또한 밟으려 하고 있었다. 울면서 마속(馬謖)을 벤다는 말이 있듯, 이것은 신불에 대한 양심의 정화였다.

'그렇긴 하지만…….'

무네노리는 숨이 막힐 것만 같았다. 아무 책임도 없는 자리에 앉혀진, 아무 해심(害心)도 없는 여인을 이렇게 희생물로 바치면 과연 신불이 기꺼이 받아들일까?

참다못해 야헤에가 다시 입을 열었다.

"이해되셨습니까? 다다테루 님은 어차피 쇼군의 처벌을 엄하게 받지 않으면 안 될 분, 그러므로 마님도 이혼하신 다음 곧 다테 가문으로 돌아가셔야 합니다. 일이 너무 갑작스럽게 닥치면 당황하실 거라고 이 야헤에가 은밀히 알려드리는 것입니다."

"……."

"그리고 큰마님께서 신앙상 이혼은 승낙하지 않을 거다, 그럴 경우에는 별거라도 좋다, 하지만 그 방법이 문제라고 하시면서"

"……"

"다테 가문으로 돌아오신 다음 에도 저택에 사실 것인지, 아니면 고향으로 돌아가실 것인지, 마님의 생각도 있을 터이니 잘 듣고 오라는……어머님이신 큰마님의 내명입니다."

"모르겠어요!"

비로소 부인은 무네노리를 향해 돌아앉았다.

"오고쇼님은 영원한 대면금지를 명하셨다지요……? 그런데 그것을 형님이신 쇼군은 어째서 중재해 주시지 않았을까요? 성주님께서 쇼군님과 불화라도 있었나요……?"

무네노리는 잠시 말이 막혀 생각했다.

"야규 님은 쇼군께 병법을 지도하는 신임이 두터우신 분이라고 들었어요. 내막을 잘 알고 계실 것이니 걱정 말고 이야기해 주세요."

무네노리는 다시 한번 고개를 갸웃한 뒤 잘라 말했다.

"예……말씀대로 사이가 좋지 않으십니다."

그리고 다시 시선을 돌렸다.

"오, 역시 그랬군요. 그걸 몰랐어. 그러나 잘 가르쳐 주셨어요. 쇼군님과 사이좋지 않으시다…… 그렇다면 아직 아내로서 해야 할 일이 있지요. 야헤에, 이혼 말은 입 밖에 내면 안 되오."

부인은 매섭게 야헤에에게 다짐 둔 다음 다시 무네노리를 보았다. 무네노리는 가슴이 철렁했다. 시선은 피했지만, 상대의 의지의 집중이 꼼짝할 수 없는 창끝이 되어 피부에 다가왔다.

"혈육을 나눈 형제분, 그 불화를 풀 방법이 없을 리 있겠어요? 노력도 하지 않고 별거한다면 내 도리가 서지 않습니다. 그렇지요, 야규 님?"

"옳은 말씀……이라고 생각합니다."

"그렇다면 무네노리 님의 지혜를 빌리고 싶어요. 어떨까요, 내가 부탁해서 친정 아버님이 빌도록 한다면?"

무네노리는 다시 가슴에 칼이 겨눠진 것 같은 느낌이었다.

'과연 외눈박이 용이 사랑하는 따님…… 겉은 부드럽지만 속은 강철 같다.'

"그 방법은 효과 없을 거라고 생각합니다."

"아버님이 빌어도 효과 없을까요?"

"효과없습니다. 그 정도로 해결될 일이라면 오고쇼님이 구태여 말씀하시지 않았을 것……이라고 생각합니다."

"아……그러면 성주님이 잘못을 저지른 책임은 아버님에게도 있다는 말이군요?"

"현명하신 생각에 맡기겠습니다."

"그럼, 제가 직접 찾아가서, 그렇지…… 쇼군님보다 마님께 직접 부탁드리면 어떨까요?"

무네노리는 이번에도 고개를 저었다.

"그것도. 마님은 만나주지 않으실 겁니다. 혼자 생각으로 만나시면 일이 더욱 커집니다."

"그러면……."

부인은 다시 물고 늘어졌다. 두 눈이 이글이글 번뜩이기 시작하여 마주 쳐다볼 수 없을 만큼 진지한 태도였다.

"그러면……오고쇼님이 요즘 가장 신임하신다는 덴카이 대사에게 내가?"

"음."

이것은 무네노리도 아직 생각하지 못한 착상이었다. 문제는 이에야스의 가슴에 싹튼 양심의 고뇌다. 만일 덴카이가 교묘하게 부처님 말씀, 부처님의 가르침으로 설복한다면 달리 안도의 길을 찾을 수 있을지도 모른다.

"과연 그것도 한 가지 생각……일지도 모르겠군요."

다테 부인은 휴 하고 크게 한숨 쉬며 희미하게 얼굴의 긴장을 풀었다. 그것은 여인으로서는 보기 드문 막힐 줄 모르는 의지와 자신감의 미소로 보였다.

"야헤에, 들었지요? 아직 서둘러 이혼 따위를 말할 때가 아니에요. 어머님께 그렇게 말씀드리도록. 알겠어요. 아직 쇼군님에게서 무슨 지시가 있는 것도 아니니, 나도 아무것도 모르는 체하며 성주님을 맞겠어요."

"그러나 그것은!"

그러나 야헤에는 차마 말할 수 없었다. 사실 무네노리는 아직 눈치채지 못한 것 같았으나 이 일에서는 장인 마사무네가 이미 충분히 위기를 눈치채고 있었다. 마사무네는 결전이라도 벌일 각오로 에도에 도착하자마자 저택 내부 개조에 착수하고 있었다.

"알았지요? 얼마 동안은 저에게 맡기시라고 어머님께 전해 줘요."

야헤에는 난처한 표정으로 다시 흘끗 무네노리를 쳐다봤다.

'무네노리의 조언이 필요한데…….'

그러나 무네노리에게 주군인 외눈박이 용의 속셈을 알려선 안 된다는 염려가 있어 섣불리 말을 꺼내지 못했다.

사실 다테 마사무네의 귀에 다다테루 처벌의 소문이 들려온 것은, 마사무네가 슨푸에 들렀을 때였다. 이에야스가 대면을 허락하지 않아 다다테루가 슨푸에서 그대로 에도로 떠났다는 이야기를 듣고 마사무네는 입술을 씰룩이며 비웃었다.

"잔재주를 부리는군. 물론 쇼군과 짜고서 하는 꿍꿍이속이겠지."

그러나 마사무네는 이 문제로 이에야스나 히데타다를 그리 겁내지는 않았다. 겁내지 않는 근거가 두 가지 있는 것 같았다. 그 하나는 이에야스의 노령이었고, 또 하나는 히데타다의 인물평가에 있는 듯싶었다.

마사무네는 측근에게도 태연히 그렇게 말하고 있었다.

"오고쇼는 이번에야말로 오래가지 못할 거야. 만일 나에 대해 못마땅한 일이 있더라도 나 역시 팔짱만 끼고 있지만은 않을 테다. 무슨 트집을 잡더라도 자기 생전에는 해결할 수 없어. 해결되지 않을 일에 손댈 만큼 경솔한 오고쇼가 아니야."

즉 이에야스가 무언가 잘못을 발견하고 트집 잡더라도 마사무네는 그것을 빗나가게 만든다. 그러는 사이 이에야스는 자기가 살아 있는 동안에는 마사무네를 처치할 수 없다는 걸 깨닫고 공격의 화살을 거둘 게 틀림없다……고 보고 있는 것이다.

쇼군 히데타다는 더욱 무시되고 있었다. 지금도 저택 내부 개조를 하는 것은 히데타다가 만일 포리(捕吏)를 보냈을 때 대비한 것이었으며, 오사카와의 싸움이 끝난 것을 축하하고 쇼군 히데타다를 초대하기 위한 일이라는 구실을 내세우고 있었다.

"쇼군이 그러한 초대에 응할까요?"

야헤에가 위태롭게 생각하고 물었을 때 외눈박이 용은 웃으며 대답했다.

"와도 좋고 안 와도 좋아. 그러나 이게 바로 선수를 쓰는 일이야. 상대가 트집 잡으려 하고 있을 때 집을 개조해 먼저 초대하는 거지. 상대가 어리둥절해 할 것만 생각해도 재미있지 않나?"

그리고 이렇게도 말했다.

"내가 쇼군을 초대한다, 오사카 싸움도 끝났으니 허심탄회하게 천하평정을 축하한다고 말이야. 거기에 응할 만한 용기와 담력이 쇼군에게 없다면, 손해 보는 건 내 쪽이 아니야. 그리고 만일 우쭐해서 온다면 그때 없애버릴 수단도 없지 않지."

그러나 측근 사람들은 마사무네만큼 대담할 수 없었다. 그것은 에도 도착과 동시에 쇼군으로부터, 다다테루 처벌에 대해 암시하며 이로하히메의 이혼이야기가 도이 도시카쓰를 통해 측근에게 넌지시 통지되었기 때문이었다. 그러나 마사무네는 그런 말에 구애받지 않으며 저택을 수리하여 쇼군을 초청하겠다……는 것이 현실이었다.

"야헤에 님, 어떨까요? 마님의 분부에 따라 우선 덴카이 대사에게 주선을 부탁하는 것이."

무네노리의 말에 야헤에는 팔짱을 끼고 생각에 잠겼다.

무네노리가 자신의 의견에 동의한 것을 알자 부인은 애처로울 정도로 기운을 되찾았다.

"생각할 것도 없어요, 야헤에. 대사님은 지금 슨푸에 계시오, 아니면 에도에 계시오? 그대가 직접 알아봐요. 그것만 알면 그다음은 내가……."

야헤에는 그것을 만류해야 할 입장이었다. 무엇보다도 이 문제에 다른 사람의 개입을 두려워할 이유가 있기 때문이었다.

"죄송하오나 이 문제는 어디까지나 은밀히……하라시는 큰 마님의 생각이십니다."

"그럼, 덴카이 대사에게 말해선 안 된다는 건가요?"

"예……아니, 저로서는 큰 마님의 허락을 얻어야만……."

"그럼, 이렇게 하지요. 내가 편지를 쓰겠어요. 대사에 대한 부탁은 그대가 말한 게 아니고 내가……다다테루 님의 아내가……남편을 위해 도모한 일이니 그대 책임이 아니라고……."

"그러나 그건……."

"그러나 어쨌다는 거예요."

다그쳐 묻자 야헤에의 얼굴에서 순식간에 핏기가 가셨다. 당연한 일이었다. 이 일을 덴카이에게 말한다면, 덴카이는 다테 마사무네와 도쿠가와 부자의 불화를 눈치채게 된다.

'긁어 부스럼을 만들게 된다……'

아니, 그 이상으로 마사무네의 뱃속을 속속들이 꿰뚫어 보이게 되어 오히려 다음 싸움의 도화선이 될지도 모른다.

'그렇게 되면 다테 가문의 사활에 관계되는 큰 문제.'

더구나 눈앞에 야규 무네노리라는 방심할 수 없는 쇼군의 측근이 천연덕스럽게 앉아 있지 않은가?

"그러나……일단 큰 마님께 말씀드리고 나서…… 그렇게 했으면 좋겠습니다."

마님은 못마땅한 듯 혀를 찼다.

"아니……내 편지만으로는 부족하다는 건가?"

"예, 일단 명을 받은 저로서는……아무튼 큰마님은 마님도 아시다시피 신앙이…… 덴카이 대사는 부처님을 섬기시는 분이라."

부인은 입을 가리고 웃었다.

"호호……그 일이었나요, 그대가 걱정한 것은…… 그 일이라면 염려할 것 없어요. 어머님은, 다다테루 님에게 출가할 때 다다테루 님 분부라면 개종해도 좋다고 하셨어요. 그대가 생각하는 것처럼 융통성 없는 분이 아니에요."

야헤에는 더욱 당황했다.

그때였다. 무슨 생각을 했는지 별안간 무네노리가 끼어들었다.

"시간이 많이 되었군요, 야헤에 님. 어떨까요, 별실에서 식사대접을 받고 싶은데…… 마님께 청해 주지 않겠습니까?"

야헤에는 순간 어리둥절해지고 말았다. 하지만 곧 웃으며 머리를 끄덕였다.

"그게 좋겠소. 식사 때가 되었으니 부탁드려서…… 그렇지, 그 자리에서 둘이…… 그게 좋겠소."

이렇게 말하면서 두 손을 짚고 숨막힐 듯한 마님의 추궁을 피했다.

손님 쪽에서 시장하다고 했으니 부인도 이야기를 중단할 수밖에 없었다. 점심을 먹으려면 당연히 별실로 안내된다. 거기서 단둘이 무언가 의논하고 싶은 일이 있는 게 틀림없다…… 마님은 그렇게 생각했고 야헤에도 그것을 무네노리의 적절한 구원이라고 해석했다.

부인의 지시로 두 사람의 상이 준비된 방은 휑뎅그렁한 큰 객실이 아니라 조어전(釣魚殿)이라 부르는 강변의 작은 객실이었다. 다다테루는 여기서 곧잘 술을 마시면서 창문에 낚싯줄을 드리워 물고기를 낚았다고 한다. 그리고 보니 선반에 붉고 푸른 두 벌의 비단주머니에 넣어둔 조립식 낚싯대가 얌전히 얹혀 있었다.

안내된 방안을 둘러보면서 무네노리가 슬쩍 말했다.

"다다테루 님은 술과 낚시질을 함께 즐기려고 하셨나 본데, 성급한 분인 모양이지요?"

"아, 아까는 정말 혼났습니다."

먼저 아랫자리의 상 앞에 앉아 말하면서 야헤에는 다시금 등골이 오싹했다.

'무네노리가 뭔가 눈치챈 것은……'

그러한 불안이 창밖의 갈매기 소리와 함께 가슴을 스치고 지나갔던 것이다.

"야헤에 님, 나는 특별히 도와드리려고 한 것은 아닙니다."

"그건……그렇겠습니다만 나로서는 정말 큰 도움이었습니다. 마님은 가쓰히메(勝姬)라는 별명으로 불리며 어릴 때부터 한번 말을 꺼내면 물러나지 않는 성품이셨지요……"

"우선 시중드는 시녀를 물러가게 해주실까요?"

"알겠소. 시중은 되었소, 내가 할 테니."

시녀의 발소리가 멀어지자 야헤에는 진지한 표정으로 무네노리를 쳐다보았다.

"야규 님은 역시 마님에게 덴카이 대사한테 탄원하도록 권하시렵니까?"

"그렇소."

"대사님이라면 오고쇼님이나 쇼군님의 결심을 움직일 수 있다고 생각하십니까?"

무네노리는 손을 뻗어 밥통을 잡으면서 말했다.

"야헤에 님은 이대로 내버려 둬도 좋다고 생각하십니까?"

"이대로 내버려 둬도……?"

"그렇소. 내버려 두면 전쟁이 벌어집니다. 피 냄새가 풍기지 않습니까?"

그 순간 야헤에의 얼굴이 다시 백랍처럼 새하얗게 질렸다.

무네노리는 조용히 밥을 ￦면서 말을 이었나.

"나는……쇼군님에게서 마님의 반응을 보고 오라는 지시를 받았을 뿐입니다. 쇼군님이 왜 그렇게 말씀하셨나 하면, 오사카에서 에도로 돌아오신 센히메 님 일이 있어서……라고 생각됩니다."

"센히메 님……?"

"그렇소. 센히메 님은 지금 성안의 기요미즈 골짜기(清水谷)에 새 거처를 짓고 들어가셨지만 한시도 눈을 뗄 수 없지요. 언제 자결하실지 모르는 형편이라."

"……."

"그래서 비슷한 일이 다테 마님에게도 생길까 싶어 이 무네노리를 보내신 거요. 남편을 사랑하는 아내의 진정은 무서우니 마님이 뭐라고 하는지, 어쩌면 우리에게는 없는 지혜를 짜낼지도 모르니 잘 살펴보고 오라고 말씀하시면서……."

담담하게 말하며 무네노리는 밥통을 야헤에의 무릎 앞으로 밀어주었으나, 그는 밥을 먹을 엄두도 나지 않는 모양이었다.

'혹시 무네노리는 우리 대감의 속셈을 꿰뚫어 보고 있는 게 아닐까……?'

이렇게 생각만 해도 야헤에의 무릎은 덜덜 떨렸다.

"야규 님."

움직이던 젓가락을 멈추지도 않고 무네노리는 가볍게 되물었다.

"예, 무슨 말씀입니까?"

"귀하는 아까 피 냄새가 풍기지 않느냐고 하셨지요."

"그렇소. 이번 일은 모두 진지하게 대하지 않으면 오사카의 되풀이가 되기 쉽소. 그렇게 되면 모처럼 오고쇼님이 고민 끝에 내리신 결단도 쇼군님의 염려도 허사가 됩니다."

"그것과……마님을 덴카이 대사와 만나도록 하는 일이 무슨 관계가 있다……고 생각하십니까?"

"야헤에 님, 마님은 보시다시피 부도(婦道)를 지키며 한 걸음도 물러서지 않을 각오. 그야말로 진지함 그 자체입니다."

"그러니 대사를 만나게 해서는……."

"그것이 잘못이오. 만나게 해서 납득하시게 해야지요…… 잔재주는 후일을 위해 이롭지 못할 거요."

야헤에는 새파랗게 질린 표정으로 생각했다. 아니, 생각에 잠긴 것을 드러내지 않으려고 자신도 황급히 공기에 밥을 담았다.

"야규 님."

"예."

"노파심에서 묻습니다만, 쇼군님은 저희 주군이 에도 저택을 개축하여 초대하면 응하실까요?"

"글쎄, 지금 상태로는 어떠실지."

"지금 상태로는……?"

"그렇소. 야헤에 님도 아시겠지만 이번의 다다테루 님 처벌은 따지고 보면 그 근원이 다테 가문에 있지요…… 나는 그렇게 보고 있습니다만."

야헤에는 다시 나직이 신음했다.

"음."

이제 별다른 도리가 없다. 무네노리는 처음부터 사정을 다 알고 온 모양이었다. 그렇다면 그 역시 벌거숭이로 대하는 수밖에…… 아니, 그런 것처럼 꾸미는 수밖에 다른 도리가 없었다.

"야규 님은 거기까지 아시면서 덴카이 대사를 만나는 게 좋다고 하시는 겁니까……?"

"그렇소. 다테 마사무네만 한 인물의 생각을 바꾸게 할 수 있는……인물이 만일 있다면 덴카이 대사 말고는 없을 테니."

"저희 주군의 생각을 바꾸게 한다……."

"예, 이미 천하는 도쿠가와 가문의 것으로 굳어졌습니다. 한두 사람의 인물이 책동한다고 해서 어떻게 되지 않습니다. 오랜 전란의 시대는 가버리고 평화로운 세상이 찾아왔다……고 진심으로 이해시킬 수 있는 분은 그분 외에 달리 있을 것 같지 않습니다. 이 댁 마님의 진지한 정성이 우연히도 그것을 찾아내셨습니다."

"그럼……이번의 이혼은?"

"말할 나위도 없이 다테 님 마음에서 싹튼 것, 물론 이혼뿐 아니라 다다테루 님의 처분도, 다테 가문의 에도 저택 개축도, 쇼군님 초대도 모두 근원은 다테 님. 그걸 잘 알게 되면 마님은 어떻게 하실지…… 이 일은 역시 마님 뜻대로 해드리는 것이 다테 가문을 위하는 게 아닐까요?"

듣고 있는 사이 야헤에는 달그락하고 밥공기를 떨어뜨렸다. 무네노리가 피 냄새가 풍긴다고 한 것은 바로 이러한 상황을 빗댄 말인 모양이었다…….

'모든 것을 알고 있다…….'

야헤에는 떨어뜨린 밥공기를 집어들고 흩어진 밥알을 상 모서리에 주워 놓으면서 자기 목이 벌써 몸에서 떨어져 버린 것 같은 당황을 느꼈다. 이처럼 다 알고 있는데 무엇을 감출 필요가 있겠는가?

"그럼……야규 님은……무엇이고 마님에게 사실대로 알려드리는 것이 좋다는 겁니까?"

"그렇소. 이혼의 원인도, 다다테루 님 처벌의 원인도 사실은 모처럼 바라던 평화를 유지해 보려는 오고쇼님의 비원에서 나온 것이다…… 모두들 그렇게 알고는 있으나, 이것을 그대로 다테 님에게 말할 분이 달리 없습니다. 이 댁 마님만은 그 말씀을 드려 아버님을 움직일 힘을 가진 분일지도 모르겠군요."

야헤에는 상 위에 거의 엎어질 듯했다.

"야규 님! 그럼, 이번의 이혼은 다테 가문을 토벌할 준비가 아니라 그 반대……라는 겁니까?"

무네노리는 천천히 고개를 끄덕이며 젓가락을 놓고 합장했다.

"오늘도 이렇듯 태평한 세상을 누리고 있는 건 고마운 일입니다."

"음, 그럼……."

말을 꺼내려다가 야헤에는 상을 옆으로 밀어놓았다.

"쇼군님은 이미 에도 저택을 개축하는 속셈도 알고 계십니까?"

"에도 저택뿐만이 아니오. 영지 준비에 대해서도 다 알고 계십니다."

"그럼, 저희 주군은 이미 에도를 떠날 수 없게 된 것이……?"

무네노리는 천천히 고개를 저었다.

"염려하지 마시오. 그런 일이 없도록 하려고 오고쇼님은 자신의 아드님에게 영원한 대면금지 처벌을 내리신 겁니다."

"납득이 안 됩니다! 그걸 납득할 수 있다면 이 야헤에도 사나이, 결코 야규 님을 배신하지 않겠습니다. 그럼……오고쇼는 내 사식을 처벌하더라도 다테 가문에는 상처를 주지 않겠다는 겁니까?"

"그럴 생각이신 모양입니다."

"그 점을 모르겠소! 대자대비하신 신불이라면 몰라도 틈만 있으면 자기 가문을 노리는 음모자를, 내 아들을 처벌하면서까지 살려둘 까닭이 없소. 여기에는 또다른 속셈이 있겠지요. 자, 그 속셈을 말해 주십시오. 결코 귀하를 배신하지 않겠습니다."

"배신할 것도 말 것도 없소. 다만 야헤에 님이 오고쇼님을 이해하지 못하는 것뿐…… 오고쇼님은 다테 님만한 인물이 아직도 반역심을 버리지 못하는 것은 내 덕망이 모자란 탓이라며 자신을 꾸짖고 계십니다."

"뭐, 뭐라고 하셨소?"

"도쿠가와라는 성을 가지게 된 뒤 한시도 자기반성을 게을리하지 않으신 분이오. 그러므로 오늘날의 평화도 이루신 것이고. 따라서 다다테루 님을 다테 가문의 사위로 삼으신 것도 두 가문의 영원한 화목을 바라셨던 일. 그런데 그 사돈 관계가 오히려 다테 님의 반역심을 조장하는 원인이 되었다……고 자책하시며 잘못된 혼인 관계를 해소한다…… 그러면 다테 님도 역시 생각을 고칠 것이라는 마음에서, 비록 쇼군님이 혈기를 믿고 치려 하시더라도 오고쇼님은 말리실 것이오…… 아시겠소? 야헤에 님, 오고쇼님은 이렇듯 한결같이 진지하신 분이란 말이오."

야헤에는 물끄러미 무네노리에게 시선을 향한 채 눈도 깜박거리지 않았다.

'이에야스가 다테 마사무네의 반역심을 없애지 못한 자신의 부덕함을 느끼고 스스로를 나무란다……'

말로서는 못 알아들을 말이 아니었다. 그렇지만 그토록 너그러운 인간이 과연 이 세상에 있을까 하는 의문이 남았다.

'이건 예사롭지 않은 함정 중의 함정, 책략 이상의 책략이 아닐까?'

무네노리는 그것을 눈치챈 듯 야헤에의 눈을 정면으로 쳐다보면서 쓴웃음 지었다.

"야헤에 님, 병법이야기를 좀 할까요?"

"꼭 듣고 싶습니다."

"병법가 두 사람이 칼을 뽑아들고 마주 섰다고 합시다."

"칼을 뽑아들고……."

"그런데 그 두 사람의 솜씨는 대등하지 않았소. 한쪽은 명인, 한쪽은 아직 미숙한 초보자."

"그, 그래선 승부가 안 되지요."

"그런데 승부가 될 경우도 있어요. 즉 명인의 눈에는 상대가 초보자인 것이 똑똑히 보이지만, 초보자는 상대가 자기보다 센 것 같다……는 사실만 알 뿐, 상대할 수도 없는 뛰어난 명인이라는 걸 알기는 어렵지요."

"그렇군요."

"그래서 죽을 각오로 덤비면 이길지도 모른다고 용기 내어 덤빕니다. 명인은 처음에는 상대를 가볍게 다룰 생각이었지만 너무 끈질기게 덤벼들므로 어쩔 수 없이 마침내 죽여버립니다. 나는 오사카의 싸움이 이런 경우였다고 생각하는데 어떻습니까?"

"음."

"위층에서 내려다보면 아래층이 잘 보이는 법, 하지만 아래층 사람은 아무리 발돋움해도 위층을 넘겨다볼 수 없습니다. 우리가 날마다 주고받는 말에도 늘 이런 차이가 있지요. 오고쇼가 지금 자책하고 계시는 건 치지 않아도 될 것을 쳤다는 반성…… 그렇기 때문에 세상의 평범한 애증을 초월한 명인이라고 이 무네노리는 보고 있습니다."

"그럼, 야규 님은 오고쇼님은 명인이고 저희 주군은 미숙한 초보자라는 것입니까?"

무네노리는 또 희미하게 쓴웃음 지었다.

"그건 예를 든 겁니다. 다테 님은 결코 미숙한 초보자는 아니지요. 하지만 오고쇼의 심정에서 본다면 위층과 아래층 정도의 차이가 있지 않나 합니다."

야헤에는 저도 모르게 고개를 끄덕이려다가 섬뜩했다. 확실히 그랬다. 지금 다테 가문에서 격문을 띄워 자기편을 불러모은다 해도 그 전체 세력이 뻔하다. 사위 다다테루마저 이미 그의 병력과 격리되어 있다…….

'100만 석과 800만 석의 차이…….'

그렇다면 주군에게 무릎 꿇게 하는 한이 있더라도 무사하기를 꾀하지 않으면 안 될 때인지도 모른다…….

그때 오노에가 두 사람을 부르러 왔다. 다테 마님이 안절부절못하면서 두 사람의 식사가 끝나기를 기다리고 있는 모양이다.

"조금 있다가……곧 가겠다고 말씀드리시오."

아직도 결심하지 못한 야혜에는 시녀를 보내놓고 한숨과 함께 혀를 거듭 차면서 강으로 면한 미닫이문을 열었다.

비가 내려 강물 위에 잔물결이 일고 있었다. 무네노리는 그 빗속에 강을 내려가는 작은 배의 유난히 새하얀 돛을 바라보며 새삼 눈을 가늘게 떴다.

미사냥티 호링이

야헤에가 에도 저택으로 돌아왔을 때 마사무네는 마음에 드는 간제 사콘(觀
世左近)을 불러 광대극이야기에 열중해 있었다.

물론 머지않아 쇼군 히데타다를 초대하여 '광대극 구경'을 할 속셈이 있어서였
으며, 그때 자기는 무엇을 연출하면 좋을까 하는 의논인 모양이었다.

마사무네는 말했다.

"사네모리(實盛 ; 헤이안(平安)시대 끝 무렵 무사 사네)가 어떨까?"
　　　　　　　　　모리의 전설을 각색한 광대극의 하나

"좋지요."

"사네모리의 첫 대목이 뭐였더라—사네모리의 말 좀 들어보오. 60살 늙은 몸
으로 싸우자니, 젊은이와 다투며 앞서 나가기도 점잖지 못하구나. 허나 늙은 무
사라도……."

흰 부채로 무릎을 치면서 노래 부르기 시작하자 사콘은 고개를 갸우뚱했다.

"대감에게는 아무래도 사네모리가 너무 늙었으니 좀 더 젊고 활기찬 역할이 좋
을 것 같습니다."

"하하…… 나이에 어울리는 역이 좋다는 건가? 그러나 이번 싸움에서 나는 내
가 늙었다는 걸 절실히 깨달았어. 벌써 50살이니 말이야."

"차라리 라쇼몬(羅生門 ; 미나모토노 요리미쓰(源賴)의 신하 와타나베노 쓰라(渡辺綱)) 같은 것을 하시면 어떨
　　　　　　　　　가 라쇼몬에 사는 귀신과 싸운 일을 각색한 광대극의 하나
까요?"

"라쇼몬을 내가 해낼 수 있다고 생각하나?"

"그렇지만 모처럼 쇼군님이 참석하시는 다시 없는 자리이고 보면."

"하하……그러니까 사네모리가 좋다고 한 거야. 나 같은 사람은 이제 젊은이들과 공명을 다툴 나이가 아니야. 하지만 여차하면 백발을 물들일망정 마음은 살아 있지……."

거기까지 말하고 무슨 생각을 했는지 별안간 목소리를 낮추었다.

"나는 고맙게 생각하고 있어. 오고쇼와 쇼군님이 내 공로를 인정하시어 큰아들 히데무네에게 이요의 우와지마(宇和島) 10만 석을 내리고, 이 마사무네를 천거하여 정4품 하 참의(參議) 벼슬에 오르도록 해주셨거든. 그대가 쇼군님께 문안드리러 가면, 내가 그 은혜를 생각하며 감격의 눈물을 흘리더라고 아뢰어주게…… 알겠나? 내가 사네모리 역을 하고 싶은 것도 그런 마음에서지."

"예, 그런 뜻이었군요."

"나도 이젠 나이 먹었다. 하지만 여차할 때는 사이토 사네모리(齋藤實盛)처럼 백발을 검게 물들여서라도 충성을 바칠 각오라고 말이야."

"예, 문안드릴 때 말씀드리지요."

마침 그때 들어간 야헤에는 잠시 말없이 기다리고 있었다.

"야헤에, 무슨 일인가?"

"예, 큰마님 지시로 아사쿠사 저택에 다녀왔습니다. 그 일에 대하여 좀."

"그래, 이쪽 이야기는 이제 끝났어. 그럼, 들어보자. 사콘, 또 연락할 테니 그때 지도를 부탁하네."

사콘을 선뜻 돌려보내 놓고 마사무네는 시치미떼며 물었다.

"그래, 야규가 무언가 꼬리를 내놓더냐?"

야헤에는 눈을 휘둥그렇게 떴다.

"제, 제가 다다테루 님 저택에 다녀온 것을……."

"모를 줄 알았나? 내가 마님에게 시킨 거야. 하지만 걱정 마라. 다다테루는 에도에 오지 않을 거다. 시나노 길로 해서 에치고로 빠져나가도록 내가 조치해 뒀으니까. 아들도 낳았겠다, 한 번은 다카다에 가고 싶겠지."

마사무네는 애꾸눈을 가늘게 뜨고 싱글거리며 웃었다.

야헤에는 할 말이 없었다. 그는 마님의 심부름인 줄만 알고 아사쿠사의 저택에 다녀온 것이다. 그런데 마사무네가 시킨 일인 모양이다. 그리고 다짜고짜 질문을 받았다.

"야규가 뭔가 꼬리를 내놓더냐?"

이 말도 뜻밖이었지만, 다테 마님이 애타게 기다리고 있을 다다테루가 에도에는 가지 않고 에치고의 다카다성으로 갔다는 것도 아닌 밤중의 홍두깨 같은 말이었다.

'대체 주군은 무엇을 생각하고 무엇을 하시려는 것일까……?'

지금도 사콘에게, 쇼군 히데타다에게 불려가면 마사무네의 심정은 사네모리의 심정이라고 전하라……는 등 입에 발린 소리를 했으나, 마음속으로는 무엇을 도모하는지 짐작도 할 수 없었다.

어리둥절해서 눈도 깜박이지 않고 있는 야헤에를 보더니 마사무네는 또 호탕하게 웃었다.

"하하……놀랄 것 없다고 하지 않았나? 자, 마음을 가라앉히고 대답해 봐. 우선 이로하히메는 뭐라고 하던가?"

"……예, 다다테루 님이 돌아오기를 손꼽아 기다리시며……."

"그 다다테루 님은 에치고로 보냈다니까. 곧장 에도에 오면 내 약점이 되거든."

"주군의 약점……이라니요?"

"걸리적거린다……고 할 수 있지. 다다테루가 쇼군을 만나면 당연히 다다테루는 변명하게 된다. 그렇게 되면 그렇게 지시한 내 잘못이라는 결론이 나오겠지. 그건 마사무네로서 골치 아픈 일이야."

"주군!"

"뭐야, 그 표정이…… 나를 매정하다고 할 셈이냐?"

"아닙니다! 이미 그런 것은……."

말하다 말고 야헤에는 허우적거리듯 몇 걸음 다가앉았다.

"쇼군과 오고쇼님은 벌써 주군의 심중을 모두 알고 계십니다."

"하하하……알았어, 알았어. 야헤에, 야규가 그렇게 말했구나."

앞질러 말하는 바람에 야헤에는 또 말문이 막혔다.

"염려 마라, 야헤에!"

"……예?"

"이 마사무네는 그대들이 생각하고 있는 정도로 어리석은 인간이 아니야. 그래

서 오고쇼도 측실 몸에서 태어난 아들인 히데무네에게 10만 석, 나에게도 정4품
하 참의라는 벼슬을 주도록 천거하지 않을 수 없었지."

"그, 그러나 그것은……."

"이쪽을 방심하게 하기 위한 미끼라고 말하고 싶으냐?"

마사무네는 애꾸눈을 확 부릅떴다. 그러나 얼굴에서 웃음을 거두지는 않았다.

"내 아들 히데무네를 이요 우와지마 10만 석에 봉한 오고쇼의 속셈을 너는 아
느냐?"

"글쎄요, 그건……."

"모를 테지. 그것은 오고쇼와 쇼군이 이 마사무네를 몹시 두려워하고 있다는
증거야."

"……."

"알겠나, 히데무네와 나의 몇만 군세를 고스란히 센다이로 돌려보내면 큰일이
다 싶어 둘로 나누어 시고쿠로 보내기 위한 책략이라고 생각하지 않느냐?"

"옛?"

"우와지마 10만 석…… 나는 아들을 위해 고맙게 받았어. 그것을 받고 가신들
을 둘로 쪼개는 이상 나에게도 준비가 없어서는 안 되지."

마사무네는 쏘는 듯한 눈으로 크게 한숨을 쉬었다. 마사무네는 깨우쳐주듯
다시 말을 이어나갔다.

"오고쇼 부자도 저 험한 난세를 멋지게 헤쳐나온 쟁쟁한 사냥꾼이다. 하지만
이 마사무네도 예사 호랑이는 아니야. 저쪽이 먼저 새끼호랑이를 시고쿠에 떼어
놓고 아비 호랑이에게 총부리를 겨누어 올……경우의 대비를 게을리할 만큼 어
리석어서는 안 되지. 첫째도 대비, 둘째도 대비야. 대비가 되어 있으면 상대는 총
부리를 겨누어 오지 않는다. 내가 염려 말라는 것은 바로 그 이야기야. 나도 아직
은 충분히 포수를 두렵게 만드는 맹호니까."

야헤에는 몸을 부들부들 떨기 시작했다.

마사무네의 해석과 무네노리가 한 말의 차이가 무서웠던 것이다. 마사무네는
상대를 자기를 노리는 포수로 단정하고 대비하고 있는데, 무네노리는 덕이야말로
양자 사이의 안개를 걷어버리는 유일한 것이라고 자신하고 있었다. 이 자신감의
이면에는 말할 것도 없이 압도적인 무력과 실력의 자부심이 있다.

'오시키외의 씨움도 이러한 양자의 차이가 옴찍덜싹할 수 없이 굳어신 설과가 아니었을까……?'

마사무네는 다시 놀라듯 웃었다.

"왜 그러나, 야헤에. 저쪽이 난세에서 살아남은 호랑이를 어떻게 쏘아 잡을까 하고 틈을 노리고 있을 때, 아직 한 번도 총 맛을 본 적 없는 또 한 마리의 새끼 호랑이가 어정어정 기어나온다면 걸리적거릴 뿐이지. 다다테루를 에치고로 보낸 까닭을 이제 알겠지?"

"……"

"하하……별것 아니라니까. 나는 이렇게 일러주었어. 이번 일은 마사무네가 쇼 군에게 사과하겠다, 모처럼 첫아들도 태어났으니 다카다성에 돌아가 부자와 형 제간에 화해가 이루어졌다는 기쁜 소식을 기다리고 있으라고 말이야."

"그러나 그것은……"

"안 된다는 말인가? 하하……그렇지. 하지만 이것도 하나의 큰 전략…… 그렇지 않은가? 어정어정 에도로 기어나와 쇼군에게 잡혀버리면 고작해야 볼모……하지 만 에치고로 돌려보내면 어리더라도 역시 호랑이새끼. 쇼군에게는 기분 나쁜 맹수로 보이지 않겠나?"

"……"

"싸움은 우선 상대의 마음을 동요시키는 게 으뜸이야. 마사무네 하나만으로 도 충분히 위협이 되고 있는데, 제 동생이 호랑이로 변하여 에치고에서 으르렁대 면……단순히 걸리적거리던 것이 꺼림칙한 걱정으로 바뀌어 싸움판을 혼란시키는 한 가지 수가 되거든."

"그러나 주군, 주군은 그러고도 쇼군을 저택으로 초대……?"

"그래, 정중히 초대하겠다. 우와지마 10만 석과 참의 천거에 대한 감사를 나타 내기 위해."

"그러나 쇼군은 오시지 않을 겁니다. 지금 상태로는 못 오실 거라고 야규 님도 말했습니다……"

마사무네는 미련 없다는 듯이 손을 내저었다.

"안 와도 돼. 처음부터 오라고 생각하지 않았어."

"그렇다면……"

"목적은 이미 이루어졌다. 집도 담장도 튼튼히 고쳤거든. 그래서 농성할 준비가 되었다는 걸 알고 오지 않는 거야…… 오지 않으면 총부리도 겨눌 수 없지 않겠나?"

야헤에는 다시금 등허리가 써늘해졌다. 마사무네에게는 조심성은 있어도 두려움이 없었다. 그 터무니없는 자신감이 야헤에는 무서웠다.

사이를 두고 마사무네는 다시 말했다.

"그럼, 야규의 말에도 별다른 게 없었단 말이로군. 내가 초대해도 쇼군은 오지 않을 거라는 정도밖에는 그도 모르고 있더란 말이지?"

야헤에는 이대로 잠자코 있다가는 돌이킬 수 없는 불신(不信)을 초래하게 되리라고 생각했다. 최소한 자기가 이에야스와 히데타다의 마음을 몰랐던 것처럼 주인 마사무네 또한 상대를 오해하고 있다. 이 오해와 자신감의 과잉이 싸움도 사양치 않겠다고 하면, 오사카의 되풀이……라는 것이 마음에 걸려 견딜 수 없었던 것이다.

야헤에는 조심스레 말을 꺼냈다.

"죄송하오나……야규 님의 말 가운데 흘려들을 수 없는 한마디가 있었습니다."

"허, 또 있었나. 좋아, 말해 봐."

"실은 오고쇼님도 쇼군님도 우리 가문에 대해 털끝만큼도 싸울 생각이 없으시다. 오히려……."

"오히려?"

"……예, 오히려 덕과 의로 양자가 영원히 화목하기를 바라고 있다고 했습니다."

"뭐라고!"

귀에 손을 대고 거듭 묻더니 마사무네는 폭소를 터뜨렸다.

"야헤에, 웃기는 이야기구나. 와하하……! 그렇지, 누구든 처음부터 싸울 생각을 하는 사람이 어디 있나? 저쪽에서 말하는 대로 순종하란 말이지. 와하하…… 좋아 좋아, 그런 이야기라면 들을 것도 없어. 하지만 명심해 둬라, 기르는 개도 주인의 손을 무는 일이 있어. 살기 위해서는 이런 조심성을 길러둬야 하는 거야."

"죄송하오나……."

"아직도 남았나?"

"저는 다다테루 님 부인……주군의 따님이신 이로하히메 님의 말씀을 아직 아뢰지 않았습니다."

"뭐, 내 딸의 말. 그래, 뭐라고 하던가?"

"예, 이로하히메 님은 다다테루 님의 영원한 대면금지 처벌을 걱정하시며 오고쇼님의 신임을 받고 있는 덴카이를 만나겠다고 하셨습니다."

"허……그 아이가 덴카이를 만나서 어떻게 하겠다는 건가?"

"오고쇼에 대한 사죄를 주선해 달라고……그렇게 하지 않으면 아내의 도리가 아니라고 하시면서 야규 님에게 그 연락을 직접 부탁하셨습니다."

"뭐, 야규에게……?"

"예, 야규 님도 좋은 생각이라고 동의하시며 승낙하셨습니다……."

"야헤에! 어째서 그걸 먼저 말하지 않았나?"

"예, 말씀드리려는데 주군께서……."

"정신 나간 아이로군…… 이미 다다테루는 에도 땅을 밟지 못하는 몸이야. 그것도 모르고 덴카이에게……."

그리고 혀를 차더니 씁쓸한 표정으로 입을 다물어버렸다.

눈에 넣어도 아프지 않을 만큼 편애에 가까운 사랑을 기울여 온 이로하히메. 그 딸이 남편을 사랑한다는 지극히 당연한 이유로 마사무네 앞을 이렇듯 가로막아 설 줄이야…….

"그래, 야규 놈이 찬성했나?"

"그리고 또 한 가지……."

"또 있나? 빨리 말해라."

"오고쇼는 우리 가문과 싸움을 벌이는 것이 싫어서 다다테루 님을 처벌하셨다, 내 자식을 죽이더라도 평화만은 소중히 하실 작정이라고 야규 님은 말씀하셨는데, 그게 무슨 뜻이겠습니까?"

마사무네는 매서운 눈빛으로 야헤에를 쏘아보았다. 마사무네는 일찍부터 야규 무네노리라는 인물에게 이상하게 매력을 느끼고 있었다.

'무네노리에게는 욕심이 없다……'

인간이란 입으로는 제아무리 깨끗한 척해도 녹봉이나 상금에 얼씨구나 달려드는 법. 다이코와 오고쇼도 그것을 잘 알므로 천하의 영주들을 마음대로 휘둘러 올 수 있었던 것이다…… 그런데 그 가운데 야규 무네노리만은 예외인 것 같았다.

실제로 오사카 전쟁에서도 무네노리가 쇼군 가까이에 있으면서 그 목숨을 구해 주었다. 그런데도 불구하고 녹봉을 더 주려는 것을 일체 사양했다고 한다.

마사무네도 사실 그 일로 쇼군 히데타다에게 은근히 포상을 권한 적이 있었다. 그때 히데타다는 말했다.

"그는 누구의 가신도 아니라는 긍지를 갖고 있는 모양이오. 녹봉으로 간언의 입이 봉해진다면 참된 충성을 할 수 없다, 이대로 두어달라고 받지를 않소."

마사무네는 흥 하고 웃으며 말을 거두었으나 그때부터 무네노리에 대한 관심이 남달랐다.

'좀 더 큰 상을 노리고 있는 것일까? 아니면 달리 깊은 야심이라도 있는 것일까?'

그 무네노리가 자기 딸 이로하히메에게 덴카이에게 남편의 구명을 청하라고 했으며, 또한 오고쇼가 다다테루를 처벌한 것은 마사무네와의 싸움을 피하기 위한 것…… 평화를 제일로 생각하는 마음에서 나왔다고 한다.

'대체 무슨 생각으로 그렇게 말했을까……?'

잠시 동안 뚫어지게 야헤에를 노려본 다음 마사무네는 또 한 번 크게 한숨을 몰아쉬었다.

"야헤에."

"예……예."

"그대는 야규의 말에 일리가 있다……고 생각하며 돌아왔구나."

"예, 이로하히메 님의 걱정은 부도(婦道)에 어울리는 진지한 것, 덴카이를 만나게 해서 납득시키지 않으면 안 될 거라고."

"그대는 덴카이가 이런 사건에 개입하면 내 속셈이 세상에 드러난다고 생각지 않았나?"

"물론……그건……그렇게 되리라고 생각했습니다."

"그렇다면 어째서 단호히 이로하히메에게 그건 안 된다고 말하지 않았나? 그대는 야규에게 넘어간 것이구나."

"죄송하오나 이로하히메 님은 아시다시피 그러한 성품이시라 제 말 같은 것은……."

"그만둬!"

마사무네는 답답한 듯 화제를 바꾸었다.

"야규는 오고쇼며 쇼군에게 싸울 뜻이 없다고 분명히 그대에게 말했나?"

"예."

"그럼, 싸울 뜻이 있는 것은 내 쪽……곧 나 혼자 지레짐작으로 어쩌면 싸움이 될지도 모른다……는 위협을 듣고 왔나?"

엔도 야헤에는 필사적인 표정으로 엎드렸다.

"그렇습니다."

그리고 얼굴을 경련시키면서 얼굴을 들었다.

"말씀드리지 않으면 불충……이 되므로 말씀드리겠습니다. 야규 님은 오고쇼와 주군은 같은 병법가라 해도 큰 차이가 있다고 말했습니다. 주군은 아래층에서 계시므로 위층까지는 보이지 않는다고."

"뭐……뭐라고?"

무섭게 일갈을 퍼붓고 나서 마사무네는 다시 방안이 떠나갈 듯한 목소리로 웃기 시작했다.

"와하하……야규란 놈이 그따위 건방진 소리를…… 나는 아래층에 서 있기 때문에 위층이 보이지 않는다…… 와하하하……."

쏟아붓는 듯한 마사무네의 폭소는 야헤에의 고지식한 감정을 적지않이 격분케 만들었다.

'이쪽은 목숨을 내던질 각오로 간언드리고 있는데 일소에 부치다니 너무하지 않은가!'

"죄송하오나 또 있습니다."

"알았어, 듣지 않아도 알고 있어."

"아닙니다. 말씀드려야 하겠습니다! 야규 님은 이렇게 말했습니다. 오고쇼는 내 자식을 처벌하는 한이 있더라도 다테 님과의 싸움을 피하려 하고 계시다, 그 점을 주군께 말씀드려 이해하시게 하고, 일을 무사히 해결하려면 덴카이와 이로하히메 님을 만나게 해주는 게 가장 상책이라고……."

"뭐……뭐라고?"

"옛, 야규 님이 그렇게 말했습니다. 이로하히메 님은 만일 진실을 아시게 되면 한 치도 물러나지 앟고 아버님……곧 주군께 간언드릴 것이다, 물론 덴카이도 지혜를 빌려줄 터이니 그것이 가장 효과적이다, 다테 가문을 위해서라도 두 사람을 만나게 해야 한다고……."

"닥쳐라!"

"할 말은 다 하겠습니다. 또 한 가지 있습니다. 이로하히메 님께서 전하시는 말씀이."

"뭐, 이로하히메가……."

"옛, 이로하히메 님은 덴카이 대사를 통해 사죄드리고 그래도 오고쇼가 들어주지 않으실 때 이혼은 할 수 없으므로 자결해 버릴 터이니 그렇게 전하라고……."

"제정신인 건가! 자…… 자……자결은 신앙이 엄격히 금지하고 있는 일이야."

"물론 저도 그렇게 말씀드렸습니다…… 그러나 예외도 있다고 우기시면서 들으시려 하지 않았습니다. 아케치 가문에서 호소카와 가문으로 출가한 가라시아 님의 예도 있다. 어찌 다테의 딸이 아케치의 딸에게 질소냐…… 이건 아무도 꺾을 수 없는 결의로 보였습니다."

"닥치라고 하지 않았느냐."

"이제 다물겠습니다. 다만 그러한 결의를 하셨으므로 기다리고 계시는 서방님……다다테루 님이 실은 주군의 계책으로 다카다에 가시어……이제 다시 에도 땅을 밟을 수 없다……는 걸 알게 된다면 어떻게 하실지……? 자결하실지…… 아니면, 혼자 영지로 탈출하실지…… 오직 그것이 안타까울 따름입니다."

하고 싶은 말을 다 하고 나자 야헤에는 자세를 바로 하고 자신의 목을 스스로 두드려 보이며 말했다.

"거듭거듭 무례한 짓, 각오는 하고 있습니다……."

그리고 어깨를 들썩이며 울기 시작했다.

마사무네는 비로소 침통한 얼굴이 되었다.

"어리석은 놈, 울지 마라."

"……."

"그대를 꾸짖고 있는 게 아니다. 다만 걱정하지 말라는 거야."

그 말을 듣자 야헤에는 더욱 슬픔이 치밀어올랐다. 무슨 말을 해도 걱정하지 말라니…… 그 두려움을 모르는 마음이 실은 가장 무서운 것이다. 그러나 그 말을 입에 담을 수는 없었나.

"울지 말라고 하지 않느냐? 이로하히메 때문이라면 나는 그 아이의 아비다."

"예, 그리고……그리고 다다테루 님의 아버님은 오고쇼님입니다."

"음."

마사무네는 눈을 감고 팔짱을 꼈다.

"그대도, 큰마님도 이로하히메를 도와야 한다, 이로하히메의 말을 잘 들어야 한다는 소리뿐이군. 알고 있어, 염려 마라."

야헤에는 더 이상 아무 말도 하지 않았다. 마사무네가 다시 '염려 마라'고 하면서도 고민에 가득찬 표정으로 생각에 잠겼기 때문이었다.

야헤에는 생각했다.

'이제야 좀 뜨끔한 모양이다.'

이로하히메는 야규 무네노리의 주선으로 덴카이를 만날 게 틀림없다. 그렇게 되면 다다테루 처벌의 내막에 장인 마사무네에 대한 경계가 크게 도사리고 있다는 것을 알게 된다.

'그것을 알고 나면 이로하히메 님은 어떻게 할까?'

마사무네가 도저히 자신의 의견은 듣지 않을 거라고 판단할 경우 어쩌면 오고쇼나 쇼군에게 직접 호소할 각오를 할지도 모른다.

'그렇게 되면 그야말로 다테 가문의 큰일……'

이쯤되자 마사무네도 다시 생각하지 않을 수 없게 되었다……고 야헤에는 받아들였다.

마사무네는 허공을 노려보면서 다시 신음했다.

"음! 이로하히메가 그런 말을 했단 말인가?"

"예, 일단 입을 여시면 저희들 말 따위를 들으실 분이 아닙니다."

"다다테루를 다카다로 보낸 게 실수였을까?"

"이로하히메 님은, 2, 3일 안으로 성주님이 오시겠지…… 그러니 돌아오시기 전에 일을 처리해 두자고 하시면서……."

"그 말이 아니야!"

"예……그럼, 무슨 일로?"

"다다테루와 함께 매사냥을 했으면 좋았을 거라는 말이야."

"매사냥······?"

"그래. 사람의 몸은 쓰지 않고 버려두면 녹스는 법이야. 녹슬지 않도록 하는 데는 매사냥이 으뜸이지."

야혜에는 어처구니없어 말을 잇지 못했다. 당장이라도 이로하히메를 찾아가 설득하겠다고 말할 줄 알았는데, 별안간 매사냥 이야기를 꺼내다니······.

'어쩌면 오기가 아닐까?'

문득 그렇게 생각했을 때 마사무네가 사나운 눈초리로 다시 불렀다.

"야혜에! 근성마저 녹슬면 큰일이지. 그러니 나는 매사냥을 가겠다."

"예······언제 어디로 말씀입니까?"

"내일 아침 일찍, 장소는 오고쇼가 올봄에 일부러 우리에게 나눠준 가사이(葛西)의 매사냥터가 좋겠군. 몰이꾼은 100명 남짓, 날새기 전에 사냥터로 나가 내가 도착하기를 기다리라고 해."

야혜에는 대답 대신 멍하니 마사무네를 바라보았다.

'대체 무슨 생각을 하고 있는 것일까······?'

그러나 이런 때 캐물으면 호통만 들을 뿐이다.

"알겠느냐!"

"······예."

"사냥거리가 적으면 흥이 나지 않는다. 가사이에서 신통치 않으면 좀 더 멀리 나갈 것이니 그리 알고 단단히 준비하라고 일러라."

"알겠습니다."

"내 신경 건드리지 말라고 미리 일러둬라! 내 기분이 좋지 않다고."

"알겠습니다."

"그렇다 해서 그대까지 위축될 건 없어. 그대를 꾸짖고 있는 게 아니야. 몸과 마음이 모두 무디어지지 말라고 나 자신 스스로 꾸짖고 있는 거야. 염려하지 마라."

"예······예, 그야 물론 잘 알고······."

야혜에는 어처구니없으면서도 황급히 머리를 숙였다.

여느 때의 마사무네는 너무 거만할 정도로 거드름피우다가 한 번 화냈다 하면 벼락 치듯 성급한 데가 있었다. 그 평소 거동 속에서 보여주는 변화가 사실은 가신을 복종시키는 하나의 큰 매력이고 수단이라고 여기는 것 같았다. 어떤 경우에도 '야단났다'고 하지 않고 '엄려 마라' 히고 큰소리부디 쳐놓고 니시 디뜨리는 노기는 천근의 무게가 있었다.

참을성 있다……고 해도 이처럼 참을성 있는 사람을 야헤에는 아직 본 적이 없다. 그가 오랜 충성을 바치는 동안 감기든 적도 있고 학질에 걸려 열에 시달린 적도 있었다. 하지만 대낮에 마사무네가 누워 있는 것을 아직 한 번도 본 일이 없었다. 높은 열이 있어 삶아놓은 것 같은 얼굴이 되어서도 방 기둥에 몸을 살짝 기댈 뿐, 취침시간이라고 미리 정한 시간 전에는 결코 자리에 눕는 일이 없었다. 여인을 사랑하는 데도 남달리 정열적이어서 일본여자만으로는 부족해 남만여자에서 조선여자까지 규방에 두면서도 기상시간을 어긴 예가 거의 없었다.

그러한 마사무네의 노기를 품은 명령인 만큼 야헤에는 뜻하지 않은 매사냥을 준비하지 않을 수 없었다.

'매사냥터에 가서 다다테루 님 일을 다시 생각해 보실 작정이겠지.'

이렇게 해석하면서 그는 그날 밤 안으로 이것저것 지시하기 시작했다.

"기분이 좋지 않으시다. 몰이꾼들은 특별히 조심하라."

벌써 가을이었지만 기러기나 학이 오려면 아직 이른 감이 있었다.

"들오리도 별로 없을 테니 사냥터발광을 조심해라."

사냥터발광이란 사냥을 좋아하는 무사가 사냥 거리가 없으면 화나서 미친 듯 날뛰는 것을 말한다. 그럴 때면 몰이꾼이나 백성들이 곧잘 칼부림 당한다.

"뭘, 우리 주군이 그런 행동을 하실 리가."

그러면서도 평소에 늘 무서운 주인인 만큼 모두들 잔뜩 긴장하여 준비를 갖추었다.

그리고 다음 날 아침 몰이꾼 120명은 배를 타고 시바구치(芝口)를 출발해 먼저 매사냥터에 도착하여, 말을 타고 오는 마사무네를 기다리기로 하고 잠자리에 들었다.

야헤에는 물론 그 무리에 참가하지 않는다. 그는 뒷일을 돌보는 입장으로 주인이 없을 경우 저택을 비울 수 없는 직책을 갖고 있었다.

'어쨌든 기분 좋게 전송해야지.'

이튿날 아침 우선 선발대를 전송하고 다시 마사무네의 기사 12명을 보내놓고 나자 한시름 놓고 거실로 돌아와 식사했다.

아무래도 오늘은 날씨가 좋을 모양인지 뜰 안 동산 언저리까지 꿩새끼가 기어 나와 먹이를 찾고 있다.

'그래. 기러기와 오리는 아직 이르지만 꿩과 멧새들은 얼마든지 있겠군.'

이렇게 생각하고 젓가락을 놓았을 때 마님한테서 젊은 시녀가 부르러 왔다.

"야헤에 님 계십니까?"

"오, 일찍부터 웬일인가?"

"마님께서 부르십니다. 대감께서 영지로 돌아가신 것을 빨리 성안에 알리시라고 하시면서."

"뭐, 주군이 영지로……?"

야헤에가 허겁지겁 미하루(三春) 마님한테 달려가 보니, 혼자서 팔걸이 위에 마사무네가 써놓고 간 듯한 편지를 놓고 생각에 잠겨 있었다.

마님은 미하루 성주 다무라 기요아키(田村淸顯)의 딸로 메고히메(愛姬)라고도 불렀다. 용모와 재치가 뛰어난 재원으로 이미 40살이 넘었는데도 지나칠 만큼 단려한 얼굴에 잔주름 하나 없었다. 이로하히메와 적자 다타무네의 생모지만 자식들과 나란히 앉으면 누구의 눈에도 누님쯤으로밖에 보이지 않았다.

보통 아닌 마사무네도 이 정실부인에게는 고개를 들지 못했다. 어려운 문제에 대해 언제나 의견을 묻는 듯 여행 중 보내는 중요한 편지는 대개 마님 앞으로 오고 있었다.

"마님! 주군께서 영지로 돌아가셨다는게, 저…… 정말입니까?"

야헤에가 뛰어 들어와 묻자 마님은 미간을 모으며 고개를 끄덕였다.

"난처하게 되었어요."

"대체……주군은 무슨 생각을 하시고……?"

그러자 마님은 살며시 편지를 품 안에 넣은 다음 내뱉듯 말했다.

"싸우실 생각이시겠지."

"옛? 싸우신다고요……!"

"앞지르는 게 남을 누르는 것이라고 씌어 있었어요. 곧 영지로 돌아가 가타쿠라 가게쓰나(片倉景綱)와 의논해 일을 결정하겠다, 만일의 경우 이로하히메와 그대는 알아서 처신하라고."

야헤에는 두 주먹을 부들부들 떨면서 새파랗게 질리고 말았다.

'오고쇼나 쇼군에게는 일을 힘익 하게 만들 '생각이 없다……'

야규 무네노리에게서 그런 말을 들은 만큼 마사무네의 옹고집에 화가 치밀어 견딜 수 없었다. 그즈음은 아직 에도 체류제도가 엄격히 시행되지 않고 있었다. 더구나 지난해부터 이 해에 걸쳐 두 번이나 출진했으므로 신고만 하면 귀향은 당연히 허락받을 수 있는 일이었다.

'그런데 구태여 매사냥이라고 속이고……'

막부를 상대해 정말로 이길 거라고 믿고 있는 것일까?

"야헤에."

"예."

"이건 특별히 대감께서 분부하신 건 아니지만……."

"막부에 대한 신고 말씀입니까?"

"그래요. 이렇게 신고하면 어떨까? 주군은 매사냥을 나가셨다."

"예, 사실이 그러하므로……."

"그런데 사냥 거리가 전혀 없었다. 그래서 화가 나 영지에 가서 사냥하고 오겠다며 그 길로 센다이를 향해 떠나셨다고."

"그러나 그것만으로는……."

"물론 영지로 가야 할 터인데 일부러 에도에 머물러 계셨던 것이니 막부 쪽에서도 볼일은 없을 거예요. 신고해 두라고 매사냥터에서 지시가 왔으므로 신고합니다, 라고."

그러고 나서 마님은 신중하게 고개를 갸웃거렸다.

"역시 그래야만 해. 오늘 저녁 무렵이 좋겠어. 너무 이르면 사냥 거리가 시원치 않다는 게 거짓말이 될 테니."

야헤에는 줄곧 혀를 찼다.

'어쨌든 신고하는 수밖에 도리없는 일, 그나저나 정말 골치 아픈 어른이로군……'

미하루 마님은 아직도 허공을 응시하며 움직이지 않았다.

"마님 분부대로 하겠습니다."

야헤에는 말한 뒤 몸을 내밀고 목소리를 낮추었다.

"그러나 마님, 주군께서는 정말로 싸우실 작정이실까요?"

"글쎄……어떨까?"

"마님께서는 막부를 상대로 싸워서 이길 수 있을 거라고 생각하십니까?"

마님은 천천히 고개를 저었다.

"이길 수 없다는 건……대감 자신이 잘 아실 거야."

"그러면……그러면 어째서 이렇듯 일부러 상대를 노하게 하는 일을……."

"그렇군. 신고할 때 한마디 덧붙이는 게 좋겠어."

"예……?"

"오랜만에 돌아가는 것이니 이것저것 영지 안의 볼일도 처리하고 싶다, 그러나 막부에 용건이 있다면 곧 상경할 것이니 사양 말고 알려달라……고 덧붙인다면 모나지 않을 거야."

"그렇군요."

"대감은 그대와 내가 있기 때문에 안심하고 계실지도 몰라요."

야헤에는 다시 세차게 혀를 차며 말했다.

"어쨌든 막부에는 신고해야 합니다. 그런데 그것으로 일이 끝나지 않습니다. 또 한 가지 중대한 일이 있습니다."

"이로하히메 일일 테지."

"예, 이대로 가다가는 이로하히메 님 편에서 불이 붙을지도 모릅니다. 이 일은 어떻게 하실 생각이신지?"

마님은 살며시 눈을 감았다. 필사적으로 그 생각을 하고 있다……는 증거로 감은 눈이 바르르 떨리고 있었다.

"이로하히메 님은 오늘이나 내일 사이에 반드시 덴카이 대사를 만나실 겁니다. 덴카이 대사는 지금 가와고에서 나와 조조 사에 머물고 계신 듯합니다."

"야헤에."

"……예."

"그대는 막부에 신고한 뒤 그 길로 아사쿠사의 이로하히메한테 들렀다 와요."

"덴카이 대사를 만나는 일을 중지하라고……?"

마님은 다시 천천히 고개를 저었다.

"아니에요. 한번 마음 먹으면 이로하히메 또한 대감의 딸, 여간해서는 단념하지 않을 거요. 그러니 이렇게 말하세요."

"예, 뭐라고……?"

"주군은 다다테루 님에 대한 처벌에 화나서서 막부와 결전을 벌일 생각으로 매사냥터에서 곧장 영지로 돌아가셨다, 그렇지, 호랑이 같은 분이니 천 리를 한달음에……물론 다다테루 님과 상의하신 일일 거라고……."

"다다테루 님과 상의하신 일?"

"그래요. 그대가 그렇게 생각하는 거요. 그리고 생각하는 대로 이로하히메에게 일러주어요. 다다테루 님은 물론 우리 주군과 한 뱃속이신 모양인지 역시 도중에 길을 바꾸어 영지로 돌아가셨다, 이제는 결전을 피할 수 없을 것 같다. 그러므로 각오를 단단히 하시라고."

야헤에는 어이없어 단려한 부인의 모습을 보며 줄곧 눈을 깜박였다.

'그토록 무서운 일을 태연히……?'

주군이 매사냥터의 호랑이라면 이분은 대체 뭣일까……?

무릎에 얹은 주먹이 덜덜 떨리기 시작했다.

"야헤에, 알았지요?"

또다시 조용한 마님의 목소리.

"다다테루 님도 영지로 곧장 가셨고 이제는 결전을 피할 수 없다……고 말하면 이로하히메도 좀 놀라겠지. 그다음 일은 내게도 생각이 있으니 그렇게 전해주고 와요."

"그건……그러나 만일 그런 이야기가 막부에 들어간다면?"

마님은 미소를 되찾은 얼굴로 말했다.

"별일 없을 거요. 잘 생각해 보니 대감은 나도 그대도 속인 거요."

"그야 그렇습니다만."

"속이고 나서 만일의 경우에는 내가 알아서 처리하라고 했어요. 만일 싸울 결심이라는 소문이 난다면 그건 대감 탓, 이번에는 대감께서 알아서 하실 차례지."

다시금 말문이 막히게 된 야헤에는 또 뚫어지게 상대를 쏘아보았다.

'어떤 소문이 나더라도 내 알 바 아니다.'

그렇게 말하는 듯한 입가의 미소가 마음에 걸렸다.

'이분은 대체 진심으로 주군을 사랑하고 계신 것일까?'

이들은 서로 조금도 굽히지 않고 언제나 밑바닥에 무서운 대립을 숨기고 싸워온 부부…… 그런 부부가 아니었을까?

"야헤에, 남자에게는 남자의 재능이 있을 거예요."

"그야 물론……."

"지금 대감께서 막부를 상대로 결전을 벌이는…… 그런 주군이라면 다테 가문의 앞날도 뻔해요. 깨끗이 한 번 싸우고 멸망해 버리는 게 좋지 않겠어요?"

"무서운 말씀을……!"

"호호……그렇겠지. 50살이 내일모레인 분이 19살이나 20살 난 젊은 서방님들처럼 매사냥터에서 그대로 영지로 가셨소…… 그런데도 결전을 벌일 속셈이라는 소문이 나지 않을 거라고 생각한다면, 눈도 하나 모자라지만 분별도 모자란다고 해야겠지."

"……"

"영지에 가면 반드시 은퇴한 가타쿠라 가게쓰나와 의논할 거요. 가게쓰나는 대감보다 10살이나 위. 그렇듯 나이를 먹을 만큼 먹은 사람들이 이마를 맞대고 의논하여 싸움이 벌어진다면 별도리 없지 않겠소?"

야헤에는 아직 맞장구칠 경황이 없었다.

"야헤에, 여기서는 나도 그대도 짓궂게 대감을 괴롭혀주며 구경이나 하는 거예요."

"저, 주군을 괴롭히신다고요?"

"그래요. 대감은 싸울 작정인 모양이야. 그렇지 않다면 다다테루 님까지 영지로 보낼 리 없지. 이제는 결전을 벌일 작정이 틀림없다고 막부에 신고한 다음 우리 입으로 떠벌려 괴롭히는 거야."

"흠."

"그러면 대감이 무슨 생각을 할지, 그 일을 구경하면 재미있을 거요. 다테 가문은 애당초 막부에 눈엣가시, 어차피 한두 번 파란을 겪어야 할 가문이지. 왜 세상 속담에 귀여운 자식은 길을 떠나보내라는 말이 있지 않아요? 호랑이가 길을 떠나는 것을 놀려대면서 봐주자고요."

그리고 미하루 마님은 야헤에의 이해와는 동떨어진 세계에서 입을 오므리고 웃었다.

야헤에는 너무나 아름다운 미하루 마님의 얼굴을 보면서 문득 무서운 투지를 숨기고 깃을 가다듬는 팔뚝 위의 매를 떠올렸다.

물새는 배, 불타는 집

슨푸의 이에야스에게 9월 8일 에도에서 잇따라 두 사람의 사자가 왔다.

그 가운데 하나인 야규 무네노리는 사자라기보다 이에야스 쪽에서 불렀다고 하는 편이 옳았다. 일문의 수많은 제자들에게서 수집된 전국의 정보도 알고 싶고, 평화시대에 지녀야 할 무사도에 대해서도 무네노리의 의견을 확실하게 들어두고 싶었기 때문이다.

또 한 사람은 이에야스가 전혀 예상치 못한 사자였다. 표면상으로는 오사카 근위장수들의 전공을 이에야스에게 보고하고, 그 포상에 대한 의견을 듣고 싶다는 용건으로 시동 우두머리 미즈노 다다모토가 온 것이다.

다다모토는 혼다 마사즈미를 만난 다음 이에야스의 거실로 안내되자 곧 사람을 물리쳐달라고 청했다. 히데타다가 직접 내린 밀명을 가지고 온 게 아니라면 이렇듯 은밀한 자리를 요구할 리 없었다. 슨푸의 중신들까지 꺼려야 할 이야기……라면, 심상치 않은 일일 것이다. 그것을 알므로 이에야스는 이맛살을 찌푸렸다.

'어쩌면 다다테루의 처벌을 의논하러 왔는지도 모른다.'

이에야스는 이렇게 생각하면서 사람들을 물리치고 언짢은 표정으로 다다모토에게 물었다.

"또 무슨 난처한 일이 생겼는가?"

"예, 지난 8월 28일의 일이었습니다."

"28일……이라면 열흘 전이군."

"예……그 28일에 다테 마사무네 님이 별안간 에도에서 자취를 감춰버렸습니다."

"다다모토! 이상한 소리 하지 마라. 마사무네가 자취를 감추다니 누구에게 피살되었다는 말은 아닐 테지?"

"예, 에도 저택 보수공사를 벌이며 완성되면 쇼군님을 초대해 광대극을 보여드리겠다고 하더니 느닷없이 영지로 돌아가 버렸습니다."

"그렇다면 왜 영지로 돌아갔다고 하지 않고 자취를 감추었다는 이상한 말을……"

"그게……감춘 것이나 마찬가지여서…… 왜냐하면 그 전날 밤 가사이에서 매사냥하겠다고 갑작스레 말을 꺼내더니 도중에 그대로 영지로 가버리신 모양입니다."

"허, 매사냥 도중에 말이지?"

"뭐, 이곳에는 사냥감이 없다, 영지의 사냥터가 좋겠다며 고함지르고는 그 길로 귀국했다고."

"저택에 남은 자들이 그러던가?"

"예, 그렇습니다."

"신고가 들어온 건 그다음 날이냐?"

"그날 저녁 무렵입니다."

"그래, 그렇다면 혹시 화나서 그런 건지도 모르지. 염려할 것 없어."

"그런데……실은 다다테루 님도 에도에 올 예정이었으나 그대로 영지로 가셨습니다."

"뭐라고? 왜 그걸 먼저 말하지 않았어!"

"앞뒤 순서에 대해서는 용서해 주시기 바랍니다. 실은 다다테루 님이 영지로 돌아가도록 도모한 것도 마사무네 님인 것 같습니다. 그래서 터무니없는 소문이 퍼지기 시작했습니다. 이로하히메 님과의 이혼문제로 다테 님이 화를 내시어 서로 짜고서 군사를 일으킬 결심을 굳힌 모양이라고……"

이에야스는 흥 하고 코웃음 치며 쓴웃음 지었으나 곧 진지한 얼굴이 되어 생각에 잠겼다.

"거기에 대해 쇼군님 측근의 의견도 실은 둘로 나누어졌다고 들었습니다."

다다모토는 그 말이 불손하게 들리지 않도록 상당히 신경 쓰고 있는 것 같았다.

"한쪽은 용서할 수 없는 막부에 대한 도전이니 문책하지 않으면 안 된다는 강경한 의견. 또 하나는 염려할 것 없다, 기정 방침대로 다다테루 님의 처벌을 먼저 명하시면 곧 불길이 꺼져버릴 것이라는 의견이라고 합니다."

그러나 이에야스는 미간에 주름살을 모은 채 팔걸이에 놓인 안경을 물끄러미 바라보고 있다.

"쇼군님 말씀에 의하면, 다테 님은 전국시절부터 오고쇼님이 특별히 아끼시던 전우이기도 하니 우리끼리 일을 결정하는 것은 무엄한 짓, 하문(下問)이 계시면 사정을 자세히 말씀드리고 분부 말씀을 듣고 오라고 하셨습니다."

이에야스는 무슨 생각을 하는지 다시 흥 하고 코웃음 쳤다.

"난처한 일이로군."

"예……?"

"쇼군은 마사무네에게 기가 꺾여 있어. 그래서는 안 되는데, 아무튼 난처한 일이야."

"그러시면 여기서는 막부의 위신을 보이라는 의견입니까?"

"그렇지 않아. 말하지 않고 책망하지 않아도 상대가 스스로 삼가도록 하지 않으면 안 된다는 말이야."

이에야스는 가볍게 말하고 나서 물었다.

"다다테루의 아내는 받아들이겠다고 하던가?"

"아니……그 말씀에도 대답하지 않고 서둘러 영지로 돌아가셨습니다."

"그래? 말을 꺼낸 방법이 경솔했겠지. 쇼군은 아무래도 고생이 모자라."

"예……?"

"모름지기 사람과 인연을 끊으려 할 때는 양쪽 사이에 오해나 감정의 갈등이 남지 않도록 또 다른 보답, 또 다른 배려가 중요하다."

"예?"

"나는 다테의 관직을 높여주었다. 그리고 서장자(庶長子) 히데무네에게 우와지마 10만 석을 주었어. 이건 모두 그 보답이야. 이 보답으로 적의가 없음을 잘 보여주고 그런 다음에 다다테루의 아내를 데려가게 했지……."

거기까지 말하고 나서 문득 생각난 듯 덧붙였다.

"그렇지, 만일 다다테루의 아내는 데려가 주기 바란다, 그 대신 다테 가문을 계승할 아들 다타무네에게 따로 쇼군의 딸 하나를 주어 두 가문이 친밀하게……
이렇게 말하면 상대도 화내지 못할 것 아닌가?"

"저, 쇼군님 따님을?"

"양녀라도 좋아. 중요한 건 천하의 평화다."

이에야스는 언짢은 기색으로 말하더니 두말 못 하게 다다모토를 내보냈다.

"좋아, 알았어. 잠시 생각해 볼 테니 물러가 쉬어라."

그리고 곧 또 한 사람, 알현을 기다리고 있는 야규 무네노리를 불러들여 물
었다.

"무네노리, 마사무네의 성급한 행동에 대해 들었나?"

"예, 에도에서는 그 소문이 자자하게 퍼져 개중에는 싸움이 일어나지 않을까
하고……."

"그래. 그럼, 그대의 전망은?"

"다테 님의 돌출행동이 이번에는 너무 도가 지나친 것 같습니다."

"그래, 그대에게도 그렇게 보이는가? 그러나 말이 씨가 된다는 속담도 있어. 이
쪽의 대비는 대상단(大上段)이 좋을까, 아니면 정안(正眼)이 좋을까?"

이에야스의 질문이 무예의 검법자세를 묻는 자못 가벼운 질문이어서 무네노리
도 가볍게 대꾸했다.

"맞설 때는 언제나 정안으로 겨루어야 한다고 생각합니다만."

"그래? 정안이 아니었기 때문에 그런 돌출행동을 허용하고 말았다……는 뜻이
되겠군."

"오고쇼님, 오고쇼님은 돌출행동과 술주정을 구별하여 생각하십니까, 아니면
같은 종류라고 보십니까?"

"흥, 이상한 질문을 하는군. 그렇다면 다테 마사무네의 행동이 술주정과는 다
르다고 말하고 싶은가?"

"그렇습니다. 그분의 검법자세는 허점투성이에 상대의 넋을 빼버리려고 이따금
이상한 자세를 취합니다만, 자신이 무엇을 하고 있는지조차 모를 만큼 술에 취한
주정이라고는 보지 않습니다."

이에야스는 혀를 차고 나서 흥 하고 웃었다.

"무네노리도 오사카 이래로 꽤 성장한 모양이군. 그래, 아직도 쇼군에게서 녹

을 너 받을 생각이 없는가?"

"예……그러면 함락되던 날 홀연히 사라져버린 오쿠하라 도요마사의 비웃음을 사게 됩니다."

"오쿠하라가 아니라 죽은 무네요시의 눈이 무서워서겠지?"

"그것도 있습니다만."

"부럽구나, 무네요시는 훌륭한 아들을 두었어."

"돌아간 아비가 지하에서 황송해하고 있을 겁니다."

"실은 내가 그대를 부른 것은 다름 아니야. 나도 이제 천명에만 의지하고 있을 나이가 아니지. 그래서 내년 봄에 다시 교토에 다녀올까 한다."

"다시 교토에……?"

"그렇지. 이 길을 다시는 지나가지 못할 거라 생각하고 마음속으로 작별을 고하며 여행한 게 이로써 세 번째가 될 거야."

"용건은 뭡니까?"

"그 일에 대해서 그대에게 부탁해 두고 싶은 게 있다. 이번 상경에는 3대 쇼군이 될 다케치요를 데리고 입궐하는 게 목적이야."

이에야스는 거기서 다시 그로서는 드물게 자조 비슷한 웃음을 지었다.

"우스운 일이야. 나는 달인이란 어떤 나이에 이르면 확고부동한 안심입명(安心立命)을 얻을 수 있을 거라고 상상하고 있었지."

"예."

무네노리는 자신도 놀랄 만큼 날카로운 눈빛이 되어 마음속의 귀를 바짝 세웠다.

"그런데 그건 좀처럼 쉬운 일이 아니었어."

"그러시면……?"

"살아갈수록 망집은 깊어질 뿐이야. 거의 꺼지려 하는 생명의 등불을 지켜보면서 망설이고, 울고, 염려하고, 또 걱정하지…… 무네노리, 깨우침이라는 경지는 내게 없어. 나는 형편없이 우둔한 태생인 모양이야."

"황송할 따름입니다. 저로서는 그 말씀의 뜻조차 알 수가 없습니다."

"나는 생각했어…… 자청해 망집으로 들어가 헤매보는 수밖에 없다고. 그래서 다케치요를 확실히 내 가문의 후계자로 결정해 두려고 욕심냈는데, 이 욕심을 어떻게 생각하나? 지금의 내 심정은 불타는 집 안에 누워 있는 것 같기도 하고, 물새는 배를 타고 큰 바다를 건너가고 있는 것 같기도 한 심정이야."

그리고 이에야스는 금방 울음이 터질 것 같은 얼굴로 웃었다.

"불타는 집에 누워 있고, 물새는 배로 바다를 건너는 심정……."

무네노리는 지금까지 이처럼 꾸밈없는 술회를 들은 적이 없었다.

안심(安心)이란 모든 사람이 한결같이 바라는 경지다. 그러나 시시각각 생성되는 주위의 움직임이 과연 절대적인 안심의 경지를 개인에게 허락해 줄 것인지? 천지는 그것을 어떤 개인에게도 허락하지 않는 게 아닌지……?

그런 계속을 생각해 온 무네노리인 만큼 이에야스의 말이 더욱 아프게 가슴을 찔러왔는지도 모른다.

이에야스는 꾸밈없는 표정으로 고개를 끄덕였다.

"그렇지. 나는 지금까지 아이들 걱정만 해도 충분하다고 생각했어. 쇼군, 다다테루, 고로타마루, 나가후쿠마루…… 그런데 이번에 막내를 미토에 보내는 일로 끝인 줄 알았더니 그렇지 않았어. 별안간 다케치요가 걱정된단 말이야."

"그것이 자연스러운 일 아니겠습니까? ……병법에서도 똑같은 말을 할 수 있다고 생각합니다."

"그래서 그대에게 부탁하려는 거야. 그대는 아직 젊어. 어떤가, 다케치요에게 병법을 가르친다며 내년 봄 상경할 때 함께 가주지 않겠나?"

무네노리는 대답하는 대신 말 없이 이에야스를 우러러보았다.

"무슨 일이든 스승이 1대에 그친다면 정성이 미치지 못해. 알겠나? 욕심이고 망집이라고 생각하며 들어다오. 내 불안은 끝이 없게 되었어. 그 탓이라고 여기며 들어다오."

"……예."

"쇼군에게는 쇼군의 스승, 또 다케치요에게는 다케치요의 스승, 이렇듯 스승이 따로따로 있으면 이윽고 부자 사이에 의사가 통하지 않는 다른 사람이 될 것 같아 불안한 거야. 바꾸어 말하면 부자의 대립. 아니, 대립 이상의 불화도 그런 데서 생겨나겠지. 나와 쇼군이 아슬아슬하게 서로 언성을 높이지 않고 지낼 수 있었던 것은 쇼군이 어렸을 때 오아이가 있어서 내 뜻을 잘 전했기 때문이야…… 그리고 커서는 혼다 마사노부…… 그가 내 뜻을 잘 전하여 실수가 없었지. 그렇긴 하나 그 슈군두 실은 아직 나를 불안하게 하고 있단 말이야……."

"……."

"나는 머지않아 세상 떠난다. 그런 다음 지금 같은 상태면 쇼군과 다케치요의 의사를 소통시킬 길이 없어. 그것을 만들어놓지 않으면, 그 물새는 배, 불타는 집의 불안이 더욱 커질 뿐이야. 어떤가, 그대가 두 사람의 사범이 되어 다리 역할을 해주지 않겠는가?"

야규 무네노리는 별안간 눈시울이 뜨거워지면서 눈물 때문에 무릎이 보이지 않게 되어버렸다.

'늙은이의 노파심…….'

이렇게 생각하려고 했으나 감정은 그것을 따라주지 않았다.

'이것이 바로 참다운 애정, 참다운 조심…….'

그러한 감동이 가슴을 아프도록 죄어왔다.

"오고쇼님 말씀이라면 불초 무네노리는……."

"맡아주겠단 말이지?"

이에야스는 휴 하고 목소리에서 힘을 빼며 말했다.

"또 한 가지. 어떤가, 쇼군에게 다다테루를 처벌할 힘이 있다고 보나?"

이에야스는 대뜸 다음 불안으로 방향을 돌렸다.

"물새는 배를 타고 불타는 집 안에 드러누워 있다……는 각오로 천하의 일에 임하는 자가 자기 가문에 싸움의 씨앗을 남겨두고 무슨 태평이란 말인가?"

이에야스는 다시 가볍게 말했다.

"싸우는 게 번영으로 가는 길인지, 화목하는 게 번영으로 가는 길인지는 3살 먹은 아이도 알 것이다. 알면서도 눈만 뜨면 싸우기 시작해…… 그것이 이 세상의 현실이라면, 쇼군과 다다테루 사이 또한 싸울 여지가 없도록 해두는 것이 내 책임인 셈인데, 속담에 늙은이의 주책이라는 말도 있으므로 다시 한번 허심탄회하게 그대 의견을 듣고 싶다. 어떤가, 쇼군에게 다다테루의 처벌을 맡겨두어도 큰 탈이 없을 거라고 생각하나?"

무네노리는 생각해 보았다.

"글쎄요……."

이에야스의 이 질문의 이면에는 다다테루를 그대로 두고 다테 마사무네를 누를 수 있을까 하는 뜻이 포함되어 있었다.

'다시 아까의 정안이 좋은가, 대상단이 좋은가 하는 질문으로 돌아갔군.'

그것을 알자 무네노리에게도 의견이 있었다.

"죄송하오나 오고쇼님은 다테 님을 어떤 상대라고 보십니까? 쌍방이 칼을 뽑아들고 맞겨루었을 경우의 상대로 말입니다."

"쌍방이 칼을 뽑고……라고 묻는 건가?"

"죄송합니다."

"역시 무서운 상대이겠지."

이렇게 말하고 나서 이에야스는 덧붙였다.

"그대도 말한 것처럼 마사무네는 술주정은 아니지만 돌출행동을 하는 사나이…… 단둘이 대결하듯 꾸며대면서 실은 사방에 원군을 매복시켜 놓을지도 모르는 자야."

"그럴지도 모릅니다."

"따라서 두렵다기보다는 방심할 수 없는 자라고 하는 편이 좋지 않을까?"

"죄송하오나 저도 그렇게 생각합니다. 그러니 다시 한번 그 방심할 수 없는 다테 님과 쇼군이 칼을 맞대고 대결하시는 장면을 상상해 보십시오."

"음."

"저편이 원군을 매복해 둘지 모른다면 쇼군 쪽에서도 그에 대한 대책이 뭔가 있어야 할 것입니다."

"그래? 그렇다면 나는 역시 쇼군을 도와주어야 하겠군."

무네노리는 상대의 반응이 너무나 젊은이 같은 데 놀라움을 느끼고 웃으며 덧붙였다.

"오고쇼님은 늘 그렇게 하고 계십니다. 단지 쇼군님 한 분뿐만이 아닙니다. 평화를 원하는 영주들로부터 백성 하나하나에 이르기까지 예사롭지 않은 원조를 하고 계십니다. 거기에 저희들을 꼼짝 못 하게 하는 위업의 무게가 있다고 생각합니다."

이번에는 이에야스가 눈물지었다.

"그래. 알았다, 알았어, 무네노리. 내가 말한 물새는 배 불타는 집에 있다는 초조감을 모든 사람을 도와주고 싶어 하는 조바심으로 봐주는가?"

"그렇게 하시지 않고는 못 견디는 분······그러므로 쉴 새 없이 움직이는 그 배려······ 한결같은 배려의 삶이야말로 옆에서 보면 도저히 움직일 수 없는 오고쇼님의 부동심(不動心)입니다."

"움직이는 게 바로 부동이란 말인가?"

무네노리는 고개를 숙였다.

"다다테루 님의 처벌에 대해서는 부디 쇼군에게 도움을 주시기 바랍니다."

이에야스는 문득 히데타다가 무네노리에게 그런 뜻을 은밀하게 지시하여 보낸 게 아닐까 생각했다. 그러나 그렇다 해도 상관없었다.

'무네노리의 말에는 도리가 있다. 도리에는 따라야만 한다.'

과연 태평한 세상에서 아직도 난세에서처럼 권력탈취의 '기회'를 노리는 마사무네와, 이에야스의 뜻을 받들어 태평의 기초를 튼튼히 하기 위해 분골쇄신하고 있는 쇼군 히데타다는 그 개인적 역량의 차이가 너무 크다. 그런 다테를 억지로 누를 방법이 없는 것은 아니다.

"내 뜻을 거역할 셈이냐. 난 쇼군이다."

그렇게 호통칠 수 있는 '권력'과 '실력'이 이미 쇼군 쪽에 있다. 그런데 그 권력과 실력을 경솔하게 이용한다면 그것은 곧 '다테 정벌'이라는 전란이 되어버리고, 전란이 되는 것 자체가 평화를 위해 중앙집권을 이룩한 이에야스 부자의 패배를 뜻하게 된다.

'따라서 지금은 쇼군을 도와 전란이 일어나지 않도록 하셔야 합니다.'

그것이 무네노리의 의견이라고 이에야스는 받아들였다.

이에야스는 다시 한번 말했다.

"그대 의견은 잘 알았다. 그런데 마사무네 쪽 말인데, 무슨 생각을 하고 굳이 그처럼 도발적으로 나오는 것일까?"

무네노리는 일부러 웃으며 고개를 갸우뚱거렸다.

"그건······병법으로 말하면 탐색전······이 아닌가 생각됩니다만?"

"쇼군의 솜씨를 탐색하기 위해서 말인가."

"예. 쇼군의 솜씨뿐 아니라 이를 도와주실 오고쇼님의 솜씨도······ 다테 님은 그 두 가지를 합친 역량을 확인하지 않고는 자신의 근성을 고치지 않겠다는······ 역시 큰 망집의 벽에 부딪히고 계신 것 같습니다."

"과연!"

이에야스는 고개를 크게 끄덕이며 새삼 무네노리를 다시 보았다.

'많이 성장했어. 이미 아버지 무네요시에게 뒤지지 않는다.'

"과연 자신에게 싸울 뜻을 버리게 할 만한 실력이 막부에 있는지 마사무네는 확인하려 하고 있다…… 그래서 일부러 다다테루를 영지로 보내고 자신도 철수하여 그 반응을 보고 있다……고 그대는 본다는 말이지?"

"그렇습니다."

"그런데 마사무네 놈도 벽에 부딪혔단 말인가?"

"예, 그분도 어떻든 보통은 아닌 인물. 상대가 정말로 태평시대를 유지할 만한 힘을 축적하고 있다면, 진심으로 복종해야 한다……는 심정으로 재빨리 철수한 게 아닐까요?"

"그렇게 해석한다면 마사무네에게도 싸울 뜻은 없는 거로군."

"지는 싸움을 할 만큼 어리석은 분은 아닐 겁니다. 그리고 영지에는 가타쿠라 님도 계시니까……."

"그럼, 결론은 마사무네를 공격하는 게 아니라 안심시켜 주는 건가."

"그건 아닙니다!"

무네노리는 뜻밖에 언성을 높이며 꿰뚫어버릴 듯한 눈빛으로 잘라 말했다.

"다테 님은 옴짝달싹 못 하겠다고 깨닫지 않으면 야심을 버리지 못하는 호랑이입니다."

"그래, 호랑이에게 안심이란 없을 테니까."

이에야스는 무네노리의 날카로운 시선을 받으며 가볍게 웃었다.

"싸울 뜻은 없으나 복종할 뜻도 없다. 평화로운 숲속에서 먹이가 한 마리도 없어 호랑이가 화나서 빙글빙글 돌아다니는 것이로군."

무네노리도 시선을 부드럽게 바꾸며 웃었다.

"그렇습니다. 그렇긴 합니다만 과연 그것이 막부라는 평화로운 우리 속에서 길들여질 얌전한 호랑이가 될 것인지, 아니면 여전히 사람을 잡아먹는 호랑이로 쏘다닐 것인지, 영주라는 숲속의 짐승들이 마른침을 삼키며 지켜보고 있습니다. 거기에 쇼군께서 채찍 솜씨를 발휘하는 데 어려움이 있을까 합니다."

"하하……무네노리."

"예."

"공상하던 김에 한마디 더 물어보자. 만일 이 호랑이를 그냥 숲속에 남겨둔 채 쇼군이 죽는다면……물론 그때는 나도 살아 있을 리 없지. 남는 건 그대를 스승으로 둔 새 장군 다케치요뿐이야."

"……예."

"그때는 다케치요에게 이 호랑이 한 마리를 어떻게 다루라고 가르치겠나? 그 것을 생각해 봐주지 않겠나?"

"어려우신 문제만……."

그렇게 말하면서도 무네노리는 즐거운 것 같았다. 고개를 기울이고 곰곰이 생각하더니 몸을 내밀었다.

"그때는……늙은 호랑이를 영주들과 함께 불러모아 새 쇼군에게 이렇게 선언하게 하겠습니다."

"어떻게?"

"여러 영주 중에는 내 할아버지며 아버지와 함께 전국 난세를 싸워온 자도 있을 것이다. 그런 자들은 할아버지와 아버지에게 친구들이었다."

"친구라!"

"따라서 우정을 생각하여 사양하는 마음이 있었겠지만 나는 그렇지 않다. 나는 태어나면서부터 쇼군이라는 사실을 잊어서는 안 되리라."

"허."

"내 명령에 복종치 않는 자가 있다면 가차 없이 용서하지 못할 가신으로 여겨 그 가문을 문 닫게 하겠으니 그렇게 알도록."

이에야스는 저도 모르게 괴성을 지르며 신음했다.

"음, 다케치요의 시대가 되면 태어날 때부터 가신이라?"

"예, 전쟁 같은 아무 의미 없는 수단을 빌릴 것 없이 명령 하나로 처리됩니다. 그렇게 되어야만 이빨이나 발톱은 헛된 것임을 깨닫게 되겠지요."

"알겠다. 쓸데없는 것을 물었군. 이건 비밀로 해주게, 무네노리."

"여부가 있겠습니까?"

"그럼, 물러가 쉬어라. 나도 어떻게 하는 것이 쇼군에게 도움 될지 곰곰이 생각하겠다."

"아무쪼록 칼을 뽑지 않고 피를 흘리지 말아야……."

"피를 흘리게 되면 내가 지는 것이라고 말하고 싶은 거지, 무네노리?"

"황송할 따름입니다."

"잘 알았다. 내년 봄의 상경과 다케치요의 일을 부탁한다."

오고쇼는 차고 있던 단검 한 자루를 성큼 무네노리 앞에 내밀었다.

"가져라. 비젠 가네미쓰(備前兼光)의 명검이다."

"예!"

뿌리와 열매

야규 무네노리를 물러가게 한 뒤 외국과의 교역인가장을 얻기 위해 나가사키에서 일부러 온 하세가와 후지마사(長谷川藤正) 등을 기다리게 한 채, 이에야스는 골똘한 표정으로 생각에 잠겼다.

"들게 할까요?"

혼다 마사즈미가 나타나 물었으나 고개를 저었다.

"그대가 알아서 처리하라. 끝난 다음 인사는 받을 테니."

마사즈미는 이에야스의 고민이 무엇인 줄 짐작하므로 그대로 정중히 절하고 물러갔다. 이때 필리핀, 월남, 태국, 캄보디아, 대만 등지로 나가기 위해 명나라 사람과 서양 사람들까지 11명이 새로이 무역선 허가장을 얻으러 와 있었다. 오사카와의 싸움도 끝났으므로 상인들은 다시 활발하게 해외로 진출하기 시작했다.

이에야스는 이들에게 '자비는 초목의 뿌리, 인화(人和)는 그 꽃과 열매다'라고 쓴 종이쪽지를 보여주며 해외에서의 일본인의 처세를 설득할 것을 마사즈미에게 명해 두었다. 해외에서 소란을 일으키지 않는 비결은 인화에 있다. 그러나 그 인화는 자비라는 초목의 뿌리를 길러야만 꽃과 열매를 맺을 수 있는 것이다. 그 뿌리를 길러내는 노력이 없으면 꽃과 열매는 있을 수 없다.

"이러한 인정에는 내 나라와 외국의 차이가 없으니 우선 자비의 뿌리를 기를 것…… 이것이 교역 성공의 기틀임을 알고 늘 자비를 베풀도록 할 것"

그렇게 일러둔 뒤인 만큼 야규 무네노리가 물러가자 다시금 자기가 지어준 그

한 구절이 가슴에 되살아나 떠나지 않았다.

'자비는 초목의 뿌리, 인화는 그 꽃과 열매.'

다테 마사무네의 경우는 역시 이에야스 쪽에 자비가 부족했던 게 아닐까?

'무네노리라는 숲속의 호랑이를 막부라는 평화의 우리 안에 잡아넣으려고 했지만……'

이 평화의 우리가 실은 무자비한 우리라면 어떻게 될까? 사람과 사람이 대등한 입장에 있을 때는 자비라고 하지 않고 동정이라고 한다. 따라서 자비란 늘 윗사람으로서의 뛰어난 권력과 우월한 입장에 있는 자의 아랫사람에 대해 잊어서는 안 될 마음가짐이어야 한다.

'나는 과연 그런 생각으로 마사무네를 대해 왔을까……?'

그렇게 반성해 보니 어쩐지 낯간지러운 데가 있었다. 마사무네의 그릇을 충분히 인정하고 있었던 만큼 어딘가 그를 두려워한 점도 있었던 모양이다. 이 두려움은 당연히 경계심이 되고, 상대와 조심스럽게 간격을 두는 냉정한 태도가 되기도 쉬운 것이다.

'뭘, 마사무네쯤이야……'

마음속으로 그렇게 생각했지만, 그것이 두려움……이라고 생각해 본 적은 한 번도 없었다.

'이런 점에 잘못이 있었는지도 모른다.'

이에야스가 반 시간쯤 혼자 곰곰이 생각하는 동안, 창밖에는 짧은 해그림자가 부쩍 기울어져 있다.

시녀가 와서 작은 소리로 물었다.

"아직 불을 켜지 않아도 괜찮겠습니까?"

"아직 괜찮다. 기름이 아깝지 않으냐."

이에야스는 대답하고 나서 그제야 생각이 정리된 듯 지시 내렸다.

"그렇군. 가쓰타카를 불러다오, 가쓰타카를."

시동 우두머리 마쓰다이라 가쓰타카는 이때 슨푸의 근위장수 우두머리가 되어 있었다. 마쓰다이라 다다테루에게 '영원한 대면금지'를 선언하는 사자의 명을 받고 무사히 수행한 공으로 이루어진 이례적인 발탁이었다.

그리고 이런 칭찬도 함께 덧붙여졌다.

"그도 분별힐 줄 아는 자가 됐어."

말할 것도 없이 다다테루에게 파견된 중신인 산조 성 성주 마쓰다이라 시게카쓰의 아들이다.

그 가쓰타카가 왔을 때 벌써 어스름 무렵이었으나 이에야스는 아직도 등불을 켜라는 말을 하지 않았다.

이에야스는 말했다.

"가쓰타카냐? 어둡지만 좀 참아라. 이 늙은이가 할 수 있는 일은 고작해야 절약 정도지. 아직 일본은 가난하니까. 절약도 도덕의 으뜸이거든."

가쓰타카는 그러한 말에 익숙한 모양이었다.

"아직 이야기하지 못할 만큼 어둡지 않습니다. 하실 말씀을 들려주십시오."

"그래, 가쓰타카, 그대는 아직 혼자지?"

"예……?"

"그대에게 여자를 주고 싶은데 받아주겠나?"

가쓰타카는 깜짝 놀라 자세를 바로 했다.

"그렇군, 나이도 적당하구나. 마사즈미에게는 오우메를 주었는데 그대에게는 오마키를 주마. 오마키는 16살이지."

가쓰타카는 더욱 몸을 굳히고 침묵을 지켰다. 왜냐하면 오마키는 이때 이에야스의 측실 가운데 가장 어린 여자로 새삼 나이를 물을 것도 없이 아침저녁으로 가쓰타카와 얼굴을 대하고 있는 처지였다. 그런 만큼 꺼림칙한 기분이 들었다.

"오마키는 늘 그대를 무사다운 무사라며 사모하고 있지. 이제 나도 슬슬 젊은 여자들을 정리해야 하겠어. 20살도 안 된 여자에게 머리를 깎게 하는 무자비한 일은 하기 싫으니까."

"예……그러나?"

"괜찮다. 그대도 오마키가 싫지는 않겠지? 그러니 오마키를 그대에게 주마."

이 시대는 아직 여인들 사이에 한 지아비만 섬긴다는 도덕 관념이 엄격하게 요구되지 않던 시대였다. 그러나 귀한 신분의 사람이 죽으면 측근 남성은 순사하기도 하고, 총애받던 여인들은 머리 깎고 명복을 비는 관습만은 뿌리내리고 있었다. 따라서 이에야스가 죽으면 젊은 측실들은 당연히 절 한구석에 청춘을 묻어버려야 한다.

그래서 요즈음 이에야스는 젊은 측실들을 이 사람 저 사람에게 나눠주고 있었다. 혼다 마사즈미도 그 가운데 하나인 오우메 부인을 하사받아 정실로 삼고 있다. 엉뚱한 유산분배였으나, 그즈음에는 그것을 명예로 여기며 아무도 이상하게 보지 않는 야만풍습의 하나였다.

"어떤가, 오마키가 싫지는 않겠지?"

"예, 그건……"

"알았다! 어울리는 부부야. 오마키도 기뻐할 거야. 그러면 성급하긴 하나 그대가 다카다로 심부름을 가줘야겠어."

"예……?"

"다카다로 심부름을 다녀오면 그때 혼례를 올려주마, 조금이나마 혼인예물도 곁들여서. 그러니 무사히 일을 보고 와야 한다."

가쓰타카는 놀란 표정으로 입술을 깨물었다.

'아뿔싸!'

이에야스의 속셈을 그제야 깨달았기 때문이다.

"죄송하오나 지금의 그 말씀은……?"

가쓰타카가 황급히 입을 열자 이에야스는 또 시치미를 뗐다.

"지금 말이라니 오마키 말인가, 아니면 다카다 말인가?"

가쓰타카는 발끈하여 말했다.

"그……그……그 두 가지 다입니다."

"뭐, 둘 다……?"

"죄송합니다만 오고쇼님은 저를 다카다에 사자로 보내시는 게 용건의 본론이겠지요?"

"그렇게 받아들이는가, 그대는……?"

"다카다로 가는 것은 예사 사자가 아니다, 다다테루 님의 성격상 말을 듣지 않으실지도 모른다, 그런 경우에도 결코 성급한 생각은 하지 마라, 무사히 돌아오면 혼례가 기다리고 있다……는 말씀을 하시고 싶은 것이겠지요?"

이에야스는 능청맞은 표정을 지었다.

"참으로 놀랍구나! 거기까지 알고 있다면 더 할 말이 없다. 내일 떠나도록 해라."

"싫습니다!"

저도 모르게 말해버리고 나서 섬뜩했으나, 그것은 가쓰타카의 억누를 수 없는 젊음의 반발인 듯했다.

"뭐 싫다고……! 내 명령에 불복하겠단 말이냐?"

"아닙니다. 그 두 가지 이야기를 하나로 묶어……불결해서 싫습니다!"

"가쓰타카!"

"예."

"그대는 나와 대등하게 인생을 걸고 논쟁할 수 있다고 생각하나? 그대 생각으로는 다카다로 갈 사자는 죽을 각오를 하지 않으면 해내기 어렵다, 그런데도 혼인을 미끼로 자중(自重)을 강요당한다, 아니, 장가들고 싶어서 심부름했다…… 상을 받고 싶어 충성하는 것처럼 보이는 게 억울해서 싫다는 것이겠지?"

"그렇습니다."

"건방지구나!"

"예……?"

"그대가 생각하는 것쯤 모를 내가 아니야!"

먼저 호통쳐 놓고 나서 목소리를 낮추었다.

"물론 다다테루는 쉽게 다룰 수 없을 것이다. 그대와의 약속을 어기고 에도로 가지 않은 방자한 놈이야. 그러므로 이 사자는 그대가 아니면 안 돼."

"……"

"그대라면 왜 약속을 어겼느냐고 따질 수 있다. 그러면 사정도 밝혀지는 법이지. 그런 다음 내 뜻을 전한다면 상대에게는 작은 약점이 된다."

"그렇다면 이번 처벌은……?"

"아직 일러! 그대의 각오가 앞서야 해, 알겠나? 상대에게 약점을 느끼게 하는 우위에 있으면서도 이만한 임무를 수행하지 못한다면 그대의 사나이 구실도 볼장 다 보았다고 생각해야 해."

"……"

"내가 그대에게 오마키를 주겠다고 한 것은 가쓰타카라면 해낼 수 있다고 본 신뢰의 증거. 그 증거를 그대에게 보여주었을 뿐이야. 그것을 엉큼하고 더러운 미끼라고 여기는 쩨쩨한 소견머리로 무엇을 할 수 있느냐?"

가쓰타카는 눈을 껌벅거리며 한숨 쉬었다.

'이런 괴상야릇한 궤변이……!'

이에야스는 말을 이었다.

"내가 이번 사자로 그대를 부른 것은 전처럼 부자의 정에 얽매인 절박한 부탁 때문이 아니다. 이것은 태평을 좀먹는 고약한 싹을 어떻게 잘라낼 수 있을까 하는 중요한 정치. 인간의 생활에는 늘 두 가지 면이 있다. 그 하나는 사사로운 정, 또 하나는 공적인 정이라고 대부분의 사람들은 둘로 나누어 생각한다. 그러나 사물을 둘로 나누면 공을 위해서 언제나 사사로운 정을 버려야 하는 괴로움만 남게 돼. 여기에 인간그릇의 크고 작음을 분별하는 중요한 구분이 있다고 생각해라."

가쓰타카가 다시 가로막았다.

"죄송합니다만, 그렇기 때문에 무사히 돌아오면 혼인시켜 주겠다는 공과 사의 혼동은 싫다는 것입니다."

"그게 어설픈 생각이야."

"예?"

"아니, 미숙한 거지. 공과 사가 언제나 마음속에서 격투하고 있는 경지라면 사람의 일생은 희생의 연속……법을 지키고 질서를 지키려고 하면 할수록 괴로움이 더해간다. 훌륭한 인생일수록 삶은 괴로워지는 법이야."

"그렇다면……그렇다면 어떻게 생각하는 것이 옳은 겁니까?"

"공사일체(公私一體), 사사롭게 기뻐하는 것이 그대로 공과도 통하는 경지에서 일해야만 최고의 그릇인 거야."

이에야스는 젊은 가쓰타카에게 그런 것을 요구하는 게 무리라고 생각하며 쓴 웃음 지었다. 그러나 날쌘 말일수록 더욱 엄하게 단련시켜야 한다.

"가쓰타카, 나는 이제 다다테루의 일로 괴로워하지 않는다. 그 아이의 불행에 마음 빼앗겨 3대 장군인 다케치요의 훈육을 그르치거나 천하대란의 싹을 그냥 버려둔다면 큰일이지. 따라서 나에게는 이미 공과 사가 없다. 공과 사가 하나 된 큰길을 성실하게 걸어갈 뿐…… 알겠나, 그래서 오마키의 장래까지 그대에게 부탁한 거야."

가쓰타카는 고개를 갸우뚱하며 아직도 자신의 감정을 주체하지 못하고 있었다.

"내가 이런 말을 그대에게 하는 건, 또 한 사람 공과 사에 끼여 괴로워하는 자가 그대 신변에 있기 때문이야."

"제 신변에……?"

"그렇다. 그대 아버지 시게카쓰지. 시게카쓰는 다다테루에게 딸려 보낸 중신, 만일 내가 그대를 시켜 다다테루에게 할복을 명한다고 하자. 그때 다다테루가 군사를 이끌고 다테 군과 연합해 결전을 벌이겠다고 우긴다면, 그대 아버지는 어떻게 해야 하겠나?"

"아!"

가쓰타카는 저도 모르게 숨을 삼키며 몸이 얼어붙어 버렸다.

'그렇다! 그런 경우도 있을 수 있다……'

"알겠나, 아버지의 괴로운 입장을?"

"예……."

"알았으면 됐어. 내가 보낸 사자라고 하면 아마 그대 아버지 시게카쓰는 다다테루와 함께 앉아서 듣겠지. 그렇게 되면 그대의 말 한마디로 공과 사 사이에 끼여 괴로움을 견디지 못해 자결할지도 모른다."

"……예."

"바로 그 때문이야. 내가 그대에게 마음의 여유를 요구하는 것은…… 알겠나? 다다테루를 격분시키지 않도록, 아버지를 죽이는 일이 없도록, 그대도 살아 돌아와 결혼식을 할 수 있도록 그 정도의 일을 생각할 수 없다면 한 사람 몫을 다했다고 할 수 없지."

가쓰타카의 얼굴이 새하얗게 질렸다가 다시 붉어졌다. 그가 불결한 미끼라고 생각한 오마키 부인의 이야기는 아무래도 이 어려운 문제를 풀기 위한 하나의 암시에 지나지 않는 것 같았다. 문제는 '마음의 여유'를 가지고 대하라, 그렇지 않으면 사방으로 불행의 파문이 퍼져갈 거라는 뜻인 모양이다.

가쓰타카는 이에야스를 지그시 올려다보며 한숨지었다.

'오고쇼는 진정으로 이미 다다테루를 버린 것일까……?'

그럴 리 없다. 자식이 소중하지 않은 부모가 어디 있단 말인가…… 그리고 동시에 부모를 염려하지 않는 자식 또한 있을 수 없다.

'아버지가 자결할지도 모른다.'

이에야스에게 그런 지적을 받았을 뿐인데도 가쓰타카의 가슴이 벌써 터질 듯 두근거리고 있는 것이 그 증거였다.

"오고쇼님께 여쭈어보고 싶은 게 있습니다……"

"뭔가, 사양 말고 말해 보라."

"오고쇼님은 다다테루 님한테 할복을 명하실 겁니까?"

"그것은 아직 결정하지 않았다."

이에야스는 또 가쓰타카의 의심을 짙게 할 말을 태연스럽게 내뱉었다.

"그대의 각오에 따라서…… 알겠나? 내가 생각하는 건 다시 오사카 싸움과 같은 쓸데없는 싸움을 해선 안 된다는 것이다. 그런 일이 되풀이된다면 나나 쇼군은 천하를 맡을 그릇이 못 된다는 뜻이 되겠지."

가쓰타카는 대담하게 공격했다.

"오고쇼님은 교활하십니다! 오고쇼님의 결심도 듣기 전에 이 미숙한 가쓰타카가 무슨 각오를 할 수 있겠습니까?"

"가쓰타카, 그건 그대의 억지야. 공적이건 사적이건 자식을 죽이고 싶은 부모가 이 세상에 어디 있겠느냐?"

"그건 그렇습니다만……"

"그렇다면 문제를 돌리지 마라. 근본 목적은 다테가 난을 일으키지 못하게 하는 것…… 그 목적이 다다테루를 살려둔 채 달성될 수 있는가 없는가이다. 히데요리 님의 경우도 그랬지. 이제 와서 생각해 보니 가타기리 가쓰모토에게 좀 더 마음의 여유가 있었더라면 싶구나."

"그럼, 저에게…… 이 미숙한 저에게 가타기리 님의 소임을 수행하란 말씀입니까?"

"그렇지. 그대에게 좋은 생각이 있다면 지금의 나로서는 기꺼이 따를 작정이다. 그런 의미에서는 백지야."

가쓰타카는 또 발끈했다. 얼마나 교활한 노인의 책임 전가란 말인가? 이렇게 되면 이쪽이 죽을 지경이 된다.

"알겠나, 가쓰타카? 다시 한번 되풀이하마. 세상의 화목이라는 아름다운 열매는 하루아침에 열리는 게 아니다. 그 밑에 깊은 자비의 뿌리가 없으면 안 된다. 전란은 언제나 원한의 뿌리에 피는 쓸모없는 꽃…… 그 길을 잘못 밟으면 결단이 결단답지 못하게 되는 거야."

"오고쇼님! 그렇다면 그 사자의 임무를 제게 명령하시고, 오고쇼님도 달리 어떤 자비의 뿌리를 심으실 생각입니까?"

가쓰타카가 다그쳐 묻자 이에야스는 엄숙한 표정으로 고개를 끄덕였다.

"말할 것도 없지. 어찌 그대에게만 맡겨두겠나? 오사카 싸움으로 이제 싸움에는 질려버렸다."

뜻하지 않은 강한 메아리였다. 이에야스가 너무나 거센 반응을 보였으므로 가쓰타카는 저도 모르게 주춤했다.

'나에게만 괴로운 입장을 강요하는 교활한 노인……'

이렇게 생각하고 있었던 만큼 오사카 싸움에 질려버렸다는 술회는 느닷없이 뺨을 한 대 맞은 것 같은 당혹스러움을 안겨주었다.

"오사카 싸움 때도 내가 몸을 아끼지 않고 한 번 나갔더라면 좋았을 텐데. 히데요리 모자를 직접 만나 설득했다면 그렇게까지 되지 않았을 거야."

"그러시면 오고쇼님은 다테 님에게……?"

"그렇다. 마사무네가 순순히 에도로 돌아오느냐, 않느냐…… 나는 에도까지 나가겠다. 거기서 모든 방법을 강구하지 않는다면 오사카 때처럼 이 나이에 다시 갑옷을 입어야 할걸. 그것은 하나의 천벌이었어."

"그럼, 머지않아 오고쇼님도?"

"그래, 그대에 뒤지지 않게 힘쓸 작정이다. 나는 에도로, 그대는 에치고로…… 그러나 될 수 있으면 그대에게서 에치고 이야기를 듣고 나서 에도로 가고 싶다."

가쓰타카는 얼굴이 새빨개져서 고개를 숙였다. 이번에는 자못 청년다운 수치감으로…….

"어떤가, 다다테루의 처벌은 이미 정해진 것 아닌가? 더 이상 여기저기 상처 주지 않고 그대도 무사히 돌아와 결혼하는 거야…… 그때는 인간으로서의 그릇도 한결 크게 성장해 있겠지…… 나는 그대를 볼 때마다 오사카 겨울싸움 때 자우스산으로 찾아왔던 기무라 시게나리가 생각나…… 그도 살려두었더라면 쓸모 있을 좋은 청년이었어…… 전란이란 미처 꽃피기 전에 지게 할 뿐 아니라 또다시 원한의 뿌리를 키우는 이 세상의 큰 손해야. 그걸 단단히 명심하고, 자비의 뿌리를 뻗어 나가게 하기 위해 어떤 궁리를 해야겠느냐?"

"오고쇼님······."

"이제 알 것 같은 모양이구나?"

"청이 있습니다."

"오, 말해 봐라. 사양할 것 없어."

"다다테루 님에게 할복만은······앞으로의 일은 어찌 되었건 지금은······."

"1단계, 2단계로 사이를 두란 말인가?"

"예! 다다테루 님도 아직 젊은 꽃입니다. 망집도 있고 실수도 있겠지요. 그러므로 생각을 고칠 기회도, 좋은 열매를 맺을 미래도 있는 몸입니다."

"음."

"그런데 할복을······ 꽃인 채 꺾여버린다면?"

"잠깐, 가쓰타카. 그 일에 대해서는 나는 아직 백지라고 했을 텐데?"

"그러므로 청을 드리는 겁니다. 공과 사의 구별이 없는 마음으로 자비의 뿌리를······ 그것만 들어주신다면 불초 가쓰타카, 무사히 사자의 임무를 다하고······ 돌아와 혼례를 올릴 수 있을······듯합니다."

이에야스는 문득 시선을 돌리며 고개를 끄덕였다.

'가쓰타카에게 이런 인정이 있었구나. 이 인정이야말로 무사히 임무를 완수할 수 있는 가장 중요한 조건이다······.'

그러나 그 인정을 앞세운다면 그는 아버지를 죽이고 자신도 역시 다다테루를 위해 순사해야 하는 결과가 되리라. 이에야스는 그것을 가장 두려워하고 있었다.

다다테루를 살려둔 채 과연 다테와 인연을 끊을 수 있을까······?

가쓰타카는 진지한 표정으로 다시 머리를 조아렸다.

"부탁드립니다! 할복만이 처벌은 아닙니다······ 아무쪼록 그 일만은 단념하시기를 부탁합니다."

"······."

"그 일만 들어주신다면 가쓰타카, 오늘 밤 당장 출발하겠습니다."

그러나 이에야스는 여전히 분명한 대답을 할 수 없었다. 입으로는 백지라고 말하면서도 마음속으로는 그 생각이 상당히 깊게 뿌리내리고 있다.

'할복시킬 수밖에 없으리라.'

말할 필요도 없이 다다테루의 젊음과 성격을 고려해서 하는 생각이었다. 젊은 사람에게는 때로 삶 그 자체가 죽음보다 더한 고통이다. 핫김에 하는 할복이라면 모르되 지그시 자신을 억누르고 근신하며 살라고 하는 것은 견딜 수 없는 고통일 뿐이다.

"가쓰타카, 그대는 다다테루의 경우 할복을 명하는 편이 부모의 자비……라고 생각하지 않나……?"

가쓰타카는 격렬하게 고개를 저으며 저도 모르게 한무릎 다가앉았다.

"천만의 말씀입니다! 오고쇼님이 늘 하시는 말씀 가운데 사람의 탄생은 모두 신불의 뜻, 그것을 끊는 일은 자연을 반역하는 것과 같은 죄……라고 하셨습니다. 살아 있게 되시면 총명하신 분이니 반드시 자신의 입장과 오고쇼님의 고충을 이해하실 날이 있을 것입니다……."

"그런가……? 그러나 나는 다다테루가 그만한 인물이라고 생각되지 않아."

"황송하오나 그것은 오고쇼님의 부질없는 얽매임이라고 생각합니다."

"허, 내 얽매임이라고……?"

"예, 오고쇼님은 히데요리 님을 잃으셨습니다. 그러므로 내 자식도 희생시켜야 한다……고, 죄송하오나 마음속에 아직도 그런 얽매임이 남아 있습니다…… 그러나 저는 그 반대라고 생각합니다."

"음."

"지금 만약 다다테루 님에게 할복을 명하신다면 이것도 후회 저것도 후회, 비참한 후회만 거듭될 뿐…… 그보다도 지금은 일단 살려주시고 다다테루 님의 반응을 보시는 것이 신불의 뜻에도 맞는 일입니다."

"그러나 가쓰타카, 나는 머지않아 75살이야."

"그러므로 뒷일은 쇼군님께 맡기십시오…… 다다테루 님이 정말 천하의 방해자인지 어떤지. 쇼군님에게도 미울 리 없는 동생이 아닙니까?"

이에야스는 고개를 끄덕이면서 눈을 감았다.

"그래, 좀 더 생각해 보자. 그렇지, 그대는 오늘 저녁 나와 함께 겸상을 받자. 벌써 어두워졌구나."

이에야스는 손뼉 쳐 시녀를 불렀다.

"불을 켜라. 이제는 가쓰타카의 얼굴이 보이지 않는다."

그리고 무슨 생각을 했는지 갈라진 목소리로 웃으며 말했다.

"내전에 가서 오마키에게 이리 와 저녁상 시중을 들라고 해라. 좋은 걸 보여주겠다고 말이야. 자, 가쓰타카. 이제부터 의논이다. 허심탄회하게 그대 의견을 들을 테니…… 어쨌든 오늘 밤 안에 결정해 내일 아침 일찍 출발해 줘야겠다."

그러고 보니 벌써 가쓰타카의 얼굴이 윤곽밖에 보이지 않았다.

고시지(越路)의 기러기

겐나 원년(1615)은 윤년이어서 6월이 두 번 있었다. 그런 만큼 겨울이 이른 에치고에는 10월도 되기 전에 첫서리가 내렸다.

다다테루는 그날도 성안에서 차츰 검은 빛을 더해가는 조수의 빛깔에서 계절의 발소리를 느끼며, 자신이 놓인 기묘한 입장에 새삼 고개를 갸웃거리지 않을 수 없었다. 슨푸에서 에도로 갈 예정을 바꾸어 거성으로 돌아올 무렵의 야릇한 설렘은 이미 없었다. 그러나 이렇듯 저 단조로운 바다의 물결을 보고 있노라니 모든 게 거짓말처럼 믿어지지 않는 느낌이었다.

"아버지는 정말 나를 처벌하려고 하셨을까?"

그러고 보니 그는 아직 아버지의 입에서 확실하게 그런 말을 들은 적이 없었다. 맨 처음 그를 놀라게 한 것은 마쓰다이라 가쓰타카의 갑작스러운 방문이었고, 두 번째는 장인 다테 마사무네의 밀사였다. 마사무네는 이대로 에도에 들어가면 쇼군 히데타다와 그 측근들에게 무조건 감금될 것이다. 그보다 영지로 돌아가 쇼군으로부터 정식 사자가 오기를 기다리는 게 상책이라고 알려왔다.

영지에는 군사들이 있다. 따라서 난동이 두려워 섣불리 사자를 보낼 수 없게 된다. 구태여 상대의 덫에 걸려들기보다 시간을 두어 상대에게 냉정하게 고려할 수 있는 여지를 주는 게 분별 있는 행동일 것이다.

"어차피 에도의 정세는 이 마사무네가 자세하게 알려줄 테니 우선 영지로……."

이 말은 다다테루에게 그럴듯하게 여겨졌다. 하지만 영지로 돌아와 과연 쇼군으로부터의 처벌이 무엇일까 하고 낮이나 밤이나 초조하게 기다리는 것은 다다테루의 성격으로 견딜 수 없는 일이었다.

당연히 뒤쫓듯 오리라 생각했던 사자 대신 오히려 다테 가문에서 마사무네도 영지로 돌아갔다는 소식이 있었다. 그리고 벌써 한 달.

'에도 저택에서 아내는 대체 어떻게 지내고 있을까……?'

돌아와서 어린 도쿠마쓰마루의 얼굴을 보기 전까지는 왠지 모르게 야릇한 흥분과 긴장감이 있었으나 막상 대면하고 보니 지극히 담담한 기분이 되었다.

'인간에게 자식이 태어난다……'

단지 그뿐, 갓난아기는 부모 가운데 어느 쪽을 닮았는지도 모를 정도였고, 지금까지 상상해 왔던 것만큼 마음을 이어주는 대상이 못되었다.

'이럴 줄 알았더라면 차라리 그 길로 에도에 가는 게 좋았을 것을……'

영지의 논들은 이미 거의 추수가 끝나 백성들은 풍년을 기뻐하고 있다고 한다. 그러나 그 기쁨을 함께할 자격을 벌써 박탈당하고 말았다.

'누구에게? 무엇 때문에……?'

자기를 70만 석의 대영주로 만든 것도 아버지였고 지금 그것을 몰수하려는 것도 아버지…… 아니, 자기를 이 세상에 낳은 것도 아버지였고 이토록 꾸짖으며 죽이려 할지도 모르는 것 또한 아버지…… 그렇다면 마쓰다이라 다다테루리는 인간은 대체 무엇이란 말인가? 무엇 때문에 태어났고, 무엇 때문에 공부했으며, 무엇 때문에 무술을 연마하고, 무엇 때문에 꾸중을 들어왔던가?

맑게 갠 날 아침이면 그런 의문도 씻은 듯 한꺼번에 풀리는 듯했으나 오후가 되면 북국의 하늘과 바다의 음울한 빛깔과 더불어 혼돈스러운 회의의 안개 속에 갇혔다…… 오늘도 다다테루는 오후의 그 음울한 안개 속에 있었다…….

"성주님, 산조에서 중신님이 오셨습니다."

도쿠마쓰마루를 낳은 오키쿠가 작은 소리로 아뢰며 입구에 두 손을 짚자 다다테루는 내뱉듯 말했다.

"어서 들라 해라. 그리고 그대는 여기 오지 마라."

그것은 젖먹이 옆에 있으라는 배려의 말이 아니라 이 여인과 성품이 정반대인 정실부인 다테 마님을 생각하는 마음에서 오는 냉정함인 것 같았다.

"예."

상대는 시기는 대로 발소리를 죽이며 사라졌다. 그 또한 음침한 기분이 들어 숨이 막힐 것 같았다.

등 뒤에서 아버지가 파견한 산조 성주 마쓰다이라 시게카쓰의 목소리가 들려왔다.

"주군, 평안하셨습니까?"

다다테루는 잠자코 바다 쪽을 바라보고 있었다.

"오늘은 슨푸와 에도의 일들을 여러 가지 알려드리려고 왔습니다."

"에도에서 처벌이 결정되어 전하러 왔느냐?"

시게카쓰는 그 말에는 대답하지 않았다.

"에도에서 나쁜 소문이 나돌고 있는 모양입니다."

"마쓰다이라 다다테루의 반역 말이냐?"

"아닙니다, 그것과는 좀 다릅니다."

"어떻게 다른지 말해 봐."

"드디어 오는 정월에 싸움이 벌어지리라는 것입니다. 오고쇼님도 그 때문에 머잖아 슨푸에서 나오셔서 에도성에 드신답니다."

"상대……상대는 누구란 말인가?"

"물론 다테 님이지요. 다테 님이 군사를 일으키기 위해 신고도 하지 않고 영지로 돌아갔으니 이제 싸움을 피하지 못할 거라는 소문이랍니다."

"흥, 그리고 그 다테의 공모자는 마쓰다이라 다다테루란 말이지? 이제 귀가 아플 지경이다."

그러나 시게카쓰는 그대로 물러갈 만큼 젊지도 않고 융통성이 없는 사람도 아니었다. 말을 타고 온 모양인지 줄곧 목덜미의 땀을 닦으면서 말을 이었다.

"주군께서는 이제 인생을 재음미하는 여유를 좀 더 가지셔야 합니다."

"뭐, 내게 여유를 가지라고?"

"예. 사람의 일생은 큰 안목으로 보면 참으로 공평하지요…… 결코 주군만이 거센 파도에 시달리는 게 아닙니다. 모두 저마다 몇 번씩은 파도를 뒤집어쓰며 멋지게 헤엄쳐 나가지요. 여유 없는 자만이 익사하는 겁니다."

"흥, 또 할아범의 설교인가? 좋아, 심심하던 참이니 들어보자."

다다테루는 잔뜩 화난 표정으로 뒤돌아보다가 저도 모르게 픽 웃음을 터뜨렸다. 시게카쓰가 윗몸을 구부리고 땀을 뻘뻘 흘리는 모습이 마루 밑에서 기어나온 두꺼비와 흡사했기 때문이었다.

"할아범, 꽤 허겁지겁 달려온 모양이로군."

"예, 뒤따르는 기러기가 앞지르면 곤란하다 싶어서요."

"뒤따르는 기러기라니, 무슨 말인가?"

"제 아들놈 가쓰타카가 드디어 슨푸에서 주군한테 사자로 오는 모양이라."

"뭐, 슨푸에서 가쓰타카가?"

"그렇습니다. 쇼군으로서는 주군을 처벌하지 못한다……고 보시고 오고쇼님께서 직접 사자를 보내시는 것이겠지요. 정말 손에 진땀이 나는 일입니다."

말하더니 별안간 시게카쓰는 흥하고 한 차례 콧소리를 내며 땀과 눈물을 동시에 닦았다.

"그래, 아버님이 직접 나서셨단 말이지?"

드디어 기다리던 자가 나타났다……고 생각하자 다다테루는 마음속의 응어리가 풀리는 것 같았다.

"할아범이 울 것까지야 없지. 나는 음침했던 하늘이 활짝 개는 것 같은 기분이야."

그러나 시게카쓰는 더욱 몸을 앞으로 구부린 채 내밀며 코를 풀었다.

"소문을 소문으로 끝나게 할 수 있는 또 한 가지 소문도 있긴 합니다만."

"뭐라고, 소문을 소문으로……?"

"예, 싸움은 일어나지 않을 것이라는 소문…… 이 소문의 출처는 시중이 아니라 쇼군의 측근에서 나왔다고 합니다."

"허, 싸움이 없을 거라는 소문도 있나?"

"예……다테 가문의 영지에 있는 가타쿠라 가게쓰나…… 아마 올해 59살인 것으로 압니다만, 그가 중병에 걸려 다시 일어나기 힘들다고 합니다."

"허, 가게쓰나가……!"

"마사무네 님은 무슨 일이든 가게쓰나와 상의하는데 그 가게쓰나가 드러누웠다면 마사무네 님도 싸울 뜻을 버릴 것이다……고 보는 게 그 소문의 근거인 듯합니다."

"그렇게도 생각할 수 있겠지."

"그런데 주군은 어떻게 하시겠습니까?"

갑작스러운 질문을 받고 다다테루의 눈이 휘둥그레졌다.

"어떻게 하다니?"

"예, 2, 3일 안에 오고쇼님의 뜻을 받든 아들놈이 도착할 겁니다. 그전에 확실히 결심하셔야 합니다."

다다테루는 그만 폭발하듯 웃고 말았다.

"와하하하……시치미떼지 마라, 할아범."

"……예?"

"어떻게 하든 나는 아버님의 명을 받고 감시하러 온 그대의 포로가 아닌가? 아니야, 그대는 옥지기고 나는 옥에 갇힌 죄수일지도 모르지. 그 죄수가 옥지기며 아버님의 뜻을 거스르고 무엇을 할 수 있겠는가? 그런 엉뚱한 소리로 나를 웃기지 마라."

"그럼, 오고쇼님 명령에 순순히 복종하실 생각입니까?"

"따를 생각이 없으면 뭘 어떻게 할 수 있는데? 마음에도 없는 말로 내 마음을 휘젓지 마라."

시게카쓰는 다시 고개를 축 늘어뜨리고 울기 시작했다.

"울지 마라. 다다테루에게 할아범의 동정 같은 것은 이미 아무 소용 없음을 알아라."

"주군……"

"뭔가?"

"주군께서는 이 시게카쓰가 이처럼 황급히 달려온 뜻을 모르십니다."

"그럼, 할아범은 이 다다테루에게 아버지나 형에 대해 반란을 일으키라고 권하러 왔단 말인가?"

"아닙니다, 물론 그렇지 않습니다. 하지만 주군이 그럴 결심이라면 그 또한 어쩔 수 없는 일."

"뭐, 뭐라고?"

"시게카쓰도 온갖 궁리를 다 해보았습니다. 사부였던 미나카와 님이 주군 곁에서 물러나고 제가 대신 파견되었습니다. 그 무렵부터 저희들의 운명은 결정되었지요."

"모르겠다! 그건 넋두리냐, 간언이냐?"

"양쪽 다입니다. 오고쇼님께서는 다다테루에게 천하를 그르치게 하는 소행이 있다면 그대 손으로 찔러 죽이라고 저에게 이 단검을 내리셨습니다."

외치듯 말하고 시게카쓰는 차고 있던 단검을 다다테루의 무릎 앞에 내던지며 격렬하게 흐느꼈다.

"아버님이 가신들에게 맡긴 아드님은 주군뿐이 아닙니다. 고로타마루 님에게는 나루세 마사나리, 조후쿠마루 님에게는 안도 나오쓰구. 그리고 두 사람한테도 이 시게카쓰에게 처럼 당부 말씀과 함께 단검 한 자루씩을 내리셨다고 들었습니다."

"그, 그러니 내게 자결하란 말인가?"

다다테루의 얼굴에서 웃음이 사라지고 이마에 힘줄이 불끈 솟았다.

"그렇지는 않습니다. 우선 마음을 진정하십시오."

"바보 같은 놈! 이 다다테루가 이제 와서 당황할 것 같은가? 잉어야, 다다테루는 도마 위에 놓인 잉어란 말이야."

"그러니 아버님께서 맡기신 이 칼을 주군께 돌려드리려는 겁니다."

"뭐, 이 단검을 내게 돌려준다고……?"

"예……이것을 맡기신 뜻은 두 가지……임을 저는 이제야 깨달았습니다. 주군께서 나라를 어지럽게 하는 일을 저질렀을 때 찔러 죽이라고 하신 말씀은 어디까지나 표면상의 뜻…… 뜻의 이면에 또 한 가지 중요한 신임이 있었습니다."

시게카쓰는 더 이상 눈물을 감추려고 하지 않았다.

"그대라면 내 자식을 못난 자로 키우지 않겠지, 그러니 살리든 죽이든 맡기겠다고……."

"음!"

"그렇다면 이 시게카쓰에게는 당연히 두 가지 책임이 있습니다. 아니, 그 책임은 둘로 보이지만 실은 한 가지……주군에게 충성, 주군에게 봉사하는 일에 진정을 다 했다면 주군을 찌르지 않으면 안 되는 결과가 나올 수 없다는 겁니다."

"……."

"그런데 그런 일이 생겨버렸습니다…… 전혀 뜻하지 않은 일들이지만 그런 일이 일어난 것은 오로지 저의 잘못…… 주군! 저는 생각한 끝에 이 단검을 주군에게 돌려드리기로 했습니다."

다다테루는 신경질적인 표정으로 다시 한번 날카롭게 단검과 시게카쓰를 번갈아 보았다.

"아직은 못 받겠다, 이해할 수가 없어!"

시게카쓰는 말을 이었다.

"이 칼을 돌려드리는 것은 유감스럽지만 저에게 오고쇼님의 당부를 지킬만한 기량이 없기 때문입니다. 오고쇼님에 대한 의리를 다하지는 못했으나, 그렇다고 주군에 대한 충성까지 저버린다면 그야말로 무사의 체면이 서지 않습니다."

"뭐라고 말하는 건가? 아직 모르겠다, 허둥대지 마라."

"허둥대지 말라니 너무 야속하십니다. 주군이 도마 위의 잉어라면 저도 주군의 잉어가 되어야 한다고 굳게 결심하고 왔습니다. 주군! 주군의 뜻대로 결심하십시오. 슨푸에서 오는 제 아들놈을 그 자리에서 베어버리고 군사를 일으키셔도 좋고, 오슈로 달아나 다테 군과 합세하셔도 좋고…… 이 칼을 돌려드리고 오늘부터는 이 마쓰다이라 시게카쓰, 주군의 가신으로서 목숨이 있는 한 충성을 바쳐 분부대로 하겠습니다."

다다테루의 표정이 재빠르게 바뀌었다.

"그렇다면 할아범은…… 이 칼을 내게 돌려주고 감시인 노릇을 그만두겠다는 말인가?"

"예. 다다테루 님 한 분의 가신, 어떻게 하시든 마음대로 하십시오."

"뭐……그렇다면……그대의 아들을 베어버려도 좋단 말이지?"

"그렇습니다!"

"다짐을 위해 한 가지 더 묻겠다. 똑똑히 대답하라. 나는 슨푸에서 오는 할아범의 아들 가쓰타카를 베어버리고 군사를 끌고 센다이로 가겠다…… 그래도 이의가 없단 말인가?"

"여러 말 마시고 뜻대로 하십시오."

여러 말이라는 소리에 다다테루는 입을 다물어버렸다. 아버지의 기대에는 부응하지 못했으나 다다테루를 위해서는 도리를 다하겠다……고 잘라 말하는 시게카쓰의 말은 이상할 정도로 강하게 다다테루의 심장에 파고들었다.

'할아범은 나를 불쌍하게 생각하고 있다…….'

아니, 자신이 놓인 기묘한 처지를 동정하고 있는 건지도 모른다. 그렇다고 슨푸에서 오는 아들 가쓰타카를 베어버리고 다테 군에 가담해도 좋으며 자신은 다만 맡은 병력을 이끌고 다다테루의 명령을 따르겠다……니, 참으로 큰 변화가 아닐 수 없었다.

아니, 단순한 변화가 아니라 그것은 오고쇼에 대한 큰 반역이었다. 동생 고로타마루와 조후쿠마루는 모두 저마다 아버지와 형의 따뜻한 보호 아래 번영의 길을 걷고 있는데, 자신에게 맡겨진 다다테루만 불행에 빠지게 되었다. 그래서 자신도 함께 죽을 결심이 되었다는 것일까……?

'그렇지만 이해할 수 없는 점이……'

이런 생각을 하다가 다다테루는 섬뜩했다. 인간의 입에서 나오는 말이 반드시 가슴속의 생각을 그대로 드러낸다고 할 수 없다.

'할아범이 머리를 쓰는 모양이군.'

다다테루와 함께 어떠한 오명과 희생도 마다하지 않을 마음이라고 선수 쓰면 그 말에 감동하여 오히려 순순히 아버지의 처벌을 받아들일 거라고…….

'만일 할아범이 뱃속으로 그런 계산을 하고 있다면?'

아들 가쓰타카도 무사할 것이고, 영감도 책임을 모면할 수 있으며, 아버지와 형의 생각도 말썽 없이 성공한다…….

다다테루의 미간에 의혹의 빛이 번뜩였다.

"그래, 할아범은 그렇게 생각을 바꾸었단 말이지?"

"……예."

"그렇다면 나도 다시 한번 생각을 가다듬어야겠군."

다다테루는 살피듯 말한 뒤 덧붙였다.

"실은 나는 벌써 결심이 되어 있어. 할아범이 감시하고 있으니 이미 옴짝달싹할 수 없는 죄수라고…… 그러나 할아범이 그런 심정이라면 이야기는 달라지지. 한 번뿐인 인생, 충분히 납득할 만한 삶을 살아야겠어."

"말씀하신 대로……제 각오도 그렇게 정해졌습니다. 두 번 오지 않는 인생을 헛되이 보낼 수는 없습니다."

"그렇다면 잘 알았다. 그럼, 할아범도 성에 머물러 있어. 지금부터 생각해 볼 테니까."

아직도 반신반의하며 다다테루는 자리에서 일어났다.

그 자리에 더 이상 있을 수 없는 현기증을 마음에 느끼며 복도로 나가자, 아직 눈도 제대로 뜨지 못하는 갓난아이의 방으로 발길을 돌리고 있었다.

어째서 그곳으로 갈 생각이 들었는지? 역시 시게카쓰 앞에서 그를 의심하는 것이 괴로웠기 때문인지도 모른다.

갓난아이의 방은 복도 끝에 자리한 오키쿠의 방에 있었다. 그곳으로 거침없이 들어가자 다다테루는 우뚝 선 채 유모의 가슴에 안겨 있는 붉은 고깃덩어리 같은 자기 자식을 말없이 내려다보았다.

유모와 마주 앉아 아기의 잠든 모습을 들여다보고 있던 오키쿠가 황급히 그 자리에서 두 손을 짚었다.

"아, 성주님!"

"흥."

다다테루는 쌀쌀하게 얼굴을 돌렸다.

'이 핏덩이에게도 두 번 다시 오지 않는 인생이겠지……'

우뚝 선 채 다다테루는 말했다.

"오키쿠, 그대는 이 아기가 귀여운가?"

오키쿠가 깜짝 놀라 얼굴을 들었다. 균형 잡힌 얼굴이지만 혈색이 좋지 않고, 눈동자가 오들오들 떨고 있는 것 같았다.

"이 아기가 귀여우냐고 묻지 않느냐? 입이 있을 테니 대답해 봐."

"……예, 귀엽습니다."

"내가 지금 이 핏덩이를 찔러 죽이겠다……고 하면 그대는 어쩌겠나?"

잔인한 질문이었으나 다다테루는 그런 생각은 하고 있지 않았다. 이 방에 들어와 잠든 젖먹이의 얼굴을 본 순간, 슨푸에서 올 가쓰타카가 어떤 명령을 받들고 오는지 확실히 알 듯했던 것이다.

'할복이 틀림없다!'

시게카쓰도 그 내막을 알므로 황급히 이 성에 달려왔으리라.

'그렇다면 내 뜻대로 하라고 말한 할아범의 뱃속은……?'

어쩌면 진실일지도 모른다……고 생각했을 때 오키쿠의 음울한 목소리가 들렸다.

"성주님께 여쭈어볼 것이 있습니다."

"뭐, 내게……? 내가 먼저 물었다, 이 아이를 내 손으로 찔러 죽이겠다고 한다면 그대는 어떻게 할 텐가?"

"예……."

"말없이 그 아기를 내게 건네주겠나, 그렇지 않으면……."

말하면서도 자기 말에 짜증을 느꼈다.

"그때는 그대도 함께 죽겠나?"

오키쿠의 눈길이 별안간 잠든 아이의 얼굴 위에서 멈췄다. 떨고 있는 시선이 아니라 기묘한 감정이 얼어붙은 오싹할 정도로 차가운 시선이었다.

"부탁드립니다, 이 아기는 살려주시기를."

"그 소원을 들어주지 못하겠다면?"

"부탁드리겠습니다. 몇 번이고……."

"안 돼! 알겠나? 이 다다테루도 아버지의 노여움을 사서 할복명령을 받는단 말이다. 그 자식도 무사한 성장을 바랄 수는 없겠지. 가엾게 생각해서 죽이겠다고 하는 걸 모르겠나?"

그러자 오키쿠는 별안간 어린아이와 다다테루의 시선 사이를 가로막았다. 이번에는 그 눈초리가 다다테루에게 겨누어졌다. 감정이 있는 뱀의 눈과 닮은 응시였다.

"뭐냐, 그 눈빛은……! 내 뜻을 따르지 못하겠다는 말인가?"

"……."

"이곳에서 움직이지 않을 테니 찌르려면 함께 찌르란 말이지?"

"……."

"좋다, 그토록 아이가 귀엽다면 함께 죽여주지. 뭐, 하나 찌르나 둘을 찌르나 마찬가지……."

"아……!"

유모가 비명 지르며 몸을 도사렸다. 다다테루가 정말 칼을 뽑을 줄 안 모양이다.

"떠들지 마라!"

다다테루는 무서운 목소리로 꾸짖은 뒤 다시 허공을 노려보며 말했다.

"그래, 슨푸에서도 자아 부인이 아버지에게 애원했겠지…… 그런데 결정되있어. 아무래도 움직일 수 없는 한 가지 이유가 아버지 마음속에 있어서……그 때문에 정해진 거야……."

유모는 다시 그 자리에 얼어붙은 듯 움츠러들고, 오키쿠는 눈도 깜박이지 않고 다다테루를 뚫어질 듯 올려다보고 있었다. 그것은 천진난만하게 잠든 어린아이의 얼굴과 함께 차다찬 도깨비불이 타오르는 것 같은 이상한 긴장과 냉정함의 대립이었다.

다다테루는 다시 혼잣말을 계속했다.

"그러나 그 이유는 할아범도 납득할 수 없는……내 탓……이라기보다 나와 상관없는 데서 생긴 이유였어. 그렇기 때문에 형님도 나를 처벌하시지 못한다…… 그래서 다시 아버님이 나섰다…… 다다테루만 없으면 된다는 이유로……그래서 할아범은……."

허공에 새기듯 중얼거리고 다다테루는 강하게 고개를 저었다. 아직도 시게카쓰가 군사를 이끌고 센다이로 가도 좋다고 갑자기 태도를 바꾼 의미를 알 수가 없었다.

시게카쓰가 그 같은 반역을 감행한다면 그 자식들은 어떻게 될까? 아니, 군사를 이끌고 센다이로 달려간다면 그때 이미 사자인 가쓰타카는 베어지고 없으리라. 비록 다다테루가 베지 않더라도 그렇게 되면 가쓰타카는 살아 있지 않을 것이다. 그 자리를 떠나지 않고 먼저 할복할 사람이다.

'할아범도 그렇게 말한 이상 그 일은 각오했을 터…….'

"오키쿠……."

별안간 부르자 오키쿠의 어깨가 꿈틀했다.

"어린아이는……."

"……예."

"그대에게 맡긴다. 알겠느냐, 나에게 만일의 일이 생기면 그대는 아이를 데리고 이 집에서 달아나라."

"……예."

"그리고 죽었다고 해도 좋고, 농부의 자식으로 키워도 좋다. 그만한 재주는 그대에게도 있겠지?"

오키쿠는 대답 대신 두세 번 다급하게 고개를 끄덕였다. 입으로는 거의 의사를 표현하지 못하는 이 여인은 어쩌면 남보다 몇 곱절 안타까운 계산을 가슴속에서 되풀이하고 있는지도 몰랐다.

다다테루는 그대로 횅하니 복도로 나갔다.

시게카쓰가 여전히 기다리고 있는 거실로 돌아가지 않고 복도를 큰 걸음으로 걸어 나가 가을바람이 스산하게 몰아치는 뜰로 나갔다. 뜰 한구석에는 오사카 싸움이 시작되기 전에 그가 만들게 한 범선 모형이 반쯤 부서져 삭고 있었다.

다다테루는 중얼거렸다.

"저 위에 눈이 내린다…… 그리고 모든 것이 새하얀 지옥 속에 묻혀버린다. 겨울! 그래, 내 인생의 겨울이다……."

다다테루는 눈을 감고 서리 기운이 밴 공기를 깊숙이 들여 마셨다.

연못에는 벌써 잉어도 없다. 얼어 죽지 않도록 다른 곳으로 옮겨져, 거기서 겨울 식탁을 장식하기 위해 도마 위에 올려질 날을 기다리고 있을 것이다.

"인간 또한 마찬가지야…… 나를 할복시키려는 아버지나 형이나 할아범이나 가쓰타카도…… 모두 세상이라는 울 안에서 차례로 죽음을 기다리는 잉어에 지나지 않아."

다다테루는 목을 움츠리고 복도로 돌아와 곧장 거실로 돌아갔다.

'큰 배를 타고 나갈 바다가 있다……는 따위의 생각을 했던 것은 덧없는 꿈…….'

다다테루가 거실로 돌아가자 시게카쓰는 나른한 듯 눈을 떴다. 피로에 지쳐 어쩌면 졸고 있었는지도 모른다.

"할아범, 내 마음은 결정되었어. 나는 아버지의 명령이 어떤 것이든 할복하겠다. 아버지에게 의심받고 꾸지람을 들었어……잘잘못은 따지지 않기로 하겠다."

시게카쓰는 눈을 확 부릅떴다. 주름살에 싸여 붉게 충혈된 눈으로 말없이 한 무릎 다가앉았다.

"알겠나? 이유는 그대가 생각해. 나는 사는 게 귀찮아졌으니. 그러나 그것만으로는 이유가 되지 않겠지. 그렇지, 이렇게 말해라. 아버지와 형에게 의심받게 된 것은 오로지 다다테루의 부덕(不德), 그것을 부끄러워하며 자결했다고."

"그럼, 오고쇼님의 명령과는 관계없이?"

"그래. 나는 삶이 있는 게 싫어졌어. 그러니 그 이유라면 둿넣일 그대들이며 자아 부인이 난처해질 테니 알아서 꾸며대도록. 나만 없어지면……."

다다테루는 말하면서 그 자리에 앉았다.

"가쓰타카도 할아범도 그리 괴로워할 것 없어…… 알겠나, 두 사람 다 죽음을 서두르지 마라. 그대 부자는 하루라도 오래 살아서……."

"주군!"

"염려 마라. 지금 당장 할복하겠다는 건 아니야. 가쓰타카의 도착을 조용히 기 다리겠다…… 알겠지? 아버님으로부터의 전갈을 순순히 듣고 나서야. 그렇지, 순 순히 듣고 나서 가쓰타카와 할아범 셋이서 술을 마시자. 안주로는 잉어가 좋겠군. 세 사람이 유유히 작별을 나눈 다음 죽는 거야. 필요하다면 에도로 목을 보내도 좋아. 그리고 시체는 할아범, 저 뜰의 범선 잔해와 함께 깨끗이 태워버려라. 이것 만은 그대에게 엄하게 명해 둔다."

거기까지 말한 다다테루는 지금까지 울적했던 감정이 순식간에 풀리는 것을 느꼈다.

'그래, 이제 마음이 개운해졌다!'

지금까지의 망집을 생각하니 소리 내 웃고 싶을 정도였다.

'먼저 죽느냐 나중에 죽느냐 하는 차이뿐이 아닌가……?'

단지 그뿐인 것을, 구애되어 남을 허둥대게 하고 자신도 허둥댄다…… 인간이 란 얼마나 어리석고 얼마나 미숙한가?

"할아범, 이제는 울 일도 없을 거야. 그대가 말한 대로 두 번 다시 태어날 수 없 는 인생이니 내 생각대로 죽는 것도 좋지 않은가?"

"그건……그러나……."

"슬퍼하는 게 아니야. 이것이 다다테루의 고집이지. 좋아, 이제 물러가 쉬어. 그 대가 염려할 건 아무것도 없어. 알겠지? 더 이상 아무 말도 하지 마라."

시게카쓰는 처음에는 영문을 몰라 했고 다음에는 온몸을 떨며 울기 시작했다.

다다테루는 그 시게카쓰를 쫓아내듯 별실로 물러가게 했다. 그리고 혼자가 되 자 새삼스럽게 방안을 둘러보면서 정말 소리 내 웃기 시작했다. 이것도 젊음이리 라. 마음을 바꾸고 보니 이 세상은 그가 미련을 두고 헤매며 괴로워해야 할 만큼 매력을 가진 세계는 아니었다.

'뭐, 이까짓것, 코 푼 휴지를 버리는 정도의 일이 아닌가……!'

그다음 날―

다다테루는 슨푸에서 온 사자를 매우 유쾌하게 성에서 맞았다.

사자인 마쓰다이라 가쓰타카도 다다테루가 예상했던 것만큼 긴장하고 있지 않았다. 만일을 위해 60명 남짓한 무사와 총부대 16명을 거느리고 말을 타고 영내에 들어왔지만 물론 아무 소동도 일어날 리 없었고, 가쓰타카는 아버지 시게카쓰가 자기보다 먼저 성에 온 것도 알고 있는 눈치였다.

"가쓰타카, 잘 와주었다. 나는 그때 에도로 갈 작정이었지만 어린 것의 얼굴이 보고 싶어서."

다다테루가 말하자 가쓰타카는 밝은 표정으로 손을 저었다.

"그런 말씀은 나중에 천천히……."

"그래. 우선 들어오너라. 그대 아버지도 와 있다."

다다테루는 정면 현관에서 나무향내가 새로운 객실로 직접 가쓰타카를 안내했다.

아버지 시게카쓰는 객실 입구에 엎드려 사자를 맞았다. 아들이지만 오고쇼의 사자, 이 성의 중신으로서 깍듯이 예의 차리는 것이 대접이었다.

'아버님의 눈이 붉구나…….'

가쓰타카는 그 붉은 눈을 보자 더욱 안심한 모양이었다.

객실로 들어가자 다다테루는 또 정중하게 말을 걸었다.

"먼 길에 수고 많았다. 그런데 아버님의 분부를 듣기 전에 얼마쯤 사사로운 일을 물어도 괜찮겠나, 가쓰타카?"

가쓰타카도 선선히 응했다.

"여부가 있겠습니까. 이번 사자의 임무는 그리 딱딱한 일이 아닙니다. 우선 차라도 한 잔 대접받으며 천천히 말씀드리고 싶습니다."

다다테루는 깜짝 놀란 듯 눈을 크게 뜨고 웃으며 말했다.

"그래……? 이 성에서는 그대를 맞기 위해 어젯밤 중신들이 이마를 맞대고 한밤중까지 협의를 계속한 모양이던데……."

가쓰타카 역시 미소를 지우지 않고 대답했다.

"오고쇼님께서는 건강하게 잘 계시며, 제가 돌아가면 몸소 에도까지 나가시겠디고 말씀하셨습니다. 지이 부인도 함께 기신다고 합니다."

"참으로 반가운 소식이로군. 그런데 가쓰타카, 오늘 밤은 그대 아버지도 참석해 설국의 잉어맛을 음미하며 정답게 한잔하려고 준비해 두었다. 이의 없겠지?"

"무슨 이의가 있겠습니까. 저도 드릴 말씀이 산더미처럼 많습니다."

"그래, 그 말을 들으니 오랜만에 마음이 밝아지는군. 그럼, 이 자리에 중신들을 불러모아 사자의 용건을 듣기로 할까?"

"그렇게까지 하실 필요는 없지 않을까요…… 아버지도 이 자리에 계시니 두 분으로 충분합니다."

"뭐, 할아범과 나만 들어도 된다는 말인가?"

"예, 내용은 뻔한 일. 그럼, 꾸지람의 세 조목을 다시 말씀드릴까 합니다."

"하하……그래, 세 조목이었지. 오사카 출전 때 형의 가신을 벤 것. 입궐 때 고기잡이를 나간 잘못. 그리고 사치를 즐기는 무엄함이었지."

다다테루는 노래하듯 말하고 또 웃었다.

아버지 마쓰다이라 시게카쓰는 두 사람의 유쾌한 대화가 자꾸만 걱정되어 견딜 수 없었다. 다다테루의 각오는 이미 들었다. 그러나 할복하고 안 하는 것은 오고쇼의 전갈을 확인한 뒤의 일. 경우에 따라서는 아들 가쓰타카와 함께 할복을 저지해야 한다고 생각하고 있었다.

가쓰타카는 옷깃을 여미며 자세를 바로 했다.

"세 조목은 말씀드린 것으로 하고…… 오고쇼의 처벌을 먼저 전해 드린 뒤 천천히 대접받고 싶습니다."

"오, 말해라. 다다테루는 삼가 듣겠다."

가쓰타카는 흘끗 시게카쓰를 쳐다보았다.

"아버님도 잘 들어두십시오."

"예."

"마쓰다이라 다다테루는 곧 이 성을 명도(明渡)하고 후카야(深谷)에서 근신할 것."

가쓰타카는 웃는 얼굴로 말하더니, 이번에는 아버지를 향해 앉았다.

"성과 가신은 당분간 마쓰다이라 시게카쓰에게 맡긴다. 시게카쓰는 깊이 명심하고 성주대리직을 수행할 것."

다다테루는 어리둥절한 얼굴로 먼저 시게카쓰를 쳐다보았다. 시게카쓰도 두 눈에 가득 미심쩍은 빛을 보이며 다다테루를 지켜보고 있었다.

잠시 뒤 다다테루가 중얼거렸다.

"납득이 안 되는군. 후카야는 내가 게이초 7년(1602)까지 있었던 성으로 지금은 폐성…… 그런데 나에게 그곳으로 가란 말인가?"

"그렇습니다. 폐성이지만 일상생활에는 부족함이 없도록 벌써 수리가 끝났을 것입니다."

"음."

다다테루는 다시 시게카쓰에게 시선을 옮겼다.

"이게 대체 어떻게 된 일인가……?"

그것은 시게카쓰에게도 가쓰타카에게도 아니게 당혹감을 노골적으로 드러내는 독백이었다.

옆에서 시게카쓰가 공손히 고개를 숙였다.

"……후카야는 주군이 마쓰다이라 가문을 계승했을 때 맨처음 들어가셨던 연고 깊은 성, 그 성으로 가서 다음 명령을 기다리라는 오고쇼님의 말씀……삼가 받들겠습니다."

그 말이 채 끝나기 전에 다다테루는 다시 웃음을 되찾으며 시원시원하게 말했다.

"이것으로 끝났군그래. 할아범이 말한 대로야. 그 성에 있었을 때 내 영지는 1만 석, 그리고 나서 시모후사 사쿠라의 4만 석…… 그래, 사쿠라에 갔을 때 12살이었지. 그 후카야에 가서 다음 명령을 기다리란 말인가?"

다시 아까의 각오가 그의 가슴속에서 되살아났다.

'살아서 어쩔 것인가, 한 번 버린 세상인데…….'

다다테루의 반발이 두려워 아버지가 영지몰수를 위한 또 하나의 포석을 두는 것으로 해석했기 때문이었다. 우선 성과 부하들로부터 떼어놓은 다음 처벌…… 홧김에 소동이라도 벌일까 염려하고 있는 것이다.

'하지만 나는 이미 그런 경지를 벗어났다.'

"가쓰타카, 그러면 이것으로 끝났나? 뭔가 서류라도 있으면 수락서를 써주마. 자, 편히 앉게나."

너무도 흔쾌한 나나테무의 말에 가쓰타카가 오히려 미심쩍어한 것은 이내였다. 가쓰타카는 공손히 서류를 아버지에게 건네고 아버지가 그것을 다다테루에게 보인 뒤 수락서를 쓰기 위해 방에서 나가자, 비로소 정색한 얼굴로 돌아가 다다테루를 향해 앉았다.

　"다다테루 님, 성급한 생각을 하시면 안 됩니다."

　다다테루는 시치미를 뗐다.

　"성급한 생각……성급하다는 건 뭘 말하는 건가, 가쓰타카?"

　"성급한 생각에는 두 가지가 있습니다."

　"그래?"

　"그 하나는 자결, 두 번째는 오사카의 히데요리 님이 걸으신 길."

　"핫하하……가쓰타카가 또 재미있는 말을 하는구나. 내가, 이 다다테루가 아버지나 형에게 반역할 거라고 보느냐?"

　가쓰타카는 그 말을 무시했다.

　"오고쇼님께서는 제가 돌아오기를 기다렸다가 에도로 나가실 것입니다."

　"그건 아까도 말했잖은가? 자아 부인도 동반하실 거라고."

　"아버님께서 오사카에서의 피로도 풀리지 않으신 몸을 채찍질하여 에도로 가시는 이유가 무엇인지 아십니까?"

　"설마 내 처벌을 쇼군과 의논하시려는 건 아닐 테지?"

　가쓰타카는 단호하게 잘라 말했다.

　"다테의 반역심을 누르기 위해서입니다. 새해에는 75살, 그런 노령의 몸으로 두 번 다시 전쟁을 되풀이하지 않겠다고 밤낮없이 고뇌하시는 오고쇼님…… 오고쇼님의 애달픈 눈물이 다다테루 님은 느껴지지 않으십니까?"

　"하하하……갈수록 더 재미있는 말을 하는군. 그럼, 아버님은 밤마다 우신단 말인가?"

　"예!"

　쏘아붙이듯 대꾸하고 나서 가쓰타카는 다다테루 앞에 두 손을 짚었다.

　"가쓰타카, 청이 있습니다."

　"나에게……?"

　"예. 지금은 순순히 후카야로 가셔서, 그곳에서 오고쇼와 쇼군 두 분께 탄원하시기 바랍니다."

"뭐, 탄원하라고?"

"예, 표면적 이유는 잘 아시는 세 가지 조목…… 그 세 조목은 모두 전혀 기억조차 없는 일이라고 쇼군의 측근에게 끈기 있게 탄원하시는 게……효도가 됩니다."

다다테루는 뜻밖의 말을 듣고 저도 모르는 사이에 몸을 내밀며 고개를 갸우뚱했다.

"그럼, 그대는 나에게 미련을 가지라는……?"

"예, 소원입니다!"

"모르겠구나, 모르겠어. 가쓰타카…… 나를 이렇듯 괴롭히고 있는 것은 그 세 조목 때문이 아니야."

"그러니 후카야에 가시면 우선 다테 가문과 인연을 끊으시고 당치도 않은 누명의 억울한 울타리를 없애야 합니다."

"그래도 이해되지 않는 점이 있다…… 그렇게 하는 것이 어째서 효도가 된단 말이냐?"

"다다테루 님! 자식이 미운 부모가 있겠습니까? 이 가쓰타카의 눈에는 이번 비극이 뿌리가 또렷이 보입니다. 그 뿌리는 순순히 후카야에 가시면 끊어집니다."

"다테와의 인연 말인가?"

"예. 그것이 끊어지면 나머지는 그 세 조목…… 깨끗이 덫에 걸려 죽는 것만이 효도가 아닙니다. 미련을 가지시고……탄원하십시오…… 소원입니다!"

연거푸 머리를 조아리는 가쓰타카를 다다테루는 지그시 쏘아보며 고개를 갸웃거렸다.

'가쓰타카는 대체 무슨 생각으로 이러는 것일까……?'

사나이답지 않게 미련을 버리지 못하고 세 조목의 변명을 하는 것이 과연 효도일까? 아니면 여기서 깨끗이 자결함으로써 사건을 해결하고 아버지를 이 문제로부터 해방시켜 주는 것이 효도일까……?

지금의 다다테루는 아버지를 원망하고 있지 않았다. 그런데도 가쓰타카는 다다테루가 괴로워하고 있는 것으로 단정하고 동정하며 이런 말을 하는 것이 아닐까?

다시 절박한 말투로 가쓰다가는 말했다.

"다다테루 님! 다다테루 님은 자결하고 싶으시지요?"

"뭐, 뭐라고 했느냐!"

"얼굴에 뚜렷이 나타나 있습니다. 죽어서 오고쇼와 쇼군을 안심시켜 드리자…… 그편이 사나이답다고……."

다다테루는 당황하여 시선을 피했다.

'가쓰타카놈, 제법 날카로운 소리를…….'

"그러나 그것은 무장으로서 비겁하다고 생각합니다."

"뭐, 비겁해?"

"예, 비겁한 것이 아니라면 그 자결은 무사에게 있을 수 없는 현실도피라는 말로 바꿔도 좋습니다."

"음."

"투쟁을 겁내고 현실을 도피하는 건 비겁한 일이지요."

"가쓰타카!"

"뭡니까?"

"나와 그대 사이라 어지간한 일로는 탓하지 않을 생각이었지만, 이 다다테루를 두고 비겁하다고 한다면 그냥 듣고 있을 수 없다."

"그러시다면 순순히 후카야로 가셔서 저희들이 말씀드린 대로 탄원을 하십시오."

"……."

"아버님이신 오고쇼께서는 이제 곧 75살이 되십니다. 그런데도 여전히 늙으신 몸에 채찍질하시며 에도까지 나가셔서 평화로운 세상을 창조하겠다는 비원에 몸과 마음을 바치려 하고 계십니다…… 이것이 바로 살아 있는 사람의 참된 도리, 참된 용기라고 생각하지 않으십니까?"

"건방진 수작……."

"이렇게 건방진 저희들 눈에도……과연 오고쇼님이라는 말이 절로 나오게 비칩니다. 목숨이 있는 동안은 그 비원 앞에서 한 걸음도 물러서려 하지 않으십니다…… 그런 용기가 있으므로 오늘날의 대업도 이루어진 것입니다."

"……."

"그런데 뭡니까? 그 젊음으로 조그마한 난관에 굴복하여 스스로 죽음을 서두르시다니…… 아버님에게 부끄럽다고 생각하지 않으십니까…… 용맹함에서 남보다 뛰어나신 다다테루 님, 저의 건방진 참견을 웃으며 들으시라라 여기므로 이 간언을 드리는 겁니다. 오고쇼님도 인생과 투쟁하고 계십니다. 다다테루 님도 그 아버님에게 지지 않는 투쟁을 하셔야만 참된 효도…… 가쓰타카는 그렇게 확신하기 때문에 이렇듯 감히 청을 드립니다."

그때 시게카쓰가 소반에 수락서를 공손히 받쳐들고 돌아왔다. 가쓰타카는 입을 다물었다.

시게카쓰는 아들 앞에 엎드리며 상을 내밀었다.

"오고쇼님에게 올리는 수락서입니다. 후카야로 출발하는 일을 되도록 빨리 실행하겠으니 잘 말씀드려 주시기를."

가쓰타카는 수락서와 다다테루를 번갈아 쳐다볼 뿐 선뜻 손을 내밀지 않았다. 다다테루의 입술이 희미하게 이지러졌다.

"가쓰타카, 어째서 그걸 받지 않는가?"

"죄송하오나 그 이유는 다다테루 님께서 잘 아실 줄 압니다."

이번에는 아버지 시게카쓰가 깜짝 놀라 당황한 시선으로 두 사람을 번갈아 보았다.

다다테루의 얼굴이 다시 붉으락푸르락하기 시작했다.

"가쓰타카!"

"무슨 말씀이신지?"

"수락서를 받아라. 정중하게 제출하는 증서, 그대가 못 받을 이유는 없을 것이다."

"그러시면 이 가쓰타카가 드린 말씀을 이해해 주신 겁니까?"

"그 문제와 이것은 달라."

"아닙니다! 다르지 않습니다."

마침내 다다테루는 위압하는 듯한 목소리로 말했다.

"달라! 그대는 아버님의 사자, 그것을 다다테루는 순순히 받아들였다…… 그리고 할아범도 말했잖은가? 후카야로 출발하는 일을 되도록 빨리 실행하겠다고…… 이것으로 그대의 임무는 끝났어. 아무 소리 말고 순순히 그 수락서를 받이 넣고 들이기면 되는 기야."

가쓰타카는 엷은 미소까지 지으며 고개를 저었다.

"그렇게는 안 됩니다. 속담에 부처는 만들었으나 혼을 불어넣지 않았다는 말도 있고, 사나운 소를 길들이려다가 죽이는 어리석음도 있습니다. 제가 이대로 돌아간 뒤 바로 뜻하지 않은 사태가 일어나고……그러나 그건 제가 알 바 없는 일……이라고 하게 되면 이 가쓰타카는 비웃음 받습니다. 아니, 오고쇼님을 뵐 낯이 없습니다. 다시 제 청을 들어주시기 부탁드립니다."

한 걸음도 물러나지 않는 태도로 상을 도로 밀어냈다.

시게카쓰도 그제야 사정을 알아차리고 역시 온몸을 굳히고 안절부절못하며 두 젊은이를 번갈아 보았다.

기묘한 침묵이 방안을 가득 채웠다. 숨막히는 대결인 듯한 느낌뿐만 아니라, 양쪽이 금방이라도 울음을 터뜨릴 것 같은 인정을 숨기고 서로를 위로하는 긴박감마저 느껴졌다.

"가쓰타카……"

"예."

"그대는 내가 생각을 바꾸지 않으면 죽을 결심으로 왔구나."

"모릅니다."

"아버님은 대체 에도에 나가서서 뭘 하실 생각이냐? 장인은 멀리 센다이성에 있어. 센다이까지 진격하실 작정은 아닐 테지?"

"모르겠습니다! 오고쇼님의 깊으신 심중을 부족한 저희들이 짐작이나 할 수 있겠습니까? 그러나…… 다다테루 님이 후카야성으로 가서 근신하신다면 평화를 위해 이 세상에서의 마지막 봉사를 할 수 있으리라……고는 말씀하셨습니다."

"음."

"오사카도 마찬가지…… 히데요리 님이 그 성에 있어서는 안 되게 되었다, 이유는 단지 그것뿐이었다…… 그런데 그뿐인 일을 가타기리 가쓰모토가 끝내 히데요리 님에게 깨우쳐주지 못했다……고 새삼 술회하신 일도 있었습니다. 이 가쓰타카는……"

거기까지 말하자 다다테루는 엄격한 목소리로 가로막았다.

"이제 됐다! 더 이상 말하지 마라…… 그대는 가쓰모토보다 훨씬 젊은 몸, 그러므로 목숨을 걸고 나를 설득하기 위해 한 발도 물러서지 않을 각오로 왔단 말이 겠지?"

다다테루의 말투는 차츰 흐트러졌고, 말을 끝냈을 때는 눈시울이 희미하게 붉어져 있었다.

"송구스러울 따름입니다."

"할아범……."

"예."

"나는 가쓰타카에게 진 것 같다. 아냐, 진 게 아니야…… 설복당한 것처럼 꾸미고 잠시 연기하는 것뿐이지만……."

"연기라고 하신다면?"

"바보 같은 놈, 여기서 다툰다고 일이 해결되지는 않는다."

"예."

"아버님의, 이 세상에서의 마지막 집념……이라고 한다면 내가 양보할 수밖에 없겠지."

다다테루는 말하더니 다시 한번 가쓰타카 앞으로 상을 밀어놓았다.

"가쓰타카, 할아범이 실은 내 인생의 갈 길을 내게 맡긴다고 했다."

"예?"

"군사를 이끌고 센다이로 가도 좋고, 이 자리에서 분사(憤死)해도 좋다고."

"그, 그렇게 될까 봐 가쓰타카도 은근히 염려하고 있었습니다."

"그래서 난 생각했다…… 사람은 모두 이 세상의 나그네…… 태어난 그 날부터 저마다 수명을 지니고 죽음을 향해 걸어가는 것…… 늦거나 이른 차이는 있지만 이 길에서 결코 벗어나지 못한다고. 그렇지 않은가?"

"예, 그렇습니다."

"그렇게 생각하고 다시 돌이켜보니 아버지나 형과 다투는 게 우스꽝스럽게 여겨졌다. 그래서 이렇듯 귀찮은 세상과는 한 걸음 먼저 이별해 버리겠다고."

"그렇긴 하나……그건 큰 잘못이라고 생각합니다."

"그 말은 하지 마라. 죽음에 이르는 인생의 나그넷길에는 진지한 여행도 있을 것이고, 고난을 피하기 위한 현실도피의 길도 있다…… 그 정도도 모르는 다다테루는 아니야."

˝쇠송할 따름입니나.˝

˝그러므로 지금은 일단 그대의 말을 따르겠다…… 그대신 후카야에 가면 내 탄원은 시끄러울 거다.˝

˝예.˝

˝아버님의 마지막 집념…… 어떻게 하시는지 심술궂게 감시하면서 쇼군이며 그 측근들에게도 사사건건 물고 늘어지겠어…… 그대는 그래도 좋다고 생각하나?˝

˝들어주셔서……감사하게 생각합니다.˝

˝감사는 아직 일러!˝

˝예.˝

˝그런 다음 천하를 맡으신 두 분이 하시는 일이 납득되지 않는다면 하나하나 그 잘못을 폭로하며 떠들겠어…… 그리하여 당치도 않은 독사를 살려두었다고 후회하는 일이 생겨도 난 모른다.˝

별안간 가쓰타카가 어깨를 들썩이며 울기 시작했다.

˝그게……그게……오고쇼님께서 원하시는 것입니다. 예, 오고쇼님은 제게 이렇게도 말씀하셨습니다…….˝

˝아버님 말씀이 또 있었느냐?˝

˝예. 생사에 대해서는 말하지 않겠다. 그러나 언젠가 만나게 되는 곳은 한 곳, 그때 아버지와 자식 어느 쪽이 더 진지하게 살았는지 그것을 다다테루와 겨룰 생각이니 그렇게 이르라고.˝

이번에는 다다테루가 얼굴을 일그러뜨리는 듯싶더니 느닷없이 철없는 아이처럼 몸을 비틀며 울기 시작했다…… 아버지와 아들이 언젠가 만나는 곳, 말할 것도 없이 죽음의 세계다…… 그 죽음의 세계에서 만났을 때 어느 쪽이 죽음까지의 여정을 진지하게 걸어왔는지, 그것을 겨루자고 이에야스는 말한 것 같았다. 다다테루는 몸부림치면서 울었다. 큰소리로 웃고 싶었으나 왜 그런지 한없는 슬픔 속으로 빠져들어 갔다.

˝결국 이것이 인생인 모양…… 그런 경쟁에 매달려 살아간다…… 그것밖에 구원이 없는 것이 진정한 인생의 모습인가보다.˝

그렇게 생각하자 갑자기 무한한 슬픔과 무한한 우스꽝스러움이 가슴을 도려 내는 것 같았다. 물론 다다테루도 예외일 수는 없다. 언젠가 죽는다……는 그 절대적인 길을 다 걸어간 다음 진정 후회가 없다고 자신할 수 있다면, 그것은 오로지 걷게 할 만한 목표가 있었다는 게 아니고 무엇이겠는가?

'그 목표가 아버지에게는 있고 나에게는 없다는 말일까……?'

그래서 이처럼 애달프고 슬프고 우스꽝스러운 것일까……?

어린아이처럼 몸을 뒤틀며 우는 다다테루를 가쓰타카 부자는 한동안 말없이 바라보고 있었다.

'실컷 우시도록 내버려 두자……'

가쓰타카는 그렇게 생각했다. 그리고 이제 수락서를 순순히 받을 때……라는 이성도 퍼뜩 가슴을 스쳐 지나갔다.

"다다테루 님, 그러면 이 수락서는 가쓰타카가 틀림없이 받았습니다. 오고쇼님은 이것을 보신 뒤 곧 에도로 나가실 거라고 생각합니다."

"……"

"오고쇼님께서 에도에 가시게 되면 물론 소요는 일어나지 않겠지요. 그렇게 되면 혹시……후카야성에서 대면……하시게 될지도 모릅니다……"

"가쓰타카!"

"예."

"내 마음을 헤아려주겠나…… 그러나 나는 아직 고분고분한 마음이 아니다. 아버님이 살아가는 방식 말고는 길이 없다……고 생각은 하지만 만약 있다면 내 손으로 찾아보겠어."

"지당하신 말씀. 저희도 결코 납득할 수 없는 일을 권유하고 있지는 않습니다. 자결은 납득하신 뒤에라도 충분히 할 수 있는 일, 공연히 서둘러 후회를 남기지 않으시기를. 지금은 우선 후카야의 옛 성을 깊이 생각하는 장소로 삼으시기를 부탁드립니다."

"더 말하지 마라. 마음을 정했으니."

"예."

"내가 갈 곳은 후카야 말고는 없다…… 이것이 그대의 신념. 알았다! 나 또한 그렇게 생각한다. 후카야에 가서 죽고 싶어지면 누구의 손도 빌리지 않고 죽을 것이다."

다다테루는 자신의 말에 몇 번이고 고개를 끄덕이며 굳은 시선으로 시게카쓰를 불렀디.

"할아범……이만하면 그대도 마음 놓이겠지. 가쓰타카 놈은 보기 좋게 이 다다테루를 설복했어."

"죄송할 따름입니다."

"좋아, 이로써 나도 구원받았는지 모르지. 준비한 잉어를 내오도록. 그렇군, 눈이 쌓이기 전에 저 뜨락의 모형배를 불태워버려라. 역시 저것이 내 망집의 원인이었어."

말하더니 이번에는 소리죽여 울기 시작했다.

에도(江戸)의 개구리

에도성의 내전은 뒷날 간에이(寛永 ; 1624~1644) 시대의 규모와는 비교가 안 되게 간소하여 쇼군 히데타다가 바깥방에서 돌아와 쉬거나 식사하고 또 침소로 쓰는 구역도 뒷날의 시녀들이 쓰던 공간보다 넓지 않았다.

쇼군 히데타다가 여기서 접견하는 측근들도 제한된 사람들뿐…… 도이 도시카쓰가 이따금 호출되었고 그밖에는 서성에 들어 있는 다케치요의 유모 오후쿠 부인, 미즈노 다다모토, 야규 무네노리, 그리고 지금 오사카에서 돌아와 있는 센히메의 시녀 우두머리 교부쿄 부인 정도였다. 교부쿄 부인은 현재 이름을 바꾸어 오타메(於爲)로 불리고 있었다.

히데타다가 이 내전으로 정무를 가지고 들어오는 일은 거의 없었고, 그런 만큼 정실부인 다쓰 마님도 정치적인 일은 참견하려 해도 거의 아무것도 모르고 있었다.

그날도 히데타다는 어두운 표정으로 내전에 돌아왔다. 다쓰 마님이 아직도 침울하기만 한 센히메 이야기를 꺼내며 말했다.

"차라리 좋은 상대를 찾아 재혼시키는 것이……?"

그러나 그 말에 대답도 하지 않았다.

다쓰 마님이 이런 말을 꺼낸 것은 이에야스의 손주뻘 되는 혼다 다다토키(本多忠刻)의 어머니로부터 은밀한 말이 있었기 때문이었으나, 이때는 히데타다도 그런 이야기에 귀 기울일 여유가 없어 흘려들었다.

무언가 깊은 생각에 잠겨 식사를 끝내더니 히네타나는 시동에게 명했다.

"바깥 대기실에 무네노리가 남아 있을 테니 불러와."

야규 무네노리는 얼마 동안 슨푸의 이에야스에게 불려가 있다가 이날 막 돌아온 참이었다. 물론 돌아온 인사는 낮에 받았고 그때 이에야스의 전갈도 들었다. 내년에 다케치요를 상경시킬 테니 도쿠가와 가문 후계자로서 입궐하여 임관시킬 것. 이때 이에야스도 함께 가며, 호위로 야규 무네노리를 동행시킬 것.

그 두 가지는 히데타다뿐 아니라 중신들도 이미 예상하던 일이었고, 그밖에도 뭔가 은밀한 전갈이 있었을 터였다. 그러나 히데타다는 그 자리에서 굳이 무네노리에게 묻지 않았다. 중요한 전갈이라면 반드시 무네노리 쪽에서 조용히 면담을 청할 거라고 생각했기 때문이었다.

그런데 무네노리는 특별히 면담을 청하지 않고, 일찌감치 물러가지도 않은 채 대기실에 남아 기다리고 있었다. 그렇게 되면 히데타다 쪽에서 불러 물어볼 수밖에 없다고 생각했다. 요즘 들어 히데타다와 무네노리는 그런 일에 있어 이심전심, 물과 물고기처럼 호흡이 척척 맞았다.

이윽고 무네노리가 들어왔다.

"부르시므로 무네노리, 대령했습니다."

무네노리는 먼저 정중히 히데타다에게 절한 다음 다쓰 마님에게 말했다.

"오고쇼님은 이따금 마님의 소식을 듣고 싶다……고 말씀하십니다만."

자연스럽게 평범한 화제를 꺼냈다.

히데타다는 눈치채고 다쓰 마님에게 물러가도록 분부했다.

두 사람만 남자 히데타다는 말없이 무네노리를 쏘아보았다. 이쪽에서 묻기 전에 뭔가 말을 꺼낼 거라고 여겼기 때문이었다.

그러나 무네노리는 오히려 다시 두 손을 짚었다.

"부르신 용건이 무엇인지?"

시치미떼며 상대를 올려다본다. 히데타다는 가볍게 혀를 찼다.

"아버님이 머지않아 슨푸에서 오신다고 했지?"

"예, 마쓰다이라 가쓰타카 님을 에치고에 파견하시어 다다테루 님에게 처벌을 내리시고…… 그 복명을 받으신 뒤 조동종(曹洞宗) 설법을 들으시고 덴카이 대사를 불러 불법에 대하여 뭔가 물으시더니 매사냥을 하셨습니다."

"설법을 들으신 것과 매사냥이 이번의 에도 행차와 무슨 관련이라도 있다는 말인가?"

무네노리는 진지한 표정이었다.

"예. 불법은 자비, 매사냥은 살생……이 두 가지를 둘로 나누어 생각하는 것이 저희들의 지혜입니다. 오고쇼님에게는 살생 또한 자비의 발현……이라는 심경인 줄 압니다."

히데타다는 고개를 갸웃하며 생각한 뒤 말했다.

"그렇다면 매사냥은 행차를 위한 체력단련……이라고 보았겠군."

"그렇습니다. 이미 웬만해선 나들이하시기에 무리한 노령인데도 그것을 굳이 감행하시는 조심성, 예나 다름없이 엄격하신 데 다만 놀라울 따름입니다."

"음."

"이번에 만나 뵙고 저는 또 한 가지 눈이 뜨여지는 교훈을 들었습니다. 그것은 마음에 자비가 없는 정직은 각박한 것……이라는 말씀이었습니다."

"뭐, 자비가 없는 정직……?"

"예. 정직은 본디 인간의 보배이긴 하지만, 마음에 자비심이 깃들지 않은 정직함은 상대에게 상처 줄뿐…… 부모가 자식을 타이를 때의 마음가짐이구나……하고 고맙게 마음에 새기고 왔습니다."

히데타다는 다시 고개를 갸웃거렸다.

"음, 그건 다다테루의 처벌을 가리키는 말인가?"

"예, 아니, 다다테루 님이며 다테 님 일도 포함해서……윗사람의 마음가짐을 가르치신 것으로…… 참, 그래서 매사냥으로 몸을 단련시키고 슨푸를 나오시는 것은 이달 끝 무렵……일 것이라고 저는 보았습니다."

"이달 끝 무렵……."

"어떻습니까? 그 전에 한 번 도이 님 등을 여행 의논차 슨푸로 보내시는 것이?"

"무네노리."

"예."

"그대가 본 바로는……아니, 생각한 바에 의하면, 아버님은 에도에 얼마나 머무르실 거라고 생각하는가?"

"그건 모르겠습니다!"

뜻밖일 정도로 단호하게 무네노리는 고개를 저었다.

"뭐, 모른다고……?"

"상대가 있는 일이라 상대에 따라서지요. 즉 다테 님이 언제 실없는 망상을 버릴 것인지. 버리기 전에는 돌아가지 않으실 결심……인 것으로 추측됩니다."

당연하지 않느냐는 듯한 무네노리의 대답이었다.

히데타다의 얼굴이 불그레하게 상기된 것은 그것을 미처 몰랐던 자신의 어리석음이 부끄러워서였다.

'그래서 오시는 것인가?'

"그렇다면 아버님은 다테의 태도에 따라 영지몰수도 불사하겠다는 각오로 오시는 건가?"

무네노리는 또 비웃듯 고개를 저었다.

"그것도 아닙니다!"

"허, 그것도 아니란 말인가?"

"황송하오나 오고쇼님은 오사카 때의 교섭에 직접 나서지 않았던 일을 신불 앞에 부끄러워하고 계십니다."

"뭐, 오사카 때의 교섭에……?"

"예, 이에야스 일생일대의 실수……게으름을 피웠다. 내 나이에 지고, 지위에 오만해져서 한걸음 더 해야 할 노력을 게을리했다. 그 천벌이 바로 그 싸움…… 싸움을 없애려고 마음먹은 자가 게을러서야 하겠느냐……고 하셨습니다."

히데타다는 눈이 휘둥그레져서 잠시 동안 숨을 삼키며 무네노리를 쳐다보았다.

"아버님께서……그런 말씀을……?"

"예. 그리고 체력단련 매사냥을……이미 그 일정까지 몸소 기록해 두셨을 겁니다…… 그러므로 다테 님이 실없는 야심을 버렸다고 볼 때까지는 슨푸로 돌아가시지 않을 거라고."

히데타다는 긴 한숨을 내쉬며 고개를 끄덕였다.

"그래……그렇다면 정말 도시카쓰를 보내지 않으면 안 되겠군."

"오고쇼님은 이런 말씀도 하셨습니다. 에도의 개구리들에게 내 생활태도를 좀더 보여주지 않으면 정말로 우물 안 개구리가 될 거라고."

히데타다의 얼굴이 확 붉어졌다.

"에도의 개구리…… 그럼, 곧 서성을 비워두어야겠군그래."

"예……뭐라고 하셨습니까?"

"다케치요는 아직 어린아이야. 아버님이 잠시 머무신다면 서성을 비워서 불편함이 없으시도록 해야겠지."

"주군!"

"뭔가, 그것도 그대 의견과 다른가?"

"그렇게 하신다면 부모 마음을 자식이 모른다며 크게 꾸중 들으실 겁니다."

"허……."

"오고쇼님은 몸소 다테 문제를 처리하시고, 그런 다음 다케치요 님과 함께 교토로 가시려 합니다. 이 두 가지를 생존해 계신 동안 끝내야만 하는 일로 생각하시는 것 같습니다."

"고마우신 일이야."

"그러므로 나오시더라도 결코 서성에 드시지 않을 것입니다. 서성은 오고쇼님이며 쇼군님의 비원을 계승하실 3대 장군의 처소입니다."

"그럼, 본성에 머무신단 말인가?"

"또 무슨 말씀을. 본성은 세이이타이쇼군이신 쇼군의 거처…… 오고쇼님을 위해 준비하신다면 아랫성…… 아랫성이라면 기뻐하시며 꾸중 내리지 않으리라고 생각합니다."

"무네노리!"

"예."

"그대는 뭐든지 다 알고 있구면. 아버님의 일정에서 숙소에 대한 일까지…… 고약한 사람이로다. 내 쪽에서 묻지 않았으면 아무 말도 하지 않을 작정이었나?"

히데타다가 얼굴을 붉히며 따져 묻자 무네노리는 시치미뗀 표정으로 고개를 숙였다.

"그렇습니다."

무네노리가 천연덕스럽게 대답하자 히데타다는 울컥 화가 치밀었다. 고지식한 그의 성격으로는 이것이 매우 예의를 벗어난 야유처럼 들렸다.

"그래, 그대는 뭐든지 다 알고 있지만 내게 보고할 생각은 없다……는 뜻이로구나?"

"그렇습니다."

무네노리는 이번에도 태연하게 대답했다.

"이것은 어디까지나 쇼군님과 오고쇼님 사이에서 빈틈없이 호흡이 맞아 이루어져야 하는 일…… 그 사이에 저희 따위가 끼어들어 어지럽히는 것은 당치도 않은 일입니다. 그러므로 오고쇼께서 이러이러하게 말씀드리라고 하신 것 말고는 쇼군께서 특별히 묻지 않으시는 한 말씀드리지 않겠습니다."

히데타다는 쓸쓸한 표정으로 또 가볍게 혀를 찼다.

"멋진 논리로군."

"그렇게 알아주신다면 무네노리도 체면이 서겠습니다."

"무네노리, 오고쇼께서 에도에 머무시는 동안 숙소는 아랫성으로 하겠다. 그런데 아버님도 이제는 노령이시다. 게다가 오사카 때의 피로도 남아 계실 테니 자식으로서는 되도록 빨리 일을 결말짓고 슨푸로 돌아가시게 하고 싶다."

"그게 효심이라고 생각합니다."

"그래서 그대에게 묻겠다…… 다테를 에도에 불러내어 두 마음이 없는 것을 서약케 하면 일은 끝날 거라고 보는데 어떨까?"

"글쎄요, 그건……."

"일단은 끝나지만 나중에 다시 곪아 터진다……면 종기의 뿌리는 뽑히지 않을 테지. 이런 점을 아버님께서는 어떻게 보고 계시는지? 또 아무 말씀 없으셨더라도 어떻게 생각하고 계시는지 그대가 살피고 왔다면, 나의 사부로서 그 생각을 가르쳐주지 않겠는가?"

이번에는 무네노리가 적지 않게 당황했다. 노여워하지 않고 이처럼 정중하게 물어올 줄 몰랐던 것이다.

"황송합니다."

이 말이 입 밖으로 나오려는 것을 무네노리는 참았다. 밑에 충고하는 신하가 없다면 윗사람의 만심을 누를 길이 없다. 나야말로 참되게 간언하는 신하가 되겠다고 여태껏 임관이며 녹봉을 더 주는 것도 모두 거절하고 측근에서 봉사하고 있는 무네노리였다.

"그렇게 물으신다면 말씀드리겠습니다."

무네노리는 일부러 거만하게 자세를 가다듬었다.

"실은 오고쇼님께서 저에게 짓궂은 질문을 하셨습니다."

"허, 어떤 질문을 하셨는가?"

"이건 공상 끝에 하는 말이지만……이라고 하시면서, 이 세상에 아직도 숲에서 뛰어나와 새로운 질서의 울타리 속으로 들어가지 않으려는 사람 잡아먹는 호랑이가 한 마리 남아 있다……"

"사람 잡아먹는 호랑이……?"

"예, 사람 잡아먹는 그 호랑이를 남겨둔 채 만일 쇼군님이 돌아가시는 일이라도 있다면 그대는 다케치요 님을 어떻게 받들겠는가……하는 뜻밖의 심술궂은 질문이었습니다."

"흠, 그래서?"

"쇼군님이 돌아가실 때는 나 역시 벌써 죽은 뒤이다, 그러므로 다시 사람 잡아먹는 호랑이가 날뛰게 될지도 모르는데 그때는 어떻게 할 작정이냐?"

무네노리는 이에야스가 말한 뜻 이상으로 힘을 주며 히데타다의 표정 변화를 지그시 지켜보았다.

히데타다는 눈을 감았다. 새로운 질서의 울타리 속에 들어가지 않는 사람 잡아먹는 호랑이…… 그 말에서 히데타다는 지금 두 인물을 눈 속에 그려보고 있었다. 그 한 사람은 다테 마사무네, 그리고 또 한 사람은 동생 다다테루.

무네노리는 남의 일처럼 말했다.

"이대로 버려두면 이 사람 잡아먹는 호랑이는 반드시 양민들이 사는 시중에 뛰어들어 엄청난 피를 흘리게 하리라…… 그렇다 해서 허둥지둥 총을 들고 나와 탕탕 총알을 쏘며 쫓아다니다가는 호랑이 발톱에 상하는 자뿐 아니라 유탄으로 상처 입는 자, 쓰러져서 다치는 자…… 아니, 개중에는 황급히 피하다 강물에 빠지는 자, 불 질러 집을 태우는 자 등 소동이 한없이 커지리라. 더구나 그 사람 잡아먹는 호랑이를 놓치기라도 한다면 당분간은 온 거리가 전전긍긍하며 생업도 손에 잡히지 않는다……는 뜻을 이면에 숨기신 질문이었으므로 이 무네노리도 대답이 궁했습니다."

히데타다는 희미하게 고개를 끄덕이며 눈을 떴다.

"즉 그것이 전쟁인데, 그대는 뭐라고 대답했나?"

"예, 대답할 말이 없어서 다케치요 님에게 호랑이의 눈을 노려보게 하겠다고 말씀드렸습니다."

"뭐, 다케치요에게 노려보게 한다고……?"

"예, 이분에게는 도저히 못 당하겠다…… 이분이 총을 들고나오기 전에 얌전하게 울타리 속으로 들어가는 것이 내 몸의 안전……이라고 생각할 수 있도록 위엄있는 눈초리로 호랑이를 노려보게 한다…… 그러면 유탄에 맞는 자도 없을 것이고, 호랑이 발톱에 찢기는 자도, 물에 빠지고 불에 태워지는 소동도 없게 되므로……"

히데타다는 신음했다.

"음!"

그의 꼼꼼한 성격으로는 이러한 비유는 농담으로밖에 들리지 않았다. 어디까지나 무엇이 어째서 어떻게 되었다고 하는 이론의 뒷받침이 없으면 납득하지 못하는 인품인 것이다.

"그것으로 아버님은 납득하시던가……?"

"예."

무네노리는 대답한 다음 차고 있던 단검을 내밀어 히데타다에게 보여주었다.

"그만하면 되겠지, 하시면서 이것을 상으로 주셨습니다."

"음"

"아직도 납득되지 않는 일이 계신다면 사양치 마시고."

"무네노리, 만일 다케치요에게 그만한 안력(眼力)이 없다면 어떻게 하겠나? 사람 잡아먹는 호랑이가 겁낼 만한 눈의 힘이 없다면 말이야."

무네노리는 가슴을 젖히면서 큰소리로 장담했다.

"아닙니다, 틀림없이 있습니다."

"그럴까?"

"무슨 말씀을 하시는지…… 그러한 안력이라면 주군도 이미 남을 정도로 갖고 계시지 않습니까?"

"뭐, 내게도 있다고……?"

"그렇습니다. 벌써 오고쇼님이 하야시 도슌을 비롯한 많은 학자에게 가르치게 하고 있는 평화로운 시대를 가는 성인의 길…… 그 길을 가르친 유교와, 또 하나는 온 일본의 영주들을 날개 밑에 거느리고 있는 세이이타이쇼군의 무력…… 그

두 눈으로 노려보신다면 고개를 움츠리지 않을 자가 어디 있겠습니까? 움츠리지 않는다면 이쪽이 그 안력의 위엄을 깨닫지 못하고 노려보지 않기 때문이겠지요."

"음."

히데타다의 얼굴에 다시 핏기가 떠올랐다. 아마 이것은 수치심인 듯했다.

"그래, 내 마음이 그토록 약하단 말인가."

"약한 자일수록 걸핏하면 칼에 손댑니다. 칼에 손대는 것은 쓸데없이 총을 쏘아대는 호랑이사냥과 마찬가지, 호랑이를 미쳐날뛰게 하면 백성들까지 다치게 됩니다. 그러므로 신카게류(新陰流) 검법에서는 마음의 수련을 쌓아 함부로 칼을 뽑지 않는 것을 승리의 요체로 삼고 있습니다."

히데타다는 한동안 말없이 무네노리를 쏘아보았다.

자세와 표정은 단정함 그대로였으나, 무네노리는 그 마음 깊은 곳의 어지러운 동요를 읽어낼 수 있었다.

'내가 한 말의 뜻을 필사적으로 새겨들으려 하신다.'

그런 의미에서는 보기 드물게 성실하고 고지식한 분…… 이 점이 오고쇼로 하여금 내 가문의 후계자는 히데타다……라고 결정하게 한 원인이며 신뢰의 근원일 것이다.

"그래, 아버님 말씀과 그대가 말하는 검의 길은 서로 일치하고 있다는 말이렸다."

"송구하오나 그렇습니다."

"무네노리."

"예."

"그대 덕분에 나도 아버님의 마음을 안 것 같다. 곧 도시카쓰를 불러 아버님의 여행 의논을 위해 슨푸까지 보내도록 하자. 아직 도시카쓰가 성안에 있을지도 모르겠다. 있거든 이리 오라고 전해주게."

야규 무네노리는 정중하게 인사하고 자리에서 일어섰다.

'깨달은 모양이다.'

아직 조그만 불안은 남아 있으나 지금 이 자리에서는 입에 올릴 수 없다고 스스로 타일렀다.

도이 도시카쓰가 슨푸까지 간다. 그렇게 되면 히데타다의 분별심이 다시 한번 이에야스에게 시험당하는 것이다.

'부족한 점이 있으면 오고쇼님이 몸소 가르치시겠지.'

이렇게 생각하고 긴 복도를 지나 바깥채로 나와 보니, 도이 도시카쓰뿐 아니라 혼다 마사노부, 사카이 다다요, 미즈노 다다모토 등이 남아서 이에야스의 에도 행차에 대해 한창 논의하고 있었다.

무네노리는 그 논의의 내용을 듣지 않아도 짐작할 수 있었다. 그래서 도이 도시카쓰에게 히데타다가 부른다는 말을 귀띔해 준 뒤 곧장 성을 물러 나왔고 도시카쓰는 급히 히데타다 앞으로 나아갔다.

히데타다는 팔짱을 낀 채 눈을 감고 조는가 싶을 만큼 조용한 모습으로 앉아 있었다. 화롯불은 하얀 재가 되고 촛대 심지가 길어져 있다. 잠시 동안 아무도 드나들지 않은 모양이었다.

도시카쓰는 앉으면서 심지를 자르고 나직한 목소리로 물었다.

"부르셨습니까?"

히데타다는 눈은 뜨지 않고 팔짱만 풀었다.

"도시카쓰냐? 아버님의 에도 행차에 대해 모두들의 의견이 모아졌는가?"

도시카쓰는 고개를 젓고 한무릎 다가앉았다.

"의견이 좀처럼 일치되지 않습니다. 나오시면 곧바로 온건하게 다테의 에도 저택을 점령하고 다테의 큰마님과 다다테루 님 부인을 볼모로 삼은 다음 상대의 반응을 지켜본다……는 것이 혼다 마사노부의 주장이고, 그밖에는 모두 그보다 훨씬 과격합니다."

"그래. 과격……하다면, 에도에 와 있는 다테의 가신들이 반항할 것이니 그들을 죽여야 한다는 거겠지?"

도시카쓰는 대답했다.

"그보다도 오고쇼님께서 에도로 행차하시는 것은 이번 기회에 몸소 에도 후방을 수비하시겠다는 생각일 터이니, 쇼군님은 다테 정벌에 출전하실 각오가 필요하다는 의견이었습니다."

비로소 히데타다는 눈을 떴다.

"도시카쓰, 아버님 생각은 그런 곳에 있지 않다."

말하면서 히데타다는 저도 모르게 입가에 미소를 떠올렸다. 무네노리가 말한 '우물 안 개구리'에 빗댄 '에도의 개구리'라는 말이 생각난 것이다.

"그렇다면 오고쇼님께서 무슨?"

"아니, 특별히 전해온 말씀은 없었어. 하지만 생각하시는 바는 대강 알았다. 그래서 그대가 급히 슨푸로 가주어야겠어."

"제가 슨푸로⋯⋯?"

"그래. 아버님은 이달 안으로 슨푸에서 출발하고 싶으신 모양이니 그 여행에 대해 의논해야 할 거야."

"그야 당연⋯⋯합니다만 오고쇼님을 맞는 저희들의 의견을 일단 결정해 두는 게 순서일 것 같습니다만?"

"그럴 필요 없어. 내 마음은 이미 결정되었으니까."

"주군의 마음⋯⋯?"

"그렇다. 슨푸에 가거든 아버님께 말씀드려라. 매사냥 범위가 어디까지 될지, 그것을 상세하게 여쭙고 오라 했다고⋯⋯."

그리고 덧붙였다.

"아니, 그래선 안 되겠다. 그러면 꾸중 든겠지."

"예⋯⋯? 무슨 꾸중을?"

"사냥감에 따라서야⋯⋯ 사냥감에 따라서는 오슈까지도 갈 거라고⋯⋯."

"그러면 오고쇼님이 몸소 다테 정벌에 출진⋯⋯하실 거라고 보십니까?"

"그 반대야. 하하⋯⋯."

"그 반대?"

"아버님은 다테라는 호랑이를 노려보기 위해 오시는 거야."

"노려보시기 위해⋯⋯."

상당히 머리 좋은 도이 도시카쓰도 눈만 휘둥그레진 채 고개를 갸우뚱거렸다.

"그래, 태평한 세상의 우리 속에 들어가지 않는 다테 마사무네라는 호랑이를 말이지. 이 호랑이를 두려워하면 싸움이 된다. 아버님은 호랑이 한 마리 때문에 싸우는 어리석은 짓은 좋아하시지 않아."

"예⋯⋯?"

"그러므로 그 호랑이를 몸소 노려보겠다, 노려보고 또 노려보아 호랑이를 우리 속에 몰아넣기만 하면 되는 거야⋯⋯ 그렇지, 이렇게 말씀드려라. 아버님 뒤에서 저희들도 호랑이를 노려보겠으니, 노려보는 요령과 급소를 우선 가르쳐주십시오……라고 말씀드리는 거다. 그렇게 말하면 그것으로 여행 의논이 될 서나."

"예."

다시 한번 고개를 갸웃하며 생각에 잠겨 있던 도이 도시카쓰가 무릎을 탁 치며 말했다.

"아! 바로 그것이었군요."

"도시카쓰, 아버님은 나와 그대들을 에도의 개구리……라고 부르셨다더군."

"우물 안 개구리……?"

"우물이 아닌 에도야. 개골개골 울어대기만 할 뿐 중요한 것이 하나 모자란다는 비유시겠지. 생각해 보면 우리는 너무 서두르기만 할 뿐 생각이 모자랐어."

히데타다는 비로소 화로에 손을 뻗어 높이 쌓아 올려진 재 속에서 새빨간 숯을 파내었다.

"그리고 또 한 가지는 다다테루 일인데, 다다테루는 순순히 후카야로 옮겨갔으니 에도로 행차하시는 길에 한 번만이라도 대면을 허락해 주시지 않겠는지 부탁드려봐."

도시카쓰는 윗몸을 똑바로 젖히며 히데타다를 쏘아보는 자세가 되었다.

히데타다는 말하고 있다.

'오고쇼님께서는 싸우실 생각이 없다.'

그러나 지금의 상태로 버려둘 수 없기 때문에 더 이상의 방자한 태도는 용서하지 않겠다는 것을 마사무네에게 보여주기 위해 에도로 온다…… 그것을 노려보기 위해 나오는 거라고 히데타다는 표현한 것이리라.

거기까지는 알 수 있었으나, 도시카쓰는 끝에 덧붙인 다다테루에 대한 말은 아직 납득되지 않았다. 말에는 언제나 안팎의 의미가 있다. 히데타다는 진심으로 다다테루와 아버지를 만나게 하려는 것일까? 아니면 탄원의 뜻을 포함하여 사실은 처벌을 재촉하려는 것일까? 그 점이 애매했다.

도시카쓰는 여기서 다다테루를 살려주는 것에 반대였다. 뱀을 죽이려고 괴롭히다 살려주는 것은 더욱 반감만 살 뿐…….

도시카쓰는 교활하게 되물었다.

"죄송합니다만 다다테루 님을 대면할 수 없다……고 하실 때는 어떻게 할까요?"

대답 속에서 히데타다의 본심을 탐지해 보려는 것이었다.

"제 생각으로는 다다테루 님의 처벌 자체가 마사무네에 대한 커다란 경종…… 이를테면 노려보는 수법의 하나라고 생각합니다만?"

"그러니 그 일에는 상관하지 말라는 건가?"

"예. 섣불리 참견하면 오고쇼님의 마음만 어지럽힐 뿐…… 후카야에 근신하고 있도록 그대로 내버려 두는 편이 마사무네를 두려워하게 할 수 있지 않을까 하고……."

"과연."

히데타다는 여기서도 또한 뜻밖일 만큼 순순했다. 진심으로 다다테루를 살리고 싶으면 이렇게 말할 것이다.

"그대는 형제의 정을 모른다. 탄원해 보도록!"

그런데 '과연' 하며 감탄만 하고 말을 끝내버리자 도시카쓰는 역시 본심이 아닌 모양이라고 해석했다.

"모처럼 오고쇼님께서 다테를 노려보기 위해 제물로 바치는 슬픈 희생, 그 효과를 반감시키는 참견은 삼가는 게 옳다고 생각합니다만."

"그래, 내 생각이 모자랐다. 좋아, 그렇다면 다다테루 일은 마사무네 문제가 끝날 때까지는 가만히 있기로 할까?"

"그게 좋을 것 같습니다."

"그럼, 그건 뒷일로 미루고…… 곧 행차하신다면 나도 가와사키 언저리까지 마중 나가야지. 도중에 어디에 들르실지…… 아무튼 노령이시니 혹시라도 만약의 일이 생기면 돌이킬 수 없게 될 테니, 도중의 호위는 말할 것도 없고 무리한 일정이 되지 않도록 부디 마사즈미와도 잘 협의하도록 해라."

"그건 충분히……."

"그럼, 내일이라도 출발하라. 에도의 개구리들에게도 개구리다운 궁리가 있다……고 생각하시도록 하지 않으면 불효가 될 거야. 이번 기회에 마사무네를 일거에……하는 따위의 가벼운 의견은 결코 드리지 말도록."

도이 도시카쓰는 안도의 숨을 내쉬며 머리를 조아렸다.

도시카쓰도 사실 싸움은 하고 싶지 않았다. 그러나 어떻게 하면 다테 마사무네가 진심으로 갑옷을 벗어 던져 버릴까 하는 문제에 대해서는 아직 확고한 자신이 없었다. 역시 이에야스의 지혜를 빌리지 않으면 안 된다고 솔직히 생각했다.

간토(關東) 대연습

　이에야스가 우선 다다테루를 후카야성에 근신시키고 에도에서 온 도이 도시카쓰와 밀담을 거듭한 다음, 드디어 슨푸를 떠나 에도로 향한 것은 음력 9월 29일이었다.

　앞서도 말한 바 있지만 이 해는 윤년이었다. 따라서 양력으로 치면 벌써 11월 말. 74살이라는 나이로 본다면 이제 슬슬 동면의 계절로 접어들 무렵이었다. 그런데 슨푸를 떠나 간토에서 대규모로 매사냥을 한다고 하니 여러 영주들이 그 뜻을 두고 이런저런 뜬소문을 퍼뜨리는 것도 당연했다.

　영주들뿐 아니라 상인이며 농민들도 고개를 갸우뚱했다.

　"뭔가 있다."

　그리고 그 의문은 당연히 에도의 소문과 연결되었다.

　"마사무네 님이 결전을 벌일 각오로 영지로 철수해 정벌하신다더군."

　"맞아. 그래서 마사무네의 사위 다다테루 님은 벌써 체포되어 후카야성에 유폐되셨대."

　"친아들이면서 장인 편을 들어 아버지인 오고쇼를 치려 했단 말인가?"

　"그러니 부사의 인연을 끊으신 거지. 체포했다잖아?"

　"그럼, 오는 정월쯤에는 드디어 다테 정벌이 시작되겠군."

　"그런데 에도에서는 그렇게만 말하고 있지 않은 모양이야. 마사무네도 여느 사람이 아니니 저쪽에서 쳐들어와 에도에서 싸우게 되는지도 모른다고…… 무사들

가운데 오슈로 갑옷상자를 메고 나가는 자들이 끊일 새 없다는군."

"그렇다면 간토의 매사냥은 실은 그 싸움을 위한 출진이란 말인가?"

"그렇지. 인심을 불안하게 하지 않으려 매사냥으로 둘러댄 것이고, 진짜 내막은 출진이야."

이 소문은 에도의 직속무사들 사이에까지 퍼져 개중에는 자못 정말인 것처럼 뒤숭숭한 유언비어를 만들어 백성들을 놀라게 했다.

"다테 군이 벌써 센다이를 출발했다."

"주군 다다테루를 되찾으려고 에치고 군도 다카다성에서 나왔다."

따라서 일단 집어넣었던 창을 다시 꺼내고, 활시위를 손질하며 총을 닦는 사태로까지 확대되어갔다.

에도의 센다이 저택은 3채 다 문을 엄중히 닫아걸고 만일에 대비하여 수비군이 저마다 무장하고 있었다. 아사쿠사 강가에 자리한 다다테루의 에도 저택은 요네즈 미치마사(米津田政)에 의해 접수되고, 부인 이로하히메는 이노우에 마사나리(井上正就)에 의해 센다이 저택으로 호송되었다는 소문이었다.

그러한 소문 속에서 이에야스는 슨푸를 출발하여 유유히 동쪽으로 내려갔다. 누마즈에서 머물고, 미시마에서는 이즈의 지방관들을 소집하여 훈시했으며, 하코네를 넘자 오다와라에서 대규모 매사냥을 했다.

이러한 행위가 백성들 소문을 더욱 부채질했다. 가마를 타고 가면서도 갈아탈 말을 세 필이나 거느린 어마어마한 행렬에, 수행자는 가벼운 무장차림. 이쯤 되면 소문이 부채질 되는 것도 당연한 일이었다.

이에야스가 가와사키에 도착하니 쇼군 히데타다가 늠름한 사냥복 차림으로 노신으로부터 수문장 이상의 직속무사들을 거느리고 가문의 문장(紋章)을 새긴 장막을 둘러친 다음 기다리고 있었다.

이에야스가 가마에서 내리자 히데타다는 여느 때와 같이 단정한 말씨로 인사를 올렸다.

이에야스는 그것을 귓가로 흘려들으며 장막 안으로 들어갔다. 모든 사람들 눈에 전에 없이 거만스러워 보였으나, 그것은 결코 이에야스가 히데타다를 가볍게 보아서가 아니었다. 지금까지는 영주들 앞에서 필요 이상으로 히데타다를 추켜세워 주었다. 그렇게 하지 않으면 히데타다가 영주들에게 얕보일 것 같아서였지만, 이제 이미 그런 배려는 염두에 없는 모양이었다.

걸상에 앉자 이에야스는 히데타다를 수행해 온 중신들의 얼굴을 확인하면서 말을 건넸다.

"히데타다 님, 도시카쓰와 협의해 두었던 일을 나는 변경하기로 했다."

"변경……하시다니요……?"

"나는 다케치요의 서성에 묵기로 하겠다. 이것도 중요한 매사냥의 한 가지일 것 같아."

히데타다보다 두 사람의 걸상을 에워싸듯이 하여 한쪽 무릎을 꿇고 있던 중신들이 깜짝 놀랐다. 히데타다를 따라온 이들은 아오야마 다다토시, 안도 시게노부, 미즈노 다다모토, 나이토 마사쓰구, 그리고 이이 나오타카와 야규 무네노리의 얼굴도 보였다. 도이 도시카쓰와 사카이 다다요는 성에 남아 있는 모양이었다.

"하지만 에도에 있는 영주들이 문안인사차 나올 거라고 생각합니다만."

"그때는 본성에서 대면하기로 하지. 짧은 시간이나마 다케치요와 함께 지내고 싶구나. 다케치요의 손님이 되겠다."

그런 말을 듣고는 히데타다도 두말할 수 없었다.

"그럼, 곧 그렇게 조치하겠습니다."

"그렇게 해다오. 그리고 매사냥 일정 말인데, 이것도 얼마쯤 예정을 바꾸었어. 늙은이의 고집으로 여기고 이해해다오."

그리고 이에야스는 자신이 데리고 온 마쓰다이라 가쓰타카를 돌아보며 무표정하게 말했다.

"가쓰타카, 일정을 기입한 그림지도를 쇼군에게 보여드려라."

"예."

가쓰타카는 품속에서 미농지 4장을 붙여 그린 간토의 그림지도를 정중히 꺼내 펼쳐 히데타다 앞에 놓았다.

"도시카쓰 님과의 협의에서는 맨 처음 가사이에서 사냥을 시작하실 예정이었습니다만 이같이 무사시의 도다로 비꾸어 가와고에, 오시(忍), 이와쓰키, 고시가야(越谷)의 순서로 방비를……."

가쓰타카는 말하다 말고 이에야스 쪽을 흘끗 본 뒤 황급히 다시 말했다.

"아니, 방비가 아니라 사냥을, 이 화살표 순서대로 사냥하실 겁니다."

히데타다는 그 화살표를 좇으며 이에야스에게 대답했다.

"알겠습니다."

그리고 다시 그림지도 위로 시선을 가져갔다. 화살표를 한 붉은 줄은 고시가야에서 가사이로 간 다음 다시 시모우사의 지바(千葉)로부터 가즈사의 도가네(東金), 시모우사의 후나바시(船橋), 사쿠라(佐倉)로 뻗어 있었다. 겉으로는 사냥을 좋아하는 이에야스가 유람하는 것처럼 꾸미고, 실은 에도를 에워싸는 동북쪽으로부터의 방위선 정비. 그것이 다다테루가 유폐된 후카야까지 뻗어 있지 않은 것이 히데타다는 왠지 몹시 슬펐다.

"명심하겠습니다."

이에야스는 사카키바라 기요히사가 내미는 보리차를 받으면서 태연히 물었다.

"그런데 그 뒤 간토 8주의 소문은 어떤가?"

"예……올가을에는 철새들이 뜻밖에 많으며 학도 가끔 보인다고 합니다."

"그래? 학이 왔단 말이지. 호랑이는 어떤가?"

히데타다는 깜짝 놀라 이에야스를 쳐다보았다. 묻고 있는 것은 사냥거리가 아니라 다테 마사무네에 대한 이야기인 모양이었다.

'참 성급하기도 하시지…….'

히데타다는 성에 들어가 천천히 의논할 작정이었는데, 오늘의 아버지는 성급한 기색을 감추려 하지 않았다.

어쩌면 여기 모인 자들에게 일부러 들려주려는 건지도 모른다. 그렇게 생각하자 히데타다도 대담하게 응했다.

"호랑이에게는 실로 안타까운 소식이 들어와 있습니다."

"허, 충치라도 앓는단 말인가?"

"예, 호랑이로서는 엄니이기도 하고 믿는 발톱이기도 한 가타쿠라 가게쓰나가 죽었답니다."

이에야스는 시치미떼며 말했다.

"아, 그건 마사무네 가문 이야기 아닌가? 가타쿠라 가게쓰나는 마사무네의 소중한 한팔인데 그가 죽었단 말이지……."

"예. 10월 14일, 59살의 나이로 죽었답니다. 아마 몹시 실망하고 있을 겁니다."

"참으로 애석한 일이로군…… 그렇다면 곧 문상해야지. 누군가 사자를 보냈는가?"

"그것이……상대가 아직 상을 비밀로 하고 있어서."

"감추건 감추지 않건 알았으면 위로해 줘야지. 그래, 59살에 말이지?"

이에야스는 그 나이를 입에 담았을 때 문득 감개에 젖는 듯했으나 그 이상은 아무 동요도 보이지 않았다.

아마 이 일로 다테 마사무네의 용기가 반 이상 꺾일 게 틀림없었다. 따라서 마사무네의 반란만 생각하면 이처럼 무리한 일정의 위협적인 연습은 할 필요가 없어진 셈이었다. 이미 다다테루는 군사를 내놓고 격리되었고, 펠리페 3세에게 사자로 간 하세쿠라 쓰네나가에게서는 지금껏 아무 연락도 없다. 거기에……또 가타쿠라 가게쓰나의 죽음을 맞았다…….

히데타다는 아버지의 건강을 잘 살핀 뒤 긴 일정의 연습시찰을 중지하시도록 말씀드릴 작정이었다. 사실 이것은 에도성에 도착하고 나서 느낀 것이지만 옛날과 다른 이에야스의 무뚝뚝한 태도 속에는 자신의 노쇠를 감추려 애쓰는 면도 있다고 느껴졌다.

그러나 이에야스는 가타쿠라 가게쓰나의 죽음에 대해 더 이상 관심을 나타내지 않았고, 예정대로 점심식사가 끝나자 성큼 일어나 젊은 이이 나오타카를 놀려 댔다.

"나오타카, 그대는 내 직속무사 우두머리니 묻는데, 어떤가? 이 가와사키 앞바다에 남만 군이 큰 배를 띄워 밀어닥치거나, 내가 적으로서 하코네를 넘어 오다와라를 함락하고 공격해 온다면 에도로 가는 길을 어떻게 막겠느냐? 그 공방문제를 이야기하면서 성으로 들어가자. 알겠나, 틈이 있기만 하면 짓밟고 통과한다."

이이 나오타카는 분해하면서 줄곧 끙끙거렸다. 그는 로쿠고(六鄕) 둑에 직할부대 정예군을 매복시켜 우선 앞바다의 남만선을 야간에 기습하겠다고 했다. 원나라가 쳐들어왔을 때 그 대군을 하카타 만에서 맞이한 고노(河野) 일족의 고사(故事)를 본받아 적이 닻을 내린 시기를 노려 작은 배를 띄워 습격한다면 배를 송두리째 나포할 수 있나.

"로쿠고 나루터로는 한 사람의 적도 들여놓지 않겠습니다."

이에야스의 가마 곁을 따라가면서 벌겋게 상기되어 대답하는 나오타카와 나란히 야규 무네노리는 미소 띤 얼굴로 걷고 있었다.

"그래, 그렇다면 그때 또 한 가지 그대에게 비보(悲報)가 날아온다. 그대는 에도를 지키기 위해 튼튼한 자들을 모두 이끌고 히코네로 나갔다…… 그것을 알고 나의 또 다른 부대가 대궐을 포위했다. 자, 어떻게 하지?"

"오고쇼님의 본진은 대체 어딥니까?"

"말할 것도 없이 슨푸지."

"그렇다면 나고야를 통과하지 못하십니다. 나고야에는 고로타마루 님이 명장들을 즐비하게 거느리고 계십니다."

"그럼, 그대는 다른 군세에 의지하겠다는 말인가?"

이에야스는 역시 짓궂었다.

"나도 나고야에 고로타마루며 나루세가 있는 것쯤은 알고 있다. 그래서 나는 남만선을 타고 바다로 나가 사카이에 상륙하여 교토를 포위하겠다. 알겠나, 이이 가문은 이이 골짜기에 살던 옛날부터 황실에 대한 충성으로 이름난 집안, 그러므로 그대는 간토의 직할부대장인 동시에 교토에서는 대궐을 수호하는 대임을 맡은 몸이란 말이다. 자, 어떻게 하겠느냐?"

이이 나오타카는 초겨울 바람에 시꺼먼 수염을 나부끼면서 이마에 땀을 흘리고 있었다.

하늘이 맑게 개 솔개 울음소리가 장공에 스며들 것 같은 해변이었다.

이에야스는 웃으며 말했다.

"하하……이젠 됐다, 말을 타라."

"예……그러나."

"지금 바로 대답하지 않아도 돼. 그렇지, 그대에게도 사냥을 수행하도록 명한다. 무사시의 오시성에 갈 때까지 대답을 준비해 둬라. 대답이 나오지 않으면 셋이나 망하게 된다."

"옛?"

눈을 부릅뜬 나오타카에게 이에야스는 웃으며 다시 말했다.

"셋이 무너진다……는 건 그대로 일본이 무너진다는 것도 되지. 그 하나는 이이 가문, 둘째는 도쿠가와 가문, 그리고 셋째는 중요한 대궐…… 그러니 절대로 져서는 안 된다."

듣고 있는 동안 야규 무네노리는 가슴속이 뜨거워지는 걸 느꼈다. 이에야스가 이번에 슨푸에서 나온 목적이 무엇인지 이 조롱 속에 똑똑히 드러나 있었나.

가장 큰 목적은 마사무네의 책동이 터지지 않도록 저지하는 데 있다. 하지만 그것이 모두는 아닌 모양이다.

첫째로, 도쿠가와 가문의 상속은 다케치요……라는 것보다도 적자상속의 불문율을 자신의 가문뿐 아니라 여러 영주들에게도 보여주려 한다는 것.

둘째로, 일부러 예정을 바꾸어 쇼군과 그 측근의 임기응변 능력을 시험해 보는 것.

셋째로, 지금의 이이 나오타카 경우처럼 연습 중에 여러 가지 문제를 제기하여 상대에게 뭔가를 가르쳐 두겠다는 것…….

'이것은 역시 유언여행이다…….'

그런 생각을 하자 무네노리의 가슴속에서도 하늘의 솔개 울음소리처럼 겨울 바람이 울렸다…….

이에야스는 기분이 좋아서라기보다 피로를 잊기 위해 무심한 대화를 거듭하면서 스즈가숲에서 잠시 쉬었을 뿐 그날 안으로 에도성의 서성으로 들어갔다.

서성에 들어가자 그곳에서 13살이 되어가는 다케치요와 어떻게 대면했는지 무네노리로서는 알 길이 없었다.

그즈음 에도성 안에는 그 옛날 후계자는 히데타다인가 아니면 형 히데야스인가 하는 문제로 중신 오쿠보와 혼다가 둘로 나뉘어 대립했던 때와 같은 공기가 감돌고 있었다. 유모 오후쿠는 다케치요파, 정실 다쓰 부인은 구니마쓰파. 그리하여 오후쿠는 틈만 나면 오고쇼에게 매달려 다케치요의 옹립을 호소했다고 전해진다.

그러나 야규 무네노리가 알기로 '후계자는 다케치요'라는 이에야스의 결정은 그렇듯 타동적인 게 아니었다. 똑같은 형제로 태어나도 기량의 차이가 있는 것은 당연한 일. 그것이 어디까지나 실력 제일주의인 전국동란의 시대라면 힘에 의한 우승열패가 불가피한 일이다. 강한 자가 약한 자를 누르고 그 위에 군림하는 것이다.

이에야스의 지론은 이러했다.

"그러나 그렇게 되면 야수의 세계나 다름없다. 태평한 세상의 인간은 힘보다 이성과 지혜가 조화를 이룬 질서에 의해 지탱되어야 하는 것."

이 말은 무네노리도 이에야스에게서 몇 번인가 듣고 있었다. 이에야스는 이것을 '장유유서(長幼有序)'라고 했다. 태어나는 자식이 어떤 인물이든 그 부모의 자식이기 전에 우선 이 세상을 다스리는 신불의 혜택……즉 천지의 자식. 따라서 진리앞에서 경건하다면 여기에 사사로운 정을 개입시켜 그 순서를 어지럽혀서는 안된다. 거기에 이에야스의 '적자상속'에 대한 신앙적 근거가 있었다. 아니, 이것이야말로 많은 아들을 둔 이에야스가 마지막으로 도달한 결론이며 지혜라고 무네노리는 생각했다.

"사람이란 마음 먹고 교육시키면 지와 덕을 함께 어느 정도까지 기를 수 있다. 그 노력을 하지 않고 똑같은 아이들에게 좋고 싫거나 또는 슬기롭고 미련하다는 차이를 두는 건 신불 앞에 두려운 일이다."

더구나 가장 뛰어난 자식에게 가문을 물려준다……고 한다면 비록 부모라 해도 그 눈에 혼돈이 일어난다. 부모가 망설이게 되면 중신들 사이에도 파벌이 생길 것은 부정할 수 없다. 예로부터 집안싸움은 모두 이 가문계승을 둘러싸고 일어난 인간 애증의 혼돈이었다.

"이 순서를 바로 세워놓지 않으면 거기서 끝없는 소동이 싹터 태평한 세상을 유지할 수 없게 된다."

그리하여 이에야스는 특별히 모자라게 태어나지 않은 이상 우선 적자로 하여금 상속하도록 결정해 두는 것이 하늘의 뜻에 부응하는 것이라고 말했다. 따라서 이번 다케치요의 상속도 결코 유모 오후쿠에 의해 움직여진 것이 아니라, 이에야스다운 심사숙고 끝에 남기는 '유언'의 하나로 무네노리는 받아들이고 있었다.

나중에 알게 된 일이지만 이에야스가 에도성에 들어간 날 밤, 다쓰 부인이 편애하는 구니마쓰와 다케치요가 함께 인사하러 온 모양이었다. 두 사람이 상단에 나란히 앉아 인사하려고 했을 때 이에야스는 조용히 구니마쓰를 상단에서 내려가게 했다고 한다.

"여긴 구니마쓰가 앉을 자리가 아니다. 알겠냐? 구니마쓰는 다케치요의 가신이야."

사실 이번 이에야스의 유언여행으로 에도성 안에 어렴풋이 일고 있던 가문상속의 대립 관계는 깨끗이 사라져버렸다. 이에야스에게서 3대 쇼군이 될 다케치요의 손님이 되겠다……는 분명한 말을 듣고 다쓰 부인은 물론 중신들도 마음을 정할 수밖에 없었다.

이리하여 첫날밤을 다케치요와 함께 서성에서 지낸 이에야스는 다음 11일 본성으로 히데타다를 찾아가 새로이 대면한 다음, 그곳에 온 여러 영주들을 만났다.

"늙은이의 주책이지, 사냥을 좋아해서 말이야."

별일 아닌 듯 말하면서 이에야스는 일일이 영주들에게 사냥터를 할당해 주었다. 그것은 어쩌면 초대 같기도 하고 명령 같기도 했으나, 목적은 오직 하나…… 요컨대 간토의 철벽같은 수비태세를 과시하는 대연습이었고, 반란을 기도해 봤자 찔러올 빈틈이 없을 거라는 평화에 대한 집념을 보여주는 말 없는 시위였다.

'칼을 뽑지 않는 것이 우리 가문 검술의 병법.'

무네노리가 서성으로 불려 나간 것은 다음 12일 점심 전이었다.

이때 이에야스는 다케치요와 함께 있으면서 처음으로 분명하게 야규 무네노리는 또한 다케치요의 병법스승이어야 한다는 말을 한 다음 셋이 함께 식사했다.

무네노리는 이에야스가 뜻밖에 피곤해하는 것을 알고 가슴 아팠다.

'2, 3일 쉬지 않으면 매사냥은 무리겠어……'

이에야스도 그것을 느낀 모양이었다.

"이처럼 다케치요와 둘이서 지내는 것은 처음이니 사냥 출발을 좀 연기하고 조조 사 대사에게 정토종 설법을 듣기로 하겠다."

무네노리는 그 설법자리에 참석하고 싶었다. 지금부터 훈육해야 할 다케치요를 좀 더 관찰하고 싶었던 것이다. 그러나 이에야스는 끝내 그 말을 하지 않았다. 뒷날에 이르러 알게 된 일이지만, 정토 설법은 말하자면 쇼군으로서 백성에게 임하는 자비심이 일어나도록 하는 유도……그것과 병법지도의 각오는 그 자체가 다르다는 배려가 있었기 때문인 것 같았다.

쇼군은 무사들의 통령(統領)이다. 따라서 무용이 표면이며, 자비는 그이면. 표면의 교양과 배면의 교양을 혼돈해서는 소년의 머리에 혼란이 일어난다.

그 대신 물러날 무렵 이에야스는 무네노리에게 이런 말을 했다.

"다케치요는 아무리 엄한 수업도 얼마든지 견뎌낼 수 있다…… 그래서 그대에게 말해두는데, 이번에는 양보하고 임관을 승낙해 주지 않겠는가?"

"임관……이라시면?"

"그대의 아버지는 다지마노카미라고 불렸지. 이것이 정식 임관명이었는지는 모르겠지만…… 어떤가, 아버지 다지마노카미를 그대가 정식으로 계승하면?"

무네노리는 대답이 없었다. 그 일은 쇼군의 스승이라는 긍지를 버리고 도쿠가와의 가신이 되라는 외에 아무것도 아니었다.

이에야스는 무네노리가 가만히 있는 것을 보자 선뜻 말을 돌렸다.

"그래, 대답을 서두를 것은 없다. 그러나 다케치요의 스승……이라면 그대도 관위가 있는 게 영주들과의 접촉에 편리할 거라고 생각했을 뿐이야."

이리하여 쉬는 동안 우선 정토종 설법을 듣고, 19일 시모쓰케의 아시카가 학교에서 올라온 젠슈(禪珠)를 만난 뒤 매사냥을 나간 것은 21일이었다.

사람의 성장은 나이에 따라 정지되기도 하고 고갈되기도 하는 것일까? 현대 생리학에서는 일찍부터 성장이 정지되는 부분도 있고 80여 살까지 성장을 계속하는 부분도 있다는 게 증명되었으나, 그즈음에는 60살만 되면 인간은 누구나 노망한다고 믿었다. 인체 가운데 시력은 12살까지 다 성장하여 그때부터 퇴화하는 일은 있어도 성장하는 일은 없다. 완력이라는 말로 대표되는 체력노 26, 7살로 한계에 이르면 그때부터 쇠퇴한다. 얼마쯤 개인차는 있지만 사춘기 다음에는 생식기능이 갖춰지고 그것은 40살이 넘으면 조락의 길을 더듬는다. 그러나 판단력의 기초가 되는 대뇌의 성장은 15, 6살에 가서야 비로소 성장활동을 개시하여 알맞은 자극과 영양을 주면 84살 무렵까지 성장을 계속할 수 있다……고 현대과학은 증명하고 있으나, 이에야스가 살던 시대에는 그런 게 알려졌을 리 없었다.

그러니 지그시 인간을 깊이 관찰하는 사람에게는, 인생 50년이라던 시대에 75살이 다 된 이에야스의 사려는 때로 초인으로도 보이고 신불의 화신처럼 보이기도 했을 것이다.

이에야스의 신변호위를 위해 히데타다의 밀명을 받고 에도성을 출발한 야규 무네노리는 그 임무마저 잊어버리고 이에야스의 언행에 매료되어 갔다.

'어찌하여 이 노인은 이토록 불가사의한 지혜의 축복을 받았을까!'

첫날은 도다(戶田)와 이와부치(岩淵) 나루터 언저리에서 사냥했다. 이곳에는 아라강을 끼고 몇 군데 나루터가 있어 좋은 사냥터이면서도 북쪽에서 적이 쳐들어올 경우 천연의 요새를 이루었다.

사냥거리는 많았다. 사람들은 손에 땀을 쥐고 매가 날아가는 방향을 지켜보았다.

그러나 이에야스의 눈은 그런 때에도 결코 하늘만 보고 있지 않았다.

강폭과 흐름의 방향, 깊이, 지형 등을 그림지도에 자세히 기입하게 하며 시치미 떼고 말했다.

"어디에 어떤 사냥 거리가 있다는 걸 기억해 두는 것도 재미있지."

절이 있으면 반드시 그곳에도 들렀다. 다후쿠사(多福寺), 가이젠사(開禪寺), 그리고 니조 마을(新曾村)의 묘켄사(妙顯寺) 등, 그리고 유사시에 진지가 될 듯한 절에 영지를 얼마쯤 시주하기도 했다.

강어귀의 젠코사(善光寺) 속칭 가와구치사(川口寺)에도 들렀고, 와라비(蕨) 서쪽 10리 거리에 있는 사사메(笹目) 땅의 총본산인 비조기하치만(美女木八幡) 신사에도 들렀다.

야규 무네노리는 얼마 뒤 이에야스가 들르는 절과 신사 중에 어떤 곳에 영지를 시주하는지도 알게 되었다.

'참으로 놀라울 만큼 진지한 평화에 대한 집념!'

이런 데까지 세심하게 배려하지 않고는 이 세상에서 전쟁을 추방할 수 없을지도 모른다……

그러나 무네노리가 병법자로서 이에야스의 철저한 정신에 진심으로 감탄한 것은, 도다에서 사냥을 끝내고 가와고에로 나가 성 남쪽인 고센바(小仙波)에 있는 기타인에 들렀을 때였다.

기타인은 호시노산(星野山) 무료주사(無量壽寺)라는 천태종 고찰이다. 그러나 그보다 이에야스와 끊을 수 없는 관계를 가진 난코보 덴카이가 지금 주지로 있는 절이었다.

덴카이는 황급히 그들을 맞이했다.

기타인으로 들어가자 이에야스는 사람들에게 경내며 광에서 점심을 먹도록 명하고, 자신은 덴카이와 단둘이 주지방으로 들어갔다. 만일 덴카이가 특별히 무네노리에게 말을 건네지 않았다면 그곳에서 무슨 말이 오갔는지 상상도 못 했을 것이다.

잊을 수 없는 그 날은 28일, 사냥이 한 차례 끝난 뒤인 오후 2시였다.

"야규 님에게 경계를 부탁할까?"

덴카이가 말하며 눈짓으로 불러주어 무네노리는 혼자 신변보호역으로 뜰을 향한 주지방 앞에 앉아 두 사람의 밀담을 등 뒤로 들을 수 있었다.

단둘이 되자 덴카이가 말했다.

"결심은 하셨습니까? 피곤하실 테니 아무쪼록 무리하시지 말도록."

이에야스는 그 말에는 대답하지 않고 차분한 목소리로 대답했다.

"역시 아직 생각이 모자라. 이대로 내버려 두어서는 안 되겠다는 걸 알았소."

무네노리는 물론 그것이 '마사무네에 대한 대책'일 것으로 생각했다. 그러나 그다음 대화는 몹시 비약하여 그의 지식의 한계를 벗어났다.

"아무튼 궁중과 공경의 여러 법도…… 그러한 전례에 없는 궁중의 일까지 간섭한 것은 이 이에야스거든."

덴카이가 대꾸했다.

"맞는 말씀입니다. 그래서 어떻게 하실 각오이십니까?"

"글쎄……대사는 그 옛날 요리토모 공이 야슈(野州)의 후타라산(二荒山)으로 친왕의 왕림을 청한 전례가 있다고 했는데?"

"그렇습니다."

"나도 단순한 간섭…… 결코 사사로운 욕심을 위해 궁중의 일까지 간섭한 게 아니라는 증거를 후세에 뚜렷이 남기지 않으면 국가체통을 가벼이 여긴 역적이 되어버린단 말이야."

"과연 그렇습니다."

"그래서 대사에게 부탁하오. 후타라산의 사찰을 부흥시키겠으니 전례에 따라 그 주지로 친왕 한 분이 내려오시도록 궁중에 청원해 주겠소?"

덴카이는 한동안 대답이 없었다. 그 큰 입을 한일자로 꾹 다물고, 날카로운 시선을 이에야스에게 던지고 있는 것이리라.

이에야스가 말했다.

"나는 각오가 되었소……내가 죽은 뒤 후타라산으로 다시 이장하라고 명해 두리다. 그리하여 나는 간토 땅을 지키는 신(神)이 되고 싶소. 그래서 절 건물들도 재건시키겠으니 그 주지로 친왕을…… 이렇게 말하는 것은 아직 궁중의 일이 불안해서요. 교토에 가까운 히코네에는 만일의 경우를 생각해 이이 가문을 배치했소. 반역 책동을 봉쇄하거나 책동하는 자의 정보를 얻기 위해서는 도바(鳥羽) 어귀에 이시카와 조잔(石川丈山), 후시미 어귀에 고보리 엔슈(小堀遠州), 그리고 단바(丹波) 어귀에 혼아미 고에쓰 노인을 배치했소. 이들은 내 뜻을 살펴 빈틈없이 경계해 줄 것이오. 그들은 어떻든 영주들이며 공경들과도 마음을 열고 사귀는 일류 인사들이오. 하지만 그들은 이제 젊지 않소. 게다가 만일의 일이라도 있어 에도에서 원조의 손길을 뻗기 전에 왕통이 끊기는 불상사가 생긴다면 그야말로 이에야스의 잘못 생각이 일본을 망치는 결과가 돼. 아니, 그런 약점이 있으니 후세에는 반드시 그걸 노리고 일어나는 고약한 자들이 나타날 거요……."

"그래서……?"

이에야스의 목소리는 열기를 띠고 있지만, 되묻는 덴카이의 목소리는 이상하리만큼 고요했다.

"그래서 나는 히코네에 이이를 두는 것만으로 안심할 수 없어 기슈(紀州) 땅에 튼튼한 자식을 하나 옮겨둘까 하오. 내 자식에 의지하겠다는 게 아니라 거기에 그만한 가신을 딸려서 말이오."

"조후쿠마루 님과 안도 나오쓰구 말씀입니까?"

"그렇소. 대사도 벌써 짐작하고 계셨군. 그러나 그것만으로도 아직 모자라. 그리고 친왕의 왕림에 대한 문제인데, 이건 웬만큼 사리가 서지 않으면 이에야스 놈이 왕실로부터도 볼모를 잡았다…… 국체의 존귀함을 모르는 큰 속물이라는 조소를 받게 될 거요."

"그렇겠지요."

"그래서 대사에게 부탁하는 거요. 분명하게 사리를 세워, 어떤 경우에도 왕통이 끊어지지 않도록 친왕 한 분을 간토로 내려주시도록……."

"만일 궁중에서 그 일을 승낙하면……그 귀한 분을 후타라산에 두실 겁니까? 아니, 야슈의 그 산중으로 오시게 해야 보호가 가능하다……고 생각하십니까?"

이에야스는 분명하게 말했다.

"그렇게는 생각지 않소. 후타라산에 계시면 만일의 경우 호위할 수 없으니 에도에 절을 하나 세워 그곳에 상주하시도록 할 거요. 에도라면 내가 만든 기초가 허물어지지 않는 한 안전할 것이니……어떤 일이 있어도 지킬 수 있을 거요."

"음."

덴카이는 다시 냉정하게 말했다.

"그러나 친왕의 거처……라면 에도성을 짓는 것만 한 대공사가 될 텐데 그래도 괜찮겠습니까? 교토에도 귀하신 분이 주지로 있는 사원이 많지만 에도에서도 그렇게 하려면 웬만한 칠당가람 정도로는 안 되겠지요. 또 작은 규모로 하게 되면 사람들은 그야말로 오고쇼가 볼모로 잡았다고 할 테니까요."

이에야스는 나지막하게 웃었다.

"그런 염려라면 하지 마시오. 한 영지에 한 성, 전국에 쓸데없이 성을 건축하는 데 쓰는 실없는 돈을 태평한 세상의 상징물에 쓴다…… 교토에 왕성 수호의 히에이산이 있는 것과 같이 간토의 히에이산이라 할 만한 규모의 것을 건립하여 거기서 태평의 영속을 기원한다…… 그리하여 싸움을 없애고, 싸움에 소비되는 눈물과 피와 돈의 낭비를 덜 수 있다면 결코 값비싼 게 아닐 것이오."

듣고 있는 동안 야규 무네노리는 온몸이 굳어지는 것을 느꼈다.

'귀신이다! 그야말로 무섭도록 위대한 평화의 귀신이다!'

그렇기로서니 이 얼마나 웅대한 사고란 말인가! 눈에 핏발을 세워 살인을 일삼으며 나라를 뺏고 빼앗기던 전국인. 그 속에서 어떻게 이 같은 큰 시야, 큰 사려를 지닌 인물이 자라났을까…… 이쯤 되니 그건 이미 하나의 작은 개인이 아니라 바로 신불 그 자체인 듯 여겨졌다.

무네노리의 이 감동은 덴카이에게도 곧 전해진 모양이었다. 덴카이는 나직하게 웃었다.

"그 말씀을 듣고서야 안 된다고 할 수 없지요. 해보겠습니다. 되도록 빨리 교토로 올라가서."

궁중과 공경들의 여러 법도를 결정할 때도 덴카이는 그 자문에 참여했다. 아니, 자문……이라기보다도 그가 중심되어 그 법안을 다듬고 또 다듬었던 것이다.

그 법안의 사활은 실은 그 뒤의 막부 태도에 달려 있었다. 막부의 시정에 결함이 있다면 일본에서 왕실의 존재방식까지 규제하려 한 이 법도는 천황을 한없이 무시한 것이 된다. 덴카이는 어쩌면 그런 일을 생각해 이에야스와 히데타다의 책임이 중대하다는 것을 더욱 깊이 자각시키려 했는지도 모른다.

아무튼 그 제1조에서 바람직한 천황상을 분명히 명시하고 있다.

천자는 여러 가지 학예에 능해야 한다. 그 첫째는 학문이다, 배우지 않으면 옛 도리에 밝을 수가 없다. 그러므로 정치를 잘하여 태평을 이룬 자가 지금껏 없었다. 《정관정요(貞觀政要)》는 훌륭한 글이다. 《간표 유계(寬平遺誡)》에는 경사(經史)는 다 배우지 않더라도 《군서치요(軍書治要)》를 공부하라고 했다. 와카 (和歌)는 고카쿠 천황(光格天皇) 때부터 지금까지 이어지고 있으며 아름다운 말로 표현된 우리나라의 풍속이니 버리지 말지어다, 운운. 《금비초(禁秘抄)》에 기록된 것을 배워 요긴하게 쓸 것.

천자의 마음가짐으로서 가장 먼저 학문의 필요성을 책 이름을 들어 명시하고 있다. 《정관정요》는 당태종의 정관연간에 태종이 군신들과 정치를 논한 일과 명신들의 행적을 기록한 것이고, 《간표 유계》는 간표(寬平) 9년(1897) 우다 천황(宇多天皇)이 양위할 무렵 아직 어린 다음 왕인 다이고 천황(醍醐天皇)에게 내린 교훈이다. 그 안에는 공적인 의식의 뜻과 임관서위(任官敍位)에 관한 일, 신하의 어질고 미련함을 구별하는 방법, 천황으로서의 행동거지와 학문에 대하여 자세히 기술되어 그 뒤의 역대 천황들이 소중히 여긴 책이다. 또한 《군서치요》는 역시 당나라 태종의 명신 위징(魏徵)이 많은 서책 가운데에서 정치의 귀감이 될 만한 군신의 언행을 집대성한 것이고, 《금비초》는 준토쿠 천황(順德天皇)이 궁중의 의식, 제도, 고사 등에 관한 것을 그 정신적인 면으로 조명하여 후손들을 위해 저술한 작품이다.

궁중 석차에서부터 그 임용에 이르기까지 17개 조항에 걸쳐 세밀하게 규정한 것이 이 법도로, 그 넷째 조항에는 이렇게 엄격하게 규정되어 있다.

섭정 가문(고노에(近衛), 구조(九條), 니조(二條), 이치조(一條), 다카쓰카사(鷹司) 5가문)이라 할지라도 그 기량이 모자라는 자는 3공(내대신, 우대신, 좌대신)과 섭정 및 간파쿠에 임명될 수 없다. 하물며 그 밖의 자는 말할 것도 없다.

따라서 신하 되는 자가 이러한 법도로 조정을 구속하려 하는 것으로 해석한다면 이보다 더 무례한 일이 없다. 그러나 오랜 전란으로 문란해진 대궐 안의 풍기를 전통에 의해 바로잡아야만 된다는 애정과 책임감의 발로로 본다면, 국민통합의 정점에 황실을 두지 않으면 안 된다는 엄숙한 신념의 발로로서 무한한 의미를 가지게 된다. 태평한 세상을 다스리는 정치의 요체는 어디까지나 도덕이어야 하며, 황실이 그 중심이고 정점이라는 확신으로 일관하고 있다.

이에야스가 천왕을 동쪽에 모시려고 하는 뜻은 이를테면 얼핏 불손하게 보일 수 있는 법령제정의 이면에 숨어 있는 충성의 발로……라고 덴카이는 납득한 모양이었다.

"맡아주시겠소?"

이에야스는 마음 놓은 듯 크게 한숨을 내쉬었고, 이어서 다시 두 사람의 나지막한 웃음소리가 무네노리의 귓전을 때렸다.

"황실 일로 그토록 노심초사……하셨다니 거절할 수 없군요. 덴카이도 이 땅에 태어난 백성이니까요."

"고맙소. 이것으로 이에야스는 또 하나 마음속의 무거운 짐을 덜었소."

"그러나 에도의 히에이산이라고 할 만한 그 사찰, 과연 좋은 땅이 있을까요?"

이에야스는 지체없이 대답했다.

"히에이산은 왕정수호를 위해 궁궐의 귀문(鬼門)에 세워졌다고 들었소. 따라서 동쪽의 히에이산이라고 할 만한 에도의 절은 에도성의 귀문, 우에노 언덕에 세우면 어떨까 하는데?"

덴카이는 나지막하게 웃었다.

"허허허……."

아마 덴카이도 그렇게 생각하고 있었던 모양이라고 무네노리는 생각했다.

"과연 좋으신 생각…… 우선 동쪽의 히에이산이니 도에이산(東叡山)의 무슨 무슨 절…… 그렇군, 연호 같은 것도 적어넣어 도에이산 겐나사(元和寺), 무기를 거두고 평화시대를 기원하여 창건한다……고나 할까요."

덴카이는 거기까지 말하고 목소리를 낮추었다.

"그 뜻을 소승이 한 번 무쓰 사람에게도 은밀히 알려주기로 할까요?"

무네노리는 흠칫하여 저도 모르게 뒤돌아볼 뻔했다.

이에야스는 아무 대답이 없었다. 그러나 왕통문제에 이르기까지 이토록 세심한 준비가 되어 있다고 무쓰 사람……즉 다테 마사무네에게 말해 준다면, 마침내 마사무네도 새로운 시대가 다가오는 시점 앞에서 야심의 투구를 벗어 던질지도 모른다.

'과연 종도 크지만 당목(橦木)도 크군.'

이에야스는 잠시 뒤 입을 열었다.

"마사무네에 대해서는…… 내게 생각이 있으니 조금 더 그대로 두는 것이 좋겠소."

덴카이는 자신의 말을 깨끗이 거두어들였다.

"알겠습니다. 그러나 필요하다면 언제든지…… 그런데 다다테루 님은 지금 무사시에 계시다고 들었습니다만, 사냥길 도중에 들르시지 않겠습니까?"

무네노리는 다시 온몸을 긴장시켰다. 아마 다다테루는 덴카이를 통해 이에야스에게 사죄하려는 모양이다. 아니, 다다테루뿐 아니라 지금 다테 저택으로 물러가 있는 이로하히메도 그 어머니와 함께 덴카이에게 이모저모로 도움을 청하고 있는 게 틀림없다…….

이에야스는 이때도 바로 대답하지 않았다.

'과연 이번 여행 중에 다다테루를 만날 생각이실까?'

그것은 야규 무네노리도 아직 알 수 없는 큰 수수께끼였다.

잠시 사이를 두고 이에야스는 말했다.

"다다테루 일은……내 책임이니 일단 필요한 볼일을 끝내고 나서 천천히 생각해 보려고 하오. 지금은 아직 할 일이 있어서 말이오."

그러자 덴카이도 얼른 화제를 옮겼다.

"그럼, 시간도 많이 지났으니 이쯤에서 상을 들여오게 할까요?"

이에야스가 고개를 끄덕인 모양으로 덴카이는 천천히 손뼉을 쳤다.

빛 속을 헤엄치다

무네노리가 이에야스의 표정에서 커다란 변화를 발견한 것은, 이에야스가 기타인에서 가와고에성(川越城)으로 돌아와 하루 묵은 뒤 30일에 그곳을 떠날 때였다.

그즈음 가와고에 성주는 사카이 다다카쓰로, 나중에 3대 쇼군 이에미쓰의 중신 마쓰다이라 이즈(松平伊豆)로 이름이 바뀐 사람이다. 지형상 이곳이 에도성 외곽 방비의 한 요소임은 말할 것도 없었다.

이에야스는 그곳을 출발할 때 다다카쓰에게 가벼운 농담을 던지며 가마에 올랐다.

"다다카쓰(인간다) 라…… 그대 이름에 거짓은 없을 테니 그리 걱정할 것 없겠지?"

그때의 웃음 띤 얼굴이 이상하게도 밝게 무네노리의 가슴에 새겨졌다.

'아, 표정이 달라지셨구나!'

여태까지는 뭔가 무거운 응어리 같은 것을 뱃속에 남기고 있는 듯한 표정이었다. 어딘가에 고뇌의 그림자가 있다……고 해도 좋을 정도였다. 그런데 가와고에 성을 나설 때는 깜짝 놀랄 만큼 밝은 표정이 되어 있었다.

인간의 표정에는 그때그때에 따라 음과 양 두 가지 면이 있는 법이지만, 어쨌든 극단적인 차이였다. 어제까지는 태양을 등지고 북쪽을 향한 사람의 얼굴, 그런데 갑자기 태양을 바라보며 남쪽을 향하는 사람의 밝은 표정으로 바뀌었다.

무네노리는 생각했다.

'역시 친왕 영입에 대해 덴카이가 기분 좋게 그 교섭을 맡아주었기 때문일까?'

그렇게 생각하는 외에 그 변화를 설명할 길이 없었기 때문이다.

육체의 피로가 완전히 가신 것은 결코 아니었다. 오히려 피로는 나날이 더해갔다. 그런데 그의 눈은 모든 그늘을 털어버리고 갓난아기의 눈동자처럼 더욱 맑아졌다.

나중에 생각하니 덴카이를 찾아가 뒷날의 닛코(日光)에 대한 일과 도에이산 간에이사(寛永寺) 건립에 대한 일을 부탁한 뒤 마음 놓고, 그때 이미 이번 사냥의 목적을 이루었다는 안도감을 얻었기 때문인 것 같았다. 바꿔 말하면 이때 70여 년의 고난과 싸우던 이에야스의 마음속에 비로소 선명하게 태양 빛이 들어왔다고 할 수 있을 것이다. 만일 불교신자라면 이런 것을 '대오(大悟; 깨달음)'라고 할지도 모른다.

그날 저녁, 오시성(忍城)에 도착하여 가마에서 내린 이에야스에게서 분명 이상한 후광이 비치고 있는 것처럼 무네노리는 느꼈다. 오시성은 지난날 이에야스의 넷째 아들……곧 히데타다의 친동생 다다요시가 살던 성이다.

다다요시는 그 뒤 오와리의 기요스성으로 옮겨 게이초 12년(1607)에 28살로 세상을 떠났다.

"오, 보아라, 무네노리. 다다요시 놈이 나를 마중하러 성문까지 나왔구나."

이 말을 들었을 때 무네노리는 황급히 주위를 두리번거렸다. 죽은 자가 어찌 마중을……? 한참 뒤에야 깨달았지만 이에야스의 눈은 그러한 유계(幽界)까지 꿰뚫어 볼 수 있을 것처럼 맑았다.

이 성은 지금 성주가 없이 아베 분고(阿部豊後)가 성주대리로 있었다. 그곳에서 이에야스는 싱글벙글 웃으면서 수행한 이이 나오타카를 불러 물었다.

"나오타카, 가와사키에서 그대에게 물었던 에도와 황실을 모두 완벽하게 수비할 수 있는 방법을 연구했느냐?"

나오타카는 곤혹스러운 얼굴로 이에야스 앞에 두 손을 짚더니 갑자기 입술을 크게 일그러뜨리고 울부짖듯 말했다.

"용서해 주십시오."

이에야스는 온화하게 물었다.

"용서하라니?"

그 눈동자는 여전히 샘물처럼 맑디맑았다.

"용서해 주십시오."

나오타카는 똑같은 말을 되풀이하며 이번에는 두 손등에 눈물을 뚝뚝 떨어뜨렸다.

"불초 나오타카, 그 뒤 줄곧 생각에 생각을 거듭하고 있습니다만……아직도 승산이 떠오르지 않습니다."

물론 그는 이에야스가 가와사키에서 한 질문에 대해 대답하고 있는 것이다. 도쿠가와 가문의 직할무사 8만 기의 우두머리로서 나오타카가 간토에 출진한 틈에 유력한 무장이 교토를 습격한다…… 그때 황실수호의 책임도 함께 맡은 히코네 성주 나오타카는 어떻게 하겠는가? 이것이 이에야스의 질문이었는데 나오타카는 그 뒤 줄곧 그 전략을 궁리한 모양이다.

"그래……그대에게는 명안이 없단 말인가?"

"예, 참으로 무책임한 일이온지라 사죄드릴 말씀도 없습니다. 그러니 이 나오타카 무능한 책임을 지고, 곧 은거……."

"잠깐! 나오타카."

"예."

"허, 그대도 많이 컸구나. 잘 말했다!"

"예……?"

"전국의 세상에서는 약한 소리는 금물. 하면 된다는 기개가 으뜸…… 그러나 태평한 세상의 마음가짐은 그것만으로 안 된다. 첫째도 대비, 둘째도 대비, 자신을 가질 수 없는 일에 대해서까지 큰소리치는 것은 당치 않은 일이지. 잘 대답했다, 훌륭하다."

그리고 이에야스는 주머니에서 준비했던 증서를 꺼내 웃으면서 말했다.

"그대가 지금 정직하게 말한 용기가 가상하여 5만 석을 늘려주마. 받아라."

나오타카는 깜짝 놀라 고개를 들었다. 수염이 덥수룩한 뺨에 아직도 얼룩진 눈물 자국이 번쩍이고 있었다.

"아니, 이게 무슨……?"

"걱정 마라. 교토 방비에는 자식놈 하나를 기슈쯤에 주둔시켜 그대와 협력하도록 틀림없이 조치하겠다. 알겠느냐? 그러니 어떤 일이 일어나더라도 반드시 황실을 지킨다……는 각오로 충분한 생각을 해두어라. 이건 그 일을 맡기는 수고에 대한 보답이다."

나오타카는 한참 동안 망연한 표정으로 이에야스를 쳐다보다가 이윽고 그 의미를 알아차린 듯 크게 어깨를 떨었다.

그때 이미 야규 무네노리는 그리 놀라지 않았다. 이런 준비야말로……아버지 세키슈사이의 신카게류의 요체. 이에야스는 지금 그것을 이 세상의 평화를 굳히는 데 활용하고 있다. 어디에선가 아버지가 회심의 미소를 지으며 고개를 끄덕이고 있을 것 같은 느낌이 자꾸 들었다.

그때 쇼군 일행이 왔다. 그리고 이번에는 부자가 함께 이와쓰키(岩槻), 고시가야(越谷), 고노스(鴻巣) 등지로 함께 사냥을 다니다가 쇼군 히데타다는 고노스에서 일단 에도로 돌아갔지만 이에야스는 그래도 돌아가려 하지 않았다.

쇼군과 헤어진 뒤 다시 고시가야로 가서 가사이에서 시모우사의 지바로 빠져 도가네의 혼젠사(本漸寺)에 머물렀다.

이 무렵에는 사냥을 즐기는 한편 개간과 수리개발에 대한 지휘에 전념했으며, 16일에는 에도성으로 돌아간 히데타다를 다시 시모우사의 후나바시로 불러내 둘이 함께 사냥하면서 사쿠라(佐倉)에 있는 도이 도시카쓰의 성으로 갔다.

사쿠라성에 닿은 이에야스 부자는 성주 도시카쓰와 함께 중요한 밀담을 시작했다. 이때도 무네노리는 경호역으로 세 사람 옆에 대기했다.

11월 하순으로, 이에야스 주위에 화로가 셋이나 놓이고 촛불도 네 개나 되었다.

"나는 앞으로 2, 3일 후나바시로부터 가사이 언저리에서 사냥을 즐기다가 27일에 에도로 돌아간다."

이에야스가 말하자 도시카쓰는 순순히 대답했다.

"지시하신 일은 그때까지."

무엇인가 이에야스의 명령을 받았으며 그것을 실행하겠다는 의미인 듯했다.

'무슨 일일까?'

무네노리는 처음에 몰랐으나 이때 이미 이에야스는 이번 여행의 목적을 다하고 있었던 것이다.

이에야스가 불렀다.

"무네노리, 불 가까이 오너라. 이로써 에도의 방비는 충분하니, 미련 없이 슨푸로 돌아가 설을 맞겠다."

히데타다는 여전히 근엄한 표정으로 앉아 있었고 도시카쓰는 무네노리를 돌아보며 휴 하고 조그맣게 탄식했다.

"도시카쓰는 아직 걱정되는 모양이군. 에도의 소문이 워낙 대단하니까."

"에도의 소문……이라니요?"

"다테 마사무네의 일 말이다. 그러나 다테는 벌써 단념했다. 하세쿠라에게서는 아직 아무 소식도 없고 가타쿠라 가게쓰나는 죽어버렸다. 그래서 이번에는 내가 구원선을 보내려 한다. 무네노리, 그러면 되겠지?"

무네노리는 고개를 기울이고 이에야스의 다음 말을 기다렸다.

다테 마사무네가 반역할 뜻을 버렸다……고 이에야스는 말하는 것 같았다. 그러나 무네노리로서는 쉽게 믿을 수 없었다.

'일단 창을 거두더라도 그 기질은…….'

이에야스는 이러한 무네노리의 의구심을 모르는 체하며 말을 이었다.

"나는 다테에게 유감의 편지를 보냈다. 이번 사냥은 다테와 둘이서 하고 싶었다고."

"무네노리와 둘이서……?"

"그래. 말할 것도 없이 이것은 에도의 방비를 굳히는 순회. 그대 의견을 들으면서 부족한 곳의 허를 메울 작정이었는데 가타쿠라의 병 때문에 갑자기 영지로 돌아간 것이 애석하기 짝이 없다…… 듣자니 가타쿠라가 죽었다던데 얼마나 낙담이 크냐고……."

무네노리는 깜짝 놀라 이에야스를 쳐다보았다. 마사무네가 갑자기 귀국한 것을, 이에야스는 가타쿠라 가게쓰나에 대한 병문안 구실로 만들어준 모양이다. 그러나 그러한 것을 곧이곧대로 받아들일 마사무네일까? 그는 분명 얼굴을 찌푸리면서 조소할 것이 틀림없다…….

"저 너구리가 또 잔재주를."

이렇게 생각했을 때 이에야스는 다시 믿을 수 없는 말을 했다.

"다다테루의 아내 이로하히메에 대한 일도 사과했어. 내 자식이 미련하여 이로하히메에게까지 뜻밖의 고통을 주어 미안하다. 그러나 대신 두 집안이 먼 뒷일까지 우의를 유지하기 위해 마사무네의 적자 다타무네에게 쇼군의 딸 하나를 보낼 테니 천하를 위해 아무 말 말고 받아달라고."

이에야스는 담담하게 말하고 도시카쓰를 돌아보았다.

"도시카쓰는 반대했지. 그러나 이것으로 싸움을 막을 수 있다면 값싼 거지. 그렇지 않은가?"

무네노리는 눈을 살짝 치뜨고 도시카쓰를 쳐다보았다. 확실히 도시카쓰는 반대인 것 같았다. 그러나 이에야스에게서는 이미 그러한 반감까지도 대범하게 넘겨버리는 밝은 마음을 느낄 수 있었다.

본디 히데요시에게 미움받아 영지이동을 당하려던 다테 마사무네. 히데요시에게 잘 주선하여 그 마사무네를 그냥 오슈에 있게 하고 오늘날의 터전을 닦게 해준 것은 다름 아닌 이에야스였다.

그 이에야스가 지금 또 마사무네를 가신들의 증오에서 벗어나게 해주려 한다…….

이에야스는 온화한 표정으로 무네노리에게서 시선을 옮겼다.

"무네노리, 병법과 인간의 길은 근본적으로 같지 않을까?"

"……예."

"나는 에도로 돌아가면 모두들 불러놓고 이렇게 말할 작정이야. 천하에 만일 큰일이 생기면 선봉은 도도 다카토라, 본대는 이이 나오타카, 기습부대는 호리 나오요리(堀直寄)에게 명하겠다고……."

"선봉을 도도 님에게……?"

"그래. 그리고 마사무네에게는 쇼군을 등지지 말라고 말해 주겠다. 어떤가, 그대 생각은?"

"황송합니다."

"그렇지 않은가? 마사무네는 분명 천하를 위해 중요한 그릇, 그가 한 눈을 번뜩이면서 쇼군을 돕는다면 우선 천하에 큰일은 일어나지 않으리라. 아무 걱정 마라. 그러면 되는 거야."

그 뒤 무네노리는 이에야스가 다다테루에 대한 이야기를 꺼내지 않을까 하고 은근히 기대했다. 그러나 이에야스는 끝내 그 말을 하지 않았다. 그리고 다음 날 히데타다를 에도로 돌려보내고 한없이 즐거운 표정으로 사냥을 즐기는 것 같았다.

25일에는 다시 도가네에서 후나바시로, 26일에는 좀 더 나아가 무사시의 가사이에서 사냥을 즐겼다.

'오고쇼는 확실히 달라지셨다……'

사냥하는 도중 농부들을 만나면 이에야스는 가벼운 기분으로 말을 걸어 수확량을 묻곤 했다.

"공출은 어떤가? 많은가, 적은가?"

자기가 공포한 사공육민(四公六民)제도가 지켜지고 있는지 직접 확인하고 싶었던 게 분명하다. 새로 개간한 토지의 공출은 7년 동안 면제. 그 뒤 3년은 삼공칠민. 10년 동안에 1급 논으로 만들어 사공육민제도가 뿌리내리면 일본의 식량부족은 사라진다.

그때마다 측근들에게 되풀이 말했다.

"농민을 소중히 위하여라. 농민이 일하면 상하가 모두 굶주림을 모르고 살 수 있다. 사공육민으로 나누면 실은 농민도 살기가 빠듯할 거야. 단지 싸움이 사라져서 죽을 염려가 없다는 것뿐이겠지…… 그러므로 무사들은 농부의 고생을 생각하여 절약하는 것이 으뜸…… 결코 사치를 부려서는 안 되는 법…… 부디 사치하지 말도록."

그 이에야스가 27일에 에도성으로 돌아가 서성에서 6일 동안 다케치요와 함께 지냈다. 이것이 3대 쇼군 이에미쓰에게 조부의 인상을 강렬하게 각인시키는 마지막 기회였으리라.

다케치요는 언제나 망연한 표정으로 할아버지를 쳐다보았다. 필경 감상적인 소년의 눈에 비친 이때의 이에야스는 자신의 뒤를 봐주는 찬란한 거목으로 보였을 게 틀림없다. 그러므로 뒷날 10여 폭의 초상화를 그리게 하고 현존하는 저 닛코의 화려함을 다한 도쇼궁(東照宮)을 건립하지 않을 수 없었던 것이리라……

섣달 초나흘, 이에야스는 이제 마사무네에게 반란할 힘이 없다고 판단하고 에도를 떠났다.

무네노리는 히데타다의 명으로 다시 이에야스를 슨푸까지 호위해 가게 되었다. 그때는 히데타다도 무네노리를 3대 쇼군 다케치요의 병법스승으로 삼으라는 지시를 받은 뒤여서 일부러 이에야스를 모시고 가게 했는지도 모른다.

돌아가는 도중에도 이에야스는 맑은 물속에서 헤엄치는 물고기처럼 명랑했으나 육체의 피로는 감출 길 없었다.

'역시 이런 여행은 무리……'

이에야스 자신도 느끼고 있었던지 이나게(稻毛), 나카하라(中原), 오다와라에서 휴식을 취하면서 미시마에 닿았을 때, 미시마 서남쪽 10리쯤 되는 곳에 있는 이즈미가시라(泉頭)의 성터에 은거할 곳을 마련하겠다는 말을 꺼냈다.

이즈미가시라 성터는 도니와(堂庭) 북쪽 시미즈 연못가에 자리하며, 그 옛날 오다와라의 호조 씨가 구릉을 등지고 별장을 세웠던 경치 좋은 곳이다.

"무네노리, 이리 와서 보아라. 은거지로 더없는 곳이 아니냐?"

에도로 갈 때 매사냥한다는 핑계로 살폈던 지형을 귀로에서는 은거지로 삼아야겠다고 생각한다.

'역시 지치신 것이다……'

시키는 대로 무네노리는 도보로 이에야스의 뒤를 따랐다.

계절이 봄이라면 모르지만 지금은 섣달 보름께다. 찬바람이 사정없이 살을 에고 시미즈 못의 절경도 삭막하고 메마른 들판에 불과했다.

이에야스는 그 언덕기슭에 이르러 가마에서 내리자 무슨 생각을 했는지 커다란 억새 그루터기 밑에 자리를 깔게 하고 그 위에 웅크리고 앉았다.

"무네노리, 이리 와 보아라."

"예, 무슨 일이신지?"

"그대는 이번에 수행해 보고 어떻게 느꼈는가? 농부들이 행복해 보이던가?"

"예, 전국 난세에 비하면……"

"죽지 않고 살 수 있다……는 정도의 행복이라고 보았는가?"

무네노리는 대답하지 않았다. 인간의 행복감은 더 비참한 생활과 비교함으로써만 우러나는 것은 아니다.

"음, 대답하기 싫으면 안 해도 좋아."

이에야스는 머리 위를 스쳐 가는 찬바람 소리를 듣는 듯한 표정으로 눈을 가늘게 뜨고 말했다.

"이를테면 영주가 고약한 자여서, 내 명령을 잘 지키기 않는다고 하자."

"예?"

"공출미 말이다. 농민들 몫을 크게 착취하는 악정을 했다고 하자."

"아, 그 말씀입니까?"

"그럴 때 농민들은 과연 누구에게 하소연하겠는가. 영주의 부하들은 어떤 하소연을 해도 받아들여 주지 않겠지?"

"그건……그렇지요."

"무네노리!"

"예."

"이 점은 좀 생각해 볼 필요가 있어. 아무리 소동을 일으켜보았자 영주의 무력으로 진압된다. 그렇게 되면 그때의 무력은 방위를 위한 게 아니라 농민들을 학대하는 무력이 된다."

듣고 나서 무네노리는 흠칫 놀랐다.

"옳은 말씀입니다. 그것이야말로 무사도의 마음가짐에 위배됩니다."

"그렇지! 직소(直訴)를 허락하지 않으면 안 된다. 영주라도 학정을 펼칠 때는 쇼군에게 직접 호소할 수 있는 통로를 마련해 두지 않으면 영주들의 횡포를 막을 수 없으리라."

싸늘한 바람 속에 웅크리고 앉은 이에야스의 눈이 이때 타오르듯 빛나고 있었다.

솔직하게 말한다면 무네노리는 이때 이에야스의 속마음을 정확하게 읽은 것은 아니었다. 정치의 근본은 자비에 있다…… 자비는 불교의 근본, 그것을 외면한 위정자는 있을 수 없다…… 이러한 이에야스의 마음가짐은 기회 있을 때마다 무수히 들어왔다. 따라서 무사도 불제자이고 농민과 서민의 아들도 불제자, 자비라는 어버이의 불과(佛果)를 얻는 데 불공평한 일이 있어서는 안 된다…… 이러한 마음가짐은 엿볼 수 있었으나 대체 무엇으로 사공육민의 선을 긋고, 그것을 위반하는 자를 악정이라고 할 것인지 애매했다.

"그렇다면 영주가 백성을 괴롭힐 때는 직접 쇼군에게 호소할 수 있도록 하신단 말씀입니까?"

"그렇지. 그렇지 않고는 영주의 악정을 막을 수 없는 경우가 생길 거야."

"쇼군께서 농민의 소요를 눈감아줄 경우도 생긴다는 것입니까?"

"그래. 소요 가운데에는 사리에 닿지 않는 제 욕심만 차리는 소요도 있겠지만,

영주의 악정 때문에 일어나는 소동도 있을 테니까."

여기까지 말하고 생각난 듯 뜻밖의 질문을 했다.

"그대는 옛사람들이 1단보(段步)를 360보(步 ; 坪⦿)로 정한 까닭을 아는가?"

"글쎄요, 모르겠습니다. 그러나 다이코님의 토지조사 이래 1단보는 300보로 바뀌었고 현재 그것이 통용되고 있는 줄⋯⋯."

"바로 그 점이야. 다이코는 1단보가 의미하는 바를 몰랐어. 날마다 싸움에 몰두하느라 고사(故事)를 배울 틈이 없었지. 그런데 1단보는 360보가 아니면 안 돼."

"그럴까요?"

"평수(坪收)라고 해서 말이지, 1보에서 거둬들이는 곡식이, 한 사람, 하루분의 식량이지. 1년은 365일, 따라서 한 단보는 360보⋯⋯곧 1단보는, 농경에 종사하는 불제자의 1년 동안 양식⋯⋯ 여기서 모든 게 출발하는 거야. 그런데 다이코는 단보 수를 늘이기 위해 300보로 해버렸어. 그러나 옛날보다 농경기술이 진보되어 힘껏 일한다면, 어지간히 식량을 댈 수 있겠지⋯⋯그러므로 다이코의 잘못은 일단 덮어두기로 하자."

"듣고 보니 그렇군요."

"그러나 잊어선 안 되는 것은, 이 세상에 태어난 자라면 어쨌든 한 사람이 1단보의 땅만 경작하면 살아갈 수 있다는 것. 이것이 이 세상에 태어난 자에게 평등하게 주어진 자비인 거야⋯⋯ 태어난 이상 살아갈 수 있게 만든⋯⋯신불의 크나큰 배려지. 이런 하늘의 뜻을 저버린 정치는 있을 수 없어. 알겠느냐? 중생이 모두 저마다 살아갈 수 있도록 하늘은 자비의 손길을 뻗고 있어."

무네노리는 숨죽이고 싸늘한 바람에 소름이 돋은 이에야스의 옆얼굴로부터 목덜미를 지켜보았다. 은거지를 마련하고 그곳에서 편안한 노후를 보낼 거라고⋯⋯생각한 이에야스가 이런 곳에서 무슨 말을 하고 있는 것일까?

연못 위에는 바람이 물결을 일으키고 새털 같은 눈발까지 흩뿌리기 시작했다.

"그러므로 농민들이 온갖 고생을 하면서 한 단보에서 얼마쯤 수확을 거두어들이려네, 경직하지 않는 자가 그 4할 이상을 수탈하면 안 돼. 6할은 대지를 맡아 경작하는 대지의 감독인 농민에게 넘겨주지 않으면 지신(地神)이 화내시리라. 알겠느냐, 무사는 경작하지 않는 자들이야. 4할로 방위를 할 수 없다면 무사는 쓸모없는 흉기가 될 것이다."

무네노리는 그 순간 주위에 강렬한 햇빛을 느꼈다. 앙상한 나목에 온통 꽃이 피어 시야 가득히 첫여름의 경치가 펼쳐진 듯한 착각에 사로잡혔다.

'그런가! 그런 일을 걱정하셨는가……'

"그래서 사공육민제도를 지키지 않는 영주는 용서하지 않겠다고."

이에야스는 웃으면서 고개를 끄덕였다.

"사정을 무시한 채 무조건 용서치 않는다는 것 또한 잘못이다. 때때로 우리들이 예기치 않은 천재지변도 있을 것이고, 갑작스레 군사비용도 생기겠지. 그러나 그럴 때는 사정을 이야기하여 납득시켜야만 한다. 그러지 않으므로 농민들이 들고 일어나는 거지."

"알아듣겠습니다…… 그들이 봉기하여 소동을 벌이면……."

"직접 호소하는 일을 허락한다…… 그러나 말하자면 자신의 영주에 대한 반역이다. 그러므로 영주도 파면시키겠지만, 직소한 자 또한 처벌해야 할 거야."

"그 옛날 무리의 힘을 믿고 설치고 다닌 승병이며 남도(南都)의 폭승들이 소청을 올린 예 등도 있으니……."

"결정했다! 결정했어, 무네노리."

"예……?"

"직접적인 호소를 올릴 길을 터놓겠다. 그 대신 직소당한 영주는 파면, 직소한 백성은 십자가에 매단다……."

"십자가에 매답니까?"

"하하하……그러나 다 자비로 하는 일. 그렇게 해놓으면 악정을 누를 수가 있어. 이건 공평해. 그대의 얼굴에도 반대하지 않는다고 씌어 있군. 자, 그만 돌아갈까, 무네노리?"

"그러면 은거처의 건축은?"

"은거처 말인가? 건물 같은 것은 나중에 지어도 돼. 나는 지금 내년 봄에 상경한 뒤 해야 할 일을 열심히 찾고 있었을 뿐이야. 그런데 이제 찾았군. 춥다! 돌아가자."

이렇게 말하고 이에야스는 일어나 다시 싸늘한 바람에 목을 움츠렸다.

"참 경치가 좋아, 이 언저리는…… 황실의 일을 제아무리 정성껏 생각한다 해도 만백성을 잊는다면, 산은 있으나 물이 없는 것과 마찬가지지. 산도 물도 변치 않는 모습을 지녀야만 태평스럽다고 할 수 있지…… 언젠가 이런 썻을 나게지요에게 잘 들려주어라."

이리하여 그날 밤 세코(瀨子)의 젠토쿠사(善德寺)에서 묵고 이에야스가 슨푸로 돌아간 것은 겐나 원년도 저물어가는 12월 16일이었다.

이때 다테 마사무네의 밀명을 띠고 유럽으로 간 하세쿠라 쓰네나가 일행은 로마와 치비타베키아를 거쳐 플로렌스에서 리보르노를 향해 여행 중이었다.

물론 펠리페 3세는 원군을 파견할 수 있는 형편이 못되었다. 그러므로 이러한 연락이 일본으로 왔을 리 없고, 다다테루는 후카야성에 유폐당했으며, 중신 가타쿠라 가게쓰나를 잃은 다테 마사무네는 센다이성에서 이에야스의 편지를 앞에 두고 몸속에서 끓어오르는 반역의 피와 지그시 대결하고 있었다.

이에야스는 시미즈까지 마중 나온 열째아들 고로타마루와 함께 슨푸성으로 들어간 뒤, 뒤를 쫓다시피 에도에서 온 도이 도시카쓰를 대면했다.

도시카쓰는 다테 마사무네한테서 쇼군에게 정중한 답서가 올라왔다는 보고를 하러 온 것이다.

이때 이에야스는 '흥' 하고 콧방귀만 뀌었다.

마지막 정월

이에야스는 이미 다테 마사무네가 품은 반역의 뜻을 좌절시켰다고 믿었다.

'마사무네는 미쓰나리처럼 고지식한 자가 아니다!'

미쓰나리도 미래는 잘 내다보았다. 다이코가 죽은 뒤의 천하가 어떻게 되어갈 것인지 그는 잘 알고 있었다. 알면서도 감정을 극복할 수 없는 형의 인간이었다. 결벽이라기보다 역시 정의(情意)의 조화를 규제할 줄 몰랐고, 어쩔 수 없이 커다란 역사의 흐름에 배반하여 자폭하는 비극의 씨를 품고 태어난 사나이였다.

그러나 마사무네는 그렇지 않았다. 늘 국면을 냉정히 꿰뚫어 볼 수 있는 사나이였다. 미쓰나리는 시치미뗄 수도 얼버무릴 줄도 모르는 고지식한 자였지만, 마사무네는 상황에 따라 연극도 하고 시치미도 뗄 줄 아는 인간의 폭을 지니고 있었다.

그는 이에야스가 직접 나와 에도 언저리의 수비를 빈틈없이 점검하기 시작했을 때 생각했을 게 틀림없다.

"모든 게 끝났다!"

이에야스가 슨푸에서 나온 것은 해볼 테면 해보라는 무언의 위압이라기보다 하나의 커다란 주술의 힘이기도 했다.

은밀히 기대를 걸고 있던 유럽으로부터는 아무 소식도 없었다. 소년시절부터 함께 일을 도모하고 함께 싸워온, 자신의 한쪽 팔이며 한 눈이던 가타쿠라 가게쓰나는 먼저 세상 떠났다. 그리고 사정에 따라서 방패로도 볼모로도 삼을 작정이던 사위 다다테루는 그가 생각지도 못했던 처절한 결단으로 후카야성에 유폐되어 버렸다.

"사면초가!"

현명한 사나이므로 분명 그렇게 느꼈을 게 틀림없었다. 따라서 지금 이에야스가 마사무네를 힐책한다면 궁지에 몰린 쥐로 만들어버리는 것 외에 아무 소득도 없는 일이었다. 그렇게 되면 굳건히 믿는 이에야스의 신조가 무너진다.

"정치의 요체는 불법(佛法)의 자비."

이에야스는 마사무네에게 마지막 손길을 뻗었다. 마사무네의 갑작스러운 귀국을 중신 가타쿠라 가게쓰나의 병 때문이었던 것으로 보아주고, 다다테루와 이로하히메의 불행한 인연에 대해서는 새로운 배우자를 찾아줌으로써 메워주겠다고 했다. 그것은 현재의 이에야스가 당연히 밟아야 할 길이었지, 결코 그릇된 길도 책략도 아니었다.

'마사무네는 이만하면 능히 이해할 수 있는 사나이다.'

슨푸로 돌아간 이에야스의 가슴속에는 이러한 자신감이 크게 자리하고 있다…….

마사무네를 나무라지 않을 뿐 아니라 적자에게 쇼군의 딸을 시집보내는 것은 지나치게 그의 비위를 맞추는 일로 보고 도시카쓰는 불만을 가지는 것 같았다.

그러나 그 점에 대해 이에야스는 마치 남의 일처럼 말했다.

"나이 비슷한 딸이 없으면 친척 중에서 양녀를 삼아, 다테 가문으로 출가시키도록."

그리고 신년행사로 화제를 돌렸다.

"새해가 되면 궁궐에서 새해축하의 칙사가 올 텐데, 이번 설에는 보내시지 말도록 해라. 내년 봄 이에야스가 다케치요 님과 함께 상경하여, 이쪽에서 하례를 올리겠다고 정중히 사양하도록."

그리고 그는 그때의 일만 열심히 생각하는 것 같았다.

그때까지도 노시카쓰는 아직 '마사무네가 반역심을 버렸다'는 데 대해 반신반의했다. 이에야스의 간토 순행이 오히려 그의 투지를 부채질할 것으로 보았다.

"언젠가 당할 바에는……."

이렇듯 궁지에 몰린 최후의 각오를 품게 할지도 모른다는 위구심을 느끼고 있었다. 그래서 하루하루 에도와 긴밀히 연락하면서 한동안 슨푸에 머물러 일이 어떻게 돌아가는지 지켜봐야겠다는 마음이 생겼다. 사실 해가 바뀐 뒤 마사무네가 거병한다는 소문이 에도 시중에 더욱 퍼졌다.

쇼군의 측근에서도 이렇게 생각하는 이들이 상당수 있었다.

"설 무렵의 방심한 틈을 찌를 작정인지도 모른다."

그러나 이에야스는 관심도 두지 않았다. 조후쿠마루, 쓰루치요 두 아들과 함께 정월을 맞이하자, 그 해에도 역시 몇십 번 되풀이했던 그 시나노 가도의 고사를 두 아들에게 이야기해 주면서 '토끼찜'으로 설을 축하하고 2일부터는 밝은 기분으로 여러 가신들의 신년인사를 받았다.

이에야스가 지쳤다……기보다 시들어간다……고 느껴져 안타까우면서도 지극히 온화한 새해였는데, 도시카쓰와 함께 남아 있던 무네노리는 6일 조동종의 설법을 들은 뒤 문득 이런 걱정이 들었다.

'이런 몸으로 과연 상경하실 수 있을까?'

이 설법은 말하자면 그해 겐나 2년(1616)의 '첫 공부'였는데, 4시간쯤 들은 뒤 자리에서 일어나며 비틀거려 모시고 있던 자아 부인이 급히 부축했을 정도였다.

그러나 이에야스는 그것을 조금도 염두에 두지 않는 듯 9일이 되자 도시카쓰에게 에도로 돌아가라고 명했다.

"그대가 옆에서 모시지 않으면 쇼군이 여러 가지로 불편할 것이다. 이만 돌아가도 좋다."

그리고 매화꽃 필 무렵 자기도 다시 한번 에도로 가서 13살 된 다케치요가 교토에서 올리기로 된 성인식에 대한 의논할 테니 그 준비를 해두라고 자세히 지시했다.

그즈음 다케치요의 사부로 임명된 것은 다다요, 도시카쓰, 다다토시 세 사람이었으며 다케치요의 관례에 대해서는 이에야스가 이미 교토에 알렸으므로 도시카쓰는 명령하는 대로 에도에 돌아가기로 했다.

출발준비를 갖추고 이에야스의 거실로 뵈러 가자 이에야스는 돋보기를 쓰고 책상 앞에 앉아 무엇인가 부지런히 쓰고 있었다.

'쇼군님에게 보낼 친서일까?'

그렇게 생각하면서 기다렸는데 그것은 실의에 빠져 지내는 센히메에 대한 위로 편지였다.

　센히메에게

　가끔 보내주는 글, 반갑게 받아보았다. 올해에는 어느 해보다 기쁜 일이 많이 생기기를 빌겠다. 별고 없다니 반갑구나. 나도 여전하니 걱정하지 마라. 총총

조부

　다 쓰고 나서 그것을 도시카쓰에게 흘끗 보여준 다음 진지한 표정으로 말했다.

　"이것을 센히메에게 전해다오…… 사람은 누구나 저마다 짐을 지고 있다. 무거운 짐을 말이지. 결코 지지 말라고 전해다오."

　"……예."

　도시카쓰도 이때는 목소리가 떨리고 눈이 충혈되었다.

　도시카쓰는 돌아갔지만 무네노리는 그냥 슨푸에 남기로 되었다. 이야기 상대……라기보다는 이에야스의 일상생활을 잘 봐두었다가 머지않아 3대 쇼군이 될 다케치요에게 그 정신을 전해 줘야 한다……고, 이에야스의 쇠약한 육체에서 이런 절박함을 느끼지 않을 수 없었던 것이다.

　이에야스는 도시카쓰가 돌아간 뒤에도 기분이 밝았다.

　11일에는 다시 명나라 사람 화우(華宇)와 삼관(三官), 그리고 후나모토 야시로(舟本彌四郎) 세 사람을 접견하고 코친, 통킹 등지의 해외로 가는 무역선 허가장을 넘겨주었다.

　"오늘은 창고를 열기에 좋은 날이다. 보고(寶庫)를 열어라."

　그리고 교토의 이타쿠라 가쓰시게에게 다케치요의 상경을 알리도록 스덴과 마사즈미에게 명했다. 그 글월의 구술을 듣고 있노라니 아무래도 이에야스는 봄철에 다케치요와 함께 가려던 애초의 생각을 얼마쯤 변경하지 않으면 안 되겠다고 생각한 것 같았다.

　"손자를 거느린 느긋한 여행"

　너무 간단하게 움직여 이러한 경시를 받아서는 안 된다. 3대째 세이이타이쇼군직을 이어받을 관례식인 것이다…… 그래서 자신이 먼저 상경하여 니조 저택에 들

어가 모든 준비…… 그 가운데에는 궁궐에 헌상할 물건과 각 궁가(宮家)와 공가(公家)의 녹봉을 늘려주거나 깎는 일 등도 포함되어 있으며, 그 준비를 할 테니 가쓰시게 역시 옛 격식에 어긋나는 실례를 범하지 않도록 우선 상주관인 가네카쓰, 사네다 두 공경을 통해 천황에게 잘 말씀드려 두라는 내용이었다.

물론 이것은 공문서다. 그러므로 마사즈미와 스덴이 연서하고 이에야스의 도장이 찍혔다.

이에야스의 상경은 4월에서 5월. 다케치요는 그 모든 준비가 완료된 뒤 위의를 갖춰 에도를 출발할 예정이었다.

이에야스는 그 뒤에 다시 무네노리에게 말했다.

"다케치요를 잘 부탁하네. 내가 함께 데리고 가면 공사를 혼동하는 일이 될지도 몰라. 다케치요는 일본의 쇼군이 될 막중한 몸이야."

그 무렵 이에야스의 가슴속에는 그 여행과 의식이 가장 흥겹고 가장 큰 관심사인 것 같았다.

이에야스가 갑자기 시다군(志人郡) 나나카로 사냥을 나가겠다고 한 것은, 12일에 이즈의 이즈미가시라 땅에 별장을 지으라고 명한 일을 중지시키고 19일에 스덴과 총애하던 하야시 도슌을 불러 《군서치요(郡書治要)》의 간행을 명한 바로 뒤였다.

"올해는 나의 생애 가운데 특히 중요한 해가 될 게다. 나는 다케치요에게 내 뜻을 전하기만 하면 되는 게 아니야. 뜻을 구하는 자에게 뜻을 남기는 방법은 책밖에 없다. 이것을 모르고 어찌 나라를 다스릴 수 있겠느냐? 곧 교토로 사자를 보내 《군서치요》 간행 준비를 시작하여라. 그래, 이 일에 종사하는 사람은 많을수록 좋다. 목판 자르는 자 2명, 조각하는 자 3명, 글씨 뽑는 식자공 10명, 찍어내는 사람 5명, 교정 3명……을 교토에서 불러야 하니 서둘러라."

곁에서 보기에도 우스울 만큼 조급한 지시였는데 그 무렵부터 좀 이상한 생각이 들었다.

"서성에 《오쿠라 일람집(大藏一覽集)》때 쓴 구리활자가 있지? 그게 1만 3868자…… 그 전의 크고 작은 것을 합쳐 8만 9814자 있을 거다."

구리활자의 수까지 술술 말하는 바람에 도슌도 스덴도 눈이 휘둥그레졌다. 많이 읽고 많이 쓰는 것이 본디 이에야스의 재주라지만 그렇다 해도 이렇게 구리활자 수까지 외다니…….

"모두 합쳐 10만 3682자……모자라는 것은 조각수 3명이 파면 되겠지. 그래, 가쓰시게에게 기술자 25명을 곧 갖추어 교토를 출발하라고 하여라."

《군서치요》는 50권. 당 태종의 명신 위징이 칙명을 받아 수많은 서책 중에서 정치의 귀감이 될 명신의 언행만 모은 책으로, 이에야스는 이 책을 간행할 작정으로 일찍부터 가마쿠라의 다섯 산에 있는 절과 스루가의 세이켄사, 린자이사 등의 승려에게 명하여 베끼게 하고 있었다.

"잘 알겠습니다. 곧 이타쿠라 님에게 사자를 파견하겠습니다."

"그래. 상경하기 전에 다 만들도록, 좋은 일은 서두르라지 않는가."

다음 날, 마치 새가 날아오르듯 가볍게 다나카에서 매사냥한다는 핑계로 출발했다.

1월 21일의 일로, 이때도 가쓰타카를 비롯한 측근들은 고개를 갸웃거렸다. 이미 싸늘한 기운은 풀리기 시작했지만 아직 매화도 봉오리만 맺혀 있을 뿐이었다. 감기라도 걸리면 어쩌나 싶었지만 아무도 이에야스를 말리지 못했다.

이에야스의 노구에 깃든 늘 깊은 생각을 하고 있는 것 같은 불가사의한 기백, 이상할 정도의 진지함이 사람들 입을 봉한 것이다. 물론 무엇 때문에 사냥을 떠나는지는 너무나 잘 알고 있었다.

"몸은 쉬지 않고 단련해야 해."

입버릇처럼 말하는 단련이라는 말은 이번 경우 두말할 것 없이 다케치요의 관례를 위해 상경할 준비였다. 아마 이대로 슨푸에 머물러 있다가는 날이 따뜻하게 풀릴 무렵 몸이 처져 여행하기 힘들 거라고 판단한 것이리라.

후지에다(藤枝) 역참 동쪽의 다나카 지방은 그 옛날 다케다 신겐이 성을 쌓아 바바 노부후사를 거느리고 한동안 머문 적 있는 작은 성이었다. 다케다가 멸망한 뒤, 이에야스는 한동안 이 성에 가신 고리키 기요나가를 두었는데 나중에 간토로 영지를 바뀌게 되어 다나카는 나카무라 가즈우지의 작은 영토가 되었다. 그런데 세키가하라 싸움 뒤 나카무라 씨도 영지이동하여 지금은 슨푸에 속한 성이 되었다.

이에야스는 성문 안으로 들어가 현관에 이르러 가마에서 내리자 일부러 짚신을 신고 마당으로 나가 야이즈(燒津) 해변에서 불어오는 동풍을 향하고 서서 쿵 쿵 발을 굴러보았다.

"무네노리, 사람은 이렇게 가끔 대지를 힘차게 밟아보지 않으면 약해지는 법이야. 내일은 이 언저리를 도보로 사냥하자. 할아버지는 늙었다······고 다케치요에게 웃음 사지 않도록."

즐거운 듯 눈을 가늘게 뜨고 말했지만 그날 안으로 사냥을 나가자는 말은 없었다.

'역시 기력이 약하신 거야······.'

무네노리는 생각하며 한동안 이에야스의 곁을 떠나 매부리들이 있는 오두막으로 갔다. 성을 경비하는 무사들이 일일이 인사차 들어오는 외에 백성들이 팔딱팔딱 뛰는 생선을 바치러 오기도 하고 뜻밖의 진객이 슨푸에서부터 이에야스 뒤를 따라와 면회를 청하기도 했기 때문이었다.

그 진객은 한동안 나가사키에 머물던 교토의 자야 시로지로 기요쓰구(淸次)였다. 그는 이에야스의 명을 받아 자야 가문을 이은 초대 자야 시로지로 기요노부(淸延)의 둘째아들 마타시로였다. 형 기요타다(淸忠)가 얼마 동안 2대를 계승했었기 때문에 지금의 기요쓰구는 3대째.

교토의 상거래 단속과 오사카 쪽 다섯 지방의 상인을 감독하는 상인 총감독관 소임을 맡고 있었다. 더구나 그는 나가사키 행정관 하세가와 후지히로 밑에서, 이에야스가 직접 행하는 '어용 실(糸) 무역'의 관리와 지배 역할도 맡고 있었다. 물론 그 순이익은 모두 특별회계로 계산되어 이에야스의 수중으로 들어간다.

이러한 일에 대한 보고와 새해인사를 겸해 나가사키에서 교토로 돌아와 교토에서 다시 슨푸에 이르러 보니 이에야스가 다나카로 사냥을 나갔다 하여 그는 짚신도 벗지 않고 뒤따라온 것이었다. 지난 오사카 싸움 때 오사카성 천수각으로 쳐들어가 서군의 간담을 서늘하게 했던 '대포'도 실은 자야가 네덜란드에서 사들인 것이었다.

그러한 기요쓰구가 멀리서 찾아왔다는 것을 알고 이에야스는 어린아이처럼 기뻐했다.

"오, 마타시로가······ 아니, 마타시로가 아니라 자야의 호주, 자야 시로지로렷다. 어서 이리로 들여보내라."

다나카 성의 내실은 기껏해야 호농의 주택 정도였다. 남향으로 난 마루에는 잇

달아 들어오는 백성들의 진상품이 즐비하게 늘어서 있었다. 그 진상불 숭에서 득히 눈길을 끄는 것은 아직 팔팔하게 뛰고 있는 생선 종류였는데, 그중에서도 특히 대바구니에 든 1자5치는 됨직한 도미가 정말 탐스러웠다.

자야가 발을 씻고 들어가자 이에야스는 마루가의 보료에 앉아 그 도미를 들여다보고 있었다.

"자야, 뵈러 왔습니다."

"오, 자야로구나. 잘 왔다. 어서 이리로."

"예, 여전하신 존안을 뵈나……."

"자야, 여기는 니조 저택도 아니고 슨푸성도 아니다. 인사는 그만두어라. 그대도 여전하니 반갑구나. 가족들도 모두 잘 있겠지?"

"감사합니다…… 모두 잘 있습니다."

"어머니는 어떤가? 그대의 어머니는 가잔인 가문의 분가에서 출가해 온 분이라 한번 만나고 싶어서 니조 저택에 있을 때 불렀는데 그때 마침 감기로 누워 계시다고……."

"예, 염려해 주신 덕택으로 그 뒤에 완쾌하여 여전히 잔소리를 많이 하십니다."

"다행이다. 노인은 집안의 보배야. 잘 모셔라. 그런데 이리로 올 때 교토에서 이타쿠라를 만나보고 왔느냐?"

"예, 교토 행정장관께서는 올봄에 오고쇼님이 상경하시어 다케치요 도련님의 경사를 행하시게 됐다며 활기에 넘쳐 계셨습니다."

"그대의 시주 절은 사카이의 묘호사(妙法寺)였던가?"

"……예, 어찌 잊지 않으시고 기억을……."

"잊다니! 그대의 아버지가……죽은 것은 52살이 되던 해인 게이초 원년(1596)…… 내가 내대신이 된 해였어. 그로부터 어언 20년…… 그런데 자야, 그대의 아버지와 내가 생각해낸 그 교역선, 그즈음에는 한 척도 없었는데 어제 허가를 내린 동킹선까지 치면 198척…… 200척을 바라보게 되었어. 모두 그대들이 노고를 아끼지 않은 결과다."

그리고 이에야스는 눈앞의 도미를 가리키면서 웃었다.

"정말 경사스럽다. 경사스러워(도미와 발음이 같음), 하하……."

"기꺼워해 주시니 아버님께서도 저승에서 기뻐하실 것입니다."

자야는 잠시 숙연해졌다. 오늘날 교역이 융성해지게 된 그 이면에서 그 자신도 적지 않은 청춘을 바쳐왔다. 아내 오미쓰가 히데요리의 노리개가 된 것을 알았을 때…… 아니, 교토와 오사카 방면의 풍운이 급박하게 돌아가 언제 잿더미로 바뀔지 모르던 때 그는 나가사키에서 주판을 들고 지그시 세계를 응시하고 있었다. 교토, 오사카, 사카이의 일은 모두 동생 신시로(新四郞 ; 나가요 시(長崎)에게 맡긴 채…….

신시로는 오노 하루나가가 교토를 불사르고 니조 저택을 습격하려 했을 때 선수를 써서 방화미수범들이 이타쿠라에게 잡히도록 만들어 교토를 구해냈다. 형을 닮은 동생 신시로는 골수까지 이에야스 신봉자로 이에야스를 위해 일하는 것을 보람으로 여겼다.

이에야스를 따르는 사람 중에는 그저 좋아하는 사람과 신앙처럼 받드는 사람의 두 종류가 있다고 동생 신시로는 곧잘 말했다.

"나와 형님, 고에쓰, 엔슈 등은 모두 철두철미한 오고쇼 신봉자요."

뽐내는 듯 말하므로, 교토 행정장관 이타쿠라 님과 우리 아버님은 어떠냐고 묻자 신시로는 서슴없이 대답했다.

"그들은 부하요."

신시로의 말은 이러했다.

"부하는 주인에게 반해 생명을 바치는 별종들이고, 그런 사람들은 대상인이며 영주들에게도 모두 몇 명씩은 붙어 있지요."

그러나 이런 부하들만 거느리고는 큰일을 할 수 없다. 부하들 외에 신봉자와 후원자들이 있어야 한다. 후원자들은 기분에 좌우되지만 그때그때 힘이 되어 돕는다. 신봉자는 후원자와 완전히 다르게 깊이 심취한 자로 세상이 어떻게 돌아가든, 후원자들이 아무리 떨어져 나가더라도 말석에서 감지덕지하면서 그 사람을 믿고 따라가는 사람들이다.

"형님도 나도 그런 신봉자요."

그러나 자야는 그렇게 생각하지 않았다. 이 세상의 역사는 그 누구도 가로막을 수 없는 힘에 의해 어떤 방향으로 나아간다. 이에야스는 그것을 이렇게 표현했다.

"민심이 향하는 곳."

이 경우의 민심이란 다수자의 희망을 의미한다. 가장 많은 백성들이 바라는 것…… 역사는 늘 그 방향으로 조용히 흘러간다. 신봉자나 후원자늘은 그 커다란 흐름의 방향을 나타내는 데 지나지 않는다.

이에야스는 말했다.

"이렇게 볼 때 지금 최대다수의 민심이 바라는 것은 평화이다. 그러나 앞으로의 흐름, 당연히 일어날 흐름도 생각해 두지 않으면 안 된다. 알겠는가, 자야? 태평시대가 온다. 생명의 위험도 사라졌어…… 목숨만은 유지할 수 있게 된 거지…… 이런 세상이 되었을 때 다음에는 어떤 소망이 생겨날 것인가?"

이에야스는 기요쓰구가 마타시로라 불리던 20살 때 이렇듯 차근차근히 가르쳤다.

"두말할 것도 없이 생활의 내용이지. 부(富)와 풍요로움이야. 알겠느냐? 태평한 세상이 되면 흐름은 부를 찾아서 방향을 돌린다. 그래서 그 부의 길을 트는 일을 지금부터 그대에게 맡기려는 것이야."

이 가르침은 지금도 자야의 머릿속에 잊을 수 없는 메아리로 생생하게 살아 있었다.

자야는 이에야스가 가리킨 커다란 도미를 들여다보면서 행복한 표정으로 손뼉을 쳤다.

"참, 저도 오고쇼님께 진기한 선물을 가지고 왔습니다."

자야가 데려온 2명의 고용인이 들고 온 선물은 양으로는 얼마 안 되는 것이었다.

"이것은 사향, 이것은 비누라고 합니다. 그리고 이것은 아주 훌륭한 고급 포도주. 그리고 이것은……."

말하면서 그가 꺼낸 것은 지름 7센티미터쯤 되는 도기병에 든 액체였다. 자야는 눈을 가느다랗게 뜨고 그것을 흔들어 보인 뒤 이에야스 앞에 놓았다.

"그것은 무엇인가, 자야?"

"예, 기름입니다."

"기름……이라니 어디서 뽑은 기름인가?"

"글쎄요, 일본으로 치자면 비자나무 열매에서 짠 것이라고나 할까요? 올리브라는 열매에서 짠 것입니다. 냄새를 좀 맡아보십시오. 정말 좋은 냄새가 납니다."

"허……이 도미와 조릿대잎 냄새가 나는구나."

"귤 냄새는 나지 않습니까?"

"아, 난다, 난다. 과연 채종유(菜種油)에는 없는 담백하고 고상한 기름 냄새군."

기요쓰구는 이에야스의 웃는 얼굴을 확인한 뒤 말했다.

"이것으로 튀김을 만들어 먹는 것이 지금 나가사키에서 유행하고 있습니다. 생선, 조류, 야채, 두부 등에서부터 고기, 완자 종류까지 이 기름에 튀겨 밥상에 올립니다."

"허, 이 기름으로 말이지?"

"예, 만일 여기 있는 생선을 튀기려면 우선 포를 뜹니다."

"그래서……."

"그런 뒤 그것에 밀가루를 살짝 입혀 펄펄 끓는 기름 속에 넣고 알맞게 튀긴 뒤 꺼냅니다. 그리고 뜨거울 때, 거기에 광귤 식초를 두세 방울 떨어뜨려 후후 불면서 먹는 것입니다. 간장에 찍어 먹어도 좋고 소금을 쳐서 먹어도 좋습니다. 어떤 식도락가들은 후춧가루를 조금 뿌려 먹기도 합니다."

"호, 맛좋겠구나."

이에야스는 침을 삼켰다. 올리브 기름 향기에 광귤 식초, 후춧가루의 맵싸한 냄새가 저마다 이에야스의 혀끝에서 살아난 모양이었다.

"그러면 그대도 그것을 맛보았겠구먼."

"예."

자야는 잠시 사이를 두고 녹을 듯한 웃음을 지었다.

"그저 맛만 본 게 아닙니다. 제 손으로 몇 번 만들어 보기도 했습니다."

"그래!"

"이 말씀을 드리는 까닭은 오고쇼님께서 원하신다면 튀겨드리고 싶어서입니다."

"뭐? 그대가 튀김을 만들어 내게 맛보여 주겠단 말이냐?"

"예, 재료는 보시다시피 이렇게 팔팔 뛰는 생선이 산더미처럼 쌓여 있습니다."

"그것 고맙구나. 그러면 이 도미로도 되겠는가? 지금 이 도미를 어떻게 먹을까 생각하던 참이었는데……."

기요쓰구는 진지하게 고개를 끄덕였다.

"도미! 그야말로 최상의 재료지요. 틀림없이 칭찬할만한 진미 중의 진미가 될 것입니다."

이에야스는 기분 좋아서 무릎을 쳤다.

"아주 좋군! 그럼, 빨리 그대에게 부탁하기로 할까? 참, 자아와 가쓰타카, 무네노리도 와서 먹도록 할 것이니 많이 만들어다오."

기요쓰구는 흐뭇한 듯 단지를 흔들어 보이고 절했다.

인간에게 주어진 '천수(天壽)'의 신비는 인간의 지혜로는 도저히 풀 길 없는 수수께끼를 품고 있다.

그날 밤, 도미튀김을 커다란 접시에 가득 담아놓고 부름 받은 사람들과 함께 작은 접시에 덜었을 무렵의 이에야스는 무척 기분 좋았다. 함께 자리한 자아 부인을 비롯하여 가쓰타카도 무네노리도 요리를 만든 자아도 이에야스보다 먼저 도미튀김을 집어 들었다. '시식'이면서 독을 검사하는 의미도 있었다. 그리고 모두들 '맛있다!' '새로운 진미!'라고 감탄하는 것을 보고 이에야스도 온화한 표정으로 젓가락을 들었다.

둘레에는 기름과 광귤 식초 냄새가 풍기고 있었는데 한 입 맛본 이에야스는 눈을 가늘게 뜨며 젓가락을 놓더니 명했다.

"촛불을 더 밝혀라. 20일이라 설은 지났지만 자아가 새해축하를 하러 왔으니 오늘만은 초를 낭비하는 것을 허락해다오. 이만한 진미를 어두컴컴한 곳에서 먹기는 아깝구나."

명령받고 젊은 무사가 두 자루의 촛불을 여섯 개로 늘렸다. 그러자 이에야스는 다시 젊은 무사에게 명했다.

"여섯 자루는 너무 많아. 다섯 자루면 돼."

그렇게 한 자루를 끄게 하고 두 번째로 분배를 명했다.

"뜨거울 때 먹어야 맛있다! 식기 전에 먹자."

아직도 중앙의 접시에는 많은 튀김이 향을 내뿜고 있었다. 그러나 모두들 사양하며 선뜻 손을 대지 않았다.

"사양할 것 없다. 나를 보아라."

이에야스는 세 접시째를 받고 나서 큰 소리로 웃기 시작했다.

"젊은 사람들이 왜 그리 숫기가 없느냐? 우리가 젊었을 때는 실컷 자고 실컷 먹어두는 것이 무사의 관습이었다. 때로는 한 되 밥을 먹어치우고 2, 3일은 먹지 않고 싸웠지…… 그런 재주를 자주 부리곤 했어."

더 이상은 튀김에 손대지 않았으나 무네노리며 가쓰타카의 두 배는 분명 먹었다. 그 위에 국을 두 공기나 받고 밥도 가득 두 공기를 들었다.

술은 아주 조금 마셨으나, 기분 좋게 다음 날의 사냥터에 대해 이야기 나누고 자야에게 요즈음 나가사키에서 유행하는 노래를 시키기도 하다가 오후 10시가 가까워 자아 부인의 부축을 받으며 침소로 들어갔다.

그때까지는 아무도 이에야스에게 주어진 생명의 불꽃이 한계에 이르렀다는 생각을 한 사람이 없었다.

이에야스가 침소에 들어가자 모두들 저마다 주어진 방으로 가서 잠자리에 들었는데, 나중에 생각하니 이에야스의 천수의 불꽃은 이미 다 꺼져가 틈새로 바람이 불어닥칠 미묘한 계기를 기다리고 있었던 것인지도 몰랐다. 아니, 좀 더 깊이 생각해 보면 평생 조식(粗食)을 지켜온 이에야스의 생명의 불꽃이 꺼져가는 것을 살피고 하늘에서 마지막 진미를 내렸는지도 모른다.

"큰일 났습니다! 오고쇼님이……측간에서 쓰러지셨습니다. 위독하십니다. 어서……."

시각은 다음 날 새벽 2시.

"배탈이 나셨다. 토하시고 설사하시는 데다 손쓸 수 없을 만큼 열이 높으시다."

좁은 다나카의 거처가 순식간에 발칵 뒤집혔다.

발병(發病)

무네노리가 달려갔을 때, 이에야스는 이미 침소에 들어 있었으나 의식이 없었다. 아니, 의식은 있어도 눈을 뜨고 입을 열어 말할 기력이 없었는지도 모른다.

"오고쇼님! 오고쇼님……."

자아 부인이 찬 물수건으로 이마를 식히면서 부르는 곁에서 마쓰다이라 가쓰타카가 고함치듯 말했다.

"야규 님, 어서 이 사실을 슨푸성과 에도에."

그 때문에 무네노리는 잠든 창백한 얼굴을 흘끗 보았을 뿐 침소를 나오지 않을 수 없었다.

'역시 무리였다…….'

배탈이라고 했지만, 함께 먹은 사람들은 아무렇지도 않은 것을 보면 역시 기력이 쇠한 게 틀림없었다.

길을 잘 아는 무사를 길잡이로 거느리고 슨푸로 밤길을 달리면서 야규 무네노리는 마음속으로 후회했다. 왜 의원을 데리고 가지 않았단 말인가?

이에야스가 올봄의 여행에 대해 너무나 기대를 품고 있었기 때문에 끝내 그 말을 꺼낼 수가 없었다. 물론 먼 여행길이라면 반드시 수행했을 의원, 그런 의원이 하필 단 한 사람도 수행하지 않았을 때 이런 일이 일어나다니.

'역시 천명이 아닐까…….'

그러나 간토 여행 이래 줄곧 곁에서 모셔온 무네노리에게 이러한 상상은 너무나 잔인하고 안타까운 야유인 것만 같았다.

이에야스에게는 이미 사사로운 마음이 전혀 없었다. 있는 것은 죽은 뒤를 위한 준비뿐……더구나 마사무네의 반역심을 보기 좋게 누르고 다다테루의 일은 애써 건드리지 않으며, 단 하나 남은 교토에서 행할 다케치요의 성인식……에 단 하나의 희망을 걸고 일부러 몸을 단련하러 나온 길에 이런 갑작스러운 병이…….

무네노리는 말 위에서 몇 번이나 눈물을 씻었다. 눈물을 씻을 때마다 요즘 이에야스의 맑은 눈빛이 가슴을 파고들었다. 갓난아기 같은 그 맑디맑은 눈은 이미 오욕으로 가득한 현세를 보게 해서는 안 될 눈이었던가.

슨푸로 달려가자 무네노리는 맨 먼저 마사즈미를 두드려 깨웠다.

"오고쇼님, 병환."

외치듯 말하자 안에서 달려 나온 마사즈미의 얼굴이 핼쑥하게 질렸다.

"데쓰사부로(鐵三郎), 소테쓰를. 어서 가타야마 소테쓰 의원을……."

큰소리로 시동에게 명하고 의복을 갈아입기 시작했다. 그도 역시 의원을 딸려 보내지 않은 일을 깨달은 모양이었다.

옷을 갈아입고 나왔을 때 그는 뜻밖에도 침착했다.

"병세는?"

"야식으로 잡수신 도미튀김……때문에 배탈 나신 거라고 합니다만, 역시 오장의 기력이 쇠하신 탓이 아닌가 합니다."

"뭐? 도미튀김?"

"예, 자야 시로지로가 찾아와 손수 튀김을 만들어 바쳤는데 저희들이 먼저 시식했습니다만."

"도미튀김? 그런 음식은 드신 적 없었는데 어쩌다 그런 이상한 것을……."

"새벽 2시에 측간으로 가셨다가 구토하셨다 합니다."

"배탈이라면 좋은 약을 가지고 계실 터. 아마 뇌졸중이겠지. 내가 갈 때까지 살아계셨으면 좋으련만……."

그리고 서둘러 에도로 사자를 보내고 가타야마 소테쓰를 비롯한 3명의 의원을 거느리고 다나카를 향해 발길을 재촉했다.

마사즈미가 의원을 거느리고 달려왔을 때 이에야스는 눈을 가늘게 뜨고 그가 도착했다는 말에 고개를 끄덕였다. 살아나리라고 아무도 생각하지 않았다.

'드디어 두려워하던 때가 오고 말았다……'

회자정리(會者定離)가 움직일 수 없는 이 세상의 법칙인 줄 알면서도 그 일에 맞닥뜨리자 아직 들어두고 밝혀야 할 일이 산더미처럼 있는 것 같은 절박한 느낌이었다.

의원 소테쓰는 1시간 가까이 자세히 진맥한 다음 옆방으로 물러 나와 묵묵히 앉아 있는 마사즈미, 가쓰타카, 무네노리 등의 얼굴을 번갈아 보면서 말했다.

"뇌졸중은 아닙니다. 위(胃) 언저리에 딱딱한 응어리가 있는 것 같습니다. 그리고 열이 높으므로 당분간 가만히 누워 계시도록……"

여기까지 말하자 무네노리가 큰 소리로 말을 막았다.

"안 된다! 이런 곳에서 변이라도 당하면 어떻게 할 것인가? 빨리 에도로 돌아가실 준비를 하지 않으면 안 돼. 어떻게 하면 몸에 지장이 없으실지 의원들은 곧 그 의논을 하도록."

그 무렵 슨푸에서 사카키바라 기요히사, 사카이 마사유키, 마쓰다이라 이에노부 등도 달려왔다. 모두들 병실을 들여다보기만 할 뿐 문안드리는 일조차 허락되지 않았다. 문안을 드려도 상대는 눈을 가늘게 뜨고 알아보는지 몰라보는지조차 알 수 없는 상태였다.

의원들은 다시 움직이는 것은 위험하다고 만류했다.

"역시 무리입니다. 경솔히 움직이시다가 도중에……"

이렇게 말하고 눈을 깜박이는 소테쓰를 마사즈미는 다시 꾸짖었다.

"그럼, 움직이지 않으면 회복할 수 있단 말인가?"

"……예, 맥박은 아직 뚜렷하게 뛰고 있으니 2, 3일 동안 경과를 지켜보았으면 합니다."

"그렇다면 왜 진작 그 말을 하지 않았느냐? 당장 아드님을 부를 필요는 없단 말이지?"

"글쎄……그것은……"

"글쎄라니, 평소 오고쇼님 몸에 대해서는 잘 알고 있을 텐데……"

"하지만 워낙 노령이시라……"

"그럼 곧 모셔와 대면시키는 게 좋단 말인가?"

"글쎄……그것은……"

무네노리는 애타는 듯 가쓰타카를 돌아보았다.

"어떻게 한다? 대면도 시키지 않고 그냥 돌아……가시게 하면 어찌 되겠는가? 그렇다고 에도에서 지시가 있기 전에 너무 법석 떠는 것도……"

가쓰타카가 고개를 갸웃한 채 말했다.

"역시 의원의 말을 듣는 게 좋을 거라고 생각합니다. 한 2, 3일 가만히 누워 계시도록 하고 가벼운 감기라며 세상에 새나가지 않게 하고 기다리면 에도에서 지시가 있지 않겠습니까?"

이리하여 겨우 결정되었다. 시녀들도 병실에 너무 가까이 오지 못하게 하고 가벼운 감기라며 경과를 지켜보다가 얼마쯤 차도가 보이면 곧 슨푸로 옮기기로 정하고, 22일은 숨 막히는 긴장 속에서 지나갔다.

이에야스의 의식은 뜬구름 많은 가을하늘처럼 때때로 맑았다가 다시 흐려지곤 했다.

이틀째 이에야스가 물었다.

"에도에 알렸느냐?"

그때는 자신의 얼굴을 가만히 들여다보고 있는 무네노리를 알아보는 것 같았다. 그리고 한참 뒤 자아 부인을 향해 정중하게 인사했다.

"뒷일을 잘 부탁하겠소."

기분 나쁠 만큼 정중한 경어를 써서 말하더니 곧 가벼운 숨소리를 내며 잠들었다.

23일 정오 전, 맥을 짚고 있는 소테쓰를 향해 이에야스는 심각하게 말했다.

"이제야 생명이라는 것을 알게 되었다……"

이때도 의식은 뚜렷한 것 같았다. 소테쓰는 황송하여 간단히 대답할 뿐이었다.

"예."

"생명이란 대지에서 싹트는 것이다."

"예."

"그리고 하늘을 향해 무럭무럭 자라나는 큰 나무지. 커다란 것이야. 참으로 굵어서 몇십 명이 안아도 다 못 안아. 하늘을 향해 쭉쭉 뻗어 나가고 있어."

"예."

"결코 메마르는 법도 없지. 그만한 거목이 어찌 메마르겠냐? 그러나 그대에게는 잘 보이지 않을 거다."

"예, 저희들은 도저히······."

"그렇겠지. 신불이 내게 그렇게 말했다. 지금이야말로 생명의 나무를 보여주겠다고. 그래, 그 거목의 중간 가지에서 여러 사람을 만났어."

"예······."

"이마가와 요시모토가 가장 아랫가지에 앉아 부엉이같이 귀를 쫑긋 세우고 있었다. 그리고 오다 노부나가 공······ 그는 백로 같은 모습이었어. 그래 다이코도 이 나무에 앉아 있었지. 앙상한 학 같은 모습으로. 내 손을 잡고 눈물을 주르르 흘리더군. 미안하다. 미안하다······ 하면서······."

소테쓰는 난처한 표정으로 조용히 마사즈미를 돌아다보았다. 마사즈미는 그 말을 이에야스의 망상이라고 생각한 듯 눈썹을 잔뜩 긴장시키고 시선을 피했다. 그러나 자아 부인과 마쓰다이라 가쓰타카는 이에야스의 양쪽에서 얼굴을 가까이 갖다 대고 숨죽인 채 줄곧 고개를 끄덕였다. 그들은 순순히 이에야스의······이상한 술회를 믿으려는 것처럼 보였다.

이에야스가 말했다.

"참, 무네노리는 없느냐?"

그 말을 듣고 마루에 단정히 앉아 사방을 경비하던 무네노리가 마사즈미와 자아 부인 사이로 조심스럽게 얼굴을 내밀었다.

"오, 무네노리인가? 그대의 아버지, 세키슈사이도 그 생명의 나무에서 만났다."

"예."

"그대의 아버지는 신겐 공보다 윗가지에 앉아 있었어······ 그리고 경건하게 말했지. 오고쇼님이 계시는 가지는 더 위쪽입니다······ 착실한 사람이었어."

여기까지 말하고 이에야스는 다시 눈을 감았다.

"생명의 나무는 그 가지가 태양까지 뻗어 있다. 말하자면 대지와 태양 사이를 이어주는 다리 같은 것······ 죽는 게 아니야. 누구나 모습을 감추고 그 나무로 돌아갈 뿐이야."

이 말을 듣고 소테쓰는 나지막한 목소리로 마사즈미에게 말했다.

"이제 슨푸로 모시는 게 좋을 것 같습니다만!"

의원 소테쓰는 이에야스가 말하는 생명의 나무에 대한 이야기를 듣고 드디어 임종이 다가온 것으로 여긴 듯했다.

사실 그 무렵까지만 해도 때때로 가슴에 가래가 차서 호흡곤란을 일으킬 때가 있었다.

그런데 24일 아침이 되자, 열이 많이 내렸고 이에야스는 늘 지니고 다니는 만병단(萬病丹) 30알과 기엔탄 10알을 먹겠다고 자청했다. 소테쓰조차 이해할 수 없을 정도의 회복이었으나, 그는 그 약이 너무 강하다고 우려했다.

그러나 이에야스는 자아 부인에게 재촉하여 스스로 만든 상비약을 먹고 나서 또렷하게 마사즈미에게 말했다.

"내일 25일, 슨푸로 돌아가겠다."

날짜를 정확하게 기억하고 있는 것은 간호하던 사람들조차 믿을 수 없을 만큼 불가사의한 일이었는데, 그 뒤 이에야스는 다시 묘한 말을 꺼냈다.

"생명의 나무에서 잠시 동안 몸을 빌려온 것이다. 착각하지 마라."

이 말을 들었을 때 소테쓰는 새파랗게 질려 몇 번이나 고개를 크게 끄덕였나.

"역시 우리의 얕은 생각으로는 미치지 못하는 분이십니다."

그 옆에서 역시 슨푸에서 달려온 스덴이 수첩에 뭔가 부지런히 적어넣고 있었다. 아마 교토의 가쓰시게에게 병세를 자세히 알려주기 위해 기록하는 게 틀림없었다.

이리하여 이에야스는 25일에 슨푸로 돌아갔고, 그곳에서 쇼군 히데타다가 급히 보낸 아오야마 다다토시를 만났다.

그리고 다시 도도 다카토라를 불러 물을 정도로 기력을 되찾았다.

"에도는 예상대로 조용하겠지?"

그날 다카토라와 스덴의 연서(連暑)로 에도의 도시카쓰, 다다요, 다다토시 세 중신에게 보낸 서한에는 다음과 같이 씌어 있었다.

"정신이 차츰 맑아지고 원기도 되찾으시어 오늘 25일에 다나카로부터 슨푸에 돌아오셔서 더욱 기분이 좋으셨습니다."

그러나 이 무렵에 이에야스는 이미 자신의 천수가 다한 것을 분명 예감하고 있었다. 아니, 일단 연명할 수 있었던 데 진심으로 감사하고 1초 1초를 조용히 음미하면서 남은 일을 처리하고 있는 듯 보였다.

히데타다는 다다토시에 이어 안도 시게노부, 도이 도시카쓰 등을 병문안 사자로 파견했고 다시 2월 2일에는 그 자신이 에도를 떠나 슨푸로 향했다. 그때까지 문안드리지 않은 것은 아직 마사무네의 동향이 마음에 걸렸기 때문이었다.

히데타다는 2월 1일, 오전 8시에 에도성을 떠나 밤낮없이 달려 다음 날 2일 오후 8시에 슨푸에 닿아 아버지에게 문안드렸다. 에도에서 슨푸까지는 도중에 80리의 하코네산을 지나는 440리의 여정인지라 대개 닷새는 걸린다. 그것을 겨우 36시간에 달려왔으니 도중에 눈 한 번 붙이지 못하고 여행했음을 잘 알 수 있다.

이때는 나고야에서 고로타마루도 달려와 있었으므로 히데타다는 고로타마루, 조후쿠마루, 쓰루치요 세 동생을 거느리고 이에야스의 베갯머리를 찾았다.

넷이 가지런히 아버지에게 문안드리러 오자 자아 부인은 빨개진 눈으로 그들을 맞이했다. 자신이 낳은 아들 다다테루만 빠져 있다는 생각을 하자 새삼 슬픔이 가슴을 죄어왔기 때문이었다.

이에야스는 히데타다가 문안온 것을 알자 고개를 끄덕인 뒤 곧 물었다.

"이렇게 누운 채 실례하는군……에도는 평온하겠지?"

"예, 아주 평온하오니 하루빨리 쾌차하시기 바랍니다."

이에야스는 그 말에는 대답하지 않고 온화한 시선으로 히데타다와 나란히 앉은 세 아들을 바라보며 나지막한 소리로 말했다.

"모두들 쇼군의 명령을 어기면 안 된다."

세 아들은 동시에 '옛' 하고 대답했다.

"쇼군, 신신당부하니 나 대신—"

"잘 알고 있습니다."

"그리고 도시카쓰."

히데타다 뒤에 앉아 있던 도시카쓰를 눈짓으로 불렀다.

"앞으로 세 사람이 어떻게 살 것인지, 쇼군에게 말씀드렸나?"

도시카쓰는 히데타다와 시선을 주고받으면서 대답했다.

"예, 자세히 말씀드렸습니다."

뒷날 '삼가(三家)'로 불리게 되는 고로타마루, 소후구미루, 쓰루치요 세 가문을 어떻게 대우해 주느냐에 대한 일이었다. 만일 히데타다에게 도쿠가와 종가(宗家)의 대를 이을 아들이 없을 때 고로타마루, 조후쿠마루의 가계에서 후계자를 세울 것. 쓰루치요의 가계는 대대로 부(副)쇼군 직을 맡아 쇼군을 보좌하게 하되 그 가계에서는 후계자를 세우지 말 것…… 이런 일을 이에야스는 도시카쓰에게 누누이 이야기해 두었던 것이다.

9명의 아들 가운데 지금 살아남은 자는 히데타다, 다다테루, 고로타마루, 조후쿠마루, 쓰루치요 5명이었다.

'여기서도 다다테루의 이름은 입에 올리지 않는구나.'

자아 부인은 고개 숙인 채 굳은 자세로 말석에 웅크리고 앉아 있었다. 그러나 때가 때인 만큼 아무도 그 슬픔을 눈치챌 여유가 없었다. 이윽고 이에야스가 가벼운 숨소리를 내며 잠에 빠져들자 히데타다는 젊은 동생들을 재촉하여 병실에서 나왔다.

'어린 아우들은 아직 모르겠지만……'

기운을 되찾았다고는 하지만 이미 완전한 회복은 바랄 수 없는, 천수가 다했음을 말해 주는 소강상태 이외의 아무것도 아니었다.

"나도 당분간 슨푸에 머물며 정무를 보겠다. 그러니 에도와의 연락에 실수없도록 잘 알아서 하라."

히데타다는 도시카쓰와 마사즈미에게 명하고 2월 2일부터 줄곧 슨푸성에 머물렀다.

그 뒤로도 병상은 일진일퇴. 가끔 가래가 끓고 맥박이 몹시 불규칙적으로 바뀌곤 했으며, 그럴 때마다 성안은 무거운 긴장에 휩싸였다.

2월에 접어들자 교토에서 잇따라 문안객과 사자들이 왔다. 상황(上皇)의 후궁인 고노에 씨(近衛氏), 황태후, 친왕(親王), 공경들, 절의 주지, 여러 신사 등에서……

그리고 9일에는 궁궐에서도 이에야스의 회복을 기원하기 위해 내시(內侍) 구역에서 제사 지내게 되어 그날의 행사를 쓰치미카도 야스시게(土御門泰重)에게 집행하도록 했다. 그뿐 아니라 11일에는 천황이 친히 여러 절에 기도 명령을 내렸고 다시 21일에는 산보인 기엔(三寶院義演)을 일부러 청량전(淸凉殿)으로 불러들여 '보현연명법(普賢延命法)'을 시행케 했다.

이에야스가 병석에 눕자, 온 일본은 비로소 그가 세상을 얼마나 잘 다스리던 큰 기둥이었던지 절실하게 깨달았다.

여러 영주들도 슨푸를 향해 잇따라 모여들기 시작했다……

그중에서도 문제의 인물 마사무네가 황급히 센다이를 떠난 것은 2월 10일······ 에도를 지나쳐 슨푸에 닿은 것은 2월 23일이었다.

이에야스의 병세는 히데타다가 온 다음 날인 3일에 얼마쯤 회복되어 그때부터 이따금 병상에서 일어나기도 했지만 마사무네가 도착하기 전날인 22일에는 다시 악화하여 자리에서 일어날 수 없게 되고 말았다. 그런 만큼 '마사무네 문안차 알현'이라는 말을 들었을 때 쇼군 히데타다 측근에서는 살기마저 감돌았다.

다다토시가 강한 반감을 보였고 마사즈미도 곧 반감을 나타냈다.

"중태이시므로 병실에 들어서는 안 된다."

"아직 의혹이 풀리지 않은 몸이 아닌가? 웃음 띤 얼굴을 보일 수는 없다!"

그러나 마사무네는 여전히 완강하게 이에야스를 뵐 수 없는 형편이라면 곧 쇼군을 뵙도록 해달라고 청했다.

그렇게 되니 어디까지나 온화하게 상대의 반역심을 소멸시키려는 이에야스의 뜻을 알므로 그를 어떻게 대할 것인지 간단히 결정할 수가 없었다.

"오고쇼께서 병드셨다는 소식을 듣고 만일 뵙지 못하면 평생 한이 되리라는 생각에 밤낮을 가리지 않고 센다이에서 달려왔소. 마사무네의 마음은 오고쇼께서 잘 알고 계실 터. 반드시 잘 와주었다고 말씀하실 것이오. 문안하러 왔다는 인사만이라도 드리고 싶소."

거듭 청하자 결국 도시카쓰가 그를 안내하게 되었다.

뭐니 뭐니 해도 다테 마사무네는 당대에 보기 드물게 야심만만한 인물. 그래서 다카토라와 무네노리가 양옆에 서서 큰 칼과 작은 칼을 모두 맡기게 하고 들이기로 결정되었다. 칼은 병실로 들어가기 전에 직접 맞으러 나온 가쓰타카에게 맡겼다.

도시카쓰가 알렸을 때, 이에야스는 알아들은 것도 같고 알아듣지 못한 것도 같았다.

그래서 마사무네를 병실로 안내하여 인사드리게 함으로써 결코 거짓병도 아니고 임종한 사실을 숨기고 있는 것도 아님을 인식시킨 뒤, 만일 무례한 태도를 하면 쇼군 히데타다 앞에서 본때를 보여주겠다는 것이 측근들의 속셈이었다.

그런데······.

마사무네를 안내해 가니 이에야스는 자리에 일어나 앉아 있었다. 새하얀 침구를 포개놓고 기대어 보랏빛 천으로 이마를 동이고 있다가 마사무네를 보자 또렷한 소리로 말했다.

"오, 잘 왔다……."

눈이 좀 붉었다. 그러나 시선은 맑고 온화했다.

"내가 맞으러 보낼까 하던 참이었어. 잘 왔다."

순간 마사무네는 두세 걸음 달려가 꿇어앉았다. 두 손을 짚고 어깨를 크게 들썩이면서 괴상한 소리로 울기 시작했다. 그렇듯 격렬한 사나이의 통곡을 무네노리는 본 적이 없었다. 마치 서툴게 만든 풀피리를 힘껏 불어대는 듯한 소리로 온몸을 쥐어짜면서 오열했다.

"세상에서……이 세상에서 가장 그리운 분이셨습니다…… 마사무네는 그런 분을 만났습니다…… 만날 수 있었습니다. 만나기 힘든 같은 시대에 태어나 함께 살아온 가장 그리운 분을…… 다시 만났습니다."

이에야스는 온화한 표정으로 그 말을 음미하고 또 음미하듯 고개를 끄덕였다.

"그래. 같은 시대에 함께 태어났지…… 내가 조금 먼저……."

마사무네는 다시 외치듯 말했다.

"오고쇼님! 다시 한번 태어나 주십시오! 아니, 조금만 더 살아계셔 주십시오……마사무네가 앞으로 어떻게 하는지…… 그것을 직접 보시고 떠나십시오……."

이에야스는 그 말을 듣는지 안 듣는지 상대가 말하는 도중에 심각하게 말했다.

"부탁하오, 마사무네. 내 생애에 두려운 사람, 특별히 고마운 사람이 넷 있었지—"

"한 사람은 바로 신겐 공. 신겐 공은 내게 싸움을 가르쳐주었어…… 다음이 노부나가 공. 오다 노부나가……얼마나 두려운 이름이었던가…… 그러나 그분에게서 배운 것 또한 고마운 일……."

그동안 마사무네는 옷깃을 여몄다. 아마 마음의 자세도 가다듬는 게 분명했다.

"오다 노부나가 공도 고마우시다고……."

"뭐라고……?"

이에야스는 되묻고 나서 강하게 말했다.

"고맙고말고! 이 세상에 내 스승이 아닌 사람은 없어…… 차근차근 회고해 보니 얼핏 보기에 우매한 듯한 천민 속에도 신불의 모습은 뚜렷이 찍혀 있었어. 무한한 가르침을 간직하고……."

"으으……."

"다음으로 내게 스승이 된 것은 다이코였다. 다이코가 내게 가르쳐준 것은 시류의 변화였지…… 아니, 그 변화에 어떤 태도로 대처해야 하는가…… 그것을 다이코는 자신의 죽음을 통해 가르쳐주었어. 고마운 일이지."

마사무네는 가끔 격렬하게 오열하면서도 쏘는 듯한 눈길로 이에야스의 눈을 쳐다보고 있었다.

"다음이 바로 그대야…… 그대가 조금만 일찍 세상에 태어났더라면 신겐 공에게도, 노부나가 공에게도, 그리고 다이코에게도 결코 뒤지지 않았을 기량을 지니고 태어났어. 아니, 이제 바로 그 기량이 빛나야 할 때. 신불의 선택을 받은 빛나는 아들…… 부탁하네, 마사무네……내가 죽은 뒤에 쇼군을……."

거기까지 말한 이에야스는 침구에 머리를 기댔다. 자아 부인이 황급히 탕약을 그 입술에 갖다 댔으나 이에야스는 마실 기력도 없는 것 같았다.

"잘 알겠습니다!"

마사무네의 목소리는 다카토라와 무네노리가 깜짝 놀라 서로 얼굴을 마주 볼 만큼 크고 굵게 울렸다.

"다테 마사무네는 오고쇼를 만나지 못했더라면 평생 어두운 세계를 방황하는 불쌍한 맹수……인간의 도리를 못했을지도 모릅니다…… 그러나 그 마사무네가 지금은 이 눈으로 빛을 볼 수 있습니다. 지금 마사무네의 눈에 비치는 것은 지상을 에워싼……지상에 가득히 차 있는 밝은 빛입니다. 그 빛이 마음 구석구석, 영혼 구석구석까지 파고드는 것 같습니다."

여기까지 말하고 다시 두 주먹을 무릎 위에 얹고 이에야스에게 시선을 못 박은 채 온몸을 떨면서 울기 시작했다.

이에야스도 그 모습을 가만히 바라보고 있었다. 눈만 살아 있는 것 같은 느낌이었는데 그 또한 마사무네의 온몸을 에워싸고 있는 빛을 보는 듯한 얼굴이요 모습이었다.

다카토라가 안도의 한숨을 내쉬자 무네노리 역시 저도 모르게 숨을 토해냈다.

'드디어 마사무네도 눈을 떴다…….'

이런 감동이 무언중에 두 사람으로 하여금 고개를 끄덕이게 했다. 마사무네가 말한 대로 어쩌면 그는 정말로 어둠에서 이 세상을 비춰주는 빛 속으로 헤엄쳐 나왔는지도 모른다. 이 세상을 빛으로 감싼 자연의 큰 사랑, 자비의 결정으로서 지상에 존재하는 인간 본연의 모습이 그 눈에 비치게 되었는지도 모른다.

"울지 말게, 마사무네!"

한참 동안 숨죽이고 있던 이에야스의 입이 다시 조용하게 움직이기 시작했다.

"참다운 인간에게는 죽음이 없어."

마사무네는 흠칫 놀란 듯 물었다.

"예? 지금……뭐라고 하셨습니까?"

"참다운 인간에게 죽음이란 없단 말이야."

"죽음이 없다면……그럼, 생사일여라는 말씀입니까?"

이에야스는 천천히 고개를 끄덕였다.

"이 세상에 있는 것은……거대한 생명의 나무일 뿐이야. 우리는 모두 그 거목에서 뻗어난 가지일 뿐."

"예……?"

"그 작은 가지가 시든다고 해서 거목이 시들었다고는 할 수 없으리라. 거목 자체는 해마다 자라고 해마다 꽃을 피우지. 그 생명의 큰 나무 안에 살고 있는 것을 죽었다고 보는 것은 잘못 아니겠나?"

순간 마사무네는 숨을 죽였다.

"알겠는가? 나는 죽지 않아."

"예……."

"이 현신(現身)은 모습을 감추지만 생명의 거목 속에 살고 있네. 큰 나무 그 자체가 얼마나 아름다운 꽃을 피우고 얼마나 자라는지, 그것을 이번에는 거목 안에서 살펴보리라. 앞으로의 일은 지금까지대로……어떻게 모든 생명을 관장하는 이 큰 나무를 훌륭히 번성시키는가…… 오직 그것뿐……삶도 죽음도 있을 리 없지."

마사무네는 주위를 흘끗 둘러보고 나서 철썩 무릎을 두드렸다. 그러나 그곳에 있는 자들 가운데 그 동작을 깨달은 자도 있고 깨닫지 못한 자도 있었을 것이다.

무네노리는 이해할 수 있을 것 같았다. 인간이 자기 생명의 고향을 찾아냈을 때의 무어라 형언할 수 없는 약동하는 환희…… 그런 것이 아니었을까?

마사무네가 다시 굵고 낮은 목소리로 불렀다.

"오고쇼님! 마사무네는 앞으로 그 큰 나무 밑에서 살겠습니다. 결코 그곳을 떠나지 않고……."

여기까지 열띤 목소리로 말했을 때 참다못해 시의 가타야마 소테쓰가 마사무네의 소매를 끌었다.

"더 이상은 해롭습니다. 이제 그만……."

마사무네는 안타까운 표정으로 입을 다물었다. 이에야스의 눈이 어느새 조용히 감겨 있었다.

"그래, 너무 무리하셨단 말이지?"

"……예, 지금까지 말씀하신 것도 기적…… 더 이상은 부디……."

"미안하군. 오랜만에 뵙는지라 너무 반가워 그만 시간을 끌었구나!"

그리고 마사무네는 모두들을 향해 정중하게 머리 숙였다.

"용서해 주오. 그럼, 이만……."

삶과 죽음의 길

무네노리는 그날 밤 마사무네의 숙소로 찾아가 2시간 가까이 마주 앉아 이야기를 나누었다. 쇼군 히데타다의 내명이 있어서였지만, 무네노리 자신이 만나야만 할 것 같은 흥미도 있기 때문이다.

'그 기고만장하던 마사무네가⋯⋯.'

겉보기처럼 정말 이에야스에게 굴복한 것인지? 아니면 태연스럽게 예수교 신자인 듯 가장했을 때처럼, 그 나름의 연기가 아닐까 하는 의문이 어디엔가 남아 있기 때문이었다.

그런데 만나보니 그렇지 않았다.

숙소에 돌아가서도 마사무네는 눈물을 거두지 않았다. 비로소 누군가가 자기를 믿어주었다는 것을 깨달았다⋯⋯아니, 자기 같은 자도 믿어주는 사람이 있었다⋯⋯는 감동은 평생에 단 두 번, 한 번은 자기를 길러준 고사이 대사였고 또 한번은 이에야스였다⋯⋯고 술회했다.

"그리고 이 소중한 사실을 깨닫게 해주었을 즈음 두 사람 다 이 세상을 떠나려 할 때였다⋯⋯."

그리고 곧 이에야스의 죽음을 예감한 듯 오열했다.

듣고 있는 동안 무네노리도 울었다.

사나이와 사나이가 진정으로 서로를 알게 된 것은 죽음 직전⋯⋯이미 싸우려 해도 상대가 그 몸을 세상에서 감출 때였으니⋯⋯얼마나 기이한 운명인가? 아니면, 슬픈 인간의 업화(業火)란 말인가?

'이로써 하나의 대립은 사라졌다……'

돌아가서 히데타다에게 보고할 때, 무네노리는 어느덧 마사무네의 변호자로 바뀌어 있었다.

"오고쇼님의 높은 경지가 외눈박이 용을 끝내 포용했습니다."

그러나 그 무네노리가 다시 슬픈 현실에 맞닥뜨린 것은 교토에서 온 칙사 가네카쓰와 사네에다가 도착했을 때였다.

그들이 도착했다는 말을 듣고 이에야스는 빈사상태의 병상에서 일어나 앉았다. 그리고 맨 먼저 이러한 이상한 지시를 내렸다.

"큰일이로구나. 마쓰다이라 다다자네에게 곧 후시미성의 경비를 강화하라고 일러라."

히데타다와 마사즈미는 깜짝 놀랐다. 자아 부인은 기어이 의식이 혼미해졌다고 본 모양이었다.

더욱 놀란 것은 가타야마 소테쓰. 당황하여 이에야스의 어깨를 안았다.

"일어나시면 안 됩니다. 그냥 누워 계십시오."

이에야스는 소테쓰의 손을 뿌리쳤다.

"비켜! 물러가 있거라. 칙사가 올 정도라면 나는 중태다."

"그렇습니다…… 중태이오니 부디……"

"물러가 있으라는 데도."

다시금 그의 손을 뿌리치고 마사즈미에게 말했다.

"내가 중태라는 말이 서쪽으로 번져 배반자라도 생기면 어떻게 하겠느냐? 우선 다다자네를 후시미성에 들여놓아라. 이에야스가 중태라도 천하는 꿈쩍도 하지 않는다……는 것이 황궁의 문안에 보답하는 길이라고 생각지 않는가? 서둘러라, 마사즈미."

정신이 혼미하기는커녕, 칙사의 문안으로 세상이 동요할까 봐 걱정하는 냉철한 하명이었다.

"잘 알겠습니다. 잘 알겠사오니 그대로 누워 계십시오."

마사즈미는 고개 숙여 보인 뒤 소테쓰를 도왔다. 자리에 눕히려 한 것이다. 이에야스는 이상한 힘으로 그들의 손을 뿌리쳤다.

"안 된다! 물러가! 소테쓰는 물러가라! 마사즈미도 가거라!"

이에야스는 이번에는 자아 부인을 돌아다보고 처절하리만큼 창백한 얼굴을 일그러뜨리면서 질타했다.

"옷을 갈아입겠다. 어서 가져오너라."

이미 아무것도 물을 필요가 없었다. 이에야스는 의복을 갈아입고 몸소 칙사를 맞이할 모양이었다.

소테쓰는 반쯤 울상이 되어 말렸다.

"그것은 무리……무리입니다. 그러시면 지금까지 요양하신 것이 허사……환자는……환자는……의원의 말을 따라야 합니다."

"뭐? 뭐라고 했는가, 소테쓰?"

"환자는 의원에게 생명을 맡긴 것……의원의 권유를……."

이에야스는 몸을 떨면서 소리쳤다.

"시끄럽다! 내 생명을 그대들이 어찌 알겠느냐? 내 생명은 누구보다도 내가 잘……."

소테쓰는 답답한 듯 얼굴을 찡그리고 히데타다에게 구원을 청했다.

"쇼군님……."

순간 이에야스는 말했다.

"쇼군, 소테쓰를 물러가게 해라. 이놈은 한낱 의원일 뿐이야."

그날의 다툼은 그것을 목격한 무네노리의 생애에 결코 지울 수 없는 강렬한 과제를 던져주었다.

'그때 소테쓰가 옳았을까, 아니면 오고쇼가 옳았을까?'

실은 그보다 앞서 두 사람은 몇 번이나 의견이 맞선 적이 있었다. 이에야스는 소테쓰가 권하는 약보다 자신이 손수 만든 약을 즐겨 복용했다. 그리고 그 복용량도 소테쓰의 권유를 듣지 않았다.

이에야스의 상비약인 만병단이며 기엔단은 식사를 거의 못하게 된 지금 이에야스의 몸에 무리……라는 것이 소테쓰의 의견이었지만, 이에야스는 소테쓰가 권하는 탕약을 마시는 한편 상비약의 복용도 그만두지 않았다.

"그럼, 조금씩 양을 줄이시면……."

"걱정 마라. 내 몸은 내가 가장 잘 안다."

그럴 때마다 소테쓰는 얼굴을 찌푸렸다. 이에야스만 한 인물도 병들자 흔해 빠진 외고집장이 같은 말밖에 하지 않게 된 것이다.

"황공하오나 소테쓰는 시의(侍醫)들과 함께 오고쇼님의 생명을 맡아보고 있습니다."

실은 그것이 이에야스의 마음에 몹시 들지 않은 모양이었다. 이에야스는 생명이라는 커다란 나무 속에 있기 때문에 인간의 힘으로는 어쩔 수 없다고 생각하고 있었다.

"소테쓰, 그 말은 잘못됐어. 나는 그대에게 생명을 맡기고 있는 게 아니야. 병만 맡기고 있는 것이지……."

기분 좋을 때는 이런 말을 하면서 웃기도 했는데, 칙사가 도착했을 때 끝내 크게 충돌하고 만 것이다.

쇼군 히데타다가 온화하게 말했다.

"소테쓰, 그대가 걱정하는 건 당연하지만 오늘은 물러가 있게. 옆방으로 물러가."

소테쓰는 이마에 핏줄을 불끈 세우면서 물러갔다.

이에야스는 그 뒤 쇼군뿐 아니라 고로타마루, 조후쿠마루, 쓰루치요 세 사람까지 의복을 갈아입고 자기며 쇼군과 함께 칙사를 맞이하라고 명했다.

그야말로 이상할 만큼 귀기어린 칙사와의 대면이었다. 서성에 머무르는 쇼군 히데타다를 비롯하여 고로타마루, 조후쿠마루, 쓰루치요 세 아들을 거느리고 본성의 큰 방에 앉아 칙사를 맞은 이에야스의 얼굴에는 한 점의 핏기도 없었다.

처절할 만큼 창백한 얼굴에 좁쌀 같은 땀방울이 잔뜩 번져 있었다. 그 모습은 죽음을 앞둔 모습이라기보다 죽음의 신 그 자체로 보였다. 칙사가 깜짝 놀라 문안의 말을 망설였을 정도였는데, 이때도 소테쓰는 자진하여 복도 입구까지 왔으나 방안에 드는 것은 허락되지 않았다.

"천황 폐하께서 심히 걱정하시어 지난 21일, 산보인을 청량전(淸凉殿)으로 부르시어 보현연명법을 시행하게 하셨습니다. 농시에 긱 시칼과 신사에도. 일제히 기도드리게 하셨으니 힘써 가료하시는 병, 하루빨리 완쾌하시도록……."

그 말에 대해 이에야스는 또렷한 목소리로 대답했다.

"황송하기 짝이 없는 일…… 교토, 오사카 방면은 교토 행정장관과 힘을 합하여 경비를 엄중히 하도록 마쓰다이라 다다자네에게 명했으니 안심하시기를……."

그리 긴 시간은 아니었다. 칙사는 곧 별실로 물러갔고 이에야스는 거실로 업혀 갔다.

그러나 시의인 소테쓰에게는 견딜 수 없는 일이었던 것 같다. 무엇을 위한 의약, 무엇을 위한 기도인가? 아니, 무엇을 위한 칙사, 무엇을 위한 문안인가? 모든 게 병이 회복되기를 바라고 하는 일이 아닌가? 그런데 왜 순순히 우리의 말을 들어주시지 않는 것인가? 중환자가 병상에 누워 문안받았다고 해서 누가 비난한단 말인가? 의원들의 한결같은 노력을 오고쇼께서는 대체 어떻게 보고 계시는가?

거실로 업혀 들어간 이에야스는 소테쓰가 걱정한 대로 한때 의식을 잃어 그것은 점점 심한 불평으로 바뀌어 갔다. 아마 그 불평을 이에야스도 병상에서 의식이 희미한 가운데 들었는지 모른다.

칙사는 황급히 교토로 돌아갔다. 그들이 예상한 이상으로 이에야스의 병이 위중했던 것이다.

2월 29일 밤, 이에야스는 심각한 위독상태에 빠져 히데타다를 비롯한 세 아들과 중신들이 모여들었다.

그런데 이때도 작은 기적이 일어났다. 가만히 이에야스의 맥박을 짚으며 곧 절망적인 선고를 내릴 것 같던 소테쓰가 고개를 갸웃거리며 중얼거렸다.

"숨을 돌리셨습니다. 맥이 고르게 뛰기 시작했습니다. 이게 대체 어떻게 된 일인지……."

그리고 그다음 날 아침에는 묽은 암죽을 조그만 공기에 반 공기쯤 마셨다. 앙상한 육체 속에서 심장만이 이상할 만큼 강하게 생명의 움직임을 계속하고 있었다…….

교토로 돌아온 칙사가 천황에게 병상을 보고한 뒤 곧 되돌아올 거라는, 교토 행정장관 이타쿠라 가쓰시게의 전갈이 왔다. 전 우대신 도쿠가와 이에야스를 그가 살아 있는 동안 다조 대신(太政大臣)에 임명하기 위한 황궁의 배려였다.

그 소식을 알리자, 이에야스는 잠도 제대로 못 자며 쉬지 않고 간병해 온 소테쓰를 무례한 자라며 유형에 처하라고 말했다. 사람들은 깜짝 놀랐다. 소테쓰는 본디 불평 많은 자였다. 그러나 그의 충성심에는 한 치의 소홀함도 없었다. 오로지 성실하고 표리 없는 성격인 만큼 때로 말 많을 때가 있는……그 성품을 이에야스가 누구보다 잘 알고 있을 터였다. 그 소테쓰를 유형에 처하라……니 아무리 노인의 변덕이라도 좀 이상했다.

가쓰타카가 맨 먼저 중재하러 나섰다.

"마음에 거슬리는 실언을 했으리라고 믿습니다만, 본심은 오고쇼님을 걱정해서 한 말이오니……."

"안 된다."

"하지만 다른 마음은 털끝만큼도 없는 자입니다……."

그러나 이에야스는 계속 우겼다.

"그래, 시나노로 유배 보내자. 시나노의 다카시마(高島)가 좋겠다. 나는 그의 얼굴을 보기가 싫어."

이 일은 순식간에 성안의 소문 거리가 되었다.

"아버님 명령이라면 어기기 어렵다."

쇼군 히데타다는 인형같이 무표정한 얼굴로 이 야릇한 환자의 고집을 시행하도록 명했다. 당연히 히데타다가 중재해 줄 것으로 믿었기 때문에 당사자인 소테쓰보다 다른 의원들이 더욱 놀랐다.

'사소한 사람의 마음까지 세심하게 알고 있는 분……이라고 생각했는데 역시 폭군…….'

무네노리도 처음에 그렇게 생각했다. 그러나 그 생각은 이에야스가 다시 칙사를 맞이하여 몸소 연회를 베풀겠다고 했을 때 크게 흔들렸다. 나날이 쇠약해져 이제는 누가 보아도 회복할 가망이 없어 보였다. 완전히 시들어 말라버릴 때까지는 '시간문제'였다. 그 이에야스가 몸소 일어나 칙사를 대접하겠다고 하면 소테쓰는 어떻게 대처할 것인가? 그럴 경우 가장 문제 되는 것은 소테쓰의 기질이었다. 아마 그는 자신의 몸을 내던져서라도 제지하지 않으면 안 된다고 생각할 것이다. '이름만 시의'가 아닌 융통성 없는 이 고지식한 자는 목숨을 내놓고 이에야스와 다투든가 아니면 홧김에 할복하여 분사할지도 모른다.

'이에야스는 그것을 알고 선수 친 것이다…….'

즉 다조 대신 임명 칙령을 받들고 오는 칙사를 직접 접대하지 않으면 안 된다……고 생각했을 때, 소테쓰는 이미 곁에 두어서는 안 되는 지나치게 곧은 사람으로 여겨진 것이다. 성실하고 외곬다우며 의(醫)는 인술이라고 굳게 믿는 그에게는 이에야스의 또 하나의 '사고방식'을 허용하지 못하는 면이 있었다.

이에야스의 또 하나의 사고방식…… 그것은 두말할 나위 없이 조정을 소중히 여기는 일이었다. 그것을 무언으로 천하에 알리기 위해서는 빈사상태의 실력자인 이에야스가 자신의 생명을 며칠, 몇 시간 단축시키더라도 꼿꼿이 일어나 맞이하여 직접 대면하는 것 이상으로 실질적인 교육이 또 있을까! 이에야스는 그것을 '해야 할 일'이라 생각하고, 소테쓰는 그것을 인술(仁術)의 체면과 긍지를 걸고 제지하려 한다…….

그러나 이에 대해 이에야스는 아무 말도 하지 않았고, 소테쓰는 눈에 핏발을 세운 채 잠자코 시나노의 벽지 다카시마로 유배되었으며 그 뒤부터는 나카라이 로안(半井驢庵)이 주치의가 되었다.

소테쓰와 엇갈려, 교토에서 다시 칙사가 내려왔다. 요전과 똑같이 상주관 가네카쓰와 사네에다 두 공경이 3월 27일에 왔으며 숙소는 린자이사 신관이었다.

이에야스는 구두 임명을 받고, 예정대로 쇼군 히데타다와 함께 두 칙사를 본성에서 대접했다.

병실의 침구 위에 일어나 앉아 구두 임명을 받고 대접은 쇼군과 고로타마루, 조후쿠마루, 쓰루치요 세 아들에게 맡기도록 도시카쓰와 마사즈미도 차례차례 이에야스에게 진언했으나 완강히 거절했다. 죽음은 이미 어느 누구의 힘으로도 피할 수 없이 눈앞에 닥쳐와 있다, 두려운 것은 죽음이 아니라 궁궐을 존중하는 '예절 바른 마음'이 일본에서 사라지는 거라고 이에야스는 주장했다.

"너희들도 잘 보아두었다가 잊지 말도록"

이에야스는 세 아들을 앞에 두고 일어나 앉아 자아 부인에게 명하여 앞머리를 면도질하게 하고 얼굴에 화장하도록 했다.

자리에 누운 채 구두 임명을 받고 며칠 몇 시간 더 목숨을 연장한다면 자신의 뜻은 좌절되고 만다, 이에야스는 결코 기요모리도, 다이코도 아니다, 살아 있는 동안 다조 대신에 임명받은 복많은 일본인이다, 이런 감동을 그대로 칙사에게 알리는 것을 게을리해서야 되겠는가, 애당초 방안에 누워 숨을 거둘 수 있다는 것 자체가 지나친 행운이었다, 사람이 이런 행운에 안주해 버리면 은총이 외면해 버리고 말리라는 의미의 말을 애써 했다.

과연 측근들은 이 말을 얼마나 이해했을까?

어쨌든 이날의 칙사 접대는 이 세상의 일로 생각할 수 없을 정도로 이상한 상엄함과 이상한 정적과 화려함을 함께 지닌 연회가 되었다.

나중에 무네노리가 이 일을 자세하게 3대 쇼군 이에미쓰에게 전했기 때문에, 이에미쓰는 간에이(寬永) 11년(1634)에 상경했을 때, 다조 대신 승인의 칙명을 받았으나 분수에 넘치는 일이라고 굳이 사양하며 받지 않았다. 조부 이에야스가 75년의 생애를 마감할 무렵, 그처럼 황공해하면서 받은 관위(官位)를 31살에 받는다는 것은 꿈에도 생각지 못할 일이었고, 무네노리가 들려준 그 날의 정경이 얼마나 강하게 그의 가슴에 아로새겨졌는가 하는 증거이기도 했다.

무네노리는 또한 이날의 일을 곧잘 사람들에게 말했다.

"이상스럽게도 그날부터 오고쇼의 존안이 한층 더 커졌습니다. 내 눈 탓만은 아닙니다. 마음이 가난한 자가 죽을 때는 우선 콧방울이 주저앉고 눈이 움푹 패며, 뺨의 피부가 말라붙어 송장처럼 보이게 됩니다. 그런데 깨달음의 길에 투철하여 영생의 길을 얻은 분의 얼굴은 반대로 더 거대하고 아름답게 되어가는 법입니다. 이것이 왕생(往生)하는 자와 그렇지 못한 자의 차이겠지요."

이렇게 이에야스가 기다리고 있을 때 린자이사의 신관을 출발한 칙사 일행은 행장을 갖춰 슨푸성으로 들어왔다. 나카하라 모로야스(中原師易)와 하타 유키카네(秦行兼)가 앞장서 통행인들을 정리했고 그 뒤로 칙령을 받든 후나바시 히데스케(舟橋秀相), 가라스마루 미쓰히로(烏丸光廣), 히로하시 후사미쓰(廣橋總光), 요쓰쓰지 히로쓰구(四辻光繼), 고노 사네아키(河野實顯), 야나기하라 나리미쓰(柳原業光), 가라스마루 미쓰카타(烏丸光賢) 등 슨푸로 문안온 공경들이 위엄을 갖춰 따르고 있었다. 오카베 나가모리(岡部長盛)가 말에 올라 호위하며 뒤따랐다.

쇼군 히데타다는 그들을 큰 현관까지 나가서 맞이했다. 그리하여 본성의 큰방 윗자리로 칙사를 안내해 왔을 때, 이에야스는 아랫자리에 의관을 정제하고 앉아 있었다.

칙사는 눈이 분명 휘둥그레졌을 것이다.

칙령
쇼케이(上卿), 히노 다이나곤(日野大納言 ; 스케카쓰(資勝))
겐나 2년(1616) 3월 17일, 선지(宣旨)

종1품 미나모토노 아손(源朝臣 ; 이에야스)

선임(宣任) 다조 대신

구란도노카미(藏人頭) 우다이벤(右大辨) 후지와라노 가네카타(藤原兼賢) 봉(奉)

무장으로서 생전에 다조 대신으로 임명된 이는 이에야스 이전에 세 사람밖에 없었다. 다이라노 기요모리(平淸盛)와 아시카가 요시미쓰(足利義滿), 그리고 도요토미 히데요시였다. 이에야스의 뒤로도 두 사람밖에 없다. 2대 쇼군 히데타다와 11대 쇼군 이에나리(家齊)다. 3대 쇼군 이에미쓰는 끝내 조부의 공적을 위해 생전에는 그 벼슬을 받지 않았다.

이에야스는 그 임명에 대해 무조건 기뻐하고 황공해했다.

그 증거가 29일의 향연 때 뚜렷이 나타났다.

빈사의 병상에 있으면서 그는 슨푸의 여러 영주들을 모두 불러 그 자리에서 노래까지 발표했다.

태평성대 야마토(일본)에 향기롭게 피어

영원히 이어나갈 봄꽃 바람.

아마 이 자리에서 읊기 위해 병상에서 지은 것이리라. 계절은 틀림없이 봄이었다. 그러나 그 꽃과 반대로 그의 눈앞 몇 걸음 되는 곳에 죽음이 기다리고 있었다.

그 축하를 위해 타카사고(高砂), 구레하도리(吳服), 기카이(喜界), 산바(三番) 가락이 울리고 태평악(太平樂), 에이오(營翁), 슌노덴(春鶯囀), 아마(安摩) 등이 연주되었다. 축하의식이 끝난 다음 '다춘화송(多春花頌)'이라는 제목으로 읊은 것이 이 노래였다.

칙사가 숙소로 돌아간 뒤 이에야스는 다시 영주들의 축하를 받았다. 살아 있는 동안에 조정의 최고 벼슬에 오른 것이다. 기쁘기도 하고 괴롭기도 했으리라. 이때 이에야스는 영주들에게 다음과 같이 말했다고 한다.

"이제 내 천수가 다하려 하지만, 쇼군이 천하를 다스리므로 아무 걱정할 것 없으리라. 그러나 천하는 한 사람의 천하가 아닌 모든 사람의 천하다. 만일 쇼군의 다스림이 도리에 어긋나 억조 백성이 어려움을 겪게 된다면 다른 사람에게 사리를 내주어야 하리라. 사해가 안온하고 만백성이 그 어진 사랑으로 베푸는 은혜에 젖을 수 있다면 나는 조금도 여한이 없다."

아마 이 말은 그날 말고도 여러 번 입에 올렸으리라. 그리고 이 말은 이에야스가 신불에 대해 토로하는 믿음인 동시에 영주들에게는 위압적으로 들리기도 했을 것이다.

이에야스는 이렇게 묻기도 했다.

"어떠냐? 내 천하에 빈틈이 보이느냐?"

이에야스는 영주들의 축하를 받은 뒤, 문안온 채 그냥 슨푸에 머물러 있는 영주들에게 모두 휴가를 줄 테니 영지로 돌아가라고 그 자리에서 명령했다.

"오래 머물러 백성들이 봄 농사를 게을리하면 큰일이니, 모두들 영지를 다스리는 일에 힘쓰도록."

이렇게 말하는 이에야스의 얼굴은 비단 무네노리만이 아니라 모두들의 눈에도 거대하게 비쳤으리라.

이에야스가 영주들에게 준 휴가는 두말할 것 없이 이 세상에서의 이별, 곧 '작별인사'였다.

칙사 대접도 육체적으로는 이미 믿을 수 없을 정도의 무리한 일이었다. 그러므로 미리 준비했던 '유품'을 영주들에게 하사한 4월 1일에는 이미 누가 보아도 위독한 상태였다.

스덴이 이타쿠라 가쓰시게에게 보낸 편지에서 그런 점을 분명 엿볼 수 있다.

쇼고쿠(相國 ; 이에야스)님의 병환이 나날이 악화하여 재채기, 가래 등을 줄곧 뱉으시며 열이 매우 높아 심한 고통을 겪으시므로 쇼군님을 비롯하여 모든 상하 관리들이 성에 대기하여 숨조차 제대로 못 쉬고 있는 형편임을 헤아려주시기 바랍니다. 칙사가 돌아간 뒤로 더욱 병이 깊어지셨습니다. 이 늙은이를 날마다 병실로 부르시니, 그 은총 송구스럽기 짝이 없습니다. 삼가 눈물로 소식 전합니다.

이런 위독상태에서 이에야스는 다시 출발인사차 온 마사무네를 머리맡으로 불렀다. 그즈음 이런 일은 매우 드문 예였다. 그 개방적인 히데요시조차 숨을 거두었을 때, 측근들이 그 일을 비밀에 부치지 않았던가. 그렇게 하는 게 관습이었는데 이에야스는 감히 마사무네를 불러들이게 했다.

그리고 유품으로 정성 들여 쓴 서폭을 주었다.

"천하를 부탁하네."

완전히 믿는다는 듯이 말하고 웃으며 덧붙였다.

"앞으로 몇 시간이나 더 살 수 있을까? 그때까지 즐겨야지. 평생 한 번뿐인 경험이니까."

이때 마사무네는 소리 내 울지는 않았다. 그러나 이에야스 곁으로 무릎걸음으로 나아가 그 손을 잡자마자 두 눈에서 끊임없이 눈물이 흘러내렸다.

마사무네가 돌아가자 이번에는 호리 나오요리(堀直寄)를 만나겠다고 했다. 이것이 이승에서의 작별이니 명령해둘 일이 있다……고.

"내가 죽은 뒤 만일 전쟁이 벌어진다면 선봉은 도도 다카토라, 제2대는 이이 나오타카에게 명했다. 그대는 그 둘 사이에 위치하여 기습부대 역할을 하여라. 명심하도록."

이 엄한 명령은 사람들을 깜짝 놀라게 했다.

"다시는 전쟁이 벌어지지 않으리라."

이렇게 말한 평상시의 말과 달리 금방이라도 싸움이 벌어질 듯한 말투였던 것이다. 물론 이것은 방심을 경계한 말이었다.

그 뒤 이에야스는 다시 스덴, 덴카이, 그리고 쇼군 히데타다, 마사즈미 네 사람을 불러들였다. 이미 시간관념이 없어진 듯, 마사무네에게 말한 대로 육체의 기능이 정지될 때까지 즐기고 있는 것 같은 느낌이었다.

이제 사람들의 얼굴도 똑똑히 보이지 않는 듯 물었다.

"그대는?"

그때 스덴이 맨 먼저 얼굴을 가까이 가져가 울면서 대답했다.

"스덴입니다."

"그렇구나, 그 목소리는 곤치인이야."

이에야스는 고개를 끄덕이며 마치 시를 읊듯이 말하기 시작했다.

"교토에서 온 인쇄공들의 인쇄는 예정대로 진행되고 있느냐? 알겠느냐? 그것이 태평한 세상에서는……없어서는 안 될 인간의 마음의 양식이 되나…… 인산은 배가 부르면, 다음에는 영혼이 굶주리는 법이야. 그 영혼을 기르는 양식은 학문…… 게으름피우지 마라. 서둘러라."

제아무리 훌륭한 장부라도 죽음에 임하면 마음이 흩어지는 법…… 이에야스는 아직까지도 죽는 순간까지 생을 즐기고 있었다.

때로 모두에게 잊힌 경비하는 자리에 있으면서도 무네노리만은 의외로 냉정한 관찰자일 수 있었다. 그는 아직 이에야스가 당분간 더 살 수 있으리라고 판단했다.

그리고 그 판단과 함께 이에야스가 저 충실한 소테쓰를 왜 곁에서 멀리 보냈는지 비로소 알 수 있을 것 같았다. 그 뒤로 이에야스는 의원들을 거의 가까이 부르지 않았다. 의원들 역시 공연히 분노를 사면 어쩌나 하여 대기하고는 있으나 소테쓰처럼 이래라저래라 잔소리하려고 하지 않았다.

그것을 기화로 이에야스도 1초 1초를 즐기면서 자기가 죽은 뒤의 일에 대해 지시 내리기에 몰두했다.

스덴 다음으로 덴카이가 얼굴을 가까이 들이대자 이에야스는 아이들에게 타이르듯 말했다.

"그대는 덴카이인가? 친왕 영입에 대한 일은? 모든 일에 있어서 방심은 금물…… 이것이 나라를 위해 가장 중요한 점이라고 여겨 부탁하는 거다."

"안심하십시오. 황궁에서도 기뻐하고 계십니다."

"그래, 다행이구나. 다음은 마사즈미."

"예……마사즈미, 여기 있습니다."

"마사즈미, 그대는 수완이 너무 지나치다."

"예?"

"내가 죽은 뒤에는 모든 일을 조심스럽게 처리하도록……."

"예."

"그리고 내 평생의 비원이 무엇이었는지……그것을 깊이 생각해 보아라. 알겠느냐, 스스로 적을 만들지 마라."

"예, 명심하여……."

여기서 비로소 이에야스는 히데타다에게로 시선을 옮겼다. 과연 상대가 똑똑히 보이는 것인지……? 아무래도 지금까지 멀었던 청각은 날카로워지고 그 대신 시각이 둔해진 것 같았다.

"쇼군."

이에야스는 불러놓고 한숨 돌리며 미소지었다.

"보는 바와 같다."

"예."

"알겠지? 인간에게 자기 것은 하나도 없다. 몸도……생명도……."

"예."

"모든 것……물과 빛과 공기처럼, 금은재보는 물론이고, 내 목숨……내 아들…… 내 손자까지 무엇 하나 내 소유인 것은 없다."

이 말을 할 때 이에야스의 눈이 번쩍 빛났다. 불교의 무소유를, 후계자인 히데 타다의 가슴속에 아로새겨 주려는 노력의 표현이리라.

"모든 만물은 어느 누구의 것도 아니다…… 어느 누구의 것도 아니라는 말은 곧 모든 사람을 위해 있다는 뜻이다."

"예."

"모든 사람의 것을 맡고 있는 셈이다…… 알겠느냐? 내 목숨도 모든 사람의 것……그러므로 소중하게 간수해 온 것이다."

"잘 명심하겠습니다."

"그러면 나는 그대에게 유산을 물려주겠다. 이것으로 세 번째다. 쇼군직을 물려주었을 때, 서성에서 이 슨푸로 옮겼을 때, 그리고 이번에 세상에서 모습을 감출 때…… 그런데 그대에게 물려주지만 결코 그대의 것이 아니다. 모든 사람이 맡겨주어서……내가 맡고 있다가 쇼군에게 넘겨주는 것이다…… 알겠느냐?"

히데타다에게는 이에야스가 말한 이 '모든 것은 맡은 것'이라는 사상이 특별히 진기한 것은 아니었다. 그는 엄숙하게 고개 숙인 다음 대답했다.

"안심하십시오. 소자는 결코 종이 한 장 돈 반 푼일지라도 사사롭게 욕심내지 않겠습니다."

이에야스는 만족스러운 듯 고개를 끄덕였다.

"그럴 거야. 그런 사람이야, 쇼군은……그러나 이것은 몇백 번이라도 되풀이 말 해야 할 사리(事理)이니까."

"알겠습니다."

"나는 쇼군에게 도쿠가와 가문의 대를 잇는 자로서 세 번째 유산을 남기겠다…… 알겠느냐?"

"고맙습니다."

"그렇지만……."

이에야스는 숨을 돌리고 주위에 있는 사람들 얼굴들을 둘러보았다. 다른 사람들도 잘 들어두라는 뜻이 틀림없었다.

그 뜻을 알아차리고 베갯머리의 사람들은 숨을 죽였다.

"모든 걸 쇼군에게 맡기지만 결코 쇼군의 것이 아니다. 그러므로 쇼군을 위해서 쓰면 안 된다."

"예……깊이 명심하여……."

"우선 만일의 경우에 군비로 충당하여라."

"군비로?"

"그래, 우리 집안은 세이이타이쇼군. 그런데 국내의 반란을 가라앉히지 못하거나, 외적의 내습을 물리치지 못한다면 직책을 다한 게 되지 못한다. 우선 이런 만일의 사태에 대비할 군비로—"

"잘 알겠습니다."

"둘째는 기근이 닥칠 때 대비하여라."

"둘째는 기근에 대비?"

"그렇다. 농민들은 만백성의 호구를 위해 스스로는 거친 식사를 하면서 흙구덩 속에서 일한다. 그런데도 몇 해에 한 번쯤은 반드시 흉년이 든다. 이것은 하늘이 정치를 맡고 있는 자를 깊이 시험하는 일이라고 생각하여라."

"예."

"반대로 풍년이 드는 해도 없지 않다. 그런 해에는 쌀값이 떨어지고 쌀이 대수롭지 않게 여겨진다. 이런 풍년에는 상인에게만 맡기지 말고, 값싼 쌀을 사서 비축해야 한다."

"쌀을……상인에게서?"

"그렇지, 그리하여 기근이 닥칠 때 싼값에 나눠주어라…… 알겠느냐……우리 가문은 궁중으로부터 정치에 대한 위임도 받았다. 기근이 닥쳤을 때 길거리에서 굶어 죽는 자가 있어서는 안 된다. 그러므로……둘째로는, 알겠느냐, 기근에 대비하여라."

그 자리에 함께 있던 다카토라가 얼굴을 일그러뜨리며 입을 막고 울기 시작했다. 그러나 이에야스는 즐거운 듯 말을 이었다.

"셋째로 천재지변과 화재 등 느닷없이 찾아드는 재해에 사용하여라. 하늘은 늘 인간들에게 허술한 곳이 있는지 없는지 시험하신다. 대비하고 있으면 아무 걱정 없는 법…… 에도도, 슨푸도, 교토도, 나니와(오사카)도 차츰 인구가 늘어가고 있다. 하찮은 화재도 엉뚱한 재해로 확대될지 모른다. 위정자는 잘 명심하여 곧바로 복구해야 한다. 그렇지 않으면 인심이 동요하리라…… 그리고 넷째는……."

여기까지 말하고 이에야스는 지친 듯했다.

"나머지는 새삼 말할 필요가 없을 것이다. 아무튼 쇼군에게 넘겨주지만 쇼군의 것이 아니니, 쇼군을 위해 쓰지 말고……."

말꼬리가 가늘게 사라지더니 그대로 코를 골며 잠에 빠져들었다.

히데타다에게 유언한 것은 이에야스 자신이 이미 죽음의 문턱에 이르렀음을 의식했기 때문이리라. 그 기간은 칙사가 돌아간 4월 초하루부터 초닷새까지였는데, 사람들은 이제 임종이 얼마 남지 않은 듯싶어 베갯머리를 지키며 성 전체가 숨죽이고 지냈다.

그런데 4월 6일이 되자 이에야스는 다시 소강상태로 돌아갔다. 그때까지 거의 목구멍을 넘기지 못했던 미음을 적으나마 한 공기쯤 하루에 두세 끼 먹게 되고 의식도 다시 또렷해졌다. 그렇게 되자 이에야스보다 측근들이 스스로 여러 가지 질문을 하여 그 뜻을 살피려 하게 되었다.

6일 아침 안도의 한숨과 함께 근심으로 가득했던 미간을 편 히데타다는 때마침 문안차 온 에도 조조사의 존오, 료테키(了的), 가쿠잔(廓山) 세 원로와 미카와 다이주사의 로도(魯道)를 거느리고 병석으로 찾아왔다.

빈사의 중환자 앞으로 에도와 미카와의 보리사 승려들을 데리고 가는 데는 용기가 필요했다. 이에야스가 정상적인 의식을 지니고 있다면 당연히 장례에 대한 지시를 받으러 온 거라고 생각할 터이기 때문이었다.

히데타다는 두 절의 주지들이 문안차 왔다는 말을 아뢰고 일부러 이야기를 다른 곳으로 돌렸다. 미즈노 다다키요(水野忠淸)에게 1만 석을 늘려주고, 이시카와 다다후사(石川忠總)에게 이에나리의 뒤를 잇게 하고 싶다……는 선의를 올린 셋이다. 이 건의는 다분히 이에야스의 의식이 또렷한지 어떤지 살피려는 뜻을 품고 있었다. 이시카와 이에나리의 이름을 듣고 이에야스가 도쿠가와 창업 때의 이시카와 가즈마사의 자손들이며 오쿠보 다다치카를 떠올리지 않을까 해서였다.

이에야스는 다다키요의 녹봉을 늘려주는 것도 다다후사가 가계를 잇는 일도 좋다고 대답했다. 그리고 시선을 멀리 보내며 생각하는 표정이 되었다.

이에야스는 조그만 소리로 말했다.

"이에나리의 가계가 있으면 그래도 좋겠지."

그리고 다시 역시 잊을 수 없었는지 반은 입속으로 중얼거리듯 부탁했다.

"오쿠보는 기회를 보아……잘 처리해 주기 바란다."

바로 그때였다.

이에야스의 심신이 아직 혼미해지지 않았다는 것을 확인한 다카토라가 이상하게 흥분한 모습으로 다음 방에서 병실에 나타났다.

"오고쇼님! 저를 제자로 받아주십시오!"

다카토라는 백발을 깨끗이 삭발하고 어깨에 가사를 걸치고 있었다.

"오고쇼님이야말로 제가 이 세상에서 본 최고의 선지식(善智識)……저에게 저승길을 모시고 가도록 허락해 주십시오!"

승문에 입적하여 순사하겠다는 청이었다.

이에야스는 처음에 의아한 듯 그 모습을 바라보고 있었다.

"오고쇼님! 조조사며 다이주사의 주지들이 생생한 증인…… 우리의 종지(宗旨)는 오고쇼님과 달랐습니다. 그러나 오늘부터는 이렇듯 오고쇼님께 귀의하겠습니다! 아니, 이미 귀의하고 있었습니다…… 덴쇼 14년(1586) 주라쿠 저택에서 처음 뵈었을 때부터 저는 오고쇼님께 심취해 있었습니다. 오고쇼님이야말로 진정한 생불(生佛)…… 부디, 이 다카토라의 소원을 살아계시는 동안 들어주십시오."

그러자 이에야스의 입에서 놀랄 만큼 강한 거부의 목소리가 새어 나왔다.

"안 된다! 안 된다, 다카토라……슈사……란 당치도 않다."

그 목소리가 너무나 또렷하여 흥분했던 다카토라가 오히려 놀라 얼굴을 들었다.

"순사란 자신의 생명을 사사롭게 갖는 일……안 된다."

"그럼, 이렇듯 삭발한 저를 제자로 받아주지 않으시겠단 말씀입니까?"

"제자라면⋯⋯."

이에야스는 베갯머리에 늘어앉은 삭발한 승려들의 머리를 천천히 둘러보고 나서 호흡을 이었다.

"자기 목숨일지라도 제멋대로 다루어서는 안 된다."

"어떤 경우에도 말입니까?!"

"그대에게는 더 중요한 일을 부탁했을 터. 만일 싸움이 벌어지면 나 대신 선봉을 부탁한다고⋯⋯."

"하오나 그것은⋯⋯."

"그것뿐만이 아니다. 궁궐 수호는 이이 나오타카. 이세 신궁 수호는 그대⋯⋯그대는 이런 내 부탁을 어떻게 들었는가? 일본은 궁궐과 이세만 무사하면, 전국이 제아무리 소란해지더라도 다시 평화를 되찾게 된다. 궁궐과 이세는 과일로 보면 씨앗, 집으로 여기면 대들보⋯⋯일본인 정신의 핵심이야⋯⋯ 알겠는가, 다카토라⋯⋯ 마음이 텅 빈 자는 주변의 파동은 알아도, 부동(不動)의 중심은 잘 볼 수 없다. 그 중심을 잘 볼 수 없는 자들이 많아지면 그때 만백성은 고난의 구렁텅이로 빠진다⋯⋯ 그러므로 이세를 잘 지켜달라고 늘 그대에게 부탁한 거야. 이세 지방을 그대에게 맡긴 것도 그 때문⋯⋯ 그대의 우정은 잊지 않겠다⋯⋯고맙다⋯⋯ 그러나 그대가 진정으로 나를 생각한다면⋯⋯만백성 생명의 근원인 이세를 단단히 지켜다오."

다카토라는 다시 입을 열었으나 입술만 떨었을 뿐 아무 말도 하지 못했다. 사물도 마음도 반드시 중심이 있다. 그 중심이 이세⋯⋯라는 말을 다카토라는 수없이 들어왔다. 그러나 이 말이 실감 나게 그의 입을 막은 것은 이때가 처음이었다. 듣고 보니 일본 역사상 이세 신궁이 황폐해졌을 때 만백성이 행복했던 예는 없었다. 이세 신궁은 늘 백성들 생활의 즐거운 그림자였고 바로 그 실체였다.

'그 이세를 수호케 하기 위해 이가 지방을 맡기셨다⋯⋯.'

"알았느냐? 알았으면 진류인(神龍院)을 불러라. 조조 사, 다이주 사의 주지가 있는 자리에서 내 장례에 대해 일러두겠다."

이에야스는 다카토라가 자신의 말을 납득한 줄 단정하고 시선을 다시 쇼군 히데타다에게로 옮겼다.

"나는 세상에서 보기 드문 행운아다."

"무슨 뜻이신지……."

"싸움터에서 죽었어야 했는데……이렇듯 모든 일들을 부탁하고 갈 수가 있으니……."

그런데 이러한 이에야스의 술회는 뜻밖의 곳에서 다시 하나의 파문을 일으켰다. 모든 일을 부탁했다지만 그 가운데 단 하나 다다테루만이 빠져 있었다. 그것은 곁에서 간호하던 생모 자아 부인에게 살점을 에는 듯한 고통이었다.

자아 부인은 통곡을 터뜨리며 엎드렸다.

입명왕생(立命往生)

이에야스가 이때 과연 자아 부인의 고민과 슬픔을 알고 있었을까?

"울지 마라."

그러나 그 뒤에 이어진 것은 다다테루와 전혀 상관없는 위로의 말이었다.

"인간이란 이 세상에서 만난 자와 모두 헤어진다…… 만난다는 것은 이별의 시작이야."

그리고 다시 히데타다를 향해 담담한 모습으로 죽은 뒤의 처리에 대해 의논하기 시작했다. 이에야스가 눈감으면 히데타다는 곧 유해를 구노산(久能山)으로 옮겨 장례 지낼 것. 불교식 장례는 에도의 조조 사에서 거행할 것. 위패는 미카와의 다이주사에 모실 것.

"쇼군은 결코 에도를 오래 비우면 안 된다. 그러므로 내가 숨이 붙어 있는 동안에 모든 준비를 다하여라."

그때 히데타다가 부르러 보냈던 진류인 본슌(梵舜)이 덴카이와 스덴의 안내를 받아 나타났으므로 그 자리는 우연히도 신(神), 불(佛) 두 길의 머리맡 회의가 되고 말았다.

이에야스는 이러한 사람들을 만족스러운 듯 둘러보며 말했다.

"유해는……우선 구노산에 서향으로 묻어라."

"예? 서향으로?"

물은 것은 히데타다가 아니고 그 옆에 앉아 있던 마사즈미였다.

"그렇다. 나는 지금까지 인간의 삶은 이 세상에 한한 것이라고 생각했다. 그런데 그렇지 않았다…… 입명(立命)이라……하고 왕생(往生)이라고 하여……인간에게 죽음이란 없다는 것을 확실히 깨달았다…… 깨달으니 마음가짐도 저절로 달라졌다."

덴카이가 무슨 생각을 했는지 무릎을 살짝 쳤다.

"옳으신 말씀!"

물론 이런 혼잣말이 이에야스에게 들렸을 리 없다. 이에야스는 가끔 안타까운 듯 입술을 떨면서 말을 계속했다.

"죽음을 피할 수 없다면 남은 일은 오로지 충성……할 일을 해야 하는 게 당연한 도리가 아니겠느냐?"

"……예!"

"그래서 나는 서쪽을 지그시 노려보겠다. 그것은 아직 서쪽이 마음에 걸리기 때문이야……황궁뿐 아니라……더 서쪽에는 남만도 있고 홍모인 나라도 있다. 우리가 침략할 필요는 없겠지만 침략당하는 일이 있으면 전(前)……세이이타이쇼군으로서는 더없는 큰 실수……그러므로 서쪽을 지그시 노려보면서 오로지 한뜻으로……"

덴카이가 다시 무릎을 쳤다.

"서쪽을 노려보는 입상(立像)으로 장례 지내란 말씀입니까?"

이에야스는 고개를 크게 끄덕였다.

"그렇다. 그것만이 죽지 않는다고 깨달은 인간으로서 할 수 있는 일이지. 그리고……"

"그리고……?"

"1주기가 지나면 시모쓰케의 후타라산에 조그만 암자를 지어 제사지내다오……나는 간토 8주를 지키는 수호신이 되고 싶다. 간토 8주가 튼튼하면 일본은 평안하리라…… 모두들 이 점을 잘 알아서……"

이때도 그 말까지가 한계였다.

사람들이 숨을 내쉬면서 서로 마주 보았을 때 이에야스는 벌써 조용히 잠들어 있었다.

히데타다가 눈물 속에서 도슌을 상대로 신도(神道) 방식대로 구노산에서 장례치를 준비를 시작한 것은 4월 6일부터였다.

그날부터 10일까지 소강상태가 유지되던 이에야스의 병세는 11일에 다시 악화하고 말았다. 병상을 지키는 사람들의 일희일비를 외면한 채 이에야스의 육체는 점점 시들어갔다.

12일, 스덴은 다시 교토의 이타쿠라에게 편지를 썼다.

오고쇼님의 상태는(중략)—미음을 한두 숟가락씩 겨우 드실 정도이며, 9일 밤에는 조금 토하시고 정신이 혼미하시어 상하가 모두들 여간 걱정하지 않았습니다(중략)—워낙 노령이신지라 몸이 적잖이 쇠약해지셨습니다.

그리고 잇따라 절망적인 통지를 하지 않을 수 없게 되었다.

오고쇼님의 병환이 더욱 악화하셨습니다. 11일부터는 전혀 음식을 넘기지 못하시고 물만 겨우 몇 모금 마시는 형편입니다. 이미 내일을 기약힐 수 없는 상태입니다. 이 참담한 심정, 무어라 말씀드릴 길이 없습니다.

이런 상태에 이르자 거의 잠자지도 쉬지도 못하며 병구완하던 자아 부인은 더 이상 가만히 있을 수가 없었다. 수많은 측실 가운데 요즈음 밤낮없이 이에야스를 간병하고 있는 것은 자아 부인 한 사람…… 이에야스는 가끔 눈을 크게 뜨고 가만히 부인을 바라볼 때가 있었다.

"피곤하겠구나, 좀 쉬어라."

그럴 때마다 부인의 가슴을 날카롭게 찌르는 것은 자신의 아들 다다테루에 관한 일이었다.

'나만이 진정한 이에야스의 아내였는지도 모른다……'

임종 병구완을 하면서 부인은 이에야스가 언젠가 꺼낼 다다테루의 대한 말을 애타게 기다리고 있었다.

'잊고 계실 리 없어!'

그런데 그 이에야스가 12일에 언제 숨을 거둘지 모를 상태가 되었다.

남에게 굽히기 싫어하는 성질이라 부인은 다다테루에 대한 말을 먼저 꺼내지는 않으리라 생각했다. 세심하기 짝이 없는 이에야스가 사기 아들을 잊을 리 없다. 그 유달리 강한 인내심으로 말을 꺼낼 기회를 기다리고 있는 게 틀림없다……고.

사실 후카야에서 근신 중인 다다테루는 다나카에서 이에야스가 쓰러진 이래 사흘이 멀다 하고 아버지의 병상을 물어왔다. 부인은 그럴 때마다 근신 중인 몸이니 경솔한 짓은 결코 삼가라고 회답해 주었다. 만일의 사태에는 어머니가 연락해 주겠다. 그 전에 함부로 움직인다면 오히려 아버지 마음을 어지럽히게 된다…….

적이 많다……고 부인은 생각했다. 도시카쓰를 비롯한 히데타다의 측근들은 아직도 다다테루가 쇼군의 착실한 성격에 반발하여 직접 오사카성으로 들어가 천하를 노리려는 줄 생각하고 있다. 이에야스도 이런 점을 잘 알므로 끈기 있게 말할 기회를 기다리고 있는 거라고 생각했다.

그런데 이에야스는 아무 말도 하지 않은 채 당장 어떻게 될지 모르는 위독상태에 빠졌다.

'과연 이대로 두어도 좋을까……?'

자아 부인은 12일에서 13일 아침 사이에 드디어 후카야로 연락해 줄 마음이 생겼다.

'이대로 알리지 않으면 어머니로서, 그리고 아내로서 이중의 불신이 될지도 모른다……'

후카야로 옮긴 뒤, 다다테루는 사람이 달라졌다. 이미 형의 시정을 비판하는 듯한 젊은 패기에서 벗어나 자신이 놓인 얄궂은 운명을 조용히 지켜볼 여유와 깊이를 갖게 되었다. 그러므로 어머니로서 더욱 측은하고 애틋했다.

"다다테루도 이제 어른이 되어 아버님의 아들로서 어떤 점이 불효였는지 잘 알게 되었습니다."

편지에 반드시 이런 글이 쓰이고, 한마디라도 좋으니 아버지를 만나 용서를 빌고 싶다, 이대로 뵙지 못한 채 운명하신다면 다다테루 평생의 한이 된다, 어머니께서 잘 중재하셔서 마지막 상면을 할 수 있도록 도와달라고 씌어 있었다. 그러므로 이에야스의 처벌이 풀리지 않은 채…… 이 세상에서 화해를 이루지 못한 채…… 사별하게 된다면 뒷날의 울분도 두려웠다.

'이것은 역시 어머니인 내가 중재해야 할 일……'

자아 부인은 아들의 마음을 헤아리고 편지를 썼다. 아버님은 이제 내일이라도 어떻게 될지 모르는 중태. 만일의 경우 임종자리에 참석하지 못하면 큰일이니 은밀히 슨푸 가까이 나와 대기하도록.

'마지막으로 두 사람을 대면시키는 것은 결코 내 아들에 대한 편애가 아니다. 이에야스의 가슴속에 감춰져 있는 한 가지 슬픔 앞에 바치는 향불도 될 것……'

그리고 14일 아침 일찍 사자에게 서한을 주어 보내자마자 다다테루의 편지가 도착했다.

예감이 있었던 것일까? 다다테루는 이미 어머니의 통지를 기다리다 못해 은밀히 후카야를 탈출하여 지금 슨푸에서 70리쯤 떨어진 간바라(蒲原)를 지나고 있다는 소식이었다.

대체 어떤 모습으로 떠난 것일까? 간바라에서 슨푸 사이에는 오키쓰(興津)의 세이켄사 말고는 은밀히 머물 숙소도 없으리라.

'이러고 있을 수 없다……'

부인은 서둘러 드나드는 상인의 고용인에게 그 뜻을 잘 일러 간바라로 달려가게 하고 두근거리는 가슴을 진정시키며 이에야스의 침소로 되돌아갔다.

이미 해는 높이 떴고, 하늘에는 한 조각의 구름도 없었다.

이에야스는 가끔 눈을 번쩍 떴다가는 다시 스르르 잠 속에 빠져들어 갔다.

사람들은 밤의 간호에 지쳐 옆방으로 물러갔고 쇼군은 세 아우들과 함께 밝을녘에 서성으로 철수한 채 나오지 않고 있었다.

'이야기를 꺼내려면 지금이다……'

나쁜 짓을 하려는 것이 아니다. 빈사상태의 아버지에게 한 가지 일에 대해 안도하게 해주려는 배려가 아닌가…… 이렇게 스스로 변명해 보지만 자기 아들이 이 슨푸로 한 발자국, 한 발자국 다가오고 있다고 생각하니 야릇한 조바심으로 마음만 타들어갈 뿐이었다.

"저……"

이에야스가 눈을 뜬 순간 흔들어 깨우려다가 주저했다. 그러나 다시 자신을 채찍질했다. 만일 다다테루가 생각 끝에 미처 귀띔도 하기 전에 당당하게 슨푸성으로 들어온다면 어떻게 될 것인가?

마침내 부인은 오전 11시쯤 더운물을 들고 가서 이에야스를 깨웠다.

"저, 간청드릴 일이 있습니다. 정신 차려 보세요."

어깨가 조금 흔들린 순간 이에야스는 조그만 소리로 외쳤다.

"반드시 된다! 반드시 되는 거야!"

자아 부인은 깜짝 놀라 손을 움츠렸다. 아무것도 모르고 잠든 듯 보이지만 무언가 꿈을 꾸고 있는 모양이다.

"저, 뭐라고 하셨는지? 무슨 꿈을 꾸셨는지요?"

마음을 고쳐먹고 다시 한번 어깨에 손을 대자 이에야스는 눈을 번쩍 뜨고 줄곧 주위를 둘러보았다.

"음……"

누군가를 찾고 있다……분명 꿈속에서 대화를 나눈 상대를 찾고 있음을 알 수 있는 눈빛이었다.

"무슨……무슨 꿈을 꾸셨습니까?"

이에야스는 말했다.

"꿈……? 지금 사나다 마사유키와 다이코를 만나고 있었다."

"아……저 유키무라의 아버님이신……?"

"그렇다. 그놈은……고집이 세어서……"

이에야스는 크게 숨 쉬고 얼굴을 조금 찌푸렸다.

"이 세상에서 싸움은 결코 사라지지 않는다고 했어…… 인간은 그처럼 영리한 생물이 아니다. 욕심에 끌려서 반드시 또……"

여기까지 말하고 고개를 조금 저었다.

"꿈 이야기를……자아에게 해보았자 별수 없지. 물이나 좀 다오."

"여기 있어요. 그대로 누우셔서……"

"맛있구나. 목이 칼칼하게 말랐어."

"간청이 있습니다."

"뭐? 간청……?"

이에야스의 눈길이 천천히 부인의 얼굴을 향했다.

"아니, 울고 있구나……"

"저……간청이란 다름 아니라……"

"다다테루 일인가?"

"네……."

"그 일로 방금도 다이코와 이야기했다. 나는 히데요리를 죽였으나……."

"다다테루를 한 번 만나주셨으면 합니다. 다다테루는 실은 아버님이 위독하시다는 소식을 듣고 안절부절못하여…… 실은, 실은……허가 없이……이 언저리까지……이승에서 자신의 죄를 빌지 않으면 평생의 한이 될 거라며……나오셨습니다."

자아는 단숨에 거기까지 말해 버렸다. 그럴 작정은 아니었다. 한마디 한마디 상대의 반응을 확인하면서 놀라지 않도록 아뢸 생각이었다. 그러나 그것은 아무래도 절박한 어머니의 심정으로는 무리였던 모양이다. 단숨에 말하고 숨죽이며 연거푸 고개 숙였다.

"부탁드립니다. 자아가……이 세상에서 드리는 단 한 번의 부탁입니다. 만약 면회만 허락해 주신다면, 비록 유폐 당하더라도……그저 한마디……만 말씀해 주시기 바랍니다. 그렇지 않으면 그 기질에 엉뚱하게도 쇼군에게 원한을……."

이에야스는 가만히 부인을 지켜보았다. 그것은 결코 방심한 눈빛이 아니었다. 그렇다고 부인의 말 한마디 한마디를 정확하게 듣고 있다고도 생각할 수 없는 메마른 시선이었다.

"오고쇼님! 자아는 제가 낳은 자식이라 하여 간청드리는 게 아닙니다. 비록 추방했더라도 아버지의 아들…… 이렇게 비오니 저를 보아서라도 이별의 말 한마디라도……."

여기까지 말하고 부인은 저도 모르게 입을 다물었다. 메마른 이에야스의 눈에 눈물이 어렸기 때문이다.

자아 부인은 생각했다.

'이해하셨다!'

자식을 둔 아버지가 아닌가. 잊고 계실 리 없다. 그런데도 이렇듯 구구하게 말씀드리다니……하는 생각이 들자 자신이 잔인하다는 생각이 들어 황급히 더운 물을 이에야스의 입으로 가져갔다.

"자, 한 모금 더 드세요."

"자아……."

"네……?"

"내가 말한 적 없던가?"

"무……무……무엇을 말입니까?"

"왜, 가로 부는 피리, 노부나가 공에게서 선사받은 유명한 피리, 노카제(野風) 말이야."

"그, 그건 문갑 위에 놓여 있어요."

"그걸 좀 갖다 다오. 그것은 좋은 피리다."

"아니, 피리를 불어보시려고요?"

부인은 얼른 일어나 문갑 위의 붉은 비단주머니 속에 든 피리를 들고 돌아왔다.

이에야스가 말했다.

"꺼내 보아라. 그 용맹한 노부나가 공에게도, 들바람 속에서 그 피리를 부는 정서적인 면이 있었어."

"정말 풍류의 마음이란 신비로운 것인가 봅니다."

피리를 꺼내 이에야스에게 쥐여주려고 하자 이에야스는 손을 내밀다가 도로 집어넣었다. 받아들고 바라보는 것조차 귀찮은 모양이었다.

"자아."

"네? 왜 그러십니까!"

"그 피리는 나에게 하나의 구원이었어……."

"구원……이라시면 어떤……?"

"그 싸움을 좋아하는 노부나가 공에게도 피리 소리를 사랑하는 면이 숨어 있다…… 인간은 결코 싸움과 인연을 끊을 수 없는 생물이 아니다…… 때에 따라서는 칼 대신 피리를 즐길 수도 있는 생물…… 이 세상에서 싸움은 사라진다…… 인간은……인간은……그처럼 어리석고 살벌하기만 한 것은 아니다……."

자아 부인은 고개를 기울이며 끄덕였다. 말은 알아듣겠지만 무엇 때문에 지금 피리이야기를 꺼낸 것일까?

"자아."

"네……?"

"내가 죽으면 다다테루에게 내 유품이라며 전해 다오."

"이 유명한 피리를 다다테루 님에게?"

"그렇다. 주면 알아차릴 거야. 그 아이도 그리 어리석지는 않으니까. 알겠느냐? 이 피리는 아버지로 하여금 인간을 믿게 만든 더없는 보물······이라고 말하며 주어라."

"하오면 이 피리를 꺼내 오라 하신 것은 처음부터 다다테루 님에게 주실 작정으로······?"

"그렇지. 나도 자식을 둔 아비야. 다다테루만 잊어버릴 리 있겠느냐······ 알겠는가?"

"네······그러나 제 손으로 주기보다 직접 주시는 편이······."

이에야스는 천천히 고개를 저었다.

"그 애를 만날 수는 없다. 다이코가 보고 있으니까······ 이에야스는 히데요리에게만 비정했는가? 아니면, 자기 아들에게도 비정했는가······하고."

부인은 놀라 피리를 내려놓았다.

"아! 그렇다면 이 피리는 다시 돌려드리겠어요."

자아 부인은 와들와들 떨기 시작했다. 이에야스가 피리 한 개만 주고 다다테루를 만나지 않을 생각인 것을······깨달았기 때문이다.

"야속합니다!"

부인은 큰 소리로 말하고 다시 이에야스의 어깨를 흔들었다. 그러나 그때 이미 이에야스는 눈을 감고 있었다. 감은 눈언저리에 조그만 눈물방울이 맺혀 있었다.

그 눈물이 실은 부인을 평소보다 훨씬 조심성 없는 여자가 되게 했는지도 모른다.

"자아는······자아는······오늘날까지 굳게 마음을 억눌러왔습니다. 어이하여 다다테루 님만 그토록 미워하시는지······ 원망스럽습니다."

"······."

"다다테루 님이 다테 가문에서 아내를 맞은 것은······다다테루 님 죄가 아닙니다. 젊은 혈기가 지나쳐 주제넘은 거동을 저질렀는지는 모르지만······다 같은 오고쇼님의 아드님이십니다. 그런데 다다테루 님에게만 이렇듯······."

"······."

"소원입니다. 머리맡에 부르실 수 없으시면 미닫이 밖에라도 불러놓으시고······

다다테루냐? 잘 왔다……고 한마디만이라도 말씀을……발씀을 해수십시오."

"……."

"용서하시라는 것은 아닙니다. 그대로 근신시키시더라도, 이승에서의 작별이니 자아를 보시어 단 한마디만이라도……."

그러나 이에야스는 꿈쩍도 하지 않았다.

'어쩌면 내 말이 이미 들리지 않는 게 아닐까……?'

이렇게 생각하자 부인의 마음에 문득 대담한 생각이 떠올랐다.

"오고쇼님! 들어주셨군요……감사합니다. 그럼, 오고쇼님의 윤허에 따라 슨푸에 도착하면 곧 이리로 부르겠습니다. 감사합니다……."

"자아."

"네?"

"나를 좀 일으켜다오."

"그건 무리십니다."

"괜찮아, 일으켜다오. 일어나 앉아 자아에게 해줄 말이 있다……."

"안 되십니다! 만약 그러시다가 용태가 더 나빠지기라도 한다면……하실 말씀이 있으시면 누우신 그대로……."

"그럴까……."

이에야스도 일어나는 것이 무리인 줄 깨달은 듯 어깨를 짚은 자아 부인의 손위에 가만히 자기 손을 얹었다.

"그럼, 이대로 말할 테니 잘 들어라."

"……네."

"이 세상에……자기 자식이 미운 아비가 있을까? 나도 다다테루가 애틋하다……."

이렇게 말한 이에야스는 조용히 부인의 손등에 뺨을 대고 비볐다. 이상하게 뜨겁고 땀이 끈적끈적 밴 듯한 감촉이었다.

"그러나 아직도 세상은, 사랑하는 사람을 사랑해도 될 만큼 진보하지 못했어. 그런 세상을 만들려면 조그만 희생을 수없이 쌓아가야 하는 거야…… 알겠는가, 이런 이치를……."

자아 부인은 대답하지 않았다. 섣불리 대답할 일이 아니라고 자기 아들을 위해 경계했다.

"내가……노부야스를 잃은 것도, 그런 희생을 인내로 감수한 탓이야. 다이코는 노망이 드셔서 마지막에 그 인내를 잊어버리고 만나는 사람마다 내 아들을 부탁한다……고 고개 숙이셨지……."

이에야스는 이미 눈을 뜨고 있는 것도 괴로운 듯 자아의 손을 뺨에 얹은 채 눈을 감고 말했다.

"이런 다이코의 무리한 넋두리는 그 뒤에 두 번의 싸움을 일으켰다. 그 하나는 세키가하라, 그리고 또 하나는 오사카 싸움…… 그 결과는 쇼군에게 센히메를 가련한 희생물로 바치게 했고, 다테 가문의 이로하히메도 눈물의 씨앗으로 만들어버렸다. ……이런 일을 어느 지점에선가 막아버리는 커다란 인내가 없다면 이 세상은 그야말로 무간지옥……무간지옥은 이(理)를 비(非)로 삼는 인간들이 제멋대로 터뜨리는 불평 때문에 끝도 없이 생겨나는 거지."

"……."

"자아는 드물게 영리한 여자이니, 알아들을 거다…… 다다테루는 사랑하는 아들이다! 그러나 생각하는 바가 있어 이승에서의 대면은 할 수 없다고 결정했어. 만약 이것을 어기면 나의 평생의 신념, 의(義)와 이(理)에 어긋나는 어리석음을 저지르게 된다. ……이런 점까지 이해해 달라는 것은 여자인 그대에게 무리일지도 모른다…… 그렇지, 이렇게 생각해다오……내가 이 세상에서 다다테루를 만날 수 없는 까닭이 있다고…… 그래, 이러는 것은 다다테루의 아우들이며 세상의 영주들에게 본보기를 보이기 위한 점도 있지. ……이에야스는 다이코와의 약속을 어기고 히데요리를 죽여버렸어. ……그것은 어디까지나 천하에 가장 중요한 대도를 세우려다 저지른 과오…… 내 아들일망정 천하에 해로운 자라는 것을 안 이상 사정두지 않고 엄하게 다스렸다…… 보아라, 저 다다테루에 대한 처분을……하고 말할 수 있지."

부인은 외치듯 말했다.

"여쭙고 싶습니다! 하오면……하오면……다다테루 님을 대영주로 두면 언젠가 쇼군에게 반기를 들어 천하를 소란스럽게 할지도 모른다고……?"

이에야스는 눈을 떴다. 그리고 슬픈 듯이 부인을 가만히 쳐다보다가 고개를 끄덕였다.

"천하의 난은 때로 기량이 원수가 되어 미묘한 곳에서 싹트는 법이지. 다다테루는……이런 의미로 볼 때 우두머리 감이야. ……이런 생각에서 그 노카제를 주는 거다."

"아니……."

"뜻밖의 말이겠지. 나 역시 가슴 아프다. 그러나……우리 가문에서 평화를 위해 바치는 희생이라 생각하고 용서해다오."

이에야스는 몸을 떨며 울기 시작했다.

자아 부인은 이에야스에게 오른손을 잡힌 채 망연자실해 있었다. 이에야스가 설명하는 말은 이해할 것 같았다. 아니, 그보다도 더욱 분명하게 느낄 수 있는 것은 아무리 애원해도 이에야스는 다다테루를 만나지 않으리라는 것이었다.

'이분은 다이코 전하에게 의리를 세우시는 거다…… 히데요리 님을 죽게 만든 터라 자기 아들도 하나 죽게 만들지 않을 수 없는 거야.'

측실 중에서 가장 지기 싫어하는 성격이 강한 자아 부인이었다. 탄원해 보았자 헛일임을 부인도 깨닫고 침구 위에 던져진 유명한 퉁소 노카제를, 마치 무서운 것을 보는 듯한 눈으로 보면서 다시 집어 들었다.

'이 피리를 줌으로써, 아버지인 이분은 아들 다다테루에게 대체 무엇을 깨우쳐 주려는 것일까……?'

이에야스는 다시 한번 살그머니 부인의 오른손에 뺨을 갖다 댔다.

"다다테루는 허락 없이 후카야를 떠났다고 했지?"

이에야스는 몽롱해지려는 의식이나마 마지막 노력을 다하여 자아 부인의 시선을 찾았다.

"예……간바라에서 슨푸로 향하고 있습니다."

"그런가……세이켄사에 숙소를 잡으면 안 된다. 린자이사가 좋다고 전하여라."

"뭐라고 하셨습니까? 린자이사까지 다다테루 님을 오도록 해도……."

이에야스는 가볍게 중얼거렸다.

"오게 해……린자이사에는 내가 어릴 때 글공부하던 방이 아직 그대로 있다. 그곳에 머물도록……그리고 그곳에 이 피리를 전해 주는 거야."

"그럼, 저는 다다테루 님을 만나도 좋다는 말씀입니까?"

저절로 숨이 가빠지는 부인에게 이에야스는 딱 잘라 말했다.

"안 된다! 가쓰타카가 좋겠지. 가쓰타카에게 몰래 줘서 보내라. 그리고 그대는……쇼군에게……알겠느냐, 다다테루가 허가도 없이 슨푸로 나와 린자이사에 머물게 했으니 엄중히 감시하라고……아뢰어라."

"아니! 쇼군님에게 그런 통지를……."

"허락도 없이 나온 것은 다다테루의 방자한 행동……법을 어긴 행위가 아니냐…… 만약 알리지 않으면 어찌 될 것 같으냐? 다다테루를 두려워하는 자들이 암살할지도 모른다. 자아보다는 내가 인간세상의 일을 더 잘 알고 있다는 것을 믿어다오……."

"아니! 그럼, 그럼, 오고쇼님께서는 쇼군님에게 다다테루 님을 잡게 하실 생각이십니까?"

"자아……나도 다다테루가 소중하다……쇼군은 곧 사람들을 보내 린자이사를 감시시키리라. 그러면 다다테루는 오히려 더……안전하다고 생각되지 않느냐?"

자아 부인은 그 순간 깨달았다. 듣고 보니 분명 옳은 말이었다. 쇼군이 사람을 파견하여 엄중히 경계하면 비록 암살을 꾀하는 자가 있다 하더라도 손쓰지 못할 것은 당연한 일이었다.

그러나 아무리 그렇더라도 제 자식을 린자이사에 머물게 하고 쇼군에게 고소하지 않으면 안 되다니 이 얼마나 슬픈 모자의 숙명인가……?

"이해하겠느냐?"

이에야스는 다시 한번 중얼거리고 나서 부인의 손에 또 얼굴을 부볐다.

"믿어다오. 나도 내 자식은 소중하다!"

부인은 대답 대신 흑! 하고 울음을 터뜨리며 엎드렸다.

부인은 이미 오래전에 각오하고 있었다.

'어떤 일이 있어도 흉한 모습은 보이지 않으리라.'

그러나 이에야스의 마지막 말이 그녀의 이성의 둑을 무너뜨리고 만 것이다…….

"무, 무슨 일이십니까!"

갑자기 터진 울음소리를 듣고 옆방 미닫이를 벌컥 열면서 들어온 것은 방금 이에야스가 피리를 줘 보내라고 말한 가쓰타카와 경비명령을 받은 무네노리 두 사람이었다.

"아닙니다, 아무 일도 아니에요. 오고쇼님께서는 보시다시피……다시 삼느셨습니다."

부인은 황급히 눈물을 씻고 자세를 바로 했다.

실은 그것이 이에야스가 이 세상에 남긴 마지막 말이었다.

비원은 끝없이

이윽고 히데타다를 비롯하여 마사즈미, 도시카쓰, 스덴, 진류인, 덴카이 등이 머리맡으로 들이닥쳤다. 그러나 이때 고로타마루, 조후쿠마루, 쓰루치요 세 동생은 거느리지 않고 고로타마루 대신 나루세 마사나리, 조후쿠마루 대신 안도 나오쓰구, 쓰루치요 대신 나카야마 노부요시가 따라 들어왔다.

쇼군 히데타다가 임종 직전의 아버지 모습을 어린 아우들에게 보이지 않으려는 배려에서였다. 그 배려 속에는 다분히 히데타다 자신의 불안과 두려움이 숨어 있었다. 이 세상에서 더없이 고마운 아버지가 만일 마지막에 흐트러진 모습을 보인다면 동생들의 생애에 어두운 그늘을 남긴다. 임종 때 부를 테니 그때까지 서성에서 대기하도록……하는 마음으로 저마다 중신들을 대신 남게 했던 것이다.

그날 이에야스는 그 뒤에도 두어 번 눈을 뜨고 물을 찾았다.

그러나 그다음 날은 물도 찾지 않았다. 몇 번인가 눈을 번쩍 뜨고 이상한 듯 주위를 둘러보다가는 다시 눈을 감았다.

"대체 무슨 생각을 하고 계시는 것일까?"

15일 이른 아침이었다. 이미 임종은 시간문제……밤새껏 지키고 있던 히데타다는 시동이 떠온 세숫물로 얼굴을 씻고 말했다.

"그렇지, 정신이 없어 잊어버리고 있었군."

그리고 병이 난 뒤로 줄곧 성 아랫거리에 근신 중이던 자야 시로지로를 불러 교토로 돌려보냈다. 표면상으로는 히데타다의 친서를 교토 행정장관에게 전하게 한다는 깃이있다.

"알겠느냐? 천수다. 그러니 너무 슬퍼하지 말고 온 일문이 힘을 합쳐 성심껏 충성하도록—"

그리고 히데타다는 덧붙였다.

"오고쇼께서 그대가 아직 걱정하며 슨푸에 있으니 교토로 돌려보내라고 말씀하셨다."

물론 거짓말이었다. 그러나 그 거짓말은 순전한 거짓말이라고만은 할 수 없었다. 아직 숨을 거두지 않은⋯⋯이에야스의 잠든 얼굴이 분명 그렇게 말하고 있는 듯 히데타다에게 보였던 것이다. 그렇게 말하여 자야를 교토로 돌려보내자 히데타다의 마음은 이상하리만큼 가벼워졌다.

그리고 다음에는 역시 곁에서 지키고 있는 자아 부인에게 말했다.

"우리가 지킬 테니 좀 쉬시오. 다다테루는⋯⋯."

"⋯⋯예."

"린자이사에서 가쓰타카로부터 전해 받은 피리를 어젯밤 늦게까지 들여다보고 있었다더군!"

자아는 눈이 휘둥그레졌다. 어젯밤부터 줄곧 함께 베개맡을 지키며 앉아 있었고 누구도 그런 보고를 해온 일이 없었기 때문이다.

그러나 히데타다는 그러한 자신의 거짓말을 스스로도 의식하지 못하는 것 같았다.

"부인이 피리이야기를⋯⋯나에게 해주었기 때문에 비로소 아버님 마음을 엿볼 수 있었소. 칼을 버리고 풍류도를 택하여라⋯⋯ 그곳에도 인생은 있다고⋯⋯."

"무슨 말씀입니까?"

"우리가 두려워한 것은 아버님이 다다테루에게 할복을 명하시는 일이었소. 그런데 피리⋯⋯피리였소. 고마운 피리였지."

그리고 히데타다는 다시 아버지의 잠든 얼굴을 가만히 들여다보았다.

"보시오, 부인. 아버님은 다다테루가 부는 피리 소리에 귀 기울이며 웃고 계시오. 그렇지, 우리도 이제 정신차려야⋯⋯."

다시 생각하는 모습으로 히데타다는 이타쿠라 시게마사를 돌아보았다.

"시게마사, 진류인을 불러라. 머리맡에서 밝혀둘 일이 있다."

이리하여 15일 오후부터 히데타다는 마치 사람이 달라진 듯 앞으로의 지시를 하나하나 해나갔다. 자야를 돌려보내고 다다테루의 처분에 대해서도 결단을 내렸기 때문일 것이다.

우선 진류인을 불러 '신도와 불도의 절차'에 대해 물은 뒤 세 동생들을 머리맡으로 불러들였다.

"나는 아버님의 말씀 없는 말씀을 알아들었다. 아버님께서는 너희들이 마음에 걸려 아직 이 세상을 떠나지 못하고 계시다! 내리신 유훈을 저마다 잘 지키겠으니 안심하시고 승천하시라고 맹세드려라⋯⋯."

그리고 숨을 거두면 신도의 법에 따라 구노산에 장례한 뒤 제사 지내기로 결정하고 그 절차를 머리맡에서 의논하기 시작했다. 그것은 온순하고 착실한 히데타다로서는 상당한 용기를 필요로 하는 일이었으리라. 아들로써 최후의 간병도 끝내기 전에 비탄을 버리고 묘지며 묘소에 대해 정신 쓰는 것이 처음에는 몹시 불성실하게 생각되어 견딜 수 없었다. 그러나 편안하게 잠든 얼굴과 가끔 꼬리를 끄는 거친 호흡을 보는 동안 그 모든 것이 자신에게 말하는 유명(遺命)으로 생각되었다.

'그렇다. 아버님은 아직도 우리에게 무엇인가 이야기하고 계시는 것이다!'

자신의 결단성 없는 조처가 안타까워 나무라는 거라면 어찌할 것인가.

'틀림없이 그럴 거야!'

이렇게 믿은 순간 히데타다의 마음은 결정되었다.

"사카키바라 기요히사를 부르도록."

진류인 본순과의 의논이 끝나자 히데타다는 사카키바라 기요히사(榊原淸久 ; 뒷날의 데루히사(照久))를 머리맡으로 불렀다. 기요히사는 고헤이타의 조카로 17살 때 시동으로 이에야스 밑에 들어와 33살이 되는 오늘날까지 줄곧 옆에서 성실하게 이에야스를 모셔왔다. 세 동생들이 있는 앞에서 히데타다는 구노산에 장례 지낸 뒤의 묘지기로 그를 결정했다.

"기요히사, 오고쇼의 명에 따라 그대를 구노산의 제주(祭主)로 명한다. 명령이니 어기면 용서치 않겠다. 알겠느냐? 구노산에 4명의 승려를 두어 저마다 소임을 다하게 하여라. 그것을 위해 제전(祭田) 5000석을 내리고 그대에게도 별도로 1000석을 주겠다. 그리 알고 목욕재계하여 부정을 멀리하며 근신하도록."

울어서 눈이 퉁퉁 부은 기요히사에게 물론 이의가 있을 리 없었다. 그렇지만 과연 그가, 그 명령은 히데타다가 이에야스의 잠든 얼굴을 보고 느낀 '순사' 방지를 위한 배려임을 깨달았을지…… 이런 조치를 내리지 않으면 외곬다운 기요히사는 이에야스가 운명하는 동시에 순사할 게 틀림없었다.

기요히사가 기뻐하면서 물러가자 히데타다는 다시 구노산에 신체(神體)로 모실 '미이케(三池)'의 보검(寶劍)'을 결정하고 역시 이에야스의 명이라고 말했다.

이 무렵부터 히데타다 스스로도 그것이 이에야스의 끊어질 듯 이어지는 숨결 사이사이에 새어 나온 말……의 실행에 지나지 않으며, 이에야스의 뜻 그 자체가 틀림없다는 확신이 솟아났다.

15일 중에는 여전히 이에야스의 호흡이 계속되었다.

'우리에게 무슨 말씀을 하시려는 것일까?'

16일, 히데타다는 본슌, 스덴과 의논하여 마사즈미를 시행정관 히코사카 규베에(彦坂九兵衛)에게 파견하여 도편수 나카이 마사쓰구(中井正次)에게 임시전각의 건축에 미비한 점이 없는지 재검토하라고 명했다.

그러나 그 16일에도 이에야스의 맥박은 아직 무슨 할 말이 있는 듯 또박또박 뛰고 있었다.

히데타다는 세 동생들을 일단 서성으로 돌아가게 했다. 이미 16일도 한밤중이 지나 서서히 오전 2시가 되려 하고 있었다.

이날 밤도 히데타다가 좀 쉬라고 해도 옆방이나 대기실로 물러가지 않은 이가 다섯 사람 있었다. 마사즈미, 시게마사, 도시카쓰 외에 기요히사, 사카이 다다유키(酒井忠行) 등이었다.

모두들 지쳐 있었다. 전혀 피로를 모르는 듯 떠나지 않고 지키고 있는 것은 자아 부인뿐으로 부인은 낮에 4시간쯤 쉬었을 뿐 오늘 밤도 여전히 밤을 새울 작정인 모양이었다.

히데타다는 이불깃 속으로 손을 넣어 아버지의 어깨를 조용히 쓸고 있는 부인의 표정에서 형언할 수 없는 애처로움을 느꼈다. 다다테루에 대한 일은 이미 부인도 납득한 모양이었다. 아니, 납득한 이상으로 어느 구석에선가 안도하고 있는 것 같고, 또 온몸으로 히데타다에게 무언가 애원하는 것도 같았다.

'그렇다…… 나도 한 번 사사로운 마음 없이 반성해 봐야 한다.'

아버지로 하여금 아직 안심하고 저승길로 떠날 수 없게 하는 그 무엇이 있어……아버지는 쉬지 않는 맥박으로 말씀을 계속하신다. 그 소리를 정확하게 들을 수 있는 아들이 되고 싶다. 아니, 그저 듣기만 할 뿐 아니라, 그것을 어김없이 실천해 가는 아들이 되어야 한다……

이미 실내는 조용해졌고, 늘어앉은 이들도 반쯤 졸고 있는 듯했다……싶었을 때 갑자기 자아 부인이 친어머니인 오아이 부인으로 보였다.

히데타다는 자세를 바로잡고 앉아 조용히 손가락을 꼽아보았다. 완전히 기운을 잃었던 자야 시로지로는 교토로 돌아갔고, 다다테루에게도 감시병을 보냈다. 사카키바라 기요히사의 순사를 막았고, 구노산 장례준비도 빈틈없이 지시내렸다.

교토는 이타쿠라 가쓰시게와 마쓰다이라 다다자네가 단단히 방비할 것이고 에도에서는 사카이 다다요가 자신이 없는 성을 잘 지키고 있다.

아버지가 걱정하던 스루가 문고(駿河文庫) 정리와 《군서치요》 간행에 대해서는 교토에서 온 기술자들을 독려하며 하야시 도슌이 밤낮으로 노력을 기울이고 있다.

'그 밖에 아버님 마음에 걸리시는 일이 있다면……?'

역시 이시카와, 오쿠보 등 옛 신하들에 대한 일인지도 모른다. 그러나 그 일도 이미 다 처리했다. 미노 오와리 성주 다다후사에게 이에나리의 대를 잇게 하고, 다다후사를 따르던 오쿠보 다다타메(大久保忠爲)에게는 오카키에 있는 새 논을 개간하게 하여 나중에 가명(家名)을 세울 길을 열어주었다.

'그러나 아버님께서는 아직도 무슨 걱정이 있는 것 같다…….'

문득 다시 이에야스의 잠든 얼굴을 들여다본 히데타다는 섬뜩하여 자세를 바로 했다. 주위에 심연 같은 정적이 퍼져 촛대에서 타오르는 촛불 소리마저 얼어 있는데 분명 이에야스의 목소리가 귓전을 울려온 것이다.

"이제 내 천수가 다하려 하지만 쇼군이 천하를 다스리므로 아무 걱정할 것 없으리라. 그러나 천하는 한 사람의 천하가 아니니 모든 사람의 천하다. 만일 쇼군의 다스림이 도리에 어긋나 억조 백성이 어려움을 겪게 된다면 다른 사람에게 자리를 내주어야 하리라. 사해가 안온하고 만백성이 그 어진 사랑으로 베푸는 은혜에 젖을 수 있다면 나는 조금도 여한이 없다."

히데타다는 깜짝 놀라 주위를 둘러보았다. 이에야스가 눈을 번쩍 뜨고 자신을 똑바로 바라보고 있지 않은가······.

"쇼군."

"예."

히데타다는 정신없이 꿇어엎드렸다. 이에야스는 다시 불렀다.

"쇼군. 명심하여라, 내가 남기는 말을."

"예."

"이 세상의 모든 만물은 어느 누구의 것도 아니다. 어느 누구의 것도 아니라는 말은 곧 모든 사람을 위해 있다는 말이다."

"잘 명심하고 있습니다."

"모든 사람을 위해······ 이것이 가장 중요한 핵심이다. 모든 사람을 위한다는 뜻은 지금 살아 있는 자들만이······아니라, 앞으로 끝없이 태어날 수많은 사람들을 위해 소중히 써야 한다는 조심성을 말한다. 잘못 생각하여 지금 살아 있는 자들이 모두 서로 나누어 가진다면 아무 의미가 없다."

"예."

"모두들 이렇듯 이 세상에서 벌거숭이로 사라져가니 말이다."

"결코! 결코 그런 과오는 저지르지 않겠습니다. 후손을 위해 소중히."

"그래, 알면 되었다. 새삼 말하지 않겠다."

"아니, 무엇이든지······ 한 말씀만 더······소자는 아버님 말씀을 한마디라도 많이······ 한마디라도 더 많이 듣고 싶습니다."

"그러면 말하마. 일상의 일에 대해서, 나는 늘 절약을 으뜸가는 덕으로 삼아왔다. 금은재보는 모두 내 것이 아니라 여러 사람들이 맡긴 소중한 것이기 때문이다."

"알겠습니다."

"그 맡아두었던 것을 이제 모두 쇼군에게 넘겨준다."

"고맙습니다."

"그것을 쇼군에게 넘겨주지만 결코 쇼군의 것이 아니다. 그러므로 쇼군을 위해 쓰면 안 된다."

"그 점은 가슴속에 깊이 새겨두고 있습니다."

"첫째, 우리 가문은 세이이타이쇼군이니 일단 유사시에는 군비로······."

"그리고 둘째는 기근에 대비하라고 하셨지요?"

"그래, 몇 해에 한 번쯤은 가뭄이 들어 땅이 타들어 가고 흉년이 든다. 그럴 때 거리에서 굶어 죽는 자가 한 사람이라도 나오면 큰일이다. 그런 때를 위해서 늘 준비를 게을리하지 마라."

"예."

"셋째, 넷째는 말하지 않아도 알리라. 나도 다른 사람들도 모두 신불의 자식, 태양의 귀한 자식이…… 이런 이치를 깨달으면 싸움이란 하늘에 대한 어리석은 모반이라는 것을 깨달을 터. 사람은 서로 죽이고 죽기 위해 사는 게 아니라, 서로 정답게 돕고 격려하면서 번영하기 위해 사는 것이다. 남을 미워하는 마음이 일어날 때는 악마가 고개를 쳐들었다고 깊이 부끄러워하여라. 그러면 반드시 하늘의 은총이……."

여기까지 들었을 때였다.

"저, 오고쇼님의 맥박이……맥박이……."

자아 부인이 무릎을 세게 흔드는 바람에 히데타다는 깜짝 놀라 깨어났다. 아버지의 머리맡에 앉은 채 꾸벅꾸벅 졸고 있었던 모양이다.

'아니, 그렇지 않다. 이것이 아버님의 마지막 교훈이다.'

히데타다는 정신차려 우선 의원을 불러들이고 곧 시게마사를 서성으로 보냈다.

서성에서 세 아우들이 달려오기 전에 본성 이에야스의 거실은 사람들로 거의 가득하였다.

시녀들 방에서 모여든 측실들은 이따금 눈물을 닦으면서, 그래도 빈틈없이 '임종수(臨終水)'를 준비하고 있었다.

오와리 재상(곤로타마루)을 선두로 한 세 아우들이 히데타다 뒤에 늘어섰을 때는 이미 날이 훤히 밝았고, 처마 끝에서 새들의 지저귐 속에 부슬비가 내리고 있었다.

4월 17일—

히데타다는 맥을 짚고 있는 의원들의 손에 시선을 떨군 채 새삼스럽게 생각했다.

'역시 간토 순찰이 무리였다.'

어쨌든 이제 싸움이 사라졌다며 게이초라는 연호를 '겐나'로 바꾸고, 그다음 해에는 그 '겐나'를 어지럽혀서는 안 된다며 끝내 다테 마사무네를 제압하여 흔들림 없는 시대로 만든 이에야스의 생애는 마지막까지 말할 수 없이 충만한 한평생이었다.

'그렇다, 이 죽음 또한 사사로운 것으로 만들어서는 안 된다……'

히데타다는 모두들을 나무랐다.

"눈물을 흘리지 마라. 오고쇼님은 그런 연약함을 싫어하신다."

측실들 중에는 벌써 손목에 염주를 걸고 입속으로 염불을 외는 자도 있고 이따금 여기저기서 울음을 터뜨리는 자도 있었기 때문이다.

"작별준비를."

맥박이 끊어지기 시작한 것이리라. 의원의 말소리와 함께 마쓰다이라 가쓰타카가 경건하게 '임종수'를 담은 물그릇을 쟁반에 받쳐들고 히데타다 앞으로 왔다.

히데타다는 흰 솜에 물을 적셔 숨결이 있는 듯 없는 듯한 아버지의 입술을 축였다.

'어쩌면 이토록 큰 얼굴일까.'

그토록 오래 앓았으면서도 그 콧마루도 콧방울도 여느 때보다 더욱 위엄에 찬 거대한 것으로 보인다.

'대왕생(大往生)이란 이런 것일까?'

히데타다는 쟁반을 조용히 자아 부인 앞으로 돌렸다. 부인은 깜짝 놀라 얼굴을 마주 쳐다보았다. 자아 부인만이 피가 응어리진 듯한 새빨간 눈을 하고 있었다. 아마 다음의 작별은 오와리 재상……이라고 생각하고 있었기 때문에 놀란 것이리라.

히데타다는 조용히 고개 저으며 솜을 쥐여주었다. 아무도 없었다면 이렇게 속삭여 주었을지도 모른다.

"다다테루 대신."

자아 부인도 솜에 물을 적시는 동안 그것을 깨달은 모양이다. 복받쳐 오르는 설움을 누르며 황급히 입을 한일자로 꽉 다물고 이에야스에게 다가갔다.

히데타다가 큰 소리로 불렀다.

"다음은 오와리 재상. 모두들 마음속으로 다시 한번 아버님에게 맹세를 드려라."

이리하여 차례차례 아들들의 작별인사가 끝나고 혼다 마사즈미의 손에서 도이 도시카쓰의 손으로 쟁반이 건네졌을 때, 영국 왕이 증정한 네덜란드제 시계가 옆방에서 댕댕 울리기 시작했다.

시의가 말했다.

"10시, 지금 막 먼 길을 떠나셨습니다."

시의가 말했다.

10시, 즉 사시(巳時)이다.

여인들이 일제히 울음을 터뜨렸다.

히데타다는 단정한 자세 그대로 말했다.

"다음—"

아직 숨결이 있는 것으로 치고, 이 자리에 있는 사람들에게 마지막 작별인사를 시키면서 히데타다는 복받치는 오열을 억눌렀다.

각오하고 있었던 아버지와의 이별······그것이 슬픈 게 아니었다. 삶과 죽음이라는 짧은 시간으로 한정된 인간의 생애가 끝없는 영겁 속으로 묻혀가는 그 순간이 슬픈 것이다.

아버지는 죽는 게 아니라고 했다. 단지 이 세상에서 몸을 감추는 것뿐이다. 생명은 여전히 더 큰 생명의 나무에서 살아가고 있다고······.

그러나 그것을 아직 깨닫지 못한 지금의 히데타다에게는 하나의 비유로밖에 실감되지 않았다. 시시각각 식어가는 아버지의 체온. 이제 두 번 다시 열리지 않을 입술. 가볍게 감겨진 눈꺼풀이 역시 '죽음'이라는 모든 것의 끝을 연상시켰다. 아니, 히데타다는 그렇게 생각하는 것이 크나큰 불효로 여겨져 견딜 수 없이 슬펐다.

'그렇다. 아버지만 한 분은 죽는 일이 없다. 지금도 조용히, 조언해 줄 사람을 잃은 히데타다가 무엇을 하는지 보고 계시다······.'

히데타다는 견딜 수 없어 측간으로 갔다. 그리고 측간에서 나올 때 비로소 비가 멎고 엷은 햇살이 비치고 있는 것을 깨달았다.

"등꽃이 피었구나······."

히데타다는 그 꽃과 차츰 푸르름이 짙어져 가는 정원수, 비에 젖은 잔디를 조용히 바라보았다.

그리고 이런 것들이 모두 아버지의 생전과 조금도 다름없이 살아 있는 것을 깨달았을 때 다시 황급히 측간으로 되돌아갔다.

더 이상 참을 수가 없었다. 이를 악물고 온몸을 굳힌 채 통곡했다.

'못난 놈! 너만 슬픈 것이 아니다! 모두들 참고 있다. 고로타마루도 조후쿠마루

도…….'

다시 측간에서 나온 히데타다는 이미 눈물을 잊은 도자기 같은 지휘자로 돌아가 있었다.

임종의 작별이 끝나자 곧 유해를 씻어 준비한 관에 넣었다.

아직 체온이 조금 남아 있다. 불교식이라면 불경을 올려야 하지만, 불사(佛事)는 불당에서 하기로 하여 여자들을 그리로 보내고 스스로에게 거듭 타일렀다.

'아직 살아계신다…….'

몸을 씻을 때 체온이 남아 있었던 것이 그나마 마음의 위안이 되었다.

'이런 분이 돌아가셨을 리 없다! 그 체온은 앞으로도 줄곧…….'

입관이 끝나자 마사즈미와 도시카쓰를 호령하듯 하여 가신들을 별실로 불러 모으게 했다.

"오늘 10시, 다조 대신 종1품 미나모토노 아손께서 운명하셨다. 모두들에게 알리고 오늘 안에 구노산으로 영구를 옮길 준비를 하도록."

중신들은 미리 의논되어 있었으므로 그리 놀라지 않았으나 여인들은 깜짝 놀랐다. 여인들의 상식에 의하면 어떤 일이 있어도 이틀 밤 이틀 낮은 성안에 모셔 둘 줄 알았던 것이다. 그런데 10시에 돌아가셨는데 그날 안으로 구노산에 운구된다…….

"이 무슨 냉혹한 처사를……."

"아무리 미천한 자라도 좀 더 영혼을 위로하는 법인데!"

그러나 그것은 이에야스의 뜻에 어긋난다는 히데타다의 지시는 무서울 정도로 냉정했다. 해 질 녘부터 다시 보슬비가 내렸다.

히데타다의 지시는 모두 '유명(遺命)'이라는 형식을 취했다. 물론 그렇게 말하지 않아도 누구 한 사람 그 명령을 거스를 자 없었고 이의를 제기할 자도 없었다. 그리하여 슬퍼할 사이도 없을 만큼 황급히 유해가 옮겨졌다.

"고로타마루와 조후쿠마루 및 쓰루치요는 직접 영구를 모시고 갈 것 없다. 저마다 대리자를 보내도록."

히데타다는 이렇게 명한 뒤 린자이사에 머물고 있는 다다테루를 지키는 히코사카(彦坂)에게 부하 20기를 은밀히 더 보내 경계를 강화시켰다. 이 경계는 두말할 나위 없이 또 다른 의미를 포함하고 있었다. 처벌로 은거명령을 받은 다다테루에게 아버지의 운명을 넌지시 알려주려는 배려였다.

세 아우들이 모시고 가는 것을 허락하지 않은 이유는 간단했다. 나이 어린 그들이 슬퍼한 나머지 분별없는 행동을 할지도 모른다……는 것이 표면상의 이유였지만, 그 이면에는 사려분별이 모두 뛰어난 대리자를 운구행렬에 참여시켜 만일의 사태에 대비하기 위해서였다. 고로타마루의 대리는 나루세 마사나리, 조후쿠마루의 대리는 안도 나오쓰구, 그리고 쓰루치요의 대리는 나카야마 노부요시. 모두들 이에야스가 생전에 더없이 사랑하고 신뢰하던 사람들이었다.

이 운구는 물론 정식 장례가 아니었다. 현신(現身) 그대로 구노산으로 옮겨 장례일을 기다리게 된다. 그러므로 제주 히데타다도 모시고 가지 않았으며 행렬의 통솔은 도이 도시카쓰가 맡았다.

유해가 성을 나선 것은 오후 6시가 조금 지나서였다.

이미 주위는 어둑어둑하여 보슬비 속에 군데군데 밝힌 횃불이 새빨갛게 타올랐고 그 불빛 아래 이 소식을 듣고 나와 꿇어엎드린 백성들의 모습이 가련했다.

선두는 혼다 마사즈미, 이어서 마쓰다이라 마사쓰나, 이타쿠라 시게미시, 아키모토 다지마들이 늘어선 뒤 도이 도시카쓰와 앞에서 말한 세 대리인에게 호위된 유해가 이어졌다.

그 뒤에 스덴, 덴카이, 본슌이 따랐고, 그 밖의 수행원은 행렬이 구노산 밑에 닿자 거기서부터 입산이 금지되었다.

따라서 그날 밤 유해를 모신 자는 먼저 산에 가 있던 사카키바라 기요히사 이하 몇 명밖에 안 되는 총신들뿐이었다.

다음 날 18일은 임시전각을 짓는 망치 소리와 비가 갠 뒤의 새벽안개 속에 날이 밝았다.

날이 밝으니 그곳은 눈부실 만큼 시야가 웅대한 별천지였다. 이에야스의 말대로 대지에서 태양까지 꿰뚫는 생명의 거목이 있다면 이곳은 대체 어느 정도의 높이에 해당할까……?

서남쪽으로 펼쳐진 바다는 아득히 멀리 하늘에 닿았고 왼쪽 스루가만의 구부러진 해안선은 대지와 바다 사이에 맑고 깨끗한 하얀 선을 몇 번이고 포개며 영원한 즐거운 희롱을 계속하고 있었다.

'무엇을 속삭이는 것일까?'

그 속삭임에 문득 귀 기울여 보고 싶을 정도의 조망(眺望)이었다.

덴카이가 말했다.

"이것이야말로 미망에서 벗어난 경지로군. 여기서 바라보면 지수화풍(地水火風)의 생명 근원을 잘 알 수 있지."

불교에서 생명이란 지수화풍 4대 원소의 화합과 인연에 의한 산물로 설파되고 있기 때문이다.

이 무렵부터 임시전각을 짓는 망치 소리가 점점 높아졌다.

이에야스의 장례식이 신도식(神道式)에 따라 구노산에서 무사히 치러진 것은 19일 오전 10시였다.

히코사카 규베에, 구로야나기 주가쿠(黑柳壽學) 그리고 도편수 나카에 마사쓰구의 노력으로 그날 저녁때까지는 사방 3칸의 임시전각을 비롯하여 대문, 담장, 등롱까지 깨끗이 완성되었다. 양옆에 장막을 치고 임시전각까지 25칸 거리에 새 멍석을 깔고 영구를 맞이했다.

이날 입산 의식에 참여한 사람들은 마쓰다이라 일족을 비롯하여 미카와 이래의 옛 신하와 그 자손들…… 사카이도, 혼다도, 우에무라도, 아베도 있었다. 안도, 미즈노, 아오야마, 이타쿠라…… 그중에서도 창을 받쳐든 당대의 오쿠보 신파치로(㥠)의 모습이 사람들 눈길을 끌었다.

이에야스는 생명을 가로로 이어지는 것으로 결코 보지 않았다. 그는 싸움터에서 많은 사람들을 잃었지만, 그 혈맥에 이상할 정도로 애착을 나타냈다. 아니, 그 것은 단순한 애착이 아니라 거기에 그의 사상과 실천의 뿌리가 있었다.

모든 것을 영원한 시각으로 포착하여 때로 꾸짖고 때로 반발해도 다음 순간에는 늘 이 생명관 속에서 반성하고 수정했다. 그렇게 되면 모든 것이 그의 책임이며 무거운 짐이 되었다. 그는 거기서 몸을 피하려 하지 않았다.

75년……그야말로 평화의 비원(悲願)을 관철하고 여기에 안장되는 유해 또한 일어서서 서쪽을 바라보겠다는 엄격함……아니, 1년이 지나면 다시 후타라산으로 옮겨 평화의 뿌리가 되겠다는 끝없는 기위(祈願)를 드리는 왕생……그 처절한 의지 앞에 전국(戰國)은 무릎꿇고, 오늘 밤 이 산꼭대기의 삼엄한 어둠 속에는 바람다운 바람조차 없었다.

히데타다는 묵묵히 영구를 모신 수레를 따랐고, 중신과 측근들 또한 한결같이 이에야스의 위대한 뜻을 떠올리면서 행렬에 참가했다.

그러나 이 탁월한 비원이 어떻게 활용되고 어떻게 성장하며 어떻게 나이 들어갈 것인지는 이에야스의 책임이 아니다. 그 큰 의지에 참여하는 후세사람들의 노력과 기량······그 공과(功過)는 새로이 역사가 엄격한 눈으로 심판할 게 틀림없다······.

등불을 모두 끄고 소음을 금한 채 행렬이 임시전각으로 향하자 맨 먼저 산미(散米), 다음은 어경(御鏡), 그다음은 어폐(御幣)의 차례로 나아갔다. 어폐는 사카키바라 기요히사가 받쳐들었고, 본순은 방울을 울렸다. 이어서 히데타다의 인도로 영구가 나아갔고 공경 귀족이 이를 따랐다.

다음에 활 100개, 화살과 총 100자루, 탄환궤짝, 그리고 창 200자루······ 영구가 본당으로 들어가려 할 때 본순이 어경을 들고 산미를 뿌렸다.

영구가 본당에 안치되자 다시 등롱에 불이 켜졌다. 신께 공양하는 상이 하나, 이어서 올리는 채소상 여섯, 뒤이어 정성껏 마련된 36미(三十六味)가 바쳐졌다. 본순이 먼저 영전에 나아가 세 가지 주문을 외고 부정을 씻는 의식을 올렸다. 축문 읊는 소리가 밤기운을 긴장시키며 울리기 시작했다.

바람은 여전히 없었다. 바다가 바라보이는 이 산꼭대기에서는 정말 드문 일이었다. 사람들이 숙연히 머리 숙이고, 하늘도 땅도 더불어 축문 소리에 귀 기울이는 한순간······.

같은 무렵 린자이사의 한 방에 홀로 남겨진 다다테루는 유품인 피리를 손에 들고 넋잃은 듯 앉아 있었다.

이곳 또한 어쩌면 이토록 고요할까. 단 한 자루의 촛불이 다다테루의 불안한 그림자를, 다다미에서부터 벽 가득히 흔들리게 하고 있었다. 그는 이미 가쓰타카로부터 아버지의 임종도 오늘 밤 장례식 시각도 들어서 알고 있었다.

'그렇다, 나는 이 피리로 공양을······.'

그렇게 생각하며 피리 구멍을 축여보았으나 아직 불지 못하고 있었다. 온몸의 힘이 무엇엔가 빨려들어 버린 듯 누구를 원망하고, 누구를 의지하려는 것인지조차 알 수 없는 망연한 몽환 속에 내던져졌다.

린자이사 숲 위에 작은 별이 두세 개 반짝이고 있었다.

인간 평화 역사를 생각하며
야마오카 소하치(山岡莊八)

《대망》을 쓰려 생각한 것은 태평양 전쟁이 끝나고 처음 맞는 정월이었다. 그즈음 내가 살던 곳 이웃집은 점령군에 접수되어 장교 클럽이 된 듯, 날마다 한낮부터 술 취한 군인들이 국적을 알 수 없는 부인들과 희롱하며 드나들고 있었다.

비좁은 골목 하나를 사이에 둔 이웃에서 들려오는 재즈의 소음, 이따금 울리는 권총 소리……. 가끔 술 취한 미군이 내 집 문 안으로 섞여 들어오기도 했다. 특공대 기지에서 애처로운 마음의 상처를 안고 갓 돌아온 나는 끝내 집에 있을 수 없어 날마다 낚싯대를 들고 바다로 피해 나갔다.

그 무렵 스미다강(隅田川)의 물은 맑았으며, 시나가와(品川) 바다에서는 온갖 물고기들이 잡혔다. 나뿐만이 아니었으리라. 그즈음 일본인은 누구나 패전의 허탈감 속에 하루하루 무위한 삶을 이어갔을 것이다.

'이래도 괜찮을까……?'

제2차 세계대전이 끝났을 때만큼 역사라는 것이 나를 강하게 사로잡고 매질한 적은 없었다. 그때 문득 내 머리에 떠오른 것은 전쟁은 끝났지만 '평화'는 아직 그 편린조차 지상에 모습을 드러내지 않았다는 평범하지만 엄연한 사실이었다.

이것은 전쟁의 끝이 아니라 다음에 올 어떤 참혹한 미래를 전개하기 위한 휴식 기간이 아닐까. 문명에서도, 사람들 이성을 지배하는 철학에서도, 현실을 움직이는 정치에서도 '평화'로 이어지는 그 아무것도 발견되지 않았다. 모든 이들의 희구와는 정반대로 전쟁의 피비린내만이 풍길 뿐이었다.

나는 생각했다.

'인류는 여전히 싸우지 않고는 달리 살아갈 수 없는 온갖 조건을 갖춘 전국(戰國) 세계에서, 그림 속 정물일 수밖에 없는 '평화'를 목이 터져라, 안타깝게 갈망하는 데 지나지 않는다.'

우리들을 지배하고 있는 문명의 모습을 바라보며 점령 아래의 일상 현실을 주시하니, 초조감이 새삼 나를 격렬하게 사로잡았다.

나는 낚싯대를 던져버렸다. 그리고 내 자리로 돌아와 절박하게 공전하고 있는 자신의 절망과 맞서기로 했다. 사람들에게 희망을 줄 수 없을까…… 그리고 마침내 《대망》을 써나가기 시작했다.

내 관심은 도쿠가와 이에야스(德川家康)라는 한 인간을 파고드는 것보다도, 그와 그를 둘러싼 주위의 흐름 속에서 대체 무엇이 '오닌(應仁)의 난' 이래 계속된 전란에 마침표를 찍게 한 것인지 대중과 함께 생각하고, 함께 찾아보고 싶었다.

물론 그것은 이에야스 한 사람의 힘으로 된 것은 아니다. 불세출의 천재 노부나가(信長)와 그의 업적을 계승한 훌륭한 히데요시(秀吉)가 있었다. 더구나 그 배후에 요즘 사람들도 충분히 공감할 만한 전쟁에 지친 민심이 있었다는 것은 말할 필요도 없을 것이다.

그러나 그 배경을 이룬 민심의 흐름이 노부나가, 히데요시의 시대에도 같았음에도 불구하고, 그것이 이에야스에 의해 완성되었다는 것도 또한 사실이다.

다행히 석간신문이 부활하면서 《대망》을 발표할 기회가 왔다. 독자로부터 처음 편지를 받았다. 이 작품이 그즈음의 국제정세를 반영해 신흥세력인 오다(織田) 가문을 소련에 비유하고, 교토 문화를 동경하는 이마가와 가문을 미국에 비유하며, 약소국인 미카와(三河)를 일본으로 그리고 있는 게 아닌가 하는 작가의 의도를 묻는 질문이었다. 나는 그럴지도 모른다고 대답했다.

한 시대의 폭풍우 속에 살고 있는 작가는 독자와 함께 오늘의 눈으로 생각하고, 오늘의 감정으로 생활하고 있다. 그러나 나는 이 독자의 목소리에 한 가지 더 덧붙이고 싶었다. 오다와 도요토미도 결국 이마가와와 마찬가지로 붕괴의 씨앗을 안고 있었다는 점이다.

작가가 소설의 목표를 독자에게 미리 밝히는 것은 현명하지 못할지도 모른다. 그러나 굳이 말하리라.

—인간 세상에 과연 평화가 있을 수 있는가. 만일 있다면, 그것은 어떤 조건 아래에서일까. 아니, 그보다도 평화를 방해하는 존재의 정체를 우선 밝히고, 그것을 이 세상에서 몰아낼 수 있는지 그 한계를 탐사해 보고 싶다. 이것은 나 하나만의 소망이 아니라 많든 적든 오늘을 사는 모든 이들의 관심사이리라. 아니,

지난 온갖 시대의 관심사이기도 했다.

전쟁 없는 세계를 위해서는 먼저 문명이 새로워져야 하며, 문명이 새로워지려면 그 바탕이 될 새로운 철학이 없어서는 안 된다. 새로운 철학에 의해 인간혁명이 이루어지고, 그 인간에 의해 사회와 정치와 경제가 새로워질 때 비로소 과학은 평화로운 다음 세대의 인류 문화재가 된다. 그것을 꿈꾸는 작가가 도쿠가와 이에야스를 내세워 인간혁명의 한계를 그리려고 치열하게 탐구했다는 것이 이 소설을 쓰는 나의 고백담이다.

물론 줄거리는 역사적 사실에 뿌리를 두었으며, 독자가 싫증을 느끼지 않도록 하려는 노력도 진지하게 쏟았다. 그러나 이것은 흔히 말하는 역사소설과는 다르며, 작가의 상상력을 자유분방하게 구사했다. 그렇다고 로망이라 말하고 싶지는 않다. 말하자면 나의《전쟁과 평화》이며, 오늘날의 내 그림자이며, 지난 역사의 인간군상에서 다음 세대의 빛을 모색해 가는 이상소설이라고 말하고 싶다.

지은이
야마오카 소하치(山岡莊八)

그린이
기노시타 지카이(木下二介)

옮긴이
박재희(청춘사도대학교 일문학 전공)　김문운(니혼대학교 일문학 전공)
김영수(와세다대학교 일문학 전공)　문호(게이오대학교 일문학 전공)
유정(조치대학교 일문학 전공)　추영현(서울대학교 사회학 전공)
허문순(경남대학교 불교학 전공)　김인영(숙명여자대학교 미술학 전공)

도쿠가와 이에야스
대망 12
야마오카 소하치 지음/책임편집 박재희 추영현 김인영
1판 1쇄/1970. 4. 1
2판 1쇄/2005. 4. 1
2판 21쇄/2024. 1. 1
발행인 고윤주
발행처 동서문화사
창업 1956. 12. 12. 등록 16-3799
서울 중구 마른내로 144 동서빌딩 3층
☎ 546-0331~2 Fax. 545-0331
www.dongsuhbook.com
잘못된 책은 구입하신 곳에서 바꾸어드립니다.
＊

사업자등록번호 211-87-75330
ISBN 978-89-497-0315-2 04830
ISBN 978-89-497-0291-9 (세트)

葛飾北齋畫